缀珠集锦绣——《红楼梦》的思想和艺术

梁归智 著

山西出版传媒集团
三晋出版社

图书在版编目(CIP)数据

缀珠集锦绣:《红楼梦》的思想和艺术 / 梁归智著;
—太原:三晋出版社,2018.8
ISBN 978-7-5457-1737-2

Ⅰ.①缀… Ⅱ.①梁… Ⅲ. ①《红楼梦》Ⅳ.①I207.411

中国版本图书馆 CIP 数据核字(2018)第 193918 号

缀珠集锦绣:《红楼梦》的思想艺术

编 著 者: 梁归智
责任编辑: 落馥香

出 版 者: 山西出版传媒集团·三晋出版社(原山西古籍出版社)
地　　址: 太原市建设南路 21 号
邮　　编: 030012
电　　话: 0351-4922268 (发行中心)
　　　　　0351-4956036 (综合办)
　　　　　0351-4922203 (印制部)
E-mail: sj@sxpmg.com
网　　址: http://www.sjcbs.cn

经 销 者: 新华书店
承 印 者: 山西力新印刷科技开发有限公司

开　　本: 787mm×1092mm 1/16
印　　张: 26
字　　数: 370 千字
版　　次: 2018 年 8 月　第一版
印　　次: 2018 年 8 月　第一次印刷
书　　号: ISBN 978-7-5457-1737-2
定　　价: 78.00 元

目 录

原著续书两种红楼

提要：

曹雪芹原著与后四十回续书是两种不同性质的《红楼梦》。

后四十回的思想品位与艺术品位基本上属于通俗文学和通俗文化的领域，是“俗人之书”。

曹雪芹原著则是具有高雅和超前品位的“奇人之书”。

通过对后四十回逐回分析可以非常清晰地看出后四十回的通俗性质及对前八十回文脉的背离。

曹雪芹原著与后四十回续书因此产生了扞格难入的矛盾。

但通俗文学与通俗文化也有其广泛的社会基础和接受群体，有它某些积极的历史和现实意义。

不过后四十回的这种积极意义是以掩盖和扼杀原著之高超思想和非凡艺术为沉重代价的。

应该对原著与续书进行“分层”，让它们各归其位，各自面对相应的读者。

关键词：

原著／　续书／　奇人之书／　俗人之书／　分层

一、假作真时真亦假

曹雪芹原著与后四十回续书是两种美学体系的《红楼梦》，因此，对后四十回的评估，可以说是自新红学以来《红楼梦》研究中争论时间最长、争论程度最激烈的问题。到了21世纪，这种争论也不会偃旗息鼓，而将继续发生，当然会有一些新的理论视界和背景。

首先是续书的作者，究竟是不是高鹗？高鹗和程伟元并不兜揽续书作者的桂冠，只承认他们做了“细加厘剔，截长补短，抄成全部，复为镌版”[①]的加工整理工作。胡适和俞平伯通过对前八十回和后四十回的考证分析及一些旁证，认为高鹗其实就是续书作者，他不承认自己为作者乃是过去文人常有的故态(这是不能用今天的作者看重“著作权”来想象比方的)。既然是过去文人的通性，这其实也算不上什么过错。

周汝昌考证后四十回问世的后面隐藏着重大的文化阴谋，也只是一种或然性探讨，也许真的揭出了历史真相，但要让大多数人接受也不是容易的事。这就决定了关于续书作者是否高鹗只能是个仁者见仁、智者见智的问题，而不可能有一锤定音的结论。所以关于这个问题，恐怕也就只能止步于此，各家之说俱存，只好随读者自己的倾向性而作取舍了。

问题的关键不在于后四十回是否高鹗所作，而在于后四十回是否曹雪芹原作。

这里涉及的首先是一个文本的鉴赏力问题，文学的感觉问题，而鉴赏力和艺术感觉是与人的气质个性及文化水平密切关联的。这既涉及曹雪芹和高鹗(或另一个续书者)的气质个性和文化水平，也涉及每一个读者(接受者、受众)的气质个性和文化水平。曹雪芹和续书作者的气质个性会反映在他们的文本写作之中，每一个读者在阅读文本时的感觉当然也源于他的个性气质、思想趣味、文化修养等等。

胡适在《红楼梦考证》中已经说过：“但这些证据(指一些史料旁证——引者注)固然重要，总不如内容的研究更可以证明后四十回与前八十回决不是一个人作的。”[②]胡适并且在从“内容”起以后的每个字下面加了着重号。

俞平伯在《红楼梦辨》中说得更明白：“凡好的文章，都有个性流露，越是好的，所表现的个性越是活泼泼地，因为如此，所以文章本难续，好的文章更难续。为什么难续呢？作者有他底个性，续书人也有他底个性，万万不能融洽的。不能融洽的思想，情感，和文学底手段，却要勉强去合做一部书，当然是个‘四不象’。……高鹗的失败，大概是如此，以外都是些小小的错误。”[③]“因高鹗与曹雪芹个性相差太远，便不自觉的相违远了。”[④]

周汝昌在《献芹集》的序言中则说："我忍不住要直言：在学术问题上，见仁见智，百家争鸣，还可以理胜者服众；在精神境界、文笔水平问题上，如果对高下优劣的感受上差异太大的话，那是连'讨论''商榷'也无从说起的。"[5]

因此，要评估后四十回，要判定它是否曹雪芹的"原稿"，就始终不能离开与前八十回的比较，而这种比较主要就是它们的内容、思想、艺术以及这种内容、思想、艺术所表现出来的作者之气质个性、精神境界和文化水平的同异。这才是最根本和本质的东西。

俞平伯在《红楼梦辨》中说："雪芹是个奇人，高鹗是个俗人，他俩永不会相了解的，偏偏要去合做一书，这如何使得呢！"[6]不过后来俞平伯并不十分坚持高鹗一定是续书作者的立场了，他发表于1956第5期《新建设》上的《红楼梦八十回校本序言》之第30条脚注说："程高本未排印前已有百二十回的传闻，今本后四十回是程高所作否，或系真像他们序上所说从鼓儿担上买来的也说不定。且程甲本高序题辛亥冬至日（阴历十二月三日），而程乙本引言题壬子花朝后一日（次年阴历二月十三日），相距只七十天，却改动得很多，甚至于有改坏、改错了的地方，则两本很不像同出一人之手。高鹗补书只见于张问陶诗注。所谓'补'者或指把后四十回排印出来，更加修改罢了。"

我们可以把俞平伯"奇人""俗人"的说法稍作一点修正，而这样表达：曹雪芹原著是奇人之书，后四十回是俗人之书，二者焉能混为一谈？"奇人之书"和"俗人之书"的区别也就是所谓"精英文学""先锋文学"和"通俗文学""大众文学"的区别。精英和先锋文学在一段时期内往往只有少数人能理解接受，通俗和大众文学也有它的历史价值、社会基础、读者受众，甚至在相当长的时期内会垄断读书界，这正是《红楼梦》的原著与续书二百年来的实际遭遇。

红学研究者的使命则在于对"奇人之书"和"俗人之书"作出鉴定分别、解析阐释，首先让它们各归其位，其次争取有更多的读者由"通俗""大众"向"精英""先锋"超升，实际上也就是过去常说的"普及"与"提高"的问题。这样我们就引进"分层"的概念，也就是"两种《红楼梦》"的概念。曹雪芹原著《红楼梦》（前八十回加探佚）是一个层次，后四十回续书以及视一百二十回为一个“整体”的《红楼梦》是另一个层次。

首先应该证明“分层”有坚实的文本基础。为使问题明白，下面将后四十回依次解析。

从前八十回观察，我们看自第五十五回开始，明显进入了由盛转衰的后半部，开始重点渲染贾府内部的矛盾，脂批所谓“恰似黄钟大吕之后，转出羽调商声，别有清凉滋味”。首先是众婆子和分到各房名下的小戏子之间的纠纷，接着赵姨娘和贾环与芳官一场大闹，茉莉粉，蔷薇硝，玫瑰露，茯苓霜，投鼠忌器，宝玉瞒赃，把贾宝玉和贾探春都牵扯了进去。这一系列的连台好戏，背后是荣国府二房中嫡子和庶子两派争权夺利的争斗。

再下来的二尤故事，尤三姐自刎，尤二姐吞金，凤姐和贾珍、尤氏发生了冲突，实际上展开了荣国府和宁国府的矛盾。接着到贾母过生日，绣春囊事件引发抄检大观园，荣国府内大房和二房之间的斗争（也涉及宁国府）逐渐白热化，如邢夫人与王夫人的两家陪房为小事较劲，却闹到邢夫人当众给凤姐没脸，而起因又是家人得罪了宁国府的尤氏。

邢夫人把绣春囊封送给王夫人，正是大房向二房兴问罪之师，所以抄检大观园时凤姐名义上领队，实际的主动力却是王善保家的。到最后更有贾赦说贾环应该继承荣国公世袭的爵位，并借说笑话讽刺贾母偏心等等。从仆人阶层到半主人（赵姨娘）、主人阶层，从少主人到老主人，一直到贾府的最高权威贾母和贾赦，纷繁复杂的矛盾让人眼花缭乱，基本的阵营分野却一清二楚，那就是以荣府二房王夫人、宝玉和虽是大房儿媳却在二房管家的凤姐为代表的主流派为一方，而以贾赦、邢夫人的大房和赵姨娘、贾环的二房庶子之非主流派为另一方。

这种家族内部斗争到了贾母过生日和抄检大观园时已经是剑拔弩张，山雨欲来风满楼了，而大观园众女儿的命运悲剧也在这个家族内斗的大背景下相继展开，尤三姐、尤二姐、柳五儿、晴雯、司棋、芳官、藕官、蕊官，一直到八十回末的“懦弱迎春肠回九曲，姣怯香菱病入膏肓”，也是从大观园外到大观园内，从又副册到副册到正册，逐渐由外围逼向中心。

如果我们真看懂了前八十回，八十回以后情节演变的大趋势应该是一目了然的，那就是暴风骤雨即来，破败死亡相继，贾府内部的"自杀自灭"将愈演愈烈，贾政、王夫人所代表的"理"和贾宝玉及大观园众女儿的"情"也将产生更尖锐的冲突，各种矛盾错综复杂地纠缠在一起，导致"家亡人散"的大结局。那么从第八十一回开始的续书是怎样的呢？它与前八十回的铺垫、"伏脉"是基本上能接得上呢？还是有一些能接得上呢？或者是完全接不上呢？

第八十一回"占旺相四美钓游鱼，奉严词两番入家塾"。我们只从回目所表现的情调看，与前面越来越紧张的气氛不是脱离得太远了吗？好像绷得紧紧的弓弦一下子又松弛了下来。很清楚，续书从这一回开始就改变了原著的基本布局和走向。马道婆的魇魔法突然暴露，赵姨娘受到怀疑，也就是作为二房嫡子与庶子之间的生死搏斗这条基本线索一下子就被取消了。赵姨娘的真面目露了出来，她的武装也就被轻而易举地解除了，八十回末已作铺垫的荣府大房和二房庶子派逐渐勾结联手对抗受贾母宠爱的二房嫡子派这一后面情节发展的主要线索也被淡化消解了。

因而第八十一回就描写，在前八十回对赵姨娘处处挤压而毫不留情的凤姐，对赵姨娘阴谋败露却奇怪地反应平和。这是我们要正视的第一点差异，这个差异是非常巨大的，它已经改变了整个八十回以后情节演变的基本格局。

第二点差异是对贾政的描写。第七十八回刚写了贾政年迈，心情改变，不再以举业强逼宝玉而鼓励他作诗，本回却突然又倒退回去，"再不许做诗做对的了，单要学习八股文章"。从人物形象的"圆"和"扁"来说，前八十回的贾政是"圆"的，其性格是立体的，发展变化的，并非一个简单化的正统人士和昏庸之辈。从这一回开始的续书却已经在将贾政变成一个"扁"的形象——一个始终顽固保守而又无能昏庸的官僚。

当然站在另一种立场，可以说这正是续书的"进步"——加强了"封建卫道者和叛逆者之间的对立"，这就是"奇人之书"与"俗人之书"的分野了。第八十回写贾政再逼贾宝玉入家塾读八股文不仅是贾政的形象问题，它同样关联着续书作者对八十回以后大结构的偷梁换柱，从氛围情调上远离了家族内斗的基本线索。

四美钓鱼的描写明显模仿前八十回菊花诗那一回，所以俞平伯说“较有精彩，可以仿佛原作”[⑦]，但俞先生只是从文字上予以鉴赏，忘记联系小说情节演变的大氛围，前面已经那样笔笔紧凑地皴染剧变风暴将来，是不可能用这样闲适的笔墨写“暴风雨前的平静”的。

这一段闲适文字描写有重要作用，就是把前八十回后半部越来越紧张的气氛变轻松，把密布的战云驱散，把故事的节奏放慢。至于黛玉和宝玉又说“怄气”“得罪”的话，袭人问黛玉“你两个人又为什么？”等等，也是无视宝黛性格和关系的发展变化，而倒退回到黛玉刚来贾府时的情景了。其实早在第三十二回“诉肺腑”后宝玉和黛玉就已无隔阂，而第四十二回“蘅芜君兰言解疑癖”后宝钗和黛玉的矛盾也不再存在，因此早已不再写宝玉和黛玉之间的小摩擦了。

第八十二回以相当篇幅写贾代儒和宝玉讲论四书五经，又写从来不说“混帐话”的林黛玉居然赞扬八股文，对宝玉说“你要取功名，这个也清贵些”，而宝玉对“知己”黛玉的“势欲熏心”感到诧异，“只在鼻子眼里笑了一声”，这些描写与原著的悖逆是太明显了。

俞平伯在《红楼梦辨》中的批评至今看来仍然清新有力：“原文实在太可笑了……这节文字，谬处且不止一点。（1）黛玉为什么平白地势欲熏心起来？（2）黛玉何以敢武断宝玉要取功名？在八十回中，黛玉几时说过这样的话？（3）以宝黛二人的知心恩爱，怎么会黛玉说话，而宝玉竟觉得不甚入耳，在鼻子眼里笑了一声？在八十回中曾否有过这种光景？（4）宝玉既如此轻蔑黛玉，何以黛玉竟能忍受？何以黛玉在百二十回中，前倨后恭到如此？”[⑧]第八十二回的这些描写说明续书作者与曹雪芹在思想境界上南辕北辙，硬要为续书辩护只能是“强词夺理”。

需要重点辨明的是写黛玉惊恶梦，梦中贾母冷淡无情、宝玉挖心，黛玉醒来后吐血这些描写。从续书意图来说，这些情节都是为后来的“调包计”预先作铺垫。对这些描写的认同与否是最能体现“奇人之书”与“俗人之书”的差别了。从“俗人之书”的角度，可以说这些描写表现了黛玉对爱情前途的忧惧心理，用梦境表现潜意识，很精彩。黛玉的这些心理很容易为广大一般读者所理解和接受，这正是“俗”——通俗的表征。

问题在于原著是“奇人之书”，曹雪芹笔下的林黛玉“心较比干多一窍”，是个孤高绝俗之不世才女，惊恶梦一类露骨浅薄的“潜意识”和“显意识”不会属于她。这一回写探春、湘云去看黛玉，黛玉想“我不请他们，他们还不来呢”，这也是按一般的世俗情况模拟病人心理，与前八十回写姐妹之间惺惺相惜有云泥之别。

俞平伯批评后四十回中写林黛玉“黛玉的心事，写得太显露过火了，一点也不含蓄深厚，使人觉得肉麻讨厌，没有悲恻怜悯的情怀”⑨（包括第八十二、八十三、八十九、九十、九十五、九十六、九十七、九十八回），今天却有不少人很欣赏这些描写，或者还要说续书中的黛玉更有“反抗意识”，更“进步”。这就是一个欣赏趣味和审美素质的“雅”与“俗” 的问题了。

究其实，这不是一个思想的“保守”与“进步”的问题，而是一个认知方式感受方式表达方式的含蓄与浅露、微妙高雅与平庸低俗，是否更艺术更文化的问题。不可否认，20 世纪 50 年代以来的教条主义、极“左”思潮和 80 年代以来“西潮”的涌入及“商潮”的兴起，使整个民族的欣赏趣味和审美素质发生了很大的扭曲，“俗”气已经浸入骨髓，进鲍鱼之肆而反觉其香，入芝兰之室倒嫌其臭了。

本回写宝玉一觉睡到“红日高升”以致迟到受责，不知道怡红院袭人以下的丫鬟婆子们都是干什么吃的？前八十回里的袭人、麝月多么细致周到，何曾这样粗心懈怠过？这显然又是续书作者按照一般老百姓的生活经验和俗人心理编造情节，忘了那是国公府的贵族之家。

第八十三回写老婆子骂外孙女而黛玉敏感，影射后面贾母厌弃黛玉，所以这一回就写贾母抱怨黛玉“太是个心细”。这些描写都是“俗”和“浅”的，更不用说从根本上歪曲了贾母的性格逻辑了。我们看前八十回贾母对众孙儿孙女甚至亲戚家的孩子何曾说过一句不满的话？黛玉一直是贾母的“心肝儿肉”，黛玉父母双亡，贾母是她的亲外祖母，在前八十回中绝对看不到贾母厌弃黛玉的任何痕迹。

但由于后四十回的先入为主，就容易造成读者对前八十回某些描写的误读误解。如第五十四回贾母批评“佳人才子等书”的滥套子，本是作者在全书的中点（原著共一百零八回）再一次照应第一回就借石头之口表明的美学宗旨（这一点脂批也有明确示知），由于后四十回的影响，就被误解为是贾母对黛玉和宝玉爱情的警告。这其实同样是“奇人之书”与“俗人之书”及其所相对应的审美接受心理在起作用。

本回写贾琏带医生进大观园来给黛玉看病，实在太突兀了，因为前八十回在省亲之后作者就不让“须眉浊物”轻易进入大观园了，这是作者的深心作意。黛玉刚进贾府时去见两个舅舅，作者都有意让她见不着，怎么可以让贾琏跑进潇湘馆呢？这就是“奇”和“庸”、“雅”和“俗”的区别。

对贾元春的描写同样有这个问题。归省之后的元春只作为一个象征性人物隐于幕后，遥遥映射到后来“两雄相较，元妃致死”的朝廷政治斗争，当然那种写法也一定是很隐约的，很艺术的。后四十回将元春之死与朝廷政治斗争的关系抹去，所以本回写元妃生病，并正面铺排贾母等进宫请安，无论从思想上还是艺术上，都是违背原著之宗旨和风格的。

写薛宝钗和夏金桂斗口，遭夏金桂恶语抢白，致宝钗“吞声”，很像一般的妇姑勃谿。可是我们看前八十回写宝钗不动声色已经使得夏金桂“知其不可犯，每欲寻隙，又无隙可乘，只得曲意俯就”，这回写宝钗的“水平”大为下降，当然又是无“奇”有“俗”了。

第八十四回写贾政与宝玉大谈八股文的写作，宝玉从思想本质上已经完全变了，原著与续书最根本的差异显露出来，宝玉不再有对整个社会价值观念的叛逆情愫，只剩下“自由恋爱”情结了。贾母已经公开提出了宝玉的婚配问题，凤姐首倡金玉联姻，而“邢王二夫人”则开始成为一个不分彼此的符号，一致同意。很显然，续书完全放弃了原著错综复杂的家族内部矛盾冲突的基本张力，而简单化地加强着“包办婚姻”的主线了。

比如凤姐是大房儿媳妇借到二房当家，宝二奶奶过门，琏二奶奶就得把钥匙交出去，从凤姐个人利益角度考虑，她应该拥护体弱多病的林黛玉而不是精明练达的薛宝钗当宝二奶奶。所以由凤姐提倡金玉联姻显然是简单化的处理。当然，要使后四十回与前八十回有一种表面上的衔接，所以这一回又写贾环弄翻了巧姐的药铞子。不过这只是“睚眦之怨”,而情理上又经不住推敲。

赵姨娘和贾环对凤姐又恨又怕，只是暗中谋害，当面是避之唯恐不及的,怎么会主动探访凤姐呢？而凤姐大骂贾环形同泼妇骂街,哪里还有前八十回琏二奶奶的口风口采？这正是“奇书”变为“俗书”最明白的表现。

第八十五回写北静王造了一块通灵玉的复制品给贾宝玉，从续书作者的用意来说,这是为后来通灵玉的丢失营造气氛,所以后面就写通灵玉射出红光,这是所谓“预警”。原著写贾芸是在八十回后救助宝玉和凤姐的义侠人物,这回居然写贾芸不再认宝玉作父亲,却来给宝玉提亲,这是把贾芸往庸俗化的路上拉。

后面又写黛玉过生日,贾政升郎中,薛蟠犯了事。续书作者从表面上延续“爱情婚姻悲剧”和“家族衰败”的线索,却完全脱离了原著家族内斗的基本构架和人物性格的规定性,所以这些文章都写得拖沓,而境界俗气。

第八十六回写薛蟠犯案缘由,模仿第四回葫芦案却只是形似而已。抢香菱是为女色,本回为蒋玉菡打死张三是为男色,这倒也无关紧要,关键还是违背了人物的性格逻辑,造成精神境界的由雅变俗。如前面早写过薛蟠说蒋玉菡不愿和自己兜答,因为蒋玉菡是和贾宝玉一样的“正邪两赋之人”,并不是一个下三滥的男妓,宝玉因蒋玉菡的事挨打,这个事件背后是忠顺王和北静王的较劲,暗伏着后来贾府获罪被抄的政治斗争背景。

本回却变成了薛蟠和市井流氓的争风吃醋。后面更是无谓的铺排,信文,呈底,批文,连篇累牍,细述审案过程,宝玉居然连琴谱也不认识,黛玉大谈琴理,都是些离开了人物神情性格的啰唆笔墨。这种“写实”与前八十回的写法大相径庭。

第八十七回写宝钗赠黛玉歌诗,则违背了宝钗含蓄浑厚的性情风格,成了呼天抢地的悲吟。站在续书通俗的立场上,当然可以说这是随着事态的变化,人物的性格也可以变化,但从原著的立场来说,这是不可接受的杜撰。宝琴说《桃花行》是自己作的,宝玉都说“不像蘅芜之体”,“我知道姐姐断不许妹妹有此伤悼语句,妹妹虽有此才,是断不肯作的”。宝钗自己怎么可能作出这样的诗呢？

后面写妙玉和惜春下棋，是为铺衬惜春将要出家当尼姑，却忘了妙玉和惜春的性格冰炭不容。妙玉孤高怪僻，只和黛玉、宝钗、湘云这几个大观园里的尖子有所交往，根本看不起其他人；而惜春又是另一种孤僻冷淡，对贾家的姐姐们也寡薄得很，对自幼伏侍自己的丫头入画也无情无义。所以写妙玉和惜春交往纯粹是从同为"尼姑"这种表面现象着眼，却完全违背了人物的性格逻辑。

后面写妙玉见到宝玉，看了宝玉一眼就"脸上的颜色渐渐红晕起来"，这种轻薄外露的描写与前面"喝体己茶""乞红梅""叩芳辰"一比较，就看出原著与续书的雅俗之别有如天壤。至于妙玉走火入魔，哭哭闹闹，抱住女尼叫妈，更是把孤标傲世的妙玉亵渎了。读者对这些情节境界感受不一样，就是审美接受素质的问题。

第八十八回贾母责备宝玉不念书而淘气，宝玉为贾环当枪手而贾环买东西孝敬宝玉，贾母又不信贾兰会对对子，又说宝玉"如今你还了得"，这些描写离开前八十回的文脉实在差得太远。贾母从来是宠宝玉而不问是非的，现在却扮演起了贾政的角色。宝玉、贾环、贾兰早在《姽婳词》一回中就古风、律诗、绝句齐上，这一回忽然又做起启蒙的功课来"对对子"。贾环一贯对宝玉虎视眈眈，现在却兄弟之间互助互爱起来。所有失误的核心都是平庸化世俗化，用一般人家的情况想象模拟贾府。

贾珍鞭悍仆的故事也不合情理。荣国府与宁国府分门另户，所以前面有荣府婆子不服尤氏传唤之事，又有王夫人等去皇陵时尤氏代理荣府家事敷衍塞责之语。本回写贾珍和贾琏共同鞭打荣府奴仆，又是把复杂的背景简单化了。对贾芸进一步俗化，而贾芸给凤姐送礼，凤姐居然不接受，也违背了凤姐的贪婪性格。

第八十九回曾得到一些人的欣赏，说宝玉怀念晴雯和黛玉杯弓蛇影的故事写得不错。确实，续书写这两个故事是承接"晴为黛影"的方法，用宝玉感念晴雯暗示后面的黛玉焚稿。但一进入细节，就圆凿方枘，格格不入。

比如宝玉感怀晴雯是因孔雀裘而引起，但宝玉去上学，并非出席盛大宴会，袭人怎么会挑孔雀裘这种节日盛装给宝玉穿呢？宝玉去上学是要穿得朴素一些的。何况袭人非常细心，又深知宝玉对晴雯的感情，她怎么会这么没心眼呢？本回甚至写袭人故意对宝玉提到“你瞧瞧那上头的针线……”这种很刺激的话，对宝玉思感晴雯，麝月和袭人“挤着眼儿笑”，宝玉填写的那首怀念晴雯的词语调肤浅轻薄，成了一首艳诗。这些都是失分寸的写法。

至于写雪雁、紫鹃和黛玉风声鹤唳，自惊自扰，也背离了前八十回的性格规定性。慧紫鹃，灵黛玉，不可能这样表现。这还是一个雅和俗、奇人之书和俗人之书的境界差别问题。

第九十回写黛玉“心病心药治”，从一般通俗小说的水平可以说写得好，却不符合曹雪芹笔下林黛玉的个性，那是一个浸透了中国传统文化精华灵秀的诗魂，不能这样病得快病得怪又好得快好得怪。这还是俞平伯说的续书的写法太浅太露的问题。读者感觉的不同就是一个气质差异、文化修养与欣赏习惯的问题，是层次境界的问题。当然这样说有点刺激人，我的境界就低吗？我的气质就俗吗？这正是“两种《红楼梦》”争论很尴尬的地方。

王夫人对黛玉的不满前八十回早已伏脉千里，这一回却写王夫人向贾母建议让宝黛联姻，而由贾母否定，说黛玉“乖僻”，是“外人”。贾母、邢夫人、王夫人、凤姐四条心变成了一条心，贾府这种空前“安定团结”的局面与八十回末的紧张形势完全不同了。所以由原著到续书，是由多线索变成了单线索，由复杂变简单，由奇书变俗书。

凤姐喝骂婆子维护邢岫烟，是表现一点家族内部矛盾，由于离开了核心冲突，就只能写这种外围的小事件。但迎春已嫁，远房穷亲戚邢岫烟怎能独居紫菱洲？第八十回迎春归省，已经有王夫人命人收拾紫菱洲房屋之语，可见早已人去楼空。后面写薛蝌作诗，宝蟾和夏金桂勾引薛蝌，都是离开了十二钗和贾宝玉的外围故事，写法也浅露平俗。

第九十一回以写夏金桂、宝蟾引逗小叔薛蝌为主要篇幅，孤立地看，刻画得比较生动，与前八十回比，缺点仍然是写得过于直露。这个故事所表现的思想倾向，即谴责妇女不守“妇道”，却和曹雪芹的思想相悖离，曹雪芹的妇女观相当超前，前八十回对秦可卿、尤二姐、尤三姐包括对王熙凤的描写，都没有这种传统思想。我们甚至可以说曹雪芹是有点“偏激”的，他认为妇女哪怕淫乱，甚至谋杀，都应该得到某种原谅，她们的罪过首先应该由“须眉浊物”的男子承担，由那个社会制度承担。

同时，这样大篇幅地写夏金桂、宝蟾，从结构上也不适当，曹雪芹的笔墨主要集中在大观园内，集中在十二钗身上，不会这样散漫歧出。本回结尾时写宝玉和黛玉谈禅，由于谈禅这种活动本身就有文化魅力，宝黛用谈禅方式互相试探爱情的坚定性就更吸引人，所以这一段描写历来受到赞扬。但如果看前面“诉肺腑”之后宝玉和黛玉就已心心相印，黛玉早已不再试探宝玉，则这里的描写就不恰当了。当然从“俗人之书”即“爱情婚姻悲剧”的常规思路，又可以说随着形势的改变，宝黛需要再度对爱情互相认证了。

第九十二回写宝玉给巧姐大讲《女孝经》《列女传》，完全是“禄蠹”口吻，太离谱了。侠义豪迈的冯紫英到贾府当推销商，精神全失。冯紫英是宝玉和薛蟠的朋友，这时却成了贾政的座上宾，前八十回绝不会这样写，曹雪芹对贾政这些老一代男子的笔墨是极吝啬的。续书许多情节游离了原著家族内斗和宝玉叛逆的主线，是续书散漫拖沓的一个原因。本回补结司棋与潘又安的公案，双双殉情，写得不错，不过司棋极有主意，潘又安发了财回来，原著是否这种直截了当的写法，还是值得斟酌。

第九十三回更是游离了主要人物和主要线索的赘笔浮墨。写衙役劫夺贾府租粮，贾芹在尼庵窝娼聚赌，都是离开了贾宝玉和十二钗的命运及家族内斗来写子弟不肖、家道衰败，这必然带来结构的松散，并使篇幅冗长。

第九十四回海棠复活，闹起花妖，林黛玉凑趣，宝玉等作诗，可以说俗不可耐。通灵玉奇怪地失踪，更是简单的世俗迷信。紫鹃居然心想林黛玉“难伏侍”，贾宝玉“见一个爱一个”“贪多嚼不烂”，都大大违背前八十回人物性格和美学风格，中心问题还是一个“俗”字在作怪。

第九十五回已经逐渐进入“宝黛钗爱情婚姻悲剧”的高潮。由于前八十回宝玉逆反性格的规定性，让宝玉在神志清醒的状态下娶宝钗为妻简直没法写。为了解决这个续书的难题，就设计了通灵玉丢失而宝玉失魂落魄这个浅薄的迷信情节。

这首先改变了原著的大设计，即补天顽石幻化的通灵玉和神瑛侍者贾宝玉并不是完全重叠的，而是互相象征但又各自独立，前者是后者的“随行记者”，它记录下所见所闻，故《红楼梦》又叫《石头记》，原是“石头所记”嘛。通灵玉丢失，离开故事现场，当然就不是“石头记”了。（为解决这个明显的矛盾，程高本对第一回也做了重大改写，将补天顽石和神瑛侍者合二为一。）再说原著写宝玉多次摔玉、砸玉，可见通灵玉根本不是贾宝玉的“命根子”，这种迷信滥套原著根本不屑一顾。

这一回写了元春病故，元春的命运结局与朝廷和家族复杂斗争的背景脱钩，不再照应前八十回暗示的宝玉娶宝钗应由元春出头做主的伏线，都是续书改变原著基本构架的产物。

在宝玉失魂、元春暴死、薛蟠吃官司的背景下，让宝钗同意嫁给宝玉，是荒谬的写法。这样不吉祥不合法不尴不尬的婚姻，何况还要冒名顶替，薛家怎么能接受这样大失体面的婚礼？精明练达又自视甚高的薛宝钗又怎么会答应呢？宝钗做出一副婚姻大事应由母兄做主，自己表态就非封建淑女的面孔，是把宝钗的思想性格由“圆”变“扁”。总之续书放弃了原著千头万绪的网状结构法，变成了“包办婚姻”的简单情节而敷衍故事。

第九十六回又写王子腾病故，这是在加强“一损俱损”的家族败落趋势，可惜都是些外围的简单叙述。但这样一来，宝玉成亲就是在亲舅舅和亲姐姐两重丧事的背景下，而姐姐又是皇帝的贵妃，国孝家孝，怎么使得呢？我们只看前面贾琏偷娶尤二姐，不过是二房，还因本家大爷贾敬刚死不久而违理犯法，凤姐唆使张华告状，说贾琏国孝家孝中娶亲大逆不道，国孝是指老太妃的丧事，所以凤姐后来向贾母编谎，还要以贾琏不在家为借口，表示并没有违理犯法。饱经世故的贾母和贾政怎么会在贾元春和王子腾的丧事中给贾宝玉娶亲呢？这显然又是从一般老百姓的情况来编造故事，忽略了典型环境和典型性格。

花袭人向王夫人说明了宝玉和黛玉的心事，贾母居然说出“林丫头倒没有什么”这样的毫无心肝之语，凤姐则设计了个“调包计”。且不说这太违背了贾母和凤姐的性格逻辑，而且太不符合国公府的背景情境了，宝玉娶亲是大事,怎么可能不通知亲戚朋友而自己关起门来演什么“调包计”呢?这种“狸猫换太子”式的情节完全是一种俗化的造作。同样,对本回林黛玉“迷本性”的描写,站在通俗化的审美立场观照,可以作出比较高的评价,站在原著的审美立场观照,则会觉得写得太露、太俗。这同样是“奇人之书”和“俗人之书”的泾渭所在。

第九十七回黛玉含愤而死和宝钗出阁一对一的描写,造成了所谓“强烈对比”,但这明显是一种人为的“巧合”,其实大大违背了原著在第一回就宣示过的美学宗旨“追踪蹑迹,不敢稍加穿凿”的写实主义。

不过有意思的是,贾母弃黛择钗的思想性格变化,正好与后来“以阶级斗争为纲”的“阶级分析”的思维定式相符合,而黛死钗嫁的“戏剧性”对照似乎也能与“斗争性”美学合拍,这就使续书的这个“宝黛钗爱情婚姻悲剧”融入几十年来愈益占上风的思想斗争和阶级斗争之中了。贾宝玉的“叛逆性”主要从“反对包办婚姻”这一点来凸显,也打动了确实有现实生活基础和历史延续性的多少代普通青年男女。越剧电影《红楼梦》的社会效应最能说明这一点。

对续书的这种历史功绩,当然应该给予适当的评价。但如果站在尊重曹雪芹原著的立场上,续书的这种写法则不能被认可。正像俞平伯早就指出的,原著与续书,离则双美合则两伤,可惜它们又偏偏要合在一起。“两种《红楼梦》”的历史纠缠也就无法避免。

第九十八回写宝钗针砭宝玉心病,“深知宝玉之病实因黛玉而起,失玉次之。故趁势说明,使其一痛决绝,神魂归一,庶可治疗”,这是今天所谓“心理治疗”中的情绪宣泄法,用一般说部标准衡量,也算好文章。但原著中宝玉“意淫”“情不情”,却不是一般失恋悼亡的悲欢离合,而是有深刻哲理和文化内涵的形而上大悲情大感慨大绝望和大希望大理想大寻求。

本回追叙黛玉临死前情景,最后直声而叫“宝玉,宝玉,你好……”,这句没有下文的呼叫自然可以说有恨也有爱,含意很丰富。但归根结底,“恨”是最基本的感情,书中通过上回紫鹃和下回凤姐的话语,也交代得很清楚。这就是续书“黛死钗嫁”和原著“眼泪还债”两种不同爱情悲剧的本质区别,“眼泪还债”意境的核心是“知音”“为知己者死”，是互相为了对方的存在而自我牺牲，肯定了“爱”的终极情怀意向。

两种爱情悲剧对读者心理(扩而大之也就是民族文化心理)作了不同的价值导向。续书的爱情婚姻悲剧特别适合“阶级斗争”时代的需要，即思想简单化、性格单纯化、矛盾表面化、斗争尖锐化、艺术浅俗化和恨比爱更重要的价值观念，因而长期走红。

总之，还是“奇人之书”与“俗人之书”的区别。这种区别甚至表现在一些具体的写作手法上，如本回对黛玉死时的情景描写得很具体，像“摸了摸黛玉的手已经凉了，连目光也散了”“便浑身冷汗，不作声了”“那汗愈出，身子便渐渐的冷了”，如此“写实”，展现死亡的丑陋，与前八十回写金钏儿、晴雯、尤三姐、尤二姐等人之死时那种空灵写意的诗化笔法圆凿方枘。

由于宝黛钗的爱情婚姻悲剧在第九十八回已经写完，所以从第九十九回开始就铺排家族的败落。既然不再以家族的内争内斗为主要动力，于是写了许多和主要线索主要人物脱节的篇幅。本回主要写贾政在外任上受手下衙役摆布，欲作清官反作了贪官的故事。孤立地看，当然可以说暴露了一些封建官场的黑暗。但曹雪芹笔下的贾政并不是这样一个简单化的窝囊废，更重要的是曹雪芹的笔墨精神主要放在贾宝玉和十二钗身上，即“正邪两赋之人”身上，不会让贾政这些“须眉浊物”占据太多篇幅。

从第一百回到第一百二十回，写以贾家为首的四个家族的败落，以及人物的命运结局。其成功和失败都只有站在“奇人之书”和“俗人之书”的立场上才能说得清楚。整整二十回书，节奏进展缓慢。为什么会这样呢？第一，家族败落脱离了原著贾府内部大房和二房、二房嫡子和庶子之间矛盾斗争的基本线索，因而各种事件都是孤立的，各说各的。第二，宝黛钗的爱情婚姻悲剧已经完成，剩下的一些余波微澜也是彼此游离。第三，不再以贾宝玉和十二钗为主要描写对象，而让许多次要人物占了场面。这就造成这二十回书“流水账”或“生活流”式的写法，漶漫弛荡。而其人物性格、故事构成、思想和艺术，都是“通俗”的，总之，是“俗人之书”。

如第一百回夏金桂勾引薛蝌，第一百零二回贾赦在大观园请神捉鬼，第一百零三回夏金桂害人反害己，第一百零四回倪二、贾芸和贾政的故事等，就都是次要人物和“须眉浊物”占了场面。写到紫鹃时，一会说她仍然怨恨宝玉，一会又写她与袭人阻止宝玉出家，一会又因为宝玉对林黛玉灵柩回南无动于衷再怨恨宝玉，完全脱离了前八十回“慧紫鹃”的性格定位，成了一个不明事理的糊涂人。这种“糊涂”从一般世俗心理当然也能作出“合理性”的解释。

写到宝钗，正如俞平伯在《红楼梦辨》中所批评的，“宝钗以手段笼络宝玉，始成夫妇之好。……高氏写此节，想是为后文宝钗有子作张本。但宝钗怀孕，何必定在前文明点？即使要写明，又何必写宝钗如此不堪，弄什么‘移花接木’之计？妻子对丈夫，用什么计来献媚争宠，这是什么话！况且以平日宝钗之端凝，此事更为情理所必无。雪芹原意要使闺阁昭传(第一回)，像他这样写法，简直是污蔑闺阁了。”[10]这把原著与续书的雅俗之别判断得很清楚。不过后来的许多研红者却不认同俞平伯的这种批评，或者说续书所写正暴露了薛宝钗的虚伪和狡猾，或者从另一种角度说这正是宝钗的可感可爱之处。这实在是传统文化修养失落太多而导致审美气质俗化的结果。

从第一百零五回到第一百一十回，抄没贾府及抄家后的余波直到贾母病死，是续书中写得比较好的章节。能够生动地描写出清代抄家的悲惨场面，写出贾母在抄家后独撑大局的豁达气度，当然有一定的审美价值。但从续书是否忠实再现了原著未尽的创作意图而言，这几回续书仍然是失败的。

首先是抄家来得太迟了，前八十回末王夫人的“内抄”和甄家的被抄已经是贾家被抄的示警，文章气势已经渲染得如箭在弦上。续书却悠悠缓缓，过了二十五回才写抄家，是太姗姗来迟了。其次是抄家的原因写得太简单，因而其后果也严重程度不够。原著的抄家是“内乱自残”和“外祸抄家”互相启动。原著中贾府内斗的基本线索在续书中被放弃了，转而写一些贾政外任、贾芹尼姑庵等外围的故事，因而抄家的原因也就是虚捏一些罪名，又有北静王、西平王的徇情保护，当然就不可能是“忽喇喇似大厦倾”“落了片白茫茫大地真干净”那种结局。

因此，原著与续书就出现了两个不同的贾母形象。续书所写“散余资”

“明大义”的贾母，与《三国志演义》中的徐庶之母、王经之母，《说岳全传》中的岳飞之母、杨家将故事中的佘太君有相似之处，其形象内涵都没有摆脱老套子，贾母的优游潇洒以“复世职政老沐天恩”这种对皇家的感恩戴德为前提。原著所写却是覆巢之下安有完卵式的悲惨恐怖，贾母根本不可能福寿绵长地活下去。也许原著写贾母活不到抄家的时候，因为贾母病危或病故，贾府的内争内斗才能淋漓尽致地展开。

从第一百一十一回到第一百二十回，归结了鸳鸯、赵姨娘、妙玉、凤姐、贾惜春、巧姐、紫鹃、花袭人的结局，最后以贾宝玉应举后出家，甄士隐和贾雨村的“理论总结”结束全书。表面看来，似乎也都是按照第五回的“册子”判词来敷衍的，症结在于以“俗人之书”取代了“奇人之书”，因而都是貌似而神非。比如鸳鸯自杀毫无道理，贾赦已经充军，不再对鸳鸯构成威胁，鸳鸯之死成了纯粹的“奴殉主”这种最愚昧、落后、野蛮的行为，续书还让宝玉和宝钗对这种行为表示敬意，与曹雪芹的思想立场价值观尖锐对立。

赵姨娘和凤姐临死时受到阴司报应的描写更是庸俗的迷信。后四十回有许多神神鬼鬼的事情，与前八十回的浪漫神话全然不可同日而语，这就是思想境界和艺术境界的差别，是人生观世界观的差别，是个性气质和文化层次的差别。对妙玉、惜春、巧姐、紫鹃和袭人的归结，其问题也在一个“俗”字，与前八十回比，是一种审美素质的堕落（为节省篇幅，不再具体论述，可参看拙著《新评新校红楼梦》[11]）。当然如果读者本人就站在通俗的立场上，也可以看出一些好处和妙处。

二、雅文学与俗文学的分野

前八十回与后四十回，曹雪芹原著与程高本的分歧与差异，说到底是一个雅文学与俗文学的分野。比如关于贾宝玉的中举和出家，20 世纪 50 年代以后的评论，是一方面说中举乃续书的局限，一方面说出家表现了对封建主义的反抗和决裂。这种似乎在“一分为二”的结论其实是没有深究文本的“形而上学”（片面性、孤立性、绝对性）。俞平伯在《红楼梦辨》中已经有比较切实的分析："高鹗一方面羡慕白日飞升，一方面又羡慕金章紫绶；这真是中国人底代表心理了。王雪香批评这一节文字，恭维他是'良工心苦'，想也是和高鹗有同样的羡慕的。"（"底"即后来的"的"）[12]只可惜俞平伯的论点没有向更深的理论层次掘进，后来人只知道盲目地"批判"俞平伯，实在他们自己要比俞平伯"唯心""形而上学"得多。

俞平伯这三言两语所涉及的其实就是20世纪80年代文化界深入讨论的中华民族的文化心理问题，一种通俗层面上的"儒道互补"：贾宝玉一方面给家庭留下了香火继承人，又留下了功名的荣誉，最后还拜别了父亲，尽到了对家族的全部责任，也就是实现了"忠"与"孝"；另一方面则披着大红猩猩毡斗篷与两位神仙白日飞升、成佛作祖，这达到了所谓"腰缠十万贯，骑鹤上扬州"的人生完美境界。这种人生完美境界的本质就是一个俗字，与"对封建主义的反抗和决裂"不沾边，与生命的悲剧意识、终极价值的追求等形而上层面更是风马牛不相及。

这在最后一回甄士隐和贾雨村的"理论总结"里表达得十分明白，所谓淫字固不可犯，情字也沾染不得，所谓兰桂齐芳、高魁贵子，所谓急流津觉迷渡口，正是否定叛逆的"情"，肯定正统的"礼教""理学"和"空无"，回归世俗的"光明尾巴""曲终奏雅"的审美格局，消解了生命悲剧意识（"黛死钗嫁"是一个伦理性质的世俗悲剧，与"大团圆"的老传统并无根本矛盾，参见拙著《石头记探佚》[13]），完全是一个传统的"儒道佛互补"的意识形态总结。

把话说回来，则是俗文化也有它一定的历史合理性和社会基础。后四十回的故事、境界、思想倾向、艺术手段从通俗文化、通俗文学的角度看有它的价值和意义。正因为它通俗，所以更容易为一般的社会大众所理解和接受，即使那些研究《红楼梦》的专家学者，也有极大一部分人愿意认同这种通俗的审美接受，毕竟，俗人是大多数，奇人是极少数。从这种角度和立场，自然可以欣赏后四十回写黛死钗嫁的"悲剧美学"，写薛宝钗在贾宝玉出家前后的悲苦无奈之"心理深度"，写贾府被抄没的"社会形象史"，写贾母在抄家后的"政治家风度"等等。

从客观的效果来说，续书有它积极的方面，特别是对传统时代青年男女争取爱情自由婚姻自主有鼓舞人心的作用，对揭露家长包办婚姻的不合理性有认识意义，而这又是一个长时期的历史课题和社会人生课题。尤其是与那些不入流的《红楼复梦》《红楼圆梦》等“续书的续书”比较起来，后四十回续书更显示出它的思想和艺术光彩。

打个比方，曹雪芹原著好比杜甫和李商隐的诗，后四十回续书好比元稹和白居易的诗，“续书的续书”好比张打油的诗。杜博大李隐僻，非一般人能轻易理解，需要专家作“笺”作“解”，元轻白俗，却连文化不高的老妪也能首肯。但不能因此说“元轻白俗”比张打油要高明得多，因而“反证”元白等同杜李，“逻辑”能这样推导吗？

在21世纪商品大潮将空前泛滥，通俗文化和通俗文学将空前兴盛，“后现代”俗化趋势将愈演愈烈的背景下，后四十回续书格局的《红楼梦》仍然会有它的认同者，近年来连续出版的一些对后四十回大唱赞歌的红学研究著述（如宋浩庆《红楼梦探》、李国文《红楼非梦》、程贤章《我说红楼》等）就是一个表征。要把《红楼梦》转化为舞蹈、歌剧、地方戏剧等通俗艺术形式，后四十回续书格局的“爱情婚姻悲剧”也更容易讨好，我们看《荒唐宝玉》和新越剧《红楼梦》等的改编都是如此。所以，后四十回续书将继续有它的历史位置，有它的群众和社会基础，有它的审美接受市场。这些当然有其合理性，有其社会作用和历史意义。

但另一方面，21世纪同时还将有另一种现实，那就是全民性受教育程度将普遍提高，社会的文化和艺术选择将更为广泛和多元。这就必然会有越来越多的人不满足于后四十回续书格局的《红楼梦》，而对曹雪芹原著的高超境界产生兴趣，会有越来越多的人看出“两种《红楼梦》”的不同，会有越来越多的人不想停留在“俗人之书”的层次而要问鼎“奇人之书”。不仅是在小说的思想内容层面，而且是在“叙述学”“语义学”等更深刻的理论层面，看出曹雪芹原著的超前性、创造性，后四十回续书的滞后性、通俗性。这种趋势也已经出现了苗头。

比如王彬《红楼梦叙事》⑭，就从叙述学的视角立论分析，在这种观照下，原著与续书“两种《红楼梦》”的本质差异也就在理论层面昭然若揭。又如蒲向明发表的论文《内敛态:程本红楼梦时间观念之表征》[15],指出原著《红楼梦》叙述方式的安排与传统故事生成情节的自然顺序不同,时间观念是一种立体的无序延展,小说的叙述时间和故事时间彻底分开,脱离了物理时间的单一矢向,时间在小说中不是常量,而是一个变量,是具有心理意义及其价值的艺术时间,有独特的美学效果。而后四十回续书则做了相反的改造,时间观念竭力内敛,以常量代变量,具体表现为:心理时间物理化、弹性时间直接化、模糊时间明确化。这种在时间观念上的内敛态表征,使时间观念单一的状况,利于一般读者解颐并接受内容,但无疑使读者减少了对主人公精神生活的了解。后四十回虽然对促进章回小说文本的解读与普及有作用,但此后断绝了中国古典章回小说在时间观念上所获得的第一次倾向近代化的机遇。

这就从比较深的理论层面看出"两种《红楼梦》"之巨大的历史性得失。再从语言层面看,前八十回融化了传统文化精粹又特别具有独创性、陌生化追求的语言和后四十回一味"白话"通俗化的语言也大相径庭。前八十回句式变化多,生动活泼,更富文采,后四十回的句子比较呆滞平淡,更像普通口语。前八十回中一些独出心裁的语词创造如"忙玉""时宝钗""情赃"等都被程高本改得"规范化"了。这个问题其实相当值得研究,因为这实际上涉及对五四运动反对文言文提倡白话文其合理程度的重审问题。

因此,后四十回续书是以掩盖扼杀原著之超前的思想和艺术为沉重代价而实现其某些历史积极意义的。对"两种《红楼梦》"这一历史文化现象的审视研究本身也就成了一个极为重要的课题。我们应该超越对原著和续书具体接受的感性评价,而作更深入更具理论意义和文化意义的观照,从对这一"《红楼梦》现象"和"《红楼梦》情结"的分析进入对民族文化心理、艺术审美传统、哲理价值观念的深刻解剖,进而对影响和提升中华民族的心理气质、审美素质、文化境界作出贡献。这就是周汝昌提出"红学应定位于'新国学'"其精髓和本质所在[16]。

在进入这些较深的观照之先,引入"分层"的概念是必须的,这样就可以让"两种《红楼梦》"各归其位,各自在其不同的视域显示其价值与意义,各自在其不同的社会接受群体中发挥作用，而不必作非此即彼的永远不可能有共同立足点的争论。另一方面，正是由于有了后四十回续书的出现，《红楼梦》研究才变得更加富有趣味性和挑战性，在一部小说的背后才有了如此交缠复杂的文化纠葛，才产生了如此广阔邃远的思辨余地，红学的内涵和外延才更增加了褶叠隐蔽的层面。

有了后四十回续书，才衍生了新红学的考证，才刺激了探佚学来去伪返本，才激发起“拥曹派”和“拥高派”持久不息的热情来驰骋辩才，因而使红学有了从对一部小说的研究上升为一种更高品位学术的契机，才使红学变得如此激动、热烈、热闹、争论不休、群语喧哗、众神狂舞、惊天动地，才使“分层”成了一件有着无穷意义的阐释工作。从这个意义上，我们不仅应该感谢曹雪芹未完的原稿，也应该感谢后四十回续书。

【注解】

① 程伟元《红楼梦序》

②《红楼梦研究参考资料研究选辑》第一辑，36 页，北京，人民文学出版社1973 年 10 月出版

③ 俞平伯《红楼梦辨》，第 5、6 页，北京，人民文学出版社 1973 年 8 月出版

④ 俞平伯《红楼梦辨》，第 60 页，北京，人民文学出版社 1973 年 8 月出版

⑤周汝昌《献芹集》，第 16 页，太原，山西人民出版社 1985 年 3 月出版

⑥ 俞平伯《红楼梦辨》，第 42 页，北京，人民文学出版社 1973 年 8 月出版

⑦ 俞平伯《红楼梦辨》，第 39 页，北京，人民文学出版社 1973 年 8 月出版

⑧ 俞平伯《红楼梦辨》，第 46 页，北京，人民文学出版社 1973 年 8 月出版

⑨ 俞平伯《红楼梦辨》，第 47 页，北京，人民文学出版社 1973 年 8 月出版

⑩ 俞平伯《红楼梦辨》，第 45 页，北京，人民文学出版社 1973 年 8 月出版

⑪ 梁归智《新评新校红楼梦》，太原，山西古籍出版社 1995 年 5 月出版；三晋出版社 2012 年 11 月新版

⑫ 俞平伯《红楼梦辨》，第 42 页，北京，人民文学出版社 1973 年 8 月出版

⑬ 梁归智《石头记探佚》，太原，山西教育出版社 1992 年 10 月增订版；最新版名《红楼梦探佚》，北京，北京师范大学出版社 2010 年 8 月出版

⑭ 王彬《红楼梦叙事》,北京,中国工人出版社 1998 年 5 月出版

⑮ 蒲向明《内敛态:程本红楼梦时间观念之表征》,《南都学刊》1999 年第 1 期

⑯ 龙协涛《红学应定位于“新国学”——访著名红学家周汝昌先生》,《北京大学学报》1999 年第 2 期

探索红楼文化思想

提要：

从孙悟空的“齐天大圣”到贾宝玉的“遮天大王”有深刻的内在精神联系。

贾宝玉挨打的故事所体现的写作逻辑，是贯穿传统时代最根本的两个价值准则：万恶淫为首，百善孝为先。

贾宝玉的“淫”是“意淫”而不是“皮肤滥淫”，实质是唯情主义，唯美主义，唯诗主义。

宝玉挨打的风波得以平息，是“百善孝为先”的价值准则在起作用。

宝玉和贾政之间情和礼的冲突是人类社会根本性的困惑，是“诗意的思维”与“常规思维”、人本主义与科学主义之间的永恒对峙。

曹雪芹的超前和叛逆思想，可以追溯到李贽的影响。

“童心说”与“正邪两赋论”分别是李贽与曹雪芹的“思想纲领”。

李贽“护法裙钗”的妇女观与《红楼梦》中推尊女儿的思想相通。

李贽“圣人糠秕”，而曹雪芹借小说人物“毁僧谤道”。

李贽和曹雪芹是封建社会后期思想界的“前卫”与“先锋”。

禅、《红楼梦》与中国天道。

宝玉的天性、梦性可用一“痴”字形容。在《红楼梦》的语境中，这个字充溢着生存境域的终极深意。

贾宝玉的"痴",是"能借人生本身蕴含的大机大势而出意境和情境",就是禅宗那种不离生活日用处处可修道悟禅的识度,"痴"是"中华文化上的异彩"。

曹雪芹在《红楼梦》中所体现的"异质"文化精神仍然有它传统文化的深隐的根据。

《红楼梦》洋溢着浓郁葱茏的诗意不仅是一个"写作技巧"问题,而有着关系到"天道""存在"这种"终极视域"的深远意义。

红学应该参预到当下的中西文化的对话之中,为中国传统文化与西方文化的遇合沟通作出贡献。

关键词:

逆反/ 意淫/ 淫/ 孝/ 李贽/ 痴/ 禅/ 中国天道

无论说《红楼梦》的"哲学精神"或者"主题思想",都不能脱离塑造了曹雪芹的中华传统文化语境,不能脱离对曹雪芹所处的时代及其家族、家庭等大背景的了解,当然更不能脱离《红楼梦》的文本实际,说到底,我们是从阅读《红楼梦》来理解曹雪芹的。所以,下面就从小说的某些细节入手,来探索一下曹雪芹的文化思想和精神境界。虽然可能是蜻蜓点水,却能见微知著,这也许比那种所谓"体系化"的论述要亲切得多,也有说服力得多。

一、从"齐天大圣"到"遮天大王"

《西游记》里的孙悟空从天生石猴到水帘洞自号美猴王,到强迫玉皇大帝封自己为齐天大圣,最后取经成功被如来佛祖封为西天的斗战胜佛,这三个封号很巧妙地体现了作为一种逆反思想象征之孙悟空的精神发展历程。当然孙悟空还曾受骗当过弼马温,在保唐僧取经的路途中是孙行者,这两种身份更多是属于情节性、过渡性的安排,可暂且略而不论。

我在《自由的隐喻——西游记的一种解读》一文中曾这样表述过:"前七回的孙悟空英雄传奇具有极大的魅力。从天生石猴到美猴王,从寻仙学艺到闹龙宫、闹幽冥、闹天宫，从齐天大圣到被压五行山下，孙悟空是自由意志的象征，奋斗反抗的象征，造反有理的象征。”“在《西游记》里，佛比儒和道更具有‘意义’的感召力。太上老君的兜率宫离天庭很近，如来佛的西天则似乎离得较远，西天的在野地位更强烈，因而其‘意义’也更昭彰。从这种角度看，西天又与自由离得比较近了。孙悟空最后成了斗战胜佛，而不是向玉帝俯首称臣，这种结局还是曲折地为自由留下了更大的空间。”①

顺着这个思路“接着讲”，我们比较《西游记》和《红楼梦》在思想和艺术上的前后承传关系，是颇耐人寻味的。

曹雪芹写贾宝玉，是受到《西游记》里的孙悟空影响的。这只要看贾宝玉“落草”时口里含的那块通灵玉即补天不成的顽石，贾宝玉的前身神瑛侍者之“神瑛”和“通灵宝玉”（顽石）有一种象征关系即可明白，因为“神”也就是“宝”，“瑛”即是“玉”，而玉其实不过是石的一种高级形态而已。当然曹雪芹吸取了《庄子》“谬悠之说，荒唐之言，无端崖之辞”的气质神韵，使自己的艺术创造更具有了空灵恍惚的特征。贾宝玉是神瑛侍者，通灵玉是补天顽石，二者虽然彼此映照隐喻，却并不能完全画等号。而孙悟空，则就是石头的化身。正如第一回所写：

> 那座山正当顶上，有一块仙石。其石有三丈六尺五寸高，有二丈四尺围圆。三丈六尺五寸高，按周天三百六十五度；二丈四尺围圆，按政历二十四气。上有九窍八孔，按九宫八卦。四面更无树木遮阴，左右倒有芝兰相衬。盖自开辟以来，每受天真地秀，日精月华，感之既久，遂有灵通之意。内育仙胞，一日迸裂，产一石卵，似圆球样大。因见风，化作一个石猴。五官俱备，四肢皆全。便就学爬学走，拜了四方。目运两道金光，射冲斗府。

比较一下《红楼梦》开头对那块补天顽石的描写是有趣的：

> 原来女娲氏炼石补天之时，于大荒山无稽崖炼成高经十二丈、

方经二十四丈顽石三万六千五百零一块。娲皇氏只用了三万六千五百块，只单单的剩了一块未用，便弃在此山青埂峰下。谁知此石自经锻炼之后，灵性已通，因见众石俱得补天，独自己无材不堪入选，遂自怨自叹，日夜悲号惭愧。

《西游记》中的仙石“三丈六尺五寸高，按周天三百六十五度”，《红楼梦》里的顽石“娲皇氏只用了三万六千五百块”，旁有脂批：“合周天之数”。这都是从一年三百六十五天的历法衍化来的。《西游记》里的仙石“二丈四尺围圆，按政历二十四气”，《红楼梦》里的顽石“高经十二丈，方经二十四丈”，旁边有脂批“总应十二钗，照应副十二钗”，因为第五回警幻仙姑给贾宝玉看的“薄命司”里的“册子”中的金陵十二钗是“正册”十二，“副册”和“又副册”各十二合起来是二十四。这又都是从一年十二个月和二十四节气生发出来的。

《西游记》里的仙石“每受天真地秀，日精月华，感之既久，遂有灵通之意”，《红楼梦》里的顽石“自经锻炼之后，灵性已通”，后来就被称为“通灵玉”。通过这种情节比较，可以看出《红楼梦》在这个基本情节的构思上受《西游记》的影响十分明显，当然曹雪芹后来居上，其创造性也更为匠心独运。

周汝昌在《红楼梦与中华文化》中论证曹雪芹赋予贾宝玉以“三王号”，是对曹雪芹写作艺术奥妙的一大发现，所论至为精当。这三王号就是在第三十七回起诗社时提到贾宝玉小时候的别号“绛洞花王”，第三回作者通过王夫人之口对初进贾府的林黛玉说宝玉是“混世魔王”，以及在第二十九回通过张道士之口说“前日四月二十六日，我这里正做遮天大王的圣诞”，而四月二十六日其实就是贾宝玉的生日（按周汝昌考证，也是曹雪芹的生日），“遮天大王”就成了贾宝玉的一个隐喻性别号。

我们把贾宝玉的“三王号”与孙悟空的三个封号作一下对照，就可以看出曹雪芹显然又是从《西游记》获得的艺术灵感。“绛洞花王”相当于“美猴王”，都有一种“浪漫”色彩，都是“儿童”时代之“自我”扩张意识的一种表现。《西游记》第一回中石猴“敢为天下先”，跳进水帘洞，为众猴寻得一个洞天福地，书中接着描写：

石猿端坐上面道："列位呵，人而无信，不知其可。你们才说有本事进得来，出得去，不伤身体者，就拜他为王。我如今进来又出去，出去又进来，寻了这一个洞天与列位安眠稳睡，各享成家之福，何不拜我为王？"众猴听说，即拱伏无违。一个个序齿排班，朝上礼拜。都称"千岁大王"。自此，石猿高登王位，将"石"字儿隐了，遂称美猴王。……美猴王领了一群猿猴、猕猴、马猴等，分派了君臣佐使，朝游花果山，暮宿水帘洞，合契同情，不入飞鸟之丛，不从走兽之类，独自为王，不胜欢乐。是以：

春采百花为饮食，夏寻诸果作生涯。

秋收芋栗延时节，冬觅黄精度岁华。

《红楼梦》第二十三回贾宝玉和众姐妹搬进大观园居住，其实相当于石猴与众猴寻得了花果山的水帘洞，且看其描写：

且说宝玉自进园来，心满意足，再无别项可生贪求之心。每日只和姊妹丫头们一处，或读书，或写字，或弹琴下棋，作画吟诗，以至描鸾刺凤，斗草簪花，低吟悄唱，拆字猜枚，无所不至，倒也十分快乐。他曾有几首即事诗，虽不算好，却倒是真情真景……

显然，美猴王与贾宝玉的情境非常相似，都是一种天真的快乐，童真的欢欣，无邪，任情，自由自在，享受着混沌的少年青春之美丽。宝玉搬进大观园，其实也就是在女儿国中当上了"绛洞花王"。此正脂批所谓贾宝玉乃"诸艳之冠（或作'贯'）"也。

再来看"混世魔王"。这个绰号在《西游记》和《红楼梦》两部书中的艺术变化更为错综巧妙，让我们细细道来。美猴王在纯真自然的享乐中忽然觉悟到人生的无常，所谓"美猴王享乐天真，何期三五百载。一日，与群猴喜宴之间，忽然忧恼，堕下泪来"。他想到："今日虽不归人王法律，不惧禽兽威严，将来年老血衰，暗中有阎王老子管着，一旦身亡，可不枉生世界之中，不得久注天人之内？”这其实是一种“成长的烦恼”，从童年逐渐脱离、青春必然失落的人生之无奈的象征。

《红楼梦》里有类似的情景。第二十三回写贾宝玉：“谁想静中生烦恼，忽一日不自在起来，这也不好，那也不好，出来进去只是闷闷的。园中那些人多半是女孩儿，正在混沌世界，天真烂漫之时，坐卧不避，嬉笑无心，那里知宝玉此时的心事。那宝玉心内不自在，便懒在园内，只在外头鬼混，却又痴痴的。”大观园里“混沌世界，天真烂漫”的女孩儿们正相当于花果山美猴王手下那些自由自在不知忧恼的群猴。

《红楼梦》第二十八回又有贾宝玉因听林黛玉吟《葬花吟》而引发人生无常的根本觉悟：“试想林黛玉的花颜月貌，将来亦到无可寻觅之时，宁不心碎肠断！既黛玉终归无可寻觅之时，推之于他人，如宝钗、香菱、袭人等，亦可到无可寻觅之时矣。宝钗等终归无可寻觅之时，则自己又安在哉？且自身尚不知何在何往，则斯处、斯园、斯花、斯柳，又不知当属谁姓矣！——因此一而二，二而三，反复推求了去，真不知此时此际欲为何等蠢物，杳无所知，逃大造，出尘网，使可解释这段悲伤。”

贾宝玉对人生的感慨觉悟正和美猴王的“忽然忧恼”异曲同工，都是对“人从哪里来？到哪里去？”这一人生之终极意义问题的执着，都为人生命的有限性感到困惑，是一种形而上的悲剧感，企图寻找一条解决的途径。

美猴王寻找到的出路是访道求仙。他漂洋过海，终于在菩提祖师处学得大道，跳出轮回。但这并非真正的“解脱”，相反却是逆反的开始。当他返归花果山，首先就剿除了企图霸占花果山水帘洞的“混世魔王”。这其实有一种象征意味，暗示孙悟空将开始他自己当“混世魔王”的人生历程，即随之而来的闹龙宫、闹幽冥、闹天宫。

曹雪芹从这里获得灵感，将“混世魔王”的称号赋予了贾宝玉，隐喻他在思想上逆反常规价值观念的精神历程。贾宝玉后来也曾经“悬崖撒手”，我曾经考证，原著佚稿中贾宝玉出过两次家，这两次出家可能是第一次当和尚第二次当道士，照顾到“佛”和“道”的两个方面，当然那具体写法可以有各种创意和变化。

《红楼梦》把佛家与道教相提并论，作为出世意向的统一象征。小说第一回出现的茫茫大士和渺渺真人在后来的情节中轮流出现，如第一回向甄士隐念《好了歌》的是跛足道人，第三回林黛玉说小时要化她出家的是癞头和尚，第七回薛宝钗说给冷香丸配方的是秃头和尚，第十二回给贾瑞送风月宝镜的是跛足道人，第六十六回柳湘莲也是随一个跛足道人出家。而第二十五回“通灵玉蒙蔽遇双真”，涉及宝玉和凤姐两大主角的生死，是僧和道一起出场。

这和孙悟空先在道教的菩提祖师处学得本事，后又通过取经皈依佛门的情节演变一脉相通。贾宝玉的“混世魔王”历程出入于儒、佛、道这传统的三种主流意识形态。还可以联想到《金瓶梅》，其中陈经济曾流落到道观当道士，而小说结尾时西门庆的儿子孝哥在永福寺出家为僧，也是类似的构思。

孙悟空大闹天宫，获得“齐天大圣”的封号，这是孙悟空自己想出来，强迫玉帝册封的。第四回“名注齐天意未宁”：“太子道：‘他洞口外竖一竿旗，上写齐天大圣四字，亲口夸称，教玉帝就封他做齐天大圣，万事俱休；若还不是此号，定要打上灵霄宝殿哩！’”齐天大圣当然就是与天地的最高主宰玉帝不分上下，平起平坐了。这在那个“天地君亲师”至尊至贵的年代当然体现了逆反意味。

曹雪芹更进一层，给贾宝玉“遮天大王”这一隐喻性称号，将天压倒，当然比与天并列的“齐天大圣”具有更强烈的逆反意味。不过，遮天大王来源于齐天大圣也十分明显。

孙悟空虽然从菩提祖师处学得长生不老之术和筋斗云等本事，但并没有获得终极的解脱，反而开始了他“混世魔王”的逆反历程。经过西天取经八十一难的磨炼，似乎“得成正果金身”了，但获得的却是“斗战胜佛”的封号，这其实隐喻了孙悟空的逆反精神是不灭的，并没有被佛教空无的宗旨所化解。孙悟空在小说中说的最后一句话是：“师父，此时我已成佛，与你一般，莫成还戴金箍儿，你还念甚么紧箍咒儿掯勒我？趁早儿念个松箍儿咒，脱下来，打得粉碎，切莫叫那甚么菩萨再去作弄他人。”这里面的象征意味一目了然。

那么，贾宝玉最后的归宿是什么？拙著《石头记探佚》已经作过详尽的考证论述："在《石头记》中，道即是情，情即是道，道是玄妙的外衣，情才是真实的内核。《石头记》全用一个'情'字作'无限菩提法'，与佛道所谓'色空'观念存在本质区别。'证情'是对儒佛道三教的一个反动和叛逆。……贾宝玉以'情不情'论定，他最终'复还本质'回到赤瑕宫作神瑛侍者，他脖颈上的那块通灵玉也归到了青埂(情根)峰。'石头'所记'大旨谈情'也。"

周汝昌在《红楼梦新证》中指出："出家与'情榜'的关系。情榜事在出家以后，因为有一条脂批慨叹宝玉虽然悬崖撒手，到底'跳不出情榜去'。这不但关系着情节次序，也可略见曹雪芹对'情'和'不情'的矛盾处理方法，而还是情战胜无情的，因为如若不然，既出了家一切放下，全书便可戛然而止，何用还记挂'情'榜？'情'指看待事物人生的态度，好比人生观，不是狭义俗文。"[②]贾宝玉最后名登"情榜"，其考评也就是"本质定位"乃"情不情"，也就是所谓"意淫"，这正和孙悟空最后的封号"斗战胜佛"具有相近的内涵意思。

从孙悟空的"齐天大圣"到贾宝玉的"遮天大王"，《西游记》和《红楼梦》这两部中国最伟大的古典小说透露了它们在艺术构思、美学精神和价值意向方面的微妙联系。同时，还可以联系到《水浒传》中第五十九回写到的三个好汉，后来也成了梁山一百单八将的成员，他们分别叫混世魔王樊瑞、八臂哪吒项充和飞天大圣李衮。这"混世魔王"和"飞天大圣"不也和《西游记》与《红楼梦》有异曲同工之妙吗？

二、"万恶淫为首，百善孝为先"与"贾宝玉挨打"

第三十三回贾政打贾宝玉的故事曾被选入各种古典文学教材作品选本，而其分析定位是所谓"封建叛逆者和封建卫道者之间的一次激烈冲突"。从《红楼梦》所体现的基本思想倾向来说，这种定位不能说不对，但那"叛逆"和"卫道"的具体思想文化内涵究竟是什么，曹雪芹在写宝玉挨打时，体现了怎样的写作逻辑，则迄今为止，仍然是语焉不详，缺少具体、实在、深刻的分析。

其实，第三十三回的回目“手足眈眈小动唇舌，不肖种种大承笞挞”已经点拨得十分明白。“手足眈眈”是说荣国府内部的一个基本矛盾，即二房中的庶子贾环和其母赵姨娘为了争夺财产的继承权而对嫡子贾宝玉虎视眈眈，伺机陷害。“不肖种种”即贾宝玉与当时社会公认的价值观念相悖逆的思想行为，也就是所谓“叛逆”与“卫道”的冲突。对“手足眈眈”的审视暂且搁下，先看看“不肖种种”的思想文化内涵之究竟。

贾宝玉因“不肖种种”受贾政笞挞，王夫人和贾母宠爱宝玉而和贾政发生冲突，整个宝玉挨打的故事所体现的写作逻辑，是贯穿传统时代最根本的两个价值准则：万恶淫为首，百善孝为先。

贾宝玉挨打因为两件事。第一件是忠顺王府的长史来荣国府找贾政索要戏子蒋玉菡。根据书中描写，贾宝玉与蒋玉菡之间存在同性恋关系，即所谓“流荡优伶”。蒋玉菡和贾宝玉互相交换汗巾子，就把这种关系象征得十分清楚。第二十八回“蒋玉菡情赠茜香罗”中描写：蒋玉菡“说毕撩衣，将系小衣儿一条大红汗巾子解了下来，递与宝玉，道：‘……二爷请把自己系的解下来，给我系着。’宝玉听说，喜不自禁，连忙接了，将自己一条松花汗巾解了下来，递与琪官”。汗巾子就是裤腰带，小衣儿就是裤衩，这里面的情色隐喻很明白。

第二件即金钏儿投井自杀之事，贾环向贾政诬告：“我母亲告诉我，说宝玉哥哥前日在太太屋里，拉着太太的丫头金钏儿强奸不遂，打了一顿。那金钏儿便赌气投井死了。”“强奸”云云固然是夸大造谣，但宝玉的确曾经和金钏儿调情。

搞同性恋而致王府来要人，是给家庭带来了政治麻烦，难怪贾政气急败坏地说：“那琪官现是忠顺王驾下承奉之人，你是何等草芥，无故引逗出来，如今祸及于我。”又在异性爱方面“淫辱母婢”而闹出人命大事。这不是“万恶淫为首”最惊心动魄的具体实现吗？不要说贾政是一个笃信传统礼教的士大夫，就是今天的任何一个父亲，面对一个十四五岁的儿子犯下这样两件大错误，那反应大概也不会和贾政有多大差别吧？

作者的深刻之处在于他写贾宝玉的“淫”是“意淫”而不是“皮肤滥淫”。

宝玉无论对蒋玉菡，还是对金钏儿，都充满了一腔真挚的情意，而蒋玉菡和金钏儿，也都以同样真挚的情意来回报。作者在这里歌颂的是唯情主义，唯美主义，唯诗主义，曹雪芹，贾宝玉，都是以诗人的眼睛阅世对人处事，这也就是所谓“情不情”的境界，有很强的理想主义色彩。

而曹雪芹写贾宝玉的这种唯情主义唯美主义唯诗主义十分透彻，透彻到成为一种与“礼教”和“理学”尖锐对立的世界观和人生观，他从这种以“情”为中心的世界观人生观出发，伸展衍射，就大骂“禄蠹”，就痛斥“文死谏，武死战”……涉及了对社会根本意识形态的反思和反叛。贾政是觉察到这种危险性的，这就是他打宝玉时所大声疾呼的：“明日酿到他弑君杀父，你们才不劝不成！”——“弑君杀父”是不忠不孝的极致，是整个社会意识形态和社会秩序的根本颠覆。

回过头来看，薛蟠曾为争夺英莲而打死冯渊，又曾经因调戏柳湘莲而挨湘莲痛打；贾琏也曾经既拿小厮“出火”，又与多姑娘、鲍二家的偷情，最后闹出人命；贾赦为要鸳鸯和贾母产生矛盾，贾珍贾蓉更是父子聚麀，和秦可卿，和尤家姐妹，和贾蔷，也是同性异性，性乱得一塌糊涂。正如柳湘莲讽刺的：“你们东府里，除了那两个石头狮子干净，只怕连猫儿狗儿都不干净。”（第六十六回）这不也是“万恶淫为首”吗？却为什么宁国府荣国府上上下下都安之若素呢？贾政为什么不闻不问呢？贾母还要为贾琏开脱：“什么要紧的事！小孩子们年轻，馋嘴猫儿似的，那里保得住不这么着。从小儿世人都打这么过的。”（第四十四回）当焦大这个老仆醉骂时还要被填一嘴马粪。

这些“淫”都是属于“皮肤滥淫”，它带来家族的腐败，最后也带来家族的灭亡，第五回秦可卿的《好事终》曲子中所谓“擅风情，秉月貌，便是败家的根本”就是这种隐喻。不过，这里的深刻之处在于，“皮肤滥淫”虽然带来腐败，却完全没有“意淫”所隐涵的意识形态之反叛性质，因此当时的价值观念系统对前者可以容忍，对后者则不能宽贷。

原来，“万恶淫为首”并非绝对的“原则”，而具有深刻的意识形态特征。“意淫”不仅反拨了“淫”本身，而且标示出了一种具有超前和逆反之精神向度的世界观和人生观。这就是曹雪芹通过贾宝玉挨打所写出的对历史和人生的反思，也就是《红楼梦》思想文化内涵之反叛性和深刻性的一种体现，是超越了那个时代而达到的一种超凡脱俗的极高的思想境界。

再看"百善孝为先"。宝玉挨打的风波得以平息，完全是传统时代的这个价值准则在起作用。

众清客劝贾政无效，就寻人向王夫人、贾母通风报信。王夫人先跑出来，抱住了贾政打宝玉的板子，劝贾政说："宝玉虽然该打，老爷也要自重。况且炎天暑热的，老太太身上也不大好，打死宝玉事小，倘或老太太一时不自在了，岂不事大！"王夫人的劝谏其实是搬出"百善孝为先"的礼教大原则，说贾政打宝玉不管贾母"不自在"——"岂不事大"，等于给贾政扣了一顶不孝顺母亲的大帽子。

贾政怎么回答呢？"贾政冷笑道：'倒休提这话！我养了这不肖的孽障，已不孝。教训他一番，又有众人护持。不如趁今日一发勒死了，以绝将来之患！'"贾政为什么"冷笑"？其中含义就是针对王夫人以"孝"为招牌的反驳。贾政也以"孝"之矛攻王夫人"孝"之盾，他强调"孝"的另一层意义：生养了"不肖"的逆子，将给家族带来不可预测的大祸害，甚至给整个国家和社会带来大危险，所谓"弑君杀父"。这是比不让母亲生气的小不孝更大的不孝。为了防止这种大不孝发生，不顾及让母亲生气的小不孝也是充分合理的，所以干脆要勒死宝玉"以绝将来之患"，所谓"也免得上辱先人下生逆子之罪"。

王夫人又怎样回应呢？她说："……我如今已将五十岁的人，只有这个孽障……今日越发要他死，岂不是有意绝我？……"后来又哭死去的大儿子贾珠："若有你活着，便死一百个我也不管了。"这些分辩哭诉中仍然是围绕着"孝"这个大原则在与贾政争论，针对贾政所说生了逆子祸害家国乃"不孝"的理由，王夫人从"孝"的更高一层含义向贾政发出警告："不孝有三，无后为大。"说自己已经将近五十岁，不可能再生育，大儿子又早死了，只剩下宝玉一个独子，勒死宝玉，就等于要断绝这个家的门庭香火。

当然还有一个贾环，但他是小老婆赵姨娘生的庶子，王夫人是不把他算数的。赵姨娘和贾环暗害宝玉，不就是想绝了宝玉以争夺财产继承权吗？王夫人提出的这个警告是严肃的，重大的，在家族伦理本位的传统文化价值系统中,没有比使家族断绝后续香火更大的“不孝”了。面对王夫人情理兼至的告诫,贾政只有“不觉长叹一声,向椅子上坐了,泪如雨下”。

贾母一出场,就给贾政一个大不孝的罪名:“先打死我,再打死他,岂不干净了!”贾政说宝玉将来要“弑君杀父”只是一种思想发展的倾向性、可能性,贾政要“打死”母亲可就是眼下的事呢。这当然是不讲道理的气话。作父亲的教训儿子,怎么就是要打死自己的母亲呢?

但是,在家族伦理本位的文化中,“天下无不是的父母”,贾母的话是不能从逻辑上予以驳辩的,贾政只能“躬身陪笑说道:‘大暑热天,母亲有何生气亲自走来,有话只该叫了儿子进去吩咐。’”贾母进一步坐实了贾政“大不孝”的罪名:“你原来和我说话!我倒有话吩咐,只是我一生没养个好儿子,却叫我和谁说去!”意思是贾政没有把贾母当母亲对待,眼中没有母亲,贾政的不孝罪名是无法逃脱了。

按照周汝昌在《红楼梦新证》中的考证推断,认为贾母的原型是曹寅的寡妻,贾政的原型是过继到曹寅名下的侄儿曹頫。过继儿子,目的就是生孙子接香火顶门风,如果打死孙子,过继儿子就毫无意义。“假子真孙”,“贾母”气极了,把平日忌讳提到的“过继”关系说了出来。所以“贾政”“听这话不像,忙跪下含泪说道:‘为儿的教训儿子,也为的是光宗耀祖。母亲这话,我做儿的如何禁得起?’”这种考证推断很耐人寻味。果然如此,“不孝有三,无后为大”的伦理大义就皴染得更曲折而深邃了。

“百善孝为先”。在这个意识形态的独断性前提下,贾母借劝王夫人而讽刺贾政:“你也不必哭了。如今宝玉年纪小,你疼他,他将来长大了,为官作宰的,也未必想着你是他母亲了。……”在这种“不孝”罪名的压力下,“贾政听说,忙叩头哭道:‘母亲如此说,贾政无立足之地。’”但贾母还是不依不饶:“贾母冷笑道:‘你分明使我无立足之地,你反说起你来!……’”按周汝昌的考证推断,“贾母”的言外之意是,如果打死了“宝玉”,断绝了家门香火,过继失去了意义,要通过过继来受惠的“贾母”当然“无立足之地”了。这些生动情节的背后还是对“孝”的各种意义层面的演绎。

我在评点贾政打宝玉的故事时曾这样表述:

贾政占的是“礼”，这是传统主流意识形态儒家思想的核心观念，由此衍生出立身扬名、孝悌节义、光宗耀祖、尽忠报国的价值系统，它要求子弟以此规范自身的言行，为国为家也为自己努力奋斗，也就是“积极向上”。总之是对社会公认的价值观念采取接受合作态度，在社会中起“健康”作用。

宝玉占的是“情”，他是个唯情主义者，唯美主义者，唯诗主义者。他以诗人之眼阅世，以诗人之心接物处事。只要是美，是情，不管是对异性还是对同性，他都全身心地向往，全身心地投入，十二分的真诚，十二分的深挚，既专注“惟一”，又“泛情”博爱。他的这种“情不情”让每一个他情之所及的对象都感受到一种只有想象中的天堂才可能有的温馨和愉悦，得到一种超生般的升华，却又必然和社会既有的伦理、道德、准则、规矩发生抵触和摩擦。他是社会无法理解也不能接受的“病态”的怪物。

宝玉和贾政——情和礼之间的冲突是人类社会根本性的困惑。它有点类似于马尔库塞所说的“爱欲与文明”之间的矛盾，又涉及“诗意的思维”与“常规思维”、人本主义与科学主义之间的永恒对峙。社会要存在，“礼”所代表的秩序必然占据主导地位，但一个高度发达的文明，却又必须有足够的宽容给“情”留下生存的空间。“情”比“礼”更创造更青春更活力。

究其实，“万恶淫为首，百善孝为先”其内在的张力就是这种情和礼、爱欲与文明、诗意的思维与常规思维的矛盾结构。曹雪芹通过贾宝玉标举出“意淫”这一与“皮肤滥淫”对立的精神范畴，是把“淫”这一常规思维中的否定性观念作了革命性扬弃，赋予了一种诗意的光辉，从而成为一种超前的反叛的具有理想色彩的人生观、世界观之价值取向，这也是曹雪芹“用写诗的方法写小说”所取得的最具有思想内涵和哲学意义的一个美学成就。

在贾宝玉挨打的故事中，作者用生花妙笔展示出：“意淫”这种反叛性先锋性的精神价值观念，怎样突破了“皮肤滥淫”的恶俗低级而获得了诗意美和崇高性质，怎样与“万恶淫为首”的正统价值观发生了尖锐深刻的抵触，而“百善孝为先”这种正统观念又怎样在错综纠缠的传统价值系统的自身之矛盾磨合中使“意淫”得到了意外的保护，获得了生存的空间，从而体现了精神意识在社会运转和历史运动中的复杂性。

三、前卫与先锋

要理解曹雪芹的超前思想，当然应该追溯他可能受到的前辈思想家的影响,而李贽就是不应该忽视的一个。李贽生于1527年,卒于1602年,而曹雪芹生于1724年,卒于1764(或1763)年。以曹雪芹生年减去李贽卒年,曹雪芹后于李贽122年。李贽作为封建正统思想的叛逆者,其思想的前卫性是明显的。作为天才的诗人和先锋性的思想家,曹雪芹受到李贽思想的影响应当毫无疑义。但曹雪芹生平资料奇缺，要探讨曹雪芹和李贽思想的因缘联系,只能以他留下的残稿《红楼梦》(前八十回《石头记》及对八十回后佚稿的研究)作为文本依据。

周汝昌在《曹雪芹小传》中说过,从龚自珍等往上追溯,在启蒙思想家中,曹雪芹实在应该列为是卓立在最前列的特别伟大的一位。借用冯友兰的术语“接着讲”,我们可以说:从曹雪芹往上追溯,李贽是近古中国思想界“卓立在最前列的特别伟大的一位”。要将“红学”向“新国学”提升,要为中华民族寻找一种既能承续传统又能衔接未来的民族性精神文化资源，将李贽与曹雪芹之间“启蒙思想”的来龙去脉搞清楚,既有历史意义也有现实意义。

首先看看李贽的“童心说”与曹雪芹的“正邪两赋论”之间的关系。

李贽思想学说的一个支柱是“童心说”。“夫童心者,真心也。若以童心为不可,是以真心为不可也。夫童心者,绝假纯真,最初一念之本心也。若失却童心,便失却真心;失却真心,便失却真人。人而非真,全不复有初矣。”(《焚书》卷三《童心说》)而曹雪芹,则在《红楼梦》的第二回借贾雨村之口提出了“正邪两赋论”。追根溯源,“正邪两赋论”与“童心说”一脉相通。不过其表现形式一个艺术形象化一个哲学概念化而已。

“正邪两赋”是与“大仁”和“大恶”正相反对的。“正邪两赋之人”是情痴情种、逸士高人和奇优名倡等“三类人”,即许由、阮籍、陶潜等诗人性情和气质的人,他们最本质的特点应该说就是葆有一颗“绝假纯真”的“童心”。具体到小说中,又衍化为贾宝玉的“意淫”。曹雪芹本人别号梦阮,可见其对阮籍的向往。这也就是李贽所歌颂的“魏、晋诸人标致殊甚”“真英雄子”(《焚书》卷一《答焦漪园》),欣赏嵇康和阮籍“其人品气骨”“古今所希”,“千载之下,犹可想见其人”(《焚书》卷五《思旧赋》《绝交书》)。

而作为“正邪两赋”对立面的“大仁者”是尧、舜、禹、汤、文、武、周、召、孔、孟、董、韩、周、程、张、朱,正是儒家“道统”的代表人物,他们与“大恶者”的蚩尤、共工、桀、纣等其实是同一种本质的两种表现形式。具体到小说中,就是贾赦、贾政、贾珍、贾雨村等人物,他们的共同点就是失去了“童心”,也就是李贽予以无情鞭挞的“世俗子”与“假道学”(《答焦漪园》),那种“彼以为周、程、张、朱者皆口谈道德而心存高官,志在巨富;既已得高官巨富矣,仍讲道德,说仁义自若也……彼谓败俗伤世者,莫甚于讲周、程、张、朱者也”(《焚书》卷二《又与焦弱侯》)。

因此我们可以说,童心说与正邪两赋论,童心与意淫,分别是李贽与曹雪芹的“思想纲领”。从时间先后来说,李贽是“源”而曹雪芹是“流”,其实质极为接近,都表现了对以儒学为核心的封建正统意识形态的叛离批判倾向。用今天的术语来解读,就是李贽与曹雪芹于历史进程中社会意识形态对人性的“异化”都有极为切肤的痛感,而发出了不屈的呐喊,并从理论层面上举起了新的旗帜,作出勇敢的抗争姿态。

其次再看看李贽“护法裙钗”的妇女观与曹雪芹推尊女儿思想的关系。

《红楼梦》第一回开宗明义,曰“风尘怀闺秀”。那段原为脂批后来衍为小说正文的“新书头”说:“今风尘碌碌,一事无成,忽念及当日所有之女子,一一细推了去,觉其行止见识皆出于我之上。何堂堂之须眉,诚不若彼一干裙钗!……然闺阁中本自历历有人,万不可因我不肖,则一并使其泯灭也。”此后推尊女儿,念念不忘“金紫万千谁治国?裙钗一二可齐家”,把未受男权社会权力话语污染的清净女儿世界作为理想境界来顶礼颂扬,更是全书的基本立足点。《红楼梦》这种在当时惊世骇俗的思想立场其实也可以在李贽的著作中找到“先河远影”。《焚书》中有一篇著名的文章《答以女人学道为见短书》,就有力地驳斥了传统道学对妇女的贬低和偏见。

李贽承认,妇女在男权社会的压迫性系统中,客观上是受到局限的,“夫妇人不出阃域，而男子则桑弧蓬矢以射四方，见有长短，不待言也”。但他接着指出，不能因此歧视妇女，不能说妇女天生就是“短见者”。“余窃谓欲论见之长短者当如此，不可止以妇人之见为见短也。故谓人有男女则可，谓见有男女岂可乎？谓见有长短则可，谓男子之见尽长，女人之见尽短，又岂可乎？设使女人其身而男子其见，乐闻正论而知俗语之不足听，乐学出世而知浮世之不足恋，则恐当世男子视之，皆当羞愧流汗，不敢出声矣。此盖孔圣人所以周流天下，欲庶几一遇而不可得者，今反视之为短见之人，不亦冤乎！”李贽不仅为妇女大声呼冤，而且把杰出妇女比作孔子周游天下欲访不得的圣贤之人，在那个男尊女卑被视作天经地义的时代，实在是非常大胆的，难怪被正统人士视为“异端”了。

曹雪芹在《红楼梦》里对女儿的推崇可以说接过了李贽的思想火炬。特别有趣的是，李贽在《答以女人学道为见短书》中不仅举出了邑姜、文母这些“圣女”作为女人未必见短的例证，而且特别举出了薛涛这个妓女予以褒扬，同时他又在其他地方赞美卓文君为“善择佳偶”的奇女子，并尊崇《西厢记》等进步文艺作品。无独有偶，《红楼梦》正是一部“千红一哭、万艳同悲”为女儿鸣不平唱赞歌的“正名”之作，曹雪芹举出的“正邪两赋之人”中也正有“卓文君、红拂、薛涛、崔莺、朝云之流”，第二回通过冷子兴之口把贾府的男人和女人作了对比，说贾家的儿孙“竟一代不如一代了”，说到女孩儿，则说“听得个个不错”，又说王熙凤“模样又极标致，言谈又爽利，心机又极深细，竟是个男人万不及一的”，把她的丈夫贾琏比下去了。

这些描写深得李贽思想的真谛，李贽在《初潭集》中盛赞妇女“才智过人，识见绝甚，中间信有克为干城腹心之托者”（卷二《才识》），而反对把国家的败亡归咎于妇女的陈腐之见，说“若使夏不妹喜，吴不西施，亦必立而败亡”（卷三《贤夫》）。《红楼梦》以极富诗意的笔墨写出《西厢记》《牡丹亭》在林黛玉和贾宝玉青春心灵觉醒中的启蒙作用，李贽则高度赞扬“《拜月》《西厢》，化工也”。而《拜月亭》和《西厢记》之所以能达到“化工”的高境界，根本原因就在于它们“真”，具有“童心”，所谓“意者宇宙之内，本自有如此可喜之人，如此化工之物，其工巧自不可思议耳”（《焚书》卷三《杂说》）。

显然，李贽与曹雪芹在妇女观上惊人得相似，这种超前的妇女观其哲学根源就是“童心说”和“正邪两赋论”。同时，这种妇女观的形成都有着深厚的生活基础，我们知道曹雪芹所写大观园诸女儿有其生活原型，李贽也曾经与女弟子梅澹然等通过当面讨论和通信等形式作思想的交流和探索。

第三再看看李贽的“圣人糠秕”与曹雪芹借小说人物表达的“毁僧谤道”的关系。

儒、佛、道是中华传统文化的三足鼎，它们之间的关系既互相补充又互相矛盾。佛与道在传统意识形态的整合中有其维护现实秩序的辅助作用，但其作为“出世”那一个文化层面的精神意向，也潜藏着对儒家思想(特别是宋明理学以后的官方儒学)的某种挑战。同时，作为以政权力量为后盾和支柱的国家意识形态，儒学的权威地位不可轻视。即使是像李贽和曹雪芹这样的叛逆者，在表达他们非圣无法的反叛思想时，也不得不采取一些迂回的手法和战术。这是我们在分析李贽和曹雪芹有关儒、佛、道的论说表达时要特别注意的。

李贽与曹雪芹对儒家思想（当然主要是针对明清时代的意识形态化的儒家思想，不是原始儒家的本真思想)都采取了一种表面上予以尊重而在骨子里反抗排斥的“皮里阳秋”的作法。曹雪芹是写小说，他的表现更艺术。如在第一回，借石头之口说“上面虽有些指奸责佞贬恶诛邪之语，亦非伤时骂世之旨；凡伦常所关之处，皆是称功颂德，眷眷无穷，实非别书之可比”，后来写到贾宝玉，“只是父亲叔伯兄弟之中，因孔子是亘古第一人说下的，不可忤慢，只得要听他这句话”，“除明明德外无书”，在字面上维持了一种尊重儒学的表象，另一方面，却通过卓绝的艺术创造，把贾宝玉写成“绛洞花王、混世魔王、遮天大王”，来与传统意识形态的“素王”孔子分庭抗礼。

而李贽，是写论文、书信等，因而其思想的战斗锋芒表现得更加直截了当。他当然也有一些“是故圣人在上，万物得所，有由然也”(《焚书》卷一《答耿中丞》)，“孔子之道，其难在以天下为家而不有其家，以群贤为命而不以田宅为命，故能为出类拔萃之人，为首出庶物之人，为鲁国之儒一人，天下之儒一人，万世之儒一人也”(《焚书》卷三《何心隐论》)等表面文章，但对儒学的蔑视、揭露和批判则更加明显突出。他敢于直接指斥儒家大圣人周公是“不仁不智”(《续焚书》卷四《论金滕》),认为周公也“好名”,而且“无风扬波,无事生事,一人好名,毒流万世”(《初潭集》卷十《兄弟》下),敢于质疑“夫天生一人,自有一人之用,不待取给于孔子而后足也。若必待取足于孔子,则千古以前无孔子,终不得为人乎?”(《答耿中丞》)“噫!孔尼夫亦一讲道学之人耳,岂知其流弊至此乎!”(《初潭集》卷二十《道学》)并针对儒学信徒所说“天不生仲尼,万古长如夜”而调侃:“怪得羲皇以上圣人尽日燃纸烛而行也!”(《焚书》卷三《赞刘谐》)

李贽对儒学的批判与对“童心说”的肯定互为表里,他说:“夫《六经》《语》《孟》,非史官过为褒崇之词,则其臣子极为赞美之语。又不然,则其迂阔门徒,懵懂弟子,记忆师说,有头无尾,得后遗前,随其所见,笔之于书。后学不察,便谓出自圣人之口也,决定目之为经矣,孰知其大半非圣人之言乎?……然则《六经》《语》《孟》,乃道学之口实,假人之渊薮也,断断乎其不可以语于童心之言明矣。”(《童心说》)曹雪芹则以他的生花妙笔写出“禄蠹”与“情种”的形象对立,“禄蠹”也就是失去了“童心”的“假人”,而与“假人”相对立的“真人”就是“正邪两赋之人”。在对传统儒学的态度上,李贽与曹雪芹可谓有异曲同工之妙。

李贽后来出家为僧,但并非世俗意义上的超尘脱俗,而是将佛学中反叛正统的那种思想层面作了特别的发挥。“五十以后,大衰欲死,因得友朋劝诲,翻阅贝经,幸于生死之原窥见斑点。”(《续焚书》卷二《圣教小引》)正如近人孙昌武在《佛教与中国文学》中所说:“他的一生,作为士大夫,排击道学,不以孔孟是非为是非,是异儒,但他又不是超世绝俗的佛教徒,是异僧。异端思想、叛逆性格,贯穿在他的行为与作品中。”这与他自幼的思想性格是一脉相承的,“予自幼倔强难化,不信学,不信道,不信仙佛释。故见道人则恶,见僧则恶,见道学先生则尤恶”。

佛学的最大启示是让李贽发现了“我”的存在,进而由“我”的意识产生了生命意识,这种生命意识分别表现在精神和物质两个层面,精神层面是童心说,物质层面则是禅宗的“平常心是道”,即“穿衣吃饭,即是人伦物理”的认识。李贽因此赞美“市井小夫,身履是事,口便说是事”(《焚书》卷一《答耿司寇》)的“迩言”。因此,李贽的出家为僧与“不信仙佛释”“见僧则恶”并不矛盾。他不会赞成佛、道逃离社会现实并与儒学“互补”以维护封建正统秩序的那一个层面,而只突出佛家特别是禅宗与现实对抗的那一个层面。

这种思想立场与曹雪芹极为相似。曹雪芹笔下的贾宝玉既有“毁僧谤道”的层面,也有“参禅”“悟庄”的层面。第十九回花袭人劝谏贾宝玉“改邪归正”:“而且背前背后乱说那些混话,凡读书上进的人,你就起了名字叫他‘禄蠹’;又说‘明明德’外无书,都是前人自己不能解圣人之书,便另出己意,混编纂出来的。这些话,怎么怨得老爷不气,不时时打你。叫别人怎么想你?”“再不可毁僧谤道,调脂弄粉。”

这清楚点明贾宝玉“不信学,不信道,不信仙佛释”的彻底叛逆特点。第二十一和二十二回则有贾宝玉模仿《庄子·胠箧》悟道及“听曲文宝玉悟禅机”的情节。原著佚稿中贾宝玉的结局是出家又还俗,再出家,第一次出家是“情极之毒”,第二次出家则是“情榜证情”。这种故事情节的发展及其所包涵的思想内容正与李贽削发出家而张扬“童心”的“异僧”形象大同小异。从“情极之毒”到“情榜证情”的心路历程,与从“童心”到“异僧”的心路历程有着相似的轨迹,这里面有一个重要的转化和升华,即凸显佛禅思想中的反叛斗争色彩,使佛禅从逃避现实的“空门”转变为张扬人性、对抗异化的“情教”。

以上只是非常简略地比较了李贽与曹雪芹思想精神的某些相似性,更广阔的视野和更细致的研究当然会发现更多的东西。而这一比较特别具有现实针对性的地方,是启示我们对中华传统文化的反思和创造性转化问题作进一步思考。在新千年之交,随着改革开放的深入发展,信息渗透的无比威力,世界上的经济发展、政治体制、文化价值和思想观念都日益趋近趋同,全球一体化已经日趋逼近与普适。这是不以我们的意志为转移的现实,当然既有机遇也有挑战,由此产生的一个突出问题,就是面对这种不可逆转的大形势、大趋势,如何使我们的民族文化传统、民族文化精神不仅能够继续保存,而且能够发扬光大,成为我们的民族性文化资源和精神支柱。

这个问题是非常巨大的,也是非常现实的。这确实是存亡绝续性命攸关的问题。当然现在已经有各种想法、说法和作法，如思想文化界新国学、新儒学、新道学等等的提倡，政府层面也有纪念黄帝、孔子，支持传统文化研究和京剧艺术等各种举措，但这些尝试和努力显然远远不能适应现实发展的要求。我们现在急切需要一个民族性的文化精神支撑点，这涉及对传统文化的认真审视和切实清理，以及在此基础上的创造性转化。

表层的“弘扬传统文化”显然不能解决深层次的问题。一个必须正视的现实是，以“儒道释互补”为基本格局的传统文化毕竟是属于农业宗法社会的意识形态，其中固然有许多精华，但也有不少不适合当前时代需要的糟粕，其中的许多内容与今天日新月异的信息社会已经相当隔膜。因此，讲传统文化或文化传统，不能忽视其中的启蒙传统，这种启蒙传统在过去当然不是文化传统的主流，但现在却是特别值得重视的成分。

我因此提出“启蒙三圣”的概念。这“启蒙三圣”就是李贽、曹雪芹和鲁迅。作为封建社会后期思想界的“前卫”与“先锋”，李贽与曹雪芹是两位前赴后继的精神斗士。他们对封建正统的反抗与批判在当时是振聋发聩的，也必然引起整个社会的惊惶与反弹。李贽被迫害而在狱中自杀，其著作也被统治者下令毁版烧书，成为一个名符其实的叛逆者和殉道者。

而曹雪芹，其身后极为萧条，他留下的伟大杰作《红楼梦》也被腰斩续貂，从精神实质上被李代桃僵、偷天换日。这其实比李贽所遭受的命运还要悲惨和酷烈。红学中的探佚学正是以恢复《红楼梦》的本来面目和真精神、真艺术为己任的。我因此响应周汝昌提出的“红学应定位于‘新国学’”的说法，并且设想以“人间红学”为具体操作方案作为传统文化复兴和更新的一条出路（当然只是“一条”出路，不是“惟一”出路），也就是以《红楼梦》这把“中华传统文化的总钥匙”为切入点，来实现传统与现实的对接，因为《红楼梦》同时具有对传统文化继承精华又扬弃糟粕的特点。《红楼梦》一方面体现了中华传统文化的伟大和辉煌，另一方面又有叛逆启蒙的思想闪光。

从叛逆启蒙的层面观照，由曹雪芹往上追溯，是李贽，往下的继承者则是鲁迅，他们都是其所生活时代的“异端”，他们的异端思想未必都有绝对的真理性，但他们的存在昭示了一种“异端的权利”，这本身就是传统的异数，具有不可替代的意义。而从最基本的方面讲，这三个伟人的精神实质血脉流注，前后贯通，他们既生动地体现了中华传统文化的珍粹，又具有特别能与当今时代精神相契合的优点，符合提倡科学、发扬民主、尊重人权、追求原创的世界潮流。在21世纪，要发扬中华传统文化，要重新铸造中国人的"国民性"，要寻觅中华民族的"精神家园"，不应该忘记这一最宝贵最重要的思想传统和精神资源。

四、禅、《红楼梦》与中国天道

《红楼梦》与禅这个题目，已经有一些文章和著作谈论过了。如潇湘(圆香)的《红楼梦与禅》[3]、张毕来的《红楼佛影》[4]、李哲良的《红楼禅话》[5]等。这些著作或者是考察清代的佛禅文化背景对《红楼梦》的影响，或者用佛教的某些义理、规范与小说中的某些情节作对勘比较，说明《红楼梦》有明显的佛教文化痕迹。这些著作一般都不大区分曹雪芹的原著和后四十回续书，因为事实上后四十回涉及佛禅的故事情节更多一些，如贾宝玉和林黛玉谈禅，妙玉走火入魔，贾惜春当尼姑，乃至最后贾宝玉跟着一僧一道飘然而去等，都在后四十回。这样一种曹雪芹原著与后四十回续书混为一谈的立场有很大问题，影响到对佛禅与《红楼梦》关系的观照，也必然停留在浮面表层，而不可能达到文化义理的"几微"层次。

张祥龙的《海德格尔思想与中国天道》[6]是讨论"西方现象学"与"中国天道"的相遇相契这种涉及整个中西、东西文化和人类文化命运的大问题，其中论到了佛禅，也有很少的几个页码谈到了《红楼梦》。尽管对海德格尔的理解是否得当准确仍可讨论，但这几个关于《红楼梦》的页码却非常有启发性。顺着这个思路深入下去，可以让禅与《红楼梦》二者之间张力的探讨更上层楼，再进一步，则可以促使禅、《红楼梦》研究和红学都参与到人类文化命运的大思考中去。本文接着张祥龙引逗出来的端绪，再做一点抽丝剥茧的功夫。

张祥龙这样说："龙树的《中论》充分地揭示了'缘起'的终极意义。……

实际上,《中论》是释迦牟尼的微妙中道义与芝诺式的犀利思辨的结合;它反驳的不只是小乘有论和标榜死寂之‘空’的理论,而是一切想要通过概念方法来探讨终极问题的思想企图。”“《红楼梦》是中国文化的梦境和道境的最精致入微的一次融合和展现。……宝玉的天性、梦性可用一‘痴’字形容。在《红楼梦》的语境中,这个字充溢着生存境域的终极深意,既不只是被对象左右的‘痴呆’,也不只是偏于主观一面的‘痴心’,而是痴情于梦境本身的空濛深远而又缠绵不尽。痴者一方面通灵于生存境域,因此‘聪俊灵秀之气,则在千万人之上’;另一方面,柔情缱绻于此境而又不知如何从容对付境中体制构架的逼迫,只能以似傻如狂的乖张‘支离攘臂,而游于其间’(《庄子·人间世》)。所以,‘其乖僻邪谬不近人情之态,又在千万人之下。’(《红楼梦》第二回)令明白人为之恻隐、为之感伤、为之无可奈何而入终极意境。……这境界正所谓‘为于无为’之境;在老子那里得其源,在孙武子、庄子等人手中张其势,至陶潜、王维、李白、张旭、郑板桥等,则气象铺漫,至曹雪芹,则化为梦境人生中的一段痴情。……贾宝玉与林黛玉之情既非世俗和肉体的,亦非纯理念精神的,而是纯梦境或缘境的。西方传统哲学从来进不到‘情境’之中。‘情’的蕴义,不管是男女间的、母子间的、自然与人之间的,只能通过纯境域而得到理解。道家思想的根底处就有阴阳缠绵发生的大境界,有情有信,无为无形。孔夫子也极喜欢以言男女之情的诗境、乐境来开显仁爱的纯发生之境。好德如好色一般方为至真。……《红楼梦》一书的妙处就在于能借人生本身蕴含的大机大势而出意境和情境。世人的种种痴心在宝玉那里纯化、境化为看似乖张之极实则醒人之极的痴情,以至满盘皆活,气韵生花。”⑦

这里揭示出一个重要的视域,即《红楼梦》中贾宝玉的“痴”,是“能借人生本身蕴含的大机大势而出意境和情境”,这实际上就是禅宗那种不离生活日用处处可修道悟禅的识度。周汝昌在《红楼梦与中华文化》中有一节专论“痴”,认为贾宝玉体现的“痴”是“中华文化上的异彩”。将周汝昌的讲论与张祥龙的引逗结合起来,能够使我们对《红楼梦》,对禅,对中华文化的观照都有更深一步的拓进。

前八十回《红楼梦》中,其实只有第二十二回比较集中地写了禅,标目为

“听曲文宝玉悟禅机”。故事写宝钗过生日戏班子演戏，宝钗点了一出《鲁智深醉闹五台山》的戏文，宝玉说我不喜欢这种热闹戏，宝钗说这是你不懂戏，念了戏中鲁智深唱的一支《点绛唇》曲子给宝玉听：“漫揾英雄泪，相离处士家。谢慈悲剃度在莲台下。没缘法转眼分离乍。赤条条来去无牵挂。那里讨烟蓑雨笠卷单行？一任俺芒鞋破钵随缘化。”后来宝玉在黛玉和湘云两人之间周旋，谁知却弄得黛玉和湘云都责怪自己。宝玉“细想自己原为他二人，怕生隙恼，方在中调和，不想并未调和成，反自己落了两处贬谤。正合着前日所看《南华经》上，有‘巧者劳而智者忧，无能者无所求，饱食而遨游，泛若不系之舟’；又曰‘山木自寇，源泉自盗’等语。因此越想越无趣。再细想来，目下不过这两个人，尚未应酬妥协，将来犹欲为何？……袭人笑道：‘他们既随和，你也随和，岂不大家彼此有趣。’宝玉道：‘什么是大家彼此！他们有大家彼此，我是赤条条来去无牵挂。’谈及此句，不觉泪下。……宝玉细想这句趣味，不禁大哭起来，翻身起来至案前，立占一偈云：‘你证我证，心证意证。是无不证，斯可云证。无可云证，是立足境。’写毕，自虽解悟，又恐人看此不解，因此亦填了一支《寄生草》，也写在偈后。自己又念了一遍，自觉了无挂碍，中心自得，便上床睡了”。

后来黛玉拿走了宝玉写的偈语和《寄生草》词，与湘云、宝钗同看，词云：“无我原非你，从他不解伊。肆行无碍凭来去。茫茫着甚悲愁喜，纷纷说甚亲疏密。从前碌碌却因何，到如今，回头试想真无趣！”宝钗说：“……都是我昨儿一支曲子惹出来的。这些道书禅机最能移性。……”三个女孩子就去看宝玉，黛玉发问：“宝玉，我问你：至贵者是‘宝’，至坚者是‘玉’，尔有何贵？尔有何坚？”宝玉回答不上来，三个女孩子拍手嘲笑他：“这样钝愚，还参禅呢。”黛玉又给宝玉的偈语续了两句：“无立足境，方是干净。”宝钗则讲了五祖弘忍黄梅传法，神秀和慧能两首偈语争胜的禅宗故事。“宝玉自己以为觉悟，不想忽被黛玉一问，便不能答；宝钗又比出‘语录’来，此皆素不见他们能者。自己想了一想：‘原来他们比我的知觉在先，尚未解悟，我如今何必自寻苦恼。’想毕，便笑道：‘谁又参禅，不过一时顽话罢了。’……”

首先需要从探佚的角度作一些理解上的铺垫和疏通，才可能进一步弄明白这个宝玉悟禅故事里的寓意。“草蛇灰线，伏脉千里”（脂批），从佚稿的探讨窥视曹雪芹原著《红楼梦》的全貌，涉及文本考证和艺术感觉诸方面，拙著《石头记探佚》与评点本《红楼梦》曾经作过细致具体的爬梳论证。引申出的思想意境是，宝玉悟禅情节所暗伏的全书“大结局”，并不是贾宝玉看破红尘，归于寂灭空无，而是归于肯定红尘现世的“证情”。其大体情节轮廓是这样的：后来宝玉在经历了姐妹夭亡和家族败落等大变故后，一度“弃宝钗麝月”“悬崖撒手”出家为僧，但故事没有到此结束，贾宝玉并没有在空门中得到归宿，他又与同样遭遇了沦落劫难的史湘云重逢，以“情榜证情”结案。

曹雪芹《红楼梦》原著的这种故事情节构成，能引发一些很深刻的思考。在过去的语境下，我还只能说：“曹雪芹给无情之天补情的大宏之愿，贾宝玉的‘情不情’和‘意淫’已经接近了希伯来——基督教的所谓‘圣爱’。我们只是说‘接近’，因为曹雪芹所脱胎而出的文化传统是没有上帝的‘儒道互补’和‘天人合一’。但曹雪芹以他超前的天才，已经对这种传统投去了怀疑的目光，表现了绝望的情绪，尽管他对这种传统的神韵意境之美是深得其中三昧的。”[8]我也不无困惑地发问：“曹雪芹和《红楼梦》对我们最有魅力的启示是，中国传统文化在什么样的历史契机下能够既保持它独特的美和魅力，又能够扬弃它的糟粕朽腐？这种两全其美是否仅仅是一个美丽的幻梦？异质文化精神的弘扬是否一定要以抛弃传统的美为代价？个性自由与天人合一，拯救与逍遥命定了只能是非此即彼的势不两立吗？曹雪芹对爱心与自由的呼唤真的只意味着大观园的倾圮吗？《红楼梦》真的只是一道令人心碎的霞彩吗？”[9]

由此接上张祥龙的识度和视域，我对《红楼梦》的文化意义有了更深一层的领悟。我们似乎可以发现中国传统文化融纳西方文化而又不丧失自己独特美质的“契机”，重新考察曹雪芹在《红楼梦》中所体现的“异质”文化精神。也就是说，这种“异质”文化精神其实仍然有它传统文化的深隐的根据，如张先生所论，在海德格尔的现象学和中国儒道禅的“天道”思想的关系中，这种根据能够得到特别的彰显。而禅，作为中华本土文化与异域文化的第一次成功融会与新生，更富有特殊的前证意义。

从这种新的视域出发，我们问：禅在《红楼》第几层？

先看宝玉参禅的“缘”。外界之事物，与自体以感触，谓之缘。宝玉参禅的缘，就是自身陷入与黛玉、湘云之间的感情纠缠，即宝玉的“自体”与“外界”发生“感触”，引发苦恼，引发对人生作感悟参究。问题的关键点在于，对“苦恼”的人生现世觉悟以后，是走向“虚无”还是走向对现世更执着的爱？是逃到另一个虚无缥缈的幻境脱离红尘的视域还是不离世间的终极思想视域？禅的精髓和本质具有何种导向？是前者还是后者？也就是说，人的终极体验与“人生世间”这个最原本天然的视野的关系是因禅而更亲和还是更疏离？

禅不是让人离弃现世，离弃人生，而是让人去除障蔽，超越相对，回归本心自性，所谓“明心见性”。这是可以引许多禅宗公案作例证来说明的。吴言生在其“禅学三书”中有丰富的征引和详细的论述，可以参看。如禅宗最早的一个流派沩仰宗，其中香严击竹悟道的公案就是佳例。“香严击竹悟道，内心充满了喜悦。明白了这个既忘所知，又不假修持的自性，本身就是大道、古道、禅悟之道，悟性的光辉洋溢在生命的每一时刻，动容扬眉，举手投足，心语意的一切行为活动，无不是在表现这个大道，不堕于‘悄然机’，迥超那种一潭死水式的枯木禅。枯木禅平静地观想本心的清净，扼杀活泼的禅悟慧命。慧能早就极力反对这种禅定：‘若空心静坐，即着无记空’（《坛经·般若品》），‘起心着境，却生净妄。……净无形相，却立净相。言是功夫，障自本性，却被净缚。’（《坛经·坐禅品》）当参禅者着空、住空时，便为空所缚。堕在‘悄然机’中的枯木禅，能‘死’而不能‘活’，把出世和入世看作水火不容、相互隔绝的两岸，殊不知大道之内没有这种差别。‘佛法在世间，不离世间觉’，离开了日常生活，堕入悄然机，就是坐在黑山鬼窟里，溺在一潭死水里，只能是凡夫禅、小乘禅，甚至外道禅，而决非如来禅，更谈不上祖师禅。”⑩

上引宝钗和黛玉对宝玉谈禅就还是停留在世俗义上，即害怕宝玉“明儿认真说起这些疯话来，存了这个意思”，真的出家为僧。如果联系探佚研究作全局考察，则本回所写只是一种“引文”和“伏线”，它所要引出、达成的终极境界却是佚稿中的“情榜证情”，即张祥龙所说的“宝玉的天性、梦性可用一‘痴’字形容。在《红楼梦》的语境中，这个字充溢着生存境域的终极深意”。在此最忌讳用“形式逻辑”来推衍宝玉悟禅的那段情节，说你看宝玉不是说“回头试想真无趣”吗？可见贾宝玉最后出家还是以“空”为归宿云云。这就是“死于句下”，而难做“透网金鳞”了。可惜这正是“红学界”和某些批判中国文化的学人常常发生的现象，而且孽缘如草，怎么也斩杀不绝。

张祥龙对《红楼梦》的识度可以在禅本身之中找到根据和支持。禅的境界，是一切现成的现量境，即禅宗认为世俗智慧是对现象界片段的、虚幻的对象的认识，如果承认主客二分、逻辑推理，这就远离了般若智慧的圆融无碍。但禅宗并不主张逃避现实，反而主张从一般凡境切入，才能建立禅悟的生命基础。所为饥来吃饭困来眠，平常心是道，认为禅就体现在日常生活的活动中，如担水、劈柴、喝茶、种地等，无不是参禅的契机。

到了《红楼梦》中，宝玉的痴情无疑就是这种禅意的一种特殊表现形式，所谓“意淫”“情不情”“通灵”等，其实是禅的一种特殊缘法。过去说曹雪芹“以情反空”，反过来其实也可以说“以情入禅”。因为禅从本质上说是并不“空”的。禅宗对外来佛教作了扬弃和改造，中国化的禅宗正是把外来佛教中的“空”在相当程度上给扬弃掉了。

曹雪芹的《红楼梦》则是中国文化一种最高明的化境，在这最根本的识度上与禅一脉相通。这也是《红楼梦》第一回所谓“空空道人因空见色，由色生情，传情入色，自色悟空，遂易名为情僧，改《石头记》为《情僧录》”的真实含义。周汝昌说：“‘情’字才是要害。……如果空空道人真是由‘空’到‘空’，那他为何又特特改名为‘情’僧、改《石头记》为‘情’僧录？在这里，曹雪芹岂非早已逗漏消息？……一部《红楼梦》，正是借‘空’为名，遣‘情’是实。什么‘色空观念’，岂非‘痴人说梦’。”[11]结合前面的论述，我们在此可以引导出一个新的认识：贾宝玉的“痴”——《红楼梦》的“情”——曹雪芹的“禅”，三者实际上是一回事，这才是“假作真时真亦假，无为有处有还无”的真实意指，也就是张祥龙所说的“充溢着生存境域的终极深意”。

禅是中国传统文化对印度佛教的改造化入。张祥龙论证说，古代中国的儒家和道家都具备一种不脱离人生世间的“天道观”视野。比如，孔子最重视的“学”，其最终含义不是脱离了人生日常经验和语言经验的冥会功夫，而是一种学“艺”，比如“六艺”；也就是涵泳于当场启发人的“时中”技艺（礼、乐、诗、书、射、御、数等）之中，从而使人在无形中脱开那或“过”或“不及”的、缺少原初视域的思维方式，最终进入“从心所欲，不逾矩”的缘发中和的至诚仁境之中。

“仁”绝不只是一个道德原则，而是一个总能走出自我封闭的圈套而获得交构视域的“存在论解释学”的发生境界，与诗境、乐境大有干系。“至于老庄讲的‘道’，也从来没有与‘天’分离过。相反，他们正是要强调这道的天意，免得它被人的观念理性和社会体制戕害了。西方传统哲学讲的‘自然’‘实体’和概念语言化了的‘逻各斯’都不是这道的原意，反倒是理解它的障碍，必损之又损方可显明道的天意所在。”⑫

禅也正是充分体现了这种识度。禅宗将佛家缘起说和中国天道观这中国和印度两大传统中的妙谛结合在一起，“将这构成境域的终极观表达得活灵活现、无滞无碍。‘不思善，不思恶，正与么时，那个是明上座本来面目！’（《坛经》）这里面没有二元分立，没有与生活经验、缘起经验的离异，也没有人为的观念规定；有的只是从现成形态向使之可能的构成形态的转化，由散漫的分门别类的状态向豁然贯通的缘发生状态的转化。”⑬曹雪芹的《红楼梦》无疑是这种识度层面上的儒、道、禅之美学体现，从这种意义上说，《红楼梦》是中国文化的“百科全书”和“一条主脉”才更能得其环中。

“诗为禅客添花锦，禅是诗家切玉刀。”元好问的这两句诗把禅和诗的辩证关系说得十分传神。诗更多艺术的美韵，禅更能显露出哲理的思辨。达到高品位的诗歌，往往蕴含几分禅意，有修养的禅客们，又常常用诗的形式传达其禅理禅悟。这已经是谈诗或说禅的常识了。然而只有把这种“常识”上升到终极境域，才更能产生象外之象、味外之味呢。

“在强调诗歌是接通人与终极境域这一点上，海德格尔与孔子是‘近邻’。作诗和读诗是最具有构成境域性的语言活动。它开启出一个充满了自身韵律和可领悟势态的境界，比主体的观念世界要无可比拟地更丰富、更自持、更可领会，因而似乎是与神灵沟通，使‘礼’具有了在场的揭示性。然而，这种神韵盎然的诗境随人的生存势态而消长，从根本上讲是属于人的生存境域本身的。没有哪种繁文缛礼、官僚体制和教条化了的教会制度能保留住它。它的源源出现就意味着一个人、一个团体、一种学说乃至一个民族和文化的兴盛;它的消退则意味着它们的衰亡。

“周天子通过采风和献诗来观天下气象,与天意相通,与人意相和,可谓人类历史上独具慧眼的开创,与占星术和谶纬之术完全不同,当然也与现代的依据实证和科学的预测术很不相同。提到儒家文化,就离不开‘诗云子曰’。孔子对诗与乐的挚爱、对于它们所富含的思想性的鉴赏,影响了这个两千年之久的文化风貌。海德格尔则认为‘诗所打开的、并且在格式塔的间隙中先行投射出的就是开启之域’。从事于这种开启终极存在域事业的诗人是纯真的,也一定有超个人的天命,就如同荷尔德林那样。”⑭

这样我们也就可以更深刻地理解曹雪芹“用写诗的方法写小说”,《红楼梦》洋溢着浓郁葱茏的诗意绝不仅仅是一个“写作技巧”问题,而有着关系到“天道”“存在”这种“终极视域”的深远意义。

正是在这一根本点上,《红楼梦》与儒家的“诗云子曰”,与禅的“掬水月在手,弄花香满衣”,与海德格尔所谓“诗意的栖居”打成了一片,几股水汇流成一道泉。关于《红楼梦》里的诗意向度,我在《红楼梦与中国传统美学——“空灵”与“结实”的奇观》等文章中作过比较深入的论述(参见《石头记探佚》),这里不再展开。我想再深入一步思考的是,《红楼梦》作为体现了中国天道根本识度的一个艺术文本,它在当今西风凌厉的“全球化”语境下,具有成为中华民族之“精神家园”的特殊文化意义。

如果说禅宗曾经成功地接通了中国的古老传统与尼泊尔印度的异域文化精神,那么《红楼梦》研究、红学也应该参预到当下的中西文化的对话之中,为中国传统文化与西方文化的遇合沟通作出贡献。而已经是中国文化一部分的禅学,自然也应该焕发新的青春活力,与《红楼梦》一起,为新千年的世界文化之“终极视域的开启与交融”承担其一份责任。

有必要谈一谈《红楼梦》后四十回续书。前面说过,如果只从情节上看,后四十回中与佛禅有关的内容更多。但只要透过现象看本质,我们就发现,后四十回的有关情节所传达的视域和意旨都停留在“俗谛”上,其实远离禅的真精神真气韵，也远离中国天道的几微。因为无论写贾惜春和贾宝玉出家，还是写妙玉尘缘难断，都脱离了“缘起”的本义，而指向一种二元化的格局，一种“虚无彼岸”和“红尘此岸”的对立。正如刘小枫从他的基督教“圣爱”立场出发，对《红楼梦》的这种情节进展所产生的疑惑：“曹雪芹的‘新人’终于在劫难的世界中移了‘情性’，重新变成了冷酷无情的石头。夏志清教授曾精辟地指出：宝玉的觉醒隐含着一种奇特的冷漠。与宝钗相比，他显得那样苍白。宝钗甘愿放弃生活的舒服、健康和显赫的地位，甘愿放弃夫妇的性爱，只希望宝玉仍旧仁慈并关怀他人。她最后的惊愕是，一个以对于苦痛过于敏感为其最可爱特质的人，现在竟变得冷漠之极。”⑮

贾宝玉由“痴情”变成“冷漠”，也就离开了禅的真谛而蜕变到俗谛。因为只有“痴”，才能够“借人生本身蕴含的大机大势而出意境和情境。世人的种种痴心在宝玉那里纯化、境化为看似乖张之极实则醒人之极的痴情，以至满盘皆活，气韵生花”。痴情一旦被冷漠取代，那“意境和情境”“气韵生花”就全完了，消于无形了。至于第九十一回宝玉和黛玉的“谈禅”，则只是借谈禅的形式互相试探彼此的感情，服务于后四十回的“爱情婚姻悲剧”，已经远离了禅的真意妙谛。当然它也有一种禅的表面形式。但如果只为谈禅的表面形式所吸引，那就对禅尚未入门，对《红楼梦》也停留在“槛外”了。

后四十回《红楼梦》从根本上失去了诗境，失去了贾宝玉“充溢着生存境域的终极深意”的那种“痴”，因此也就失去了真正的禅意。也许有人说后四十回写林黛玉焚稿那一回不也很有诗意吗？打个比方，黛玉焚稿可以说是汪国真的诗，前八十回的诗境则是海子的诗。黛玉焚稿是要“断痴情”，也就是要斩断“终极深意”和“构成势态”。如果一定要把《红楼梦》后四十回中的有关情节勉强拉入禅门的话，那也是在“楼”之最下一层的。曹雪芹原著与后四十回续书“两种《红楼梦》”的巨大差异在“禅”这一向度上再次显示出来。

西方的概念哲学之“终极识度”，以数学为知识的形式典范，以逻辑为理性的标志，创造出了伟大的科技物质文明，而且正方兴未艾，大有席卷全球之势。但我们也不能无视，这种科技文明在给人类带来各种物质方便和享受的同时，也带来了“缘在”的异化，诗意的枯竭，“人与世界相互缘发构成的存在论关系被平板化、逻辑化为主体自我与客体对象之间的认识论关系，以至于'存在'变成了一个无家可归的、最空洞的概念"⑯。

"环顾世界思想，这样充满了构成势态的终极洞察只在中国文化中占了主流。而海德格尔作为一个活跃于20世纪的德国人，在东方的各种学说中，独对这样一种天道观发生了浓厚的兴趣……"⑰最耐人寻味的是，禅，《红楼梦》，是"充满了构成势态"的中国文化最生动最杰出的代表，同时又是最能与我们的当下生活发生直接缘在的文化载体。"它反驳的不只是小乘有论和标榜死寂之'空'的理论，而是一切想要通过概念方法来探讨终极问题的思想企图。"⑱在这个识度上，我们问"禅在红楼第几层"是不是也有一种微妙的禅意呢？

【注解】

① 梁归智《箫剑集》，第304、318页，太原，山西教育出版社2000年10月出版

② 周汝昌《红楼梦新证》，第892页，北京，人民文学出版社1985年5月出版

③ 潇湘（圆香）《红楼梦与禅》，台北，台湾狮子吼杂志社1970年3月15日初版，1979年9月天华出版事业股份有限公司再版

④ 张毕来《红楼佛影》，上海，上海文艺出版社1979年6月出版

⑤ 李哲良《红楼禅话》，郑州，河南人民出版社1999年4月出版

⑥ 张祥龙《海德格尔思想与中国天道——终极视域的开启与交融》，北京，生活·读书·新知三联书店1996年9月出版

⑦ 张祥龙《海德格尔思想与中国天道——终极视域的开启与交融》，第222~223、335~338页，北京，生活·读书·新知三联书店1996年9月出版

⑧ 梁归智《石头记探佚》，第511页，太原，山西教育出版社1992年10月出版

⑨ 梁归智《石头记探佚》第515页，太原，山西教育出版社1992年10月出版

⑩ 吴言生《禅宗诗歌境界》，第105页，北京，中华书局2001年6月出版

⑪ 周汝昌《献芹集》，第194页，太原，山西人民出版社1985年3月出版

⑫ 张祥龙《海德格尔思想与中国天道——终极视域的开启与交融》，第380~381页，北京，生活·读书·新知三联书店1996年9月出版

⑬ 张祥龙《海德格尔思想与中国天道——终极视域的开启与交融》，第356~357页，

北京，生活·读书·新知三联书店 1996 年 9 月出版

⑭ 张祥龙《海德格尔思想与中国天道——终极视域的开启与交融》，第 365 页，北京，生活·读书·新知三联书店 1996 年 9 月出版

⑮ 此段引文据上海人民出版社 1988 年 4 月出版之刘小枫《拯救与逍遥》第 333 页，在上海三联书店 2001 年 7 月新版《拯救与逍遥》中已经删去，但新版并没有改变其对《红楼梦》的视角和立场，不肯深入探佚研究的视域，而用"探佚派想要尽力搞清这一问题，但已命中注定离不开索隐"一类话含糊支吾过去。其对《红楼梦》观照的根本失误一是不深入红学研究的堂奥，二是将活泼的艺术用僵硬的形式逻辑来切割，对禅的观照也有类似的"死于句下"的问题，即还是"要通过概念方法来探讨终极问题的思想企图"之流弊。

⑯ 张祥龙《海德格尔思想与中国天道——终极视域的开启与交融》，第 5~6 页，北京，生活·读书·新知三联书店 1996 年 9 月出版

⑰ 张祥龙《海德格尔思想与中国天道——终极视域的开启与交融》，第 15 页，北京，生活·读书·新知三联书店 1996 年 9 月出版

⑱ 张祥龙《海德格尔思想与中国天道——终极视域的开启与交融》，第 365页，北京，生活·读书·新知三联书店 1996 年 9 月出版

领略红楼艺术意境

提要:

曹雪芹原著《红楼梦》共一百零八回,具有盛衰各五十四回之“两扇面”的小说结构。

对《飞鸟各投林》作出新的解释。

小说中写到的媚人与可人实为一人，此人早早死去是为影射秦可卿。

海棠之隐喻贯穿前八十回，暗示史湘云是全书最重要的女主角。

鸳鸯具有重要的角色意义，牵动着贾家内斗和败落的根本情节线索。

贾兰在原著佚稿“中原逐鹿”的故事在前八十回中已经巧妙“伏脉”。

芸香·蕙香·四儿的名字变化具有微妙的艺术作意。

把握小说的艺术特点有七把钥匙。

曹雪芹创造了“不交代法”“补遗法”与“意境人物”等独特的艺术手法。

曹雪芹在语言上自铸伟词具有文化意义。

关键词:

两扇面 / 海棠 / 鸳鸯 / 七把钥匙 / 自铸伟词

希腊罗马神话里有个巧手女子阿拉喀涅,她以灵心巧构的编织手艺,向天神密涅瓦(雅典娜)挑战,她的作品确实精彩绝伦,密涅瓦不得不佩服,同时又对她的傲慢感到愤怒，因而施展神力，把阿拉喀涅变成了蜘蛛。《西游记》里唐僧师徒从西天取经成功，电闪雷鸣，风雾齐作，“乃是些阴魔作号，欲夺所取之经”，因为取得真经，“乃是夺天地造化之功，可以与乾坤并久，日月同明……为天地不容，鬼神所忌”。曹雪芹写《红楼梦》，与此颇为类似。他的呕心沥血与巧夺天工，创造了空前绝后的奇迹，历史也让它残缺不全，又弄出一个狗尾续貂的后四十回来鱼目混珠，“二心搅乱大乾坤”，让《红楼梦》的接受史颠倒纷纭了一二百年。所幸“新红学”与“探佚学”前赴后继，终于拨开了迷雾，消除了魔障，曹雪芹原著的天姿国色乃得以初显风华。好像曹雪芹曾有预感，所以他在作品中随时随地设置了“伏笔”，韬光养晦，以待时机，等候明心慧目的后世知音为自己洗垢雪冤，让企图将“绝活”矮化的历史吊诡暴露于光天化日之下。

谈《红楼梦》的艺术，最重要的就是发现曹雪芹在小说中摆下的“八阵图”，把那些“伏脉千里”的“草蛇灰线”一一发掘出来，予以切实的解说，而不仅仅是什么“典型”“形象”这主义那思潮一类的洋经鸟谈。循此义，这里谈《红楼梦》的艺术，基本上杜绝所谓“体系化”和所谓“学术规范”，而只求彰显小说文本所暗涵潜隐的作者之锦心绣口，艺略文韬，一定要念一句洋经的话，那就是现象学的“回到事物本身”。下面画龙点睛式地领悟一下曹雪芹创造《红楼梦》的艺术三昧。

一、“两扇面”的小说结构

俞平伯发表于 1954 年 1 月 1 日至 4 月 23 日香港《大公报》的《读红楼梦随笔》之第二十二节标目为“《红楼梦》下半部的开始”，其中说：“《红楼梦》原书一百多回，上半部与下半部在那(哪)里分界？我以为应在五十四、五十五回之间，即到第五十五回已入下半部。”这是一种敏锐的艺术感悟，俞平伯作了初步的论述，虽然不太深入，但曹雪芹原著整体结构的一个基本要点已被初步揭示出来。

周汝昌与俞平伯“英雄所见略同”，并作了更为深细化具体化的展开论述，曹雪芹原著结构之妙义乃被抉微索隐，“冰山”大部浮出了水面。收入《献芹集》的《红楼梦原本是多少回？》和《红楼梦的情节和结构》是20世纪80年代初的作品，已经提出了原著应为一百零八回，每九回一个大段落，以第五十四、五十五回之间为“春秋两扇面”之折缝等观点，并作了较详细的解说论证。到了80年代末的《红楼梦与中华文化》，全书三编，其第三编全谈“结构学”，更加学理化体系化，结构学与探佚学融为一体了。

应该说，周汝昌的观察独具慧眼，分析合情合理，只可惜一些红学研究者缺少夙缘慧根，有眼不识金镶玉，不能对曹雪芹的灵心与周汝昌的会心有“得我心哉”的认同。关键问题其实还是不去细细玩味《红楼梦》的文本，当然能否玩味得进去其实也需要一定的主观条件。一些对文本隔膜麻木的“红学家”却总在那里高叫“要回归文本”，而真正与曹雪芹的文本呼吸交通水乳交融的学者却被指责为“脱离文本”，乃是红学界一个长期以来难以摆脱的悖论，要之，还是“假作真时真亦假”的“两种《红楼梦》”文本怪圈在作祟吧。

山西古籍出版社1995年出版的拙著《新评新校红楼梦》，即依照每九回一个大段落的结构分界，逐回点评，引导读者一步一步进入文本的“建章宫千门万户”，深入体察曹雪芹的文心，阅过拙著的读者来函叹赏，非在此王婆卖瓜也。杨慧在《20世纪90年代红楼梦的三部评点本谫论》[①]中说：“《红楼梦》的特殊笔法、每九回为一结构板块的建构、探佚的‘天机’及‘真’的人物审美理想是梁评本的批评视角，同时又融入了清代评点家脂砚斋、护花主人王希廉、大某山民姚燮、太平闲人张新之、涂瀛等人的评点精粹。综观前八十回之评点，梁评本确实批出了雪芹的‘文笔’之境高，‘文心’之脉细，让你觉得无论站在哪一片月光下，哪一道园门前去欣赏《红楼》，都尽得‘生活之流’。生活就是这个样子的，雪芹写了出来，梁评本也确实批了出来。”下面将涉及“九回”结构的评点略作撮述。

第九回“尾评”云：“第一回到第五回的‘总纲’之后，第六回刘姥姥进荣国府，对‘盛衰’这条线索作一直贯结局的点划，焦点人物是管家少奶奶凤姐——此后各种家族内部争权夺利的矛盾都在这一回蓄势。第七回送宫花故事又一次‘观照’十二钗，为全书‘要角’‘摄影’；同时以宝玉和凤姐双会秦钟及焦大醉骂的故事吹拉弹奏出'情'和'淫'双重基调的交响曲。第八回正式展开'木石前盟'和'金玉良姻'的纠葛,写出异性恋爱的微妙;第九回宝玉和秦钟上学的故事转写同性恋爱的纠纷。'情爱'这条线索也剥茧抽丝,扯出了长长的由头——这条线索上的中心人物是贾宝玉。凤姐和宝玉分别贯穿全书家族兴亡和情爱婚恋两条情节线索,是并列的两大主角,'两条主线'由他们姐弟二人扭成一个大麻花。这第一个九回确实像一套连本巨戏的一个大'楔子',具有笼罩全局、邀领风骚的作用。到第十回,已开始写秦可卿生病,转入可卿之死和元春归省两件悲喜大事的第二个九回了。"

从第十回到第十八回,就是宁国府的一件丧事和荣国府的一件喜事,将乐极生悲盛衰荣辱周而复始的家族兴亡大悲剧作了一次浓缩的表现。写宁国府的事仍然让王熙凤扮演主角,当然和全书以荣国府为主体描写的结构设计有关。在贾元春归省之前,三个象征性的人物秦可卿、秦业、秦钟先后死去,当然是"证情"宗旨的一种隐喻。"证情"是广义的,即第一回茫茫大士和渺缈真人所谓"那红尘中却有些乐事,但不能永远依恃;况又有'美中不足,好事多魔'八个字紧相连属"。到这一个单元结束后,在第十九回开头特别把最忙的王熙凤和最闲的贾宝玉相提并论,正是"双主角"的又一次点睛之笔。

第二十七回尾评云:"从第十九回'玉生香'到第二十七回'泣残红',又是一个'九回'。在情绪上从青春的明快欢乐逐渐变成了飘零毁灭的象征意象,也是一个由盛转衰的格局。这一个单元的象征预示意味极其浓郁,叛逆与正统的思想矛盾,家族内部嫡庶之间的生死搏斗,直到黛死钗嫁、'狱神庙(嶽神庙?)'中宝玉和凤姐落难等八十回后的大关目,几乎都得到暗示性的预演。"盖这一个单元中,第十九回和二十一回花袭人"解语""娇嗔"而"箴宝玉",即叛逆与正统的思想矛盾,直接隐伏佚稿中"薛宝钗借词含讽谏"。第二十回"王熙凤正言弹妒意"和第二十五回"魇魔法姊弟逢五鬼",是嫡庶矛盾——中心是赵姨娘、贾环对阵凤姐、宝玉——线索的初步展示。第二十二回宝玉悟禅机贾政悲谶语,第二十三回宝玉黛玉读《西厢记》黛玉听《牡丹亭》,直到第二十七回黛玉葬花,正是黛死钗寡、宝玉出家以及诸钗飘零的象征。贾芸和小红的情节穿插其中,则直接影射到"狱神庙(嶽神庙?)"中宝玉凤姐落难，贾芸小红去救助的故事。

第三十二回“尾评”云：“洪秋蕃评曰：‘宝玉自清虚观看佛事回来，冲撞黛玉，唐突宝钗，坑害金钏，脚踢袭人，得罪晴雯，见恶湘云，数日之内，种种与人乖忤，皆为受笞一回渲染。盖人有大不如意事来，必有许多小不如意事为之先。’从小说结构着眼，从琪官赠汗巾子和宝钗拢红麝串起，就已经在为宝玉挨打一回作远因和气氛上的铺垫。此后笔笔紧凑，小矛盾层出不穷，正如彤云逐渐聚拢来，酿成山雨欲来风满楼之势，到宝玉挨打而达到高潮。其后的三回，则是挨打事件的种种影响馀波。从第二十八回到第三十六回，正是‘九回’为段落的第四个单元。”

第三十六回尾评则云：“从第二十八回羞拢红麝串到本回梦兆绛芸轩，金玉良姻不幸的必然和必然的不幸作了一次完整的预示。而贾宝玉这个‘天下无能第一’‘古今不肖无双’的‘逆子’和‘新人’的精神、情怀与意向更得到了集中的刻画。要说‘思想性’和‘叛逆性’，前八十回以这一个‘单元’所显示的最为尖锐和突出。全书这第四个‘九回’，以宝玉挨打作为核心和高潮，其生成、演变、发展、结束和馀响，无不写得如天女散花，香象渡河，臻于妙境，真真是凤头、猪肚、豹尾。”

第三十七回总评云：“元宵与中秋，是《石头记》‘盛衰’结构的大枢纽。从这一回起，又进入了另一个‘九回’的大段落。本回开头就说八月二十日贾政点了学差，是中秋已过，贾政长期出门，贾宝玉和众女儿进入了大观园有史以来最无拘束、最兴盛热闹的‘历史时期’。此回和下回起诗社作诗，后面刘姥姥二进荣国府畅游大观园，从情绪结构而言，这几回才是全书‘盛极’，欢乐的气氛最浓，‘悲音’最少。到凤姐生日泼醋，才开始转变情调。”

第四十五回尾评则云：“从第三十七回起海棠诗社到本回黛玉闷制风雨词，以诗起，以诗结，又完成了一个‘九回’的大段落。诗社，刘姥姥游园，凤姐过生日，是这一个单元中的三大内容。前两部分如大江东来，一浪高过一浪，全是欢乐，全是喜庆，高潮迭起，笔如游龙，飞腾舒展于其中。至凤姐生日，乃写宝玉私祭金钏，又接以琏凤厮闹，情调又自喜转悲，气氛又从盛变衰。到第四十五回，笔锋更掉转过来写黛玉犯病、吟诗，哀音满纸矣。‘盛衰’二字，横据作者胸中,即是全书枢纽。”

第四十六回是第六个“九回”单元的开始,所以这一回写贾赦和邢夫人为要鸳鸯之事而与贾母冲突,挑明了荣国府中大房和二房争权夺利的矛盾这条线索。这回尾评云:“荣国府中二房内嫡子和庶子两派的明争暗斗前文时时点染,且有魇魔法之厄和宝玉挨打两次大交锋。大房和二房之间的矛盾却比较隐蔽。本回则将这一条线索挑出来,推向前台。二房是主流派,大房是非主流派,表面上是贾赦、邢夫人碰了贾母的钉子,实际上却暗伏着大房和二房关系恶化、激化的征兆。”

第四十九回薛宝琴等四个姑娘来到贾府,本回总评曰:“书到近一半,竟写又来几个姑娘,实在是大丘壑,大经营,大手笔。用一般的小说范式套,大概会觉得节外生枝了。不见拢(版本考证:非栊)翠庵那丫丫叉叉蓬蓬勃勃的红梅花吗?具有原创生命力的东西本来是不受常规束缚牢笼的。这一回和下一回,从气氛上说,是达到全书的最高潮了。富丽堂皇,诗情画意,把个大雪天渲染得又红火又热闹。然而,盛衰原是两极,这也可能正直接映射到‘落了片白茫茫大地真干净’的大结局吧?”

第四十九回尾评则曰:“围绕着宝钗和黛玉的‘金玉良姻’和‘木石前盟’的纠纷完全淡去,湘云逐渐占据更多的篇幅笔墨,这个大结构上的微妙转折悄悄地提示着此后的书文更着意于铺垫抄没之后宝玉和湘云的故事了。‘玉钗云’的三部曲,现在应开始注意第三部了。”

第五十回总评云:“雪中争联即景诗,《红楼》诸艳,集大成也。所谓群贤毕至,少长咸集。而湘云独占鳌头,非仅写其豪迈敏捷,且暗影‘茫茫白地’之后,与宝玉知音知意者,惟留湘云一人耳。”

第五十三回总评曰:“第一回甄士隐家元宵失女,已经奠定基调,元宵节是全书盛衰转折大关键。到第五十三回,书文将至中点,所以特写一次除夕和元宵,这可真是回光返照式的繁华热闹了。五十三、五十四回的元宵节是最后的盛典,落日的辉煌,一百零八回的《石头记》于此急转弯,此前虽也有悲音,大势写兴盛,此后却变徵之音成主调了。”

第五十四回中有贾母批评女先儿说公子王熙凤和小姐雏鸾的才子佳人

故事的情节，针对这一点有评语说："第一回对'历代野史''败人妻女，奸淫凶恶'和'佳人才子等书'的'假拟出男女二人名姓，又必旁出一小人其间拨乱'的'千部共出一套'痛加贬斥，认为这种公式化的滥套不仅思想境界低劣，而且是艺术上的懒惰和堕落；立志要用'追踪蹑迹'的写实主义'令世人换新眼目'。这是曹雪芹创作《石头记》的根本美学宗旨，具有对传统审美惰性极强的针对性和叛逆性。本回是全书居中的一回，承前启后，峰回路转，故而又借贾母之口'掰谎'，对传统的滥污再加抨击。同时表明《石头记》绝不落此窠臼。庚辰本回前脂批对这一点说得非常清楚：'首回楔子内云：古今小说千部共成一套云云，犹未泄真，今借老太君一写，是劝后来胸中无机枢之诸君子不可动笔作书。'说明原著根本没有贾母借此警告宝玉和黛玉相恋的暗示。"

自从程高续书添了贾母为宝玉选配偶择钗弃黛的情节，就有人把这一回贾母的这段话加以曲解。护花主人已经错批："贾母说编书一节，固是作者诋唱本小说，亦是暗照宝玉、黛玉两人心事。"近世以来的"红学家言"更以钗黛争婚为"路线斗争"立案，滔滔伪说，汩没天下人耳目。要之，俱为程高续书所蔽也。却不知续书"钗黛争婚"正是男女二人相恋有一小人拨乱其间的"陈腐旧套"！贾母已破之也，而后人复迷之，并更以贾母所破"陈腐"为一"新套"之根据。呜呼！不肖子孙，何朽木不可雕也？

第五十五回，进入小说下半部，小说开头就写："且说元宵已过，只因当今以孝治天下，目下宫中有一位太妃欠安，故各嫔妃皆为之减膳谢妆，不独不能省亲，亦且将宴乐俱免。故荣府今岁亦无灯谜之集。刚将年事忙过，凤姐儿便小月了，在家一月，不能理事，天天两三个太医用药。"

本回总评："戚序本回前批曰：'此回接上文，恰似黄钟大吕之后，转出羽调商声，别有清凉滋味。'第七个'九回'开始，笑语笙歌忽去，衰飒气象突来，笔笔紧凑，先从内部矛盾叙起，酝酿天塌地陷之前的'风满楼'氛围。"又批曰："太妃欠安，宴乐俱免；凤姐小月，家政失衡。大形势，小气候，都向不利的方向转化。这个春天已不属于贾府。"

第五十六回写到贾宝玉梦见了另一个园子中的甄宝玉，醒来后麝月有不能对着镜子睡觉的议论。针对这个情节，尾评曰："脂批说甄宝玉乃上半部所不写者，此回甄家的人进京，贾宝玉梦见了甄宝玉，标志着小说进入了下半部，也就是假去真来，荣华将尽，衰败即来。怡红院的大镜子正是风月宝镜的象征，'正照'已完，该'反照'了。"

第七个"九回"中探春理家搞改革，并不能扭转贾府衰败的大趋势，反因实行承包责任制引发了利益与人情的冲突。贾母、王夫人等离开贾府去守皇陵，凤姐生病，贾府的威权体制削弱，各种矛盾呈逐渐泛滥之势，从最下层的婆子和小戏子，然后牵扯进贾环和赵姨娘，茉莉粉蔷薇硝，玫瑰露茯苓霜，实际上还是荣府二房中嫡子、庶子两派矛盾的新发作；司棋与柳嫂子的厨房风波，背后则是大房和二房的利益争夺。宝玉因紫鹃的一句玩笑话而发作痴病，实际上是将宝玉和黛玉的爱情关系公开化，为此后赵姨娘贾环的造谣诽谤作铺垫。最后以两回书写宝玉过生日结束这个单元。

第六十二回总评曰："从第五十五回探春理家起，全书进入后半部，春荣秋肃，盛竭衰来。所以这第七个'九回'段落开始着重渲染衰败气氛，各种矛盾冲突成了主要内容。主奴之间，奴仆的不同派系之间，嫡庶之间，展开了错综复杂的'内耗'。而中间紫鹃试宝玉，又标志着宝黛二人的爱情婚姻这一重大问题也即将到决定性的时刻。最后以熊罴搏虎之力，以两回大书的篇幅写全书第一主角贾宝玉过生日，不仅是大观园最后一次欢乐的祭奠性聚会，而且又对主要人物的命运作了一次总结性的悲剧暗示。"

第六十二和第六十三两回中把芳官和史湘云作对照描写，实际上以芳官影射湘云，湘云醉卧石凳，芳官醉卧与宝玉同榻，石即玉，玉即石，正暗示后来宝玉与湘云之劫后情缘也。而宝玉生日第二天就又接上宁国府贾敬的死讯，又是一个喜庆转悲凄的格局。

第八个"九回"中第六十四和六十七两回非曹雪芹所作，乃其亲友所补，故此两回写作水平有所降低，不过这并没有影响大结构。仍然是到第七十二回为一个单元。第六十四到第六十九回共六回书，其主体故事是红楼二尤的爱情婚姻悲剧，其实是园外女儿的结局影射园内，也为凤姐的下场作点染铺垫。凤姐由于尤二姐之死而与宁国府关系破裂，正写她一步步走向孤家寡人众叛亲离的命运。

第七十回总评曰:“在柳五儿气病和尤三姐、尤二姐相继死亡之后,大观园外围的愁云惨雾已经渐渐向大观园内逼来。山雨欲来风满楼,本回诗社其实已是海棠社的告别仪式,桃花零落,柳絮飘飘,重建桃花社,却成了凄凉的‘春之祭’。紧接着又是充满象征意味的放风筝,更加强了家亡人散的预兆。”

第七十一回“嫌隙人有心生嫌隙”,周瑞家的和费婆子这两家陪房较劲,邢夫人对凤姐、王夫人不满加剧,同时暗示了鸳鸯与贾赦、邢夫人未来的恶斗。本回总评曰:“前面玫瑰露、茯苓霜的盗窃案,以及司棋与柳家的厨房风波等,矛盾还局限在奴婢和‘准主子’的下层。本回却开始了主人之间上层的争斗。大房和二房的利益冲突逐渐表面化,宁府与荣府,二房中嫡子与庶子的矛盾也冒出火星。大房的儿媳妇却借到二房管家的凤姐就成了这一复杂纠葛的中心目标。司棋和潘又安的幽会则显示出荣府纪律松懈,纲纪日弛。以凤姐为统帅的管理体制正受到来自各方面愈来愈尖锐的挑战。‘自执金矛自执戈,自相戕戮自张罗’的家族自我毁灭逼近了。”

这样到了第七十二回就隐伏了后文情节发展的多条线索:贾琏向鸳鸯借当,既是贾家财政日益支绌的表现,也是鸳鸯将来受贾赦迫害的伏笔;凤姐的陪房来旺家的依凤姐之势力欲强娶彩霞(彩云?),赵姨娘则向贾政要求把彩霞给贾环,这一情节实际上还是在为凤姐和赵姨娘的恶斗蓄势;宫中的夏太监派人来向贾琏凤姐敲诈,凤姐梦见宫中的娘娘夺锦缎,则暗示着贾家在宫廷派系斗争中的失势。贾府的两大基本矛盾——大房与二房,二房中之嫡子与庶子——以及贾府在朝廷中地位的消长,都暗示了更为险恶的发展趋势。

第七十三回开始的下一个单元,即第九个单元,误拾绣春囊与抄检大观园,是邢夫人作为大房代表,向二房嫡子派的代表王夫人和凤姐发难,结果却以抄出了大房丫头司棋的私情结束,大房搬起石头砸了自己的脚,但凤姐也病情加重,正是自杀自灭,两败俱伤。众女儿则在这场风波中开始了飘零四散的结局,司棋、四儿被逐,晴雯冤死,芳官等出家。十二个小戏子因元春归省而进贾府,前回因老太妃之病和死而解散戏班,已有数人离去,这次在抄检大观园后则被全部赶出贾府。

十二伶的这种结局正是十二钗即将到来命运的先声暗示，十二钗将会随着元春这个贵妃的死去和贾家的被抄没而家亡人散。十二伶的这种象征作用李小龙在《十二金钗归何处——〈红楼〉十二伶隐寓试诠》[2]一文中作了很好的论述。第七十五和第七十六两回写中秋节，正像第五十三和五十四两回写过年和元宵节一样，是盛衰聚散大转折的枢纽。

后面晴雯之死，芳官等离去，很快就接上了副册中的香菱、正册中的贾迎春之命运归结。可以想象，在下面的三个单元中，那将是贾府内部更为激烈尖锐的矛盾的爆发，随之将是十二钗的离散和死亡，直接指向“忽喇喇似大厦倾”“落了片白茫茫大地真干净”的总结局。

周汝昌在《红楼梦与中华文化》中说：“雪芹写《石头记》，有其整体结构的大法则。这法则包括两个要点：整体一百零八回书，节奏分明，是其一。这个整体一百零八回又分为前后两扇，每扇各为五十四回书文，形成一个大对称的格局，是其二。”[3]“‘九品十二钗’的情榜，继承了《水浒》。这个新的一百零八，又使雪芹生出了新思路：把全部书的回数也定为一百零八段。而且，全部的节奏，也以‘九’为率，每九回构成一大段落。合十二个九回，是为一百零八回全书。”[4]通过我们对前八十回文本的结构作逐段解析，证明这个结论符合实际。

二、释《飞鸟各投林》

第五回贾宝玉梦游太虚幻境，警幻仙姑让仙姬演唱《红楼梦》仙曲。这套曲子一共十四支，开头的《红楼梦引子》是主题歌，中间的十二支分别隐喻十二钗的命运归结，最后一支《飞鸟各投林》是收尾曲。问题是《飞鸟各投林》一共十四句，除去最后两句“好一似食尽鸟投林，落了片白茫茫大地真干净”的总结性感叹外，正好十二句。这十二句是不是每一句说一钗，哪一句说哪一钗，是一个引起广泛兴趣的问题。俞平伯与周汝昌都有过尝试性分派和解释。我这里提出与俞、周两位前辈略有不同的一点意见，供大家参考。

我的意见一是用排除法，即首先把《飞鸟各投林》中意思明白无误的隐喻曲句排除，然后集中讨论那些不能遽然确定的曲句。二是在讨论这些有争议的曲句时，结合各钗的具体情况，再参照以正册十二钗的排列次序和规律。十二钗的排列次序是有规律可循的，正好每两人一对。这一点对我们理解《飞鸟各投林》各句的分派无疑会有所启发。

喻意明显的有以下几句，可以不必再予讨论："有恩的，死里逃生"指被刘姥姥所救的贾巧姐，"欠泪的，泪已尽"指眼泪还债的林黛玉，"分离聚合皆前定"指远嫁海外的贾探春，"老来富贵也真侥幸"指"晚韶华"的李纨，"看破的，遁入空门"指"独卧青灯古佛旁"的贾惜春。

然后我们来看十二钗的排列次序和规律。十二钗的排列每两人一对，前六人是作者特别赞赏的，后六人则是或者相对来说逊色一些，或者有明显缺点，或者不像前六人那样占有重要地位。第一对宝钗和黛玉是一对"金玉"，这不必多说。第二对元春和探春是两位"王妃"，一个是国内的皇贵妃，一个是远嫁海外的岛国王妃。第三对湘云和妙玉是另一对"金玉"，湘云有金麒麟，妙玉是"红楼三玉"（宝玉、黛玉、妙玉，没有算林红玉）之一。这六个人无疑是十二钗中的佼佼者，均可谓才貌双全。

青年红友高飏说元春和探春隔开了两对"金玉"，象征宝钗、黛玉是贾家抄没之前和贾宝玉发生婚恋纠葛的一对"金玉"，湘云、妙玉和贾宝玉的感情纠葛则主要发生在贾家被抄没落之后。元春和探春正是贾家由兴盛转衰败的两个关键性人物，即秦可卿给凤姐托梦时所谓"三春去后诸芳尽，各自须寻各自门"也。元春之死和探春之远嫁是贾家荣辱转换的"铁门槛"。这个意见很有道理。

后面迎春和惜春一对，一个是"二木头"，一个则"孤介太过"，是相对逊色的两个人。第九第十是凤姐和巧姐，她们二人是母女，命运紧密相关联，所以排为一对。最后两人是李纨和秦可卿，一个是贞洁的典范，另一个则是风流放荡的象征，一贞一淫，相反相成，互相比照。同时，最后一名秦可卿，通过对仙女可卿的隐喻性描写："乳名兼美"，说她兼有宝钗和黛玉之美，倒个过儿，殿军其实也是冠军。这些构思真是巧妙无比。副册之首香菱长得像秦可卿，又副册之首晴雯和袭人分别是黛玉和宝钗的“影子”，也是同样的作意。

根据这种两两一对的排列，再看《飞鸟各投林》剩余曲句，可以这样分派：“冤冤相报自非轻”的下句是“分离聚合皆前定”，元春和探春是一对，后句既然是指探春，那么前句应该是说元春，“冤冤相报”当是指朝廷中的复杂斗争，北静王与忠顺王的“两雄较量”，终于影响了元春的命运。

“欲知命短问前生”当是说的秦可卿，因为下句“老来富贵也真侥幸”是说李纨，秦和李一对。李纨“老来富贵”，可见其寿算很长，而秦可卿则早亡，在小说中第一个死去，她的死又弄得迷离恍惚，正是“欲知命短问前生”的微言所在。一长寿一早夭，而同样“薄命”，也是一种“对仗”。

“痴迷的，枉送了性命”应该是说迎春，因为上句“看破的，遁入空门”是惜春无疑。迎春惜春一对，迎春懦弱无主见，迷信《太上感应篇》而“一载赴黄粱”，正可谓“痴迷的，枉送了性命”。

只剩下凤姐、妙玉、宝钗和湘云四个人需要仔细琢磨。我的看法，“无情的，分明报应”和“欠命的，命已还”应该在凤姐和妙玉两人之间考虑。如果按“两两一对”的原则，“无情的”一句可以指凤姐，因为上句是说巧姐的“有恩的，死里逃生”，说凤姐“无情”和“报应”也能自圆其说。

但“欠命的，命已还”与妙玉的遭遇如何合榫对卯呢？关键是对“命”的理解。“命”在此恐怕不是“人命”而是“命运”的意思。第十八回介绍妙玉，说“因生了这位姑娘自小多病，曾许过出家，因大了，就买了许多替身儿，皆不中用，须得她亲自入了空门，才好了，所以带发修行”，又说“他师父极精演先天神数，于去冬圆寂了。妙玉本要扶灵回乡的，他师父临终遗言，说他‘衣食起居不宜回乡，在此静居，后来自然有你的结果’”。

这恐怕就是“欠命的，命已还”的大略意思，即欠命运的终于偿还了。当然这涉及佚稿中具体故事的写法，不好说得十分具体。如果反过来将凤姐和妙玉对调，说凤姐“欠命”当然可以理解为欠了人命债，说妙玉“无情”表面上也能说得通。但究其实，妙玉其实外冷内热，说她“无情”并不十分准确。而作者对凤姐的态度虽然不掩其恶，更多的其实是赞赏，直接指斥她“欠命”似乎并不合原书本旨。

宝钗和湘云，我倾向于俞平伯的意见，即“为官的，家业凋零”说湘云，“富贵的，金银散尽”指宝钗，史家侯爵，强调“贵”，薛家皇商，突出“富”。当然这两句也是总括全部十二钗，脂批云“二句先总宁、荣”也并非没有道理。不过因为宝钗和湘云都是在小说结尾时仍然有情节的人物，不好单纯说她们的结局，所以放在首句来作“提领”了。

何以知道宝钗和湘云在小说临近结尾仍然有情节呢？第一回甄士隐《好了歌解》中“说什么脂正浓，粉正香，如何两鬓又成霜”，甲戌本有侧批“宝钗、湘云一干人”，可见宝钗和湘云都活到了“两鬓成霜”的时候，宝玉“弃宝钗、麝月”“悬崖撒手”（脂批）后才有和湘云的一段爱情故事（参见《石头记探佚》），所以宝钗和湘云都是小说接近尾声时的人物。脂批将宝钗和湘云两人并提，正说明这两个人有收拢全书的意味。通过对这一支曲子的解析，也可见曹雪芹写《红楼梦》其“草蛇灰线”是何等精密细致巧夺天工。

三、媚人与可人

在《石头记探佚》中，我曾提出第五回陪伴贾宝玉在秦可卿卧室中午睡的四个丫鬟之一媚人，就是第四十六回鸳鸯和平儿、袭人提到的“死了的可人”[5]。但为什么可人变成了媚人？一个丫头为什么要叫两个名字？我始终感到疑惑。最近偶然看到端木蕻良写于1987年的一篇小文《谈电视剧红楼梦》，其中有一段话不禁让我眼睛一亮：

> 曹雪芹的这段赋文，把可卿的体态比作龙游曲沼，把她的神韵比如月射寒江，集华丽与冷艳于一身。把不可再得的美态和不可思议的神情溶和在一起，这才是兼美的意思。《红楼梦》原来还写一名丫环，名唤“可人”。足见曹雪芹很怕人们不明白‘可卿’的含义，所以才用“可人”来衬出呢！[6]

死了的可人原来就是影射秦可卿的，秦可卿在第十三回死了，死得迷离恍惚。所以可人也神秘地死了，作者不再写她，直到第四十六回才通过鸳鸯的回忆轻轻一点。宝玉的四个大丫头变成了袭人、晴雯、麝月和秋纹。本来袭人和媚人是一对，晴雯和麝月是一对，而秋纹和春燕是一对，作者这么云龙雾雨的一笔，让媚人死去，巧妙地影射可卿死去，真是空灵之笔。

但为什么在第五回叫"媚人"而不叫"可人"呢？原来作者是恐怕"可人"和"可卿"在同一回出现其影射的意思过于直露，所以改名媚人，这样就使文章更含蓄，更耐人寻味。同时，媚人的名字也能和第五回中所写仙女可卿与宝玉"初试云雨情"所暗示的秦可卿对宝玉的诱惑息息相通。那一回写秦可卿的卧室用了许多香艳的典故，什么武则天的宝镜，赵飞燕的金盘，安禄山掷过伤了杨太真乳的木瓜……真是一派"媚"的氛围。

有趣的是，这里排在最前面的武则天，她又叫武媚娘，首出"宝镜"，亦"风月宝镜"也。这真像戚蓼生在《石头记》的序言中所说的："譬之绘事，石有三面，佳处不过一峰；路看两蹊，幽处不逾一树。必得是意，以读是书，乃能得作者微旨。如捉水月，只挹清辉；如雨天花，但闻香气。"

端木蕻良又在《从〈警幻仙姑赋〉说到〈洛神赋〉》中说："曹雪芹惯会运用叠影法。我们现在的影视镜头中，经常碰到这种手法，已成为司空见惯了。但在 200 多年前，用这种叠影法进行文字创造，无疑是个大发明。曹雪芹对曹植的《洛神赋》，必然是很熟的。也许这是他触动灵感的契机。"⑦无论说"清辉""香气"或者叫"叠影法"，总之曹雪芹这种双击两鸣是用写诗的方法写小说，深得中国古典诗词曲赋创造意境的三昧。

俞平伯在《乐知儿语说〈红楼〉》中有一节题为《宝玉之三妻一爱人》，其中说宝玉之三妻为可卿、宝钗和湘云，一爱人是黛玉。这是俞先生在晚年对曹雪芹《红楼梦》原稿大结构大布局最后的看法，实在意味无穷。俞先生把可卿列为贾宝玉的第一个妻子：

> 可卿，主婚者警幻。第五回曰："再将吾妹一人，乳名兼美，字可卿者，许配与汝，今夕良时即可成姻"是也。
>
> 在人世为私情，天上是合法的，其人也"鲜艳妩媚有似乎宝钗，

风流袅娜则又如黛玉”。固合钗黛为一身者[⑧]。

可卿既然是贾宝玉的第一个妻子，那么在他身边的丫鬟有一个可人（媚人），岂不是“注彼而写此，目送而手挥”（戚蓼生）吗？花袭人在宝玉梦醒后与宝玉“初试云雨情”，早有评家调侃说不要被作者瞒过，这已经是“再试”了。宝玉初试的对象乃是“可卿”——“可人”也，此又“如春秋之有微词，史家之多曲笔也”（戚蓼生）。

曹雪芹在小说中常常根据文章情境而改变次要人物的名字，表达深微寓意，也形成意趣波澜。如那个在第二十一回与贾琏偷情的多姑娘儿，之所以叫这个名字，乃因为“这个媳妇美貌异常，轻浮无比，众人都呼他作‘多姑娘儿’。……谁知这媳妇有天生的奇趣，一经男子挨身，便觉遍身筋骨瘫软，使男子如卧绵上”。后来这个多姑娘儿又在宝玉与晴雯诀别时出现，成了晴雯的嫂子，不过改名叫灯姑娘儿了。第七十七回中说到晴雯的姑舅哥哥和嫂子：“若问他夫妻姓甚名谁，便是上回贾琏所接见的多浑虫灯姑娘儿的便是了。”

正如林方直所论述的：“像多姑娘儿那样的多情滥情人，混的男人多，故浑名为‘多’。作者‘以一字为褒贬’，包含着‘伤时骂世之旨’。”[⑨]在后面的故事中改名为灯姑娘儿，则是“宝玉与晴雯的关系纯洁无污，光明磊落，对灯可表，所以这里有必要安一盏‘灯’，需要灯姑娘儿出场。……‘她紧紧的将宝玉搂入怀中’，这若搁在‘诸男子，至此岂惜命者哉？’可是宝玉却‘坐怀不滥’。多姑娘儿是‘淫污纨绔流荡女子’那边世界的‘明星’，可是她遽尔闯入宝玉这边‘儿女真情’世界来，则黯然失色，无所施其技。宝玉经受住了这场‘考试’，在‘灯’面前没有现丑。……很明显，就‘多姑娘儿’而言在此起‘试剂’的作用；就‘灯姑娘儿’而言，在此起‘烛照’的作用。”[⑩]

显然，“媚人”和“可人”也如“多姑娘儿”和“灯姑娘儿”一样，是类似的“春秋笔法”。

附带说一点其他人物名字的“涉笔成趣”。甄士隐、贾雨村，甄宝玉、贾宝玉，谐音“真假”，元、迎、探、惜谐音“原应叹息”，英莲谐音“应怜”，娇杏谐音

“侥幸”等，都已经是老生常谈。四春的丫鬟分别为琴、棋、书、画，而又各有寓意。元春入宫寂寞，如琵琶独抱，带进宫去的丫鬟叫抱琴；迎春懦弱无能，室内乱象纷出如棋局，故有司棋；探春秋爽斋案上笔林墨海，其丫鬟因名待书（或侍书）；惜春善丹青，其小鬟也就叫入画。

紫鹃原为贾母丫头，名鹦哥，与鸳鸯一对，表现老年人的欣赏趣味，给了黛玉则改名紫鹃，与林黛玉的诗人气质相合，寓杜鹃啼血之典故，又隐喻“眼泪还债”的神话背景。袭人在贾母处叫珍珠，与琥珀一对，也是“贾母之文章”（脂批），到了贾宝玉处则被改名袭人，取“花气袭人知昼暖”诗意，就成了“宝玉之文章”。

雪雁之名，何其高洁秀雅，黛玉之襟抱可见。素云之名则淡泊清净，李纨之寡居宛然。薛姨妈皇商家主妇，丫头名同喜同贵；王夫人国公府太太，丫头就叫金钏玉钏彩云彩霞。第三十七回袭人给史湘云送东西，就派老宋（送）妈妈，第七回说贾府管家庙香火迷信活动的管事人叫余信，老尼姑去了于老爷家，余和于，都是“愚”的谐音。

第五十七回雪雁对紫鹃说赵姨娘为自己的丫头小吉祥儿向她借月白缎子袄儿，因为赵姨娘的兄弟死了要去出丧戴孝，红白喜事，故名“小吉祥儿”。第七十三回赵姨娘的丫头小鹊向宝玉通告赵姨娘在贾政面前说到宝玉，吓得宝玉寝食不安，喜鹊报喜，此处却报忧，此皆作者因事设名也。此外如吴新登、钱华、詹光、单聘仁等皆有谐音寓意，脂批明示，如此等等，不一而足。

四、海棠之隐喻

《红楼梦》中的“海棠”隐喻，关涉史湘云，第六十三回湘云的花名签象征——“只恐夜深花睡去”是最明白的提示。史湘云的生活原型乃苏州织造李煦家的某少女，即曹雪芹的一个表妹，史、李音近相谐，故曹雪芹以宋代女词人李清照《如梦令》词中“试问卷帘人，却道海棠依旧”一句作为史湘云——海棠花的诗意背景。第七十回史湘云填的柳絮词正是调寄“如梦令”，词意即从李清照原词脱胎。两阕小词如下：

昨夜雨疏风骤，浓睡不消残酒。试问卷帘人，却道海棠依旧。知否？知否？应是绿肥红瘦。——李清照

岂是绣绒残吐？卷起半帘香雾。纤手自拈来，空使鹃啼燕妒。且住，且住，莫放春光别去。——史湘云

史湘云实在是《红楼梦》中最重要的女主角，绝不在黛玉、宝钗之下，乃“玉钗云”宝玉婚恋三部曲中最后一部，有“归宿”之意。此义最是悠长。前八十回中时时为“海棠”点睛，于微末中见精神也。

怡红院中蕉棠两植，分别象征黛玉和湘云，周汝昌先生的这个发明实乃慧心具眼，颠扑不破也。第十七回贾政游园，特意描写海棠“丝垂翠缕”，将湘云丫鬟的名字嵌入，乃是特笔暗示。

书中以“海棠”作“颊上三毫”之醒目笔意者，尚有如下一些细节。

第五回贾宝玉到秦可卿卧室午休，室内挂一幅海棠春睡图，题联：“嫩寒锁梦因春冷，芳气笼人是酒香。”周岭在《甄、贾宝玉婚事证析》[11]一文中认为，仙女可卿又名兼美，梦中的兼美实暗喻钗、黛，但宝玉和兼美的结合有两层意思，一层意思是预示日后宝玉和钗、黛的感情纠葛，二是点出宝玉无论与钗与黛，终究是梦里姻缘，沉酣一梦终须醒，“梦醒”之后，俱归空幻。贾宝玉预言性地大呼“可卿救我”而不呼“兼美救我”，从秦可卿的“纳闷”，可知贾宝玉喊出的“可卿”并非实指秦可卿，而另有所寓，就是史湘云。曹雪芹恐怕这种隐寓过于深内，因此用“海棠春睡图”轻轻一点，因为海棠正是史湘云的象征物。

第二十五回宝玉要唤林红玉，又怕袭人多心，“便靸了鞋晃出了房门，只装着看花儿，这里瞧瞧，那里望望，一抬头，只见西南角上游廊底下栏杆上似有一个人在那里倚着，却恨面前有一株海棠花遮着，看不真切。只得又转了一步，仔细一看，可不是昨儿的那个丫头在那里出神”。“有一株海棠花遮着”绝非闲笔，是怎样微妙寓意呢？

林黛玉的前身是绛珠仙草,绛即红,林红玉是林黛玉的另一个“影子”。但林黛玉别号“潇湘妃子”,与“史湘云”都用了舜之二妃娥皇、女英的传说典故,所以林红玉其实也关联着史湘云,后来在佚稿的“狱神庙(嶽神庙?)”故事中,她和贾芸救助落难的宝玉和凤姐,其中一个情节应该是促成贾宝玉与史湘云的结合。贾芸的“芸”字与史湘云的“云”字暗相通约(“芸”字不仅因为贾府第五代男人的名字都有草字头,更暗应贾芸管理大观园中的花草树木,而花是众女儿的象征)。此即宝玉要找小红,却被“一株海棠花遮着”之艺术隐喻——海棠象征史湘云。

第三十七回海棠诗社,真正的诗魁乃是史湘云,她后来居上,一人独作两首,且获得大家一致赞扬。海棠诗社本是以贾芸送的两盆白海棠而得名,正是贾芸在未来贾宝玉与史湘云结合中将起重要作用的暗示。这一回在宝玉、黛玉、宝钗和探春作完海棠诗后有这样一段描写:

> 一时宝玉回来,先忙着看了一回海棠,到房内告诉袭人起诗社的事。袭人也把打发老宋妈妈与史湘云送东西去的话告诉了宝玉。宝玉听了,拍手道:“偏忘了他!我自觉心里有件事,只是想不起来,亏你提起来,正要请他去。这诗社里若少了他还有什么意思。”

这里写宝玉“先忙着看了一回海棠”,紧接着就说请史湘云的事,当然又是在点海棠乃湘云之象征物了。

第三十八回作菊花诗前,黛玉钓了一会鱼,“放下钓竿,走至座间,拿起那乌银梅花自斟壶来,拣了一个小小的海棠冻石蕉叶杯”。这一个“海棠冻石蕉叶杯”正是怡红院的正景浓缩,第十七回描写怡红院:“院中点缀几块山石,一边种着数本芭蕉,那一边乃是一颗西府海棠,其势若伞,丝垂翠缕,葩吐丹砂。众人赞道:‘好花,好花!从来也见过许多海棠,那里有这样妙的。’贾政道:‘这叫作女儿棠,乃是外国之种。俗传系出女儿国中,云彼国此种最盛,亦荒唐不经之说罢了。’”黛玉与湘云的两“湘妃”之隐喻通过一个小小的酒杯样式,又作一次微妙的暗示。

第四十回贾母等引着刘姥姥在大观园游逛，其中一个节目是撑船，描写"走不多远，已到了荇叶渚。那姑苏选来的几个驾船娘早把两只棠木舫撑来"。为什么说是"棠木舫"呢？原来又是暗点以海棠花象征的史湘云，周汝昌不是推考在佚稿中贾宝玉和史湘云是在"渔舟"中重逢吗？

第四十一回贾母一行人游园到了拢翠庵（周汝昌考证"拢翠"与"怡红"对仗，所以是"拢翠"而非"栊翠"），"妙玉亲自拿了一个海棠花样雕漆填金云龙献寿的小茶盘，里面放了一个成窑五彩小盖钟，捧与贾母"。妙玉和湘云在第五回的"册子"里排名成对，正是又一对"金玉"，所以这里妙玉捧的茶盘也是"海棠花样"，又和史湘云牵挂起来。第四十回到了潇湘馆，"林黛玉亲自用小茶盘捧了一盖碗茶来奉与贾母"，与对妙玉的描写前后映对，正是有意照应。这与品茶拢翠庵妙玉专请黛玉、宝钗，凹晶馆联诗妙玉加入黛玉和湘云的联句吟咏，都是两对"金玉"在描写上的特笔点染。

第五十一回晴雯生病，先请来一个胡庸医，开了些"虎狼药"，被细心的宝玉所拒用，转请来王太医，"先诊了脉，后说病症，与前相仿，只是方上果没有麻黄、枳实等药，倒有当归、陈皮、芍药，药分量较前也稍减些。宝玉喜不自禁道：'这才是女孩儿们药，虽然疏散，也不可太过。旧年我病了，却是伤寒内里饮食停滞，他瞧了，还说我禁不起麻黄、石膏、枳实等狼虎药。我和你们一比，我就是那野坟圈子里长的几十年一棵老杨树，你们就是那秋天芸儿进我的才开的白海棠，连我也禁不起的药，你们如何禁得起？"

宝玉把自己比作野坟圈子里的老杨树，把女儿比作白海棠，自然又是贬男尊女这一小说主题的一种象征，但不比别的花，单说海棠，可见作者对这一象征物情有独钟。而且这里是晴雯生病，把晴雯比海棠，原有深意。这只要看第七十七回晴雯病中被逐，宝玉说"这阶下好好的一株海棠花，竟无故死了半边，我就知有异事，果然应在他身上"。

晴雯和黛玉都用芙蓉花象征，所以后面说晴雯死后成了芙蓉花神。这里却不说死了芙蓉，而说死了海棠。盖晴为黛影，而黛玉和湘云是两个"湘妃"，晴雯的性格是黛玉和湘云二人性格的"中间类型"。这些伏笔照应的文心十分微妙复杂，与第二十五回写小红被海棠花遮着是同一作意。

第五回、第十七回、第二十五回、第三十七回、第三十八回、第四十回、第四十一回、第五十一回、第六十三回、第七十七回，海棠之隐喻在每一个十回中都出现，可谓贯串全书，其在《红楼梦》中具有特殊的意义不言而喻。海棠之象征牵动了小说的大布局，关系着曹雪芹的真经历，实在不可等闲视之。

五、鸳鸯的角色意义

荣国府中有两条基本的矛盾线索，一条是二房嫡子庶子两派的争权夺利，另一条是大房与二房的地位参差。鸳鸯是贾母的大丫头，她实际上是牵扯提动这两条线索的一个关键人物，作者从一开始就安排了许多“草蛇灰线”以“伏脉千里”。

贾赦看上了鸳鸯，鸳鸯抗拒不从，闹到贾母跟前，第四十六回的这个故事实际上是把荣府中大房和二房的矛盾明朗化了。贾赦听说鸳鸯不愿意，生气说：“……他必定嫌我老了，大约他恋着少爷们，多半是看上了宝玉，只怕也有贾琏。……”宝玉贾琏并提，而前八十回对鸳鸯的一些描写确实常常纠葛着这两个人。

第二十三回，宝玉和黛玉葬花，袭人来叫宝玉，说贾赦身体不好，让宝玉去问安。第二十四回宝玉回房“只见鸳鸯歪在床上看袭人的针线呢，见宝玉来了，便说道：‘你往那里去了？老太太等着你呢，叫你过那边请大老爷的安去。还不快换了衣服走呢。’”这正是未来鸳鸯要和大老爷贾赦发生冲突的一种巧妙安排。“葬花”本来就是十二钗悲剧结局的一个象征，葬花之后即连上鸳鸯与贾赦，其中微意可思。周汝昌赏评说：“这简直是妙到极处了。我不知哪部书中还有这等奇笔绝构？这真当得起是‘千里’之外早‘伏’下了遥遥的‘灰线’。它分散在表面不相连属的好几回书当中，不察者漫不知味。而当你领悟之后，不由你不拍案叫绝，从古未有之奇迹。”[12]

有趣的是，上面所引鸳鸯的话之后，还描写宝玉“用手摩挲”鸳鸯的脖子，要吃她嘴上的胭脂，“扭股糖是的粘在他身上”。鸳鸯虽然叫袭人“你跟他一辈子，也不劝劝，还是这么着”，却并没有明显的拒绝行动。显然，这里暗示鸳鸯其实在内心是喜欢宝玉的。而这又和后来贾赦说鸳鸯“看上了宝玉”相勾挂起来。

第三十八回吃螃蟹时凤姐和鸳鸯开玩笑:“你和我少作怪。你知道你琏二爷爱上了你,要和老太太讨了你作小老婆呢。”这又是鸳鸯和贾琏关系的“伏线”。第四十六回鸳鸯和平儿、袭人诉说贾赦强逼之事,平儿开玩笑:“你只和老太太说,就说已经给了琏二爷了,大老爷就不好要了。”鸳鸯说:“什么东西!你还说呢!前儿你主子不是这么混说的?谁知应到今儿了。”袭人也开玩笑:“他们两个都不愿意,你向老太太说,叫老太太就说把你已经许了宝玉了,大老爷也就死心了。”

这些玩笑话都和贾赦后来猜度的话一样,可见不仅是玩笑,而是“千里伏线”。将来贾母死后,贾赦向鸳鸯报仇,必然牵扯她和贾琏、宝玉的关系,而这就直接提动了荣国府内大房和二房、二房中嫡子和庶子的两条基本矛盾线索。因为赵姨娘和贾环也会趁机造谣诽谤。

鸳鸯心里其实喜欢宝玉,第四十六回鸳鸯和平儿、袭人骂走了鸳鸯的嫂子,宝玉从山石后面出来,“鸳鸯已知话俱被宝玉听了,只伏在石头上装睡。宝玉推他笑道:‘这石头上冷,咱们回房里去睡,岂不好?’说着拉起鸳鸯来”。

而鸳鸯与贾琏,第七十二回贾琏向鸳鸯借当,请求鸳鸯把贾母的东西私自拿出一箱子来当银子以支持家用,第七十四回就写邢夫人知道了这件事,也来向贾琏凤姐敲诈银子。

凤姐很紧张,对平儿说:“知道这事还是小事,怕的是小人趁便又造非言,生出别的事来。打紧那边正和鸳鸯结下仇了,如今听得他私自借给琏二爷东西,那起小人眼馋肚饱,连没缝儿的鸡蛋还要下蛆呢,如今有了这个因由,恐怕又造出些没天理的话来也定不得。在你琏二爷还无妨,只是鸳鸯正经女儿,带累了他受屈,岂不是咱们的过失。”

这已经很清楚地写出未来贾赦邢夫人要向鸳鸯问罪,就是以鸳鸯私自拿贾母的东西给贾琏为口实。第四十六回回目“尴尬人难免尴尬事 / 鸳鸯女誓绝鸳鸯偶”,第七十一回回目“嫌隙人有心生嫌隙 / 鸳鸯女无意遇鸳鸯”,“尴尬人”和“嫌隙人”都是指贾赦邢夫人,他们和鸳鸯对立的阵势一目了然,显然有所暗示。第七十一回邢夫人当众给凤姐没脸，又是鸳鸯向贾母告诉，贾母表示同情凤姐反感邢夫人的态度。第七十五回过中秋，贾母吃饭，有这样一段描写：

> 鸳鸯又指那几样菜道："这两样看不出是什么东西来，大老爷送来的。这一碗是鸡髓笋，是外头老爷送上来的。"一面说，一面就只将这碗笋送至桌上。贾母略尝了两点，便命："将那两样着人送回去，就说我吃了。已后不必天天送，我想吃自然来要。"

一菜之微，鸳鸯和贾母对大房和二房的亲疏之感如此明显，将来一旦贾母不在，大房得势，鸳鸯岂能有好结果？第七十五回贾赦借说笑话讽刺贾母偏心，第七十六回贾赦踒了脚，贾母打发人去看，后面就有这样的描写：

> 贾母点头叹道："我也太操心得紧。说我偏心，我反这样。"因就将方才贾赦的笑话说与王夫人尤氏等听。……只见鸳鸯拿了软巾斗兜与大斗篷来，说："夜深了，恐露水下来，风吹了头，须要添了这个。坐坐也该歇了。"贾母道："偏今儿高兴，你又来催。难道我醉了不成，偏到天亮！"

对鸳鸯的描写总是与贾赦邢夫人紧密相连，当然是暗示贾母死后大房要和鸳鸯过不去。八十回后的佚稿中，贾母病故（或病危），大房和二房的矛盾公开化，鸳鸯作为大房打击的一个对象，很可能是造谣诽谤她和贾琏、宝玉有染，私拿贾母的东西给贾琏，赵姨娘一党也随声附和，鸳鸯就成了贾府内斗中的一个关键人物，这就是鸳鸯在曹雪芹原著中的角色意义。

六、贾兰"中原逐鹿"

李纨的儿子贾兰，前八十回还是一个很小的小孩，描写不多，但仅有的几次点染，却把其性格特征表现得十分鲜明，且为后文佚稿的"结局"留下了余地。

第一回甄士隐的《好了歌解》中有一句“昨怜破袄寒，今嫌紫蟒长”，甲戌本旁边有脂批曰“贾兰贾菌一干人”。在后来贾府败落后，贾兰和贾菌独能发达得意，说得很明白。所以第五回的“册子”里李纨的判词是：“桃李春风结子完，到头谁似一盆兰？”

李纨的“红楼梦”曲子名《晚韶华》，戴珠冠，披凤袄，晚年荣华富贵。但给她挣来这种荣华富贵的贾兰却“威赫赫爵禄高登，昏惨惨黄泉路近”，死掉了。所以李纨尽管晚年物质生活不错，实际上孤苦伶仃，独身一人，十分凄苦，所谓“如冰水好空相妒，枉与他人作笑谈”。《晚韶华》“气昂昂头戴簪缨”以下是说贾兰不是说李纨，我在《石头记探佚》中已作过详尽分析。

第九回学童在塾堂打闹，贾兰面对自己的亲叔叔贾宝玉卷入被人欺辱的纠纷，却表现出一副事不关己，高高挂起的理智冷漠，他对同桌贾菌说：“好兄弟，不与咱们相干。”程高本续书人觉得贾兰的表现有些不可理解，就把贾兰改名为贾蓝，成了另一个贾家的宗族子弟，与贾兰无关了。其实曹雪芹正是要通过这一个细节暗示贾兰从很小的时候就十分冷血镇定，一切言行都从自己的利益得失出发。

有一次，贾政请贾母赏灯宴乐，“贾政因不见贾兰，便问：‘怎么不见兰哥？’地下婆娘忙进里间问李氏，李氏起身笑着回道：‘他说方才老爷并没有去叫他，他不肯来。’婆娘回复了贾政。众人都笑说：‘天生的牛心古怪。’贾政忙遣贾环与两个婆娘将贾兰唤来。”这是第二十二回的情节，其时贾兰仍然很小，却如此有心计，要争自己的脸面地位，可见作者的用笔深意。至于周汝昌林冠夫还考证这与生活原型有关，即李纨的原型乃曹颙遗孀，而贾政的原型是过继子曹頫，这说起来比较纠缠。

此后经常把贾兰和贾环相提并论，如第二十四回写贾环和贾兰一起去给贾赦请安，见邢夫人宠渥贾宝玉，贾环“早已心中不自在了，坐不多时，便和贾兰使眼色儿要走，贾兰只得依他，一同起身告辞”。这里没有写贾兰嫉妒宝玉，但察言观色，对宝玉二叔和贾环三叔之间的疙瘩，小侄儿是心里有数的。

第五十八回，“可巧这日乃是清明之日，贾琏已备下年例祭祀，带领贾环、贾琮、贾兰三人去往铁槛寺祭柩烧纸”。第六十二回，宝玉过生日，“贾环贾兰等来了，袭人连忙拉住，坐了一坐，便去了”。第七十五回中秋节，宝玉作了一首诗，贾政比较满意，“点头不语”，“当下贾兰见奖励宝玉，他便出席也做一首递与贾政。贾政看了喜不自胜，遂讲与贾母听，贾母也十分喜欢，也忙令贾政赏他”。

后面贾环也作了一首诗，却得到贾赦大力称赞，并说：“已后就这样做去，方不失咱们口气，将来这世袭的前程定跑不了你袭呢。”其中复杂的家族派系斗争消息曲曲传出，而贾兰也是不甘寂寞的。第七十七回说：“贾环贾兰二人也都见过宝玉。贾政命坐吃茶，向环兰二人道：‘宝玉读书不如你两个，论题联和诗这种聪明，你们皆不及他。今日此去，未免勉强你们做诗，宝玉须听便助他们两个。’”

第七十八回作诗歌咏林四娘，更有一段微妙的描写：“说话间，贾环叔侄亦到。贾政命他们看了题目。他两个虽能诗，较腹中之虚实虽也去宝玉不远，但第一件他两个终是别路，若论举业一道，似高过宝玉，若论杂学，则远不能及；第二件他二人才思滞钝，不及宝玉空灵娟逸，每作诗亦如八股之法，未免拘板庸涩。”这分明是把贾兰和贾环归为一类，说他们两人乃是“禄蠹”。贾兰绝不是和宝玉一类的人。

这样回头来看第二十六回贾兰射鹿的一段情节就意味深长了：

> 只见那边山坡上两只小鹿箭也似的跑来，宝玉不解何意。正自纳闷，只见贾兰在后面拿着一张小弓追了下来，一见宝玉在前面，便站住了，笑道：“二叔叔在家里呢，我只当出门去了。”宝玉道：“你又淘气了。好好的射他作什么？”贾兰笑道：“这会子不念书，闲着作什么？所以演习演习骑射。”

这一节描写穿插在第二十六回，正是第二十五回宝玉和凤姐遭魇魔法之灾厄后，第二十七回林黛玉葬花之前。这一情节的象征意味就很明显了，那正是未来宝玉凤姐遭难，诸钗零落之后，独有贾兰文治武功，飞黄腾达，“昨怜破袄寒，今嫌紫蟒长”。鹿者禄也，贾兰“中原逐鹿”，获得富贵功名，也就是成了一个货真价实的“禄蠹”了，当然那代价是“昏惨惨黄泉路近”。王湘浩在《从荣府内争看贾兰和巧姐》[13]一文中的一些说法，虽然有时说得有点绝对，大思路还是差不离的。

七、芸香·蕙香·四儿

在“悼红轩”网站看到一篇署名一方金的《“芸香”考——绛芸轩的一朵奇葩》，颇有思致，于曹雪芹原著的“草蛇灰线”笔法，是领会了。下面作一点介绍。

第二十一回宝玉因袭人说教，不理袭人和麝月，“麝月只得笑着出来，唤了两个小丫头进来。宝玉拿了一本书，歪着看了半天，因要茶，抬头只见两个小丫头地下站着。一个大些儿的生得十分水秀，宝玉便问：‘你叫什么名字？’那丫头便说：‘叫蕙香。’宝玉便问：‘是谁起的？’蕙香道：‘我原叫芸香的，是花大姐姐改了蕙香。’宝玉道：‘正经该叫晦气罢了，什么蕙香呢！’又问：‘你姊妹几个？’蕙香道：‘四个。’宝玉道：‘你第几？’蕙香道：‘第四。’宝玉道：‘明儿就叫四儿，不必什么蕙香兰气的，那一个配比这些花，没的玷辱了好名好姓。’一面说，一面命他倒了茶来吃。袭人和麝月在外间听了抿嘴而笑”。

宝玉给蕙香改名，是借机发泄对花袭人的不满，所以后来袭人对宝玉说：“横竖那边腻了过来，这边又有个什么四儿五儿服侍你，我们这起东西，可是‘玷辱了好名好姓’的。”袭人姓花，宝玉说“那一个配比这些花，没的玷辱了好名好姓”是在影指袭人，袭人也听出来了。这里袭人顺口说“四儿五儿”，后面就真有个柳五儿，照应细若毫发。这个四儿本名芸香，后被袭人改名蕙香，一方金的文章说与“绛芸轩”之“芸”暗相联系，不是没有道理的。芸香一出场就取代了袭人的地位，更是值得注意的深隐之笔。

这位改了名的四儿后面还有“优胜纪略”：第六十三回宝玉过生日，妙玉送来贺帖，接下贺帖的不是别人，正是这个四儿。第七十七回王夫人抄检怡红院，王夫人问：“谁是和宝玉一日的生日？”原来也是这个四儿，王夫人骂道：“这也是个不怕臊的。他背地里说的，同日生日就是夫妻。这可是你说的？打谅我隔的远，都不知道呢。可知我身子虽不大来，我的心耳神意时时都在这里。难道我通共一个宝玉，就白放心凭你们勾引坏了不成！”四儿被骂，“不禁红了脸，低头垂泪。王夫人即命也快把他家的人叫来，领出去配人”。四儿与宝玉同一天生日，薛宝琴、邢岫烟和平儿也与宝玉同一天生日，一方金的文章说四儿“后有大用也”，应该说不是臆测。

四儿原叫芸香，被袭人改名蕙香，这一笔似乎也非虚设。有一个后来在“狱神庙（嶽神庙？）”故事中大有作为的小伙子叫贾芸，他认作了宝玉的干儿子，他去怡红院见宝玉，给他倒茶的居然是怡红院第一大丫鬟袭人，而且还通过贾芸的眼光描写了袭人的肖像：“细挑身材，容长脸面，穿着银红袄儿，青缎背心，白绫细折裙。”

为什么这样写？贾芸，芸香，绛芸轩，乃至史湘云，一“芸”（云）相通，当有深意，耐人玩索。可能在佚稿中宝玉落魄后与史湘云、妙玉的爱情故事中，贾芸、小红，还有这位原叫芸香的四儿，都起过积极作用，因为湘云和妙玉在十二钗册子中并列第五第六，是贾家败落后与宝玉发生感情纠葛的另一对“金玉”，前面写四儿接下妙玉给宝玉的生日贺帖应非泛笔。其中还牵扯着花袭人，当是与脂批所说“花袭人有始有终”，花袭人蒋玉菡“供奉玉兄宝卿”的故事有关，只是那具体情节，就很难揣了。

又按俞平伯说贾宝玉有“三妻一爱人”，即秦可卿、林黛玉、薛宝钗、史湘云，湘云排在第四，而将来湘云和宝玉抄家后重逢，贾芸起重要作用。据此一脉贯通，原名芸香而改名四儿的这个丫头，岂不与这些情节暗想关联而“伏脉千里”？

八、七把钥匙

我在《新评新校红楼梦》第五回尾评中这样说：

“追踪蹑迹”的写实和诗化小说的写意；“假语村言”的打掩护和“草蛇灰线”的伏笔照应；“大旨谈情”的主题内容和“不干涉时世”的皮里阳秋。把握这几项“大旨”，解《红楼梦》的奥秘势如破竹矣。

这六点写作要旨再加上因此而来的“令世人换新眼目”的强烈的创新意识，“陌生化”审美效果，可以称为进入《红楼梦》艺术殿堂的七把钥匙。

写实，即第一回借石头之口所表述的：“但我想历来野史皆蹈一辙，莫如我这不借此套者，反倒新奇别致，不过只取其事体情理罢了……至若佳人才子等书，则又千部共出一套，且其中终不能不涉于淫滥，以致满纸潘安、子建、西子、文君，不过作者要写出自己的那两首情诗艳赋来，故假拟出男女二人名姓，又必旁出一小人其间拨乱，亦如剧中之小丑然。且鬟婢开口即者也之乎，非文即理，故逐一看去，悉皆自相矛盾、大不近情理之话，竟不如我半世亲睹亲闻的这几个女子，虽不敢说强似前代书中所有之人，但事迹原委，亦可以消愁破闷；也有几首歪诗熟话，可以喷饭供酒。至若离合悲欢，兴衰际遇，则又追踪蹑迹，不敢稍加穿凿，徒为供人之目而反失其真传者。”

鲁迅先生早已精辟地概括为：“盖叙述皆存本真，闻见悉所亲历，正因写实，转成新鲜。”(《中国小说史略》)“其要点在敢于如实描写，并无讳饰，和从前的小说叙好人完全是好，坏人完全是坏的，大不相同，所以其中所叙的人物，都是真的人物。总之自有《红楼梦》出来以后，传统的思想和想法都打破了。”(《中国小说的历史的变迁》)这一特点使前八十回的故事情节具有“生活流”的自然天成之感，同时这也有力地排斥了所谓“戏剧性”之通俗美学鉴赏的口味。如后四十回续书中的“黛死钗嫁”，以宝钗的洞房花烛和黛玉的焚稿而死恰在同一时辰的巧合形成“强烈对比”，就是一种人为之“穿凿”造成的“戏剧性”，明显地有悖于“追踪蹑迹”的根本宗旨。

但写实与写意是相反相成的。生活流的真实感与诗意化的意境美互相结合渗透。不必再说“黛玉葬花”“湘云卧药”等大家耳熟能详的话头，只看前八十回写到的几个女儿之死亡，就都是诗化的写法，而非写实的写法。秦可卿的死充满了迷离恍惚的神秘气氛，具有强烈的象征意味。金钏儿跳井，只从贾环口中透露了一句“人头这样大，身子这样粗，泡的实在可怕”，并没有正面描写其自杀的场面，后来反而通过宝玉去水仙庵怀悼的情节将其和美丽的神话叠影诗化，所谓“真有‘翩若惊鸿，婉若游龙’之态，‘荷出绿波，日映朝霞’之姿”。尤三姐自刎，“左手将剑并鞘递与湘莲，右手回肘只往项下一横。可怜‘揉碎桃花红满地，玉山倾倒再难扶’，芳灵蕙性，渺渺冥冥，不知往那边去了”。

王蒙曾质疑道：“这几句关于三姐自刎的细节描写也嫌粗略失真，甚至让人觉着写得太轻巧艳丽，缺少与现实主义不可分的人道主义的分量。细节上似也不尽可信：在两个男人近前自杀会是那么容易，那么干脆利索的吗？贾琏、湘莲竟然连拦阻的意图也没表示，是他们不想拦还是三姐剑法如电呢？顺手一抹，就能断气？此剑莫非是干将莫邪，如此‘吹毛断玉，削铁如泥’？柳湘莲毕竟不是刺客不是武官不是《水浒传》中人物，佩带实战性能如此出色的武器做什么？又如何将这样的武器做为定婚的信物？如果用实战用的剑做订婚信物，不等于现今用装好子弹的冲锋枪做婚姻礼物吗？尤三姐这么会用剑吗？她这样熟悉解剖学能迅雷不及掩耳般地一下割断动脉吗？割断动脉一下子会喷出多少血来，贾琏尤二姐湘莲还能那样冷静地讨论责任问题吗？即使一下割断动脉，也不会马上变成死寂的僵尸，自杀者的四肢、身体乃至声音语言还会有种种弥留之际的蠕动活动响动，怎么一个字都没写呢？再对比一下曹雪芹写服装写吃喝写做诗等场面的细致入微，不能不令人怀疑尤三姐的结局与其说是出自作者的见闻，不如说是出自作者的想像了。”⑭

这显然是用西方的“写实主义”“现实主义”一类来框套《红楼梦》了，不明白曹雪芹本来就是有意回避“写实”而在“写意”。曹雪芹是在用“桃花”和“玉山”这两个充满魏晋人审美感觉的意象来诗化尤三姐的死亡，他本来就不打算具体地描写那残酷的血淋淋的场面。尤二姐吞金后也没有描写其死前的挣扎，反而写“只见这尤二姐面色如生，比活着还美貌”。这当然也只是一种诗意化的笔墨，不是写实的笔墨。晴雯之死更是用芙蓉花神的神话和《芙蓉诔》的荡气回肠来营造气氛，哪里有一点“写实”的意思呢？

后四十回写黛玉之死，就写了一些死前的“真实”情况，如“浑身冷汗”“两眼一翻”之类，明显不是曹雪芹的手笔。周汝昌曾在《红楼艺术》中专辟“‘诗化’的要义”一章，举第四十五回宝玉看完黛玉带着婆子丫头提灯打伞冒雨而去，同时就有蘅芜苑的婆子也提灯打伞来给黛玉送燕窝，一来一往，两相辉映，是一幅秋窗风雨图，是诗化的小说场景。又举第四十三回宝玉和茗烟私自出城祭奠金钏儿，“天亮了，只见宝玉遍体纯素，从角门出来，一语不发跨上马，一弯腰，顺着街就颠下去了”，乃充满诗意的文章，“雪芹对自然景物，绝不肯多费笔墨，而于人物，主要也是以‘诗化’那人物的一切言词、行动、作为、感发等，作为首要的手段”[15]。

“假语村言”表面上看似乎和“追踪蹑迹”是相矛盾的，其实二者各有分属。“追踪蹑迹”是写实主义的审美宗旨，“假语村言”则是将“生活原型”巧妙地予以“化装”，以避免政治上的麻烦，同时也就达成了某种艺术上的“空灵”和“含蓄”效果。用“假语村言”这种艺术手段的目的恰恰是为了把历史真实“追踪蹑迹”地再现出来，当然是要审美化地再现出来。所以，懂得这种“假作真时真亦假”的“打掩护”，是把握《红楼梦》思想艺术真谛的一个基本点。这也造成“红学”与“曹学”的奇妙联姻，这是曹雪芹的独特创造，不仅不应该为其感到遗憾，而是应该为其感到骄傲，还有哪一部小说有这样奇特的写作方法呢?

“草蛇灰线”的伏笔照应使前八十回的文本成为一种艺术上的“召唤结构”和“空筐结构”，这在八十回后原稿佚失的情况下，就更增加了让读者参与阅读的创造性效果。这种“草蛇灰线”大分为谶语法、谐音法、影射法、引文法和化用典故法等几个类型，我已经谈过许多了，现在也早已成了读《红楼梦》的常识。不过对每一个具体“草蛇灰线”作何种理解，那就涉及每一个读者的艺术感悟能力和文化素养的底蕴了，这使得每个读者的每一次阅读都成了一次灵魂的冒险，一次综合素质的考试，《红楼梦》因此也就获得了永恒的艺术生命力。

“大旨谈情”的主题内容和“不干涉时世”的皮里阳秋既牵涉《红楼梦》的思想向度，也关系到对其表现方法的把握。即不仅是“写什么”，也是“怎么写”的问题。“内容”和“形式”原本就不是可以分割得“泾渭分明”而永远是“负阴抱阳”的。通俗地说，表面上写的是儿女之情和家长里短，骨子里蕴藏着对人生、社会、历史和宇宙的体验、批判、反思和感悟。

这也规范了对八十回后佚稿的模拟想象，如后面有“柳湘莲一干人”“日后作强梁”的情节和“武事兵戈”的风云背景，但绝不会有正面的“铁骑突出刀枪鸣”一类描写，因为主调是“大旨谈情”，表现方法是“不干涉时世”。这就像前八十回写到林四娘一死报恒王的故事一样，是不会正面铺排那些“战争风云”的，而是借此表现贾宝玉对晴雯的怀念哀悼和对林黛玉未来命运的预感暗示。

以上种种，当然会造成艺术上的“陌生化”效应，也就是“令世人换新眼目”的戛戛独造了。这种创造性又是奠基于对两千年中华文化、文学和艺术之富厚美丽传统的吸纳承取的。总之，是“继创”，才是“原创”（“继创”这个概念是颜邦逸先生发明的）。由于曹雪芹的这种创作特点，读《红楼梦》的人就必须时刻警惕积淀在自己无意识中的各种写作模式的“陈腐旧套”，各种自觉不自觉的习惯性思路，不要拿别的小说的一般套路来套《红楼梦》，不要“想当然”，不要自以为是。

史湘云迟到第二十回才出场，而且不作来历介绍，那不是作者疏忽，而是有其宏观结构上的深谋远虑。书到一半，又来了薛宝琴等几位姑娘，那不是“节外生枝”，而自有其艺术的匠心。对自己一时没有理解了的艺术奥秘，不要动辄用所谓“成书过程”“二稿合成”一类的猜测贬为“前八十回的不完善”，不要焚琴煮鹤，毁玉掼珠，还自以为是什么“发现发明”。

九、“不交代法”“补遗法”与“意境人物”

曹雪芹写人物故事有一些独特的创造。一是“不交代法”，即有些情节的发展变化作者是不明确交代的，如贾母把丫头鹦哥给了黛玉，黛玉改其名叫紫鹃，但这一变化不作明确交代，如果读者不明白这种写法，就会把鹦哥和紫鹃当作两个人。也有些情节在前面并没有叙述过，但会在后来的行文中当作已经发生过的故事提到，这就是“补遗法”，此名目是脂批提出，周汝昌先生加以强调的。这些技巧的发明确实是曹雪芹写《红楼梦》的绝技，小说因此具有了无限的生活容量同时却精简了篇幅，其实就是传统中国画中“咫尺写千里之势”和诗词中“宕出远神”的艺术精神在小说里的创造性实现。

第十六回平儿为了在贾琏面前掩饰凤姐放高利贷的私房收入，顺口以香菱来过扯谎。作者却接住这一话头，通过凤姐和贾琏的对话，补出香菱已经被薛蟠正式纳为妾“摆酒请客的费事”等故事，以及薛蟠的“滥情”——“过了没半月，也看的马棚风一般了”，还有贾琏对香菱的垂涎——“那薛大傻子真玷辱了他”，凤姐的拈酸吃醋——“我去拿平儿换了他来如何？”

第三十七回袭人拿碟子给史湘云送东西，从“这一个玛瑙碟子那去了？”一句问话，就通过怡红院众丫鬟的七嘴八舌补出许多故事：宝玉送园中鲜花给贾母和王夫人，贾母和王夫人高兴得赏赐去送花的丫头；秋纹得了赏赐而自鸣得意，晴雯讥讽她“那是把好的给了人，挑剩下的才给你”，隐指袭人已经得了王夫人的厚赏，从而表现了秋纹、晴雯和袭人各自不同的性格心理；赵姨娘一伙总是在暗处算计怡红院，“见这屋里的东西，又该使黑心弄坏了才罢”，直接提动了荣国府的一个基本矛盾嫡庶之争。

第四十七回贾宝玉和柳湘莲谈话，却谈到“可到秦钟的坟上去了”，柳湘莲说“雇了两个人收拾好了”，宝玉说“上月我们大观园的池子里头结了莲蓬，我摘了十个，叫茗烟出去到坟上供他去”。不仅补出了这些故事，还补出前面从未提到过的秦钟和柳湘莲的友情交往，说明他们都是“正邪二气所赋之人”。

了解“补遗法”可以帮助我们解决一个疑惑，即“探佚”探出的内容似乎复杂曲折，“后三十回”佚稿是否能容纳得下？其实完全不必担心怀疑，曹雪芹的“妙手空空”有的是，这就是“天才”了，不承认天才还是不行的。

如果说“不交代法”和“补遗法”是写事妙法，那么“心理迹象法”（王蒙语）就是写人高招。作者对书中的许多人物只写他们的“心理迹象”，而不作心理分析，从而使人物的性格内涵成了最耐人寻味的“斯芬克斯之谜”。这在薛宝钗、花袭人等几个人物身上体现得特别明显。到底“金玉之说”是薛家有意散布的，还是无意流露的？宝钗心底对宝玉的感情到底多深多浅？“扑蝶”和“金蝉脱壳”的行为是否有对黛玉的潜意识伤害？袭人有没有向王夫人“告密”黛玉和晴雯？……成了红学家们争论不休的话题，就和曹雪芹只写“迹象”不交代“心理”的写法有关。

“梦兆绛芸轩”一回，宝玉在梦中喊骂“什么金玉姻缘，我偏说是木石姻缘”，“宝钗听了这话，不觉怔了”，可是此刻宝钗的心理活动究竟如何，却一字不提。作者有时更使用一些曲笔隐喻式的幽默，使这种人物性格心理之谜更加扑朔迷离。如第十九回末宝玉刚说完“耗子精偷香芋”的笑话，说“香芋”就是“香玉”林黛玉，紧接着写宝钗来了，嘲弄宝玉元宵不知“绿蜡”之典，原来是宝钗告诉宝玉把“绿玉”改成“绿蜡”，因为贾元春“不喜红香绿玉”，这就曲折地把宝钗比成了偷走“香玉”(黛玉)的“耗子精”。第二十回开头还重新点了一笔：“话说宝玉在林黛玉房中说‘耗子精’，宝钗撞来，讽刺宝玉不知‘绿蜡’之典。”

要作“理论提升”的话，我们又可以“命名”了：西方有“心理分析”，是科学影响的产物；中华有“心理迹象”，乃诗化传统的结晶。

正是由于曹雪芹用了许多微妙的含蓄的笔法，才造成小说人物性格的无穷内涵。这其实是在写诗，在人物性格上营造“意境”，让其产生永远说不明道不尽的“味外之味”，这也和第二回贾雨村所发表的“正邪二气所赋”之写人纲领相通。我早在20世纪80年代初就提出了《红楼梦》中“意境人物”的概念[16]，就是注意到曹雪芹这种奇特的写人绝诣。

十、语言之自铸伟词

海德格尔说：“语言是存在之家。”语言其实最能反映一个作家的心灵状态和文化状态。前八十回和后四十回的两种语言，就分别是曹雪芹和续书作者两种心灵状态和文化状态的表现。曹雪芹的语言是融合了传统的古文和诗、词、赋、戏曲、语录等多种文化精粹后再加以“口语化”的“白话”，追求口语的神韵却并不追逐“通俗”。前八十回的许多语言要求读者像喝茶一样

“品”，如吃橄榄一般“咀嚼”，那是“有滋有味”的，却并非“明白”如“喝白开水”，也不能“清楚”得“一望而知”。

第三回贾雨村与林黛玉一起进京，“雨村另有一小船，带两个小童，依附黛玉而行”。“依附”两字极平常，却不仅是在写小船依傍大船而行，也是暗寓贾雨村这个落魄之人巴结林如海和贾府这种大官僚。所以脂批调侃说：“老师依附门生，怪道今时以收纳门生为幸。”后来贾政帮助贾雨村运动，“轻轻谋了一个复职候缺”。“轻轻”也是极普通的字眼，却十分传神地表达了贾府在朝中势力大、关系广的意思。这都是古代“文章学”讲究“春秋笔法”的小说化。

第九回写学堂中小学生之间争风吃醋，写到两个漂亮的小学生香怜和玉爱，众人“虽都有窃慕之意，将不利于孺子之心，只是都惧薛蟠的威势，不敢来沾惹”。《尚书·金縢》记周成王年幼，叔叔周公摄政，朝中有人造谣言说周公准备篡夺周成王的权位，“将不利于孺子”。把这个典故用到同性间的恋慕欲望方面，就格外有一种幽默效果，语言的“戏仿”也就解构了儒家的神圣。

第十三回贾琏送林黛玉回扬州后，凤姐“这日夜间，正和平儿灯下拥炉倦绣，早命浓薰绣被，二人睡下，屈指算行程该到何处”，脂批曰：“所谓‘计程今日到梁州’是也。”这是说这一段描写是把白居易的诗意化进去了。原诗《同李十一醉忆元九》：“花时同醉破春愁，醉折花枝作酒筹。忽忆故人天际去，计程今日到梁州。”第二十五回写宝玉要找小红，却被一株海棠花遮着，脂批曰：“余所谓此书之妙皆从诗词句中泛出者，皆系此等笔墨也。试问观者，此非‘隔花人远天涯近乎’？”“隔花”句出自《西厢记》中崔莺莺唱的《混江龙》曲词。这都是把诗的意境转化成小说的叙述语言。

第十六回凤姐以自贬的口气自夸：“你是知道的，咱们家所有的管家奶奶们，那一位是好缠的？错一点儿他们就笑话打趣，偏一点儿他们就指桑说槐的报怨。‘坐山观虎斗’，‘借剑杀人’，‘引风吹火’，‘站干岸儿’，‘推倒油瓶不扶’，都是全挂子的武艺。”一连用了五个俗语形容那些女仆人们的难缠厉害，这是俗得精彩全出。海棠社，菊花诗，柳絮词，以及黛玉和宝钗向宝玉讲论禅机禅典，探春和宝钗理家时“对讲学问”等，则是雅得余音绕梁了。

曹雪芹还经常创造一些“似不通”的语词花样，也就是今日所谓“陌生化”语言效果。比如“时宝钗”照应了宝钗“随分从时”的性格特点，因此比“识宝钗”或“贤宝钗”耐人寻味。“忙玉”的称呼来源于贾宝玉“无事忙”的绰号，把宝玉叛逆正统的思想性格倾向包含其中。程高本改成“莽玉”，明白倒是明白了，却不仅了无馀味，而且歪曲了宝玉的个性。“情不情”的宝玉最善于体贴他人，一点也不“莽”的。

曹雪芹还仿口语创制了一些新词，如“寻趁”——找碴儿，“白眉赤眼”——平白无故，“宾住”——拘束住，“张致”——故作姿态等等。总之，曹雪芹通过丰富多彩的手段，造就了《红楼梦》中充满魅力的语言。

后四十回的语言比前八十回要“白”得多，也“俗”得多，又啰唆又拖沓，倒是“明白如话”，一目了然，却不耐咀嚼，了无余韵。没有了文化味道，没有了诗意神采。文本具在，也不必举例了。

从“五四”以来提倡“白话文”的角度观照，前八十回与后四十回的两种“白话文”发人深省。这其实也可以和所谓“胡适之体”和“鲁迅风”两种白话语言的不同理论主张和语言实践联系起来思考。下面引几段郜元宝的有关论述：

> 胡、鲁文体最触目的差别在于一为现代型专家语言，一为传统型通儒语言。通儒语言可以熔议论、沉思、刻画、虚拟、感觉、想像、激情、梦幻于一炉，文史哲自然无所不包，广出犄角，连类旁通，适应性强，不以论题影响其个性。……鲁迅的文字始终围绕语言的核心，不只在这个那个论题之间来回奔忙，故纯然湛然，极少杂质，像一种圆舞，既四面扩张，又不断作向心运动。
>
> 专家语言也有一贯色彩，但易受客观牵制，常随治学领域与议论对象而变化。……作为汉文学渊薮的“文章”，始终是鲁迅小说不容漠视的文化背景，他的语言也因此而比胡适具有更多的凝聚性。
>
> 读胡适，可以了解他对问题的细致剖析，语言清白爽利，但终

嫌单调、唠叨甚至刻薄油滑。此点经梁漱溟指出，胡氏本人也供认不讳。胡文好读，然而铺陈太过，像听报告，总在某个面上滑行，一平如砥，久则容易生厌。……胡文更多为浅人说法，和盘托出，读者没有进一步思考的余地，激发不了独立追求的兴致，痛快淋漓，又觉得不过如此，惰性遂油然而生。……

鲁迅不一味替浅人说法，不把一切全部摊开，他既有入木三分的点破，又有相当含蓄的掩盖，并不将人送到彼岸就完事大吉，而要你和他一起思想，有所悟又有所不悟，豁然开朗却仍须主动探索，否则便很可能在若明若暗之间徘徊无地。……真理于胡适文中如美人裸裎殊少韵致，在鲁迅笔下，则似款款而来的穿衣的马哈，又公开着又遮蔽着。“胡适之体”往往只能照顾到真理的光亮的一面，“鲁迅风”却能够表达真理本身的复杂性。……

逝者如斯，人们对胡适思想的记忆，已渐渐超过对其语言的感受，可当人们记起鲁迅时，他的精神气质和人格魅力，总是同文风一道浮现。即使起初在思想感情上对鲁迅漠然淡然的人，一旦进入其语言世界，也会不知不觉如饮酒微醺，陶然忘机。胡适的语言开始确实是一条新路，但走的人多了，也会踩成泥沼的。鲁迅的语言更像一条独行者的小径，隐没在荆棘丛中，难以追随和模仿；惟其如此，他的道路反倒不会被跟踪而来的人弄得模糊一片。……

“胡适之体”和“鲁迅风”的差异，又岂在修辞学层面，它系于个人写作距离动态的汉语本体的“远”与“近”[17]。

这又让我们联想起周汝昌在许多文章中推尊鲁迅为红学大师，一些批评意见认为周汝昌是在“拉大旗作虎皮”，其实还是未能了解周汝昌对鲁迅和曹雪芹深刻的观察。尽管鲁迅并无红学方面的专门学术著作，但他的精神气质包括语体文风都在根本上与曹雪芹呼吸交通，这使他能于存在严重历史局限性的条件下说出许多关于《红楼梦》的精辟见解。而胡适，虽然是“新红学”的开山祖师，却从本质上与曹雪芹十分隔膜，这就是为什么他推尊程高本和后四十回，而不能与脂批本和曹雪芹原著神交的原因所在。这样我们就能理解周汝昌在《我与胡适先生》一文中所说的话了：

我的拙见与妄言，简而陈之，主要有两点：一是他对中华文化，尤其是语文的特点优点缺少高层理解认识，硬拿西方语文的一切来死套我们自己的汉字语文。二是胡先生的审美目光与理想境界也都是以西方外国文化的标准为依归的，他的思想是竭力把中国文化引向西方模式，使之“西化”。我悟到这是他的思想认识的本质，所谓提倡“白话文”者，也不过是个现象形态问题而已。

胡先生似乎不求深懂或不愿多理会我们中华汉字语文的极大特点特色。汉字由单音字组联而成，而这单音又具有“声调”一大特点（由九声到四声、平仄）。这声调是这个语文的灵魂，它天生带着音乐声律性。而汉语文本身也自有其“文法”，字的“词性”极灵活，组构关系极紧凑，不需要多余死板的那些外文中必不可少的“介词”“联词”……这一切都与欧洲语文不同。所以，它又天生带着“文言性”。

这些，胡先生不加理会，要用欧西语文的观念、法则、款式……来对待它。……

胡先生对我们文学艺术史上向来最为重视的“文笔”的高下之判，其鉴别力如彼其不强，是令我最为诧异惊讶的事。例如程、高篡笔与雪芹原笔的高下优劣，从五十年代起，直到近时，不断有人列举详例加以比照分析，程、高的点金成铁，与原笔时时有地天之隔，故我此处不必再作赘叙。而胡先生则始终认为：“白话成份”“描写细腻”的程度之多寡大小，方是区分文笔优劣的“标准”。

再一个，就是他不知区分“文体”的不同素质与需要，而也一律以“白话”来“绳”其好坏，或者实际是主张任何文体都以“白话”为上品，为定法。法令、文告、宣言……郑重的文字，和小说里人物的“对白”，在他看来也都是越“白”越佳的。这就整个儿搅乱了（说得严重些是破坏了)汉字语文的优良传统。陆机的《文赋》,刘勰的《文心雕龙》,标志出中华文论是以文体为中心的。连“文各有体”也不知讲求,一概机械求“白”,所以从“五四”以来的“文献”的“字数”,要超过几千年的总和!浮文涨墨,赘词废话,都从“求白”“尊白”而生。胡先生反对读“古书”,因为那是“文言”。在中国出现第一个“文化大断层”,从何时开始?值得思索。

中华语文的问题,是中华文化的最巨大的问题,现今批胡反胡的人,常常是不自觉地在胡先生划定的范围圈里折腾,作了他的随从者,而不再从另外的思路去作一番思考。⑱

曹雪芹原著的语言与后四十回的语言之比较岂仅仅是一个“小说语言”或“文学语言”的问题呢?

(以上三篇原为2005年1月山西古籍出版社出版之《独上红楼》中第五章、第七章、第八章)

【注解】

① 杨慧《20世纪90年代红楼梦的三部评点本谫论》,《红楼》2002年第1期

② 李小龙《十二金钗归何处——〈红楼〉十二伶隐寓试诠》,《红楼梦学刊》2002年第2辑

③ 周汝昌《红楼梦与中华文化》,第190页,北京,华艺出版社1998年7月出版

④ 周汝昌《红楼梦与中华文化》,第195页,北京,华艺出版社1998年7月出版

⑤ 梁归智《石头记探佚》,第284~285页,太原,山西教育出版社1992年10月出版

⑥端木蕻良《说不完的红楼梦》,第44页,上海,上海书店1993年8月出版

⑦ 端木蕻良《说不完的红楼梦》,第47页,上海,上海书店1993年8月出版

⑧《俞平伯全集》,第陆卷第425页,石家庄,花山文艺出版社1997年11月出版

⑨ 林方直《红楼梦符号解读》,第64页,呼和浩特,内蒙古大学出版社1996年1月出版

⑩ 林方直《红楼梦符号解读》,第70页,呼和浩特,内蒙古大学出版社1996年1月出版

⑪ 周岭《甄、贾宝玉婚事证析》,《红楼梦学刊》1989 年第 3 辑

⑫ 周汝昌《红楼小讲》,第 209 页,北京,北京出版社 2002 年 1 月出版

⑬ 王湘浩《红楼梦新探》,第 52~70 页,长春,吉林大学出版社 1993 年 12 月出版

⑭ 王蒙《红楼启示录》,第 193~194 页,北京,生活·读书·新知三联书店1991 年 5 月出版

⑮ 周汝昌《红楼艺术》,第 94 页,北京,人民文学出版社 1995 年 9 月出版

⑯ 梁归智《石头记探佚》,第 363 页,太原,山西教育出版社 1992 年 10 月出版

⑰ 郜元宝《在语言的地图上》,第 4~18 页,上海,文汇出版社 1999 年 1月出版

⑱ 周汝昌《脂雪轩笔语》,第 98~101 页,北京,人民出版社 2000 年 1 月出版

《红楼梦》研究的意义
——世纪之交检讨“红学”

很快就是下一个世纪了，尽管公元的纪年法属于基督教文明，但因为现在已经是地球村的时代，所以大家在心理上都把公元两千年作为一个“槛”和“限”来对待，各个学科都纷纷反思、回顾、总结、瞻望，尤其针对过去一百年的历史和发展。鉴往知来，这是古训和通例。借着纪元的交替，把工作乘机推动一下，也是人类的智慧。

作为一个颇有影响的中华人文学科，红学也恰恰走完了快一百年的历程。对红学作沉思检讨，已经有周汝昌先生的《还“红学”以学——近百年红学史之回顾》[①]发表。笔者不揣谫陋，想主要从红学或《红楼梦》研究的“意义”这一层面提出一点看法。

考据：红学已有的实绩

诚如周汝昌先生所言，够得上学术的“红学”应该从胡适作《红楼梦考证》算起。（当然这样说是以现代意义上“学术”的基本质素定位，并非说索隐派、评点派等就毫无贡献。）

红学以“考证”开头。不带任何门户之见和意气用事，应该承认，近一个世纪来红学最重要的实绩是在考证方面。

胡适和俞平伯为代表的“新红学”之核心是“考证”和“辨”。他们从发现带有批语的《石头记》抄本的研究开始，考证出行世的《红楼梦》其实是“真假合璧”——前八十回为曹雪芹著，后四十回为高鹗续。这一点胡适自己在晚年曾有很实在的夫子自道：“我是曾经在四十年前，研究《红楼梦》的两个问题：一个是《红楼梦》的作者的问题；一个是《红楼梦》的版本的问题。”[②]后来居上的周汝昌的奠基之作《红楼梦新证》其主体“是一本关于小说《红楼梦》

和它的作者曹雪芹的材料考证书"[③]。

20世纪60、70年代另外两位著名的红学家吴世昌和吴恩裕，其代表著作《红楼梦探源》《有关曹雪芹十种》，从书名标目已经可知其注意重心所在。

80年代直到90年代多次红学讨论热点，一时"小像"，一时"石兄"，一时"墓石"，一时辩驳脂批本的真伪，一时又争论曹雪芹的祖籍是"丰润"还是"辽阳"，乃至红楼梦研究所的主要成果《红楼梦》新校本、《脂砚斋重评石头记汇校》和《红楼梦大辞典》以及冯其庸《曹雪芹家世新考》、郭豫适和韩进廉的两部红学史著作、王畅《曹雪芹祖籍考论》等的出版，都显示出红学的兴奋点大体上仍然没有背离胡适所标榜的"考证"路标。

海外的红学研究也不例外，从赵冈到潘重规，从周策纵到唐德刚，其真正的贡献其实仍不脱考证的范围。

尽管仍然争论不休，但应该说，近百年来，对《红楼梦》的版本和它的作者及其家世等材料的发现、整理、辨析和考证的成绩硕果累累，有目共睹。这些考证的成绩为深入《红楼梦》的文本意义提供了基础。

义理："意义"之障蔽

但《红楼梦》研究的意义始终在云笼雾罩之中，从来没有真正地"敞开"过。

清末民初王国维的《红楼梦评论》其真实的学术价值十分有限，它仅仅是牵引来西方某种哲学思潮框套《红楼梦》这部中国古典小说，从"引进"角度而言，自然有其意义，但意义也就仅此而已。从"学术"质素而言，其实难以称道。笔者在《石头记探佚》中有专文论析，这里从略。

胡适与俞平伯在《红楼梦》"义理"上，所达到的该书只是写曹家"坐吃山空""自然趋势"或"感叹自己身世""情场忏悔"这种认知，其肤浅皮毛也显而易见。"自传说"从《红楼梦》的基本质素认定上很不错，在文本内涵"意义"的开掘上，胡、俞却都从未深入极不深刻。胡适晚年云："《红楼梦》在思想见解上比不上《儒林外史》""在文学技术上比不上《海上花》(韩子云)，也比不上

《儒林外史》——也可以说,还比不上《老残游记》。”[4]俞平伯在受到批判后,对《红楼梦》的思想艺术不再发表意见,而据说其晚年“大彻大悟”的意见却是“只是一部小说”“高鹗有功,胡适、俞平伯有罪”云云,可见其识力本来并不透彻。

20世纪50年代初到70年代末,红学基本上成为意识形态的牺牲品,从李、蓝二人的“四十年间半部书”,到洪广思的“阶级斗争形象史”,已基本上逸出了学术的范围,而成了政治的婢女。其中当然也能过滤出一些“合理因素”,但不成比例,除了某种历史认识的价值之外,裨益于后学的质素实在不太多。

这一期间有何其芳与蒋和森的红学论著,曾对那一时代的青年产生过很大影响[5]。但这种影响的实质是何、蒋二人的著作在俄罗斯文艺批评家别林斯基、车尔尼雪夫斯基和杜勃罗留波夫文艺思想的影响下,多少显示了一些“人性论”的温馨感性色彩,有一定的艺术感染力,因而对当时“阶级斗争为纲”的时代氛围那呛得人喘不过气来的“火药味”有所缓冲,对《红楼梦》的内在价值之真正学术性的认知则有根本缺失。一个明显的标志是他们的论著之立论都不区分前八十回曹雪芹原著和后四十回高鹗续书。

到80、90年代,从数量上观照,仅以80年代开始出刊的《红楼梦学刊》参看,涉及《红楼梦》“文本”的思想、艺术、人物、审美等方面的文章也发表了不少,这方面的专著之出版也数以十计。表面看来,引进了各种“新思潮”和“新方法”,与80年代以前思想禁锢的时期比,可谓丰富多彩。但从一个历史的层面考察,这些出版物的大多数(不是没有,但不多)对《红楼梦》的“意义”之彰显也并未有实质性的建树。这与中国社会转型初期的思想之不成熟是互相对应的。

有趣的是,号 称“思想自由”的海外红学界,其对《红楼梦》“意义”之认识浅薄甚至还不如大陆。仅举林语堂《平心论高鹗》和苏雪林所说“原本红楼梦文笔之恶劣,出人想象之外,真所谓闻所未闻,见所未见,不但说不上一个‘好’字,而且说不上一个‘通’字”[6],即可见海外的“水平”了。当然也有个别独具慧眼的红学研究者,如李辰冬和宋淇,但他们的影响还未达到开风气、领风骚的规模。

《红楼梦》的“义理”“意义”对大多数红学学者而言，是晦暗不明的。近百年的《红楼梦》研究，缺少的是灵魂，是主体精神，是文化哲学。这种情况其实有其历史的必然性，它是受共生的中国之具体历史和思想情境所制约的。

症结：曹、高优劣之辩

这种“意义”的障蔽其突出表现就是对曹雪芹原著和高鹗续书“两种《红楼梦》”孰优孰劣长期以来纠缠不清，反复争论而没有结果。并由此而衍生出一些让人啼笑皆非的“论战”。

按说，从胡、俞以来，前八十回与后四十回的区别在考证的层面即已完成，鲁迅在其小说史和杂文中已经论到了二者的“绝异”和“殊不类”。照一般的“顺理成章”，下一步就是探索二者之间的“意义”之差异了。可是从胡、俞以降，到李、蓝、何、蒋，到20世纪80、90年代的许多红学专家，尽管在其他一些枝节问题和个人恩怨上予矛予盾，甚至势同水火，在这个问题上大家却表现了惊人的“一致”和“共识”。把一百二十回作为一个“整体”来谈论《红楼梦》的“思想”“艺术”“意义”，论述后四十回续书的“功绩”——而说来说去就那几句老掉牙的话。

一曰续书使“残稿”成为“完璧”，有助于原本的流传；二曰续书把宝玉黛玉宝钗的爱情婚姻写成悲剧，也写了抄家，有揭露封建社会黑暗的意义；三曰后四十回续书比众多“续书的续书”高明，为大众所认可，为历史所承认。

这些道理都不错。但近百年对《红楼梦》的“意义”就反反复复地嚼说这种“常识”性的话头，对曹著和高续的“绝异”那一方面则停留在一般性的“说说”那种水平上，对其中包含的极为巨大的文化问题、美学问题、民族心理问题等“意义”麻木不仁、钝觉滞感，红学界的识力之平俗、思力之贫弱、境界之难超也就不可避免地成了“皇帝的新衣”。

周汝昌感叹胡适：“这样一位‘国学’大师，对文字笔墨的欣赏鉴别能力竟然如此其钝而不明，若非亲历，实难置信。”[7] 其实又何止一个胡适？连“文字笔墨”尚且无能鉴别，何况更深的“意义”问题呢？

真正的学术论争不能在高的学术层次上展开，于是“红学界”就永远被一些似是而非的“形而下”问题所困扰，造成许多虚浮的“热闹”和“泡沫红学”的景观。

以最近十几年的例子说。在“小像”“书箱”和“石兄”的锣鼓渐息之后，张家湾出来一块“墓石”，西北又“发现”几首“佚诗”，于是群情激动，众议喧哗，说“真”说“假”，轰动一时。本来类似于这种问题，无论是真是假，也只能算是红学的“边缘”，有其价值，但价值也有限，因为这与《红楼梦》的文本意义距离很远。对这些问题自然也应该研究讨论，但绝不应该作成红学的“中心”和“漩涡”。边缘成了中心，真正的中心问题自然门前冷落车马稀了。这种局面的出现，社会传媒有其责任，但红学界自身的责任还是主要的。

如有一种喜欢弄轰动效应，好发声讨声明式的治学方法，对曹雪芹的伟大心灵扞格不通，对后四十回续书盲目崇拜，既批俞平伯“崇曹贬高”，又责李希凡极“左”，更攻周汝昌“误导青年”，好像左右逢源，其实连基本的艺术感受力和思考力也很欠缺，其深层思维模式的僵化、落后及受“毒害”之烈只能让人苦笑和叹息。

有三四位研究者分别著书立说，企图推倒胡适、俞平伯对脂批本《石头记》的考证结论，或说脂批本全系“伪造”，或曰脂砚斋故意作伪。本来学术无禁区，任何人都有提出自己学术观点的权力，问题是这些“研究”缺乏学术质素，不遵守学术规程，抓住一点，不及其余，只顾逞臆非想，全无实事求是的科学精神和服善态度，而其根源，也还是识力、思力和艺术感受力的缺失。这些“研究”连前八十回和后四十回的文本差异这样一个显见的基本事实都无能分判或有意视而不见，更何谈《红楼梦》的“意义”询问？还有什么学术的高水准可言呢？

还有一种，爱红发痴，而治学基础不足，于是走入迷宫，“越钻越深越分析越有理越研究越有根有据其乐无穷自有天地”，由荣国府联想到故宫的台阶，进而得出林黛玉是刺杀雍正皇帝的侠女，曹雪芹是反清的义士之惊世骇俗的结论。从学术自由的原则，这种观点也应有其一席之地，进入另一个思维系统，也可能产生意想之外的启发。但作为红学的学术主流，显然不能把舆论中心完全让位给这样的“热点”。

但为什么事实上竟然是一波接一波的“边缘”和“热点”占据了中心舞台呢？无他，根本原因是红学界本身的整体学术质素就有缺陷，故而无力左右局势，把红学引向真正的学术高境界。这是一个很有趣的现象，从胡适、俞平伯开始，研究《红楼梦》的人大都在深邃的思考这个层面力有未逮，于是考据成绩一枝独秀。但其实考证也离不开思考的，于是出现了以考证版本开山的祖师爷却分辨不清脂批本和程高本孰优孰劣的怪现象，乃至今日又有为脂批本的“真伪”而混战不休的奇观。

连曹著高续的真假优劣这样一个基本的、讨论了近一百年的问题都不能取得共见，而陷入永无休止的反复纠缠自说自话式的“论争”，红学界的“水平”和基本质素确实需要认真自审。其实不仅是红学界，整个民族都应该反省：为什么我们这么长时间、这么多文化精英都不能从本质上理解曹雪芹和他的《石头记》呢？

“两个半”的贡献

我在《石头记探佚》中曾说：“真正从精神实质上理解了曹雪芹，读懂了《红楼梦》的，老一代红学家只有两个半人：胡风和周汝昌，鲁迅由于时代条件的限制也只读懂了一半，但鲁迅的思想实质是与曹雪芹相通的，那就是对伦理本位文化产生的国民劣根性的深恶痛绝，对传统文化负面的深刻绝望。”⑧

不见有人来反驳我。但这并非就是大家都赞同我。拙著《石头记探佚》旧版新版，问世十余年，也不见众多反对探佚的专家学者有哪一位写过一篇正面文章来“回应”一下。我等着被批得“体无完肤”，可是等不到，只有那么只言片语偶尔来挠一下痒就又溜之大吉了。

这是顺笔提及，还是说“两个半”。这两个半里只有一个可以称作专业红学家，其他的两位都只能算红学的票友。但这两位一位是思想家兼小说家，一位是文艺理论家兼诗人，而他们又都是革命家。

我以为，这就是红学的根本问题之所在。只有具有思想家、艺术家和革命家质素的人才有可能把红学或《红楼梦》的“意义”研究引领向真正的学术领域。不一定要是思想家、艺术家或革命家，但一定要具备这种质素。因为《红楼梦》本身是有这些质素的。

这“两个半”，都不约而同地看出了曹著和高续的“绝异”，都认识到这是一个关系到中华民族的文化性格、精神境界和文明高度的“中华大文化”的根本问题。都把《红楼梦》看成“一部小说”，但又不仅仅是“一部小说”。尽管他们的出发点和立足地并不太相同，鲁基本是从直觉生发，胡基本是从境遇激发，周则是从专业研究感发。

“两个半”的具体分析拙著已经作过，这里不再枝蔓。鲁与胡已作古，周还在，任何人都非圣贤，当然不可能完美无缺。我这里只论学，坚决拒绝阑入任何“门户”“派别”的无聊纠纷。

婚恋主题和政治内蕴

纵观近百年对《红楼梦》“意义”的探询评估，其大端有二。一曰“婚恋主题”，二曰“政治主题”。虽然随着时代思潮的变化在说法上花样翻新，其实质大体上不出此两端。

从最初清代人读《红楼》为拥钗还是拥黛而争得互相“饱以老拳”，到“革命派”赞美黛玉的“叛逆”和批判宝钗的“正统”，都是围绕着宝玉、黛玉和宝钗的“爱情婚姻悲剧”这一“中心思想”做文章。王蒙最近说过一句幽默的断语，他说共产党作为革命党要拥护黛玉，作为执政党则需肯定宝钗。可说概括了近四十年来《红楼梦》评论的精髓。

政治主题则从胡、俞“新红学”出现之前的蔡元培等的“旧红学”主张《红楼梦》有“反清复明”“反满”等等微言大义，到毛泽东说《红楼梦》的第四回乃全书“总纲”，《红楼梦》是一部政治历史小说，以至有“阶级斗争形象史”等提法的滥觞。索隐派和革命派其实有着共同的交叉点。

可见，婚恋主题或政治主题，两者既有区别，又有联系，只是在不同的历史时期、不同的社会意识形态背景下强调不同的方面而已。

这说明,《红楼梦》的文本里的确既存在着“婚恋”,也存在着“政治”。但无论是“婚恋”或“政治”,都只是小说文本里的现象,而这种现象说到底是中华大文化的一种艺术表现。说出婚恋或政治,并不就是研究,关键问题是如何对这种文本现象作出深刻的历史洞见、文化阐释和美学解剖。能达到这种目标,当然需要有具备思考穿透力量的睿智者,否则以其昏昏,怎能使人昭昭?

例如,数十年来对《红楼梦》的“主题思想”有所谓“色空观念”的“局限性”的泛谈,但究其实,这却是从后四十回续书写了“宝玉出家”这一情节推衍而来,通过探佚对曹雪芹原著整体作研究所得结论恰恰相反。既没有严格区分和深入解剖曹著和高续的眼力、思力和能力,就事论事,于是“宝玉出家”一方面是逃避现实的“色空”,另一方面是反抗封建的“决裂”,既是对黛玉的永恒怀恋,又是对家庭压迫的反弹。婚恋,政治,都挂上钩,似乎头头是道,其实一锅糊涂稀粥。

这正是红学界的薄弱环节所在。如前所述,红学界缺少的正是具有思想和美学质素的大家大师。

辞章:《红楼梦》的艺术与中华文化

有一种似乎振振有词的说法:《红楼梦》是一部小说,所以我们应该把它作为小说来对待,红学的最重要任务就是研究这部小说的艺术,也就是所谓“语言,形象,性格,结构”——这方是红学的正路,《红楼梦》研究的正宗。而且,这部小说就是一百二十回的《红楼梦》,后四十回与前八十回应该一视同仁,不得分论,因为“历史”和“群众”已经“接受”了它。

这种说法似乎有对红学中各种“边缘”排挤了“中心”作反拨的意思,但它的根本缺点是看现象不看本质重形式不重内容要表面不要实际,用一句老话说就是孤立地、静止地、绝对地、片面地看问题,没有“具体问题具体分析”,而后者正是“马克思主义的活的灵魂”。归根结底,还是缺乏思力、悟性和高层次研究质素的表现。

考据、义理、辞章——这是中华传统文学艺术批评的三个层次，或曰三个方面。考据是背景、基础，义理是思想、意义，辞章指艺术、审美。但这三者，却又都是中华文化的产物出品，原不是像楚河汉界一般泾渭分明的。中华文化是最懂辩证法、最讲究“整体、联系”的文化，而《红楼梦》作为这种文化的一个最精致最高级最伟大的宁馨儿，则以其无与伦比的艺术性体现了中华文化的这种特性。

举例而言，曹学和红学互为表里，“家史”和“小说”你中有我、我中有你；“实象”和“假（借）象”彼此映照；草蛇灰线的伏笔影射来源于“推背图”一类历史图谶；“假语村言”与“春秋笔法”及“虚实空灵”一脉相承；贾宝玉和十二钗是“意境人物”……这所有一切，都是《红楼梦》的“艺术”和“美学”，是曹雪芹的独家秘传，后四十回续书所没有的。所有这一切又都来源于中华文化，按照西方文艺理论那一套“典型”“形象”的阐释系统所无法发现也无法分析定位的。

《红楼梦》的艺术和审美，是中华文化的艺术和审美，当然也有和西方的艺术和审美相通的地方，但更重要的是它的中华文化的“个性”。这种艺术和文化的“鱼水关系”是如此不可分离，如此微妙精巧，如此浑然一体和大化无形，周汝昌研究红学四五十年，直到最近才初理头绪，写出了《红楼艺术》的专书。

以西方文艺理论一般小说学来评析《红楼梦》艺术的著述，自然也不能说没有价值，但这种价值显然是不可与抉得中华文化之秘的研究同日而语的。

《红楼梦》是一部小说，但这是一部从中华文化的精光灵气中孕育出来的小说，是流淌和跳动着中华文化的血液和脉搏的小说。所以，面对《红楼梦》，就不仅要面对“一部小说”，而且要面对中华文化。

故，红学也就不能仅仅等同于一般小说学。

契合：红学与西学

强调《红楼梦》与中华文化的共生态，并不是要对西方文化实行"关门主义"。问题仍然在于，如何在传统与外来文化之间寻找到最恰当的契合点。

事实上，西方文化的优越正在于其思维的无比活跃，各种理论层出不穷，各种方法论此起彼伏，没有条条框框，没有戒律清规，没有禁区忌讳。新时期以来中国文化的繁荣与西方各种新思潮的输入有着密切关系，正是"改革、开放"根本政策的产物。

但简单地"拿来"并不能解决问题，还需要一个消化的中介。否则生搬硬套，结果就是郢书燕说。仍然说《红楼梦》研究，红学界这方面的问题比较突出。现有的红学界的学术梯队和结构对西方的各种思想理论本来就缺乏实在的借鉴能力，真正能从根本上弄懂弄通西方各种先锋思潮的人才其实很少，往往是根据一些二手或三手的转述往《红楼梦》上套一套，这样作的结果当然不会十分理想。

以近十几年发表过的文章论，摆弄新名词的也不少，但给我留下深刻印象的似乎只有罗钢和陈庄合撰的《伟大心灵的艺术投影》等极少数几篇。许多文章让人觉得作者对中华文化没有搞通，对《红楼梦》没有弄懂，对西方文化更只是略知皮毛，就在那里炮制"中西合璧"。

周汝昌先生在其新著《红楼艺术》中说："我着手写这本书时，原来也想用西方的'结构主义 Structuralism '的方法来助讲《红楼梦》的结构，后来认为这不妥当，因为那不符合我研究的时序：我初次了解西方结构主义小说叙事学(Structurial Narratology)具体内容是晚到 1989 年加拿大高辛勇教授寄赐他的佳著《形名学与叙事理论：结构主义与小说叙事法》一书时的事情了，所以应留意不要让读者认为我是受了西方的影响才来研究《红楼》结构的，完全不是。我一向不赞成对自己民族传统文化的一切特点还不懂得即生搬硬套外来的模式主张等等。只应先把自己的文化文学传统弄得略为清楚时，再来借助、借鉴人家的好的方法来一起说明问题。"[9]以周先生的年资名望，尚能如此老实坦白，不强不知以为知，则其他人应当如何呢？

怎样把各种理论和方法恰如其分地运用到《红楼梦》的研究上面，是一个极大的问题。只知道西方的理论不懂《红楼梦》和中华文化不行，反之也行不通。海外的学人应该是了解各种西方理论的，但他们也并没有对《红楼梦》研究作出多么杰出的成绩。许多在海外研究《红楼梦》的学人仍然不愿严格区分曹著和高续，把一百二十回作为“整体”对待，并援以“接受美学”的理论支持，这说明他们不仅对《红楼梦》缺少慧眼，而且对“接受美学”也不能活学活用。王国维是第一个用西方理论评论《红楼梦》的中国学者，其实际效果却对《红楼梦》的文本意义隔靴搔痒，并未真正解决问题。（详细论述见《石头记探佚》）

所以，红学界面临的一个大问题是需要一批后起之秀，一批有能力吸收外来理论思潮，又对“国学”确有根基和肯下功夫的青年学人，一些在思考和艺术感觉方面确有实力的新鲜血液。没有这样一批新生力量，《红楼梦》的“意义”研究仍然不可能有大的进展和突破，红学仍然还要在各种“边缘”和“热点”中折腾。

可喜的是，最近已经出现了新的曙光，一批红学界外的搞理论和文化的青年学人已经闯进了红学界，以他们的理论素养和敏锐触角为红学开拓出新的视域。就我很有限的眼界所及，如李劼的论著《历史文化的全息图像——论红楼梦》、陈村的文章《意淫的哀伤》、陈维昭的论文《红学与20世纪学术思想》等，都是开风气之先的力作。可以断言，21世纪的红学生力军将是一些陌生的面孔。他们将在红学、国学与西学的契合处作出崭新的创造。他们将接受20世纪红学的考证成果，但在精神气质和义理、意义层面，他们则将直接承继鲁迅、胡风和周汝昌的血脉。

意义：《红楼梦》研究与中华民族魂

《红楼梦》是一部小说，但这是一部凝聚了中华民族文化最辉煌的结晶的小说，是中华民族精神的美学之光，艺术之神。

《红楼梦》研究，当然包括作为一部小说的文艺创作和鉴赏层面，也包括各种基础和背景的考辨，但绝不仅仅局限于这种层面。

《红楼梦》研究，是关系到整个中华民族灵魂的重新铸造，民族精神的重新抖擞的文化事业。

从庄周到李贽，中华民族的反抗叛逆和创造精神在历史的茫茫长夜中顽强地生长着，从屈原、史迁到阮籍、李白到《西厢记》《牡丹亭》，中华民族的审美思维在正统意识的压抑下倔强地灿烂开放着。但最伟大的创造者、叛逆者和艺术家是曹雪芹，最瑰丽的精神文明之花是《红楼梦》。

从鲁迅到柏杨，都对中华文化中朽腐和阴暗的一面作了沉痛的批判，但早在他们之前，曹雪芹已经通过《红楼梦》的创造作了形象化艺术化的反思。同时，曹雪芹奇迹般地承载和弘扬了中华文化的精粹和珍异，他的精血气骨直接通向了先秦诸子所代表的中国文化的黄金时代。

中华民族的精神需要一个新的凤凰涅槃，需要光大历史的精彩，同时需要扬弃历史的负担。《红楼梦》研究应该在这种民族文化精神的重塑再振中扮演一个重要的角色。

在此社会转型、世纪交替的历史性关头，在此华夏文化救亡与更新愈益为全民族所关注的焦点时刻，在此东西方文化空前碰撞、交流对话的大时代，红学界难道不应该慎重思考自己的责任吗？红学的前途，《红楼梦》研究的意义，难道不是一个非常严肃的课题吗？

本文所论，提纲挈领而已，如要求“严密”，则每段之下应有“笺疏”——更细致的证例、说解……但限于发表体制，也只能如此粗具规模。希望能引发大家的思索讨论，则红学幸甚，中华文化幸甚！

1996年7月15日 于山西大学

（《山西大学学报》1997年第1期）

【注解】

① 周汝昌《还“红学”以学——近百年红学史之回顾》，《北京大学学报》1995年4期

② 胡适《谈红楼梦作者的背景》，76页，台北，天一出版社《红楼梦研究资料汇编》之《胡适研究红楼梦文存》卷

③ 周汝昌《红楼梦新证》，1页，上海，棠棣出版社1953年9月出版

④ 胡适《谈红楼梦作者的背景》，76页，台北，天一出版社《红楼梦研究资料汇编》之《胡适研究红楼梦文存》卷

⑤ 何其芳提出的"共名说"本来具有理论潜势，他的艺术感觉亦颇佳，故其论红多有可观之处。但由于他不区分曹著和高续"两种《红楼梦》"，故不能鞭辟入里。

⑥ 苏雪林《试看红楼梦的真面目》，台北，天一出版社《红楼梦研究资料汇编》之《红学论战——以李辰冬、苏雪林为中心》卷

⑦ 周汝昌《还"红学"以学——近百年红学史之回顾》，《北京大学学报》1995年4期

⑧ 梁归智《石头记探佚》，491页，太原，山西教育出版社1992年出版

⑨ 周汝昌《红楼艺术》，217页，北京，人民文学出版社1995年出版

读《红》拾遗

一、尤老娘的下落

红楼二尤的故事中有一个问题历来都没有解决，即尤三姐死后尤二姐被凤姐赚入大观园时，尤老娘忽然不知去向。1987 版电视剧《红楼梦》在凤姐来到尤二姐住处时让尤老娘从门背后悄悄逃去，很不合情理，可见编导都没有搞清《红楼梦》中尤老娘的下落。

其实如果对《红楼梦》文本读得细，这个问题是很明白的。只是由于第六十七回今传戚序本和杨藏本的两种系统的两个文本都不是曹雪芹原作，对尤老娘的结局没有作明确交待，才造成了《红楼梦》中这个小小的故障。

曹雪芹原来设计的情节是尤三姐自刎后尤老娘伤痛而亡，只留下了尤二姐一个人独居小花枝巷，这样后来凤姐骗尤二姐进入大观园才有可能。尤老娘在此前已死的消息其实第六十八回、第六十九回和第七十回都作了逗漏。

第六十八回凤姐大闹宁国府，最后又假充好人，与尤氏计议欺哄贾母，凤姐对尤氏说的话中有："……今既见你妹妹很好，而又是亲上做亲的，我愿意娶来做二房。皆因家中父母姊妹新近一概死了，日子又艰难，不能度日，若等百日之后，无奈无家无业，实难等得。……"这里明确说"父母姊妹新近一概死了"，尤老娘已死十分清楚。

第六十九回凤姐指使张华假告状，把告状的消息告诉贾母时又有："张华的口供上现说不曾见银子，也没见人去。他老子说：'原是亲家母说过一次，并没应准。亲家母死了，你们就接进去作二房的。'如此没有对证，只好由他去混说。……"这又很明确地说尤老娘已死。

第七十回给尤二姐送殡，"只不过族中人与王信夫妇、尤氏婆媳而已。"

“尤氏婆媳”是指尤氏和贾蓉续娶的妻子，而非尤氏和尤老娘，如果是尤老娘，那就应该是“尤氏母女”，而不是“尤氏婆媳”了。

由这一个细节，可知曹雪芹所写二尤故事尚待连缀补充，现在的第六十七回是另外的人所补。

二、贾蓉非尤氏所生

宁国府的婚配关系有些蹊跷。贾敬在城外修道，贾敬夫人早已去世，所以贾敬之女、贾珍之妹贾惜春寄养于荣国府。贾蓉的妻子秦可卿之死更是红楼一大公案。剩下贾珍夫人尤氏似乎没有问题了，谁知又不然。她原来竟也不是贾珍原配，而是续弦，贾蓉并非尤氏亲生，尤氏是继母。这样，贾蓉肆无忌惮地调戏尤二姐和尤三姐也就更容易理解。而尤氏处在贾敬、贾珍、贾蓉、秦可卿这样一种极其复杂微妙的家庭人际关系中，却表现得那样从容大度，其思想性格的深度广度也是大可发掘的。

第六十八回王熙凤因贾琏偷娶尤二姐之事去宁国府大闹，其中骂贾蓉的话就透露了尤氏非贾蓉生母的消息。凤姐骂贾蓉说：“天雷劈脑子五鬼分尸的没良心的种子！不知天有多高，地有多厚，成日家调三窝四，干出这些没脸面没王法败家破业的营生。你死了的娘阴灵也不容你，祖宗也不容，还敢来劝我！”这里说“你死了的娘阴灵也不容你”，不是分明说贾蓉并非尤氏亲生吗？尤氏姓尤，是所谓“尤物”，而秦可卿也是淫而且情，尤、秦两家的娘家都非高门大户，而有绝色，这或者就是所谓“家事消亡首罪宁，宿孽总因情”的总体设计吧。

三、贾政何时回到贾府

第七十一回一开始就写贾政回家，紧接着写贾母八十大寿。由于第七十回结尾放风筝在春季，而贾母八十大寿在八月，所以造成一种错觉，似乎贾政在放风筝后不久就回到了贾府，至少是在七月底以前。其实贾母八十生日并非放风筝那年的八月，而是第二年的八月，贾政是在放风筝那年冬底回到贾府的。这中间虚带过了一年。

第七十回贾政来信说六七月回京，袭人劝宝玉准备功课和习字。袭人说“这三四年的功夫，难道只有这几张字不成？”这是说贾政已离开贾府“三四年”，第三十七回贾政点了学差，“择于八月二十日起身”，按周汝昌《红楼梦新证》考证，是“红楼纪历”中第十三年，第七十回放风筝是第十五年春天，算年头是三年，实际时间只有两年多。第七十回后面又说贾政因奉旨顺路查看赈济，“如此算去，至冬底方回”。第七十一回开头：“话说贾政回京之后，诸事完毕，赐假一月在家歇息。因年景渐老，事重身衰，又近因在外几年，骨肉离异，今得晏然复聚于庭室，自觉喜幸不尽。”这实际上已经是第十六年了，所以下面接上“因今岁八月初二乃贾母八旬之庆”。

第七十六回过中秋，贾母与尤氏算贾敬死期，说“可怜你公公转眼已是二年多了”，正说明这一年是第十六年而非第十五年。

第七十七回王夫人抄检怡红院，说芳官“我且问你，前年我们往皇陵上去，是谁调唆宝玉要柳家的丫头五儿了？”所谓“前年”指老太妃薨后贾母、王夫人等去守陵，从第五十八回开始，到第六十四回止，算起来也正说明贾母过生日那年已是第十六年而非第十五年，才能称去皇陵那年是“前年”。

因此，第七十二回凤姐对贾琏说“我因为想着后日是尤二姐的周年”，这其实是“二周年”而非“一周年”。“周年”乃省略含糊说法，并非确指一周年。

四、芳官——史湘云嫁贾宝玉的铁证

笔者在《石头记探佚》中列举出多条证据论证了曹雪芹原著佚稿中史湘云是在黛玉死、宝玉“弃宝钗、麝月”(脂批)之后与贾宝玉结为夫妇的。但还遗漏了一条重要的证据，那就是曹雪芹写芳官这个人物的深刻用心正是为了影射史湘云终嫁贾宝玉。

黛玉和湘云分别是宝玉的两个“湘妃”，所谓“潇湘妃子”和“湘江水逝楚云飞”互相照应。晴雯是黛玉的“影子”，所以晴雯的性格是黛玉和湘云性格的“中间类型”。而芳官的性格与晴雯颇为类似，却更多了一股豪迈洒脱之气，其实正是史湘云的“影子”。第六十二回和第六十三回宝玉过生日，史湘云醉眠芍药圃，芳官喝醉了酒与宝玉同榻而眠，这两个情节前后对应，正是以芳官醉卧象征湘云醉卧，暗示史湘云后来和贾宝玉终成眷属。

“芳官”正是“众芳之冠”的意思，第六十三回花名酒筹，明面上“艳冠群芳”的是“牡丹”薛宝钗，其实真正夺冠的是以芳官为“影子”的史湘云。宝钗抽了“牡丹”后命芳官唱曲，而芳官就唱了“翠凤毛翎扎帚叉，闲踏天门扫落花”的《赏花时》，这种安排正暗伏着佚稿中湘云在“百花零落”之后接了宝钗的班。本回特笔描写芳官的美人肖像，也不是一般的为描写而描写，那其实正是湘云“艳冠群芳”的影射写照。

关于湘云醉卧和芳官醉卧的映照关系，清代洪秋藩有精彩的论述，只是他仅仅从写作艺术角度着眼，没有意识到这是佚稿中情节的“草蛇灰线”。洪秋藩是这样说的：

> 此回书特将芳官出色描写，为后文醉眠张本，夫人而知之矣，为上文湘云醉眠印证，则鲜有知者。盖上文湘云醉眠一回笔墨深隐，犹恐读者不能领悟，故特写一芳官以衬托之。湘云先搳拳，芳官亦先搳拳；湘云酒醉，芳官亦酒醉；湘云醉眠，芳官亦醉眠；湘云眠石，芳官亦眠石，石即玉，玉即石。特特相犯，可知专为衬托前文。然则此回书仍是写湘云，不是写芳官，故标目略之。
>
> 晴雯是黛玉小照，袭人是宝钗小照，不谓芳官又是湘云小照，愈出愈奇，然亦每况愈下矣。
>
> 海棠签下面云“香梦沉酣”，诗曰“只恐夜深花睡去”，又注曰：“既云‘香梦沉酣’，掣此签者不便饮酒，只令上下两家各饮一杯。”上家是黛玉，下家是宝玉，可见湘云夹在其间，而与宝玉并肩叠股也。此亦作者有心之笔。
>
> 芳官醉眠，纯是为湘云写照，明眼人自可看出。而作者犹恐文不周匝，复接写道“大家黑甜一觉，不知所之”，以喻湘云出席，满园踪迹不着。天明，袭人睁眼向对面床上一瞧，只见芳官头枕着炕沿

上，睡犹未醒，以喻探春等人看湘云在石磴上犹未醒也。袭人忙起来叫醒宝玉，推芳官起来，以喻众人推湘云快醒也。芳官起来，犹发怔揉眼睛，听袭人笑他不害羞，方知是与宝玉同榻。此即："湘云漫启秋波，见了众人，又低头看了一看自己，方知醉了。"芳官忙笑得下地来说："我怎么吃得不知道了。"此即湘云反觉自愧之意。笔笔写来，无一挂漏，明白晓畅，无以复加。而读者犹不知所说云何，真是做梦。凡高谈《红楼梦》者，但以此回笔墨试其眼力，若果梦梦，不必与言《红楼》。

洪秋藩的以上分析可谓鞭辟入里，见微知著。从探佚角度而言，则芳官先为戏子，后又出家为尼的人生历程，或者竟关联着史湘云在佚稿中的风尘足迹也未可知。《石头记》以"情榜证情"作结，也许那时宝玉和湘云双双"证情"，从形式上类似于《桃花扇》中侯方域和李香君双双入道的结局，但在思想内涵上则是肯定"开辟鸿蒙，谁为情种，都只为风月情浓"的"爱心"，作了以情入世的人生价值导向，与《桃花扇》归结于绝望空无不同。

1994年

（《红楼梦学刊》1995年第4辑）

爱是什么——从《红楼梦》到《英儿》

曹雪芹的《红楼梦》和顾城的《英儿》[1]在时间跨度上隔离着二百三十年。其在文学史上的地位后者当然远不能与前者相提并论。但这两本书却从两个相反的极端向众生苍生提出了一个同样的问题，也是一个万古常新的问题:爱是什么?

这构成了我们对《红楼梦》与《英儿》作比较研究的基点。

在一些表相的层次上,曹雪芹和顾城颇有某些“相似”之处。《石头记》与《英儿》都是具有强烈自传、家史尤其是心灵史性质的作品。

曹雪芹首先是一位诗人,其次才是一位小说家[2]。他的《石头记》是一部尚未最后杀青的“未完成交响乐”,其内涵“字字看来皆是血”。顾城也主要是一位诗人,《英儿》也是他唯一的一部小说,从某种意义上说,其实也是一部没有完成的作品。作者随后的举措更是把这部书实实在在地浸泡在血泊中。

曹雪芹“四十年华太瘦生,晓风昨日拂铭旌。”[3]而顾城弃世之日,不过三十七岁。这两位都在北京长大的作家在尘世羁留的岁月也大体相同。

曹雪芹的家庭由“百年望族”而被抄没,终至举家食粥,子夭家破,经历了由繁华而沦落的惨痛人生。顾城在幼年也曾被“抄家”而“流放”,长大后又浪迹天涯,最后他的“两个妻子”都“背叛”了他,终于杀妻自缢。

《石头记》在作者生前即以手抄本的形式流传:“好事者每传抄一部,置庙市中,昂其值得数十金,可谓不胫而走者矣。”[4]《英儿》则在作者死后被市场炒热,两家出版社争相竞印,其影响馀波至今未衰。

当然,如果不进入《石头记》和《英儿》思想本质和审美本质的比较,不深入两位作者的灵魂世界,以上所列举的现象就没有多少实质意义。

引人注目的是,顾城直言不讳地承认他追求曹雪芹在《石头记》中表现的精神与理想，特别心仪所谓“女儿性”。他不但在《英儿》这部小说中展现了他的“女儿国”，而且以“诗学”的形式大谈特谈《红楼梦》。顾城有一篇和斯洛伐克社会学院教授高利克的对话，其题目就是《“浮士德”·“红楼梦”·女儿性》。这篇文章集中阐明了顾城对《红楼梦》和“女儿性”的理解。

“我想就《红楼梦》而言，《红楼梦》里有句名言是这样说的：‘凡山川日月之精秀，只钟于女儿，须眉男子不过是些渣滓浊沫而已。’《红楼梦》里我想，说得已经很清楚了：认为男子不过是些浊物，是些脱离了精华本身的渣孽，他们喜欢外向有力的东西、概念的东西、机械、名誉、科学、战争，这些东西是和他们相应的。”“女儿性最重要的一个特点，就是净，那么干净。我想这是《红楼梦》作者之所以推崇女儿性的最重要的一点，洁净如水，心境如水。”“女儿的性情是从天上来的，女儿天性的美丽是从天上来的。”⑤

不能不说，顾城对《红楼梦》的体悟是别具一格的，在某一个层面，诗人与诗人的心魂相遇相通。但是，当我们面对《英儿》的文本时，尤其是不得不正视顾城谢烨悲剧时，我们就立刻发现曹雪芹和顾城之间，《石头记》和《英儿》之间，贾宝玉和“顾城”之间，存在着深刻的差异和无法填平的鸿沟，实在是貌似而神非。

“都道是金玉良姻，俺只念木石前盟。空对着山中高士晶莹雪，终不忘世外仙姝寂寞林。”对贾宝玉来说，薛宝钗和林黛玉是不可兼得的，因为钗黛是“兼美”。茫茫大士和渺渺真人早就说过，“美中不足，好事多魔”是人间世界的大规律。秦可卿临死给凤姐托梦时也说，“月满则亏，水满则溢”是不可能改变的宇宙法则。“否”和“泰”的转化不以人的意志为转移，“岂人力能可保常的”。

这个道理引申开去，就是一种不可太贪婪的人生观和处世态度。所以，贾宝玉尽管在大观园的女儿国独领风骚，他却没有一点儿占有的贪欲。贾宝玉任何时候也没有想过要把宝钗和黛玉一起娶作自己的妻子。在遭到龄官的冷淡之后，他更“识分定情悟梨香院”，懂得了在感情上也不能有过分的奢求，“从此后只是各人各得眼泪罢了”。

贾宝玉对女儿的崇拜始终是无私的。无论是为平儿理妆，还是为香菱换裙,替麝月篦头,或者让晴雯撕扇,都只是从女儿的角度和立场怜惜体贴,毫无个人的私欲和目的。这就是"情不情"和"意淫"为什么会成为伟大的精神范畴。所以宋淇先生说:"宝玉之所以伟大,就是因为他在思想上达到了一个新的意境,为女儿们尽心,而并不斤斤于求她们的了解或同情。十二金钗无论怎样有才、有貌、有德,总是活生生的人,总是以自己的利益为前提,为自己打算。换句话说,她们都是自私的。而宝玉,已达到了无我的境界,从不为自己打算。"⑥贾宝玉以"女儿性"的洁净荡涤自己"须眉浊物"的污秽,却获得了更加澄澈的清洁与透明。

顾城对这种"女儿性"的本质是了解的。他说:"贾宝玉是个喜欢女孩的人,但他并不像一般人那样,真正要把女儿抓到手里,他只是爱她们,为她们服务,怕她们受到污染。人们本来并不明白,但是明白以后就很奇怪他这种性情,别人以为他是很好色的人,但后来发现他并不像一般人那样,要求实现肉体的愿望,而是想像女儿那样和女儿在一起。贾母说:他原来是个女儿罢,也许弄错了。这是一句关键的话。"⑦不过了解归了解,实行起来却完全是另一码事了。

《英儿》里的男主角"顾城"对他的情人英儿和妻子雷的态度和贾宝玉截然相反。尽管扉页的题词写着"你们是我的妻子,我爱你们,现在依旧如此……",但书中的形象世界却把英儿写成一个以外表的单纯掩盖着内心狡诈和为了达到自私目的而不择手段利用一切男人的坏女人。

她利用"顾城",玩弄他对自己的痴情,在玩的厌倦了的时候,就无情地抛弃他,跟一个练气功的外国老头私奔而去,连欠"顾城"的飞机票钱也不退还。对于曾和自己爱得死去活来的情人的生和死无动于衷。这种冷酷的自私还在少女时代就已经表现得很充分。"为了调动工作,她也付出了她可以付的。"按照书中的描写,英儿完全是一条美女蛇。

"英儿在真情上想得多,用得少。真情是有个性的,她的真情没有个性,她的人倒是有个性的。"

"她在最爱的时候都做出依恋、做作,和想象中伊人的样子来、哭起来。她也告诉你,她也要这个东西,要你的心,你的心就是她的心。像演戏,一会儿扮演一个心爱的角色。她对自己演戏，现在还在演戏，好像可以这样一下，那样一下，一撇、一捺一竖一弯勾！”

“她不敢爱，也不敢死，在这个空间里有一个没说出来的事情，她要骗自己，用一些东西骗自己，维护她心里那个保留下来的世界，那个布尔乔亚的世界。”

“事情已经发生了，老头在前边挡着，把他的老情人、新媳妇老玛丽推到更前边，英儿躲在最后边。这件事真恶心，那些夜晚、英儿的身体，太恶心了。”

“我们太像了，我们是两条毒蛇，出卖了彼此的宝贝。我们的牙互相咬着，鳞光闪闪发亮。我们如此相像，以至于彼此咬一口的时候，就是咬了自己。她怎么能把我的动作给了别人呢。”

“她把事情事先精密地安排好了，一个一个圈让我去钻。让我去沙特阿拉伯找她，去澳大利亚、去南非，通过不同的人，把消息透给我。我快要死的时候，她还撒了个更大的谎。

“只要我不去北京，只要我不能去北京，她愿我死。”

“我没想到她那么喜欢钱和体面。……她跟我说其实当妓女挺好的，自由自在没人管着，但是就怕受不了。要能当高级的青楼女子可能就比较好，她说只要不太难受她无所谓。她就这么尖，也这么随便。当女子用身体来度日，她看来是天经地义的事，她看不起干活的男人。”

“她是为真情而来，真情而去。是，但不是全部。至少，她没有丢掉那一万块钱存款和绿卡。”

“接着电话传来英儿的回话，意思说顾城死不死掉她不管，她带走了一切东西，都安排好了。这句话使顾城猛醒：英儿在等待他的死讯。”

这样的描写传达出什么样的信息呢？答案只能是：英儿是一个像王熙凤一般狡诈和贪婪、夏金桂一般毒辣和放荡、薛宝钗一般“理智”和冷血却又有着林黛玉和香菱一般清纯外形的可怕的女子。

诚如“英儿”的原型李英在《命运的劫难》[8]一文里所说，《英儿》的写作带有极为明显而强烈的“报复性、迫害性”：“它不是别的，是从血液里流出来的报复的火焰，带着蜇我的无数根尖刺，置我于死地的尖刺。”“顾城是清醒的，他用《英儿》把把柄给了世界。他相信，世界会以任何‘人间正道’无情地吞没这个他冠以卓越‘恶名’的‘英儿’。他要看着我在他强加给我的耻辱里丧生。”

对和他有着亲密关系的另一个女性、他的妻子雷（谢烨），《英儿》里表面上说了一些好话。比如说“她无私的天性使她能理解到所有真切的感情”，这其实不过是说雷能够忍受和纵容他的自私与怪癖。但顾城同时说：“我知道你们都是胆小鬼，你们知道你们不真实。”“你们都在等我死。”“雷，你昨天还在跟我说事情，一说到钱又生气了。你是要继续生活的，这点我哑口无言，可你也要知道，有的事情多么锋利。”“我知道你们都骗人，你们是有道理的，永远有道理。你们骗人，你们怕死又怕活，你们怕真的，真的让你们难受。人真丑啊，就这句话说得对，到真的时候就看出来了。”而当谢烨要离开顾城追求自己的生活时，我们知道终于发生了什么。

顾城的“女儿性”与贾宝玉“必务求兴女子之利，除女子之害。利女子乎即为，不利女子乎即止”（二知道人）的“女儿性”实在是南其辕而北其辙。

顾城又这样说过：“我不是爱，我是在梦想一个女儿世界，我的爱是微不足道的。我梦想着洁净，想让她杀死我，除了我心里的一个地方，其他愿望都是不洁的。我爱是因为我渴望，也是因为我恐惧。我怕世界把她们拿走，女孩被碰了，我的心就会发抖，因为那是我的心。我是不值得被爱的，所以我不会爱人，只有世界过来的时候，我才会凶起来，我不会爱倒会恨，世界把女孩子都毁坏了。我终身与世为仇就在于此。我与我自己为仇就在于此。我喜欢好女孩和好女孩在一起，过去不知为什么，现在我知道了，那是我唯一实现爱的可能。我生下来就错过了。……由于不可抑灭的愿望和火焰，我永无得救的可能。……我只能发疯一样修我的墙，我的城，我天国世界的边界。”（《英儿》第110～111页）

这是一些多么美丽动人的诗的告白。但只要揭开这层面纱，联系到顾城的所作所为，我们就无法不为顾城以诗和爱的名义所倾泻的自私与虚伪而感到反胃。真实的虚伪和美丽的自私比一般的虚伪和自私更为可怕。正如刘湛秋在《黎明的诉说》[9]一文中所说，顾城所修建的城堡是许进不许出的。这个所谓“天国世界”只是顾城自己的“天国”，对于他所赞美的女儿们，却只有在这个世界里充当顾城这位为所欲为“岛主”的奴隶的份儿。

《英儿》里最关键的一句话是：“G确确实实说过：一夫一妻制是天主教闹出来的，把中国害苦了。我们中国人不能忘了祖宗。”顾城的天国原来是在中国早已被废除的封建纳妾制度。事实也正是如此，谢烨是他的“保姆、佣人、管家、秘书、翻译、司机、带路的向导”（谢烨母亲谢文娥语），“那时的谢烨已经精疲力竭了”（《命运的劫难》），而“英儿”则是顾城满足性爱幻想的一个工具。

这与曹雪芹通过贾宝玉和大观园的女儿世界所表现的美学理想和人生追求没有丝毫相通之处。

曹雪芹笔下的宝玉，最大的特点是对女儿无私的爱，所以涂瀛说：“宝玉圣之情者也。”拙著《石头记探佚》[10]有详尽的论述，这里不再重复。而林黛玉和薛宝钗这两位“双峰并峙、二水分流”的“兼美”不可兼得，是表达了曹雪芹对人生深微的哲学性感受和诗意性思考的，前面已经提到过。

高鹗的后四十回续书把曹雪芹的哲思与诗意变成一个包办婚姻的通俗故事，已经化深刻为肤浅。后来的各种“续书之续书”则更从高续倒退，写大观园众美归一，贾宝玉妻妾满堂。《儿女英雄传》有憾于月缺花残，写安骥与张金凤、何玉凤一夫二妻的完美的“金玉姻缘”。这些思想的陈腐和蜕变发生在封建主义尚未完全退出历史舞台的旧中国，是可以理解的。

顾城这位20世纪末叶的“童话诗人”竟以一种更荒谬更极端的形式歪曲曹雪芹的精神理想，实在不能不让人感叹：人的精神历程是何等的曲折艰难啊，而曹雪芹又是多么不可企及得超前和伟大啊！

顾城的精神堕落，笔者在《从童话诗人到撒旦》一文中作过分析，其最根本的问题是“黑眼睛”里沉淀的封建主义的“黑暗”和对庄子“自然哲学”的肆意荒滥的“发展”。这里不再枝蔓。我们在此想追究一个更加本体性的问题：爱究竟是什么？

爱是人类的“原体验”。人通过各种形式的爱体验着这种永恒的感情，包括父母之爱、亲子之爱、夫妇之爱、友朋之爱、师生之爱、同胞之爱等，而最具有煽情力量的则是恋爱、性爱。历代的文学作品中有无数表现爱、歌颂爱的篇章。人的本性包括性爱有动物性原始的一面，也就是说有占有、征服、野蛮、兽性的一面，因而人的一切文明都努力实现着一个目标，即使人脱离兽的状态，人性、人道这些精神范畴就是因此而产生的。

无论是儒家学说的伦理之爱宣传仁、义，“老吾老以及人之老，幼吾幼以及人之幼”（《孟子·梁惠王上》），还是佛教弘扬大慈大悲、普度众生，或者基督教鼓吹基督的救赎事业就是爱的事业，都把爱引导向宽容、无私和自我牺牲这样的境界，崇高、伟大这些词汇都是在这个意义上而定位的。

当宗教文化的过度强调对人性产生了压抑时，爱就走向了反面，于是在西方有了自文艺复兴以来挣脱神学枷锁的一次又一次运动，在中国也有晚明的“狂禅”、心学等旨在摆脱精神桎梏的思潮。但是，这种精神的解放并不是要倒退回原始的兽性，这正是当代东西方思想家一再发出的警告。马丁·布伯的“我——你”关系就是要建立爱的人格气息。今道友信主张“人在爱上是平等的”。

因而，克服自恋而加入社会就成为人精神正常成长的重要环节。“爱首先应当是对自恋这种自爱的克服。从使天生具有的自爱前进这个意义上讲，爱是一种工作。爱是面向自我以外的人的，从这一点上讲，它又是一种社会性的工作。”[11]顾城和贾宝玉的“女儿性”的本质区别正在这里。

顾城“拒绝长大”，始终要当“一个任性的孩子”，顽固地坚持“童年质情结”，正是不肯克服自恋而加入社会，到最后终于走上了建立自我封闭的“城堡”而与社会疯狂对抗的绝路。“在梦想和现实之间，顾城的精神正陷进极度的不平衡状态……他在拼力以最后的疯狂对抗世界，他要对抗到不从世界里买一分钱的东西。可是，他不得不承认他的失败，他的土豆地的收成几乎是个玩笑。”[12]

在思想上，顾城则把所谓“自然哲学”发展到极端，成为他“为所欲为”的理论支柱。他从控诉“文革”的“黑暗”开始，最后竟倒退到崇拜发动“文革”的领袖，他崇拜的另一个偶像是大闹天宫的孙悟空。因而顾城的“女儿性”崇拜也不能不堕落到役使女儿、报复女儿、杀害女儿。艾布拉姆森曾深刻地批判近现代极端的自由观:“霍布斯提出了下述众所周知的关于人类紧张状态的观点:如果独居,远离社会,摆脱了他人对自身的制约和影响,我们中的任何一个人便会在自然状态中,成为一个天生自由的人。然而,这种自由也使得个人的欲望无节制地任意发泄出来。这种人的欲望,给人类生活带来了‘恶毒、卑劣、贫乏、残忍和暴力’等现象。”⑬

贾宝玉的“情不情”则是对一切无情的万物都以痴情去体贴,去呵护,去爱惜。这种爱不是被给予的爱,而是舍命有所给予的爱,是一种“知音”、共鸣的喜悦,追求心心相印、共同欢乐的努力,着眼于相互认可价值、相互扶助的关系。这就是贾宝玉作为“情痴”“情种”的意义,林黛玉“眼泪还债”的意义,由薄命司到情榜的意义。

后四十回续书写林黛玉焚稿断痴情、贾宝玉“悟道”后变得冷酷无情、与一僧一道飘然离去而弃绝现世的结局,从根本上背离了曹雪芹原著的主旨——对爱作为终极价值的肯定。而顾城的行为及其作品《英儿》的美学实践则比后四十回续书走得更远,以爱的名义戕害、荼毒爱,以诗与爱的名义犯罪杀人。

顾城在死前不久说过,毁灭是从家的破败开始的。《石头记》也是以“家”的“忽喇喇似大厦倾”“落了片白茫茫大地真干净”为悲剧的极致。家——不仅是体现着父母妻儿温情的有形的家,更是人的精神家园。曹雪芹对他所生活的那个时代绝望了,对封建主义的义理之天绝望了,但他没有对历史绝望,没有对人绝望,没有对爱的终极价值绝望。而顾城,却对一切都绝望了。这二者的区别有着强烈的象征意义。

物质文明的飞速发展带来了人肉体的解放,同时带来了人精神的堕落,人的兽性以另一种形式肆无忌惮起来。我们把自己带到了一个爱陷入危机的时代,一个丧失了终极意义的时代。我们不能回避回答这个原初的问题:爱是什么?

我们曾经有过以善的名义扼杀真、以忠孝和革命的名义毁灭爱和诗的漫长的历史悲剧,莫非物极必反,今天我们又要以真的名义蔑弃善、以爱和诗的名义犯罪甚至杀人吗?

从曹雪芹的《石头记》到高鹗的《红楼梦》,到巴金的《家》《春》《秋》,再到欧阳山的《三家巷》《苦斗》,又到金敬迈的《欧阳海之歌》,终于到顾城的《英儿》,中国的文学精神和审美意识走着一条多么离奇而可悲的轨迹。

1994 年 6 月 4 日

(1994 年全国红楼梦研讨会论文,《红楼梦学刊》1996 年第 4 辑)

【注解】

①《英儿》,北京,作家出版社 1993 年 11 月出版。《英儿》的作者虽然有顾城和雷米(谢烨)两人署名,但实际上除了关于小木耳的一章外,主要内容都是顾城的作品。

② 曹雪芹在《石头记》之外的诗词创作虽然只留下一联残句,但正如敦诚的诗所云:“爱君诗笔有奇气,直追昌谷破樊篱”“牛鬼遗文悲李贺”,是一位极富个性的诗人。《石头记》也是一部诗化的小说。曹雪芹又“工诗善画”(张宜泉)。顾城除写诗外,也以画名。

③ 敦诚《挽曹雪芹》

④ 程伟元《红楼梦序》

⑤⑦《墓床》,北京,作家出版社 1993 年 11 月出版

⑥ 宋淇《论贾宝玉为诸艳之冠》,香港《明报月刊》1970 年第 6、7、8 期

⑧ 李英《命运的劫难》,1994 年 4 月 21 日《文汇报》

⑨ 刘湛秋《黎明的诉说》,1994 年 4 月 21 日《文汇报》

⑩ 梁归智《石头记探佚》,太原,1992 年 10 月山西教育出版社出版

⑪ 今道友信《关于爱》,北京,生活·读书·新知三联书店 1987 年 1月出版

⑫ 李英《命运的劫难》,1994 年 4 月 21 日《文汇报》

⑬《弗洛伊德的爱欲论——自由及其限度》,沈阳,辽宁大学出版社1987 年 6 月出版

从童话诗人到撒旦——顾城悲剧分析

读了《英儿》和《墓床》，我们可以清晰地看出，顾城用斧头砍出的凶恶本质绝不是什么“童年时大脑受过伤，患有癔症”或“一时失手”一类遁辞所能掩盖的，也不是去国离乡的精神失落所能解释。顾城的全部作品，包括诗歌、小说和“诗学”，都暴露出根深蒂固的唯我主义天性和自私病态的人生观。他的犯罪并不是偶然的。顾城在“现代派”外衣下包裹着对传统糟粕和朽腐的欣赏和承袭。下面，分别从他的诗歌、诗学和小说三个方面作一些剖析。

一、“黑眼睛”里沉淀的黑暗

“黑夜给了我黑色的眼睛 / 我却用它寻找光明”这首只有两句的朦胧诗是顾城的成名作。这首诗并没有童话的光晕，而是一种社会评判性质的视角。“黑夜”象征那场长达十年的浩劫。过去，人们更多地从积极方面来领略它的意义，将审美接受定位在“寻找光明”，却忽视了“黑夜”沉淀在作者眼中的“黑色”对他灵魂的影响。

顾城属于“后红卫兵”一代，与比他年长几岁的红卫兵一代人相比较，“黑夜”的积淀有着不尽相同的内容。一个最显著的不同是，在顾城这里，这是纯粹的、彻里彻外的黑夜，从来没有经受理想主义的哺育光照。顾工在《顾城和诗》[①]里这样回忆过顾城的童年：“在‘文革’初期，有人在我们楼窗下马路对面的潮湿墙壁上，刷了两条大标语，不知是贴反了，还是贴错了，马上被众多的路人围拢来，死死地缠住，揪住，按下头，用脚踢……顾城起初是从窗户的缝隙中久久凝视，后来他恐惧了，脸色惨白。他关紧窗户，蜷缩在床头，像蜗牛，再不向窗外多看一眼。他越来越想躲开人，躲开眼睛，躲开喧嚣、激越的声音，只想去那没有人只有天籁的世界。”此后，顾城就躲进了“童话”，

“我愿在这里安歇 / 在花朵和露水中间 / 我将重新找到 / 儿时丢失的情感”(《给我的尊师安徒生》[2])。

问题是，向内心和幻境逃避巩固和加强了他的“童年质情结”，同时也把残忍和凶恶的原初意象压抑到了他的潜意识之中，而没有得到释放。顾城没有赶上那狂飙突进的岁月，他没有当过红卫兵，没有参加大串联，没有经历理想迷狂的洗礼。这固然使他避免陷入疯狂激情而作无谓的牺牲，但他也就因此不曾体验到与疯狂激情相伴随的力度的张扬，以及从疯狂中蝉蜕出来的灵魂的净化。虽然，后来他曾有机会参加1976年天安门广场的“四五”运动，但那段经历的时间实在太短了，很快就接上了揭幕“朦胧诗”的光荣。

北岛、张承志和《血色黄昏》的那一代完全不同，他们有过迷狂，也有过理想主义的真实的力度，虽然火把终于熄灭了，带来了失望甚至绝望，但力度却并未全部消失。从绝望的十字架上复活的人有了圣子饱经沧桑的坚韧与承担。顾城比他的兄姊们只小了几岁，但这几岁实在太重要了。

顾城曾在重庆和歌乐山烈士陵墓遥遥相望的沙坪坝公园里，在一片没有人迹的荒草和杂木中，凭吊一片红卫兵之墓，写下了《永别了，墓地》[3]这首诗，清楚地表明了他和红卫兵一代的不同。一方面，他说：“我相信 / 你们是幸福的”，另一方面，他这样安顿了自己：“是的，我也走了 / 向着另一个世界”“我是去爱 / 去寻求相近的灵魂 / 因为我的年龄”。

顾城从一开始就是一个唯我主义者，对他人，对社会，对外在的世界，拒绝担负责任。这种倾向越到后来就越严重，也就是所谓“拒绝长大、成熟”。“我是一个孩子 / 一个被幻想妈妈宠坏的孩子 / 我任性”(《我是一个任性的孩子》[4])

这种早期的“任性”到了七八年以后则膨胀为一种“死亡意识”。可怕的是他不仅想“自绝”，而且想“杀人”。“杀人是一朵荷花 / 杀了就拿在手上 / 手是不能换的”(《新街口》[5])“那晚，在柏林库达姆大街西端幽静的寓所，顾城聊了几个小时，突然转过话题：‘我有时真忍不住，想放火！想杀人！’……但看他的眼神，我明白他的确有股抑制不住的狂躁。”(赵毅衡《死亡诗学》[6])

不管用多少“人生困境”的“哲理”作辩护，也无法为顾城那充满阴暗的自私和变态心理开脱。尽管他曾经长期待业，也在社会上为谋生而奔忙过，出国后也有时为了钱而发愁。但从总体来说，他的人生实在算得浪漫而辉煌。用他父亲的话来说，他有了一位“东方的维纳斯”，“他和这诗一样纯情纯美的女孩结了婚”[7]，“1987 年去德国参加明斯特国际诗歌节，又去了英国、法国、美国、瑞典……走进一个个诗歌的盛会，推开一所所大学的门扇（我怎么也不明白，他这个小学生是怎么变成一个大学研究员的）。”[8]

不可否认顾城是有才华的，但更重要的是，他有机遇。有多少才华和学问远胜过他的人时乖运舛，受到局限啊。也许正因为顾城的路太顺了，他的“任性”才愈来愈变成了贪婪。“黑夜”留在他眼里的“黑色”不仅没有淡化和消隐，反而越来越厚，越来越深。剥开追求“桃花源”的美丽面纱，显示出的是最简单的人类的劣根性——欲壑难填。

顾城的姐姐顾乡说：“因为顾城他从小我就知道他。他那个人，他要的那个，他说他想的那个东西，就能把你说得你啊——简直就想替他去——怎么着都愿意替他把它弄到。”[9]谢烨的母亲谢文娥痛诉：“我太明白那个人的极端自私了，他根本不让我的烨儿有自己的思想、自己的工作、自己的事业、自己的生活。一结了婚，他就不让她去上班，要她一天到晚只陪着他。我有次劝她去上学，他竟将一碗面条兜头砸到我头上。那一天，我就亲耳听到他狂吼乱叫过：‘我要杀人！我要杀人！’”[10]

顾城的自私到了荒谬的地步，他甚至嫉妒自己的儿子。谢烨说：“儿子出世后，一度我们夫妻关系很紧张，最可笑的是顾城也像个孩子需要人照顾，他认为儿子抢走了我对他的爱。我们之间为这个孩子产生了不少摩擦。后来他企图自绝。在他和孩子之间，我必须作出选择，只好把孩子寄养在别人家，他心情也慢慢好转。”[11]

在这种极端唯我主义的思想情绪中浸淫浮沉的顾城，后期的诗文中弥漫着晦涩阴沉的意象和氛围。“凶手 / 爱 / 把鲜艳的死亡带来”“退着被那只黑狼 / 咬了”“杀人的时候最苦恼的是时机”“他想起父亲小时候一斧子，那就两斧子吧，砍倒一棵松树的样。”[12]这里面能有什么深不可测的了不起的意境呢?还不就是一种残忍灰暗潜意识的流露吗？如果说顾城早期的作品还有对黑暗的抗议和对光明的追求，还有艺术上的清纯和天真，是一串可爱的珊瑚珠；那么他后期的作品就是一片货真价实的毒蘑菇，愈是五色斑斓，所含毒素愈致命，是他终于犯罪的“谶语”。

二、拒斥人道的“自然哲学”

假如说顾城诗文中的“黑色”隐蔽在迷人的意象里而不易被人察觉的话，那么他的“诗学”则是相对赤裸裸的。顾城的诗学最主要的是三部分：1、女儿性 2、自然哲学 3、游戏和死亡 。这三部分中“自然哲学”是其核心，并在《没有目的的“我”——自然哲学纲要》[13]中得到比较详细的阐述。老实说顾城对传统儒、道、禅的了解十分肤浅而混乱，他只是根据自己的需要而随心所欲地“发明创造”，不客气地说就是胡说八道。

他特别发挥了老庄反文化、反人道的消极层面，进一步推导出人可以“为所欲为”的极端自私自利的人生哲学——那是老庄思想里面没有的。在这一点上，颇有些像法西斯主义对尼采哲学的“发展”和滥用。

“从中国哲学的自然观来看，最重要的是取消人和天观念上的区别。”

“在中国哲学里，我们也可以看到一种非常有趣的思辨。思辨的意思不在道理，而在道理变化所产生的趣味，我们很难说这是不是一场游戏……”

“在自然之境中的人，可根据自己的秉性创造特殊的形式，也可能不创造任何形式。因为他已经解脱了人的概念，无身无我，他不会为自身的存在所困惑，也不会为自身的泯灭而惶恐。他无私无畏，禀性依旧，与命不违，可生可死，随心所欲。他‘随心所欲不逾矩’，这个距就是他的心性，两者无别。”

“庄子就是这样一位游戏大师。他是哲学家，是人，同时也是鸟兽虫鱼。”

“……孙悟空……他是一切秩序的破坏者，也是生命意志的实现者。他作恶也行善，杀人也救人，不是因为道德，因为他不属人世，而纯粹是因为兴趣使然。孙悟空这个象征是中国哲学无不为意识的体现。”

“……毛泽东可以说就是这样一个精灵附体的人。……他制造的‘文化大革命’，几乎就是庄子反文化意识的具体实现。他摧毁敌人和自己的国家机器，就是大闹天宫在人世的实现。令人惊讶的不是他的行为，而是他的游戏态度……”

“老子说：无为无不为。自然哲学所显示的戏剧性变化，正是解脱了目的后的‘我’无不为意识的直接体现。无为——没有目的；无不为——灵性自为，为所欲为。”

“事物都有两个方面，人道主义对人是优惠的，对自然却是残忍的，因为过多的人，对自然就是灾难。”

如果孤立地看这一番玄论，未始不可以当作一家之言，对诗人的信口开河，我们可以不拘一格，也不能说全无启发。让人发怵的是顾城实际上以此来实践人生，而且不仅施之于己，还要加之于人。他说：“我想起小时在中国读的《孙悟空的故事》，他在世界上跳来跳去，大闹天宫，虽然干了许多坏事，但他也使这个世界充满了生机。”[14]“对于愿意生存的人，你可以说：己所不欲勿施于人；对于无所谓生存不生存的人，就只能说：己所欲勿施于人。人们就是这样逃避着他所无法承担的自然和自由。”[15]顾城实际上把自己看作大闹天宫的孙悟空和发动‘文化革命’的毛泽东，他敢于藐视“己所欲勿施于人”而不逃避“自然和自由”！

顾城这种反人道、反文化的“自然哲学”难道不是他最后犯罪杀人的理论根据吗？他不把自己视作“属人世”的“人”，而是视为可以不受人世“道德”约束的“鸟兽虫鱼”，对自己和别人的生命都可以当作“趣味”和“游戏”随心所欲地“无不为”！也许这种可怖的“自然哲学”在他的显意识层次还没有上升为指导人生的明确南针，但在隐意识层次无疑是占支配地位的。顾乡述及顾城犯罪前一天的心理和行动时曾说：“然后星期五上午他就读交通规则，想去考执照。就这样，然后他在读交通规则。那天下午，就出事了。其实那个时候（指星期五下午），顾城肯定读交通规则就是想怎样能把自己的那个恶念给排开。谁知道?！”[16]顾城的“恶念”是他的“自然哲学”必然的产物，所谓“为道者……杀人自杀，无为无不为”。如赵毅衡所说，顾城的诗学是死亡诗学。

三、"岛爷"·纳妾·"女儿国"

为了实践他的自然哲学，顾城隐居奥克兰市威赫克岛，并企图构建一个所谓"女儿国"，这就是《英儿》所坦露的世界。尽管书中所写可能有某些作者主观情绪和想象的强化，但无疑基本上是可以作为"自传"来对待的。至于作者，虽然有两个人署名，恐怕主要是顾城。有报导说谢烨（雷米）只是作了电脑打字和文稿整理的工作，可能很接近事实。大约只有最后关于木耳的一章是雷米写的。

"女儿性"也是顾城所谓诗学的组成部分，他有一篇和高利克的对话，专谈这个题目。架子拉得很大，扯上了《浮士德》和《红楼梦》两部世界级名著，而对《红楼梦》谈得更多。顾城对红学可能毫无所知，他谈《红楼梦》，根本不区别前八十回与后四十回，大概也不知道由探佚勾勒出的曹雪芹原著《石头记》的精神面貌和有后四十回的一百二十回《红楼梦》存在本质差异。不过，他凭着诗人的敏感，对《红楼梦》"女儿性"的把握发挥还是离《红楼梦》"大旨"不远的，由此可见顾城确实有才情。

"贾宝玉是个喜欢女孩的人，但他并不像一般人那样，真正要把女儿抓到手里，他只是爱他们，为他们服务，怕他们受到污染。人们本来并不明白，但是明白以后就很奇怪他这种性情，别人以为他是很好色的人，但后来发现他并不像一般人那样，要求实现肉体的愿望，而是想象女儿那样和女儿在一起。贾母说：他原来是个女儿罢，也许弄错了。这是一句关键的话。贾宝玉对女孩子的珍惜，和林黛玉对自身的珍惜是一致的，是对于自身的和本性的信仰和热爱，正是这种洁净的热爱，使他们洁身自好，但是又不明白，这种美丽是从哪里来的。"⑰

应该说这是很精彩的《红楼梦》评论。顾城衷心向往女儿的"清净"，这与他的"童年质情结"是一致的。在这一点上，顾城的确得到了曹雪芹的真谛。而且他也清醒地认识到："直到最后贾宝玉才知道了：这些美丽是从天上来的！答案就在这里。一切都是太虚幻境的一个影像，实际上应了歌德那句话：

‘不可名状者，在此已实有’。”“贾宝玉脱离了人世的瞬间，他与光同住；但丁也升到宇宙的高度，注视着星球被爱均匀地推动，而与物同驻的世界，则不由自主地沦入一个个困扰，依稀地回忆着那遥远的梦境。”[18]

全部的问题在于顾城的贪婪。他妄图让太虚幻境的影象成为现实，而他自己作贾宝玉——可是他又太缺乏贾宝玉的无私，与贾宝玉相反，他不是为女儿们服务，而是要女儿们为他服务。他既要“实现肉体的愿望”，又要追求“洁净的热爱”，还要她们在生活上像母亲一般关怀他，像丫环一样伺候他，“要把女儿抓到手里”。实在说老天对他太厚了，赐给了他一个天使般的谢烨。谢烨不仅是他的爱人和妻子，而且是他的“保姆、佣人、管家、秘书、翻译、司机、带路的向导”(谢文娥语)，这绝非虚语，谢烨在回答采访时说：“他的生活能力很低，依赖我简直到了令人无法相信的地步。”[19]

不仅如此，谢烨做了绝大多数女人根本无法想象的事，她理解、同情而且促成了自己丈夫与另一个女子的爱情。这一段话是多么自然而又动人：“我在帮助英儿出国的时候，没有过多地考虑人与人之间的关系，更多的是为顾城着想。从道理上、概念上来说，此事不通；但直接从人性角度来看，就通了。顾城为英儿那么伤心，英儿对他又那么好，我很同情他们之间的感情，成全他们未尝不可。有人说我很傻，甚至怀疑我是否真爱顾城。其实我是太爱顾城，才为他们作了很多牺牲。唉，谁也说不清楚爱是什么东西。”[20]应该说这才体现了贾宝玉精神——爱的宽容与无私。

顾城却是一个极端自私的人。这在《英儿》里有十分坦率的告白。诚如一位上海的评论家所说，顾城是用中国传统文化中最古老野蛮的纳妾方式追求一种表现上的现代生活浪漫情调。他的女儿国说到底是以男性权力为中心的独立王国。雷和英儿不仅是他制造文学话语的动力，也是他情与性的结构中依附于他而被他驱遣的奴隶。

《英儿》里有一句话是关键的：“G确确实实说过：一夫一妻制是天主教闹出来的，把中国害苦了。我们中国人不能忘了祖宗。”事实上，顾城的全部理想就是作一个为所欲为的“岛主”占有和役使他的妻妾。顾城自己并不否认这一点，他在《英儿》中反复说自己是“魔鬼”，是“一个脱离了道德的人，一个保存了低级趣味的人”,“把自己毫无保留地交给了魔鬼”。《英儿》的全部内容就是一个撒旦在“忏悔”的幌子下为自己的魔性作自我宣泄和自我辩护。他以“真”作为自私魔性的合理化借口。而当对方不再对他的自私欲望俯首帖耳唯命是从的时候,他就反诬别人自私、虚伪、丑恶,直到举起了罪恶的斧子。

“我知道你们都骗人,你们是有道理的,永远有道理。你们骗人,你们怕死又怕活,你们怕真的,真的让你们难受。人真丑啊,就这句话说得对,到真的时候就看出来了。”“雷,你昨天还在跟我说事情,一说到钱又生气了。你是要继续生活的,这点我哑口无言,可是你要知道,有的事情多么锋利。”“英儿是很真的,但也很会用心和夸饰。……我要死,她也不说一句话,她在等我死、疯,或犯法,她就安全了。……我们彼此太知道了。……她浪漫可是不能吃亏,说是生死不顾,那是让别人死。”“她哭,她想,都是自艾自怜,议价的爱都是廉价的。……我做事过分,可我不骗自己。我不好,她弃我是合道理,但不该利用我的真心。”

英儿可能也确实自私和有心计,她凭着自己的本能直感到顾城的自私本质,才毅然决然逃离虎口。“你在她的讲述里是一个内心虚弱、怪僻妒忌又还要伪装于世的虐待狂。老头说她是‘逃’出来的,当初她不能走顾城会杀她。”这难道不是正确的分析和预见吗?如果英儿不走,她就会代替谢烨死在顾城的斧下,或者会和谢烨一起为顾城殉葬。按照顾城的死亡诗学,那几乎是不可避免的结局。顾城是“生死不顾”的,那不仅是自己死,也是“让别人死”。谢烨实际上也认识到了这一点,所以她最后企图摆脱这个身边的死神,并在给母亲的最后一封信里表述了不祥的预感:“我是个好人,应该有好报才对。”[21]只可惜,她的挣扎失败了。

顾城在他的“自然哲学”里沉溺,最后寻到了人类本质性的荒谬和虚无。他用“黑色的眼睛”“寻找光明”,最后却只找到了无法逃脱的大黑暗。这本来并不足为奇,因为这是失去了上帝和理想的20世纪人类共同的悲剧,一个永恒的难题。早已有无数的诗人和作家因此而自杀。叶赛宁、海明威、川端康成、三岛由纪夫……直到前不久的海子和戈麦。文人,尤其是诗人,感情丰富，神经敏感，意志脆弱，而又偏要寻根究底，认真执着，容易走向绝路也在情理之中。但他们没有一个去杀人，因为诗人是悲天悯人的。

顾城的不同寻常的可怕之处在于他悲天而不悯人，这就是顾城的自然哲学和死亡诗学的毒素所在。问题既然已经到了尽头极处，那就只有靠具体的个体本身的天性之善恶来掷骰子了。顾城永远不想长大的自私贪婪以及在他幼年时就潜入隐意识的人类的残酷凶恶意象终于让他人性的天平向恶倾斜。

《英儿》的文本是他的自然哲学的一个美学载体，是一朵名符其实的恶之花。“什么都没有了，正常的天经地义的生活也没有了，爱情并不通向生活。这时候我才第一次感觉到，自由的和真实的恐怖。”“我习惯的自由是个人权力，带着宽恕、温情、己所不欲勿施于人的情感，带着连自己也未见得搞得清楚的道德，不管我的这个独往独来的意识走到了哪个极限，都永远要回到这里来，就像管风琴的和声使我的一切得到解释和洗涤。但是这邪恶、这真实、这直瞪瞪地看着蓝天无法回转的意志，却打破了我，唤起了我内心深处不愿诉说的存在。”“我不能再想下去了，必须停止。”——可是顾城却没有停止，他用行动作了血肉横飞的回答。

在表面的一些层次，《英儿》和《查泰莱夫人的情人》《红楼梦》颇可以找出某些相似之处。如对情和欲的热烈表现和美化，《英儿》不亚于《查泰莱夫人的情人》；对“女儿国”的如诗如画的幻觉和迷恋，《英儿》又步武《红楼梦》。我们甚至可以说，“顾城”愿为女儿身，乃至他那种绝望心态也可以与贾宝玉的形象及“忽喇喇似大厦倾”“落了片白茫茫大地真干净”相比较。

但在内涵和本质上，《英儿》却与这两部作品南辕北辙。那两部名著洋溢着深厚的人道主义精神和对生命的热烈肯定，以及平等博爱和自我牺牲的崇高理想，《英儿》却流露出一股令人掩鼻的腐烂气息：从极端自私的利己主义到绝对的虚无哲学再到反人道反社会反自然（居然号称“自然哲学”）的法西斯思想。这就是从童话诗人到撒旦和杀人犯的精神轨迹。

尽管本文开头就追溯到“黑夜”在顾城心灵上打下的“黑色”烙印，但正如作者在《英儿》的“引子”里所说：“如果说早年他的异常经历，历史、时代还要负责任的话(这也是评论家的普遍说法)。那么,他后来的经历,简直就无可推诿的要他自己负责了。”顾城走过的路值得我们每一个人深省。

1994年1月15日

(《山西大学学报》1994年第4期)

【注解】

①⑤⑥⑦⑪⑫⑬⑭⑮⑰⑱⑲⑳ 顾城《墓床》,北京,作家出版社1993年11月出版

②③ 顾城《黑眼睛》,北京,人民文学出版社1986年3月出版

④ 阎月君等编选《朦胧诗选》,长春,春风文艺出版社1985年11月出版

⑧ 顾工《代序》,见《英儿》,北京,华艺出版社1993年11月出版

⑨⑯ 香港《明报月刊》1993年11期

⑩㉑《文学报》1994年1月出版

《红楼梦》精神结构说

一、文章缘起

戊寅之年，每逢周末，山西大学哲学系隽才李春安、王瑞兵二君则到舍下夜话，举凡中外之文、史、哲问题及各种思想新潮，无不涉及。这种不切实际而专务玄虚的沙龙式聚谈，近年来其实已经不多了。李、王二君少年英俊，风华正茂，于书海涉猎广博，又以接受哲学系统训练，故其思辨锋芒颇为新锐，在海阔天空的闲话乱弹中，常常会有思想的火花如砧锤相击，迸射溅发。李君于哲思偏长，王君则更有文致。近与王君剧谈《红楼梦》，所相触磕启沃者尤多。王君所谈，有一种哲学系出身的话语风格，而笔者也有已经习惯的思致文风，因而将谈话董理成文之时，于话语形式的不一致，颇感踌躇。继而思之，保持对照鲜明的话语方式，正可凸显思想交流的真实，反有一种打破常规的新鲜感和刺激作用，因此下面行文，其语言风格的驳杂，正是有意为之，尚望读者垂鉴。

二、哲学的观照：态度、原则和前提

阅读《红楼梦》的基本态度，应该回到《红楼梦》本身，尽量搁置前在的哲学、政治、社会理论、文艺观点，尽量避免用一种理论去分割《红楼梦》、解剖《红楼梦》。虽然，我们承认，我们的理解和解读总是有一种前在的意向和语境的制约，但我们还是能够回到《红楼梦》的原初言说和我们的原初阅读体验中去，进而澄清《红楼梦》内在的精神结构。这种结构并不是某种逻辑推断的结果，而是从《红楼梦》文本中慢慢浮现出来，凝固于我们内在体验中的一种基本稳定的精神意蕴和体验形式。这种意蕴和形式凭借对《红楼梦》的一些基本语汇阐释和一些现象描述，可能予以还原出来，从而使我们得以剥除历史、政治、文化加之于《红楼梦》之上的尘埃与迷雾，最终能够探究到进入这座艺术迷宫的真正入口并踏上它的阶石。

我们所认同的基本原则是：《红楼梦》中的人物品性、行动、事态都源于作者的精神结构，正是这一结构支配着《红楼梦》小说的人物精神品性、意愿和态度，并将其置入特定的情境中，使之交互生发出这一意愿的确定内容。那么我们对人物的态度、意愿及其所处情境的体验就是对作者内在精神结构体验形式的充实与完满。在对自我阅读体验的反思与描述之中，我们完全可以探究出何以有如此体验的来源和这种体验所蕴含的基本形式及其确定内容。这一形式与作者的体验形式是可以极其接近的。举一个例子：格拉祖诺夫在听完别人演奏的一首曲子之后可以即刻弹奏出来，其演绎之精确程度令原弹奏者颇为惊讶。这种本领莫扎特也有。这就说明了我们在上述态度和原则之下可以基本还原《红楼梦》的精神结构。

还原《红楼梦》精神结构的基本方法：大观园是我们观照《红楼梦》阅读体验时的视域中心，正副十二钗与贾宝玉以及他们彼此之间的精神关联和大观园人物与园外人物的意愿、态度、关系，都可以比较清晰地描述出来。而每一个个体人物之精神意蕴也可以在具体情境之中揭示出来。书中所描写的一切，诸如亭台楼阁、四时风物、佩饰装束、歌语笑颦、诗词歌赋、离合聚散无不以鲜活灵动的精神昭示着《红楼》意蕴。

这样作的假设前提是：

1.依据曹学研究所给予的曹雪芹生存状况的背景，我们可以基本断定曹雪芹是个诗人哲学家和艺术家，而且是一个没落贵族后裔。他内性的聪慧高傲与外在遭遇的兴衰巨变造就了一颗具有深沉悲剧情怀和强烈反叛意识的独特心灵，这颗心灵一方面对生命和世界中纯洁而美好的东西深深地眷爱迷恋，一方面又为其无可避免的衰落和破碎而无比伤感痛惜，由于眷爱和惋伤，又激发出对构成毁灭性力量及其根源的追思、谴责、批判与怨恨。总之，对曹雪芹精神气质的初步了解和体验是我们提出《红楼梦》精神总体假设的必要前提。

2.依据版本学、脂批及探佚学的研究成果，可以断定原著《红楼梦》基本上已经完成。也就是说,它的精神结构及其基本命意已经在曹雪芹生前确定下来了。此后的不断修改,所谓披阅十载、增删五次,只是寻求更为合适的方式凸显和深化这一结构和命意而已。那么从现有的版本及其复原状况来看,我们接近原著风貌和还原其精神实质是完全可能的。

3.从红学研究的历程来看,认为《红楼梦》与曹雪芹的家世有着十分密切的关系,对《红楼梦》中的人物和事件来源与曹雪芹实际生活的可靠性的关联作了详细的考证,并确定了《红楼梦》的历史向度即家史自叙传。而小说中对这一向度也有明确的提示。但同时,又指出了《红楼梦》是一部诗意化的作品。小说中个人创作的成分已大于历史客观事实记述的成分。但综合这两个《红楼梦》写作向度,我们可以确切无疑断定的是,《红楼梦》保持了作者内心精神历史的真实。也就是说,《红楼梦》乃是作者的精神结构最充分的体现。

三、文学的回应:进入《红楼梦》的角度

上述哲学话语的言说,其实是明确这样几点:

1.阅读《红楼梦》,最重要的是进入《红楼梦》的精神结构,说到底,也就是进入曹雪芹的内在精神世界。

2.《红楼梦》与曹雪芹,在精神向度上是不应该分割的,但又只能通过进入《红楼梦》的文本而契入曹雪芹的灵魂。而《红楼梦》的文本受许多先在条件的制约。这实际上是说,曹学、脂批、版本和探佚学是进入《红楼梦》和曹雪芹精神结构的必要前提。

3.但红学中曹学、脂批、版本和探佚学等基础学科都只是"台阶",踏上这些台阶,还是为了"回到《红楼梦》本身",进入曹雪芹"精神结构"的堂室。

4.要回到《红楼梦》本身,必须尽量搁置读者前在的各种文化心理结构的影响。要对各种自觉不自觉的哲学、政治、社会理论、文艺观点的先在积淀保持高度的警惕,即要尽量排除用既有的思维定式框套理解《红楼梦》的惰性和习惯。

5.曹雪芹是一位诗人哲学家,是一位由经历家族盛衰巨变而对人的生存

生发终极价值质疑的艺术家。要进入《红楼梦》的精神结构,也必须在一定程度上具有此种精神向度。

四、为“三类人”立传

曹雪芹在《红楼梦》中所关注的是社会里哪一种人类?

是“正邪两赋之人”——“使男女偶秉此气而生者,上则不能成仁人君子,下亦不能为大凶大恶。置之于万万人中,其聪俊灵秀之气,则在万万人之上;其乖僻邪谬不近人情之态,又在万万人之下。”而这正邪两赋之人,其具象化者则为“三类人”:“若生于公侯富贵之家,则为情痴情种;若生于诗书清贫之族,则为逸士高人;纵再偶生于薄祚寒门,断不能为走卒健仆,甘遭庸人驱制驾驭,亦必为奇优名倡。”

此三类人——情痴情种、逸士高人和奇优名倡,乃社会中“边缘人”之种类也。“仁人君子”与“大凶大恶”虽然具相反的精神向度,但他们皆非边缘人,而处于社会的中心地位。对边缘人的关注是最具有民主精神之精义的——尊重少数。此一立场在曹雪芹所生存的专制时代,其突破性意义更是具有惊世骇俗的性质。

正邪两赋之人一方面是处于社会的正常规范之外,另一方面他们又都是具有罕见的气质和才能之人。他们的追求向往意趣所在都是主流社会(包括“大仁”与“大恶”两者)所难以理解和认同的。实际上,这是一个灵俗两界的分歧。是对被主流世俗社会所忽略漠视的灵界向度的特别的呼吁。

灵界向度是少数人所具有的,即情痴情种、逸士高人、奇优名倡此“三类人”与社会中多数人在精神境界上是互相隔绝扞格难通的。这里尤须注意的就是“少数”与“多数”之间的隔膜。由于他们是少数,所以此三类人其实是一些精神贵族——具有天赋的灵界向度之人。曹雪芹在《红楼梦》中为此三类人立传,其超前性、反叛性和灵魂性都直通中国诗魂。我们只看他所列举出来的个例:许由、陶潜、阮籍、嵇康、刘伶、王谢二族、顾虎头、陈后主、唐明皇、宋徽宗、刘庭芝、温飞卿、米南宫、石曼卿、柳耆卿、秦少游、倪云林、唐伯虎、祝枝山、李龟年、敬新磨、卓文君、红拂、薛涛、崔莺、朝云之流，所谓皆易地相同之人也。

其“同”在何处？就同在灵界向度上，同在他们的精神结构是与社会的“多数”（这里面包括了绝大多数“人民”）所完全隔膜的。最能说明此点的就是陈后主、唐明皇、宋徽宗这三个皇帝，他们的悲剧在于具灵界向度而被误置于需要治理国家的位置上。而曹雪芹却推崇他们，为他们抱屈鸣冤，因为他是肯定灵界向度的。

曹雪芹所心系的，是历史上具灵界向度的少数人，总是被社会之多数所误解，所挤压，所迫害，他们的命运总是那么悲惨，所以他要在太虚幻境里设一个“薄命司”，要“千红一哭”和“万艳同悲”。薄命司里的正副金陵十二钗和贾宝玉、秦钟、柳湘莲、蒋玉菡、北静王等人，都是曹雪芹对他所心系之灵界向度这一核心问题的艺术演绎。

理解了“三类人”，也就理解了《红楼梦》。

五、灵俗之争的结局：悲金悼玉

具有灵界向度的少数人在历史的夹缝中挣扎求存，其才性在这种挣扎中焕发出灿烂的光辉。但其肉体却最终被社会所压碎和毁灭。这种易时易地皆同的悲剧成了历史的“常态”，整个社会的反应却是麻木的。曹雪芹对此一司空见惯的历史悲剧抱深悲巨哀，乃有“悲金悼玉”的由衷感叹。

对“悲金悼玉”的理解，要突破“金玉”只是代表“金玉姻缘”这一表相的看法，而要理解为是悲悼“金玉之质”。第五回妙玉判词所谓“可怜金玉质，终陷淖泥中”及第二十七回林黛玉《葬花词》中所谓“质本洁来还洁去，强于污淖陷渠沟”即揭示了这一根本性的精神向度。此“金玉之质”即灵界的向度也。《红楼梦》里有如许多的诗词，有的当代作家从所谓写实主义的写作传统，感觉似乎诗词太多了，不知道诗境正是《红楼梦》灵界向度的一种表征也。

有史以来，诗人（我们这里说的是真正的诗人，不包括某些用分行方式写作的"禄蠹")是最具有灵界追求向度的人,而诗人也最受到历史和社会的挤压与漠视。灵俗之争是有史以来最根本的一种悲剧,却又被俗界的"大多数"所有意无意地掩盖和歪曲,这种人间最惨痛的悲剧乃不被社会注意而悄无声息地上演着,消亡着。因为俗界的社会完全不能理解"金玉质"的价值所在。

作者用各种艺术手段凸显灵界与俗界两种向度的区分。通灵玉和顽石的表里关系,风月宝镜的正面和反面,第五回贾宝玉对宁国府书房的拒斥和对秦可卿卧室的接受,都是这种灵俗两界的象征性揭示。"世事洞明皆学问,人情练达即文章"和《燃藜图》是俗界的向度,"嫩寒锁梦因春冷,芳气笼人是酒香"和《海棠春睡图》是灵界的向度。

所谓男人是泥作的骨肉、女儿是水作的骨肉也是这个意思。水作的好女儿香菱、平儿分别被泥作的浊物薛蟠和贾琏所玷污,正是灵界被俗界所玷污的悲剧。而"诸艳之贯(或冠?)"的贾宝玉之"意淫"体贴乃是作者最心仪礼赞的伟大情怀——对灵界向度之礼赞也。

明白了这一点,我们才能够懂得第五回中《红楼梦引子》是全书真正的"主题歌":"开辟鸿蒙,谁为情种?都只为风月情浓。奈何天,伤怀日,寂寥时,试遣愚衷。因此上,演出这怀金悼玉的红楼梦。"

六、《红楼梦》的根本意旨:证情与证灵

因此,脂批所谓全书最后乃是"情榜",各位主要角色都有以"情"为核心的考语——即今所谓"鉴定",如贾宝玉为"情不情"、林黛玉为"情情"、金钏儿为"情烈"等,皆是"证情",即第一回所说"大旨谈情"也。

但"证情"的本质其实是"证灵",是对灵界向度的一种终极价值的笃定。"情"有各种层面的不同意义,但曹雪芹特别着重的是由"情"而入"灵"的向度。情而至极,乃通于灵。《世说新语》中有一则记载:"王戎丧儿万子,山简往省之,王悲不自胜。简曰:'孩抱中物,何至于此!'王曰:'圣人忘情,最下不及情;情之所钟,正在我辈。'简服其言,更为之恸。"这里所谓"圣人忘情,最下

不及情”正是“仁人君子”和“大凶大恶”的另一种表述，惟“正邪两赋之人”才是“情之所钟”的“我辈”。

20世纪最重要的西方哲学家之一，西班牙的乌纳穆诺（Miguel de Unamuno）在《生命的悲剧意识》中也有一段相映成趣的叙述：“一位腐儒看见梭伦为了一个死去的孩子而哭泣，就向他说：‘如果哭泣不能挽回什么，你又何必如是哭泣呢？’这位圣者回答说：‘就是因为它不能挽回什么。’很显然的，哭泣是有用的，即使它只是减轻痛苦；然而，梭伦对于腐儒的答语是有着极深刻的意义的。我确信我们可以解决许多事情，如果我们都能走到大街上并毫不掩饰自己的悲苦——也许这只是个人的卑微的悲苦，然后，在哭泣悲叹中、在向上帝的悲号与祈求中，让每一个人都结合在一起。即使上帝听不到我们的哭喊，但是，它是愿意倾听我们的哭诉的。圣殿之所以尊贵庄严，就因为它是人们共同前往哭泣的地方。一首普遍为那些受命运折磨的人所唱的乞怜之声，它的意义（价值）并不亚于哲学。单是治愈病痛是不够的，我们必须学习为它哭泣。是的，我们必须学习为它哭泣！也许，那就是最高的智慧。为什么？问问梭伦吧。”①

这是由“情”而通“灵”精神向度的绝妙说明。“学习哭泣”就是“最高的智慧”，“圣殿”的价值就在于哭泣。曹雪芹把“眼泪还债”的神话作为全书的精神基调，千红一哭，万艳同悲，其意义也正在这里。曹雪芹把“哭泣”提升到形而上的根本的情怀意向与精神价值之高度。唯有达到此种“情界”之极处，才可望进入“灵界”——尽管这里没有西方基督教的“上帝”和“圣殿”。

《老残游记》的“自叙”开头说：“婴儿堕地，其泣也呱呱；及其老死，家人环绕，其哭也号啕。然则哭泣也者，固人之所以成始成终也。其间人品之高下，以其哭泣之多寡为衡。盖哭泣者，灵性之现象也，有一分灵性即有一分哭泣，而际遇之顺逆不与焉。”能“哭泣”才有“灵性”，才是衡定“人品高下”的标尺。有情方能哭，能哭方有灵，这就是“最高的智慧”，它拒绝任何“实用理性的智慧”——那是传统的、世俗的、“禄蠹”的智慧。

与林黛玉的“眼泪还债”相通，贾宝玉“意淫”“情不情”的根本意向情怀乃是灵界向度，所谓“今古未有之一人”。曹雪芹的伟大又在于，他要告诉世界，灵界向度虽然属于少数人，但这少数人其实也不少，而是分布于各种阶层，从王爷到戏子，从贵妃到丫头，皆有其人也，即“三类人”也——唯此三类人，方有“最高的智慧”。

“灵”的对立面是“俗”，即是说，“情种”的对立面是“禄蠹”。书中描写当贾环、贾兰叔侄两个来看望贾宝玉时，贾宝玉与他们无话可说，而与秦钟、蒋玉菡和柳湘莲相遇时，贾宝玉就有说不完的话。这是灵俗两界的根本分野。但曹雪芹偏又写是大禄蠹贾雨村道出了“正邪两赋”——“三类人”的深微哲理，写贾雨村是灵界翘楚林黛玉的启蒙老师，写贾雨村每次到荣国府都要求与贾宝玉见面——但最后又是贾雨村落井下石，累害贾家。这里面既有曹雪芹的调侃，又有曹雪芹的深微思索。灵界是不可能脱离俗界而孤立存在的，灵界不能导向虚无缥缈。

灵与情互为表里，就防止了灵界向度滑向价值虚无和情怀缥缈的可能性，而保证了灵的人间性和实在性，能活生生地哭泣方能“证情”——肯定了爱的终极价值向度。此所以贾宝玉的“情极之毒”“悬崖撒手”不可能是最后的结局，而必须要重返红尘与史湘云结合并归向“情榜”方得大欢喜大觉悟也。这正是曹雪芹“以情补天”的卓越贡献。贾宝玉作为“圣之情者”是被赋予像耶稣和佛陀那种“救世主”地位的，他在以身作则地传教，他的一言一行都是在传教，他传的是“情教”——“灵教”。

七、《红楼梦》的写作向度：诗法与史法

灵的超俗性和情的人间性，二者相反相成。这也就决定了《红楼梦》的写作向度一是诗法，一是史法。《红楼梦》具有诗与史的双重素质。诗法体现灵界向度，史法体现人间向度，也就是所谓诗意的写实主义。

诗法即整部小说渗透着诗的气质。用写诗的方法写小说不仅是一种写作方法的选择，而更是一种灵界向度的自然体现。“形式”与“内容”原是不能割裂而论的。形式里有着更深刻更本质的东西。即如书中的女儿都有一种花作为象征，林黛玉和晴雯是芙蓉花，薛宝钗是牡丹花，史湘云是海棠花，贾探

春是杏花，花袭人是桃花，麝月是荼蘼花等，这表面上看似乎只是一种“方法”“技巧”，其实是灵性的品位和境界。花品即人品也。首先，无论什么花，都是花——是大自然的美物，所谓采日月精华、受天地灵气者。其次，各种不同类型的花又各有其自己的境界和特点，当然也有高低上下之分。

写作向度的另一维即史法，所谓“追踪蹑迹，不敢稍加穿凿”“半世亲睹亲闻”，所谓“家史自叙传”“忽喇喇似大厦倾”“落了片白茫茫大地真干净”，而其内涵是“一把辛酸泪”“字字看来皆是血”“细看宁非血泪乎”（脂批）。诗法写出灵界的超卓和美丽，史法则写出俗界对灵界的残酷无情的迫害。

由此我们可以懂得，灵的精神品质是一种至清至净、至坚至洁，充盈于草木、山水、花鸟、女儿之间遍布宇宙的高贵气质。其神圣性要超越于人类灵魂及其肉身的存在。生命可以被毁灭，而灵性不可以被践踏。人和万物的生命都因禀赋了灵性而得以神圣，并不可被侵犯。人的独立、自由和幸福也只在灵性的共契中才能得以实现。

任何以道德、生命、社会、国家、宗族为名义对人之灵性的剥夺与践踏，都是最为残忍、不义和不可容忍的罪恶行为。而灵性生命因任何内在（人的自然成长、欲望的放纵）外在原因的泯灭、失落都是生命最深刻的悲剧。但体验到如此无情冷酷的现实，却并不“逃逸”，而要“证情”和“证灵”，以情和灵给这个世界以亮色和暖色，以超拔和拯救。这才是曹雪芹写《红楼梦》之不可企及的伟大之处。

八、曹著与高续：灵俗之辨

曹著与高续“两种《红楼梦》”的本质分野其实就是灵俗之辨。高续通过后四十回的续补和对前八十回的篡改，把原著从灵界的高度上拼命往俗界的低水平上拉。高续把曹著庸俗化了。这是“两种《红楼梦》”争论的全部问题。

后四十回完全丧失了“诗法”和“史法”的写作向度。前八十回把音韵、音乐性都渗透进小说的字里行间，故而其语言风格是活脱灵秀的，这是“诗法”

的写作实现。

后四十回则多为较长的句子,行文啰唆絮叨,更“白话化”——也就是更庸俗化。更不必说前八十回的“假语村言”“草蛇灰线”“实象和假(借)象”等寓言、卮言、重言的象征隐喻手法消失殆尽了。

读前八十回,我们可以在里面流连徘徊,读后四十回则有一个讨厌的导游在耳朵边不断地聒噪。

曹著写大感慨大悲剧,高续则写小情感小悲剧。故而其“史法”也就大相径庭了。当然小情感小悲剧也有它的意义,但这种小学生水平的话还需要不厌其烦地说以证明自己不是白痴吗?

我在,我说。阅读立场的突破,灵界向度的趋同。没有脱胎换骨的改造,对话是不可能的,也是不必要的。胡风晚年曾说,如果天假以年,他要为中国文化史上几个大冤案的澄清竭尽全力:一个是鲁迅,一个是路翎,还有一个就是曹雪芹。有多少人能听懂他的话呢?

1998 年 10 月 1 日

(与王瑞兵合作完成,《红楼梦学刊》1999 年第 1 辑)

【注解】

① 乌纳穆诺《生命的悲剧意识》,17 页,上海,上海文学杂志社 1986 年 10月出版“写作参考系列之五”(内部发行,无翻译者姓名)。

跨世纪红学之反思笔谈

一、世纪回眸

我写过一篇《〈红楼梦〉研究的意义——世纪之交检讨红学》(《山西大学学报》1997 年第 1 期、人大报刊复印中心《中国古代近代文学研究》1997 年第 6 期),已经基本上表达了我对 20 世纪红学何得何失孰成孰败的意见。归纳一下,我的意见是这样的:20 世纪的红学,在考证方面取得了辉煌的成绩,但在义理意义方面则问题很大,而这是受制约于整个 20 世纪中国具体政治、思想、文化大环境的,在某种程度上说是一种“历史的必然”。总括一句话,20 世纪的红学研究领域是考据家的天下,缺少真正意义上的思想家艺术家性质的红学研究者。鲁迅、胡风等少数人偶然涉足红学说出了一些发人深省的话,但他们毕竟不是专业的红学研究者。

我在这里要补充的意见是:对红学的这种整体估价并不是要故意贬低 20 世纪红学研究的成绩,事实上,古典文学研究的其他领域,甚至外延再扩大一些,整个 20 世纪中国的人文社会科学领域,都存在着大体相同的问题,也许在程度上有所不同。但为什么在红学上显得突出呢?这是因为《红楼梦》是一部特别具有思想性、艺术性和文化性的作品,因此这方面的缺陷就格外让人感觉深切。这也许就是红学之特殊性的表现吧。

我要补充的另一点意见是:20 世纪红学考据的成绩对于我们进一步深入《红楼梦》的本体,即思想性、艺术性和文化性研究是非常必要的、重要的,这个台阶是不可能越过不跨的。因此,我们对 20 世纪红学研究先驱们的成就要有足够的尊重,当然也不必因此讳言他们的缺陷。周汝昌先生曾说,在关键的意义上讲,红学有最重要的四大分支,即曹学、《石头记》版本研究、脂批研究和探佚学。周先生的这个意见曾遭到不少质疑，说怎么把最重要的《红楼梦》文本的本体研究忽略不提呢？其实，研究了一辈子《红楼梦》的周汝昌怎么会忽略《红楼梦》的文本本体研究呢？他不是还写了《红楼梦与中华文化》《红楼艺术》等文本本体研究著作吗？

周汝昌其实只是说，《红楼梦》这部小说很特殊，如果不在上述四个分支方面有深刻的建树，就不可能真正进入《红楼梦》的本体，对其思想艺术等"本体"就将永远是隔膜的。《红楼梦》的特殊性就在于，它是中国文化的一个最伟大的代表，又是以一种罕见的杰出艺术体现的，但要让它的伟大思想和杰出艺术"呈现"出来，首先必须"去蔽"——即必须先作那四个分支的"非文本"研究。而《红楼梦》研究的终极意义，就是对中国文化的探幽抉微。当然任何一种中国古代文学艺术文本都是中国文化的体现，但《红楼梦》无疑最有"范型"意义。

道理其实并不复杂。由于那四个基础研究没有坚实的基础，像王国维、鲁迅等早期的学者对《红楼梦》的思想和艺术虽然有不少精辟的阐扬，但存在着很大的局限性，原因就在这里。经过了一个世纪红学学者们的共同努力，比起世纪初来，那四个分支的基础研究显然要厚实牢固多了。我们可以在这个比较厚实牢固的基础上向《红楼梦》的"意义"领域大踏步迈进了，当然基础研究也还会继续向纵深发展。陈维昭先生说应该把红学划分为"事实还原"和"价值诠释"两大领域，也是类似的意思吧？

二、学科反思

上面所谈已经涉及红学的学科反思问题。对红学到底应该怎样定位？说它是中华文化之学是否有故意"戴大帽子"的嫌疑？

我以为，给红学定位，目的还是推动红学向前发展，是为了解决问题。而并没有一个绝对的永恒的红学定义。这只要认真回顾一下红学研究的历史就可以明白。《石头记》刚刚问世时，人们为拥钗还是拥黛而"几挥老拳"，后来各种"评点派"如护花主人、大某山民的评论等，都没有"离开文本"，他们的意见很接近后来所谓“爱情主题”说，也就是说他们都是就小说而谈小说的。后来索隐派出来，从“文本”中看出种种微言大义，也不能说他们已经离开了文本，只是他们从文本中看出了政治——他们自以为更深邃的内涵而已。

真正离开了“文本”的研究是胡适、俞平伯开创的新红学，所谓离开文本，就是不直接评论一百二十回小说的思想、艺术等等，而是去甄别版本，考证作者的家世和背景等。但是，这些离开文本的研究也还是为了对文本本身有更深刻更实在的把握和体认，也就是说，还是为解读小说文本的意义和艺术的，只不过认为这样做了才能“从根儿上”解决问题。

这个研究过程拖得很长，一直发展到周汝昌在 20 世纪 80 年代初提出了红学的“四支柱”说，延续了六七十年。在这六七十年中，红学的本体就是版本、脂批、家世、探佚等似乎是离开了文本的研究。这是一个事实，也是红学发展的必然阶段。这些“非文本研究”正是为了达到更准确更正确的文本研究。

这个时期也有许多对这种红学“本体”重视不够的各种“文本本体”研究，即那些在数量上绝对不在少数的“评红”文章和著作。这些文字之所以成为过眼云烟，不能产生实质性的影响，说到底是因为红学本体研究即所谓四支柱研究还没有取得决定性的进展，评红者们对它们的重要性或曰本体性还认识不清。所以，周汝昌才说：“在关键的意义上讲，只此四大支，够得上真正的红学。”(《石头记探佚》序)

周汝昌后来又提出红学是中华文化之学。这是红学继续向前发展的结果。当作者家世、版本甄别、脂批、探佚等基础研究取得了一定的成果之后，能够比较深入小说文本本身了，周汝昌发现小说的思想和艺术是中华文化的卓越体现，几乎就是“中华大文化”的一个审美性的范本。用西方一般的小说学研究思路来观照《红楼梦》并不能真正得其环中（当然也不是毫无用处），而只有以中华文化为本体本位，才能够阐释清楚这本伟大小说的本质精义。这种思路和结论正是从对“小说文本本身”的观察和研究中得出的，也是红学发展的历史性结果。

所以，红学的定位从“四支柱”到“中华文化之学”，乃是如大观园中的“沁芳”泉一样水到渠成，“有自然之理，得自然之气”（贾宝玉评大观园建造之语）。而所谓“红学就是研究《红楼梦》的学问”这种“定位”，却是一种形式逻辑上的同语反复，似乎永远正确而实际毫无意义。

从学术思想研究的宏观发展演变来观照，由20世纪初以引进西学为主潮，到20世纪末一定程度上向中学本位回归，乃是一种螺旋形历史前进的辩证法。当“落后就要挨打”的民族生死存亡的任务十分迫切的20世纪初，引进西学、提倡民主和科学成为时代的主潮，对中华传统文化更多地看到其“糟粕”一面而忽略了其“精华”一面乃是必然的、可以理解的。

新红学从版本考证切入的思路正是“科学方法”的产物，后来胡适曾不无得意地回顾说在他的影响下，他的“徒弟们”（俞平伯、顾颉刚）的“研究方法改过来了”。但是，到了20世纪末，我们已经有条件比较从容和客观地审视中华传统文化了。同时，西方文化的发展带来的问题也暴露得愈来愈明显和严重。我们又发现我们的“根”——中华文化走到了一个存亡绝续的历史关头。一定程度上向中华传统文化回归也就在情理之中了。

在版本、家世等的考证上需要“科学”（其中也包括中国传统的“考据”），在文本内涵意义和艺术的体认方面却需要深入中华文化的精魄灵魂、义理文心。这就是《红楼梦》研究发展到今天的历史趋势，也就是从“四支柱”到“中华文化之学”的内在理路。

特别发人深省的是，对中华传统文化，曹雪芹的《红楼梦》既有对其糟粕的无情扬弃和猛烈批判，又有对其精粹的创造性继承和发展。这使红学这一“中华文化之学”获得了独特而又深广的内涵和外延。我们可以通过对《红楼梦》的研究深入到对中华文化的内核、中国人的思想灵魂的探索，用过去的说法就是对“国民性”的研究，这里面包括中华民族的终极价值、审美方式、道德伦理等各种不同层面的复杂纠葛。我们一直强调红学不能等同于一般的小说学研究，当然不是否认它作为小说的那个层面，这个层面的研究是很必要的，很重要的，但是仅仅停留于此远远不够。

三、文本辨析和前景展望

乔福锦先生特别注重“文本辨析”，这次笔谈也是他组织的，论题是他出的。他的意思似乎是说，“文本”不仅是《红楼梦》的文学文本，更重要的是中华文化这个大文本。要理解《红楼梦》这个文学文本，必须回归中华文化这个大文本。这种思路和我上面所谈到的意思有相通的地方。如果到此为止，我可以表示赞同。但他从《红楼梦》里考证出“反面春秋”和“诗经古文”，我还不能完全认同。不过他的思考也许有他自己的角度和道理。

我以为，包括蔡元培先生等老索隐派的主张，以及王国华先生的《太极红楼梦》和霍国玲女士的《红楼解梦》等，也许都有某种“歪打正着”的合理因素，问题是其合理因素的多与少，其分寸感究竟应该把握到何种程度。这是一个相当复杂的问题。刘梦溪先生表示他向索隐派的某种回归也是耐人寻味的。

对《红楼梦》的索隐式研究从清乾隆时期开始一直延续到今天，这本身是一件很有意思的事情。它的一个特点就是把《红楼梦》放到了中华传统文化和特定历史的大背景下，从里面索出了种种“隐”。不管索隐派们的这种索隐是否正确，他们认为《红楼梦》和传统文化及特定历史之间存在某种神秘而复杂的联系，这个思路本身还是有一些启发性。它至少提示我们，读《红楼梦》，和读西方小说，读“五四”以后的中国新小说在审美方式上毕竟不完全一样，要顾及中国传统文化的一些特殊性。

在后现代多元化思维的世纪之交，我们不应该把索隐派研究看得太严重，应该允许这一派研究的存在，当然也不能强迫不赞成索隐的人不争论不反驳。总之，我们要告别“舆论一律”和“定于一尊”的思维定式，同时又要加强红学研究的学术性和文化性。这当中的“张力”能强大到何种程度，则决定于下一个世纪的红学研究者们其整体素质。

谈到素质，我还是强调科学理性和艺术感悟二者不能偏废，也就是说传统的考据、义理、辞章三方面都要齐头并进。由于研究对象是一部非凡的艺术品，不强调艺术感悟的素养绝对不行。要加强我们的科学素质，但必须同时警惕不要把西方“分析哲学”那种过分机械的弊病也引进来，包括那种行文方式的过于“科学化”的弊病。而且要特别注意一件事，那就是我们年轻一代学者和读者的国学根柢和传统文化的修养，尤其是对传统文学作品的艺术感觉能力。下一个世纪，也许这将是一个特别突出的问题。

从整体上，红学正在从“汉学时代”逐步进入“宋学时代”，从考证占主导转为义理占主导，尤其是以西方各种思潮、方法论的引进为主导。这是不以人的意志为转移的大潮流、大趋势。正是有这样一个国际各种文化特别是中西文化大冲撞大融合的大前景，对中华文化的本体认同才更有意义，才更需要强调中华文化本身的特点特性。

我想谈一下红学的一些具体问题的展望。20 世纪红学的“文本本体研究”最突出的一个方面就是曹雪芹原著和后四十回续书之间差异的争论。我不说程高续书，因为也许另有续书者，程伟元、高鹗只是修订加工了一下，但后四十回肯定不是曹雪芹所作。

这个问题是文本研究的最关键的问题，20 世纪的红学界始终在争论这个问题，但争论一直没有搞深入。为什么呢？就是 20 世纪红学界的整体素质问题，缺少思想家艺术家素质的学者，因此即使有个别人涉及这方面的问题，反对的一方也麻木不仁，因为没有深入辩驳的能力。大家更感兴趣的是一些具体问题的争论，如小像和墓石的真伪等等。

这就是 20 世纪红学的悖论所在，一方面红学界似乎很热闹，另一方面广大的《红楼梦》爱好者们对红学界的“热点”问题很隔膜。我想到了 21 世纪，要发生一些变化，因为红学界的新秀们可能在思想力度、理论视野和艺术感觉方面要比较好一些，他们较少 20 世纪（尤其后五十年）的历史负担。比如我最近看了王彬著的《红楼梦叙事》，他就用叙事学的理论谈清了一些问题，所谓《红楼梦》前八十回的某些“矛盾”和“失误”现象，用叙事学理论一观照，正是一种艺术匠心。在 21 世纪，曹、高“两种《红楼梦》”优劣的争论肯定还要继续，但会有一个比较高的科学理性和艺术感性的基点。

考证的工作当然不会中绝。要提醒搞考证的同行们注意的是，不能孤立地从考证到考证，因为考证除了梳理材料发现证据，还要进行思考。思考之力度的强弱大小与向度的正误深浅是很关键的一件事情。我还是要强调，考证不能离开理论辨析和艺术感觉。搞思辨的学人要借鉴域外的多种新思潮、方法论，也不能忽视对中华传统文化的感性体认。这方面的问题如果解决得好一些，“还红学以学”的前景就会更理想一些。

四、自身定位

乔福锦先生提出自身定位问题。他强调要作有文化憧憬、生命担当的人文学者，不作单纯的“红学家”和“《红楼梦》研究专家”，这是一个很有意思的思考向度。我想这与我过去一直强调红学研究要深入到国民性、民族灵魂层次的思考向度大同小异，也和周汝昌先生强调红学是中华文化之学的意思相通。我在《红楼梦研究的意义》一文中已经说过：“《红楼梦》研究，是关系到整个中华民族灵魂的重新铸造、民族精神重新抖擞的文化事业。”这当然并不排斥《红楼梦》作为“一部小说”的解读，但红学不能自限于“一般小说学”的路数，因为那将使红学的殿堂由广厦变成小屋。这又涉及一个很有趣的问题，即对 20 世纪红学研究史的回顾和反省问题，那种呼吁“回归文本”即实际上“背离文本”的悖论。我还是重复我那句老话：在充分尊重考据的前提下，向思想家性质和艺术家性质的学者方向努力。

1998 年 12 月 6 日

（与乔福锦、陈维昭、王祥“红学对话”笔谈稿）

关于“红学探佚学与结构论”的对话

一

拙文《红楼梦研究的意义——世纪之交检讨红学》在《山西大学学报》(1997 年 1 期)刊出后，被人大报刊复印中心转载于《中国古代近代文学研究》(1997 年 6 期)，引起了多方面的反响。陈维昭先生的鸿文《“红学探佚学”与结构论》即是直接来回应的。陈先生将他这篇大稿寄给我，并在信中如是说：“我……总以为，真正的学术品格是目前红学所最需要的。问题的提出、讨论的方式、对话的姿态等都要求具有一种真正的红学品格。我曾以呼吁‘学院派’的出现去表达这个意思。21 世纪的红学应是‘学院派’的红学。”并说：“又考虑到您那篇大作是发表于《山西大学学报》，现斗胆请您推荐给该学报……”

自拙著《石头记探佚》出版以来，愿意就“红学探佚学”作专门的、较深层次的对话讨论，这是第一篇。此前虽然也有某些文章中涉及红学探佚，但多属“表态性话语”而不肯深入，更缺少“学院派”的文风学风。因此，陈先生的这篇文章就格外值得重视。因为陈先生的文章中对周汝昌先生的观点有不同意见，我就将他的大稿寄给周汝昌先生，希望周先生能参加我们的讨论。周先生很快来信，说：“我看其文甚好，是端人正士论学……当然，我并未被他说服。”并寄来了《探佚与结构两学科》的对话文章。

陈先生的文章较长，周先生的文章较短，但他们的观点都很明确，而态度都是“学院派”。这一点也许比观点本身的是非更有意义吧。

陈文对“红学探佚学”作了全面的评析，第一部分针对拙著《石头记探佚》，第二部分针对周汝昌先生的“大对称”概念，第三部分针对美国的浦安迪教授，第四部分针对王国华先生的《太极红楼梦》。他的中心论点是认为

"大对称"并非曹雪芹原著《石头记》的真实，而是探佚研究者为了使"探佚在操作上达到理想化状态"而主观臆定的，因而"与索隐红学殊途同归"，"探佚善破不善立，由于其结论的或然性，它所谓还本来面目便仅仅成为一种理想"。这个批评事实上是极严厉的。

陈文对拙著的评析相当客气。陈文在引了姚奠中先生为《石头记探佚》所撰"前言"中的话之后，作结论说："上述两种材料（指脂批和伏笔）决定，《红楼梦》探佚只能止步于某些片断的探索上。而实际上，梁著在总体上正是明智地止步于这一限制之上。……"同时，陈文又肯定"仅此而论，《红楼梦》探佚研究已显示出其重要意义来。……这使我们对前八十回和高续后四十回在悲剧性质、价值观念乃至人物塑造、情节结构上的优劣异同有了清醒的认识，使我们对曹雪芹《红楼梦》八十回后的意义的理解的视界得到了空前的拓展"。

显然，陈文对探佚并不完全否定，只是关心探佚的限度问题。但陈文又这样说："探佚可能如何呢？对《红楼梦》的探佚研究最终可以达到何种境界呢？周先生认为可以'显示原著整体精神面貌的基本轮廓和脉络'。这话说得比较模糊，如果说是显示原著中情节和人物命运的基本轮廓和脉络，那就比较明确。如果是要显示原著'整体精神面貌的……'，则它的结果将涉及一些'遗形取神''得鱼忘筌'的、包括理解、解释内涵的探佚，这样的探佚就很难有具体的限制。"

我以为陈文的这种认识是"比较模糊"的。因为探佚的具体操作固然是"显示原著中情节和人物命运的基本轮廓和脉络"，但这种"显示"并不是探佚的最终目的，它的终极目的必然是通过情节和人物命运的探讨以"显示原著整体精神面貌的基本轮廓和脉络"，这也就是"悲剧性质、价值观念"等"形而上"层面的"清醒的认识"。如果仅仅止步于"形"和"筌"而不"取神"和"得鱼"，那探佚倒会真正堕落到"索隐"的泥潭中不能自拔。

在许多具体的探佚问题上，各位研究者是有不同的看法的，比如林黛玉是死于春末还是中秋？是投水还是病死？贾府是否真的遭了火灾？等等。我以为这些争论应该允许仁者见仁，智者见智，最关键的问题是探佚研究对高续后四十回的“证伪”，是它显示出的曹雪芹原著的“精神面貌”。难道在具体探佚问题上存在争论的情况下能够达到这个目的吗？这正是关捩点所在。

首先，正是在一些涉及全书“本质”的大问题上探佚显示了震撼性的魅力，使读者耳目一新并达成了共识。如尽管对林黛玉之死的具体情况有不同的推考，但大家却都认同原著“眼泪还债”的悲剧与高续“钗黛争婚”的悲剧有质的不同，前者以“爱心”为指归，后者则以“仇恨”作导向。尽管对贾府是否“遭火”有争议，但正是探佚使大家认识到原著的“抄家”是“忽喇喇似大厦倾”和“白茫茫大地真干净”，不同于高续的“沐皇恩、延世泽”。也就是说，尽管探佚在一些具体问题上具有“结论的或然性”，但探佚的精髓却正在于“遗形取神”。

其次，应该说已经取得的探佚成果已不仅仅是“某些片断的探索”，如果真的如此，探佚绝不可能有现在这么大的影响——反对探佚、认同高续的人也就不会那么痛心疾首了。各种“片断的探索”早已产生了“集体效应”——整体效应了。各种具体问题上的争议并没有妨碍探佚在“精神面貌”上的“改天换地”。就我个人的经验而言，十几年来，已经有上千的学生听我讲过探佚，可以说绝大多数听者都接受探佚的思路。此外还经常有未曾谋面的读者来访来信来电话，表示对探佚的认同。我想这并非我的讲解有多么高明，而是探佚本身的真理性和魅力所致。在这一点上，常常让人感叹“民间”与“红学界”的水平之差异。事实上，探佚已经在相当程度上取代了高续而对许多读者发生影响。

当然，由于高续是附骥于前八十回的小说，有其历史惯性，而探佚是研究，其文本流传量不成比例，许多读者根本接触不到探佚的著作，而一些以探佚思路再创作的作品艺术功力不济，也不可能取代高续。因此，在相当长的时间内，高续与探佚将仍然是一个割江而治的局面。但这并不能“反证”探佚不如高续，遗憾的是一些人常常执持这种简单化的逻辑。最近有一位读者来信说，探佚已经很深入了，现在的问题是普及，面向青年和群众的普及，让大家都知道探佚。这种来自“民间”的声音是意味深长的。

我的认识是：探佚的精髓和本质正在于“遗形取神”和“得鱼忘筌”。

二

关于“大对称”，陈文的驳议方法是采取形式逻辑的推导。这是陈文的力量所在，但也就是其弱点所在。

周汝昌先生得出《红楼梦》原著具有“大对称”结构，首先是从对前八十回文本及脂批的感受和研究中得到实证和灵感的，至于对中华传统审美观念的“转述”和“类比”，那是深一层的“追根溯源”。因此，陈文用“三段论式”的形式逻辑驳议“大对称”其实并不符合周先生的思路顺序，没有“得其环中”。我读陈维昭先生的几篇论文感觉，陈先生的气质偏向于“理性”和“客观”。而探佚研究是需要感性和智性共同运作的。在相当程度上，靠的是艺术的感觉或艺术的悟性和感受力，是与曹雪芹的灵感思维“心有灵犀一点通”的契合交通。俞平伯、周汝昌以及不少红学家赞同第五十四、五十五回之际为原著全书的“中点”，也许不可能举出许多“硬证”（但并非完全没有），主要是来自一种艺术的感悟。

陈先生似乎太看重形式逻辑了，太看重概念的精确性了，他因此把“对称”和“对比”严加区别，从对周汝昌文章的逻辑驳议层层推进，却忽略了对周氏研究历程的“文心”与“悟性”的深微体察。这样作的结果，也许能显得“论证严密”，却无助于心灵的真正交流和问题的切实解决。如认为“周先生考虑的更多的是如何使探佚在操作上达到理想化状态。只有‘对称’才能成为量化的基础”。似乎“对称”是为了“理想化状态”和“量化”而生造出来的，而不是从对《红楼梦》文本的阅读中感悟出来的。揆之于周汝昌研究的实际，这未免是倒果为因。

对周汝昌先生“大对称”的一些具体结论，如后二十八回具体回目的分布，我并非完全认同，也没有必要完全认同。这正像浦安迪先生对《红楼梦》的情节结构的重点的理解不尽同于周汝昌。陈先生因此得出结论说：“这种以主体价值诠释去完成逻辑命题的做法，是探佚学实现体系化、整体化的必经之路，但也是探佚学无法自我实现的明证。梁归智先生称‘探佚的本质是美学’,其奥秘就在这里。周认为《红楼梦》情节由盛而衰的转折点在第五十四回和第五十五回之际,浦认为在第四十九回、第五十回之际 。究竟谁的理解更合理呢? 这样的争论是没有结局的,因为它不能由逻辑实证去证明。”

陈先生的这一段话倒让我联想起西方 20 世纪后期逻辑实证主义和消解(解构)主义之间的分歧。显然,陈先生仍然站在传统的“逻各斯中心论”立场上,要求一个“体系”和“中心”,一种“逻辑实证”的确定无疑的“证明”,要求依据第一义、无懈可击的原理建立具有永恒性的思想体系。但从尼采到海德格尔却都要颠覆永恒的中心的形而上学的传统,德里达的后现代消解主义更强调游戏和隐喻。话扯得远了,但要深入下去,“探佚的本质是美学”这一命题确实可以深入到这种哲学层次中去,那将是饶有兴味的。探佚在某种程度上是一种游戏和隐喻,但这并不减少它的科学性,而是增加了它的魅力,更接近了艺术的创造性本质。我曾反复强调过,探佚是科学与艺术、抽象思维与形象思维、灵感思维的交汇。因此,仅立足于形式逻辑的“实证”立场来批评探佚往往是相当隔膜的。

退一步说,探佚学还在发展的过程中,一些具体问题还在讨论,还没有统一的结论,但这并不能说明“这样的争论是没有结局的”。从后现代思维来说,“结局”本身就是需要置疑、加括号的。广义来说,任何学术讨论都是“没有结局的”。今天占世界人口相当比例的基督教徒仍然不认同达尔文的进化论。宏观的宇宙大爆炸理论,微观的波粒二象性,都是“没有结局”的。

在人文学科领域中就更是如此,荷马、屈原、莎士比亚的存在与否也有人怀疑,《金瓶梅》的作者候选人有几十位,《西游记》的作者是不是吴承恩,《水浒传》的作者是不是施耐庵,全都“没有结局”。脂批本已经发现快一百年了,不是还有人对其“真伪”质疑吗? 曹雪芹的生卒年,曹雪芹的家世…… 又有哪一个问题是已经百分之百的“一致”“统一”了呢?

周汝昌曾凭悟性臆断曹家家谱中应该有一个叫曹宣的,后来被新发现的康熙时的《曹玺传》所证实。但如果《曹玺传》从来不曾出现呢? 是不是曹宣就没有在历史上存在过呢? 所以从另一方面说,争论又是“有结局”的,那就是看“历史”和“人民”(具体到红学,当然只是那些热爱《红楼梦》的“人民”、那些一代又一代的读者和“红迷”)更倾向于接受哪一种说法。对于探佚学这样一种更需要灵魂介入和悟性参与的学问,当然更要求“知音的耳朵”。

至于王国华先生的《太极红楼梦》,我坦白的看法是王先生对《红楼梦》原著的“大对称”结构有一种会心和直感,但其学力不足以使其思考和论述臻于深入完善,因而有许多可落话柄的缺失和偏漏。我们既不必因为其学力的不足就完全否定他的某些合理见解,也不必把其缺失和偏漏与探佚学拉扯到一起,更不必把王国华与周汝昌画等号。

由此引申出一个值得思考的“逻辑”与“悟性”、“科学理性”与“艺术感觉”在红学研究中的张力问题。在《红楼梦研究的意义》中我已经提出,红学界的一个大问题是大多数研究者缺少艺术感悟力和深邃的思考力,因而不能进入《红楼梦》的思想和艺术堂奥,不能与曹雪芹的心灵作深进的对谈,也就是不“解其中味”。因此尽管考证的成绩硕果累累,“意义”研究却滞后不前。这一点在探佚研究中更为突出。这是由探佚研究本身的性质决定的,探佚研究要求深入曹雪芹的创造思维,考证与推测只是手段。也就是说,重要的是“遗形取神”和“得鱼忘筌”,是“张力”的微妙合度,而其契合性,是在“方寸”之间的。

陈先生在文章的结尾否认《红楼梦》结构的“有机”和“完美”,认为《红楼梦》“常山之蛇” 的前后伏笔照应不可靠,这就涉及探佚的存在合法性问题了。提醒探佚时应把握适度是一回事,对处处皆在的“草蛇灰线”是否承认则是另一回事。而所谓《红楼梦》的“未完善之处”是否危及探佚本身的合理性更是需要作全面论证才能作为前提的。陈先生以“旧稿新裁说”和“二书合成说”作为立论的当然依据,这是不够慎重的。

在我看来,所谓“旧稿新裁说”和“二书合成说”所“揭示”的“不完善”在相当大的程度上也是一种误读的产物,其实并没有揭示多少真理。所谓前八十回的“未完善之处”其大多数是因为研究者没有理解曹雪芹的天才匠意文心和陌生化效果而产生的错觉。这样说又涉及艺术感悟的问题了。探佚学与高续,尊曹与尊高,两种学派将会长期存在下去,各有各的信从者。这其实并不是一件坏事,我们正迎来一个更加多元化的时代,更尊重个人选择的时代，探佚并不强迫尊高派改变信仰，它只是要求尊高派有同样宽容的胸襟，也不要强迫尊曹派改变立场。探佚学不追求“舆论一律”和“定于一尊”，只追求在宽松的学术争鸣环境中自由地竞争读者，竞争未来，看看谁更有前途更有蓬勃的生命力。如此而已。

1998年1月16日

（《山西大学学报》1998年第2期）

泾渭分明与负阴抱阳
——也谈“红学探佚学”的逻辑与感悟问题

陈维昭先生的鸿文《关于“红学探佚学”的逻辑与感悟问题》(《红楼梦学刊》1999 年第 3 辑)明确向我叫阵,如果不作出回应似乎是不礼貌的。不过我还不能读到陈先生的大著《红学与 20 世纪学术思想》,对他已经发表的论文也只看过很少的两三篇,仅就这篇提出商榷的文章对话,不知道是否又会发生误读和误解?

以下谈一点粗浅的看法。

就理论层面而言,陈先生是以维特根斯坦的“早期”理论作为依据的。但我们都知道,“晚期”的维特根斯坦已经不再认同他自己早期的理论。维特根斯坦是西方分析哲学的一个重要代表,而分析哲学是在英国、美国和北欧占主导地位的哲学。晚期维特根斯坦对早期维特根斯坦的否定正说明分析哲学的思维方式本身并非十全十美,而有严重缺陷。在某种程度上说,也就是西方的思维方式本身是有缺陷的。

早期维特根斯坦坦率地说,哲学本身就是逻辑分析,这比罗素所说哲学的方法是逻辑分析的立场更为绝对。早期维特根斯坦宣称:“为思想划定一条界线,或者不如说不是为思想,而是为思想的表述划定一条界线;要划定思想的界线,我们必须能够思想界线的这一边和那一边。”但是他认为,这是不可能的,因为这就意味着“我们必须能够思考所不能思考的东西”。因此,这条界线只能在“思想的表达”,也就是在“语言”中来划定,而划定了这条界线以后,即可以发现界线这一边的是有意义的(真的或假的)命题,而在界线那一边的就是既不是真的也不是假的,而只是“无谓的”(UNSINNING)伪命题(SCHEINSATZA),也就是“胡说”。

这样，维特根斯坦就把哲学局限在语言的范围之内，哲学只能以命题为对象，对之进行分析，指出哪些是有意义的，哪些是“无谓”的。接下来，维特根斯坦认为有意义的命题只有一种，就是那些“描绘”每个人感觉经验中最简单的、相互独立的原子事实的“基本命题”，这就是所谓“逻辑原子主义”的立场。因而，维特根斯坦宣称整个世界是原子事实的总和，而不是事物的总和。描绘原子事实的基本命题的总和就是自然科学的总和，换句话说，自然科学只是经验的组织。自然科学的原理原则，只是一些关于感觉经验的命题或基本命题的总和。他否定规律，根本不承认有所谓因果关系和必然性，他说：“相信因果联系就是迷信。”再经过“把复合命题作为基本命题的真值函项”的一系列推导，就把既不是描绘事实的自然科学的命题，也不是表达重言式的逻辑或数学的命题归为“形而上学命题”，而这些形而上学命题都是“无谓”的言语或“胡说”。

因而，以逻辑分析为方法的哲学，主要任务就是“取消形而上学”。他说：“真正说来，正确的哲学方法应该是这样：除了可说的之外，就什么也不说；可说的就是自然科学的命题，也就是某种和哲学不相关的东西……”当然维特根斯坦并不否认“形而上学”的“神秘东西”存在，相反，他认为它们是确实存在的，并且是人们可以有意义地去谈论一些其他事物的基础和先决条件。他只是要求人们不要去谈论这些形而上学问题，因为语言的性质决定了人们没有正当的理由去谈论它们。

再进一步，维特根斯坦和其他一些逻辑实证主义者就提出了“意义标准”和“证实原则”，确立了这样的原则：只有那些能够用逻辑分析和经验证实的方法确定其真假的命题才是有意义的命题，否则就是无意义的命题。对无意义的命题必须予以拒斥，这就是所谓“拒斥形而上学”。可是，这种看起来似乎凿凿有据的“意义标准”和“证实原则”真正实行起来却困难重重。于是他们又区分了“强的可证实性要求”“弱的可证实性要求”和“可证伪性要求”，并企图建立一套理想的人工语言来实行对“形而上学”的拒斥。

这种把哲学归结为语言问题的立场当然有某种“片面的深刻”，但其缺陷也是明显的，理想的“人工语言”事实上证明不可能产生，贯彻“意义标准”

和“证实原则”遇到不可克服的困难，所以维也纳学派的后期活动阶段逐步弱化他们在“证实”方面的要求，最后终于宣布放弃“逻辑实证主义”这一名称，而改用“逻辑经验主义”这一名称，而维特根斯坦也转向去研究“日常语言”。后期维特根斯坦思想，从某种意义上就是对他前期的逻辑原子主义和维也纳学派的逻辑实证主义的批判。而这种批判正是从语言理论开始的[①]。

陈维昭先生在他的文章中却把本身有严重缺陷的早期维特根斯坦的理论当作万无一失的可以“依据”的“理论前提”，进而把《红楼梦》研究划分为两大领域：一是事实还原的领域，一是意义诠释的领域。其实不一定要披这种洋理论的外衣，所谓事实还原的领域，就是文献考据的事情，意义诠释的领域，就是义理词章的事情。考据的事情比较偏重证据推理，也就是所谓“数量性和事实性”。义理词章的事情更依赖于解读者的领悟赏会，也就是所谓“只有在诠释者那里才能展开”。在常识的层面，这是人人可以明白的。当然把文献考据说成事实还原，把义理辞章说成意义诠释能显得新鲜和洋味足一些，似乎也就具有了某种“现代性”的理论色彩。

陈先生更核心的观点是：“‘红学’的两个世界是如此泾渭分明。在这两个世界之间，任何方法、宗旨、价值取向上的错置、替换、互借，都只能陷入谬误的深渊。”然后他所展开的论证无非是说，俞平伯、周汝昌等老红学家，以及笔者和王瑞兵的文章都是混淆了红学的“两个领域”的界限。“中国传统史学中的‘实录’概念、周汝昌先生所理解、所界定的‘自传’概念（见其《红楼梦与中华文化》一书）、梁王之文所提出的‘还原《红楼梦》的精神结构’的观点，都可以视为在意义诠释领域中运用实证逻辑的旨趣、方法、范畴的典型个案。”

问题的症结在于，陈先生太着意于考证与义理、事实还原与意义诠释的“两个世界”之“泾渭分明”，却无视了这“两个世界”也是“负阴抱阳”的。用老话说就是多了点形而上学（此“形而上学”意为片面性、绝对性、孤立性等，与本文其他地方提到的“形而上学”含义不同），少了点辩证法。这正是西方分析哲学思维方式的根本缺陷所在。老子云：“万物负阴而抱阳。”中华文化则是最懂得辩证法的文化。

事实上，红学中更有不少问题是由于不能将“事实还原”的考证与“意义诠释”的义理阐释和辞章感悟有机结合，也就是不能很好地把握二者之间“负阴抱阳”的关系而产生的。如胡适从发现考证《石头记》版本起家，却得出结论说程高本优于脂批本，以及近年来有人说脂批本是“伪造”所表现出的在文学感悟和文字水平鉴别方面的低能失误等，都是明显的例子。

陈先生质疑说，《红楼梦》的精神结构之浮现只能借助于语言媒介、依靠阅读行为，因而不能超越“解释学循环”，不可能搁置诠释者前在的哲学、政治、社会理论、文艺观点的制约，因此，《红楼梦》的“精神结构”不可能被还原，这是属于“意义诠释领域”，只能够永远是见仁见智的，因为这事实上是“不可言说”的，要“言说”，就已经不再是“本旨”“原意”了，因为每个诠释者都有自己的文化生成处境，“每一个诠释者都以各自独特的个人历史与《红楼梦》文本产生‘视界融合’”。

从形式逻辑上看，陈先生的这种说法似乎很有道理，但事实上这是提出了一个“人能不能两次踏入同一条河流”的悖论。任何一个人都不再具备曹雪芹的经历处境，极而言之，不可能和曹雪芹有相同的遗传基因结构，即使我们“克隆”出一个曹雪芹来，也不可能克隆出曹雪芹的经历遭遇来。那么，除了曹雪芹自己，就不会再有第二个人能真正领略《红楼梦》的“原意”和“本旨”了。甚至曹雪芹自己也不行，因为他的年龄、思想、心理……也在与时推移而发生变化。“谁解其中味”本来就是一个不应该有的妄想和奢望。这样推论下去，《红楼梦》（乃至任何一部作品）不存在固定的“意义”，它的“本旨”是完全不可知的，我们只能认同自己的“误读”，即所谓“个人历史与《红楼梦》文本的‘视界融合’的混合物”。

这正是陈先生所一再申言的“意义诠释领域则是一个意义生成的领域……它们的‘唯一的正确答案’是谁也无法还原的”。陈先生一再发出“谁正确呢？”的感慨，表达一种在“意义诠释领域”的“绝对的相对主义”立场。这其实正是现代西方所谓“接受美学”中偏执一派将“接受”绝对化的片面性流弊。按此推论，我与陈先生的讨论毫无意义，因为我们各有自己的“个人历史”，谁也无法准确把握对方的“原意”“本旨”，还有什么“商榷”的必要呢？

不知道陈先生如何看待中国先哲早在一两千年前就悟出的“知人论世”“以意逆志”的阅读智慧？人是有主体性和能动性的，人可以通过自己的努力超越局限性，也就是能够在一定程度上搁置前在的意向和语境的制约，而达到与原著作者的心灵共鸣，进而还原原著的精神结构。人的审美阅读（或曰意义诠释）本来就存在两种不同的取向。

一种是努力使自己达到与原著作者相契合，努力理解原著的“本旨”“原意”，正如陈寅恪先生在《冯友兰中国哲学史上册审查报告》中所说：“吾人今日可依据之材料，仅为当时所遗存最小之一部，欲藉此残余断片，以窥测其全部结构，必须具备艺术家欣赏古代绘画雕刻之眼光及精神，然后古人立说之用意与对象，始可以真了解。所谓真了解者，必神游冥想，与立说之古人，处于同一境界，而对于其持论所以不得不如是之苦心孤诣，表一种之同情，始能批评其学说之是非得失，而无隔阂肤廓之论。”

另一种则是不太注意“古人”、原著的背景情况，只随着自己的性情趣味和生成环境肆意挥洒，天马行空。两者当然各有其价值意义，而最理想的状态则是恰巧读者与原著者在性分气质、人生阅历上都有比较接近的向度维度，“视界融合”在这种条件下达到最完美的境界，这就是千古以来所慨叹的高山流水的知遇之感了。所以，认为在意义诠释领域就完全没有“本旨”“原意”可谈，正是西方分析哲学的偏颇片面之弊。

另一方面，在“事实还原领域”，陈先生似乎又持一种“绝对的证据主义”立场。尽管陈先生也声明“逻辑与悟性、科学理性与艺术感觉的关系问题从来就是考证学的基本问题”，“考证工作是一项检验考证者的综合素质的工作……考证结论的‘或然性’的高低，与考证者的学力深浅关系密切”（从理论的彻底性上说，陈先生这样说其实已经否定了“事实还原”和“意义诠释”之“泾渭分明”），但具体到对探佚学的认知评判上，陈先生显然有一种要把探佚学限制在纯粹考证以“事实还原”的意图。

《“红学探佚学”与结构论》[②]一文中说：“探佚可能如何呢？对《红楼梦》的探佚研究最终可以达到何种境界呢？周先生认为可以‘显示原著整体精神面貌的基本轮廓和脉络’。这话说得比较模糊，如果说是显示原著中情节和人物命运的基本轮廓和脉络，那就比较明确。”在本文中评析笔者的《石头记探佚》之“思理编”时又说：“面对由探佚者所还原了的文本，诠释者将如何重新诠释《红楼梦》的意义。这个意义诠释阶段已不是为探佚者所独专，而是整个诠释界的共同事业……”

但是，只有认同和接受探佚学，才可能从探佚的向度作出新的意义诠释，反对探佚的“诠释界”永远不会作出有探佚向度的诠释，这不是明摆着的现实吗？因此所谓“诠释界的共同事业”只是一种形式逻辑的幻想，是永远不可能实现的。因为“诠释界”正如陈先生所说，永远要各自“见仁见智”而不可能有“共同的”“视界融合”。同时，也如陈先生所说：“事实上，在事实还原阶段，探佚研究已是客观材料与主体诠释的结合”（不管是由于“鼓励探佚者发挥各自的‘文心’与‘悟性’或‘艺术创造性’”，还是因为“现有的直接材料的限制”），因此，要把探佚学完全限制在“数量性与事实性”的纯粹考证的“事实还原领域”是绝对不可能的，也是没有意义的。另一方面，陈先生又反过来批评周汝昌先生“在其探佚研究中，存在着大量的量化操作和量化结论”，“与索隐红学殊途同归”，并精细地区分“对称”和“对比”的不同，以及批评“探佚学善破不善立”等，这都是由于陈先生过于执持“事实还原”与“意义诠释”必须“泾渭分明”而忽略其“负阴抱阳”的立场所致。

在探佚学，还原与阐释之间没有一条泾渭分明的“楚河汉界”，而是负阴抱阳的，这就是探佚学的个性和特点，它不服从任何“逻辑”的规范，理论是灰色的，生活之树长青，这正像要把“正邪两赋”的贾宝玉硬拉到或“大仁”或“大恶”的框子里一样是不可能的。探佚学是最不听话的抓不住的精灵，正如德国哲学家乌利·舍勒尔所说，本能要造逻各斯的反，对它不必有“面对自由的恐惧”。这就是笔者所界定的，探佚学是由理性、悟性和智性共同运作的，是科学理性和艺术感悟互相结合的产物，缺少了任何一个方面都不行。

当然这和“现有直接材料的限制”有关，但更由于探佚学所涉及的并不是纯粹考证的领域，而也是思辨和感悟的领域，不仅是事实还原的领域，也是意义诠释的领域。追求考据、义理、辞章三者的联手并进和“视界融合”，而不死守教义教条，正是探佚学的创造性与独立性所在。陈先生用形式逻辑的三段论来驳议周汝昌先生的“大对称”,并不是说“大对称”不可以讨论,而是陈先生的驳议方法局限于形式逻辑，而忽视了艺术思维的泛逻辑和相似逻辑特征,探佚学涉及的是曹雪芹的整体艺术构思,当然不能仅仅用形式逻辑来定是非。

我并不赞成红学索隐派的观点，但认为仅用形式逻辑是无法驳倒索隐派的。中国古典文化传统中确实有用文艺作品来影射历史隐事的,所谓春秋微言大义的思想和方法也确实渗透进了古典小说的创作，有的作品中确实有“隐”可“索”,这是要具体个案具体对待的。周汝昌先生“从中国传统文章学的角度去体悟《红楼梦》的艺术性”,那不是因为“中国传统文章学对周先生的红学研究产生了深刻影响”,而是因为曹雪芹的《红楼梦》本身融汇了“文章学”的作意和方法(同时更有传统诗词的作意和方法),传统文章学、诗词学和《红楼梦》是负阴抱阳的,而不是泾渭分明地井水不犯河水的,此所以说《红楼梦》是传统文化的“百科全书”和“一条主脉”也。传统文章学存在于《红楼梦》中,这是一种“事实还原”的客观存在,而非“意义诠释”的主观臆断。陈先生说“周先生……更能切入《红楼梦》艺术的民族脉搏”,是不是也有点这个意思呢?

由于陈先生执持“事实还原”与“意义诠释”必须“泾渭分明”的立场,所以他一方面要求不仅在“写什么”而且在“怎么写”方面“探佚工作能够还原《红楼梦》的文本原貌”,另一方面又说各种探佚向度的阐释“也只能止步于此”“对于我们理解‘原著整体精神面貌’更是遥不可及的梦想”,这实际上已经是陈先生个人的“见仁见智”的“视界”了。极而言之,陈先生所谓“还原”其实是要求用逻辑实证来完成一部实在而完整的“续书”,但探佚学把“续书”的创造性工作交给每一个认同探佚的读者，实在是探佚学的最佳命运和最具神韵之处。探佚学因此获得了不竭的生命力与永恒的青春。

当然不能因此降低对具体探佚时的“科学性”要求,也就是要注意探佚的限度。但最耐人寻味的是,探佚学激发了每一个认同探佚读者的阅读能动性,最大限度地调动起他们的文化积累、艺术想象和思辨思考,使《红楼梦》成为一个阅读的“空筐结构”和“召唤结构”,从而拓展了阅读的空间,这正是一种极富有能动性创造性的阅读，也从一个方面增加了《红楼梦》的意义和魅力。又何必一定要把活泼生动的探佚学框套进“逻辑”的僵硬壳子里而追求所谓“功盖千秋”的那种“还原”呢？

其实，即使撇开探佚学这个比较特殊的例子，单说曹学、版本和脂批研究等“事实还原领域”的探讨，陈先生所认定的“它们的‘正确答案’只有一个、它们可以也应该通过逻辑实证去证明，在确凿的证据和事实面前，任何人都不能以‘见仁见智’或以‘艺术感悟力’为借口而拒绝证据、事实与逻辑”也还是太理想化了，太是一种形式逻辑的推导了。实际的情况要纠缠复杂得多，历史遗留下来的烟云模糊的现实使“证据、事实与逻辑”不可能那么“确凿”有力，而必然在每个具体的研究者那里带上“意义诠释”的主观色彩，短期内甚至很长的时期内也许永远不可能达成“视界融合”的统一定论、“只有一个”的“正确答案”，很多问题至多也只能达到“大多数人这么认为”的地步。

这不是红学的特殊问题，而是整个人文科学（在某种程度上也包括自然科学、社会科学）领域的普遍问题，我已经举过荷马、屈原、莎士比亚、《西游记》《金瓶梅》乃至测不准原理和宇宙大爆炸理论等许多例子。难道对这些问题也只有“不可说”“不能说”和“保持沉默”吗？总之，“事实还原”与“意义诠释”不可能真正泾渭分明，而永远是负阴抱阳的，当然人应该努力让它们之间的“关系”和“张力”更恰当一些，更合理一些，但这已经是每个研究者的具体操作问题了，而一涉及具体研究者，就又逃不掉“个人历史”所带来的主观性、不确定性的悖论了。

陈先生说：“高续一百二十回本的《红楼梦》通过被阅读，已成为中国文化、中国历史、中国传统的一部分……它在中国文化、历史、传统上的影响是谁也抹不掉的。我们不可能离开中国文化、历史、传统而遗世独立，我们自身也是文化、历史、传统的一部分。”一百二十回《红楼梦》“通过被阅读”在历史上起过作用，这种作用有两个方面，积极的方面是融入了“反对包办婚姻，争取恋爱自由”这一“反封建”的长期历史过程中去，消极的方面是遮蔽了曹雪芹原著《石头记》震古烁今的思想和艺术。我已经多次说到过这一点。文化、历史和传统都是动态的，不是一成不变的，这也是一个所谓“意义诠释”的“不确定性”问题。关键是当代人在面对“传统”时采取何种向度，这不是“遗世独立”，而正是“真的猛士，敢于直面惨淡的人生，敢于正视淋漓的鲜血”。高续《红楼梦》有它的文化生成远因和社会基础，所以不必担心它的“影响”被“抹掉”，我已经说过，尊曹派与尊高派两派红学的并存争锋将长期存在下去，而且这种并存和争锋并非一件坏事情。

陈先生所持的悖论立场使他的文章具有一种有点飘忽闪烁、有点让人捉摸不定的风格(我读他的其他几篇文章时已经有这种感觉)。一方面，陈先生似乎肯定探佚，说探佚“使我们对曹雪芹《红楼梦》八十回后的意义的理解的视界得到了空前的拓展”(《“红学探佚学”与结构论》)，另一方面，陈先生又最终认同高续而否定探佚，既然通过探佚来“理解‘原著整体精神面貌’更是遥不可及的梦想”，而高续“已成为中国文化、中国历史、中国传统的一部分”，因而我们只能“依据现行版本(高续本《红楼梦》)去感悟”。这种飘忽闪烁、捉摸不定的风格显然不是辩证法的一分为二，而来源于将“意义诠释”和“事实还原”截然二分的立场，所谓“至于显示(或呈现)‘原著整体精神面貌’，那是一项意义诠释的工作，《红楼梦》的整体精神面貌并不是一种‘佚’，它只需要我们用文心、灵性、悟性等去感悟、理解、诠释”。

这倒引发了我一种强烈的阅读渴望，我很想看看陈先生对前八十回与后四十回、对曹著与高续“两种《红楼梦》”的思想倾向、艺术特点、情节结构、人物性格等的具体而微的“感悟、理解和诠释”，想看看陈先生在这种微观的分析和解读中，其“文心、灵性、悟性”是什么状态，与完全否定探佚认同高续的尊高派有什么区别，与认同探佚、严格区分曹、高“两种《红楼梦》”的尊曹派又有什么不同。这实在是一个非常有意思的问题。

陈先生希望探佚时注意“限度”问题，希望纠正红学界“长期以来存在着对‘或然性’结论不作明确标示的做法”等一些不太好的倾向，这些意图和意见都是好的(笔者就写过一篇《探佚的空间与限度》的文章)，他的文章也有一些给人启发的地方。我表达了对陈先生观点的不同意见，当然不是对陈先生文章的全盘否定。不过我觉得，对俞平伯先生和周汝昌先生这样的红学前辈和泰斗，最好能持这样一种立场，即先能做其学生，“对于其持论所以不得不如是之苦心孤诣，表一种之同情”，然后才有资格做其批判者，“始能批评其学说之是非得失”。当然从所谓“意义诠释”的绝对的相对主义立场这就是不必要的也是不可能的了。但其实当陈先生在批评俞平伯、周汝昌和笔者的时候已经在“以意逆志”了，也就是实际上已经先验地判定自己是可以毫无差错地把握批评对象的“原意”和“本旨”了，是可以在“意义诠释”的领域“事实还原”了，这不正是一种悖论吗？

周汝昌先生最近谈到“红学应定位于‘新国学’”时有一段话很值得思考：“西方文化的特点是‘分析’，意念与实践皆然，结果是貌似精细‘科学’，其实支离破碎，现代西方文化已然给自己与人类制造了大量的危机祸患，尚不知自警。中国反是，非不‘分析’，而目的是‘归元’‘恋母’，即一切‘分析’为了大整体，大统一，大和谐(即‘太一’‘太乙’之本义)。文、史、哲大联合，方懂中华文学、文化为何事。……”[③]我又想起十几年前美国的唐德刚教授向哈尔滨国际《红楼梦》研讨会提交的论文《海外读〈红楼〉》中的一段话。唐先生说，“崇洋”“西化”并非坏事，但都是“过渡期间”的事，如一味“咬洋尾巴”而不放，非“洋”不可，则佛家所谓“着相”，革命家所谓“教条”，不足取矣。唐先生还幽默地打比方说：“《红楼梦》为我国最伟大之文学巨著，以西洋‘标竿’作测量之准绳，终不足取。设以洋人之皮尺，量我黛玉之‘三围’，而谬说林姑娘‘一围’及第，‘两围’落榜，我终为潇湘妃子不平也。”

话就到此为止吧，学术争鸣之事，还从来没有见过谁被谁“说服”了而分出“胜负”的先例。把彼此的意见说出来，使大家从争鸣中得到一些启发，这已经足够了。我想也没有必要“再战几个回合”——虽然那倒可能有望成为“红学史上的第 X 次大争论”。谁是谁非，谁胜谁负，这不是一件“事实还原领域”的事，而是一件“意义诠释领域”的事，还是委诸“天下”与“后世”去“见仁见智”吧。陈先生以为如何？

1999 年 10 月 16 日

（《红楼梦学刊》2000 年第 1 辑）

【注解】

① 所引维特根斯坦的话见其所著《逻辑哲学论》

② 刊于《山西大学学报》1998 年第 2 期

③ 见《北京大学学报》1999 年第 2 期龙协涛《红学应定位于“新国学”——访著名红学家周汝昌先生》

论红学探佚学的本质是美学

早在20世纪80年代,红学探佚学初创之时,笔者就提出一个命题:探佚的本质是美学。探佚学已经得到了广泛的认同,对探佚的本质是美学则有必要作进一步阐释。

下面从两个层面来切入。第一,探佚学为何是美学或如何成为美学?第二,探佚学作为美学可能如何?

众所周知,探佚是探讨曹雪芹原著《红楼梦》(《石头记》)八十回以后佚失的原稿之故事情节的基本轮廓、人物命运的大体走向,并在此基础上探索原著的思想内涵和审美品位。它的具体操作方式是根据前八十回的"草蛇灰线"的"伏脉"以及脂批所逗漏的佚稿信息作考证、推测、分析和评判。再进一步,则涉及曹雪芹原著和有后四十回续书的"两种《红楼梦》"之比较研究。

尽管探佚之表象性特征似乎属于"考证"和"索隐"范围,但这种考证并非一种"纯科学"的"找证据",这种索隐也不是兴之所至的想入非非。探佚的本质要求研究者深入曹雪芹当年创作《红楼梦》的灵感思维和形象思维,与曹雪芹作心灵的对话,也就是活生生地参与曹雪芹的审美动力过程。通俗地说,就是要与曹雪芹"共同创作"以完成这部"未完成交响乐",补接上"断臂维纳斯"那条残失断臂的美丽。

探佚学因此成为美学。不过,这又是与逻辑推理和找证据的考证紧密相结合的美学。举一个具体的探佚实例来"解剖麻雀"。对曹雪芹原著"眼泪还债"和续书所写"钗黛争婚"两种不同模式的"林黛玉之死",研究者们根据对"册子"判词、"红楼梦"曲子以及前八十回人物性格和情节发展的走向趋势,作了详尽的考证,在此基础上再作逻辑推导,因而得出结论说曹雪芹笔下的黛死钗嫁其情节发展与高鹗续书所写完全不同。如果"探佚"到此为止,那就停留在“术”的层次，只有进一步分析这两种情节境界和写作模式所蕴含的美学理想之差别和艺术境界之高下，才进入到“道”的层次。而无论“术”还是“道”，实际上都涉及对曹雪芹的艺术创作思维作体会、想象和研究。原著所写“眼泪还债”是“报恩”性质，其价值导向是“爱”，而续书所写“钗黛争婚”则是“林黛玉焚稿断痴情”、“恨骂”宝玉“负心”，其价值导向是“恨”。这就涉及“两种《红楼梦》”的美学根基和价值根基。在对“林黛玉之死”的整个探佚研究过程中，无论考证、分析，或原著与续书的比较，都与研究者对曹雪芹艺术创作思维和审美心灵之体认分不开。探佚的终极目的是探索曹雪芹审美思维的奥秘，再现其艺术构思的大体轮廓。探佚因此是不折不扣的美学。

由于每一个探佚工作者的艺术气质、审美心灵、文化修养和人生阅历不尽相同，他们在接近曹雪芹的时候，在阅读《红楼梦》的时候，就会产生种种不同的感受和认知，也就是对《红楼梦》产生不同的审美接受，这就出现了探佚研究结果的见仁见智和水平参差问题。这实际上也就是探佚学作为美学，可能如何的问题。

目前探佚的成果实现有五种表现形式。一是如拙著《石头记探佚》和王湘浩《红楼梦新探》那样的学术论著，二是如张之《红楼梦新补》、周玉清《红楼梦新续》、都钟秀《红楼遗事》、石建国《红楼佚貂本事》那样以小说形式出现衔接八十回的补续之作，三是如电视剧《红楼梦》对八十回后的改编，四是如刘心武的《秦可卿之死》《贾元春之死》《妙玉之死》那样的“学术小说”，五是如周汝昌《红楼梦的新故事》那种介于学术研究和文艺创作之间的作品。

当然，这些探佚成果都密切关系到美学这一探佚学的“本质”。尤其是以小说和影视形式出现的“续貂”之作，其表现就更为直接。毋庸讳言，上述探佚成果其“美学表现”是良莠不齐的，可以说是处在各种不同的水平台阶上。这里不作具体的分析评判，只是想指出，探佚学作为一种美学，它要求有志染指于此的人之自身条件其实是相当高的。要有活泼的艺术心灵，要有深刻的逻辑思辨，要善于“作文”把自己的思考表现出来……而最根本的，是要有一种“诗人哲学家”的气质，有一种悲剧感和崇高感。这当然是可遇不可求的。为什么？道理很简单，因为曹雪芹和《红楼梦》本身具备这些素质，你要

"进入"并与之"契合",还要"再现"其"原貌",你如果不具备这些素质,又怎么可能实现这个目标呢?

探佚学作为美学,因此有了相当邃远的景深。这种景深由于当下的《红楼梦》的接受者们自身素质的差异而表现出不同时代和不同个体的变化,而蕴含了无限的动态。同时,这里除了个人气质的向度之外,还有民族的历史、文化、心理的向度,对复杂的民族文化心灵的纠缠变迁怎样体现在《红楼梦》文本写作和《红楼梦》的历史接受中也要有深入的了解。如真、善、美、悲剧、意境等等文化和美学范畴在探佚学中的体现等等。这些笔者都在《石头记探佚》中作过具体的探讨。探佚学具有诗一般的"空筐结构",具有科学发明的逻辑因明,还具有历史文化学的深度意蕴,更不必说还涉及《石头记》版本学、脂批研究等专门性学科,但围绕这一切的枢纽和核心是原著和研究者审美气质的交流与趋同。红学探佚学因此具有了永恒的魅力。

作为美学的红学探佚学,其可能如何的前景是十分迷人的。

1999 年 6 月 5 日

探佚的空间与限度

我曾经说过,《红楼梦》研究中的“探佚学”是研究与创作的交叉点,需要抽象思维、形象思维和灵感思维共同运作。探佚学的发展生动地证实了这一点。迄今为止的探佚学已经由参予其中的作者们用他们的劳动成果给探佚学划分出范围:

1. 以逻辑思维的考证推理为主要表现形式的研究论文和著作。如拙著《石头记探佚》和王湘浩著《红楼梦新探》。

2.以“续补小说”“学术小说”为载体的文学创作。如张之的《红楼梦新补》、周玉清的《红楼梦新续》和刘心武的新作《秦可卿之死》。

3.以影视为表现形式的如电视剧《红楼梦》(1987 版)对小说八十回以后的改编。

显然,无论是以“小说”还是以“影视”为手段“再现曹雪芹原著全貌”,事实上都是立足于探佚研究的基础上面表达创作者自己认同接受或自以为是的一种“《红楼梦》原著整体观”。

而探佚研究本身，是带有强烈的推理和想象的成分，用王蒙的话来调侃,就是“科学的预见？侦探的推理？命相学的占卜？”这并不足以构成对探佚学诟病的理由。说到底,又有哪一种人文学科的研究不是在想象和猜测的基础上面安身立命的？以几种已成显学的人文研究为例,神话学不就是根据《山海经》和《楚辞》里神话的断简残篇发挥“天才的想象”而蔚为大观吗？闻一多那篇有名的论文《高唐神女传说之分析》其实还不就是用逻辑推理贯穿起来的一堆大胆想象？郭沫若对甲骨文和青铜器的研究、成为世界性大学问的敦煌卷子的研究,乃至荷马研究、莎士比亚研究、屈原研究、《金瓶梅》研究……又有哪一个不是充满了各种想象性极强的论说？《金瓶梅》作者的候选人已经有二三十位，荷马、莎士比亚、屈原的存在与否至今仍然有人提出疑问。即使实验性和操作性较强的自然科学和社会科学研究，不也是有各种各样的“假说”吗？笔者曾在一个自然科学研究机构工作数年，参加一个重要的国家研究项目，深深体会到想象力在科学研究中的重大作用。胡适当年提出“大胆的假设，小心的求证”，实在是深有体会的经验之谈。

当然任何事情都有一个“度”的问题。“假设”必须以“求证”为后盾，想象要以考据论证为依托。你提出的想象和假设能够说服人，就可能成为一种突破性的研究成果，至少也可以作为有影响的“一家之言”。否则就只会成为一种“泡沫学术”，引起一阵虚热闹以后很快烟消云散。这当然也就涉及过去常说的学术研究的“严肃性”和“科学性”的问题。不过这个“度”实在是并不容易把握的。学术研究的“天平”畸轻畸重在所难免。

因此，我想到了两方面的观照。一个方面，是作为研究者在提出某种“新说”时，应该加强自己的论据论证，以使自己的论点的“说服力”达到最大的张力系数。这里面除了扎扎实实的“证据”之外，也有一个论述之行文技巧的“能力”大小问题。而当自己的论点还不是十分有把握时，其用语措辞更要给自己留下充分的余地。这样才能使自己避免落入绝对和被动的“死角”而无法转身。另一个方面，是作为读者、接受者，要提倡豁达宽容的接受心态和多元对话精神。在学术上，“舆论一律”的时代是早该结束了，事实上也已经“大势已去”。学术上的“奇谈怪论”是死不了人的。但同时，我们也要努力追求学术上的科学规范，促成良好的风气。

说来说去，该说到题目本身了。刘心武同志在研究论文《秦可卿出身未必寒微》（发表于《红楼梦学刊》1992 年第 2 辑）的基础上，又发表了“学术小说”《秦可卿之死》。探佚学“抽象”和“形象”一身而二任的特性在他的研究和创作活动中得到了有趣的体现。刘心武可以说是一个非常善于想象而又很会“说服”阅读对象的人。这当然和他是一位已经取得许多创作成绩的名作家有极大关系。对一个以“虚构故事”为职业的人来说，脂批本《石头记》中对秦可卿之死扑朔迷离的描写，再加上脂砚斋和畸笏叟几条意味深长的批语，以及八十回以后小说原稿不明不白的“迷失”和小说作者家世与清王朝康熙、雍正、乾隆三世政治风云的复杂纠缠，已经有足够丰富的想象空间可以开拓了。

刘心武是专业作家，他的“学术小说”比张、周的两部“补作”和“续书”无论在立意和技巧上都高明得多。当然如果我们从更高的立足点审视，就会觉得《秦可卿之死》还是有较强的西方现代小说的味道，秦可卿和贾珍的心理与做派都有点“外国味”。究竟清朝的贵族、《红楼梦》里的威烈将军和蓉大奶奶如何“爬灰”，国公府里的那幕戏到底怎么上演的，还需要更细微地参详。研究转化为纯粹的创作，已经应该主要以创作的标尺而非研究的标尺来量度了。但创作又不能完全脱离研究。这正是探佚学的微妙之处。

最近，刘心武又发表了一篇题为《甄士隐本姓秦?》(1994 年 6 月 7 日《太原日报》)的探佚论文，对他的“秦学”作了更进一步的延伸。责编安裴智同志希望我写一篇和刘心武“对话”的文章，并一再强调不一定要“抬轿子”，“唱对台戏”也可以。但实打实说，在下虽曾被两位香港的红学专家戏称为“探佚学的掌门人”，偏偏对“秦可卿之谜”这一探佚课题未有新的发明，因而也就感到无多话可说。我只是觉得，刘心武同志顺着他的思路，把他的“秦可卿胡同”展延得更加深而且幽，在他，自然是“越钻越深越分析越有理越研究越有根有据其乐无穷自有天地”(王蒙语)，作为“一家之言”，自也无可厚非。但坦率而言，这一篇比起《秦可卿出身未必寒微》那一篇来，实在要虚弱得多，这一篇“穿凿”的成分太多了。下面提出几点商榷意见。

1.《甄》文首先由甲戌本《石头记》第七回开篇题诗“十二花容色最新，不知谁是惜花人？相逢若问名何氏，家住江南姓本秦。”而推论秦可卿“是与宫花‘相逢’！这就透露出了她那真实的血统——皇族”。这种联想似乎太突兀了一点。客观地看这首诗及第七回送宫花故事，“十二花容” 不是 “十二宫花”，而是由花喻人，指包括秦可卿在内的金陵十二钗。“花容”把这种转喻提示明白，所谓“花容月貌”，是中国古典小说里的习惯用语。那么，“惜花人”显然应该指爱惜十二钗的人，而不是指十二钗之中珍爱宫花的某一钗。这位“惜花人”是谁？根据全书的描写来看，显然只能是绛洞花王(不是绛洞花主)贾宝玉。贾宝玉是第二回贾雨村高论中所谓“正邪二气所赋之人”中的“情痴情种”——最善于“体贴”(脂批说即“意淫”)女孩子的男子。“情”与“秦”谐音,秦可卿与秦钟之“秦”都是通过谐音突出《红楼梦》“开辟鸿蒙,谁为情种?”“全书大旨谈情”的主题和基调。“家住江南姓本秦”也无非是这个意思。贾府的“老屋”在江南,所以贾母为宝玉挨打和贾政生气说要回南京去。这当然又影射着贾府的原型曹家在南、北二京的情况。我以为这首诗和送宫花的故事所关联的基本就是这样一些内容。刘心武同志把“惜花人”曲指为秦可卿,进而生发出更复杂的推想,似乎是求之过深了。

2.因第七回中周瑞家的说香菱“到好个模样儿,竟有些像咱们东府里蓉大奶奶的品格!”刘心武同志又产生联想:“可见,秦可卿很可能与香菱即甄英莲有某种极其微妙的关系,甚至包括血缘上的关系!”有了这种先入之见,对有关甄士隐的一切就“疑窦丛生”起来。于是甄士隐不仅是“真事隐”,而且是“真(姓)氏隐”——隐去了“家住江南姓本秦”的秦家之事,所以甄士隐本姓秦,秦可卿原是甄士隐的女儿,甄士隐其实乃“假是隐”,他原是一位“打算以隐遁逃避权力斗争的皇族”。不过这里有一个问题显然没有说圆通——甄士隐如果真是这样一个“皇族”,那他就不可能“姓本秦”。因为按照刘心武同志的一系列推论,秦可卿是隐姓埋名的皇族之女,她原来并不姓秦,而是为了隐藏身份才“借用”了养父秦业之姓。那么,她的生父(或者叔伯)甄士隐又怎么会“本姓秦”呢?对甄士隐的种种涉想,我以为是走得远了一点。

3.曹雪芹设计十二钗时,用各种艺术手法作照应。第五回太虚幻境的“册子”中宝钗和黛玉合占一幅册页,是正册的“冠军”;秦可卿压尾,是“殿军”。但又通过那位“仙女”可卿的描写说秦可卿“鲜艳妩媚有似乎宝钗,风流袅娜则又如黛玉”“乳名兼美”,表明“首尾一体”的美学安排。又副册的第一、二名晴雯和袭人分别是黛玉和宝钗的“影子”,同样是“兼美”之意。作为副册之首的香菱,说她“品格”像秦可卿,也是类似的笔法。并无什么“血缘”上的曲笔微言。要不然的话,晴雯“眉眼又有些像你林妹妹”,小戏子龄官也长得像林黛玉,还有那位被临时叫到荣国府演戏的小戏子(黛玉曾因为别人把她和“戏子”相比而生气),而黛玉又是“兼美”的二分之一,这样算起来,“皇族血统”是不是太多了点?

4.对于刘心武同志在《秦可卿出身未必寒微》一文中的考辨，我原是持相当赞赏态度的。因为书中关于秦可卿之死的描写确实布满了疑阵。刘心武同志的观点不失为一种可能的解释。不过我同时以为，探佚研究要把握好一个“度”，否则失之毫厘，就可能谬以千里的。这个“度”是什么呢？我认为就是文本内所提供的证据与合理的推想的结合之度。我始终坚持，推想应当紧扣文本，有所节制，漫无边际地放纵想象反易产生副作用，减弱论证的说服力量，损害探佚的声誉。

由此我又想到王湘浩著的《红楼梦新探》。我在《数学家和红学的哥德巴赫猜想》(1994 年 6 月 16 日《太原日报》)一文中对数学家王湘浩在红学探佚研究领域所作出的卓越贡献给予了崇高评价。但这不意味着我赞同他所有的观点。王教授对薛宝钗一家在八十回后的某些推想在我看来也有点“失度”。王教授作为一位数学家和计算机科学家，自然也充满了非常丰富的想象力，和刘心武同志作为一个作家的想象力可谓春花秋月，各极其妙。把这两位红学票友的探佚研究联系起来阅读，实在是一件颇有趣味的事。王教授曾有续补八十回后《红楼梦》的宏图大愿，可惜天不假年，未能实现，否则又是一件韵事了。

实践已经证明，红学中的探佚学不会是一门枯燥无味的学问，它是一片神奇的海滩，每一个涉足者都可能拾到罕见的贝壳，甚至可能碰巧看见海市蜃楼。探佚的空间究竟有多大？它有没有一个限度？如果有的话，那限度又在哪里呢？

尽管对《甄士隐本姓秦？》一文的细部论证提出以上质疑，但我认为文章结尾时的一段话却值得注意：“在对贾氏荣宁二府的正面描写的文本的后面，还有一个隐蔽的笼罩全书的关于‘家住江南姓本秦’的皇族命运的文本，这后一个文本又部分重叠在关于第一回的甄士隐的描写中。”撇开这里面设想的具体“情节”和“枝叶”，对《石头记》“内涵”和“容量”之理念上的知解还是有可取之处。因为曹雪芹写《石头记》，他的“笔意”确实不仅局限于“家族”的盛衰兴亡，而凝聚着全局性、历史性、哲学性的感悟思考。这里面，“朝廷”——这一封建社会“宝塔尖儿”上的风云变幻无疑也在他的笔底波澜的某一褶层里存在着。只是曹雪芹对这方面内容的艺术处理实在过于烟云模糊，而八十回后的原稿又亡佚不存，于是留下一桩千古疑案，使想象力发达的小说文本的接受者们浮想联翩，异思叠起。这或许也是对曹雪芹著书未完就“泪尽而逝”的一种补偿吧。我知道刘心武同志是不会轻易放弃自己的“秦学”阵地的。那只怕已经成了刘心武同志的一种“信仰”。谁又能改变得了别人的信仰呢？退一步说，又有谁曾看到通过学术讨论，真的有人确实转变了自己的立场呢？

所谓学术讨论，也不过是看谁有本事把话说得更圆，能争取到更多的信从拥护者吧。至于“新说”的始作俑者，最好的态度就是求同存异了。从这一角度，我们还是“同一条战壕里的战友”。

1994年7月13日于太原

（1994年7月26日《太原日报》）

数学家和红学的哥德巴赫猜想

1980年代初，作家徐迟的报告文学作品《歌德巴赫猜想》曾风靡一时，“哥德巴赫猜想”这个数学命题从此进入了普通中国人的口语词典，而数学家陈景润那专注到疯魔的形象也成为一种象征——一个解破了亘古难题的天才。每一个学科都有自己的“哥德巴赫猜想”。红学的“哥德巴赫猜想”是什么？——曰探佚学，即探讨曹雪芹原著《石头记》八十回后佚稿的究竟。解决这个难题，攻占这个“城堡”，是一项集体作业，非某一个“陈景润”所能独立完成。自第一本探佚学专著《石头记探佚》出版以来，已经有几十篇探佚论文、五六本探佚专著和一部电视剧及两三册续补小说问世争胜。1993年的红坛，有两件与探佚有关的“红事”引人瞩目。第一件是刘心武发表在《时代文学》1993年第5期的“学术小说”《秦可卿之死》。以文学创作为探佚手段，这无疑是比较成功的一次。刘心武到底是名作家，非其他续补作手可比。第二件则是1993年12月由吉林大学出版社出版的王湘浩著《红楼梦新探》。这又是一个有些传奇色彩的故事。因为它的作者不是红学圈内的人，也不是文学圈子的人，而是一位数学家和计算机科学家。

王湘浩教授不是一般的自然科学工作者，他是中国科学院学部委员，“曾以无可辩驳的反例推翻了格伦瓦尔（Grunwald）定理，动摇了有理单纯代数理论的基础，引起国际数学界的震动”。他1930年代毕业于北京大学数学系，任西南联大讲师，1940年代又赴美国普林斯顿大学深造，获得博士学位。1949年返回祖国，先后在北京大学和东北人民大学（吉林大学前身）当教授。1979年他由吉林大学数学系主任转为计算机科学系主任，为吉大创办了计算机专业。后又兼任副校长。从这个简单的履历介绍，我们就可以基本上了解王湘浩教授是怎样一个人了。那么，这样一位数理王国的专家，他对《红楼梦》探佚研究作出的贡献又该如何评价呢?

1988年7月份,我收到一封厚厚的信。拆开一看,是一篇油印的文稿,题目是《红楼梦八十回后的史湘云》,作者署名黄鹤乡。随文附有一份短简,大意是希求指正一类话。在红学界,史湘云在八十回后曹雪芹原稿中的结局是一个众说纷纭的问题。周汝昌先生提出史湘云继黛玉、宝钗之后与贾宝玉发生爱情婚姻纠葛的推想曾遭到许多人的诟病。从20世纪50年代初到70年代末,周先生在这个问题上一直是孤立的少数派。直到80年代初,我写了《史湘云嫁贾宝玉说》,后来收入《石头记探佚》出版,情况才有了改变。认同史湘云终嫁贾宝玉的“红迷”们逐渐多了起来。《红楼梦八十回后的史湘云》就持这种观点。但更令我惊喜的是这篇文章有许多新的发现和论证。其中最重要的一个论点是说史湘云先嫁甄宝玉后嫁贾宝玉,提出了坚强有力的证据。这确实是对红学探佚研究的一个很大贡献,发前人所未发。我兴奋地回了信,心里捉摸不知作者是何等样人,来信既然毫未提及,也就不好多问。

不久,黄鹤乡的回信来了。里面有一段话写得颇有趣,说他把这篇文章寄给红学界的一些人,只有周汝昌和我热情回信,积极肯定,其他人要么是石沉大海,要么是顾左右而言他。黄鹤乡在信中幽默地说,他给这些红学家们写信引贾宝玉的话说,你们打我骂我都可以,就是不要不理我。我当时看得笑起来,心想你还不知道文学研究界的某些恶劣学风,对与自己意见相左的论点论证,从来不愿意作认真客观的对待,没有实事求是之意,只有党同伐异之心。信中仍然没有一字涉及自己的情况,而且信封的地址和第一封一样,是通过另一个人转收的。作者的“行踪”如此诡秘,更让我感到颇有意思。

后来周汝昌先生来信,询问黄鹤乡的“来历”,我奉命去信探问,黄鹤乡这才回信暴露了“庐山真面目”,说自己是搞计算机教学和研究的,真实姓名叫王湘浩,已经73岁,并非来自白云黄鹤的地方。又说自己之所以用化名,是想只凭文章来问津红学界,征求意见,避免掺杂其他因素。俗语说隔行如隔山,王湘浩并没有提到自己的职称和名衔,我也只当作是一位爱好《红楼梦》的老科学工作者。当时计算机在国内还没有普及,大家都还有点神秘感。我对一个美国大学的研究所用计算机测定《红楼梦》前八十回和后四十回出自同一人手笔的说法很不服气但有点莫测高深。这下遇到一位计算机专家，我就立刻写信请教王老先生。王先生回信说，计算机是人发明的工具，只能帮助人，不能取代人的研究。绝不要相信美国人的妄言。王先生说他对八十回后《红楼梦》的佚稿还有许多想法，有一个很大的研究计划，并向我打听发表园地。此后彼此俱忙，不再通信，只听说经周汝昌先生推荐，又在《红楼》杂志发表一篇，也没有机会读到。但心里时常想起，不知王老先生的探佚研究进展得怎样了？

一晃五六年，商海涨潮，学海落潮。一日去图书馆"以蠡测海"，忽然看见《红楼梦学刊》上面登载着悼念王湘浩的消息，并说王的遗稿未完，不禁嗟叹不已。我与王老先生虽未谋面，却有多次通信墨缘，对《红楼梦》更有相近的研究角度，可惜竟从此人天睽隔了。更让人遗憾的是他对《红楼梦》的研究没有能够彻底完成。忽然收到王老先生女公子寄来老先生的遗著《红楼梦新探》，并希望我写篇书评。这实在是义不容辞的责任。

《红楼梦新探》收入六篇探佚文章，除前述关于史湘云的一篇外，尚有《金玉姻缘与木石前盟》《从荣府内争看贾兰和巧姐》《暖香坞的诗谜》《论薛宝琴》和《论薛宝钗及其一家》五篇。这六篇文章涉及了《红楼梦》佚稿的重大问题，在红学探佚已有的各家之成说外，颇有不少新的发明。就我的浅见，王老先生的贡献大约可以归纳为以下几个方面。

一、在史湘云结局问题上，以绵密细致的考证，提出史湘云与甄宝玉和贾宝玉先后发生婚恋纠葛。这是红学界从来没有人注意到的，这一思路具有开拓性意义。从杜甫《奉酬薛十二丈判官见赠》《史记·司马相如列传》和卓文君《白头吟》寻绎出"麒麟""双星""白头"等和史湘云关系密切词语的出处，这些都是王教授第一次提出来的，虽然还不能说是唯一正确的结论，但至少可作为一家之言而自圆其说。王教授既广泛地吸收了红学界的已有成果，又有自己的发明创造，把对史湘云的探佚研究实质性地往前推动了一步。

二、对李纨和贾兰的探佚研究也颇别开生面。对李纨和贾兰，既有的研究成果多集中在这母子二人的悲剧结局上，没有作更深入的探讨。王教授对已有的几种说法有自己明确的认同和取舍，同时进一步作出了让人耳目一新的推测。其中对李纨判词“也须要阴骘积儿孙”的解释别出新意，认为是预示“李纨由于怕受老来贫，只顾攒钱，不肯救助他人。”“李纨正是在巧姐遇难这个问题上，‘爱银钱，忘骨肉’，损了阴德。母子一体，事情是商量着办的。母亲如此，儿子自然也是在这个问题上做了损事。”“只要拿《晚韶华》和并排在前面的《留余庆》对照一下就明白是在什么事情上了。”这是很新鲜而剀切的分析。

三、其他几个问题，如宝黛钗的“金玉姻缘”和“木石前盟”的纠葛、薛宝琴和“怀古诗”、薛宝钗一家在贾家败落和贾宝玉“悬崖撒手”后的作为等，王教授也都提出了自己独立的看法。尽管有些说法不一定能为大家接受认可，但不失为一家之言。

四、从研究方法上说，《红楼梦新探》采取的是考证和分析相结合的办法。在考证时，作者既能对《红楼梦》中的细节和谶语、暗示等伏笔仔细钻研，又能从传统诗词和典故中获得启发，生发新解。作分析时，则常常用一种“平常心”去体会、解释。因而有一些分析能让人觉得入情入理。

和任何一本研究著作一样，《红楼梦新探》自然也有不足和可议之处。我以为主要的缺陷是两点。第一点是在某些问题的思维方法上，似乎有些求之过深，因而一些论证就难免穿凿。比如分析贾兰射鹿一节：“……以此讥刺宝玉不是‘出门去’便是在家里‘闲着’……宝玉知道他的话来得厉害，窘迫间说了句没气力的话：‘把牙栽了，那时才不演呢。’”这恐怕并不符合原著描写的实际。有些地方，则主观臆想的成分似乎过多了一点。以“平常心”体会人物的心理活动和人与人之间的关系，有优点也有缺点。对曹雪芹某些超越凡俗的思想境界以“平常心”体会就难免理解不深。其次在行文措辞上，用“现代化”的说法过多了一点。如说湘云是“德、智、体、美、劳全面发展的优秀女青年”，读起来未免有些不得劲。

但这是“春秋责备贤者”的高要求，比起本书的卓越贡献来，这些不足之处当然是第二位的，瑕不掩瑜的。特别要指出的是，作为一位自然科学工作者，对《红楼梦》探佚研究有如此深刻的认识并作出如此突出的成绩，对比红学界的某些“专家”还在那里喋喋不休什么后四十回与前八十回同出一手、脂批本《石头记》是伪造的等等昏话梦话，真可谓有天壤之别！

对红学的“哥德巴赫猜想”，一位数学家和计算机科学家给出了一种解答。这是一段值得书之于青史的佳话。

1994年5月10日

（《博览群书》1994年第8期，王湘浩《红楼梦新探》，长春，吉林大学出版社1993年12月出版）

凸显出中华文化的浮雕
——读《曹雪芹新传》

周汝昌先生的大著《红楼梦与中华文化》问世后，我曾写过一篇书评，后来在《读书》发表，颇获好评，以为我不仅评了书，而且写出了作者其人。

周汝昌的另一种著作《曹雪芹小传》开头说："我们有句老话：'读其书，想见其为人。'这句话也有时被误解误用为'读其书，想知其人'的意思，不管怎样吧，反正可见'书''人'总是那等密切相关。"读《红楼梦》，不能不想到曹雪芹。由于《红楼梦》的"家史""自传"性质，这种"阅读渴望"更格外强烈。可惜的是，曹雪芹命运乖舛，不仅书成残稿，而且人也伶仃，生平"资料"稀少得可怜。写曹雪芹，那真是戛戛乎其难哉！几乎没有人敢于承担这么难的一个课题。

周汝昌从《红楼梦新证》时代起，就被目为"曹学家"。这个"雅号"一度有嘲弄意味，讥他治学重点偏颇，重了曹雪芹的"家世"，轻了《红楼梦》的"文本"。随着时间的推移和周氏研红实绩的展示，这种偏见已经逐渐烟消云散了。"作者"和"文本"，曹雪芹和《红楼梦》，本来是不可割裂的。这一"辩证的"识解由于进入了文化的层次而更显示出了深度。曹雪芹是中华文化的冠冕，《红楼梦》是中华文化的精光。曹雪芹——《红楼梦》——中华文化，真像基督教文化里的圣父——圣子——圣灵，是"三位一体"的。周汝昌切按住这个关穴点，攻关犯难，"用书册的形式研究介绍曹雪芹"，一共三次。

1980 年代初的《曹雪芹小传》是在 1960 年代的《曹雪芹》基础上加工重写的，其"质的飞跃"有目共睹。1990 年代初，作者又应外文出版社之约，以"外国读者"为对象，写出了《曹雪芹新传》。不过，《新传》与《小传》，却是两种完全独立的书，它们互相补充印证，但不能彼此取代。《新传》不是《小传》的变形或重复，而是可以与《小传》并列共传的又一册杰作。

如果说《小传》有更强的“科学性”，那么《新传》则有更多的“艺术性”。用作者在《新传·自序》中的话来说：“我写本书，笔调与我向来的文字不尽相同。因为我早先的书，都是只以国内的读者为对象的。此次则以海外读者（全世界各国读者）为对象。因此不能不改变素来的笔法，甚至语式，不能纯以汉文文学欣赏的传统要求来行文措语，只可偏于平铺直叙，务求清楚明白，同时照顾一些‘可读性’。”《校后记》则注明：“本书体裁是向世界读者介绍有关传主曹雪芹的研究成果，而不详列考证的根据、过程、辨析等等学术性论述。”作者在娓娓动人的叙述中，从历史及文化传统的叠嶂层峦、烟云模糊处，托显出一个血肉丰满、须眉毕现的天才形象，展示了他畸零而光荣、不幸而英勇的抗争的一生。

向一般读者，尤其是向昧于中国文化的外国读者介绍曹雪芹这位空前的中国文化英雄的传奇，让大家明白中国历史产生了曹雪芹的不同寻常的意义，这太重要了，但又太难了。说它重要，是因为只有了解了曹雪芹，才能“读懂”《红楼梦》这部凝聚了中华文化精粹、体现了中华民族精神之光的最伟大的中国小说、最杰出的中国无韵之史诗，才能领略中华文化达到了怎样的高度。无论是甲骨学、敦煌学，或者孔孟老庄、唐诗宋词，尽管它们都是中华文化的精锐和风采，却不能取代弥补曹雪芹和《红楼梦》的缺席。说它难，是因为把支离零散的有关资料片段恢复成一个活生生的人，一种最高贵而又复杂的精神和灵性，真是“难于上青天”。《曹雪芹新传》居然把这件难以想象的工作完成得这么出人意外得好，真可以称得上是一件“绝活”。

这当然得力于作者对曹学和红学多年来（准确地说是毕生）深入刻苦的研究。对有关曹雪芹的“一切”，无论是野史的记载，还是笔记的传述，甚至口碑的逸闻，作者都烂熟于心，真可谓如数家珍。因而为曹雪芹作传时，既能信手拈来，巧为缀合，又能慎加选择，存真去伪。用鲁迅评论《儒林外史》的话来说，是“取诸碎锦，合为帖子”。不过这还不是最值得称道的，作者既是这方面的专家和权威，能做到这一点也不足为奇。难能可贵的是他能把这些“曹雪芹碎片”投放到中国传统文化和历史的风火大炉中，像炼金丹一样炼出了一颗灵魂。在一册 20 余万字的小书中，以描述一个小说家四十年的遭际为核心，居然辐射出三千年中华传统文化和历史风云变幻的复杂情状，揭露出其阴暗朽腐，发挥出其电火精光，而有关这一切的表述又是不显山不露水的，绝没有露出一点谈文化、建体系的大架子、小做作。

略举一两个例证。曹家的由盛而衰，“与康熙大帝的命运相始终”，有关材料早已是红学常识。如果只是机械地罗列，呆板地堆砌，或平铺直叙，自然也能叙明原委，说清始末，但那至多能做到“生动”，却不能“深刻”。《新传》在叙及因曹玺给玄烨“做了保母”（“保母”乃教养嬷嬷，负责小皇子的日常生活，不同于今日之“保姆”）而际遇发达起来，却一笔就触及了中国传统文化的根本——伦理本位：“中国人极端重伦理关系，对祖先长辈，尤其是父母，孝敬之道是做人的第一条准则。保母虽然由奴婢身份的人充当，然而却也毕竟是母。”此外又联系到“明代皇帝的乳母封为‘奉圣夫人’，权力甚大”，而“满洲风俗还有一个特点，即对有功劳的、伺候过父母长辈的奴婢，特别尊重与优待”。在一个细节中竟包容了这么丰富而复杂的文化和历史内涵！

在说到曹家之“衰”时，又直接追溯到中华文化的根源：“在中国，从上古的哲人起，就最注意体察万物、人生社会的盛衰递变之理。在《易经》和《老子》里，充分显示了盛极必衰、祸福倚伏的大规律。万物皆有盛衰，盛衰带来荣辱和悲欢哀乐。曹家的历史是如此，曹雪芹的一部百余万言的小说，也还是以盛衰二字为全部书的纲领和脉络。因此，了解曹家的盛衰的梗概是理解《红楼梦》的必要的或先决的条件。”曹学——红学——中华文化就是这样简洁而有机地在书文中呈现着，流动着，水乳交融，深入浅出。

又比如，曹雪芹这位旷世奇才的独特个性，究竟是怎样产生、形成的？《新传》不仅将有限的材料以合理的推想巧妙地连缀、动人地铺叙出来，而且笔笔不离历史的背景、文化的远因。从顺治帝的“情到极处”，到纳兰性德的幽忧深情，从李卓吾、谢济世到金圣叹，从东岳庙、关帝庙的塑像到北京的花儿市、中国的“玉文化”，从曹玺、曹寅“满汉文化交会”的门风，到曹雪芹“身杂优伶”受民间文化的熏染，从“窃听洋人讲故事”西洋文化的曲折影响，到《西厢记》“花落水流红”意境的启发，曹雪芹“正邪两赋”的“异端”思想和“情痴情种”的个性内核被细致地解析和深邃地阐述出来。而这一切，都只是在委婉有致的“场景”和形象的转换叙写中不动声色地流露、凸显,“理论”是感觉不到的,更不会有“说教”,但源远流长、光辉灿烂的中华文化已经随着你津津有味的阅读溶化进你的心灵和血液之中。

《曹雪芹新传》更恰当的书名,其实应该是《曹雪芹与中华文化》,它和作者的另一著作、本文开头提到的《红楼梦与中华文化》异曲同工,分别从“作者”与“文本”两个不同的方面宣讲、显示了中华文化最瑰丽的精彩和光辉。《新传》“写人”,是历史人物传记,当然显得更有味,更生动,更活泼,从“效果”讲,当然也更容易为外国读者和中国一般读者所接受,并被其中的文化因子所潜移默染。

寻根问源,《新传》能远远超过一般“纪传”,取得如此不同凡响的成绩,那当然还是由于《新传》作者周汝昌和《红楼梦》作者曹雪芹有一种“宿缘”,有某种气质相通之处。作者自题《新传》小令有句云:“沁芳书尽伤怀宇,高烛红妆对倚栏。”这不仅是对曹雪芹写《红楼梦》的一种同情的感会,也是作者撰《曹雪芹新传》情状的自我况照。笔者曾以和周先生的通信为内容写过一篇对周老的“人物小品”,题目为“独上高楼,蓦然回首”。周汝昌先生确实有一种别具怀抱、曲高和寡的浓郁孤独的情结。这种情结使他能和曹雪芹成为异代知音,而“作史三长”的才、学、识又足以副之,《曹雪芹新传》的高品位、高格调也就在情理之中了。

(《博览群书》1994 年第 5 期,周汝昌《曹雪芹新传》,北京,外文出版社 1992 年出版)

伟大也要有人懂
——读周汝昌《红楼艺术》

要给周汝昌先生的新著《红楼艺术》写一篇书评，用个什么标目，颇费了斟酌。怡红公子题大观园对额时曾说“编新不如述旧”，循此义，选定了“伟大也要有人懂”这个“旧题”。

《红楼梦》伟大，却长期以来被误读，也就是其实大多数人“不懂”其“伟大”，这是一个让人浩叹却真实存在的问题。

《红楼艺术》第二章揭出“《红楼》三要”这一命题：“一，作者是一位文人；二，内容写的是‘书香’家庭的事情；三，拟定的读者对象是一群有文学修养的人。”“真正的市井之人，是看不懂《红楼梦》的，他们也并不爱看这一部难懂的小说。”“没有足够的中华文化素养的人，是无法‘看得入’雪芹之书的，硬着头皮死钻，也钻不出什么兴趣滋味来。这个问题，更是研讨《红楼》艺术的一大关键，而过去对此似乎缺少足够的认识与论述。”

这是阐述《红楼梦》艺术的一个基本的立足点。这是不是有点“贵族”立场呢？恰恰相反，正是实事求是地正视了这个虽然极普通却被长期忽视的问题，所以才需要红学工作者的创造性劳动，作出解说，使更多的人懂得其伟大。

因此也就可以明白，为什么周汝昌对某些论述《红楼梦》艺术的角度要表示不满，尤其对那种“语言生动，形象鲜明，性格突出，结构严谨”的“通共熟套”式分析评论表示异议，为什么他要大声疾呼“还红学以‘学’”。不能够理解周汝昌这种学术见解真谛的学人们，恕我直言，也许他们在别的领域卓有建树，但在面对《红楼梦》时，是缺少“足够的中华文化素养”和“文学修养”的。对自己并不十分专擅的东西，先认真听听、深入看看，然后再发表高见也许更具学者风度。

要讲《红楼梦》的艺术，就是要发抉出它的艺术独创性。曹雪芹在第一回就借石头之口，表出“亦令世人换新眼目”这种艺术革命的抱负。究竟“换新”在何处？只有把这种独创性的艺术奥秘和细节真切实在地表扬出来，也就是发现《红楼梦》艺术的陌生之域，才算尽了阐发《红楼梦》艺术的研究本分和职责。《红楼艺术》独到和不可替代的价值正在这里。

一位当代作家在谈到创作体会时说，熟练的写作表明思想的僵滞和感受力的麻木，而迷恋或自赏着熟练语言的大批繁殖，那当然不是先锋，但也并不就是传统。如果传统就是先前已有的思想、语言以及文体、文风、章法、句式、情趣……那其实就不必再需要新的作家。这种意度同样可以移来说明《红楼梦》的研究和评论。如果永远停留在那十六字真言的“熟练”评析的操作中，哪怕再加上一些“审美”和“中西比较”的名词和内容，而不脚踏实地地进入《红楼梦》艺术那“独一份”的陌生地，红学又何必叫“学”？

《红楼艺术》就是揭示《红楼梦》自有的、与其他中国古典小说和近现代小说以及西洋小说都不同的“思想、语言以及文体、文风、章法、句式、情趣……”的一部研究著作。与别的一些谈《红楼梦》艺术的著作比较，也许可以这样说：《红楼艺术》着眼的是《红楼梦》艺术的“个性”，而其他著作更多谈的是小说艺术的“共性”。共性当然也有研究价值，但个性无疑是更本体的，只有个性才是原创的。

打破常规的艺术不仅创造起来困难，而且欣赏起来也困难。其创造性越强，赏会的任务也就越巨。《红楼梦》就是这样一部小说。《红楼梦》的这种欣赏的焦虑更由于曹雪芹原著八十回后的部分亡佚和后四十回续书的移花接木而变得愈益纠纷复杂。

因此才需要“红学”，才需要红学家作研究。《红楼艺术》就是一项具有突破性的研究成果。

《红楼艺术》有三个基本的视角。一个是《红楼梦》的整体观念。一个是《红楼梦》与中华文化的“鱼水关系”。一个是《红楼梦》的独特性认知。

《红楼艺术》开卷“解题”：“我说的《红楼梦》，专指原作者曹雪芹的八十回现存原著（以及研究推考所知的全部情况），不指被程、高等篡改、伪续而成的假全本一百二十回式的‘红楼梦’。”严格区分曹著和高续“两种《红楼梦》”，这已经是20世纪80年代以来红学界具有共识的学术立场，不管你是“尊曹”还是“尊高”。在研究《红楼梦》的思想和艺术时，这种区分更具有“性命攸关”的重要意义。只有立足于“探佚学”的原著“整体”观念，而不是高续的“整体”观念，《红楼梦》的真艺术才可能被发现，被阐明。

《红楼艺术》许多章节都是原著“整体”观念的产物。从“一喉两声，一手二牍”这一戚蓼生的知赏说起，却以贾芸和小红在佚稿中“搭救凤姐与宝玉于惨境”的大构思来说明那“两声”“二牍”的奥妙。欣赏“巨大的象征”，却以大观园“沁芳”象征着正、副册十二钗在佚搞中的毁灭性下场立案。“怡红院的境界”却是“蕉棠两植”——林黛玉和史湘云是贾宝玉的两个“湘妃”——史湘云在佚稿中终嫁宝玉。“奇特的‘即事’诗”原来却是“宝玉此时作的‘享乐’之诗，实际上是在遥遥地射伏着他自己日后的‘受苦’之境。”“海棠·菊花·柳絮”的红楼诗词都紧密关联着佚稿中史湘云的归宿结局。书中的各种“戏目”都是八十回后贾府家亡和众女儿人散的“精巧的构件”。更不必说“伏脉千里，击尾首应”和“结构的新义”这些完全谈讲佚稿内容的部分了。

没有探佚的基础，对《红楼梦》的艺术就根本上无从窥察其“完美”和大美，顶多得其皮毛，入其外围，或者只能把一座美轮美奂的七宝楼台“拆碎下来，不成片段”。这是《红楼艺术》给予的严肃的启示。

“解题”对“艺术”也作了“讲解”：“但在我们中华文化古国，早有‘艺术’这个词语。”“我们所谓艺术，是总包经籍以外的一切技能，近乎‘百科知识’的意味。”“古之艺术，不与今之艺术密合雷同，比如清代编纂《图书集成》，其中的‘艺术典’的内涵，犹与古训无异。如果你与曹雪芹‘对话’，说起艺术，那他肯定会‘误解’了你的意思。”这并不是要“复古倒退”，而是确定了《红楼艺术》的一个基本立场：要把握《红楼梦》的艺术真谛，必须本原地深入到中华传统文化的“横云断岭”之中才行。缺乏这种基质素养，同样难以进入大观园的艺术之门。

具备了这样条件的读者能有多少？所以真正能“整个地”怀揽《红楼梦》

艺术就成了凤毛麟角的事情。大多数对这部伟大小说的解读其实不过是“盲人摸象”得其一隅而已。《红楼艺术》的使命就是解决这一接受美学的难题。而它确实完成得好极了。

第一章提出“《红楼》文化”有“三纲”——玉纲、红纲和情纲。从李后主的“雕栏玉砌应犹在”说到苏东坡的“又恐琼楼玉宇”，一直到“瑶章”“玉人”“锦衣玉貌”“玉山自倒”……蔺相如完璧归赵的和氏璧，孔子和老子的“赏玉”。“玉在吾华夏文化的传统中，人们的心目中，总是代表一切最为美好的人、物、境。”《红楼梦》的主角贾宝玉、林黛玉、妙玉以及林红玉等就这样皴出了“文化背景”。

从千门万户贴春联，到“林花谢了春红”，到“红妆”“红袖”“红颜”……“中华人的审美眼光，是以红为世界上最美的色彩。”《红楼梦》中“花落水流红”“千红一哭”的“大旨”、基调因此显示出“红纲”和“情纲”的文化远影。“雪芹的《红楼梦》正是把三者的相互关联作为宗旨，而写得最为奇妙的一部天才的杰作。”

中国传统绘画的“积墨”与“三染”的“法度”怎样化为曹雪芹描写人物的绝技？中国传统音乐的“鼓音笛韵”，中国书法的“中锋”“正笔”如何融在《红楼梦》小说的写作艺术中？中国文学的“奇书文体”和诗意诗境又是怎么在《红楼梦》中发扬光大、闪展腾挪？……当真是“娓娓开谈，何必效鸿编之搭阔架”，而《红楼梦》里中华文化的厚重、深邃已经显露无遗，这一切又都是围绕着《红楼梦》的“艺术”这个核心打转，为这个“终极”服务。

因此，《红楼梦》艺术的独特性就是中华文化的独特性，离开了对中华传统文化的理解也就根本谈不上对《红楼梦》艺术的认知，脱离了中华文化的源头活水，《红楼梦》就只是一条死鱼，一条“涸辙之鲋”。此所以“红学”与“曹学”不能割裂，此所以要“还红学以‘学’”，此所以谈《红楼梦》的艺术不能只谈“形象鲜明、语言生动”，不能这样“直截了当”。这就是《红楼艺术》全书的“眼目”和“立场”。

这一切当然不是没有“书香”的读者所能轻易会心解味，也不是只知西洋文艺条条框框或对中国传统文化“取貌遗真”、偏对传统的糟粕朽腐独得秘传的人所能想见认知。

《红楼艺术》立足于中华传统文化的视角，这是否是说它对西方的文艺理论视角就弃置不顾呢？却又并非如此。它既有“一架高性能的摄像机”这种洋味的比喻，又有西方“叙事学”和“结构主义”的吸收借鉴。但是，这种“他山之石”的取资“拿来”是自然的，溶解的，不弄名词吓人，不摆架子唬人，不用洋皮尺给十二钗量“三围”以“选美”。

我读《红楼艺术》，感到最有深获的有时倒是其中由解说《红楼梦》而引申出来的一些“文化”。

比如在谈到《红楼梦》写作艺术的“诗化”特征时，周汝昌引其先师顾羡季先生的观点：对人物的“诗化”比对自然风景的描写重要得多，后者甚且有害于前者。周汝昌举出《红楼梦》里的许多描写实例予以印证。比如写宝玉出城私祭金钏：“只见宝玉遍体纯素，从角门出来，一语不发，跨上马，一弯腰，顺着街就赶下去了。”说这才是“诗化”的极致，因为这是“诗化那人物的一切言词、行动、作为、感发等”。他还感慨说，许多影视导演等文艺界人士对“诗化”的反应总离不开“一片湖波，柳丝拂水……”“一座花园，花木楼台，山石掩映……”之类，对人物行动的诗境则全然钝觉。“这使我深感失望，也倍加思索，在我们中华传统戏剧舞台上，昔时的艺术大师们创造的那些奇迹……如果只知道杜丽娘与春香二人《游园》那叫诗境，就必然不能懂得《山门》的鲁智深、夜奔的林教头、《起解》的玉堂春（苏三），那才更是真正的诗境。为什么说这是诗境？因为这早已超越了西方戏剧理论观念的‘逼真’与‘再现’的艺术层次。一个粗鲁胖僧，不守戒律，抢酒喝醉，拆亭毁寺……这怎么‘逼真’‘再现’？再现了能让观众在台下‘击节’审美大大享受吗？落难逃命、慌不择路、残月昏宵，人亡家破，急奔梁山……冤沉大狱，诬为杀夫，受尽屈辱，发解太原，自忖自祷，柔肠百结——这不幸之妓女，是个蓬首垢面的死囚！要把这些‘逼真’‘再现’？怎么可能？有何看头？可是请你看看咱们中华文化的舞台艺术吧！这是怎么一回事？是个什么奥秘？不是别的，就是我们的民族智府灵源中的善于‘诗化’的宝贵质素和本领才华。《红楼梦》则是在小说形态领域中的一个特立独出的范例。”

谈中西文化比较，谈中国传统文化，我想，这才当得起言简意赅，一以当十吧。我不由得想，中国知识界只知道被钱锺书先生《管锥编》中的僻书古典和多种外文所震撼，却不能知音周汝昌先生红学研究中“牝牡骊黄之外”的真知灼见，实在不能不是中国知识界“接受美学水平”的一种讽刺。什么时候中国知识界不仅能惊叹于钱锺书先生“博雅中的深专”，也能理解周汝昌先生“深专中的博雅”呢?

回到《红楼艺术》本题。一切真正喜爱《红楼梦》真思想真艺术的“红迷”们，不能不读这本书。一切对中国传统文化情有独钟的人士，也应该读一读这本书。不读，那是怎样的遗憾呀！何况，这本书的遣词措语、思致行文，又是这般“娓娓开谈”和“轻轻傅彩”，一扫沉闷的学究气，绝无掉书袋的洋八股，阅读它，只会是一种享受。最后也致意中国新闻界，不要只一味炒那些“脂批本是伪造的”“林黛玉刺杀了雍正帝”等“爆炸性”的“红学”，也来注意一下真正的红学研究吧。

1996年5月11日

（1996年7月26日《文艺报》，周汝昌《红楼艺术》，北京，人民文学出版社1995年9月出版）

神貂之尾与维纳斯断臂

人民美术出版社 1979 年出版的《石头记人物画》是刘旦宅绘画，周汝昌题诗。这本画册一共选了四十个《红楼梦》里的人物，每个人物都以书中的某典型情节作核心画意，如“宝玉悟情”“探春起社”等等。有趣的是其中“雪雁传讹”一幅，这个情节不是取自前八十回曹雪芹原著，而来自后四十回高鹗续书。所谓“传讹”是第八十九回黛玉的丫鬟雪雁听到一个传闻，说贾宝玉已经定了亲，“是个什么知府家，家资也好，人才也好”。当雪雁把这个消息悄悄告诉紫鹃的时候，不想林黛玉听到了，以致黛玉伤心绝望，绝食自戕，病入膏肓，所谓“蛇影杯弓颦卿绝粒”，后来知道传错了，黛玉的病一下子就好了。“不但紫鹃和雪雁在私下里讲究，就是众人也都知道黛玉病也病得奇怪，好也好得奇怪，三三两两，唧唧哝哝议论着。”但周汝昌在这幅画上却没有题“雪雁传讹”，而改题“雁书传讹”，配诗则曰：“来时默默后无闻，椽笔应须更写君。红学自惭门外汉，名貂长恨失真芹。——右题雪雁。”

对这幅画不从前八十回而从后四十回取材，周先生婉转地表示了不满，向画家提了意见，告诉画家也告诉读画者“雁书传讹”，后四十回这样写雪雁不符合曹雪芹原意。

这个画坛掌故所涉及的是《红楼梦》研究中的一个根本问题，即曹雪芹原著和高鹗续书是“两种《红楼梦》”，二者是绝对不容混淆的，因为它们在故事构成、思想意义和审美价值上都有着巨大的差别。由于八十回后的原著亡佚和后四十回的续貂，《红楼梦》研究自身也成了一桩“假作真时真亦假”的历史公案。

要“打假”就必须“显真”，于是红学中有了“探佚学”这一分支，专门研究探讨八十回以后原著的故事情节轮廓以及原著的整体所要传达的美学意义。周汝昌先生作为红学的一代大家，从他的奠基之作《红楼梦新证》开始，就紧紧地扭住了原著和续书的“绝异”这个《红楼梦》研究中关键的关键，努力探索，辛勤劳动，恒兀兀以穷年，到今日已经桃李不言下自成蹊。几乎在他所有的红学著作中，都或多或少地涉及了“探佚”方面。但作为探佚学的专书，则是最近出版的《红楼梦的真故事》(华艺出版社 1995 年 12 月第 1 版)。

探佚是一项极富有创造性的仁者见仁智者见智的研究工作。除了用考证和逻辑推导作研究的学术论著论文之外，还有尝试用“创作”的手段来“新补”和“新续”的，但由于补作者的素养水平以及时代的差别太大，这些续补之作一般都是出力不讨好，不太成功。就是 1987 版电视剧《红楼梦》八十回后的改编，也由于种种复杂的因素不能让人完全满意。但是，这些挫折只是向我们提出了更富有刺激性的挑战，而并不能“反证”后四十回续书的“伟大”——这种幼稚简单的思路不应该再属于 21 世纪。

《红楼梦的真故事》并不是又一本续补之作，但也不是一本纯粹的研究论著，而是介乎二者之间。“全书分为上下两编：上编是故事，下编是论文。论文也可以说是故事的准备或基础，许多重大问题是在论文中考证的，可与故事相呼应。”(《真故事》之自序《先叙衷肠》)但“故事”也并不是“续书”，它不是描写性质的，而是叙述讲解性质的，它并没有要把八十回后的“情节、细节”一一复原的“野心”，它的目标只是希望把读者带进曹雪芹《红楼梦》原著整体的“境界”。

这是一种很明智的选择和设计。周先生在给笔者的信中谈到他写此书的大旨时说：“一、只求铺一初步的‘纲要’，不曾‘放开写’；二、目的所注不在‘情节故事’(张长李短、黛死钗活……等等)，而特重‘文化层次’与‘格调境界’——此方是异于已出之旧续与新补书之类的一大要点。不然读者也会只纠缠些‘考证应该如何如何’，那就易陷缠夹而走失原意。”

在书的序言中，作者又说：“雪芹的书的最大特色是一种笼罩整体的诗的表现与诗的境界，没有了这个也就没有了《红楼梦》。与此呼吸相关的又有一个总体理解全书主角宝玉这个人物的内心活动与精神世界的展示，那也该是逐步升级的。我们最欣赏的，其实并不是那些‘情节故事’，《红楼梦》并不是侦探或武侠小说，不是靠离奇、惊险或‘悬念’等等来吸引人的。只有一大堆‘情节’并不能产生《红楼梦》的真魅力。因此，寻真到后来，就必然要寻这种诗的灵魂，诗人的气质与丰神器度——这就又寻到了一切难点的顶巅或核心！”

我们因此可以理解《红楼梦的真故事》这本书在追求什么，要传达什么，读者读起来也就知道如何“善读”了。

《真故事》的上编分十大部，共六十二节，基本上包容了探佚的各个方面，而连串成原著佚稿的完整故事。能做到这样血脉流贯前后自然是不容易的，没有深厚的研究功底不行，缺乏艺术的才思慧性也难以达成。周汝昌恰好两方面的素质都具备，因而能做到“自如顺手”。比如脂批有袭人临去对宝玉说“好歹留着麝月”这一佚稿情节逗漏，但袭人怎么会离开宝玉？这就全靠艺术想象了。作者抓住袭人后嫁蒋玉菡而蒋玉菡曾受到忠顺王府追拿这一线索，设计出这样的情节发展：“明敏冷静的袭人，毅然表示，见府中处在万难之境，更为了保护宝二爷的身命，免遭不测，自己愿意到那王爷府里去，作妾为奴，吃苦受辱，一切甘愿。……袭人到了那边，人家是居心侮辱贾氏，特将她赏与戏子为妻——戏子者，当时一种‘贱民’，一般人家（良家、平民百姓）是不肯与之通婚的。谁能想到：袭人被赏与了谁？却是小旦琪官，蒋玉菡。”这样的构思，既合情合理，境界又臻于上乘。

《真故事》广泛地吸收了红学界的探佚研究成说，但更融进了作者自己的知觉见解，许多地方有妙在其中的点化。例如第一部第九节《铁网山打围的事变》，将探佚研究中“铁网山”的线索和乾隆四年清王朝宫廷内部的政治斗争以及清皇帝喜欢打围射猎的历史风俗融化在一起，结合贾元春的结局，作出很有趣的艺术想象。这和作者对“曹学”和“探佚”的多年研究不能分开，同时也显示了作者的巧思。自然，这样的情节发展也只能算一家之言，但能让人觉得“虽未必然，但也未必不然”就已经难能可贵了。

《真故事》用一种优雅的散文笔调悠悠地写来，每一节都不很长，也就是两三个页码，却把故事脉络清晰地曲曲传出，同时又富有一点淡淡的诗的意境和风韵。有时候，也参用一点戏曲的写法。第三部第五节《“红楼隔雨相望冷”》写黛玉之死，试引一节：

宝玉见黛玉连晨昏定省都久不能尽礼了，这才向王夫人请准去见林妹妹一面。黛玉忽闻宝玉来了，如真如梦，惊疑难信。及耳边听得确是宝玉的声音，才知不是梦。但见宝玉比先消瘦了许多，心如万箭攒胸，口不能言。半晌，还是宝玉的声音——“妹妹近日可大好了？”字字宛然，与往年无异。

“我觉轻了许多——你又过来做什么？”也是字字宛然，与往年无异。

好像什么事都不曾发生，不曾变化。

像这样的笔墨，是诗呢？是散文呢？还是研究论文呢？

《真故事》的作者希望读者欣赏会心的，就是能通过对《红楼梦》佚稿故事的粗线条“进入”，领略曹雪芹的文心和境界，他的“诗与思”，他的“真《红楼梦》”与那部流传了二百年的“假《红楼梦》”的差异——人生境界、理想境界和审美境界的差异。我想这个目的是基本达到了。

《真故事》的下编集中了周汝昌近来有关探佚方面的重要单篇论文，它们不仅是上编“真故事”的理据和后盾，而且从中可以看出他作为红学界的前辈和泰斗，是如何全力扶持、奖掖探佚的同道和后进的。其中甘苦情味，用他题“玉钏尝羹”画中的诗句，那是“侬自为君尝不妥，固应滋味异酸咸”了。

周先生最近又来信告诉我，《全国新书目》复刊号收了《真故事》，并摘刊了《娶宝姐姐》《奇怪的夜话》和《除夕诗情》三节。这三节都是属于“婚恋”那一条大情节线索的。后四十回续书发生过大影响的就是“黛死钗嫁”的“爱情婚姻悲剧”，那种写法自然也有它的文化生成背景，有其接受美学的历史基础、文化基础和社会基础，起过一定的历史作用。但那毕竟不是曹雪芹的故事和境界，曹雪芹建造的美学宫殿要伟大辉煌得多。可惜这座“圆明园”最精美绝伦的部分被历史的迷雾遮蔽了。现在周先生提供了一个“模拟”的“黑箱”，虽然还不是真品，但到底比完全缺失要好多了，至少，这里有了一个“路标”。

如果一头生猛精活的神貂，它那雄伟美丽的大尾巴被割掉了，而安上一条刷子一样的牛尾巴，而人们居然以为神貂的尾巴原来就是这样的，那会是怎样一种误会呢？如果维纳斯的那条断臂被一个工匠作了俗气平庸的接补，而大家一齐拍手叫好，那说明什么问题呢？自然，我们也承认，那个安牛尾巴和接维纳斯断臂的人是费了心的，也是不容易的，但这和对艺术极境的追求又有何相干？

时代在前进，人民也在前进，民族的文化水平要提高，审美素质要提高，心灵境界也要提高。神貂之巨尾、维纳斯之断臂已经不只是想象中恍恍惚惚的“山在虚无缥缈间”，它发出了寻觅真美大美的真诚召唤。从一定意义上来说，《红楼梦》八十回以后的残缺有一种宿命般的神秘意味。因为这种残佚使《红楼梦》的“空筐结构”获得了巨大的空间，给读者的想象力留下了无穷无尽的驰骋天地。而由于后四十回续书的李代桃僵，又使民族的接受美学和接受文化的水准面临严格的检验。是否具备窥见“貂尾”和“仙臂”的灵心慧目，有没有这种能力，将成为一个永远新鲜的考试。

《红楼梦的真故事》是一次富有想象力的尝试，它自然不是尽善尽美的，也不是每个“构件”都组装得天衣无缝，但那是属于牝牡骊黄的事了。重要的是它给出了灵魂和境界。

1996 年 7 月

（1996 年 8 月 19 日《太原日报》，周汝昌《红楼梦的真故事》，北京，华艺出版社 1995 年 12 月出版）

学术范型的意义

如果以比较严格的近现代意义上的“学术”品格来定位，红学应该从胡适发表《红楼梦考证》算起。如果把尺度放宽一些，那自然还可以往前推，索隐派，题咏派，评点派，王国维…… 都是红学的前奏。从较严格的意义讲，红学的历史已将近百年，从较宽泛的意义讲，那就和《红楼梦》本身的历史一样长了。

一百多年来曾经染指红学的人物，那是相当可观的，有大思想家，大学者，大理论家，大作家，大政治家，可以说几乎囊括了中国近现代思想文化史上的一大批精英。王国维，蔡元培，胡适，鲁迅，陈独秀，顾颉刚，俞平伯，毛泽东，胡风，林语堂，张爱玲，周策纵，唐德刚，柳存仁，王蒙…… 都是泰斗级的人物，他们都对《红楼梦》发表过自己独特的自成一家的见解，从而在红学史上留下了深浅不等的痕迹。

不过，上面提及的这些泰斗精英，又并没有一个人是把红学作为自己毕生的甚至主要的事业来投入的，他们都只是在其人生的某一阶段涉足了红学，闪了一下光以后就又或潇洒或无奈地从红学急流勇退了。他们的人生定位仍然是思想家、学者、理论家、作家、政治家，而不是红学家。当然，我们也可以称他们为红学家，但那程度和界限所在人们其实都是明白的。

如果按照严格的标准，即红学成了其毕生事业这样一个标准，纵观全部红学史，只有周汝昌先生是名副其实当之无愧的红学家。我们说周汝昌的红学范型意义，首先是从这种敬业精神的角度来观照的。不管你赞成还是不赞成周汝昌的红学观点，但这样一个事实是无人可以否认的。从 1947 年开始，周汝昌在红学的园地里辛勤耕耘，已经超过了半个世纪，这种对红学的执着献身五十年来基本上没有中断过。这是任何一位红学同行所不能比拟的。同时我们应该特别注意到，周汝昌在其后半生是在双目患有严重眼疾的情况下，克服了常人难以想象的困难来从事红学研究工作的。在他的晚年，仍然不断地奉献出高质量的新成果，这就更令人肃然起敬了。由于他不能检书和阅读资料，写作全凭记忆，加上年老和其他各种不利条件，他的写作中有时候会出现一些枝节上的失误，对此是应该予以理解和谅解的。偶然的失误是容易纠正的，许多独特的领悟和发明却是除了周汝昌就无人可以作出的。

周汝昌对红学所作出的实质性贡献在红学史上是首屈一指的。这不是对周汝昌的溢美虚誉，而是一个基本的事实。耐人寻味的地方在于，周汝昌对红学事业锲而不舍，孜孜以求，固然是他对红学作出巨大贡献的先决条件，但并不是最关键的因素。一个人长期从事某项学术事业，总会有所成就的，但那成就的大小、质量的高低却不一定和时间成正比。更决定性的因素是研究者的才气和能力之大小及这种才气和能力与所从事事业的契合度。

正是在这一点上，周汝昌的红学范型意义更富有启发性。

还是要从红学的特殊性说起。这也是一个争论的老话题。《红楼梦》只是一部小说，对一部小说的研究为什么会成为一种专门的学问呢？前一段有人在反思："研究一部小说的学问究竟能有多大？" 好像有一种幡然醒悟的样子，其实还是对红学的内涵和意义认识不深不透。红学，毕竟和"水浒学""三国学"等有些不同，这种不同在于《红楼梦》作为一部小说有其独特性，红学作为一种历史文化现象有其独特性，《红楼梦》研究、红学与中华民族的文化心理、中华民族的灵魂或曰国民性之间交缠纠葛的复杂性、深刻性和典型性都是其他任何"一部小说"的研究所不能比拟的。"《红楼梦》现象"有其不可替代的历史文化内涵和意义。

红学的这种特殊性对从事这门学问的人的素质提出了不同一般的要求。简言之，就是要求红学研究者在考据、义理、辞章三方面都具备相应的素质。同时，正因为《红楼梦》是一部小说，而且是一部奇特的小说，《红楼梦》研究就不同于对甲骨文、敦煌卷子的研究，它不仅要求理性条件，而且要求感性条件，要求灵魂的介入，质言之，即要求研究者有高度的艺术感悟能力，有和曹雪芹比较接近的天赋气质。

这当然是很高的要求，是可遇而不可求的。介入红学的学人文人可谓多矣，上面我们列举了一系列重量级人物，可是他们大多数都未能达到考据、义理、辞章、气质四者皆备的要求，即未能达到与研究对象的完全契合。当然每个人的具体情况是各异的，对其中一些人的分析解剖，我在《石头记探佚》中曾经涉及过，大家有兴趣的话可以去检阅。四项条件都具备了的，只有一个周汝昌。

周汝昌在考据方面的成就和贡献是不必辞费的，想来不会有人在这方面提出什么异议。他在辞章方面的功力、写文章的本领也是有目共睹的。应该引起人们重视，也就是迄今为止尚被忽视的是周汝昌在义理和气质方面的特点。《红楼梦》的伟大首先在于它思想的深刻性和超前性，艺术的独创性和融通性。我用融通性这个字眼，是指曹雪芹对中国传统文化和艺术的带有原创性质的继承发扬。能够把《红楼梦》这种思想和艺术的真谛和精髓作全面的鞭辟入里一针见血的发掘和阐释的，应该说也只有周汝昌，至少可以说是他做得最好。这里最突出的表征，就是只有他能那么清晰地分剖出曹雪芹原著和程高本“两种《红楼梦》”的本质差异，指出其思想和艺术的极大不同。

这里不涉及对“两种《红楼梦》”的具体的微观的评价，比如说后四十回续书也有其一定的思想艺术价值和历史贡献等等，而是说周汝昌因此表现出高出其他人的思想家素质和艺术家素质。这种素质的有无和高下是非常重要的。同样需要特别指出，由于眼疾，周汝昌并不可能接触更多的新思潮新方法，但他凭借自己的悟性和智慧，却能够摄取新思潮新方法的一鳞半爪，就得其颔珠，把中西文化融会贯通，应用到红学研究中去，且用得比较恰当。

《红楼梦》是一部小说，最重要的当然是它的思想和艺术了。为什么许多人要把代表了中华民族文化水平的那么超前的深邃思考和艺术创造硬要降低抹平呢？明明曹雪芹原著中有那么多超卓希特的思想和孤心独诣的艺术，却偏要用后四十回续书的低俗平庸来抹杀消灭它们。曹雪芹原著《红楼梦》虽然出现在二百多年以前，却是可以和《尤利西斯》这样的现代西方文学经典相媲美的，这是一个文学史和文化史的奇迹，我们的阐释却偏要把它说成只是一部爱情小说,顶多把它和欧洲18、19世纪的文学名著相提并论,对中华民族的伟大文化创造,这不是很冤枉的事情吗?

对于一般的读者大众来说,这种认识偏颇不能苛求责备,问题是为什么这么长时间这么多文化精英都表现出迟钝和滞后?这才是"《红楼梦》现象"的历史怪圈所在,也是红学值得发掘的深刻内涵所在。这里面实际上涉及中国文化、思想、政治等传统和现实的诸多方面的大问题,涉及中国知识界整体素质的大问题。也正是在这种纵向横向的联系牵扯中,才更凸显出周汝昌治红学作为一种学术范型的不同寻常的意义。注意到这一点,才能真正懂得研究《红楼梦》这"一部小说的学问究竟能有多大"。

回头看看《红楼梦》之后的整个中国文学史,20世纪一百年,除了一个鲁迅,中国并没有产生第二个可以和西方文学巨匠相匹敌的伟大的思想家和艺术家。从根源上来解剖,这也正是20世纪的大多数中国文化精英没有能理解曹雪芹的《红楼梦》之原因所在。我提出老一代学者中只有"两个半"(周汝昌、胡风和鲁迅)理解了曹雪芹《红楼梦》思想境界的真谛这一看法,就是着眼于此。归根结底,这是一个关系到整个中华民族文化心灵、思想力度和艺术气质的问题。

王国维率先用西方哲学(叔本华)的视角来观照《红楼梦》,这是了不起的,因为他引进了新思路,问题是他的这种义理视野没有与科学的考证相结合,他本人的思想气质与曹雪芹又并不契合,因此他未能发掘出《红楼梦》的真思想真艺术真价值。胡适、俞平伯的考证派红学用实证的科学方法开辟了红学的新时代,这也是了不起的,但由于思想气质的扞格,他们同样没有进一步彰显《红楼梦》的真思想真艺术真价值。更本质更深刻的是周汝昌的红学研究,尽管他在王国维和胡适、俞平伯之后,但只有他在考证的基础上深入了思辨和审美的堂奥,初步地却是本质性地揭示出了《红楼梦》的真思想真艺术真价值,因此周汝昌不仅是作为考证派红学的集大成者在红学史上占有地位,更重要的是他提供了《红楼梦》研究的学术范型。

周汝昌的红学研究作为一种范型,第一点是研究者对学问的献身性,第二点是研究者和研究对象的契合性。这两点都既具有普泛意义,又具有历史意义。如果把这个问题展开和深入,我们所面临的实际上是一个中华文化和学术的学统问题。这个学统问题的意义很重要,它提示我们,西学的引进,无论是哲学思潮(王国维)或者是科学方法(胡适),如果没有和研究对象的气质契合作为前提,将不可能有理想的结果。

红学界某些对周汝昌的“批判”,正是批判者与研究对象曹雪芹、《红楼梦》,与批判对象周汝昌之间气质隔阂、才性横绝、思想差距而“误读”的产物。比如周汝昌曾说红学有根本性的四大支柱,即曹学、《石头记》版本研究、脂批研究和探佚学。一些人就驳论说这是把《红楼梦》文本研究排斥在红学的范畴之外, 其实这最典型地表现了驳论者僵化的思维定式和麻木的艺术心灵。难道周汝昌连《红楼梦》文本研究属于红学范畴这样的常识都不懂? 他又为什么要写那么多文本研究的著作和文章呢? 周汝昌强调“四支柱”说,言下之意就已经把基础性研究和文本研究分成两大部分, 无非是说红学首先要在那四个最基础最关键的分支学科方面取得突破性进展, 才能够进一步在小说文本领域升堂入室。他说“在关键的意义上讲,只此四大支,够得上真正的红学。”(《〈石头记探佚〉序》)强调的正是“关键的意义”。

红学的发展不正有力地证明了周汝昌早在 1980 年代初就揭出的这种洞见卓识吗? 迄今为止红学的实绩不正是围绕着那四个分支而取得的吗?《红楼梦》文本之“意义”(思想、审美)研究的长期滞后,其中一个根本原因不就是受制约于那四项基础研究还不够清晰深入吗?(另一个根本原因是研究者的思考力和艺术感悟力的问题。)驳论者们连周汝昌提出这一论点的真意何在本质何属都没有看懂弄清, 却以简单可笑的形式逻辑推论方式说周汝昌把《红楼梦》文本研究排除在红学研究的领域之外,并针对性地提出什么“红学就是研究《红楼梦》的学问”这种绝对“正确”但毫无意义的在形式逻辑上同语反复的“命题”。让人齿冷的是,这些标榜研究“文本”的人却在那里大搞特搞非文本研究并以此为红学唯一正宗,谁又写出过像周汝昌《红楼梦与中华文化》《红楼艺术》那样高水平的文本研究著述呢? 周汝昌的这两册文本研究著作写在《红楼梦新证》等考证性著作之后,十分清楚地显示了“四支柱”与文本研究的关系。

又比如为了阐明《红楼梦》与中华传统文化的密切关系，周汝昌在行文中用了“中华大文化”的说法。就又有人嘲讽说什么叫“中华大文化”？其实周汝昌无非是有感于红学界对中华文化的理解往往过于狭隘，不能从更加高屋建瓴的视角把握中华文化的深广伟大的内涵和外延，对曹雪芹原著《红楼梦》与中华传统文化深刻复杂的纠葛认识肤浅，因而加一个“大”字提个醒而已。如果善于体察作者文心微意，这是一点也不难理解的。可是一些人已经习惯了八股教条式的思维和行文方法，缺少内在的灵光慧性，对一切都“较真儿”，却又较不到点子上，徒然增加无谓的纷扰。

陈寅恪先生在《冯友兰中国哲学史上册审查报告》中说：“吾人今日可依据之材料，仅为当时所遗存最小之一部，欲藉此残余断片，以窥测其全部结构，必须备艺术家欣赏古代绘画雕刻之眼光及精神，然后古人立说之用意与对象，始可以真了解。所谓真了解者，必神游冥想，与立说之古人，处于同一境界，而对于其持论所以不得不如是之苦心孤诣，表一种之同情，始能批评其学说之是非得失，而无隔阂肤廓之论。”这段话移之于《红楼梦》研究也是很恰当的。曹雪芹有关材料及脂批等，皆可谓“残余断片”，要对曹雪芹和《红楼梦》达到“真了解”，也必须“神游冥想，与立说之古人，处于同一境界”，方能对其“苦心孤诣”，“表一种之同情”，即“解其中味”也。而要达此境界，是要各种主、客观条件诸端凑泊的。周汝昌正是这样一种罕见的机运遇合之人。同理，要对周汝昌的红学研究有“真了解”，也要有“处于同一境界”的基本条件，否则难免“隔阂肤廓之论”。

可以用这样几句话概括周汝昌其人其学：诗人气质，史家功夫，思者慧光，红学旗帜。

1998年7月7日

（1998年12月7日《人民政协报》）

周汝昌红学五十年感言

前得周汝昌先生新著《红楼梦的真故事》，扉页作者介绍云：“字玉言，号解味道人，1915 年生人。”今获先生 1997 年元日书启，开首则曰：“汝昌自 1947 年为始，失足于‘红学’，不能自拔，转头五十载于今。”1997 年，周先生年届七九，而“红腊’，则为五十，碰巧又逢“九七”香港回归，诸端凑泊，于周先生，于红学，都别有一番意味。

三年前，我曾以和周先生的通信为主要内容，写过一篇人物素描式的随笔，标目《独上高楼蓦然回首》，但一直没有机会发表。今天拿出旧稿重读，不觉又有新的触发。何不在此陈文旧基之上，添修点染，更建新构，就为周先生红学五十年因缘之芹献呢?

自以为得计，遂成此文。

检点箧中各种简札，周汝昌先生的信独多，已有七八十封之数，超过了任何一位师友来鸿。最早的一封署的日期是 1980 年 10 月 31 日，屈指算来，已阅十七载矣。

周先生的第一封信，是对我寄去《史湘云嫁贾宝玉说》那篇论文的答复。当时由于地址不明，我首先把论文寄到中国科学院（那时中国社会科学院尚未独立建院）文学研究所，被邮局退回来，我又二次投递，寄往《红楼梦学刊》转，这期间往返周折已费去两个多月。我那时的情形，是一只脚刚迈进“学术界”的门槛，另一只脚还留在外头。那种仰慕名流、渴沐春风的心情真有如古语所云“如大旱之望云霓”。大概也就是一周左右，我得到周先生的回信。牛皮纸信封，左下方印着“文化部文学艺术研究院”几个鲜红醒目的字，竖写格式。紧靠“研究”两字左侧写一个“周”字，其上横右上倾，转折成一个锐角，直刺在“术”字的横下撇上之间。后来我常常想，这个“周”字的孤峻峭立锋颖秀出颇有一点象征的意味。

拆阅时心情十分激动，尤其读到信中“见所论，不胜欣喜。我们的看法是不谋而合的”这些话语，更是大喜过望。待到喜悦之心潮趋于平静，才再细细揣摩信中另一些话：“事忙不堪言，又目坏已甚，困难很大”而仍然“尽可能地尽先粗阅了一下”，“个别处，论证似嫌简略，但好处是要言不烦”。对“因麒麟伏白首双星”那一句《红楼梦》的回目，我原来的解释，是“双星”用牛郎和织女隔河相望的故事象征贾宝玉和史湘云后来聚首又分离，信中特别告知：“我在《红楼梦集刊》首期有一文论及，你曾注意否？请一参考才好。”后面又询问“此稿不知已有约好的发表刊物否？”并建议我向河北师范大学学报投稿，寄给“该校韩进廉同志”，并说“我已去信提过你此文了”。在信的结尾则很客气地说：“见稿是复写本，当另有同本，故惠寄的这一份就留给我参考，好吗？”

作为一个刚从十余年的人间炼狱挣扎奋斗出来，正在求学读书的研究生来说，得到一位著名老专家这样一封意殷殷语谆谆的信，确实是获得了一种精神动力。思绪本已是春蚕破茧丝丝抽动，这一下更如放开了大闸，鞭策了骏马，一头扎进《红楼梦》八十回后佚文的探索研究之中，焚膏继晷地干起来。论文一篇篇写出来，又一篇篇寄出去，周先生的“鸿雁”也一封封地飞过来。从第二封信起，对我的称谓已经从第一封的连姓带名称“同志”改为只书名而称“学友”。

尽管时时感叹目坏，周先生对我的文稿是看得很细的。1980 年 11 月 24 日来信，在纸尾又附一笔：“稿 P.13‘人情事故’，应作‘…… 世故’。”除了对文章中的论点论据表示“深获我心”之外，又特别说：“你的文字很好，简洁，通畅，明白，气味纯正。望你坚持好文风(其实也是学风)，万勿受任何‘时流’的坏影响。研究有得，要有信心(不是狂妄自是)，不怕‘名家’的‘势力’(即压力)。我对你是很支持的，寄以很大的期望，‘探佚’是红学中极关重要的一部分工作。务望努力——全力以赴。”“我的‘红友’很多，真正认识‘探佚’的重要而且做工作的，也不过二三人。故深盼你在这方面作出好成绩。”

周先生成名很早，20 世纪 50 年代已是红学界数一数二的大学者，为什么却总是对“名家”“势力” 耿耿于怀呢？给我的第一封信中已经有这样话：“只要抱着探求真理的精神和志愿，应该这样努力研讨，无所‘畏惧’。”后来和周先生的墨缘深了，我更深深感到他有一种极为深刻的孤独感，这种孤独感不是由于年老，没有随着知名度的越来越高而有所缓解，政治环境的影响似乎也非主要原因，而是一种学术境界的孤独感。

“满纸荒唐言，一把辛酸泪。都云作者痴，谁解其中味？”爱看《红楼梦》的人都能脱口而出背诵这首诗。可是，在“探佚”未大成之前，他们中很多很多人都把心灵的焦距对准了后四十回续书中的“黛死钗嫁”。这包括了研究《红楼梦》的大多数“专家”和“学者”。周汝昌却从四十年代写《红楼梦新证》起，就力排众议，痛斥高鹗“狗尾续貂”，揭露“伪续”“篡”了《红楼梦》的真味儿。他因此陷入了“光荣的孤立”——一孤立就是几十年。他因此成了“少数派”——这个“派”少到只有他一个人。他因此总感到一种强劲的压力和压抑——来自“名家”和“势力”，他们以“集体”和“群众”的名义“挟天子以令诸侯”。周汝昌因此实在地承继了曹雪芹“谁解其中味”的历史性孤独感。他被迫地成了“斗士”——为坚持和维护自己的学术见解而展开了韧性的、几乎是毕生的“战斗”。

不是政治斗士，也有别于鲁迅那样的“思想斗士”，而是“学术斗士”，“思想”以一种非常专门的“学术”形式出现。这种“学术”里面隐藏着关乎中华民族灵魂品质和精神境界的大问题，却因“学术”的坚硬外壳而与大众隔离甚远，孤独感因此也就格外深邃。“两间余一卒，荷戟独彷徨。”鲁迅的孤独毕竟还是直面社会和人生的，周汝昌的孤独却幽闭在“学术”的围墙之内，他的活动场地更专深，也就更窄仄，孤独感自然也就更强烈。这真算得是一种奇遇，在中国历史上，不说绝无仅有，也是很罕见的文化现象。

在他给我的书翰中，为我的著作写的序言中，以及与我赠答唱和的诗词作品中，总是轰鸣着“孤独”与“斗争”交奏的音响。

学术之事，试看古今哪一个重要学说之初出不是大遭反对的？哥白尼当时如有畏惧世俗压力之心，太阳至今仍绕地而行。可异不可异耶？

我们看来一清二楚的，简单不过的，庸人蠢人却说“不然”——所以我们很“苦”，和此二种人对话，多冤枉！！但现实却恰恰要求我们针对这“两种人”作不倦的斗争工作。苦在这儿，意义也在这儿：古往今来，凡真理都是先得战胜此“两种人”才获得自己的“存在权利”的！！！呜呼。

见你忧谗畏讥，顾虑不小。处今之世，可以理解。记得你刚交稿不久（或发排之后）来信说书出恐受“批判”…… 我也曾去过信。想当记得。我作诗不为发表，纯属个人之间的来往。有人看了不舒服，也要干涉？我的序，也并未出言失其分寸。如果也“连累”了你，那就太没好人走的路了，难道我们只是怕和退，就“免去”麻烦了吗？“积四十年之经验”. 知其不尔。你越逊让，他越放肆。手中有真理，词严义正以待之，可耳。书已正式出来了，你更要有个坚定的态度——拙句不亦及之乎？

…… 而是说这儿有一种见解，或一种“思潮”（夸张之词了），貌似陈义甚“高”，实则落后于时代，还是三十年前老脑筋老境界。连科学分工都觉着不受用，作点儿实际工作都不肯，却高唱什么目标新局面。探佚是一门专学，他却嘲讽“这个学，那个学”，此非“葛天氏之民欤”而何？

上面的段落，是从历次信札中挑选出来的极少一部分，都是围绕“探佚”这个研究课题而发。这些议论的背景，且隐云雾之中更妙。探佚盛行，则后四十回程高续书被“釜底抽薪”。一百二十回所谓“完本”《红楼梦》既然已经“被历史接受”了近二百年，彻底掀翻这个大案的探佚研究要“犯众怒”“反潮流”，感受“压力”和“孤独”，原本是“册子”里注定的命运。

不过，更有意思的是，周汝昌的孤独感还不仅局限在这一个问题上。除了这个“核心”,在许多“外围”和“边缘”研究中,他也常常卷入争论而且显得孤立。比如他研究曹雪芹家世,推断应该有一个叫曹宣的,当时这纯粹是“大胆的假设”。虽然后来发现了康熙时的《曹玺传》,证实了他的“天才预测”,但在此前的长时期内,却备受责难和嘲弄。不过并非每一个问题都能有“《曹玺传》”出来作硬证,因此他主张曹雪芹的祖籍在河北丰润,曹雪芹的卒年在癸未而非壬午,乃至曹雪芹小像,曹雪芹墓石,等等,周汝昌都成了一种意见的代表人物,而且往往成为众矢之的。当然很难说周汝昌在每个问题上都绝对正确,但他确有一种迥异常人的悟性思维方式,这又很难为一般只具有常规思路的红学同仁们所企及理解。

这种历史的际遇造成了一种“缥缈孤鸿影”的孤独寂寞的学术和人生境界。因而,他一提起笔来,无论是撰文、写信,还是吟诗,一种“积郁”、孤愤的情绪就汩汩涌出。郁愤出诗人,郁愤的情绪加上周汝昌的天分,使他特别能于曹雪芹产生“同情”,而发《石头记》的真诠,也使他的学术文章写得分外漂亮,不仅是“学术”,而且是“文章”。所谓“玉言”和“解味道人”的别号良不诬也。即使那些和周汝昌学术见解十分对立的人,私心里也不能不承认他的文章“妙”,他的笔“生花”。

说得不客气一些,周汝昌的天分是远在他的红学同仁们之上的。他不仅有学,而且有才,更重要的,是他有识。考据、义理、辞章,周汝昌三者皆擅胜场,因此,他一下子就进入了曹雪芹的胜境,而他的同仁们却往往为高鹗所牢笼。专攻考据的人觉得他的思路跳跃性太大,好像不遵守考证的“规矩”,偏好文本分析的人又嫌他“脱离”文本太远,讥为“考证派”。

总之,周汝昌“悟性”挂帅的治学思维方式常常使他的论敌们不知所措甚至不知所云。本质上言,这其实也就是曹雪芹和高鹗的差异。《红楼梦》的原著和后四十回续书,这个历史的吊诡挤弄着狡黠的眼睛,使多少大名家捉襟见肘贻笑人间呀。

由此一脉贯注,也就突出了周汝昌另一种“个性”和“风格”:他特别肯奖掖后进,特别能发现人才,特别愿意充当伯乐。周汝昌的这个特点是红学界所公认的。不少中青年学人都受他的提携而步入红坛。只要有一善可称,周汝昌就尽全力予以表扬,代为鼓吹,给以各种帮助,包括推荐发表、出版,写序言,介绍参加学术会议,等等。由于“学派”林立,众口难调,而被提携的学子们也秉性各异,有的颇具锋芒,有的学养欠周,周汝昌的古道热肠也就有时引起非议,招来种种“说辞”。周汝昌似乎对自己的大名鼎鼎估计不足,不知道享有大名的人不仅“批评”的话难说,而且“赞扬”的话也轻易说不得。

从根源上说,周汝昌对青年的提携也是他孤独感的一种衍射。在同辈和准同辈中觅不到知音,只有把希望寄托在更年轻的人身上。而一旦真获遇“高山流水”,满腔真情就会倾泻而出。无论是公开发表的序文,还是私下的个人通信和吟咏,周先生对我的习作可谓赞誉备至。这在对“知遇之感”没有强烈体验的“局外人”来说,自然要不以为然。

“红场”极不堪。我数十年观场,至今日中怀更为作恶!若非有兄等二三子为砥柱中流,我真想不再研红了。

…… 而高山流水之思,固不能无所感切。人生之难,难在得一知赏,莫逆之契,良不诬也。

为红学辛苦大半生,今乃得有吾兄佼佼出现于红坛,欣慨交胸,莫可为喻。吾辈目前,势似孤单,但分明已经打破牢笼,而进入一个新的时期了,能解决这个中华民族文化史上最钜大、最深刻的问题,开辟了一个崭新的精神世界,使全人类逐步认识曹雪芹,平生愿足,岂更有他求哉。

兄欲为文,拙意只要将立论的理由论点,切实说清,即不怕什么。最多不过“商榷”,不会再出现什么“大阵仗”的。…… 要想有一丝“突破”,也需要如常山赵子龙将军之胆的。呜呼。

这些不同时期的简牍,摘录了放在一起,是颇有一点“历史感”的。以“探佚学”的兴起和大成为标志,从“尊高”到“尊曹”,“两种《红楼梦》”历史地位的升腾和坠落颇堪玩味。卷进这一红学漩涡的各路诸侯，都不免暴露了他们文化长衫掩盖下的某一种“底”。周汝昌高屋建瓴，确有一种“独上高楼，望尽天涯路”的苍茫气概。这是文化的苍茫，前不见古人，只好往后张望，切盼来者了。

因而，当《石头记探佚》稿成，请周汝昌为之作序，他于“吴牛喘月”的“酷热异常”之时，“却捉笔欣然，乐于从事”，写了一篇气足神完的佳构。其中有云：“我认为，这是一件大事情，值得大书特书。在红学史上会发生深远影响。”这样的话，确实是“骇俗”和“刺目”的。面对“溢美”“捧杀”的“舆论”，周汝昌不为所动，自信“并未出言失其分寸”。当书稿正式出版、“问世传奇”后，他面炙书香，比出版了自己的著作还要激动，还要动情，“喜题俚句，时复酷暑，绝类作序之年也”：

砥柱中流最可思，高音未必众皆知。
人间事事迷真假，万里求贤一已奇。

人生怀抱几回开，何幸书成蜡未灰。
永夜孤明为谁照？清光长是引方来。

奇冤谁为雪芹鸣？智勇能兼亦至情。
红学他年即青史，董狐左马记梁生。

悬真斥伪破盲聋，探佚专门学立宗。
地下有人应笑慰，感怀喜极泪脂红。

序君书忆喘吴牛，披卷今欣似爽秋。
只道京华专酷暑，不知沧海阻横流。

下士闻道常大笑，报誉无惊致毁安。

留得异同归一是，方知为学品尤难。

芙蓉生在秋江上，不向东风怨不芳。
风雨秋窗是谁事，月痕难解细参详。

探佚研究的某些具体问题，周先生和我的看法并不完全一致。最后一首诗就是研讨性质的。诗后附一句："若云逝于春末夏初，岂是月景时耶？"我并没有被说服，后来单撰一篇《林黛玉死于春末非死于中秋辨》，和周先生争论，而他并不以为忤。此外如"岳(嶽)神庙"还是"狱神庙"，"情榜"中一百零八名女子是否都名列"薄命司"等问题，通信讨论，各抒己见，无法统一则各自保留自己意见。这就是"为学"之"品"。讨论分歧意见，周先生总是平心静气地陈述自己的看法和根据，出以商量的口吻，并且时常强调："学问之事，正待相互切磋，方可收功。"此正潇湘妃子教香菱姑娘学诗之语意也。

更多的情况是周先生对我的"发明"和"贡献"极口称许，有时还生发感慨，反省自己的"不足"。如我写了《红楼梦的两种悲剧观》那篇论文，寄给他看，他看后接连写来两三封信，信中说：

论文好极了，我说不尽的高兴。我多年内心有此愿望，从最根本的问题上讲一讲这个重大课题。但有心无力。去年《学刊》索稿，我仅能从"妇女观"的角度来衡量原著与续书，写成一文。那实在浅多了。今睹新作，无比快慰，今夜恐又应喜而不寐。从今日一般水平说，有些同志读了也未必"震动"。曲高和寡，自古为然，虽不免增叹，然亦不必担忧。天下士，高具眼者又何限，——但我说的"和寡"，是指"现有的"红界中人耳。俟稍强，或当以诗题之。

悲剧那篇文写得好。弄理论确实难，但当今之世你想压得住阵，想服人，非得有点儿理论不行。理论靠学问，但也不是"书厨"的事。多读好书，启沃触磕、印证推衍、自生境界—— 还得靠自己一副好头脑好心灵，别的不过是借助罢了。但不学确是可怕的事，我自幼聪颖强记，有悟性，因而不肯刻苦读书，浮光掠影为多。至今深愧至悔，有何益哉。然我辈自知不足，故不敢狂妄。彼狂且妄者，皆自以为是，而不知天之高地之厚者也，红界此辈此等最多。良可悲也。

他果然又寄来了两首诗，这一次是五律：

谁谓平生愿，今朝见此文。
箭因穿七札，笔遂埽千军。
示狗明貂尾，呼鸡洁鹤群。
大悲无鄙事，弘道显奇勋。

无憾平生愿，何忧吾不能！
鸲林怜鼠腐，野畔服芹馨。
大业千钧系，微怀百感承。
中宵非自语，相照有书灯。

我当即依韵和了两首：

羞弄班门斧，难为冰雪文。
情痴悔九死，气壮驭千军。
孟浪宁随俗？孤明自不群。
春江潮又起，赤壁拜司勋。

浩气君真养，痴情我亦能。
神京飞雨润，陋室沐云馨。
微意脂芹系，覃思庄老承。
中宵无朗月，萤火自春灯。

周汝昌对自己真服气的人是绝对惺惺相惜的。“文人相轻”一类“通病”在他身上并不存在。他的文章中对季羡林、张中行等先生的独到之处，都由衷推崇，但并不见相应的回敬。这倒并非这些老先生故作矜持，实在是红学这门学问确实有其极大的特殊性，这些学界泰斗不愿意说自己并无真切感觉的应酬话。但周先生对他认为真有料的人,却是到处逢人说项斯的。他看了我的导师姚奠中先生为《石头记探佚》写的"前言"之后,即对姚先生的识见、器度表示非常佩服,多次在信中提及,后来又和我当面提起。周、姚两先生从此建立起亲切的友谊,互相赠诗、唱和。有一封信这样写:

姚先生前赐一函,我已拜复。其简札之文词水平,当世无第二家可比,真堪佩服。(人家不是临纸掉文,只是随手写去,而词气之渊雅,敻乎不可及。回视拙札,荒陋伧俗甚矣!!)

我因为和姚先生同校教书,倒没福气领受姚先生的简札。但周先生的简札实在也是绝妙佳笔,真挚,雅洁,灼识隽语,满纸琳琅,笔意常在魏晋之间。尤其让我感动的是,周先生对我的文章虽然常常褒奖有加,但遇有荒谬之处,即使是一字一句,也一定指出,绝不"客气"。还是那篇论"悲剧"的论文,周先生虽极赞,却不忘在信尾附上一笔:"兄之文字极好,文中只有一句,拙意以为可改。即不要说'将甲与乙进行了一下比较',只说'将甲与乙比较一下'。"两个"比较"上下,又写上"对比"二字。他的意思,是文章要尽量写得自然如话,避免拿架子的"文件腔"。还有一次,我从探佚角度写了十几首咏十二钗的七言绝句,寄给周先生看,他来信指出不少"小声病",使我赧愧感服不已。

这样一种"真性情",自己倾注毕生心血的学术见解和境界却总是"知音难遇"。在一封信中他曾感慨万端,说平生结交满天下,但对自己的红学研究成果,"肯于(敢于)公开说上一句好话的,却极罕!极罕!"因此也就可以理解,当他的《红楼梦与中华文化》出版,我写了那篇《谁解痴中味》的书评之后,他的心情为什么那样激动、欣慰:

立春大节之前夕,得手札,知所患转愈,且惠书评,喜甚。

前因来函述偏头痛,会此患甚可畏,不容忽视,曾与姚先生(奠中)言之(他赠来论文集,我复谢也)。既病新痊,且属除夕良宵,乃蒙不惜心力,撰此佳文,喜何待言,转觉不安矣。

我于灯下读竟,心绪如潮。自文的角度而言,此篇亦极成功——盖以此短幅驾驭如彼内涵(所涉的、提出的、诸般课题甚夥炙),足见功力,非可一日跻者也。自内容言,所见之角度(深度、高度),亦绝非当世俗流所能梦到。洵非凡品——此义与谬奖溢美并无交涉于我怀。嗟嗟,诚如足下所言,高山流水,皆有"缘"在。人生得一知音,为不虚矣!

除夕为此,又以快递俾吾先睹,感切感切。

此文高层次,尚虑今之期刊编者诸公未必真懂。或竟以为"捧周某捧得太高了",敢登乎?亦未可预卜。假如不登,此书再版时,我将置之于卷首。

此文之佳,亦在活而不板,能放能收,片言居要。此皆俗流所昧昧也。

你提出性分、默契、缘份(原信是"份"),使我心折,亦深感动。

很快又寄来一首诗:

文伟怜除夕,诗平愧立春。
因君骇时俗,而我待何人!
下士常谈道,中华正富民。
非关财为匮,长叹睿灵贫。

周先生赠我的诗还有好几首。《石头记探佚》新版问世后,写来的那首别具怀抱:

身到红楼第几层?危栏迢递石崚嶒。
诸方振铎仍须士,独夜传衣转慕僧。
腐鼠尚劳甘惠施,鸣鸾谁识晓孙登。
遥知辛苦十年事,听尽啼鸦睡未曾?

有一次天津的石建国老先生来信,索购新版《石头记探佚》。书寄去后,石先生又来信谈读后感:

两日来粗读了旧版未收的一些文章，仍未读遍。其中P.578《周汝昌和〈红楼梦与中华文化〉》一文中说他是诗人、是搜集考证的专门家、是学者、书法家…… 或许他还有的一些才能，可能您不知道吧。我和他是半个世纪以前的同学，就所知者，他还会拉京胡，拉的、吹的，差不多称得起是一位京剧伴奏全能选手，并非过誉；他还能演京剧小生（彩唱），而且老生、青衣等，亦都能唱一些，又可以说是多行当的京剧票友。还有他还很懂曲艺，非常能欣赏京韵大鼓。当然这些都是一些自娱的爱好而已。不过，由此亦可以看出，他是一个才华横溢的学者和文人。

才华横溢，这确是周汝昌的特色，是他与其他一些或专门考据家世和版本、或只知鉴赏一百二十回伪“全璧”的红学界人大为不同的地方。多才多艺、触类旁通的周汝昌对《红楼梦》的观感和研究不能为许多同行所认同，其实也是必然的事情。只要读一读他的新著《红楼艺术》，那“鼓音笛韵”，那“吴带曹衣”，那“勾勒·描写·积墨…… 真是建章宫千门万户，在中国传统的艺术、文化和学术中如鱼得水，自在优游。我为《红楼梦的真故事》写书评，以刘旦宅绘画、周汝昌题诗的《石头记人物画》起兴，周先生读了拙文后又来信谈起一段往事：

此次从刘旦宅画谈起，能引人入胜。因你提雪雁，我方想起当时题司棋，还是堕入了高进士的圈套。此不得以“一时失神”而自谅，洵须检讨者也。又，也想到《真故事》于麝月、紫鹃、雪雁等全无“交代”，乃大漏脱。（盖皆“急就”所致。即为刘画题诗，四十首连作带写，只用了一日零一上午即交卷，当时出版社大大惊奇也。）

我不禁想起有一次和周先生通信，提及石建国先生所述往事，周先生复信中又有一段让人解颐的“自述行状”：

自27/3至27/5两月间，曾三次为驻京外宾（使馆界、联合国开发署）讲红，颇受欢迎。我英语四十年不讲，全荒了。然尚能凑合，还落好评。这似比粉墨登场唱小生更值得一入弟文也。一笑。前者被逼为电视台讲诗(对海外的),结果说我之所录效果居首,说我有“演员才能”,别的专家相形见绌,甚至需要重摄云。然则我若当“明星”,何致受穷至今。惜乎后悔晚矣哉。

后来又有来信,再次提到:

我用英语讲红,罗马尼亚大使夫人(博士)赞我作得 beautifully、联合国一美国女士则说我的英语 beatiful!

周先生的孤独感是否已经略为缓和了?石建国先生是天津市一个“街道红学会”的筹建人和“副会长”,这个“学会”所宣讲的红学完全是“周汝昌派”。而“老外”们也开始对他的《红楼梦》研究有了兴趣。看来,周先生似乎不必再为苦苦寻觅“灯火阑珊处”的“那人”而“焦首朝朝还暮暮,煎心日日复年年”了。

前不久,我和两位红坛新秀陈维昭、乔福锦闲聊,他们都对周汝昌的“才气”深为折服,并对红坛的一些无谓纠纷感到好笑,不在一个层次的人是很难对话的。大家都感叹,如果周汝昌先生没有“失足”红学,而是从事唐宋诗词或先秦诸子等其他领域的研究,只怕早已成了像陈寅恪、钱锺书、季羡林那样众口一辞齐声称道的“国宝”和“大师”了。但入了红学界,他就只能是一位“有争议”的学者。“风雨如晦,鸡鸣不已”,“锋镝犹加,痴情未已”,连红学五十年的“有所纪念”也只能自己张罗。这是红学的悲剧性,虽然“求仁而得仁,又何怨”,到底有些让人觉得要吐一口下平之气了。

1993 年 8 月 1 日稿

1997 年元月 27 日新订

(《黄河》1997 年第 6 期)

中华文化学家——周汝昌

周汝昌先生，1918年生人，是著名的中国古典文学和文化研究专家，他涉及的领域十分广泛，如中国古典小说、唐宋诗词、文艺理论的研究，书法的创作和研讨，禅宗、戏曲、民俗的体悟领略，英语和汉语的对译，传统诗词和文化随笔的创作，等等。笔者曾杜撰了一个名词，给周先生作学术定位，称之为“中华文化学家”。

为什么这样说呢？可有充分的理据？下面以周先生学术的大宗，即《红楼梦》研究，唐宋诗词和文艺理论研究，书法创作及研究三大方面作一粗略的鸟瞰。

红学应定位于“新国学”

《红楼梦》研究，或者说红学，无疑是周汝昌学术人生中最重要的成就。

1947年，在中华民族抗日战争取得胜利之后，周汝昌回到北京的燕京大学西语系继续中断了六年的大学本科学业。但经过六年的颠沛流离和刻苦自学，周汝昌的兴趣实际上已经转向了中国古典文学文化的研讨。这一年周汝昌在燕京大学图书馆偶然发现了曹雪芹友人敦敏的诗集《懋斋诗钞》，其中有六首赠给或怀念曹雪芹的诗作，因此于同年十一月写成了一篇论文《曹雪芹生卒年之新推定——〈懋斋诗钞〉中之曹雪芹》。

这是一篇考证性的论文，针对当时颇具权威性的胡适的观点，提出了不同的意见，得出了自己新的推定：“我的看法，是雪芹死时可能三十八九岁，长于敦敏三四岁的光景，而敦诚的‘四十年华’，已然是够准确的纪录了。……曹雪芹生于雍正二年（甲辰，公元1724年）左右，卒于乾隆二十八年除夕（癸未，公元1764年2月1日）。”在顾随教授的推荐下，北京图书馆善本室主任赵万里在其主编的天津《民国日报》“图书”副刊上，把这篇文章发表，并立刻得到了时任北京大学校长胡适的回应。

年龄和地位悬殊的胡适与周汝昌，在曹雪芹生卒年这一纯粹考证性的学术问题上发生了因缘。从 1948 年初收到胡适的第一封信后，周汝昌就进入了研究曹雪芹和《红楼梦》的亢奋状态。民国三十七年(1948)三月十八日(按:三月十八日是阴历，并不等于 1948 年的 3 月 18 日)，周汝昌给胡适写了第一封信。到民国三十七年十月二十九日发出最后一封信，整整半年时间，周汝昌共给胡适写了九封信，而胡适回了六封信。在这期间，周汝昌见过胡适一面，并从胡适处借到了珍贵的甲戌抄本《脂砚斋重评石头记》及另外两种书，他与四哥周祜昌把甲戌本抄了一个录副本，1948 年 12 月胡适离开中国大陆前，周汝昌把原抄本还到胡宅。

从周汝昌和胡适的通信中，可以得出这样的印象和结论:

一、周汝昌很感激胡适，胡适的回信激发了周汝昌研究曹雪芹和《红楼梦》的巨大热情，并让周汝昌立下了献身红学的最初志愿。

二、在曹雪芹的生卒年问题上，周汝昌坚持自己的看法，不同意胡适的看法，一再向胡适陈述自己看法的根据和理由，希望说服胡适，但二人最后也没有达成一致意见。而曹雪芹的生卒年问题之所以重要，在于曹雪芹是否能赶上“曹家的繁华”，影响到曹雪芹写作《红楼梦》的“自传”程度是多还是少、强还是弱，当然也就涉及对《红楼梦》的作者认定、成书情况以及小说的思想、艺术特点等问题的认知。

三、周汝昌比胡适更坚决、彻底地相信曹雪芹写作《红楼梦》有强烈的“家史”和“自传”性质。

四、由于看到了胡适惠借的甲戌本，使周汝昌对曹雪芹原著和通行的程高本“两种《红楼梦》”的巨大差别感受深刻。因此确定了周汝昌此后从事红学研究的根本立场:为曹雪芹鸣冤洗垢，对程高本深恶痛绝。周汝昌认识到，恢复曹雪芹真本原貌，作版本研究是最重要的红学工作，因此将“《石头记》版本学”确立为“曹学”之外红学的另一个基石。而胡适，对这一点远没有周汝昌感受深切和认识深刻。

1950年夏，周汝昌从燕京大学西语系本科毕业，毕业论文作的是《英译陆机〈文赋〉之介绍》《司空图廿四诗品之英译》，此外还有一篇翻译论文作品，译的是季羡林所著《列子与佛经之关系》。毕业后进入燕京大学中文系读文学研究生。1952年春末，周汝昌应聘到四川成都的华西大学任英文翻译课教师，研究生毕业论文《宋词语言的研究》是在四川完成后寄回燕京大学中文系而通过的。此外还把英国大诗人雪莱的名剧《解放了的普罗米修斯》翻译成汉语。周汝昌既有教英语的经历，翻译的实践，又以更大热情在中国古典文学文化的研究方面投入更多的精力，并进而得出汉语比西语优越、中华传统文化高于西方文化的结论。这显示出，周汝昌具有中西文化比较的学术视野，但又是以中华文化为本位的。这与胡适构成了对比，胡适以西方文化为本位，对中国传统文化则基本否定。

这一点，是周汝昌与胡适的“恩怨”，以及与其他红学家终生矛盾纠缠的学术关键点。

周汝昌这个时期最重要的学术成绩，是他完成了专著《红楼梦新证》，于1953年9月由上海棠棣出版社出版（文怀沙化名王耳为责任编辑），共三十九万字。这部书的出版引起了社会轰动，也是红学研究从此成了周汝昌“主业”的一个标志。

《红楼梦新证》“写在卷首”开头第一句话就说：“这是一本关于小说《红楼梦》和它的作者曹雪芹的材料考证书。”的确，《红楼梦新证》在主体内容上是“考证”，内容涉及曹雪芹的家世，《红楼梦》的版本，脂砚斋的身份及其批语的性质，《红楼梦》的流传史……方方面面，林林总总，远远超过了此前出版的胡适的《红楼梦考证》和俞平伯的《红楼梦辨》。因此，这本书一出版，周汝昌从此被戴上了“考证派红学集大成”代表人物的桂冠，但这顶桂冠很快也同时成了一顶荆冠，因为“考证派”的祖师爷是胡适，周汝昌又和胡适有过因缘，周汝昌也就被认为是“中了胡适的毒”，是“胡适反动的实验主义”的活样板。

其实，这只是表面现象，而不是实质。实质是什么？就是前面说过的周汝昌和胡适的文化冲突，其实深刻地隐藏在《红楼梦新证》的思想导向和章节之中。当然，这一点，周汝昌自己当时也并不十分自觉。

周汝昌在说了"材料考证书"那句话后，紧接着就又说："材料不过是我们研究一个问题时需要取资的东西；考证也只是整个研究过程中的一个步骤：二者本身都不是最终目的。在为了给进一步的更重要的工作提供一些较为便利的条件上、在为了给那一工作打下一个比较结实的基础上，材料和考证才有它们的功用和价值。因此，在阅读有关《红楼梦》和曹雪芹的材料考证时，我们便不能忘掉我们的出发点，即为了上文所谓进一步的更重要的工作——那就是，为了这部小说和这位作家的批判与评价工作。"

"材料考证"是为了对"作家的批判和评价"——说白了也就是首先要揭示《红楼梦》的创作背景，进而才能了解其艺术蕴涵，才能对曹雪芹的"思想"（其实也包括"艺术"）作分析评价。特别强调"思想"，这是那个时代的意识形态特色，应该说对《红楼梦》研究的进一步深入发展也是切中了要害的。此前的红学研究，无论索隐派、评点派还是考证派，在思想研究方面都存在着严重的缺陷。《红楼梦》思想研究，正是一块有待开发的处女地。

问题的关键在于，《红楼梦》又有它的特殊个性，即"思想" 只有通过"考证"才能真正发掘出来。只是贴一些"革命斗争"和"马列主义"的标签是不行的。胡适和俞平伯对《红楼梦》的"思想"认识非常肤浅，后来的"革命派"红学则缺乏考证的学术基础，因而流于"贴标签"。只有《红楼梦新证》同时具有了"考证"和"思想"两方面的素质，真正贴近了作者和文本的实际。

《红楼梦新证》关注"思想"的根本主旨十分明确。周汝昌回顾了历史上对《红楼梦》认识接受的贬低倾向之偏颇，并针对历史和现实指出：

问题在，尽管如此，现时对《红楼梦》的一般赞许还都局限在曹雪芹的文学技巧上，例如说他的人物典型创造如何如何，说他的叙述描写手法如何如何，如是而已。但这只能是曹雪芹所以为杰出的一小部分，绝不是《红楼梦》所以为伟大的全体。举一个至为浅显的点作例来说：李汝珍在《镜花缘》里以一种玩笑的态度提出一点点社会问题，就可以邀奖获赞；曹雪芹在《红楼梦》里那样严肃而沉痛地提出许多许多社会问题——宗法问题、奴隶问题、专制问题、官僚问题、司法问题、官僚地主问题、农民问题、宗教问题、恋爱问题、婚姻问题、妻妾问题……一言以蔽之，封建社会制度下的种种问题（换言之：曹雪芹的镜子忠实而详细地反映了一个十八世纪中国、本质改变前夕的封建社会），然而却从未受到过应得的重视，也少有人充分提出来作为专题讨论。那么，我们便不无理由说：无论清代的认识也罢、以后的认识也罢，以至今天我们的认识也罢，虽然它们之间有着基本的不同，有着显赫的进步，但一个共同点却仍然存在着，就是：一般人把这部小说的伟大都十分地缩小了——把它狭隘化了，片面化了，浅薄化了，甚至是，庸俗化了，恶劣化了！

这一段话是《红楼梦新证》的“基点”和“聚焦”，也是周汝昌此后毕生研究曹雪芹和《红楼梦》的“核心”和“本质”。可惜的是，此后几十年的长时期内，“红学界”绝大多数人都基本上缺乏能力认识到这一点，将“考证”和“思想”生硬地割裂开来。

“考证”是为了“思想”。“考证派”是表象，“思想派”才是实质。“红学界”却长期患了盲目症，并由此引发出种种不得要领的说法、议论、评估，这一历史的“吊诡”就这样纠缠了周汝昌整整一生。这一“吊诡”是怎样发生的呢？自然有时代、政治、文化、灵智水平和意识形态影响等多方面的原因，而追根究柢，其最根本的“症结”问题，就是对曹雪芹原著和程高本“两种《红楼梦》”的认同差异。

《红楼梦新证》“写在卷首”后面是第一章“引论”——也就是“总论”。这一章对于宏观把握《红楼梦新证》的根本目的、写作主旨是很重要的，如果简明概括，那可以这样表述：要通过考证让被历史遮蔽了的曹雪芹《红楼梦》的真思想、真艺术呈现出来。

能够使《红楼梦》和曹雪芹的思想从被歪曲的“蒙蔽”走向“澄明”的考证，主要就是版本和作者两大问题。版本方面要以脂批本取代程高本，作者方面要通过考证使带有强烈“家史”和“自传”性质的小说之“生活原型”和“背景”最大限度地清晰起来。这两点，自然是承接了胡适和俞平伯开创的“新红学”的基本立场。周汝昌不同于胡、俞的是，他把版本和作者问题的考证与《红楼梦》文本的“思想”和“艺术”异常自觉而紧密地联系了起来，因此于两种不同版本《红楼梦》的思想价值与艺术价值之差异，就有着更为切肤和深刻的感觉，对于作者的背景情况，也有着更加宏观的历史、社会的视角和深入的考察。

在大量占有和研究历史资料的基础上，周汝昌特别强调曹雪芹“极其特殊的环境背景”，他总结出了曹雪芹“三种稀有的结合”：“第一，他家的地位是奴隶和统治者的结合。曹家是‘包衣’身份，换句话说，就是旗人对满清皇帝自称的‘奴才’；但同时他家上世作织造官的却又是‘呼吸通帝座’的眼线——坏一坏，爪牙。……第二，他的家世是汉人与满人的结合，他家的人实兼具有二者的特性与特习。……第三，他家落户于江南已经六七十年之久，到曹雪芹出世，早已与江南土著无异，这又是北人和南人的结合。”

周汝昌认识到，由于这三个特殊的结合，在清朝的康熙雍正乾隆年间，所谓精神上与物质上的文明，曹家都享受到他人不能想望的极峰。这个独特而奇异的条件，别人不能同时具备，因此也就万万不能和曹雪芹相同，或相比。也因为如此，曹雪芹见闻的丰富，局面的阔大，别人也就少有能和他抗衡的。在这个基础之上，再加上曹雪芹自由进步的思想，清新开朗的性格，高超弘丽的文学才能，才产生了一部惊动当时、风行后世的《红楼梦》。

这三个特殊的结合，究其实际和本质，其实就是说，曹雪芹和《红楼梦》的产生，乃是一种特殊的历史机缘，是中华文化的一种很难遇到的多种因素的巧妙凑泊、结合。研究《红楼梦》，并不仅仅是研究一部小说，研究曹雪芹，也不仅仅是研究一个作家，而是研究整个中华民族的文化，研究中华文化一种非常特殊的遭际遇合，一种在历史上可遇而不可求的中华文化之文、史、哲、真、善、美并驾齐驱的辉煌创造。

周汝昌的红学是中华文化之学，不是一般的小说学，这一基本学术定位在第一部著作《红楼梦新证》中，其实已经奠定了基础，揭出了旗帜。只是，没有这样明确地表述而已。

周汝昌对曹雪芹和《红楼梦》的评价比胡适和俞平伯高得多。在“重新认识红楼梦”中，谈完了思想和社会历史背景，对曹雪芹写《红楼梦》的艺术造诣也已经提纲挈领，点出了最关键的东西：

第一，整个小说的硕大无朋、繁复无方而又组织剪裁万分精妙的这个结构，本身是一个奇迹，最伟大的奇迹。周汝昌引用了李辰冬《红楼梦研究》里说过的一个比喻：“《红楼梦》的结构是波纹式，无数大波起伏，恍洋澎湃；每一大波又环抱着无数小波：前波似尽，馀漾犹存，此波未平，后涟已起。钩连环互，目眩神迷，读者还以为一切是琐碎的平铺直叙，却被作者由一个波送到另一波，自己已辨不出是在那个大波之间，小波之内。”这也就是脂砚斋批语所说：“草蛇灰线，伏脉千里”，以及“如常山之蛇，击首则尾应，击尾则首应，击中则首尾俱应”。

第二，曹雪芹表现手法的高妙，也是第二流作家所难以达到的。他绝少用正笔，用平笔，用直笔，大都是手挥目送，指东打西。……这种着墨无多，语外传神的技巧，却不是普通所谓“描写”，而是与中国旧诗的传统表现方法息息相通：造神境，传神韵。

结构的巧夺天工和用笔的神韵意境，曹雪芹《红楼梦》的这两点艺术特色是最根本的，最富原创性的，因而也是最需要艺术灵心和审美慧眼才能发现和鉴赏的。周汝昌由衷地感叹：“不要说让我们自己去写，只是看，也要看无数遍，才能稍明头绪段落。在这一点上，举世著名的作家，就很少有几个能和他相比的。”

周汝昌考证的独特性、个性，或者说除了周汝昌，换一个人就简直不可思议、无法成就的，并不是资料的搜寻归整，而是对搜寻到的资料作分析和判断，从中发现问题，进而解决问题，也就是“考证”两个字的本来意义。考证功力的强弱高低，主要从这个方面表现出来。这可不是“笨功夫”，而是对考证者学识、才情、悟性等综合能力的全面检验。周汝昌正是在这一根本点上，远远胜过了其他的考据性专家。这在第二章"人物考"之第二节"迷失了的曹宣"和第三节"一层微妙的过继关系"中得到最有趣的体现。

周汝昌这种没有找到文献"实证"而单凭"悟性"的考证方法，当然会让一些脑筋和智商比较刻板的考证专家大不以为然，他们往往标榜乾嘉学派的"严谨"，拘泥于考证的"规矩"，说"孤证不立"，更不能"悬断"，等等。比如，被周汝昌"凭空"考证出来的曹宣，自从《红楼梦新证》问世后，就不断地受到"红学界"的讥讽和批评。直到20世纪70年代初期，冯其庸和李华发现康熙二十三年(1684)江宁知府于成龙纂修的未刊稿本《江宁县志》卷十七《曹玺传》，其中说"仲子宣，官荫生，殖学具异才"，曹宣的名字才白纸黑字赫然呈现。这当然是一个幸运的"偶然事例"。但它提醒我们，对周汝昌考证工作的特点，对他的考证思路，必须打破常规，"另眼相看"。

周汝昌的这些考证论说可谓妙证如水，但在那些形式主义的考证家看来，却并不是铁证如山，而有天马行空的嫌疑。这就涉及两种思维方式的差异了。周汝昌如此深入地进入了曹家的家庭历史，又如此本真地贴近了小说的艺术世界，将两者的微妙联系抽丝剥茧地予以挑明，谈言微中，而其核心，则是"悟性"二字——而这正是中华文化的根本特点。

曹雪芹创作《红楼梦》的原创性写作技巧的艺术特点是"一喉二声，手挥目送"(这八个字是戚蓼生序本《石头记》序言中一段话的浓缩)。这种特点包括脂批所谓"草蛇灰线，伏脉千里"的伏笔影射，用写诗的方法写小说的意境空灵和春秋笔法，以及"将真事隐去，用假语村言"的家史和小说融为一体的创造，等等。

这些都是源于中华传统文化的艺术创造，是融合多种传统艺术精粹而又别出心裁达到一种登峰造极境界的创造。《红楼梦》问世以后，研究欣赏它的读者和评论家，从评点派、题咏派到索隐派，都只能零星地局部地感受到这种奇妙的艺术，却无力从根本上和全局上会心解味。能像戚蓼生说得那样亲切深入的，可谓寥若晨星。

周汝昌是美国教会办的燕京大学西语系毕业的，却又自幼浸淫于中国传统文化，特别是传统的诗词文化，更是深入到其骨髓血脉之中。他总是用一种传统诗人的眼光“阅读”他所面对的各种资料、文本。他没有参加革命，是一个意识形态的局外人，这使他对那些意识形态，对当时和后来一套一套的时髦理论没有太大的兴趣，因此也就较少受到各种教条主义的影响。

比如，周汝昌对曹雪芹创作小说的根本艺术特点“一喉二声，手挥目送”很早就有惊喜的发现、独到的体会和深刻的感受；许多红学研究者却往往麻木不仁，总是在“主题深刻，形象鲜明”一类教条术语中打转，到了20世纪末和21世纪初，又演变成“叙事学、原型批评”一类新的洋教条，就是生动的体现。

曹雪芹的创作，有其天分、家世、遭遇、表达内容和表达方式的独特性，他深深知道自己这种独特性是很难遇到真正的知音的，因此在小说开头就饱蕴深情满怀感慨地写下：“满纸荒唐言，一把辛酸泪。都云作者痴，谁解其中味？”

周汝昌的研究，也有其气质、天分、经历、学养等的独特性，这种独特性使他比别的研究者更容易贴近曹雪芹的心灵，进入《红楼梦》的思想和艺术境界，发现那些被各种历史曲折所遮蔽、篡改、变形、走味的思想闪光和艺术奥秘。他后来起了一个别号叫“解味道人”，并说明是“解味道”的“人”，不是“解味”的“道人”，正生动地表达了他对曹雪芹“谁解其中味”的深情回应。

《红楼梦新证》中的考据论证，都贯穿着将小说描写和作者的时代、家庭背景密切联系的特点，设身处地体会体贴作者创作心境心理的特点，从某种角度说，可谓“以小说证史”。陈寅恪在《柳如是别传》等研究著作中曾创造了“以诗证史”的考证方法，获得了普遍的赞誉。周汝昌创造的“以小说证史”考证方法，却遭到了长期的批评。

《红楼梦新证》“问世传奇”后，立刻产生了巨大的社会影响，引起了许多读者的回应。为什么会有如此巨大的影响和回应呢？总结一下，大概不出以下几个方面的原因：

一、《红楼梦》是一本有着巨大历史影响力的伟大文学作品，从问世以来，一直是备受读者欢迎的著名小说，具有雅俗共赏的美学品位。清朝那种“开谈不说《红楼梦》，纵读诗书也枉然”（道光年间《红楼梦偶说》）的笑谈已经成了一种约定俗成的社会普遍认同。与《红楼梦》有关的一切消息、读物都会很快受到社会关注。同时，1953 年的社会意识形态背景已经弥漫着浓郁的“火药味”，1949 年以前流行的许多读物已被批判而禁止流通。这就无形中留下了巨大的阅读期待空间，像研究《红楼梦》这样古代文学经典的著作自然会格外引人瞩目。

二、《红楼梦新证》包含巨大的信息量，其所搜集到的有关曹雪芹家世和《红楼梦》文本的资料林林总总，琳琅满目，让读者美不胜收。所有想要在红学研究方面一试身手的研究者和爱好者，都可以从中采撷到需要的材料为己所用。事实上，此后的许多红学论文论著，无不有意无意地从这本书中获得资料和信息。

三、《红楼梦新证》使用将小说文本和作者家世相联系的研究方法，得出了许多新奇的结论，颇有一点思考的挑战性和阅读的趣味性，往往让读者耳目一新。同时，其推崇前八十回而贬低后四十回的鲜明倾向性，论述语言的尖锐性，对于读者来说，无论认同还是反对，都会留下深刻的印象，引发“读者反应批评”。

四、《红楼梦新证》的一大特点是“提端引绪”，也就是说，许多问题都留下了进一步探索研究的余地。它的一些结论，甚至其推考的方法和过程，都随着阅读此书的接受者之不同主客观条件而会有不同的认识。有不同认识就会产生表达不同意见的冲动，而这又必然在客观上扩大了这本书的影响。

五、从《红楼梦》研究自身具体的历史语境来说，《红楼梦新证》是在胡适和俞平伯开创的“新红学”停顿了三十年后，才问世的一部真正有分量的红学学术大著作，这本身就是一种容易产生“轰动效应”的历史条件。出版后不久又适逢批判俞平伯和胡适的政治运动兴起，使此书也成了政治漩涡中的一个争论热点。

周汝昌本人，由于《红楼梦新证》的出版而声名大噪，于 1954 年春末从四川大学调到北京的人民文学出版社当中国古典文学的编辑。在编辑的岗位上工作到 1979 年 10 月,才由于眼疾而再调入文化部系统的中国艺术研究院任研究员和教授。

《红楼梦新证》中所蕴含的学术体系到了 20 世纪 80 年代以后逐渐自觉化,理论化,并以各种后续的专著形式体现出来。1981 年,周汝昌提出了红学的四大基础分支是曹学、《石头记》版本学、脂批研究和探佚学,强调只有在这四分支研究取得丰硕成果的基础上,《红楼梦》的思想哲理、艺术美学、历史文化的分析评价才可能真正深入。这是针对当时导致红学停滞、障碍其继续深入发展的现实困惑和思想混乱,为红学的前进指明了方向。他说那四个分支是红学的重镇,并不是要否定《红楼梦》的思想和艺术研究,而恰恰是要通过那四个分支研究以区分出两种《红楼梦》两种不同的思想和艺术境界。他的一些代表性学术著作就是这些分支研究的具体实现。比如四分支研究的《恭王府与红楼梦》《文采风流曹雪芹》《红楼家世》《石头记会真》《红楼梦的真故事》(《红楼真梦》),思想、艺术和文化研究的《红楼梦与中华文化》、《红楼艺术》(《红楼艺术的魅力》)《红楼小讲》《红楼夺目红》。其中《石头记会真》历五十年的艰难历程,是版本学的巨帙,与《红楼梦新证》一样具有学术里程碑的意义。

1995 年第 4 期《北京大学学报》发表周汝昌长篇论文《还“红学”以学——近百年红学史之回顾》,1999 年第 2 期《北京大学学报》发表该学报主编龙协涛访谈周汝昌的《红学应定位于“新国学”——访著名红学家周汝昌先生》,都提出了红学是中华文化之学的论点。而 1998 年华艺出版社推出“周汝昌红学精品集”一套共六种,其中《红楼梦新证》去掉了前面的“写在卷头”,改换成“第一章引论”,开门见山就提出:“‘红楼梦现象’是中国大文化的一种显相,绝非文学艺术的观念所能阐释。理解曹雪芹的这部伟著,离开中国文化是什么也弄不清的。……这样一部书,面貌体裁是中国的野史稗官,实质是中国的文化集成体现。”1999 年在北京大学为学生做《红楼梦与中华文化》的演讲,周汝昌提出“中华文化的特征有两大条主脉”的观点,一条是以孔、孟等先秦诸子为代表的仁、义等伦理社会道德基则；另一条是以才、情等文学艺术的特殊表现能力与方式，以《诗经》《楚辞》为首的历代诗文大家为代表，而这两条主脉都在《红楼梦》中有极其高超美妙的涵泳、赞叹与评议。更早的时候，周汝昌还提出过甲骨学、敦煌学和红学分别代表了上古、中古和近古三个阶段中华文化的辉煌。

红学应定位于“新国学”的内涵，实际上涉及的是整个20世纪中国文化语境中，西学与国学的消长、争持和融合的老问题，同时又是一个新问题。西学与中学（国学）的错综纠葛在《红楼梦》研究中长期存在而且格外尖锐。近百年来大多数知识精英（更不要说一般“民众”）都不能从根本的精神实质上全方位把握《红楼梦》的思想艺术真谛，构成了百年误读的“《红楼梦》现象”。周汝昌因此提出胸怀一个文史哲“大文科”的文化立场和视野，说“我们中华文化从来的治学要求是词章、义理、考据‘三才’俱备，必如此方称上乘，否则只够一个‘偏材’而已”。历史的现实是，曹雪芹的《红楼梦》是“‘三才’俱备”的，而大多数研究者往往多是“偏材”，因此发生了大量的误读、错解和曲说——造成此种情况又是失落中华文化本根珍粹的结果（至少是重要原因之一）。将红学定位于中华文化之学和“新国学”，正是要把曹雪芹的《红楼梦》升格为中华民族的文化经典、灵魂圣书、精神范本——同时它又是一部最伟大的艺术杰作。

《红楼梦》有条件成为普通人感受中华文化博大精深的一个方便法门，它是一部人人可读的小说，是一部非凡的艺术品。同时，正如周汝昌回答龙协涛访谈所说：“我们中国人的思想、感情、性格、观念（宇宙、人生、道德、伦理……）、思维、感发、生活（衣、食、住、行）、言谈、行动、交际、礼数、文采、智慧……无一不可从这部书中找到最好的（忠实、生动、魅力、精彩）写照”，因此《红楼梦》是“一把进入中华文化之大门的钥匙”，“雪芹之书包含了中华文化的所有方面的内容，叙写‘通俗’，引人入胜——不像什么‘文化史’那种枯燥死板的大部头‘论著’，所以称之为‘钥匙’……”

红学是中华文化之学，是“新国学”——其中蕴藏着包括文学艺术在内的深广文化内涵和国民精神之演变升华，又是学术研究和文采风流的统一体，周汝昌则是体现了这种统一体的红学泰斗。

“慧地论文”

“文革”之前，周汝昌在人民文学出版社编辑任上，除了校订《三国演义》《红楼梦》和为张友鹤编选的《唐宋传奇选》当责任编辑之外，最值得称道的学术成就，一是三部诗选的选注，二是撰写《曹雪芹家世生平丛话》并在《光明日报》发表，三是《曹雪芹》由作家出版社出版，四是论文《陆机〈文赋〉“缘情绮靡”说的意义》在 1963 年第 2 期《文史哲》发表。

1959 年 4 月，人民文学出版社出版了周汝昌独立完成选注的《范成大诗选》。1962 年 12 月，作家出版社出版了他与顾学颉合作完成的《白居易诗选》（工作量两人对半分，周汝昌作最后的统稿。但此书开始是先交给顾学颉的，所以署名时顾在前周在后）。这都是人民文学出版社的工作任务。同年同月，中华书局出版了周汝昌独立完成的《杨万里选集》，则是上海特约的。当时中华书局上海编辑所在上海绍兴路 7 号。

杨万里是南宋一个著名的诗人，与范成大、尤袤、陆游并称为四大家。《杨万里选集》不同于当时其他一些同类型的古代诗词选本，体现了思想的灵活和写法的灵动，与当时已经相当严重的教条主义说教和刻板的写作模式大不相同。

20 世纪 80 年代从武汉大学古典文学研究生毕业赴美国留学，现任台湾政治大学中文系教授的唐翼明，有一段话很有代表性：“说起来大概有二十多年了，我那时正是一个刚刚过了对演义小说着迷的少年时代而开始热衷唐诗宋词的青年。一天借得一本《杨万里选集》，咿咿唔唔地读下去，颇觉得他的诗活泼可喜，尤其让我高兴的是注解也同样活泼可喜，我至今还记得注者前言当中对杨万里作诗的‘活法’有俏皮而透彻的介绍。老实说，在四九年以后出版的汗牛充栋的古典文学的注释本中，有特色、无八股气的并不多。我真正心悦诚服的只有一本，就是钱锺书先生的《宋诗选注》，那种博洽、精辟、幽默，实在无人比肩。接下来便是这本《杨万里选集》给我的印象最深了。而选注者就是周汝昌先生。”（唐翼明《周汝昌访哥大纪实》，1987 年 4 月 29 日美国《华侨日报》）

《杨万里选集》的“引言”近三万字，共分九大部分。前几部分都是谈诗的“艺术性”，集中在杨万里写诗最有特色和个性的“活法”。

讨论诚斋诗的，大都先要谈到他的奇趣和活劲儿，有个名目，曰“活法”。他的这个特色并不待后世人出来表扬揭示，他的朋友在当时就能见到。

后面引录了不少当时和后来人对杨万里作诗“活法”的评价原文，既显得史料丰富，证据确凿，又给读者一种回到历史具体情境中去的真情实感。其中还引到了钱锺书《谈艺录》第 138 页的话：

以入画之景作画、宜诗之事赋诗，如铺锦增华，事半而功则倍。虽然，非拓境宇、启山林手也。诚斋、放翁，正当以此轩轾之。人所曾言，我善言之：放翁之与古为新也；人所未言，我能言之：诚斋之化生为熟也。放翁善写景，而诚斋擅写生；放翁如画图之工笔，诚斋则如摄影之快镜：兔起鹘落，鸢飞鱼跃，稍纵即逝而及其未逝，转瞬即改而当其未改；眼明手捷，踪矢蹑风：此诚斋之所独也。

钱锺书把陆游和杨万里作了比较，认为杨万里能在诗中写出“稍纵即逝而及其未逝，转瞬即改而当其未改”的自然和生活之千变万化，如“摄影之快镜”，在艺术上有陆游所无法达到的独特造诣。周汝昌对钱锺书的看法极表赞同：“这段话把诚斋的‘活法’发明得真是曲尽其妙。”（“发明”即阐述之意，与现在意义上的“发明”用法有区别）他又进一步说：“诚斋诗的‘活法’，除了包括着新、奇、活、快、风趣、幽默几层意义之外，还有一点，就是层次曲折、变化无穷。”

周汝昌引了一首五言古诗和一首七言古诗作例子，让读者对“活法”有一个直观感受。我们只看看那一首五古：

仰头月在天，照我影在地；我行影亦行，我止影亦止。不知我与影、为一定为二？月能写我影，自写却何似？——偶然步溪旁，月却在溪里！上下两轮月，若个是真底？为复水是天？为复天是水？

诗写成这个样，的确是“活”的。周汝昌向读者评介说：“你看，这样的诗，是不是大艺术家的一种‘绝活’？评家说他‘笔端有口’；其实，‘口’又有几个是这般的妙口？看他横说竖说，反说正说，所向皆如人意，又无不出乎人意，一笔一转，一转一境，如重峦叠起，如纹浪环生。所以讲他的‘活法’，迅疾飞动是一面，层次曲折又是一面。”

不过，周汝昌看问题，也是多角度、多层次，既“迅疾飞动”又“层次曲折”，用他后来写文章好几次使用过的说法就是“综互合参”。在介绍了“活法”之后，他就笔锋一转：“假如读诚斋诗而只见‘活法’、不见其他，那就未免又‘死’于‘活法’之下。说诚斋不以‘活法’见长，固然不可；说诚斋只以‘活法’见长，恐怕同样地不可。看了大家都讲诚斋的‘活法’，于是读诚斋的诗，就一地里去寻找‘活法’，是会出毛病的。”同时以幽默的笔调预先告诫了对“活法”可能的误解和曲解：“真正的问题恐怕在于：要把‘活法’只看作是‘耍笔头’，‘掉枪花’，打一趟子‘花拳绣腿’，卖弄一路‘小聪明’，乃至打打诨、抓抓哏，使观者有点眼花缭乱、由不得眉开眼笑，觉得‘倒好耍子’——这样是不是正确？”

那样理解当然是不正确的。周汝昌又引了一首收入《千家诗》中的杨万里的七言绝句：

梅子留酸软齿牙，芭蕉分绿与窗纱。日长睡起无情思，闲看儿童捉柳花。

周汝昌说：“粗粗一看，很可能以为这是官僚、士大夫们吃饱了、无事作、闲得不耐烦的作品，根本要不得。我要提醒读者：不了解那个作者彼时彼地的具体处境、时代背景，又不了解他的独特的笔法和用意、思想和作风，这样去看时，有时候是很误事的。”然后就引出杨万里的朋友抗金名将张浚对这首诗的评点:“廷秀(杨万里的字)胸襟透脱矣!”

为什么这样一首“闲诗”居然被评价为“胸襟透脱”?周汝昌进一步解说“透脱”就是“‘执着’的反面”,就是“不执着的结果”,并引用禅宗参禅的公案,说明“透脱”就是“懂得了看事物不能拘认一迹、一象、一点、一面,而要贯通各迹、各象、各点、各面,企图达到一种全部透彻精深的理解和体会;能够这样了,再去看事物,就和以前大大不同,心胸手眼,另是一番境界了”。

周汝昌这些层层剥茧的分析论说,在这里当然只是针对杨万里的诗,引导读者正确理解其“活法”的真谛,并不是“一种‘文字把戏’,是一种‘油腔滑调’……仅仅是一种‘聪明灵巧’类型的‘玩艺儿’”。如果我们联系到他对《红楼梦》等的研究,也就可以对他的思维方式、治学“理路”有了一种“打通”的理解。他的许多红学观点总是要遭受别人的不理解、曲解、误解……其实根儿上就是他治学的“活法”不能被那些囿于常规常理的人所理解。因为对《红楼梦》的观察研究,周汝昌也是从曹家家世、脂批、版本、思想、艺术等“各迹、各象、各点、各面”来“贯通”的,是“了解那个作者彼时彼地的具体处境、时代背景”,了解“他的独特的笔法和用意、思想和作风”,而其他一些研究者却往往“拘认一迹、一象、一点、一面”,或只知用“形式逻辑”作机械“考证”,或只会搬用现成的文学理论教条……

在《杨万里选集》的引言中,周汝昌后面又展开了对杨万里诗文的“思想性”和“时代背景”的论述,却是如水到渠成一般自然,没有一点机械刻板。他说:“讲诚斋的‘活法’,不止是为谈他作品的艺术性,更重要的目的是要通过他的活法来看他的思想。作品的思想内容之有无、深浅,固然先是取决于思想内容的本身的存在和情况,但是作者的表现方式、手法、作风,和我们读者对这一特定方式手法作风的理会的程度,也会影响到我们的‘目力’和‘视界’,也就影响到我们的判断和衡量的问题。”通过曲折却又清楚的论证和举例,让读者明白杨万里其实对南宋偏安一隅的屈辱现实怀有“深刻沉痛的感慨羞愤”。

但是,周汝昌在后面又说:“诚斋作品有思想性时,我们不应视而不见,对其价值加以贬低、缩小……诚斋作品无思想性时，我们也不应代为‘制造’，对其价值加以增饰、夸扬。——诚斋的长处，已如上述，是在‘活法’。他的短处，说来好笑，也还是在‘活法’。——不是在于‘活法’本身，而是在于他对自己的‘活法’有点过于自喜、自负、自恃。——他的作品情况不平衡，有的极为沉婉深至，有的又很滑快浅率。”

如果说周汝昌的红学研究表现了体系宏大、卷帙浩繁的特点，首先以其“量”让人移神夺目，那么他的诗文理论研究则以其“精”而让人首肯心服，虽然著作不似红学研究成果多，却每下笔都别具一格，包蕴深厚，能引逗出无穷的话题，潜涵着一个有待开发的学术体系。

周汝昌在燕京大学作本科毕业论文，就曾经把陆机的《文赋》翻译成英文，并作了一些研究。所以，他对中国古典文论的关注钻研也是很早的。1963年第2期《文史哲》，发表了他的一篇长论文《陆机〈文赋〉“缘情绮靡”说的意义》。论文开头就说：

> 晋代陆机的《文赋》，是我国文艺理论批评史上的一篇极为重要的作品；而《文赋》中的重要论点，应当首先数到“缘情绮靡”一说。可是，“缘情绮靡”四个字的确解到底如何？看上去，似乎不复杂；稍一追求，则问题就很多了。大约从唐代开始，人们对这四个字就有了误会错解。这种误会、错解，在诗坛上起了不小的坏影响，因而也影响了大家对陆机文艺理论的评价。

周汝昌从“缘情”“绮靡”和“缘情体物”三部分作论证，说明这些词句的意义和关系。

针对已有的一些权威解释，如清代的张惠言和朱彝尊，以及袁枚、纪昀（即影视中大加渲染的纪晓岚），周汝昌指出其错误的理解阐释，而且“由于这班人的误解、歪曲及其影响所被，加上对‘绮靡’一词的更大的错会，再看到六朝时代南方民歌小诗中的许多情歌和士大夫的‘艳体’，于是就有人指责陆机，说他是纯艺术论的、唯美主义的、形式主义的倡导者，似乎要他负全部诗歌史上的坏影响的重大责任”。

那么，陆机所谓“缘情绮靡”到底是什么意思？

周汝昌深入文本，考证词义的演变，并参阅征引朱自清《诗言志辨》等前人论说，条分缕析，首先阐明“绮靡”并不是字面上形式美、颓废美的意思，而是“精妙之言”(《文选》注者唐代李善语)，是说诗比其他文体要精妙得多——细密精致，蕴蓄微妙得多。

进一步得出结论认为陆机说“诗缘情而绮靡”，是与“赋体物而浏亮”并举的，他的用意不仅是说明诗和赋这两种文体的不同，也兼有“情”和“物”的联系，陆机并不是以“体物”来专指“形似”的“描写”，也不能说他有重“情”而轻“物”的倾向。陆机文论的意义，是从他那儿开始，才有明确意识将“体物”和“缘情”渐渐在诗里“通力合作”起来。

> 事情已经很清楚：“体物”的赋，侧重直陈铺叙，所表达的意思以及与此相适应的文气、语调，都比较显豁晓畅，读起来、理会起来，都比较朗爽通达，甚至淋漓痛快，因此就是“浏亮”。相对的“缘情”的诗，侧重沉吟涵泳，所表达的情致，都比较细致深隐，而与此相适应的，自然就是低徊往复，沉郁蕴藉的语式声调(这自然都是指当时的古典抒情诗而言)，读起来，理会起来，也比较需要优游潜浸、循回体味，因此，这就是“绮靡”了。

那么，为什么会发生错会误解呢？这是由于陆机的《文赋》，本来是一篇广义的文论，并不是一篇狭义的诗论；而陆机作为一位作家，却是一个诗人，而不是一个散文家；再加上他的“缘情绮靡”提法特别鲜明新颖，是一种创造性的“自铸伟词”，首先引人注意：这就容易使读者发生一种错觉，以为他是重诗而轻文，重“缘情”而轻“体物”。而其实并非如此。

> 至于陆氏的“缘情说”被特别强调起来，发生了很大的影响，当然也是事实，不过那实际上是较晚的事情，另有其客观背景与条件了。

周汝昌在论文的最后归结到讨论“缘情绮靡”说在整个中国文学史和中国文化史中的“意义”：

从这里说起，值得我们思索、探讨的东西就太多了。

例如，“绮靡”和“浏亮”两种不同的风格，就关涉到我国文学史上的许多问题。唐诗和宋诗的区别消长的问题，宋词婉约派和豪放派的异同的问题，文学上的秀美和壮丽两种美的问题，作家的高明和沉潜的性格的问题，创作手法上的比兴和题咏的分合的问题，等等，恐怕认真研究起来，就都须从陆机的提法里面去参互印证一下，那研究才能更为全面。

例如，自从“赋者，古诗之流也”从附庸蔚为大国以后的发展、兴衰问题，我们这个诗的国度里独独缺乏史诗、叙事诗而抒情诗成为诗、词、散曲的实际本质的特殊现象的问题，若讨论起来，恐怕也不能离开陆机的“缘情绮靡”说的头绪。

这又是周汝昌治学一贯风格的体现：从具体的微观的问题进入，目光却延伸到了更为高屋建瓴的宏观的文化视野，引发出更多的研究课题。正像对《红楼梦》的研究从具体的文本和作家考证而提升到“新国学”和“中华文化之学”一样。

对《文心雕龙》，周汝昌则更为热爱推崇。《文心雕龙》是中国文学批评史上空前绝后的一部体大思精的文学理论著作，它的作者是南朝梁代的刘勰，后来出家为僧，法名慧地，因此顾随曾以“慧地论文” 赞誉《红楼梦新证》。周汝昌撰有《〈文心雕龙·原道〉篇的几个问题》和《〈文心雕龙·隐秀〉篇旧疑新议》两篇论文，分别刊于《河北大学学报》1982 年第 1 期和 1983 年第 2 期。

周汝昌自己曾说，对于《文心雕龙》，曾经投入很多心力阅读研究，也颇有心得收获，而写出来的有限，除了两篇论文外，许多札记和《文心雕龙》五十篇的“关系”图表则因“文革”浩劫而无可寻觅。不过这两篇论文是很有学术意义的，涉及《文心雕龙》研究中的两个大问题。第一篇讨论的是刘勰著此书的主旨，是不是主张文章的极致(即文章的最高境界)就是“归于自然”而轻视人为的文采；第二篇则力辨《文心雕龙》中的《隐秀》篇不是伪作——翻了从清代的纪昀开始即成定论的一桩“龙学”公案。

一种习以为常的观点认为，刘勰主张“文贵自然”，人为的文采则是较低级的境界。周汝昌通过细致深入的考辨，证明这种说法实在是断章取义，是把书中《原道》一篇中的“自然之道也”一句话从全书的大整体中割离孤立起来，再引申出一种解释，实属似是而非。周汝昌论证说，刘勰的原意是说：无心之物如草木云霞，尚且有文采表现，人为万物之灵、“天地之心”，岂能反而独无文采呢？因此人有文采，正像草木开花、云霞布彩一样，都是自然而然的道理。刘勰本来就是在为人有文采寻求理论根据，怎么能误解为是主张“自然”不要文采才是高境界呢？再看其第四十四篇《总术》，带有总结性，正是讲作文章的规矩、法度、构思、谋篇、炼字……各种作文章的层次、技法，并且从反面指摘瑕疵病害，还论述修养、涵育等等，这怎么能说刘勰主张作文是以“自然”为宗旨而不要人为的文采呢？其实只要看看书名“雕龙”，也十分清楚，正比喻“人工”可夺“天巧”。通常所谓文如“天成”“行云流水”，那实际上是指功力纯熟深厚所达到的境界，那不过是貌似“自然”，无非是大匠之能泯其“斧凿痕”而已。

《文心雕龙》中的《隐秀》一篇，从元代以来，残缺不全，到明朝天启年间，钱允治（功甫）从阮华山所藏的宋本补得四百余字，乃成全篇。清代的纪昀为《文心雕龙》作批时，首次提出疑问。后来的专家士子，就都认定这后出的四百余字是明人伪造。以后著名学者黄侃又提出，宋代张戒的《岁寒堂诗话》中引《文心雕龙》，有“情在言外曰隐，状溢目前曰秀”两句，而这十二个字却不见于钱允治从阮华山藏本中所补的四百余字中，因此断言宋时另有原本，传本是明人伪造又得到一个力证。这样，新的注本如范文澜的《〈文心雕龙〉注》等，都把那四百余字删去，恢复了残缺时的原貌。

周汝昌在论文中说：“黄氏此说，虽然大家靡然从风，众口一词，其实却是无多大价值的。”他经过翔实的论证，说明张戒诗话中提到《文心雕龙》的“文例”，是以己意“撮述”而非原文引录，是一种概述性的说法，所以并不能以张戒的那两句话来判定传本的真伪。周汝昌的论证是很有说服力的，“龙学”的集大成式著作——詹锳的《〈文心雕龙〉义证》中就大量征引了周文所论，表示完全赞同周汝昌的意见，并且附印了增补的《隐秀》下半篇之刻板书影两张，从字的刻法和避宋真宗的讳这些特点，证明“可见抄补《隐秀》篇时，就照着宋刻的原样模写，而梅子庾补刻这两板时，也照着宋本的原样补刻”。

了解周汝昌对《文赋》和《文心雕龙》的研究成绩，也可以有助于理解他的红学研究。长期以来，都说周汝昌是红学中“考证派”的代表，而忽视了他的文艺理论素养也是很深的，因此引发许多曲解误解。这正好可以用周汝昌的话来评判：“这实质上都要涉及学与识的问题，治学论事的精神与方法的问题。”

周汝昌对中国古典文艺理论比较专门和集中的理解表达，还有《〈诗词曲赋名作鉴赏大辞典〉序言》《“灵、情、才、画”四题论》和《中国文论（艺论）三昧篇》三篇。

《诗词曲赋名作鉴赏大辞典》是 20 世纪 80 年代后期山西的一些学人组织编纂的，主编者请周汝昌写了一篇序。周汝昌洪才河泻，写了近两万字，纵论中国诗、词、曲、赋的源流演变。

文章分为七大部分。第一部分提出：“诗词曲赋，代表了我国韵文的主体。对于韵文，应该建立两门专学：一是笺注学，一是鉴赏学。”然后论述：“鉴赏不等同于理解（文义的通晓），它包括了理解，不理解焉能谈到鉴赏？但是鉴赏毕竟不能是‘串讲文义’所能充数的一种文化精神活动。鉴赏又是多形态、多角度、多层次的，进行这种精神活动，需要很高级的文化素养和领悟智能。它涉及的事物和道理极繁富，极复杂。然而鉴赏的性质和目的却可以用一句话来代表：鉴赏是审美，是对美的寻取和参悟。”

抓住了鉴赏的本质是审美，再结合西方的“接受美学”追溯中国“鉴赏学”的源头流脉，从先秦的“诗无达诂”，到魏晋的玄谈清义，特别举出谢家品论毛诗，谢玄标举“昔我往矣，杨柳依依；今我来思，雨雪霏霏”（《小雅·采薇》），谢安则说这两句比不上“讦谟定命，远猷辰告”（《大雅·抑》）富有雅人深致。周汝昌评论说：“如让我们来辨析异同，那么不妨说是年长的注意深致，年小的却喜爱韵致。这大约是真正的鉴赏学的佳例。我们见他二人眼光不同，差别很大，恐怕还有人暗吃一惊，大感意外。然后，我们又该问问自己，我到底'同情'谁？谢玄？还是谢安？这确实是鉴赏学上值得研讨的一个绝好的课题。"

后面还有"咏絮才"典故的例举，并阐释"韵"即是"均"——是一种"标准乐器"，可称之为"乐准"，当众乐器俱按"均"调好了，便发出了极有和谐之美的妙音。这种极美的和谐共振，就产生了一种悠然不尽的"和谐延续"。而这就是传统的韵文文学中特殊重要的"韵"的来龙去脉。

第二部分深入论述"引而不发"的民族诗学观的根源，最后归结到"观察万物而首重神髓的问题，这才是吾华韵文的灵魂"。第三部分讲解以禅喻诗，仍然归到"中国古代诗人韵文家的感受与传达，是一个特色很强的精神活动，其所传达的，是神明，是神韵，是神采，不但写人，写景写境，也是如此"。第四部分谈"文采"，第五部分谈曲，第六部分谈赋，第七部分是余论总结，其宗旨是前后一致的。

这篇长论文不仅表现了周汝昌深湛的文学理论修养，更体现了他对"鉴赏"的本己体会。五四运动以后，学习西方的"分析"成为主流，传统的鉴赏被冷落，甚至被认为算不上学术，而丢弃了国宝，失落了国魂。这在《红楼梦》的解读中表现得也很突出，前面已经谈过不少。实际上，鉴赏和理解，感受和分析是不应该割裂的，还是那个才、学、识和文、史、哲要"通力合作"而不能各走偏锋的老问题，中华文化和西方文化之碰撞融合的老课题。正是这个老问题和老课题激发出无限的感慨和表达欲望，让周汝昌下笔不能自休。而他也的确能洞悉此中奥秘并切中肯綮，说到点子上而且说得很漂亮。

这在《"灵、情、才、画"四题论》和《中国文论（艺论）三昧篇》中就体现得更加明显了。前者的副标题是"中华文化精神讨源浅议"，后者以很大篇幅谈"风骨""气"和"韵"，说："我们的讨论，是从解释'风骨'开始的，但也连带涉及了若干别的、有所关联的中国文论艺论的带有根本性的问题。……理解中华文论艺论，必归结于自己民族的文化传统高层灵智，而不可盲目搬弄外国观念。"

万派归源，千缘一脉，那“关键词”还是中华文化的独特性。几乎任何一个问题，周汝昌都是以这个“关键词”为出发点和落足点的，另外一些文章，如《汉字繁简之思》《中国文化思想——“三才主义”》等，无不如此。

1987 年 6 月广东人民出版社出版了周汝昌著《诗词赏会》，共二十万字。这是一册鉴赏研究唐宋诗词的书，分前卷“赏会编”和后卷“论证编”，前卷是对单篇诗词的鉴赏分析，包括李煜、温庭筠和宋代多位词人的词作以及杜甫、杜牧和李商隐的几首诗。后卷包括十五篇论文、文章，还有附录《李商隐〈杜司勋〉诗今绎》《李商隐〈韩冬郎〉诗今译》《诗的存在》和“卷尾馀谈”。

2000 年 6 月北京华艺出版社出版了《千秋一寸心：唐宋诗词鉴赏讲座》，共十八万二千字。这册书是《诗词赏会》中的“赏会编”之重写和扩充。将旧著重新写过，不是“炒冷饭”，而是精益求精，“与时俱进”，这也是周汝昌的一个特点。《红楼梦新证》，《红楼梦的真故事》，曹雪芹的传记，恭王府的考证，无不如此。

周汝昌鉴赏诗词的特点是追求与古人“印诗心”，也就是“解味”，有三点值得反思：其一是在全球一体化的大语境下，中国传统文化的承传接续和“创造性转化”，最需要用力的并非西学的引进比附，而是要尽可能回归传统的“涵泳”“含咀”（含英咀华），从根本的感受思维方式上“通电”；其二是周汝昌说“咬文嚼字”，并非所谓科学性的解剖分析，而是设身处地，将心比心，沉潜揣摩；其三，因此周汝昌是“赏会”而不是“分析”古典诗词、古典小说和一切中华传统的文化艺术，“以我之心去寻求古人之心”；追求两个“寸心”的契合，即禅家所谓“心印”，诗人所谓“心有灵犀”。三点其实还是一点：“赏会”是有机的、悟性的、投入的东方式玩味；“分析”是机械的、知性的、外在的西方式解读。二者是否能“殊途同归”，那就是读诗人解诗者的“综合素质”问题了。这种特点同样表现在《诗词赏会》的“论证编”中。

“兰亭遗韵”

周汝昌曾说，除了诗圣杜甫外，他最崇拜中华文化之“三圣”：稗圣（小说称稗官）曹雪芹，文论圣刘勰，书圣王羲之。他自幼习练书法，从未中辍，早已是蜚声海内外的书法名家。同时，他对书法不仅实践，也作研究，且同样颇有成就。

从20世纪70年代后期在地震棚里撰写《书法艺术答问》，到2002年1月由广西师范大学出版社出版《永字八法》，是周汝昌“书学”研究的轨迹。

《书法艺术答问》共分九章正文、《备检篇》一章及《后记》《再记》《馀记》《补记》各一篇。全书篇幅虽小，却全无杂言，都是“干货”，而其表达，更是周汝昌一贯的生动活泼，雅俗共赏。这种特点只要看看九章的标题就窥一斑而知全豹了：特殊的工具、一大进化、八法——三个方面、两种力、横竖劲、精妙的譬喻、藏锋怎么讲、芒角、剩语。《备检篇》则是对唐代孙过庭《书谱序》的研究评价，其实是一篇书法论文。这本书的宗旨，用《后记》中的话是：“我想讲的，又意不在琐琐细节常识，常须牵涉到很多理论性问题，即书法史上的大关目。这本书其实是以最通俗浅易的方式来讲最复杂困难的问题，涉及美学原理上的许多事情。”

如果也挑几个“关键词”体现周汝昌论书的要点，那就是硬毫、侧锋、芒角。

> 明确的软毫论，大约来自明清封建科考时代，当时的皇帝和官僚喜欢“黑大圆亮”，把这种字标为考卷、书法的准则，所以用羊毫最合适。我看是很害人的。我曾尽可能地遍看已经发现的古代墨笔书（原件、影印），根本找不见软毫书法的痕迹。……软毫这种东西，晚到宋代才盛行起来——我国书法艺术史，以唐宋之际为一大分水岭，其前其后，笔致大不相同了，其间原因很多，而由硬毫到出现软毫，是一个根本性的原因。

> 如果你喜欢的是一种没有锋棱芒角肥软的笔画，或者是“圆熟”一路的书风，那就使软毫最合宜。如果你喜欢的是遒健骏爽、英风俊骨、神采焕发的字，你用软毫写是不易见功的。……书法本由

笔的弹力而生，却抛开弹力强的笔不使，而说弹力最弱甚至毫无弹力的笔才是上品，试想，这岂不是从根本道理上自相矛盾抵触了？

夸张一点讲，书法史就是一部“芒角得失史”。

使用硬笔才能有弹性，也就有力有劲，侧笔才能灵活变化，有“八面锋”而非仅一面中锋，这样写出来的字必然锋芒毕露，当然也就产生刚健、遒媚、骏爽的美学效应了。周汝昌的书学之理路，其实也并不复杂。发人深省的是，他的这种主张，也曾在书法界受到批评非议，看来，任何一个学术文化领域，也都有庸常之辈对高明之士的不理解，而还要自以为是。欧阳中石的高足解小青在2003年第12期《中国书法》发表《周汝昌先生的书法观及其书法艺术》一文，将周汝昌的书法总结为“以侧取致，以瘦标骨，以涩见古”，亦可谓有见之言了。

如果将周汝昌的书学主张作一点引申，那么是不是可以这样说，唐代以前是中华民族走上坡路的时段，整个民族的精、气、神都充沛饱满，生机勃勃，因此在书法上也是硬毫行世，锋芒八面而神采飞扬。而到了宋代以后，民族精神开始向僵化、老化演变，专制主义氛围更浓，软毫乃应运而生，对运笔之法也变得教条而不知变化，不懂侧锋而流行所谓中锋正统说了。这当然是笔者的一点门外乱弹了。

周汝昌自已习书，是从王羲之的法书特别是《兰亭序》一脉而来的。他对《兰亭序》能够背临，现仍有一幅存世，但据说不是最好的一幅，最好的一幅是送给许政扬的，但在“文革”中湮灭。因此，周汝昌对于把他的书法字体称为“瘦金体”是很不满意的，而这似乎已经成了一种普遍的误解。“瘦金体”是宋徽宗的字体，那正是唐以后的字，而周汝昌心仪师法的却是唐以前特别是晋代的书家，怎能晋冠宋戴？周汝昌也的确心仪诗圣杜子美(杜甫)的名言“书贵瘦硬方通神”，但这种瘦是王羲之的骏爽遒媚的瘦，而不是宋徽宗的瘦金体。

这儿“神”与鬼神、神秘等无关，是艺术的精神活动事。精神活动大致分两方面：道理的晓悟，灵智的佳会——例如“心手相应”“意到笔随”等语句，就是表明书家的精神境界正到了最好的地步、时空、境界，觉得运掉自如，无往不利，“如有神助”——这种造诣也可以说成是“神而明之”“神明变化”，已非文字语言和死规矩、硬条文所能“说明”“讲解”了。此之谓“神”。

书者领悟了藏锋沉著，笔笔入纸，就必不会是“墨猪”风格，定然偏于瘦劲的神采。

《兰亭序》的真伪辩论是20世纪60年代一大学术公案，由于提出《兰亭序》乃伪作者是社会政治地位很高的中国科学院院长郭沫若，这场辩论产生了非常大的社会影响。周汝昌回顾说：“后者是郭沫若撰文发难。当时《光明日报》编者黎君（即黎丁——引者）将文寄示，征询意见，我见其论点大小共计三十六处之多，然而皆可商榷，不敢苟同。于是撰写了《兰亭综考》，第一篇以唐写本《世说新书》注所有引文体例与明清《世说新语》注之引文与唐时之做出校比，证明了注文愈后愈遭删减，根本不是严格‘征引’，岂能用千年后之删本以证晋代手写本之‘伪’？第二篇指《兰亭序》系仿效石崇的《金谷序》，章法构局宛然一致，并非如删本之前言不搭后语……第三篇则从内容研论（此乃王右军与支道林等在会上辩论人生哲理的感慨与见解，也须参照六朝时代的思潮背景与有关遗文，方能明白此序的真正价值——而不是一个简单的‘古玩赝品’的世俗问题）。”（《治学历程》）

关于郭沫若提出《兰亭序》系伪作的事，周汝昌又加注解说：“后来方知他此文是秉承他人意见而作的，当时引起高二适、商承祚的争鸣驳难，商教授曾多次来函要我协助，提供论据。”周汝昌的《兰亭综考》后来调整为两篇，分别是《〈兰亭序〉的“文本”问题》和《〈兰亭序〉的内容问题》，发表于《江淮论坛》1981年第1期和第2期。原来的计划是写十篇，分别考论原本真迹的迷失，摹书（唐人双钩廓填）和石刻之复杂翻摹仿写的各种“支系”“流派”并辨别其优劣，最后考定哪一种传本最得原迹的真笔法。“但因刊物约定后不能履行续登，我亦忙于他事，此一番极细的考研收获，遂难收拾，年久俱化为云

烟荡尽。”(《治学历程》)

周汝昌考论《兰亭序》，其宗旨仍然是归源于中华文化。他在《兰亭综考》中说:“为什么自己非要写写不可呢? 因为我觉得这绝不是为一个‘书法家’争论‘一本帖’的问题，那样看就太小了。问题之不小，至少应从两层来看:①《兰亭》一序，关系到我们中华民族的文学艺术史上的很多重要事情，这些事情有的是带有根本性或关键性的;②对于本来没有问题的事物，不怕提出疑问，不怕摆出新见解，但要看所提所摆的究竟有多大的科学性。想措词尽量委婉些，可是总无法回避一个存于心中的想法:这是一个学风问题。”这第二点的言外之意，当然是批评郭沫若的学风有时候不够端正严谨了。

《永字八法》分上编、中编和下编，上编就是“书法艺术答问”;中编是“分论”，提出了“中国书道”，从汉字的源流、笔墨的分类和品评、永字八法的条分缕析乃至《兰亭序》的“奇致”等多方面作了深入的论述;下编则是六篇专门的书法论文，有旧文，也有新作。全书三编，建构了一个相当辉煌的书学体系。这本书出版后，在书法界和文化界都引起了强烈的反响，顾工《当代书法名家批评·周汝昌〈永字八法〉》中说:

从《书法艺术答问》到《永字八法》，周汝昌始终围绕一个核心问题来展开，即王羲之书法的真相。因为王羲之在书法史上的地位太过重要，真、行、草三体要讲早期范本，都与王羲之有关，特别是后世应用最为广泛的行书(宋以后所谓帖学)，要讲源头和最高典范，更是离不开王羲之。而由于其真迹失传，在众多摹本、刻帖中，哪些比较接近真实，必须要搞清楚，否则你就不能知道晋人书法的这个传统到底是什么。周汝昌由此要害之处下手，重新阐释“永字八法”，纠正世人对“锥画沙”“藏锋”“遒媚”的误解，他认为王羲之的书法风貌，应当是骏爽、明媚，清新俊逸，光彩照人。王羲之书法的真面，也就不应当是《定武兰亭》或《快雪时晴帖》这类锋芒泯灭、平和中庸的东西。对最接近《兰亭》原貌的本子，周先生推荐了两种，一是《三希堂法帖》中的元人陆继善摹本，一是张珩捐献故宫的另一元人摹本，有兴趣的读者不妨留心。

周汝昌与启功在书法方面颇有交流。周汝昌现存的一幅背临《兰亭序》，自己题了一首七律，徐邦达题了一首七古，启功则题了两阕《南乡子》词。在争论《兰亭序》真伪时，启功把自己所存元代人陆继善摹《兰亭序》原墨本(早已流落海外)的开头两页小照片赠送给周汝昌。启功的论书绝句也寄给周汝昌，周汝昌也有唱和之作。启功还把自己一部研究书法字体结构的书稿清缮本寄给周汝昌请提意见："此稿是他亲笔工整书写，用的却是'洋式'横格子笔记本，市售的劣纸所制，字是钢笔墨水。共计上下两册。……'文革'之后，此稿奇迹般地保存下来了，完好无恙，我也闹不清是否'抄家'时将它遗漏了？我发现后即函告于他。更奇的是他回信说(大意)：就存在您处甚好。此外毫无讨索'归赵'之语意。"(《启元白》)周汝昌在回忆启功的文章后附缀有诗曰："一度蹉跎被屈时，当年谁肯论交期。品书辨字常临舍，也为红楼寄梦思。"

说到周汝昌的法书墨宝，散落在神州大地的各个角落里，也有在海外的，可谓不计其数。已经结集出版的书法文本，笔者所见到的，一是刘旦宅绘画周汝昌题诗的《石头记人物画》共四十首七言绝句，这是 20 世纪 70 年代末出版的；另一种是山西的书海出版社于 2004 年 9 月出版的《诗红墨翠——周汝昌咏红手迹》，共一百一十三篇题咏之作。

此外似尚有两三种为《红楼》画册题诗的墨迹行世。周汝昌是一位才人，诗词、书法、外语、音乐吹弹、戏曲表演……他的学术研究自然也就满溢着才气灵气，与教条八股无缘。这也是一般的学界中人常不能真正领略周汝昌学术成就的一个原因所在，缺少才情的共鸣，也就对融才、学、识为一体的学术之独到深微之处没有感觉，而以"常情常理""形式逻辑"一类忖度衡量，进而觉得周汝昌治学过于天马行空，"不太规范"。周汝昌因此有强烈的"当路谁相假？知音世所稀"的情结。这种情结有时也就表现为自我欣赏，顾影自怜，常常自觉不自觉地流露于笔头。如《诗红墨翠》第三十四幅"咏素云碧月"诗后又加题语"壬午之春信笔如口占片时数首"，自赏之情跃然纸上。在与笔者的信函中也有类似话语，如："即为刘画(指刘旦宅《红楼》画——引者)题诗，四十首连作带写，只用了一日零一上午即交卷，当时出版社大大惊奇也。”（写于 1996 年 8 月“丙子立秋次日”）

周汝昌的“咏红诗”数量极大，大体上包括两类。一类是题咏《红楼梦》本身，特别是其中的人物，如为刘旦宅《〈石头记〉人物画》题咏和《诗红墨翠》；另一类则或赠人，或自咏，均涉及红学的演变发展。这些诗词，其实是另一种类型的人物论、红学谈，也是周氏红学体系中一个组成部分。咏红诗有各种体裁，绝句、律诗、词、曲、赋……包罗万有，其中以七言的绝句和律诗最多。像周汝昌这样把一生的歌咏基本上集中在一个主题上，这在古往今来的诗家词人中，也是极有特色而罕见的。

题写在《文采风流曹雪芹》扉页的《雪芹赋赞》，是一篇对曹雪芹的礼赞：“情之圣者，奎耀神州。鸿才河泻，逸藻云稠。著书红叶，记梦红楼。悲女儿之命薄，痛花落而水流。共千红而闻泣，缘万艳以传愁。题沁芳之意苦，绘藕榭之境幽。身为皇家之下役，而宗潢尊之曰曹侯。……赞曰：大星不落，巨匠常新。通灵异士，慧业哲人。大智大勇，奇气奇芬。岂关稗史，实寄斯文。中华仰止，高山雪芹。”曹雪芹不仅是一位“稗圣”——伟大的小说家、文学家，而且是“通灵异士，慧业哲人”，是关系到中华“斯文”即整个中华文化精神命脉的“正邪二气所赋之人”，他的坎坷，他的血泪，他的奋斗，他的创造，他的命运所体现出来的中华文化的内涵与光辉，会让人永远惊奇，慨叹，形于歌哭，发于笔端。周汝昌的咏红诗作，其核心即在于此。有一首歌咏曹雪芹的诗也是周汝昌自己颇为得意的，它生动地体现了这种终身萦绕心头挥之不去的深沉感怀：

千年一见魏王才，落拓人间未可哀。
天厚虞卿兼痛幸，地钟灵石半庄诙。
朱灯梦笔沉残稿，翠崦寻痕涨锦苔。
曾是青蝇涂白壁，为君湔浣任渠猜。

“千古文章未尽才”“一生襟抱未尝开”“伟大也要有人懂”“世人皆欲杀，吾意独怜才”“冠盖满京华，斯人独憔悴”……人们常常以这样一些话语慨叹曹雪芹于困厄穷愁中辛苦著书而《红楼梦》未完，其实，周汝昌其人其学，又何尝没有类似的境况情怀呢？

2007 年 8 月 6 日

（《社会科学战线》2008 年第 1 期）

一梦情深也自说

周汝昌先生从20世纪50年代初出版《红楼梦新证》以来，就成了著名红学家，当然也就成了社会名流。由于《红楼梦》本身兼具深刻性和大众性两方面的特点，使研究《红楼梦》的红学始终处于全社会瞩目的地位。从2004年以来，由于中央电视台"百家讲坛"的红楼系列和电视剧《红楼梦》剧组的"再聚首"等节目的播出，以及《红楼夺目红》等红学书籍的畅销，更掀起了一波接一波的"红楼热"。而周汝昌，则成了这一社会文化热点中一个最受人关注的人物。以至于网上的红迷有这样的幽默调侃：没有周汝昌，哪来《红楼梦》？

但是，毋庸讳言，周汝昌又始终是一位"有争议"的学者，他是引发红学学术争鸣最多的一位红学家，他的某些学术观点，总是有人提出质疑。那么为什么会这样呢？这倒也能引发我们更多的好奇心。

要满足这一好奇，最好的办法是读周汝昌的传记，所谓读其书，则想见其人，所谓知人论世。《红楼无限情——周汝昌自传》（北京十月文艺出版社2005年3月出版），就正好适应了这一社会需求。这本书包括72篇文章，307千字，从周汝昌的幼年到上中学、大学，从开始学术研究到各个历史时期的人生"奇遇"、重要学术活动，都有所涉及。当然它是由一篇一篇的独立文章构成的，是周汝昌人生中的一个又一个重要的"点"，点和点当中是虚线，但这些"点"串起来，就成了"草蛇灰线，伏脉千里"，也就是周汝昌红学和诗学人生的大体轮廓和轨迹。

家庭背景和从幼年到青年的成长遭遇，是这本传记中很有趣的一部分。从"水乡之梦"到"留恋自然"，从"语文第一课"到"少年书剑在津门"，从"谈情说爱"到"结亲"，娓娓道来，生动活泼，而周汝昌的天分和本性也就在这些"故事"中自然呈现出来。这是一个天资聪颖的孩童，一个自小富有音乐天赋和诗人气质的少年，一个虽非“书香门第”出身却自幼受到传统文化熏陶而有各种“际遇”的“读书种子”。这种种因缘，正是他后来成长为著名学者的早期“基因”。

周汝昌是怎样与《红楼梦》研究结缘的？又怎样一步一步走上了深入研究的学术道路？这其间遭遇了哪些挫折困难？又如何克服这些困难，锲而不舍，努力奋斗，而终于取得丰硕的成果走向辉煌？在这本书里也有虽然不是很系统但“提纲挈领”的涉及，当然，这些叙述主要是偏重一些历史事实真相以及与相关人物的交往纠葛，并没有从学理上作更多的阐释，避免了长篇大论的枯燥。如《平生一面旧城东——纪念胡适之先生》《〈红楼梦新证〉的前后左右》等，就是属于这一类。

《红楼梦》具有巨大的魅力，因此许多政治和文化名人都会或多或少与其发生关系。这样，周汝昌的人生中也就有了许多“人缘”。不少在20世纪声名赫赫的人物都和周汝昌有过这样或那样的来往过从，从周汝昌的相关记述中，这些名人的风貌也通过某些细节而活灵活现，虽然不是“全人”，却也是一幅幅“剪影”，细节的背后包藏着耐人寻味的历史文化意义。如胡适、顾随、张伯驹、聂绀弩、冯雪峰、何其芳、钱锺书等，还有海外的周策纵、唐德刚、夏志清、浦安迪，都在周汝昌笔下显露其风华韵味。从这一角度说，这本传记的内涵就有更深隐的文化史的“味外之味”了。

这本传记当然也有对红学和《红楼梦》研究作直接评述的文字，如《脂砚即湘云》《“自传说”能成立吗？》，但作者并没有写正襟危坐的高头讲章，仍然是如话家常，引人入胜。周汝昌之所以“有争议”，也在这些文章中透露出蛛丝马迹，如果你有兴趣继续深入，当然也可以进一步去读周先生的学术著作了。

周汝昌是以红学家名世的，其实《红楼梦》研究只是一个“代表”，更本质一点说，周汝昌其实是一个中华文化学家，除了《红楼梦》，他对《兰亭序》等书法艺术，对古典诗词，对传统戏曲，对民俗文艺，也都有独特的研究、探讨和鉴赏。这些在这本传记中也都有所体现。周汝昌是一位诗人，所以这本传记中的文章，每一篇后面都有一首七言绝句附缀，使本书更平添了一缕传统文化的瑰丽色彩。

一梦情深也自说。对喜欢《红楼梦》的人，喜欢书法的人，喜欢诗词的人——一切钟情于中华传统文化的人，这本传记都是一本难得的质文皆胜的好读本。

2005 年 5 月 19 日

（2005 年某日《北京日报》，周汝昌《红楼无限情——周汝昌自传》，北京，十月文艺出版社 2005 年 3 月出版）

新版《红楼梦新证》感言

无论依壬午说还是癸未说，公元 2003 至 2004 年之交，都是曹雪芹去世二百四十周年的纪念。我于 2003 年 11 月 26 日写了一篇古风，题为《曹雪芹逝世二百四十周年暨红学一百年感赋》。说“红学一百年”，我是以王静庵（王国维字静庵）于 1904 年发表《红楼梦评论》作为 “红学”起始之标志。此前当然已经有了对《红楼梦》的各种评批、咏叹、议论和记述等文字，“红学”一词也早在清代就于玩笑中诞生，但从近现代意义上的“学术”概念而言，以“学术论文”的面目出现，显然应该以静庵先生这篇文章为揭橥。

话又说回来，静庵先生虽然有绍介近现代意义的学术模式之功，他的这篇大作本身却是瑕瑜互见的。他用叔本华的哲学理论观照《红楼梦》，看出中国传统文化与西方文化的某些观念差异，特别表扬《红楼梦》的“悲剧”意识，赞颂《红楼梦》是“宇宙之大著作”“我国美学史上之唯一大著作”，当然表现了他超越时代的某种慧眼和卓识。但是，他未能区分曹雪芹原著与后四十回续书“两种《红楼梦》”，他的立论实际上主要依托于后四十回的“黛死钗嫁”和“宝玉出家”等小说文本情节。因此，这篇“红学开篇”的论作又有着明显的“时代局限性”。

从后人的眼光看，《红楼梦评论》只是静庵先生读《红楼梦》这部小说的一篇“读后感”，静庵先生的优势是他具有西方哲学的理论视野，就很自然地产生了一些不同于传统的感受和看法。他写出了这些感受和看法， 当然有“别求新声于异邦”（鲁迅）的引进启发意义，但从近现代的“学术研究”规范而言，实际上还谈不到。

静庵先生之后，发生了历史影响的红学流派是蔡孑民（蔡元培）先生为代表的“索隐派”。索隐派的产生有它的历史文化背景原因，也有《红楼梦》本身之文本特殊性的诱导原因，有其某种历史“合理性”，但应该说其荒谬性是主要的，别的且不论，只看索隐派内部各家各派层出不穷的互异说法之“自相矛盾”，也就举一隅而三隅反了。为什么静庵先生引进的西学模式不能遏止或至少影响索隐派的兴盛呢？最根本的原因还是静庵先生的论著缺乏真正的学术质素，因此也就不可能具有扭转乾坤而引导红学作方向性转变的力量。

真正发挥出这种力量的是胡适之先生的“历史考证”和俞平伯先生的“文学考证”。他们二人分别从“外部”和“内部”两个角度，初步揭示出前八十回和后四十回的文本差异，标举前八十回乃“曹雪芹的自叙传”而后四十回是另手所续，是基本上符合文本实际的。符合实际就有说服力量。“自传说”因此取代“索隐派”而成了20世纪的红学学术主流。“两种《红楼梦》”的观念实际上是从胡、俞开始萌发的，虽然后来的发展说明这两位开山祖师自己并没有完全明白其间的深远意义。

把“两种《红楼梦》”的研究作深作细，并十分自觉其重大意义的著作，是周玉言(周汝昌)先生的《红楼梦新证》。如果要说真正对“进入文本”具有意义的红学学术“里程碑”，胡适之的《红楼梦考证》和俞平伯的《红楼梦辨》是第一个，《红楼梦新证》就是第二个，而且是更重要的一个。(第三个里程碑应该是20世纪80年代“探佚学”的独立成学并发达兴起。)

为什么这样说呢？因为红学最核心的要义应该是通过各种层面的研究彰显《红楼梦》的思想和艺术，或者说哲学和审美，也就是使“文本”与读者的接近程度逐渐深入到本质和核心，从而理解这部奇书在文学史、文化史和文明史中的意义。在胡先生和俞先生的著作出来之前，不区分前八十回和后四十回，假作真时真亦假，就使得对“文本”的进入永远陷在一种说不清道不明的“迷魂阵”之中，奢谈思想和艺术，哲学和审美，其实都是雾里看花，隔山说景。王静庵先生《红楼梦评论》的得与失就是一个代表。胡、俞的著作初步作了这种区分，就使读者对小说文本“思想和艺术”之真正进入有了可能，所以说胡、俞的“新红学”是红学史上的第一个里程碑。

但胡、俞的著作都只作了初步清理道路的工作，由于各自的条件和际遇,他们先后都停止在这个“初步”而不继续往前探索了。胡适之的工作既然是“历史考证”,当然与文本本身的思想和艺术都十分隔膜。俞平伯对《红楼梦》的艺术体会颇有心得,发现和阐扬了不少精彩,比胡适之要更接近“文本”,但在思想性方面却仍然不得其门而入。俞先生的全部红学论著都提示了这一点,他在临终时有所谓“程伟元、高鹗有功,胡适、俞平伯有罪”的最后意识流,其实正是其思想穿透力迟钝的最终体现。他对曹雪芹其人和《红楼梦》其书的“思想性”始终不能升堂入室,对“两种《红楼梦》”思想文化上的本质差异认识肤浅。

《红楼梦新证》超越《红楼梦考证》和《红楼梦辨》的地方,最根本的“长短”正在于思想穿透力的锋利与否,至于资料收集得更为丰富,具体考证的问题更为深细,更为全面,其实还是第二位的。如果假以时日,资料工作胡、俞也是能做的,但思想能力和境界的问题,那就基本上无法企及。过去,人们谈论胡、俞、周的“历史贡献”和“欠缺局限”,都是从“考证派”这种视角做文章,其实仍然是表象的观照,没有触摸到痒处。

《红楼梦新证》中对曹雪芹家世的考证追溯,说到底不过是为小说之艺术创造寻找一种“生活原型”的背景和底细,也就是所谓生活是“源”艺术是“流”的问题,至于艺术对生活“变形”夸张到何种程度,那就是每个读者的见仁见智了,周先生本人也在多种场合申明过这一点。曹雪芹的“文采风流”也正是他所承传经受的家和国之文化传统和历史风云“劫运”的产物。考证是基础,但也是枝叶,因为通过考证而凸显之作者其人和小说文本其书的思想及艺术才是色香秾丽的花朵。周先生的考证从来都是紧紧拱卫着那“花朵”的,即“两种《红楼梦》”思想艺术的巨大差异。

对红学这一历史文化现象而言,《红楼梦新证》最本质的历史贡献是什么?就是通过丰富的资料爬梳和扎实的剔抉考证,使曹雪芹原著和后四十回续书“两种《红楼梦》”的“问题意识”尖锐起来,明确起来,并为从这一问题引申到中华文化的深微境界和内部矛盾开了先河。明白了这一点,对《新证》中某些涉及后四十回的“言辞激烈”之处,也就可以“透过现象看本质”了。《新证》是周玉言先生的红学奠基之作,此后的一系列发明创造,都是以此为基础的。如果勾勒出一条周先生的“红学轨迹”的话，从《新证》起始，到提出“‘红学’应定位于‘新国学’”等高屋建瓴的新命题为高峰，一路走来的途程可谓风景殊异，横看成岭侧成峰，远近高低各不同，当然那攀山越岭的艰辛，风雨阴晴的变幻，也只有身历其境才能知道个中滋味。

胡、俞是新红学的开山人，周是“集大成”者这些老生常谈，我就不说了。《新证》由1953年的棠棣版到1976年和1985年的人民文学版，1988年的华艺版，其中所留存之不同的时代痕迹，以及作者不断补充修订以求更完善的努力等，我也不说了，有兴趣的人可以自己去检阅。一些具体考证问题的是非得失，更非我所能置喙，那是需要每一个读者自己去阅读判断的。我下面主要谈一下由《新证》所引出的周先生后续红学研究的一些进展。因为这才是最具有学术本体性的问题，也是最与小说“文本”关系密切的问题。我结合自己那首《曹雪芹逝世二百四十周年暨红学一百年感赋》作一点串讲解说，或可有助于对《新证》的历史地位，及其学术、文化价值有一种别一角度的认知。

《新证》的主要篇幅“是一本关于小说《红楼梦》和它的作者曹雪芹的材料考证书”，而其后续结果，是得出《红楼梦》乃“文采风流第一书”，曹雪芹是“文采风流第一人”这种对文本和作者之“文化水平”层级的认知(《红楼梦与中华文化》《红楼艺术》《文采风流第一人——曹雪芹传》)；是将曹雪芹的家世考证上升到中华文明的氏族文化之寻根究底(《恭王府与红楼梦》《红楼家世》)；是对小说人物贾宝玉的生日和小说作者曹雪芹的生日如风月宝镜般正照反照，而得出四月二十六日“芒种节”这一艺术感悟与历史考证双关的神奇发现(《曹雪芹生卒考实与阐微》)……

在《新证》之前，对“两种《红楼梦》”的气质思想差异，胡、俞等专业人士都力有未逮，只有鲁迅先生凭藉其思想家的直感有一些光彩四溢的点评议论，但鲁迅并非专门的红学研究者，当然不可能使这些思想的闪光进一步深细化、学理化、体系化。第一次使“思想性”问题自觉起来，学术起来，深细起来的，是《新证》。20世纪80年代以后严格区分“两种《红楼梦》”的学界共识其学术源头是《新证》。

区分“两种《红楼梦》”，最主要最得力的证据在小说文本本身，在两种文本的思想与艺术的深入对比。不深入，就会被表面现象所迷惑，就没有对比的识度与能力。周先生是对文本进入最深感受最切的研究者，因此其红学研究中的新发现新发明常让人感到如行山阴道上，佳胜景色目不暇接。举其荦荦大者，如“沁芳”象征诸女儿的悲剧命运，怡红院中红香绿玉的景点设置乃贾宝玉和史湘云、林黛玉爱情关系的象征，“意淫”的深刻含义，贾宝玉的“三王号”，原著一百零八回之前后对称的盛衰大结构，等等。而这一切，都已经在《新证》中胎孕潜涵——对曹本和高本思想艺术天壤之别的尖锐感受。这只要看看 1953 年棠棣版《新证》中“旧社会里的种种歪曲”“重新认识红楼梦”“脂砚斋”等章节就可“追根溯源”。

“探佚学”在 20 世纪 80 年代后的大成，改变了大众对“两种《红楼梦》”认知的倾向性。而探佚的根基正在于对前八十回和后四十回的文本差异之深度感知。《新证》第一次把所有涉及原著佚稿的脂批集中辑录，是“脂学”的滥觞，也是“探佚学”的引逗。总之，加上曹学和《石头记》版本学的红学四大基础分支，都已经在《新证》中初露头角。而只在这四大分支的研究具有了一定的气象之后，才谈得上进一步的思想和艺术之文本评论。

科学考证和文本的感悟思考本来是不能截然两分的，俞平伯先生的“文学考证”早已证明了这一点，周玉言先生的“综互合参”更作出了考据、义理、辞章互相结合彼此印证的杰出实践。周先生的研究特别注重“感悟”，注重与文本作者的心灵“契合”，这在被讥评为“考证派”典型文本的《新证》中其实已经有突出表现了。往后看看红学发展中出现的问题，这一点特别值得“红学界”反省。

回过头来“追踪蹑迹”，20 世纪后半叶的红学研究，诸种争论，各样话题，在《新证》中是不是大体上都已经提端引绪了？周玉言先生是引发红学学术争鸣最多的一位红学家，这其实是一个非常耐人寻味的学术文化题目。《红楼梦新证》将出一个最新的版本，是不是一件应天顺人的胜业？这篇“感言”是为《新证》的最新版本而作，不晓得说到点儿上没有。就此打住。最后录出那首拙诗，请诸君赐教：

文采风流劫运生，神州芒种降华星。
悠悠二百春秋后，半部奇书倍耀明。
论评索隐翻考证，王蔡胡俞纷争胜。
发慧燃犀数迅翁，后来周老痴入境。
零落诸钗象沁芳，怡红快绿两英皇。
意淫浊玉三王号，对称荣衰百八章。
真假梦分貂狗辨，超庸味异腐鼠香。
探佚学通新国学，壮怀激烈奏宫商。
意在高山意流水，晚有弟子传芬芳。
沉冤亘古幸昭雪，鹤影深宵渡寒塘。
白傅诗灵应喜甚，定教蛮素鬼排场。

2004年2月16日于大连

【注解】

按照过去的老规矩，是应该称字、号而不能直呼其名的，王国维字静庵，蔡元培字子民，胡适字适之，俞平伯以字行，周汝昌字玉言，皆依传统旧例。现代人只有名不再有字和号，那就另说了。

周汝昌——红楼风雨梦传奇

周汝昌(1918.4.14—2012.5.31),中华文化学家、《红楼梦》研究专家、诗人、书法家,本字禹言,号射鱼、敏庵、命新,后改字玉言,笔名苍禹、顾研等。曾就学于北京燕京大学西语系本科、中文系研究院。先后任燕京大学西语系教员、华西大学与四川大学外文系讲师、人民文学出版社古典部编辑、中国艺术研究院终身研究员。曾任数届全国政协委员。

芒种花神赴玉楼

有一次,周汝昌先生的女公子伦玲女史有点埋怨地对我说,我爸爸每年农历四月二十六日都要给曹雪芹过生日,你问问他我们的生日是哪一天? 他根本不记得! 周先生考证,曹雪芹生于雍正二年甲辰闰四月二十六日,因为闰四月是偶然,只能在四月过生日,所以过第一个生日时,是雍正三年四月二十六日,恰好是芒种节,曹雪芹后来就以芒种节作为自己的生日了。在《红楼梦》中,又通过巧妙的艺术手段,暗示贾宝玉的生日是四月二十六日芒种节。真是一项非常有趣而且深刻的研究,深刻的文章有,有趣的文章也有,但二者水乳交融到那种程度,可谓凤毛麟角。

十分巧合甚至有点神秘,2012 年 6 月 5 日就是农历壬辰年闰四月十六日芒种节,而周先生正是在 5 月 31 日也就是闰四月十一日驾鹤西归,距离曹雪芹的生日只有五天。周先生一生崇拜曹雪芹,研究《红楼梦》,“借玉通灵存翰墨,为芹辛苦见平生”,他真的在九十五岁的高龄之时,赶往太虚幻境给曹雪芹和贾宝玉过生日去了! 唐代天才诗人号称“诗鬼”的李长吉(李贺)去世时,梦见有天使到来,说天上新建好一座白玉楼,上帝特召他去撰写《白玉楼记》。周先生此刻，也正在青埂峰下补写八十回后的佚稿《石头记》吧！

为何以这样的轶事开头，来介绍周汝昌先生呢？因为周先生的一生，的确充满了各种传奇，他于西语系本科毕业，本来以教授英语为业，却成了中国古典文学研究专家、文艺理论家、传统诗人、书法家，当然，最著名于世的，是《红楼梦》研究专家、红学家。不过，我在《红学泰斗周汝昌传——红楼风雨梦中人》（漓江出版社 2006 年 4 月出版，译林出版社 2011 年 11 月第二版名《红楼风雨梦中人——红学泰斗周汝昌传》）中，给周先生的最后定位是：中华文化学家。同时，他的一生，不仅是一部红学和《红楼梦》研究的百年风云激荡史，还是中国近百年政治、文化、思想激烈变迁的折射和反映，甚至聚焦了中华文化与西方文化、精英文化与通俗文化百年来的碰撞、冲突与融合。真的是这样吗？请随着我的笔头"追踪蹑迹"吧。

一生传奇遇贵人

周汝昌出生和成长的青少年时期，正是中国"现代化转型"开始启动，而各种激烈矛盾、尖锐冲突、深刻痛苦方兴未艾，风云激荡变幻莫测的"大时代"。周汝昌的家庭，是天津咸水沽一个儒商之家，他开始上小学时，就赶上军阀混战，家道已经衰落，后来又是日寇入侵，家乡沦陷，国内战争，动乱频仍。因此，周汝昌从上小学到上中学，都不断地辍学、转学，颠沛流离，好不容易才完成了基本教育。而 1937 年，他还被"劫殃子"（绑票），经历了一次死里逃生的遭遇。但在被绑架期间，负责看守周汝昌的那个小"土匪"，却对周汝昌甚为照顾，最后家里通过关系，交了赎金而获释。周汝昌后来很感念照顾过自己的那个"土匪"，并联系到此后一生遭际，说自己治学，虽然历程坎坷，遭到一些误解和攻讦，但命中也总有"贵人"出现，总有不相识的人出来替自己辩护，打抱不平，说明情况，讲清道理，使被误解的学术公案大白于天下。

周汝昌走上治学道路遇到的早期贵人，是他在燕京大学读本科时。周汝昌于 1940 年秋正式进入燕京大学西语系学习，但 1941 年日本侵占北平，燕京大学被迫停办，直到抗日战争胜利后的 1947 年秋，才再度返回燕大继续学业。经历了抗战时期的挣扎奋斗，已经与文史结缘，所以课堂上读的是英语，课下却一天到晚钻在图书馆广涉博览，并很偶然地写了一篇考证曹雪芹生卒年的文章，对当时任北大校长胡适的观点提出异议。是巧合，也是机遇，在北大任过教的"苦水词人"顾随一直和周汝昌保持联系，主动来信问有无写成的文稿，可以帮助推荐发表。周汝昌把两篇考证文章寄给顾随，顾随很快转给赵万里，他是北平图书馆的善本室主任，正在为天津的《民国日报》主编一个《图书》副刊。赵万里立刻把考证曹雪芹生卒年的文章予以发表（1947年12月5日《民国日报·图书》第71期）。胡适看到后，于民国三十六年（1947）十二月七日（农历）给周汝昌写了一封亲笔信。周汝昌从此走上了研究"红学"的学术道路。

顾随、赵万里、胡适，是周汝昌命运中最早的"贵人"。周汝昌在1948年的北平围城中，与胡适通信讨论《红楼梦》和红学，一共收到胡适的七封信，从胡适处借阅并录副了珍贵的乾隆甲戌抄本《脂砚斋重评石头记》，此外还借得《戚蓼生序本石头记》。1948年12月14日，胡适乘坐蒋介石派来的飞机离开北平，不久去了台湾。周汝昌在民国三十七年（1948）六月二十七日（农历）前往胡适家中，与胡适见过一面，此即所谓"平生一面旧城东"。

而与顾随，则从抗日战争时期订交，一直到1960年顾随去世，师生情谊始终不曾间断。2010年3月，河北教育出版社出版了《顾随致周汝昌书》（周汝昌致顾随书已经在"文革"中湮灭），是生动的历史见证。

1953年9月，上海棠棣出版社出版了周汝昌的红学著作《红楼梦新证》，共39万字，到当年12月，即已经印了第三版。这是周汝昌正式出版的第一本学术著作，产生了巨大的社会反响，并因此被中宣部下调令，从四川大学调回北京，去人民文学出版社当编辑。这期间和此后，也有大大小小的"贵人"出现，如顶头上司、人民文学出版社古典部主任聂绀弩和副社级领导巴人（王任叔）、推荐周汝昌写《曹雪芹》的王士菁。而特别富有历史意味的，是毛泽东主席。

毛泽东早在1928年井冈山斗争之前就熟读《红楼梦》，中华人民共和国成立后更收集了《红楼梦》的不同版本，对红学研究也十分关注，现在保存下来的毛泽东藏书中，俞平伯的《红楼梦研究》和周汝昌的《红楼梦新证》上面，都有许多亲笔批语。而在1954年10月16日，毛泽东写了《关于红楼梦研究问题的信》，发起了一场政治运动，对俞平伯，特别是胡适，展开了全国性的批判。但在整个运动中，周汝昌却受到了与俞平伯完全不同的对待，毛泽东对周扬和胡绳讲，要把周汝昌“放在这场思想斗争的‘友’的位置上”（龚育之《几番风雨忆周扬》），李希凡和蓝翎则“奉命”写了《评〈红楼梦新证〉》发表，虽然也有所批评，主调却是“保护”，主要目的就是把周汝昌和俞平伯、胡适区别开来。20世纪50、60年代，在北京的文化教育出版宣传等部门，广泛流传着“小道消息”：毛主席很欣赏《红楼梦新证》。

1957年的“反右”运动中，人民文学出版社古典部周汝昌的同事和上级，大多数都成了右派，聂绀弩甚至蹲了大狱，周汝昌却得以幸免。其中当然有各种因素，如周汝昌病休在家，“祸从口出”的机会少，但来自毛泽东的有意无意的“保护”态度，显然也是原因之一。而在“文革”中，直到1968年，周汝昌都安然无事，后来虽然也关了一年“牛棚”，但不久也就“解放”了。1969年随单位所有同事下放到湖北咸宁“五七干校”，只待了一年，就又被“周总理办公室”特调回京。1972年8月，江青在与访华的美国纽约州宾翰大学历史系助教授露克珊娜·维特克的谈话中，赞扬《红楼梦新证》“一项进步是运用了清代宫廷的档案材料”，“值得一读”，并说“当周汝昌在‘文化革命’中遭受到攻击的时候，她曾努力保护过他”（露克珊娜·维特克《江青同志》），这其实反映的是毛泽东的观点和态度。

因此，在“文革”尚未结束的1974年，有关部门先是安排印刷专为毛泽东等中央领导人阅读的大字本《红楼梦新证》，紧接着又让周汝昌修订此书重新出版，从1974年开始操作，到1976年4月由人民文学出版社印出修订新版，篇幅增加了整整一倍，共80万字。

胡适与毛泽东，政治立场完全对立，却都成了周汝昌命运中的“贵人”。这是历史的神秘，《红楼梦》的神秘，中华文化的神秘。

而从1953年一直到2012年，周汝昌一直是波诡云谲的红学界的焦点人物，既广受推崇与赞扬，也饱受争议，饱受非议，饱受攻击，正如他自况的：

“风雨如晦，鸡鸣不已；锋镝犹加，痴情未已。”他的老同学黄裳先生在悼念感言中感慨地说，红学如战场，汝昌竟能全身而退，着实不易。但另一方面，在红学界之外的全国各界（互联网时代更扩展到全球），特别是在一代代的青少年中，周汝昌的“粉丝”又总是不绝如缕，前赴后继，构成了一道中国文化的独特景观。

拙著《红楼风雨梦中人——红学泰斗周汝昌传》出修订版时，著名文艺理论家、原中国社会科学院文学研究所所长刘再复先生特撰序言，深刻地概括周汝昌的治学风格为：“总成考证，超越考证；考证高峰，悟证先河。”著名美学家李泽厚先生也说：“周汝昌的《红楼梦新证》，是我喜欢读的书，我比较相信他说的。他对鲁迅的评价也很高。尽管他在青年时代受到胡适的帮助，感激胡适，但他说鲁迅对《红楼梦》的见解比胡适深刻。”（刘再复《共鉴“五四”——与李泽厚、李欧梵等共论“五四”》）

周汝昌突出“悟证”的治学理路和方式，他的中华文化本位的思想立场，也使他在《红楼梦》前八十回体现的“精英文化”与后四十回续书体现的“通俗文化”的争锋中立场鲜明，从而引发了以红楼探佚为核心的百年红学之激烈争论。我在多种学术著作中都分析阐释过其中深刻的思想、审美和文化意义，主旨是：除了精英文化与通俗文化的纠缠外，这种争论还反映了中国传统文化和西方文化在碰撞和接轨中的冲突和矛盾。

我曾在一篇文章中说，周汝昌所倡导的红楼探佚，由风生水起而风行天下，从1987版电视剧《红楼梦》到央视“百家讲坛”的红学讲座，从红楼学术圈的风云激荡，到市场“红”书的鱼龙混杂，周汝昌始终是推波助澜的弄潮儿，红学这个大江大海中的老龙王。捧为呼风唤雨也好，贬为兴风作浪也罢，周汝昌的红学体系已经深入到了民族的文化细胞之中，已经成了事实上的红学主流，乃是不争的现实和真实。

2007年，周汝昌收到了温家宝总理的亲笔信，以及中共中央政治局常委吴官正的回信，高度赞扬他对《红楼梦》研究和中华文化的杰出贡献。中央统战部部长刘延东还亲自去周家看望慰问。而在周先生逝世后，有百万读者和红迷在网上献花悼念，中央领导人也都以各种方式向家属表示慰问，周家子女在《红楼文苑》2012年第2期刊出感谢信：

父亲周汝昌，于2012年5月31日1时59分在家中逝世，享年95岁。

尊重父亲生前遗愿，丧事从简。

这期间曾先后得到胡锦涛、温家宝、习近平、贾庆林、李源潮、李长春、李克强、王岐山、张高丽、王刚、朱镕基、李岚清、吴官正、陈至立、尉健行、李瑞环等中央领导对父亲的悼念与对家属的慰问。感谢所有媒体、所有关爱父亲的各界人士，父亲在天之灵也会倍感欣慰。

九十年华花甲红

周汝昌一生出版各种学术文化著作60馀种，其中有关《红楼梦》的有40馀种。而这些成绩大多数是在后半生完全失聪和几乎完全失明的情况下取得的。2010年第3期《晋阳学刊》，刊出一篇周汝昌口述的红学研究回顾长文，题目为《九十年华花甲红》。自三十多岁出版《红楼梦新证》始，到去世后才印出的《寿芹心稿》，周汝昌的红学研究历程整整一个甲子。

我在2012年出版拙著修订本评批《红楼梦》扉页前，从为普通读者进入红学领域"走捷径"着想，列了一些红学参考书目，其中周汝昌的著作选了8种，其他红学家的著作一共5种。

周汝昌的8种著作是：《红楼梦新证》《石头记会真》《曹雪芹传》《红楼梦真貌》《红楼梦与中华文化》《红楼艺术的魅力》《红楼小讲》《红楼夺目红》。

这8种著作的选录，即体现了周汝昌的红学体系梗概，《红楼梦》研究的基本理论框架：红学分两大部分，首先是基础研究，包括曹雪芹家世研究、石头记版本研究、脂砚斋批语研究和探佚学四大分支，其目的是一个：区分曹雪芹原著和后四十回续书不同格局的"两种《红楼梦》"；在此研究基础上，进入对"两种《红楼梦》"之思想义理、艺术审美、文化意境的鉴赏、分析、评价。

《红楼梦新证》《石头记会真》可谓前后两大丰碑，奠基、集大成是其特征。《新证》是开山之作，四大分支的内容已经全部包括，只是还没有成为自觉的学术分科。《石头记会真》共十大卷，更是皇皇巨著，乃周汝昌与其兄周祜昌以及女儿周伦玲花费四十年的工夫，一字一句校定的最接近曹雪芹写作原貌的《红楼梦》文本。《曹雪芹传》和《红楼梦真貌》则分别是曹学和石头记版本学的集约性表述，这四种书，基本上就是红学第一大部分即基础研究的代表。

《红楼梦与中华文化》和《红楼艺术的魅力》两种，则属于红学第二部分的范围，即对《红楼梦》文本的思想、艺术和文化作阐释。《红楼小讲》《红楼夺目红》可以算是融会贯通基础考证与思想艺术的提纲挈领式著作。这里的关键点，也是周汝昌红学最本质的特征，就是两部分红学内容的前门后殿关系，只有进了第一部分的“门”，才能到达第二部分的“殿”。

也可以从三个方面总结周汝昌的红学贡献：红学考证、《红楼梦》文本的评赏、红学观。

周汝昌首先作为胡适、俞平伯开创的“新红学”之集大成者而名世。新红学的主要内容是考证，用胡适的话说就是“作者和本子”两大问题。关于作者，周汝昌提出了曹雪芹卒年癸未说，曹雪芹生年，则提出雍正二年甲辰闰四月二十六日说。在曹雪芹家世祖籍的研究方面，周汝昌是宋朝祖先丰润说的代表者，明朝祖先铁岭说的支持者。《红楼梦新证》是有关曹雪芹家世、《红楼梦》版本及有关文物的最基础的资料集成著作。后来的红学研究者，无不沾溉着《红楼梦新证》的嘉惠。

曹雪芹生年生日的论证，以及曹玺幼子曹宣的提出，最能体现周汝昌的治学特点：考证、论证、悟证“综互合参”，是永远闪烁着智慧光芒的学坛佳话。我在红学史著作《独上红楼：九面来风说红学》（山西古籍出版社 2005 年出版）中曾这样评介：“最能体现周汝昌研究特点的是关于曹雪芹生年的考论。从敦敏、敦诚、张宜泉的诗句，到小说文本中的‘四月二十六日芒种节’，到对康熙、雍正、乾隆三朝芒种节的核实查对，考定曹雪芹实生于雍正二年闰四月二十六日，这也就是《红楼梦》中作者暗写的贾宝玉的生日。这样的考证的确是‘前后交互合推’‘综互合参’‘理据是明晰而且充分的’。这样的考证绝对不是那种只知重视死‘证据’而缺乏想象力，不知融会贯通的所谓考据家所能梦见，更非抓住手抄本上一个字的‘避讳’问题就想入非非牵强附会以建立‘新体系’的‘考证’可同日而语。因为在这里，发现证据是要和超凡的艺术感悟力有机结合的。能悟到小说文本中暗写了贾宝玉的生日是四月二十六日芒种节，就绝不是具有普通艺术感觉的人所能达到。周汝昌考证曹雪芹的生年，极为生动地体现了‘考据、义理、辞章’的三位一体，逻辑思维和形象思维、灵感思维的互为表里，不可或缺。周汝昌超过别人的地方，最突出的是他的悟性，这是天分，非人力强为的。他凭悟性就推测出曹家历史上应该有一个叫曹宣的，后来被新发现的康熙时的《曹玺传》所证实，正是同样的例子。”

作为版本研究巨构的《石头记会真》，同样体现了这种特点。周汝昌的版本校勘，不同于其他校勘者之处，是不仅仅局限于纯“技术”的层面，例如比较抄写的格式，计算每页的字数等，而是更加重视文本的文字水平问题，也就是体察曹雪芹创作时的心灵状态，其择词造句的艺术创造性，从文艺创造的总体状态下予以观察而做出判断，决定取舍。例如，他根据己卯本考定第五回王熙凤的曲子《聪明误》“枉费了意悬悬半世心”应该是“枉费了意懸懸半世心”；再如研究抄写者误认草书“与”为“去”，而判定第一回“无材可去补苍天”应为“无材可与补苍天”，都是极好的例子。

小说中写贾宝玉小时候有个别号“绛洞花王”，但在现存抄本中又有“绛洞花主”的写法。到底是“花王”还是“花主”？红学研究者众说纷纭，周汝昌则不仅通过文本鉴别考定应该是“花王”而非“花主”，同时以超强的哲学思辨与艺术感悟“综互合参”，发现了“贾宝玉的三王号”这曹雪芹的天才构思。由版本的鉴别，而提升到思想哲学与艺术审美的崇高境界，是原创性研究《红楼梦》的一个学术范例。

《红楼梦》是伟大的文学作品，思想文化与艺术审美当然才是红学和《红楼梦》研究的主体和根本。有了几大分支基础研究的前提视野，曹雪芹原著与后四十回续书“两种《红楼梦》”的思想艺术分野即自然呈现。《红楼梦与中华文化》与《红楼艺术的魅力》，是迄今为止红学界在思想和艺术领域对曹雪芹原著探索最深刻表述最生动的著作。

无论思想或艺术，都从“文采风流”的中华文化中寻根问祖，追溯渊源流变，这是周汝昌研究评赏《红楼梦》思想和艺术的最根本特征。

比如他论述贾宝玉，认为即是曹雪芹以自己作模特儿的艺术创造：“要想理解这样的人物，必须了解中国传统文化的精神命脉，必须知道他的含义和涵量。换言之，研究与了解曹雪芹与《石头记》，实际上就是研究和了解中国传统文化的‘多面特点’与‘多角景观’的事情。是中国传统文化造就出这样的人物；只有这种文化才能产生这种人物。”（《红楼梦与中华文化》）

而贾宝玉又是“正邪两赋”人物的代表。这些人物在《红楼梦》中体现为三类人：情痴情种、逸士高人、奇优名倡，实际上也正是一种奇异的中华传统文化精神的艺术体现，表现了“中华文化的异彩”：“在我心目中，像雪芹或宝玉这种人物的先河与远影，早在《庄子》的书中就可以寻见了，庄生笔下的那些‘畸人’，都值得细心体认。……由此说来，这些‘人英’，或者‘四痴’，或者‘七不可解’，真可谓‘一路而来’之人，也就是雪芹所说的‘易地则同’的人物。这些人大抵具有极大的特色，在他们身上，体现着绝世的天才，惊众的技艺，而且还有最令人感动的性情和智慧。是的，这是我们中华民族的人英。他们的头脑和心灵，学识与修养，显然是我们中华民族文化的最可宝贵的精华部分。迨至清代雍乾之世，产生了曹雪芹，写出了贾宝玉，于是这一条民族文化的大脉络，愈加分明，其造诣亦愈加崇伟。这就是我对《石头记》的最根本的认识。”（《红楼梦与中华文化》）

周汝昌所揭示出的“《红楼》艺术”，发掘出了曹雪芹艺术创造的独特性，而这些艺术奥秘的揭示，都与“红外学”密切相联系。比如要了解“绛洞花王”不是“绛洞花主”，才能欣赏其作为贾宝玉“三王号”的艺术隐喻；要知道“冷月葬花魂”是原笔，“冷月葬诗魂”是改笔，“花魂”和“鹤影”植物对仗动物，而且和“葬花吟”前后呼应，暗示林黛玉和十二钗的结局。要知道贾母的生活原型是苏州织造李煦的妹妹、曹寅的寡妻，而贾政的原型是过继到贾母原型名下的曹寅的侄子曹頫，才能体会贾政打贾宝玉而贾母护孙描写的“一击两鸣”之意。

周汝昌综合脂批的提示和小说文本的实际，详细论证曹雪芹原著全璧实际共一百零八回，每九回一个段落，以第五十四、五十五回为全书中点，前一半写荣盛，后一半写枯衰，所谓“春秋两扇面”。这是艺术感悟、文化溯源和文献考据诸多因素“综互合参”的一个生动例证。

周汝昌对《红楼》艺术的阐扬，紧密联系和结合着中华传统文化的方方面面：诗词、戏曲、园林、书法、丹青、禅宗、民俗等等，不是简单的比附，而是深入其气韵，不仅体现在内容的阐释分析，而且融化在字句行文的表达之中。书法绘画的“勾勒”“积墨”“横云断岭”和“吴带曹衣”，传统音乐的“鼓音笛韵”“一喉两声”。《红楼艺术的魅力》第一章“《红楼》文化有‘三纲’”更是画龙点睛：“《红楼》文化有三纲：一曰玉，二曰红，三曰情。常言：提纲挈领。若能把握上列三纲，庶几可以读懂雪芹的真《红楼梦》了。”

对红学的定位，周汝昌在不同时期有不同的说法。最早的，就是 1981 年 7 月 24 日为拙著《石头记探佚》写序言时所提出的红学四大分支说：“研究曹雪芹的身世，是为了表出真正的作者、时代、背景；研究《石头记》版本，是为了恢复作品的文字，或者说‘文本’；而研究八十回以后的情节，则是为了显示原著整体精神面貌的基本轮廓和脉络。而研究脂砚斋，对三方面都有极大的重要性。在关键意义上讲，只此四大支，够得上真正的红学。”这里的关键语就是“在关键意义上讲”。因为提出此论点的时代背景，就是社会上普遍把后四十回混同于曹雪芹原著，把一百二十回视为一个“整体”的那样一种认识水平。周汝昌强调“关键意义”，正是说不可能绕过这四个分支研究而区分“两种《红楼梦》”，而真切地回归到曹雪芹原著的“文本”去赏评其思想和艺术，绝不是要排斥文本研究本身。

《九十年华花甲红》中说：“红学四大分科的建立不是出于有意识的安排，更不是哗众取宠的巧立名目的字面文章，那是因势就势、顺理成章的结果。”有的人说四大分支从胡适就开始了，正印证了这种“因势就势，顺理成章”。不过胡适的研究虽然具体涉及了四大分支，却并没有达到清醒的学科分类意识，正式提出四大分科的学术名目，并使其成为自觉的学术框架和体系，仍然要算在周汝昌的名下。

到了20世纪80、90年代之交，周汝昌提出红学是中华文化之学、是“新国学”的论断。得出这种认识，不仅有红学本身发展演变的学理趋势，还有整个中国文化界从改革开放以来，对中国自“五四”以降思想文化意识形态曲折演进历程深刻反思的影响。我在《独上红楼》中做过详细的论证：“周汝昌对红学的新思考和新定位是来自他对文本不断深入的实际感悟和具体研究，是应对红学发展进程中不断产生的新课题。这里面有两层含义。第一层是《红楼梦》与中华文化的‘鱼水关系’。这又可从两个方面观照。一方面，要真正深入并懂得曹雪芹原著的文本，就必须首先有切实把握中华文化的视野和能力。另一方面，《红楼梦》里存在着最典型最生动最具体的中华文化，因此《红楼梦》是中华文化的‘百科全书’和‘一条主脉’。红学定位于‘中华文化之学’‘新国学’的第二层含义是由第一层含义所引发的对《红楼梦》这个‘文本’在中华文明史乃至世界文明史中的地位，特别是在当下中国人的精神文明建设中所能扮演的角色问题。红学定位于‘新国学’有其关系中国人当下精神追求和人文关怀，中国当代民族性精神支撑的重大现实意义。”

纵览全部红学史，周汝昌是“红学泰斗”，这一定位名副其实。

中华文化学家即“痴人”

我对周汝昌的定位是“中华文化学家”，而不是单纯的红学家。理由有二：一是曹雪芹的《红楼梦》本身是中华传统文化最杰出的代表，研究曹雪芹和《红楼梦》，本质上就是研究中华文化；二是周汝昌的学术成就除了红学领域外，在古典诗词的研究和写作，书法的创作和研究，古代文艺理论和其他古典小说的研究等多个方面，也都有杰出的建树，出版了十馀本著作。其中，古典诗词方面的《杨万里选集》《千秋一寸心：唐宋诗词鉴赏讲座》和书法方面的《永字八法》，更是享誉士林的学术经典。

周汝昌治学，强调文、史、哲全面打通，真、善、美全方位观照，不排斥逻辑分析，但更突出“悟性”。无论是研究《红楼梦》还是古典诗词、传统书法或者《文心雕龙》，他都把自己的全部生活经验和生命体验投入到研究对象中去，以心会心而“通灵”，所以他喜欢用“赏会”的说法，而不待见“分析”“论证”一类“洋词”。这种中华文化本位的治学方式，是周汝昌留给后世最具有恒久意义的珍贵学术遗产，将随着时间的推移而愈来愈显示其价值和意义。在陪伴父亲的最后时日里，周建临填了一阕《浣溪沙》：

绝代痴迷百世情，文山史海觅芳尘，开辟鸿蒙为雪芹。
九五华年天赐寿，芸窗绛洞宝玉魂，万艳千红感思君。

2002年，周汝昌的扛鼎之作《石头记会真》，在出版社淹蹇搁置十几年后终于得以出版，周先生赋赠特约编审侯廷臻先生诗曰：

相逢同世作痴人，一片丹诚助会真。
岂是邯郸寻梦枕？翻经截伪忆禅因。

“痴人”，就是周汝昌最好的写照。他自号“解味道人”，并说明是“解曹雪芹《红楼梦》味道的人”而不是“解味”的“道人”。研究某种对象到发“痴”，那境界已经接近“仙”，自非凡响了。

由于“痴”，周汝昌成了一个学术的“真人”、文化的“赤子”，也因为“痴”，他能够深入到曹雪芹灵感思维的微妙层次之中，他对《红楼梦》的许多观感和心得，都别有会心，他的许多观点和论证，都妙证如水。由于性情的“痴”，而突出研究的“悟”，达到理解的“灵”，产生学术的“妙”。笔者为周汝昌先生送行，曾赋七律一首，献给在太虚幻境与贾宝玉、曹雪芹团聚的周先生：

白玉楼成帝驰召，惊飞梦笔海棠天。
功奇探佚君知我，业在尊红犬辨貂。

凤羽明朝惜美剑，龙吟子夜悟韶箫。

葬花芒种真缘巧？仰首双星万古骄！

2012年9月5日

（此稿乃应某君编书约稿而作，未知其书是否编成出版。）

把“碎片”复原成“古陶罐”
——随《曹雪芹的故事》寻踪

周汝昌先生撰写曹雪芹的传记，有六个不同版本。1964年的《曹雪芹》，1980年的《曹雪芹小传》，1992年的《曹雪芹新传》，1999年的《文采风流第一人——曹雪芹传》，2004年的《文采风流曹雪芹》和《曹雪芹画传》。这里面，有“可读性”但也有一定学术深度的，是《曹雪芹新传》，因为它的写作宗旨，是“以海外读者(全世界各国读者)为对象”，故而“稍稍运用上一点儿推想和文学手法，使内容变得生动一些。细节可以是想象，基本事情是真实的”。

周老已经仙逝五六年了，如今，北京出版社让周伦玲女史把《曹雪芹新传》再略加整理，并恢复了原稿所有而1992年版曾经删略的某些内容字句，易名为《曹雪芹的故事》，作为“大家小书”之一种重新推出。这套丛书中原已有周老的《红楼小讲》，多年来畅销长销，如今又有了一个“搭档”，“红学”与“曹学”也可以“成双配对”，共同弘扬红楼文化了。

写曹雪芹的传记，非常难，因为“历史给我们准备并遗留下来的可靠的文献资料太少太少了”。周老因而感慨：考古学家掘得几枚陶片，运用他们专门的学识与技艺，竟能“恢复”成一个完整的“古陶罐”，实在神奇！而我呢，所有的也只是几枚“曹雪芹的碎片”，却要把它恢复成为一个活生生的人，而不只是“陶罐”——你看这难不难？

很难，但周老完成得很好，因为周老抓住了核心，他“恢复”的是曹雪芹的灵魂和精神境界。

“自序”之外，“故事”共三十八章。从“奇特的家世”到“抄家的惨剧”，是曹雪芹生活的时代、家庭背景和幼年经历；从“蒜市口小院”到“虎门晨夕”，是曹雪芹的个人成长遭遇；从“诗的国度”到“传后余音”，是曹雪芹撰写《红楼梦》的前因后果。曹雪芹写《红楼梦》，是以曹家、李煦家等家人亲友的遭遇沧桑为生活素材的，"自叙传"的说法在这个意义上并没有讲错。时代的巨变造成了家族的兴亡，家族的遭遇刺激了作者的创作欲望，提供了作品的写作原料，"因果"其实简单清晰。

我们摘录一些各章的"关键句"画龙点睛。

曹寅的文学事业与他爱才如命的性情风尚，都对曹雪芹起了不可估量的影响与作用。没有曹寅，也就没有曹雪芹与《红楼梦》产生之可能。——第一章

顺治帝虽然没有真的出家，却已有了一个佛教的法名，叫作"行痴"。他还有一个别名，也用这个"痴"字，叫作"痴道人"。

痴，是"情到极处"的一个表述单字。它与《红楼梦》的关系是极其紧密的。——第二章

我们如果不能了解清初满汉的学风、文风，知识分子的文化水平之高，社会风气之重，那么我们必然会被"通俗文学——小说"这个一般观念所误，而无法真正认识《红楼梦》的价值所在，自然更不能明白它的作者曹雪芹是何等样的人，就会拿一般的眼光去看待这部伟大作品与伟大作家。——第四章

曹家的命运，与康熙帝紧紧地联系在一起，但是祸害了曹家的，也正是康熙帝的一群皇子。——第五章

《红楼梦》里的第二十七回，写四月二十六日芒种节日，众女儿在花园中举行"践花会"，给花神送行，这又是用一种特笔点明了"四月二十六日"是个非常奇特的日子——它也就是小说主人公贾宝玉的生日！——第六章

曹雪芹是那个时代新思想的先驱者，也可称为是一种启蒙思想家。他的降生是一个盛世与末世的交道口，新旧交替的历史咽喉点上。——第七章

小雪芹的天性不守正规，求知欲强，感情丰富敏锐，极需要的不是那种应考的假东西，而是真正透发才华、抒写性灵的中国古代的诗文词赋，以及被士大夫轻贱的民间通俗文学：小说、剧本、弹唱曲词等在中下层社会流行的文学形态，当时也叫"闲书"。——第十五章

诗人是什么？自然回答可以是“作诗的人”，但也有不作诗的诗人——这指的是那个人的天资、气质、秉性、感情的事，是人的一种类型。世俗社会，不理解诗人的一切，而总是把他看成是一种“痴子”，一种“怪物”。雪芹也终于得到了这个称号。——第二十一章

雪芹的实际启蒙老师应是李卓吾。李公就是被人唾骂为异端邪说的人，也是“正邪两赋”的人。金圣叹、汤显祖、冯梦龙、顺治皇帝、纳兰性德，也正是这种“正邪两赋”的人物，是理解曹雪芹的重要佐助。——第二十二章

曹雪芹和敦诚、敦敏弟兄成为好友，是他们气味相投，谈得来，他们的遭际、生活和思想感情当中，有许多共同的东西作为友谊的基础。他们同是牢骚激愤，不平辄鸣，同是由于首先经历、认识了“小政治”（统治集团内部矛盾）的丑恶才擦亮了眼睛，进而有可能认识“大政治”（整个社会不平）的黑暗。——第二十六章

曹雪芹不止是一位伟大的小说家，还是一位伟大的诗人。他的篇什的散亡，和《红楼梦》八十回以后的遗稿的迷失或毁坏，同为我们文学史上的极其巨大的损失和恨事。

曹雪芹的《红楼梦》小说，艺术上有许多特点特色，其一就是抒情成分很多，诗境诗情都很浓至，艺术手法也很多和写诗（古典抒情诗）类似的地方。这和他本人是诗人这一事实有密切关系。——第二十七章

要想了解曹雪芹，实际上几乎是必须要了解中国历史文化的同义语。这本小书，只能是提端引绪，开荒筑路，暂时弥补一下空白。中国的文学艺术在为人写照的时候，讲究的并不满足于形似，而更注重传神。——第三十七章

上面摘录的内容，是《曹雪芹的故事》所要传达的“思想境界”，其实都是通过具体生动的故事情节来叙写表现的。笔者写书评，不能作这些细节展示。比如曹雪芹十几岁的幼年时，因为思想逆反而被家长“单室圈禁”，锁在一间空房里，而“思索着天地人生的大道理，寻觅着人世的不平之极源，抒发他胸中的郁结，施展他笔下的才华——要写一大群人，这些人是天地间可宝贵的人物人材。他给他们取了一个新名目：正邪两赋而来之人”。

比如脂砚斋，这位在《红楼梦》手稿《石头记》上“研血为墨”写批语的人，

在周老的笔下，是一位女性，而且就是小说中名为“史湘云”的那个“脂粉香娃”之生活原型，是苏州织造李煦的孙女，而曹雪芹祖父曹寅的夫人就是她的祖姑，也就是说，这位李家的少女是曹雪芹的表妹。曹雪芹所写《红楼梦》原本佚稿，正是以曹雪芹自己和家族亲友们为“模特儿”，所以贾宝玉一生是经历了与三位少女的悲欢离合的故事：林黛玉先逝，薛宝钗后亡，最后与史湘云在贫困不幸的境遇中终得重会。

笔者在《红楼梦探佚》等学术著作中，从小说文本分析，文艺理论分析，文化传统分析等多个侧面和角度，对周老提出的“史湘云才是《红楼梦》最重要的女主角”这一核心观点作了充分论证，得到了高水平红迷们的一致认同。而作为“生活原型”的研究，周老这本《曹雪芹的故事》以讲故事的形式，活泼生动地娓娓道来，读起来自然更是吸引力满满。

总之，《曹雪芹的故事》是一本思想深刻的书，又是一本趣味盎然的书，其所写到的具体情节、细节也许有不少艺术想象的成分，但对于我们认识曹雪芹之所以为曹雪芹，为什么他会写出《红楼梦》这部旷古奇书来，从根本的“道理”上，是直捣垓下的，是耐人寻味的，是其他写曹雪芹传记的人所难以取代和超越的。某些具体的学术观点，周老这本书也有可以讨论的地方，但周老把“碎片”复原为“古陶罐”的技术、才情实在让人叹为观止！这是一个以天工之巧而予以复原了的精致美丽的“古陶罐”，“形似”或不能丝丝入扣，“神似”——它的文化艺术内涵之光辉神采，却不会比历史上真实有过的那个“陶罐”逊色。

2017年5月28日

（2017年7月6日《光明日报》）

红坛吟唱小录

在插队的日子里，为了寄托情怀，消遣时日，长歌短吟，开始成为“诗人”。后来这一习惯延续下来，积少成多，居然结成了集子。从 1969 年 11 月到 1999 年 8 月的作品，名《古瓶集》。此后由并入连，正逢新千年之交，从此涂鸦就名《金石滩诗稿》。金石滩被评为大连市乃至辽宁省第一风景名胜，碧波万顷，怪石奇礁，鸥鸟翩跹，江山多助，笔彩乃愈媚矣。“日月之行，若出其中；星汉灿烂，若出其里。幸甚至哉，歌以咏志。”信乎曹孟德之诗也！

从 20 世纪 80 年代涉足红学，诗集中乃多了一些与红坛的因缘。把这些红坛吟唱单录出来，略作点染解说，不仅可以回顾一下我个人在红学大海边歪歪斜斜的脚印，也算红坛的一段掌故佳话吧。

最早一首与红坛发生瓜葛的诗是投赠给周汝昌先生的，题为《步红楼梦白海棠诗韵奉赠 周汝昌先生》，写作时间是 1980 年 12 月 18 日：

红海飞潜众妙门，觅来珍异贮金盆。
芹溪恨未窥新证，脂砚情多返旧魂。
探佚始知花有影，续貂焉得玉无痕？
缟仙有翼今宵去，立雪祈梅月不昏。

当时我和周汝昌先生素昧平生，只是因投寄我写的《史湘云嫁贾宝玉说》等红学论文给周先生，因而开始了和周先生的鸿来雁往。周先生读了我这首小诗很高兴，特别要求我再用宣纸墨书。这可给我出了难题，我的“书法”实在上不得台盘。无奈只好求助于导师姚奠中先生，由姚先生代笔，书寄周先生，才算结了这段公案。

第二首“红诗”就是我题在《石头记探佚》序言末尾的那一首，诗吟于1981年4月2日，过了几天写进了序言里。这首诗概述了我“探佚”的几个基本观点，也可以说是以诗的形式勾勒出的《红楼梦》后三十回（不是四十回）佚稿的一个轮廓吧：

花魂鹤影湘妃梦，出入空门自证情。
血染香橼弓马事，泥污美玉兵车行。
绿林铤起鸳鸯剑，沧海飘零鸾凤筝。
顽石有知长抱恨，大荒山下望双星。

“花魂鹤影”即林黛玉与史湘云在中秋夜吟出的“谶语”式诗句“寒塘渡鹤影，冷月葬花魂”，代指黛、湘。曹雪芹分别在她们的别号和正名（潇湘妃子、湘云）中用了“娥皇、女英”舜之二妃的典故，在第七十六回还特意描写她们“坐在两个湘妃竹墩上”（程高本偏偏删去“湘妃”二字），寓意十分微妙。贾宝玉有“三王号”，即绛洞花王、混世魔王和遮天大王，作者把这位“王”提高到了与大舜王并驾齐驱的地位，这是一种极巧妙的艺术设计，其内涵则富有浓郁的反传统意味。据我的考察，原著佚稿写黛玉“眼泪还债”而死后，贾宝玉终因薛宝钗“借词含讽谏”而抛弃宝钗出家，后来因为在空门中仍然找不到出路，乃又还俗与史湘云相遇、结合。这种故事情节的发展否定了“空”，肯定了“情”，是符合全书“大旨谈情”之价值取向的。这就是“出入空门自证情”包含的内容。所以，首联两句概括了“佚稿”最基本的情节构架和思想内涵。“血染香橼”和“泥污美玉”两句指元春和妙玉的结局，也代表大观园众女儿的遭逢际遇。

我以为原著佚稿情节结构的一个基本特点，是十二钗的悲剧人生结局与贾府内斗及贾府在朝廷政争中的命运紧密关联，当然后者的写法不会“铁骑突出刀枪鸣”，而是相当幽晦隐约，只可意会，不可言传的。“绿林铤起鸳鸯剑”即脂批所提示的“柳湘莲一干人”“日后作强梁”，“沧海飘零鸾凤筝”即贾探春远嫁海外作王妃。这些故事都符合“政”与“情”两条基本线索交叉结合的原著结撰方式。到最后“落了片白茫茫大地真干净”的大结局时，神瑛侍者与绛珠仙草“情榜证情”复归本位，只剩下那块回到青埂峰的补天不成的顽石在看着牛女“双星”(据脂批本，神瑛侍者是贾宝玉，顽石是通灵玉，通灵玉是贾宝玉的“随行记者”，二者并不能完全画等号)，回味自己记录下(“石头记”)的那一段“风流公案”了。这是结联所提示的意向内容。

这年年底(1981 年 12 月 31 日)，我又写了两首七言绝句：

一

欲了情痴血泪缘，红楼灵幻岂虚传？
天工夺尽苍穹妒，完璧不容在人间。

二

前生或是有因缘，重到芹脂泪未干。
青埂赤瑕心血炼，周公梁子补情天。

1982 年 5 月，第一届山西省高等院校《红楼梦》学术研讨会在山西大学召开，我写了一首“应制”诗：

花魂玉影梦红楼，天赋才人味外搜。
瑛石绛珠殷血泪，寒塘冷月浸幽忧。
九回肠结千秋痛，百炼钢横五指柔。
莺燕争鸣春烂漫，谁悬情榜占风流？

这一年 10 月，全国《红楼梦》学术研讨会在上海召开，我没有到会，但寄了一篇论文《从“薄命司”到“情榜”》，同时又写了一首诗“以志鸿爪”：

分茶赏菊会红楼，味外酸咸无厌求。
玉影花魂儿女梦，金戈铁马鬼神愁。
续貂功罪凭栏议，探佚得失敲箸筹。

薄命司中千古恨，悠悠情榜富春秋。

冬去春来，转眼到了1983年。刚过年，就又阑入一段红学因缘。山西大学艺术系教师史希光先生丹青泼墨，绘了十几幅“金陵十二钗”人物画，倩我配诗。谦虚不如从命，又信笔胡诌：

黛玉葬花

香魂艳骨倩谁收？露未还清泪未休。
花落人亡成谶语，寒塘冷月悼风流。

宝钗扑蝶

一双玉蝶自翩翩，扑戏无心已汗衫。
谁道宝卿真意劣？山中高士岂虚言！

元春归省

弓挂香橼岂浪传？杨妃乞巧又何言？
山高路远多悲险，此日荣归泪已潸。

探春邀社

海棠开社结诗盟，召将飞符倚画屏。
一自凤凰飘去后，故园花草最关情。

湘云卧药

卧石原来韵味深，石兄他日意中人。
湘江水逝麒麟在，不比潇湘少泪痕。

妙玉奉茶

玉斗亲斟味最深，仙才无奈号畸人。

香淳细品情多少？魂断瓜州杨柳津。

迎春诵经

荇雨蓼风由小鬟，歇心太上默无言。
如君温懦遭狼噬，萦念园居最可怜。

惜春描园

难写名园礼佛灯，丹青枉自费经营。
西方宝树空闻说，托钵缁衣乞食行。

凤姐弄权

一笑真成百炼锋，馒头庵内任权衡。
他年英气何销烁，哭向金陵大厦崩。

巧姐罹难

狠舅奸兄骨肉情，烟花窟内葬芳龄。
巧逢刘姥嶽神庙，纺绩荒村了此生。

李纨课子

挑灯课读盼儿贤，将相风云一梦间。
但得盆兰长奉母，何须白发戴珠冠！

可卿春困

飞燕太真双美兼，天香楼内奈何天。
春红点点情如海，幻境神归午梦残。

香菱咏月

葫芦提处几悲欢？觅句心痴梦月圆。

未倩吴刚斫桂树，风流长逝雪花寒。

晴雯遭诬

口角锋芒磨俏牙，芙蓉出水罪冤加。

晴为黛影无欺语，诗帕谁传西子家？

袭人解语

快绿怡红解语花，佯嗔假怒堪嗟呀。

得同终始非虚话，薄命司中觅故家。

宝钗咏絮

随缘随分随逝水，好风借力上青云。

青云终化纷纷雪，雁过重阳感慨深。

与清朝中叶以降数以千计的咏红诗比起来，从艺术上说，这些诗当然也不见得高明多少。但它们具备此前没有的特点，那就是第一次从探佚的角度歌咏十二钗，这就与以一百二十回为“整体”观念的咏红大不相同，而遥遥接上明义等曹雪芹同时代人的吟咏了。

到了11月，又去南京参加纪念曹雪芹逝世二百二十周年学术论会。会上组织参观有关曹家历史陈迹，宋谋玚先生在曹楝亭家西园遗址今南京大行宫小学拾了一块残砖，送给周汝昌先生。文物价值究竟有多少很难说，但意思是有了。我也写了几首诗奉赠周先生：

一

九泉或可慰曹侯，蹑迹追踪证石头。

指点沧桑形胜处，寻常巷陌隐红楼。

二

吟鞭一指傲三秋，重镇红坛大纛周。
小卒过河发妄语，痴情方许说红楼。

三

欲从情榜夺风流，薄命司中独自游。
探佚荒唐君莫笑，大荒山下梦悠悠。

四

解味难能独我师，西园俯仰觅新诗。
可怜梦梦秦淮月，斜挂情情楝树枝。

1984年春，周汝昌先生阅了我的论文《红楼梦的两种悲剧观》后，写来两首五律予以鼓励：

一

谁谓平生愿？今朝见此文。箭因穿七札，笔遂埽千军。
示狗明貂尾，呼鸡洁鹤群。大悲无鄙事，宏道显奇勋。

二

无憾平生愿，何忧吾不能。鸫林怜鼠腐，野畔服芹馨。
大业千钧系，微怀百感承。中宵非自语，相照有书灯。

对如此谬奖，我虽愧不敢当，但盛意可感，当即写了两首步原韵诗回奉：

一

羞弄班门斧，难为冰雪文。情痴悔九死，气壮驭千军。

孟浪宁随俗？孤明自不群。春江潮又起，赤壁拜司勋。

二

浩气君真养，痴情我亦能。神京飞雨润，陋室沐云馨。

微意脂芹系，覃思庄老承。中宵无朗月，萤火自春灯。

这一年又在武昌参加戏曲讲习班，因我赋赠西南师范学院杜朝光先生两首七绝，杜先生也回赠二首：

一

青埂通灵下太行，独开探佚一枝香。

如何娲女补天处，雨雨风风总是凉。

二

雪郎身后太悲凉，谁补遗书续恨长？

君看三湘水涸处，新枝花傍冷泉香。

下面就到了1986年6月，在哈尔滨国际《红楼梦》研讨会上，我奉赠美国纽约市立大学的唐德刚教授一首七律，唐教授回奉一首。两诗如下：

梁　作

红楼昨夜启重门，窃得名花几十盆。

佚稿共伤今古恨，残编长系死生魂。

凤翔蓬岛何方偶？龙起神州自有痕。

传与天涯邀众赏，松花江上数晨昏。

唐　作

芳园才越几重门，乍睹怡红白玉盆。
愧我忘情无块垒，羡君圆梦有诗魂。
酒香初别新陈味，文价时存落涨痕。
谬补貂裘成姥姥，思穷江畔月昏昏。

我也写了一首诗奉赠澳大利亚红学家柳存仁先生，不过柳先生只口头感谢，而没有和作。只能录拙诗了：

归去红楼认旧门，天涯芳草满银盆。
慕君潇洒春风影，慰我萧疏秋雨魂。
半卷风骚谈历历，一生痴恨梦痕痕。
扶摇五柳栽江畔，燕语莺歌夜不昏。

从哈尔滨返回太原，周汝昌先生又寄来一首"口号"：

深思何事苦研红？举世犹夸叶氏龙。
剩有颔珠待谁得，渐多新绿变盲风。

我也依韵酬答：

归去松江又论红，东鳞西爪梦神龙。
娲皇欲补情天恨，特遣周公扫逆风。

下一次与红学的诗缘已经是 1988 年，北京的李湘女士绘成《〈红楼梦〉人物画卷》，倩红学界题诗，胡文彬先生转来两个诗题，让我题写"葫芦僧"与"薛蝌"。我仍然以探佚的思路交卷：

一

空门难入入公门，一纸官符十丈尘。
应念故人多厚意，长流荒域伴冤魂。

二

乌衣巷口夕阳曛，大雪丰年未几春。
三劫茫茫白地后，岫烟缥缈属何人？

1992年10月，参加扬州92国际《红楼梦》研讨会，写了三首诗。一首是奉和美国的周策纵先生的：

此中意味耐搜求，觅恨寻愁更上楼。
虽少腰缠十万贯，也随明月下扬州。

周策纵先生的原诗是：

红楼一梦已三秋，红会三层更上楼。
省识研红无尽日，只缘天地自悠悠。

还有一首是奉和上海的邓云乡先生的：

红楼痴梦最缠绵，何况扬州明月天。
悲喜假真石上记，又添新话续前缘。

邓云乡先生的原诗是：

虹桥吊古最缠绵，况是秋风黄叶天。
爱说红楼同此梦，扬州夜话亦前缘。

第三首是步王荆公京口诗韵赠台湾代表的：

宝岛神州一水间，天涯曾隔万重山。
已穿竹幕春光透，小驻维扬今日还。

在扬州认识了京剧电视剧《曹雪芹》的编剧钟鸿女士和赵其昌先生，回并州后就写了一篇剧评，并吟诗一首奉赠编剧：

一见荧屏动万方，十年磨戏岂寻常！
繁华梦歇参衰盛，落魄书残记感伤。
真假谁承脂砚秀？有无自写雪芹狂。
春来数片梅花雪，翩若惊鸿过晚阳。

写此诗时适逢癸酉年(1993)二月，刚下来一点小雪，窗外夕阳红比胭脂，雪花飞舞于晚照落霞之中。难逢如此佳景，因有末联之语，且暗将钟鸿女士的芳名嵌入，亦一时之兴致耳。

五月中，又为太原市大观园酒楼壁画题诗三首：

宝黛读西厢

髫年儿女转柔肠，共读西厢在沁芳。
但使灵犀通一脉，水流花谢岂无常？

太虚幻境

幽微谁解意淫痴，云雨巫山魂断时。
身到仙乡唯买醉，人生几度倒金卮。

怡红院

寻愁觅恨绛花王，浊玉通灵无事忙。
快绿怡红可解味？湘江潇水两英皇。

1994年年初，收到吴组缃教授治丧办公室发来的讣告，因寄诗一首表示哀悼，诗前并有小序：

吴先生于80年代初曾来山西讲学，我有幸亲聆大教，并同游晋祠。先生在难老泉边和宋塑前曾伫立鉴赏良久，深为山西的自然和文化所感动，临去在纪念册上题词，并购数件瓷器作纪念。此情此景，至今犹在目前。十余年弹指之间，今先生已人天睽违，其在天之灵有知，当萦怀于三晋风华文物之间欤！恭成小绝，敬献于 先生之灵前：

鹤立神谈难老泉，清音十载耳边悬。
哲人其萎天憔悴，珠玉长留山水间。

吴组缃先生来晋，即1982年到太原参加山西省高等院校首届《红楼梦》学术研讨会，其时同来的尚有胡文彬先生，胡小伟先生也作为文学研究所的代表到会。其实吴先生对探佚颇有微词，那次在山西大学讲学，大概由于客气，似乎没有公开讲，但私下谈话是不表赞同的。后来赵景瑜先生的研究生到北大访学，向吴先生请益，一谈到《红楼梦》，吴先生就说起探佚，说梁归智和周汝昌两个如何如何，《红楼梦》研究怎么能这样搞，言语之间很动感情。20世纪80年代中后期，我一度曾想考北大的博士以镀金，先私底下联系了一下，后来听说吴先生对人说："再招谁也不能招他呀。"这是我的硕士生师弟、现居美国的北大博士朱琦告诉我的。这些前尘往事，现在已经与风俱化了。

上引的诗作都收在《古瓶集》中，下面的就属于《金石滩诗稿》了。

1999年12月3日，我写了一首读周汝昌先生新著《曹雪芹传》后的感怀诗奉赠周先生：

千年一遇亘长虹，文采风流两赋雄。
芹传画龙劳四献，脂批隐凤振双聋。
浅深东土芬芳缈，汹涌西潮鼙鼓浓。
独上高楼万灯火，那人流水顾丝桐？

周先生赐和一首：

最赏晴霞枕断虹，独知脂粉更英雄。
饯春为寿花占梦，炼石通灵玉韫峰。
一卷奇书情未已，三朝秘史墨犹浓。
多君名智仍归慧，惆怅豪厨是爨桐。

不久，又看到中央电视台播出的周汝昌先生讲红节目，并读到周先生将"红学"定位于"新国学"的高论，更获悉文化部颁发《红楼梦新证》学术一等奖的消息，因趁贺新春拜年之际，再赋奉周先生七绝二首：

一

荧屏讲梦字琅琅，古韵遗馨老凤凰。
更喜龙门新受奖，百年红学感沧桑。

二

揭竿国学大旗扬，风雨红坛独擅场。
可得后来多慧士？灵犀顾曲仰周郎。

周先生阅后十分高兴，赐和如下：

一

几篇珠玉总琳琅，楝苦弥坚忆凤凰。
五十年中知我最，眼前碧海见红桑。

二

中华文化说弘扬，讵谓名场是秽场。
千里荧屏一觌面，不嫌老丑尚称郎。

这一段红学诗缘，我在《文采风流的“新国学”样本——读〈曹雪芹传〉》一文中有较详细的阐解，这里就不再饶舌了。

周先生诗兴浓郁，此外还赐下不少华章，我因事多才拙，未能一一奉和，只在1999年12月25日写了三首忆念旧事的小诗，题为《访周宅三题》，前有小序：

1984年7月20日至8月6日，余在京参加中国古典戏曲研讨班。其间7月23日往谒周汝昌先生，8月2日再访周宅取回电视剧《红楼梦》八十回后打印本及周手书条幅一卷，所书者乃去年《石头记探佚》问世后先生赋赠七绝句其中之两首也。

一

欲拜周公访路标，拧眉青面女官僚。
芳园幸会邓编委，指点前街杨柳飘。

注：余初谒周宅，不知确址，因往文化部艺术研究院人事处询问。不意办公室之女干部态度甚恶劣，不仅不肯相告，且云这些人

都归我们管，不通过我们怎能私访云云。余又赴恭王府《红楼梦学刊》编辑部，幸遇邓庆祐先生，相谈甚欢，始知周宅在南竹竿胡同某号。邓先生且送余出王府大门，为余指明路向焉。

二

胡同轻叩竹竿南，想象潇湘凤尾间。

传语老周杂院坐，不知劫后正攻关。

注：余入南竹竿胡同某号，见院中住户甚多。乃推一门而问，一中年男子出，貌甚俗，闻余问周汝昌先生，乃指上厢房为老周家云云。余见周先生正负暄执卷坐读也。

三

京华半月戏研班，心证怡红去又还。

求得法书归镇宅，双星犹唱奈何天。

注：末句谓北京昆曲研究院为戏曲研讨班演出新改编之昆剧《长生殿》。

1999年12月，以诗代简，向朋友恭贺新春，与红学界有关的还有以下几首：

奉赠李思敬先生（商务印书馆前副总编）

一

煌煌书馆旧元勋，小扣怡红亦妙文。

记否芹祠满白雪？高坛清语尽倾君。

注:1998 年冬于北普陀周汝昌先生八十寿辰暨从事红学五十年纪念会,李先生与会并宣读论文焉。会中大雪突降。

二

说梦知音古晋阳,京华小酌话沧桑。
忘年旧雨今多少?重约听潮调羽商。

此诗背景是李先生赴山西大学组稿,阅拙著《石头记探佚》而极赏之。后余赴京又与先生小酌,先生谈及自己被打成右派,而兄长乃某单位党委书记,故兄弟二人感情好而常辩论。

戏赠张庆善先生

庆王奕善掌旌旄,行走红坛鼎鼐调。
周也冯乎归一脉,天香万点总缘曹。

口占二绝奉赠杜春耕先生

一

陶朱经略岂雄夸,文理双栖锦上花。
一自红楼集版本,传言名票杜公家。

二

坐拥天香轶代文,书成二稿费沉吟。
倩君细品曹高异,两赋奇人泾渭分。

2000 年 2 月 3 日,又有奉赠天津石建国先生一诗:

悦怡市隐津门里，五柳飘摇射佚貂。

第一雅音出闾巷，民间始信有灵箫。

注：石建国先生著有《红楼佚貂本事》等红学著作，且筹组全国第一家街道红学会，影响甚大。

2000年5月，收到河南省商丘市王长生先生赐函。王先生写过反驳四川克非先生《红楼雾瘴》的文章，他抄来周汝昌先生赠他的诗：

项庄之剑醉翁酒，一逞私怀名利全。

志士仁人舒慧眼，先生义愤已流传。

我回信说，克非先生大概主要还是思想认识问题，文化趣味和层次问题，是俗文化理解不了雅文化的问题。因步周诗原韵戏和一首回奉王先生：

雾瘴红楼重雾瘴，分流雅俗古难全。

克非非实亦人克，论出商丘众口传。

2000年6月6日《中国文化报》发表了我为周汝昌先生所著《曹雪芹传》写的书评《文采风流的"新国学"样本》，虽然只是一篇"缩略文"，几乎删去了原文的二分之一，周先生还是很高兴，又给我寄来一首七律：

死潭投石漫萦怀，健笔佳辰得眼开。

流水高山重叹惜，行云走月一徘徊。

诸芳语痛三春尽，两赋思深百代才。

独上层楼万灯火，为君新句动微哀。

6月30日，我步原韵奉答一首：

新证横空骋壮怀，孤明襟抱海棠开。
压城云重添痴味，枕阁霞飞染砚斋。
斯室弥馨萦入梦，其人如玉痛怜才。
沁芳一脉听流水，独上层楼未可哀。

周先生阅后赐函大赞："诗函昨到，和韵之篇极佳。'孤明襟抱海棠开'之句尤奇！馀亦工力悉敌，情辞兼至也。此种咏题自然为一'空前'，可不论，至于后来，吾不敢知，唯见当代人能出此作者亦不可得第二家也。"信尾又添加一笔："斯室其人一联甚佳。"海棠是史湘云的象征物，对史湘云结局的看法其实关系到对《红楼梦》"全局"包括思想、艺术、文化等"根本性"的理解，此乃周先生红学体系中的一个"核心"。惜乎一些红学界同仁对周先生的许多慧解未能知音明辨，反动辄群起而攻之，成"黑云压城"之势，难怪周先生再三叹息也。

上期《红楼》将拙句误排在周汝昌先生名下，却因此得一机会，缕述红坛吟唱诗缘，既免以讹传讹之诮，亦记录一段红坛旧闻轶事。此可谓"误"也有"误"的好处也。

2000 年 6 月 27 日于大连

（《红楼》2001 年第 1 期，收入辽宁师范大学中文系古代文学教研室主编《中国古代文学文献研究》，吉林人民出版社 2002 年 2 月出版）

周也冯乎归一脉，天香万点总缘曹

贵州梅玫主编《红楼》2001 年第 1 期刊出拙文《红坛吟唱小录》，此文是这样结尾的："上期《红楼》将拙句误排在周汝昌先生名下，却因此得一机会，缕述红坛吟唱诗缘，既免以讹传讹之诮，亦记录一段旧闻轶事。此可谓'误'也有'误'的好处也。"

这道出了我写这篇小文的起因，是因为《红楼》在前一期中把我投稿去的几首诗作，作为周汝昌先生的作品刊登出来。其中特别有一首 1999 年 12 月写的《戏赠张庆善先生》："庆王奕善掌旌旄，行走红坛鼎鼐调。周也冯乎归一脉，天香万点总缘曹。"一时京城红学界纷纷传诵，说周汝昌先生主动向冯其庸先生示好。我赶紧写了《红坛吟唱小录》，缕述了从 1980 年 12 月 18 日第一首到 2000 年 6 月 30 日最后一首自己作的和咏红有关的所有诗作，以正视听。

在新出版的《周汝昌致梁归智书信笺释》（三晋出版社 2017 年 1 月出版）第 73 页的"笺释"中，说到 1992 年 10 月 18 日至 22 日在扬州召开的第三次国际红楼梦研讨会，有这样的笺释内容：

那时大家对参加国际学术会议还比较看重，又是在一种有些特殊的时代背景下（政治风波后继以邓小平"南巡"讲话），而会议控制名额，开始我没有收到邀请函，后吕启祥先生来信指点，让我给冯其庸先生去信表示希望参加会议。我如教施行，乃收到大会邀请函，提交论文为《红楼梦、才学识、高山流水与精神家园——与王蒙对话》。

《百年红学》的主编闵虹女士曾对我说，她去冯其庸先生家里，见冯先生家里的大盆小盆都放着洗过脸或洗过菜的水，是储存下来准备浇花冲厕所等，因为世界缺水，中国更缺水，冯先生要从自己做起，节约用水。闵虹女士说自己很感动并有些惭愧，又说她和冯先生说到我，冯先生对她说：“那是个真正做学问的人。”

在冯先生驾鹤西去之日，谨回顾这几件小事情，表示悼念之意。

2017 年 1 月 22 日

悼念霍松林先生

见网上报道霍松林先生驾鹤西去,回顾与霍老先生小因缘,以表悼念之情。

霍松林这个姓名,还在上小学时,就已经熟悉了,因为家里有一本叫《文艺学概论》的书,作者就是霍松林。20 世纪 90 年代后期,我在山西大学中文系工作,曾一度想考博士以镀金,给霍先生寄去一册 1992 年版拙著《石头记探佚》精装本。后来我觉得自己已经年华老大,不适合再去读博,改为活动调工作去辽宁师范大学任教。而霍老先生特意让他的弟子李安纲博士给我带话,希望我能读他的博士,并说年龄大一点没关系嘛。我审时度势,还是决定调辽宁师大,只好托李安纲先生代为婉言解释,谢绝霍老先生的好意,但心里觉得很对不起霍老先生。

又霍老先生的大弟子吴言生博士, 为台湾佛光山组织大陆学人撰写中国历代佛教高僧传记(全新小说版),我经山西古籍出版社的落馥香女史推荐,写了一本《仰山小释迦——仰山慧寂大师传》,后于 2000 年出版。当时吴言生博士看了拙稿后,谬奖有加,一定要我再写一本支遁大师传,我乃又撰写《即色本空——支遁大师传》。不过由于台湾方面的原因,这本书一直拖到 2007 年才得以问世,而《仰山小释迦——仰山慧寂大师传》也于 2008 年第二次印刷。2014 年在西安见到言生兄,他说霍老先生仍然身体康健,自己正在联络众位师兄弟师姐妹,筹备给老师祝寿。我当时心里动了一下,是不是也去参加? 想了想,名不正,言不顺,没有开口。

但仔细想起来,和言生兄发生机缘,为佛光山撰书颂佛,冥冥之中似乎也是和霍老的一种因果。言生怎么偏偏是霍老的大弟子呢? 2015 年,我与内子以及两个朋友去台湾旅游,特意去朝礼了佛光山,得到觉是法师的热情接诗,带领我们到一般香客难以进去的后殿参谒。在佛光山的书店里,看到“中国佛教高僧全集”在书架上辉煌排列出售,我的两本拙著自然也在其中。后来写了一首纪游诗:

朝礼佛光山

纪传高僧幸有缘,佛光普照到台南。
内坛良夜参金玉,宝殿清晨颂谛诠。
身首合归香火圣,星云弘道菩提圆。
苍鹰翔宇芭蕉绿,万象真如总是禅。

“身首合归”句注解:

星云大师于2014年收到信众捐赠佛首一尊,与河北省幽居寺释迦牟尼佛身相吻合,乃1996年于河北省幽居寺被盗之国家一级文物。星云大师发愿将佛首捐回原寺院,河北幽居寺将佛身运来佛光山实现首身合体展览,后将返归本寺。予等有幸得瞻仰方展出之佛首与佛身。

前两年在陕西师范大学读古代文学博士的贺岩女史,撰写的是红学方面的博士论文,通过微信和我联系,互相讨论,她说她的导师是霍松林老先生的公子霍有明教授。有趣的是,她在网上淘得一本我的《石头记探佚》,正是当年我奉寄给霍老先生的那本书,不知道如何流到了网上,被卖高价。可能是哪个学生向霍老先生借书没有还而辗转流到网上拍卖吧。

贺岩女史的博士论文是从自己读红的生命体验角度切入红学,别具一格,但有点另类,我建议她注意这一点,以答辩通过为首要目标。但她颇有西北女子的豪侠气概,偏要“赌一把”,结果第一次没有通过,又过了半年重新答辩才获得通过。不知道贺岩女史的博士论文出版了吗?那倒可以给红学界吹来一股新鲜空气的。

我在导师姚奠中先生家里,见墙上悬挂着霍老先生送给姚老师的墨宝法书:“雄才博学,其人品学问书艺均为当代典范。”这句赞语,不也是霍老先生自己的写照吗？我只见过霍松林老先生一面,今闻老人家此生圆满,缕述种种因缘,也算心香一瓣吧。

2017 年 2 月 2 日

箫心剑气说红楼

我曾经说过一些似乎很狂妄的话。如说从思想境界、精神气质的角度，老一辈中只有周汝昌、胡风和鲁迅这“两个半”人真正读懂了曹雪芹的《红楼梦》。又说红学史上名副其实的突破其实只有两次，一次是20世纪20年代发轫的“新红学”，另一次是20世纪80年代兴起的“探佚学”，这两次突破的基本点、共同点就是严格区分曹、高“两种《红楼梦》”。“探佚学”是“新红学”走到迷惘的十字路口徘徊三四十年后向前跨出的决定性、方向性之一步。

我这些看法都来源于一个朴素的思想，即我以为要“读懂”《红楼梦》，除了版本鉴别和家世考证等技术性、背景性的前提之外，最根本的一条是读者必须具备与曹雪芹比较接近的气质性情，然后才可能本真地进入原著《红楼梦》的精神结构之中。而且，版本考证等也不是纯粹“科学”性操作，而必然受到研究者个人气质性情的影响。比如贾宝玉的别号到底是“绛洞花王”还是“绛洞花主”，就不仅涉及版本的对勘鉴别，更和理解曹雪芹创造贾宝玉这个“千古未有之一人”的精神思想内涵有关，研究者如果不能和曹雪芹、贾宝玉灵犀暗通，就不可能对“绛洞花王”的妙处心领神会。

以此观照百年红学史，基本上是一部对《红楼梦》的“误读史”。考据之外的“评红”，大势是错把高红当曹红，假作真时真亦假。从胡适到林语堂，从苏雪林到高阳，以及众多拥高派红学家，在文本认同方面竟如此愚钝——这个词有点唐突前贤时彦，却实在恰如其分，毫不夸张。这些“名家”“大师”的艺术感觉、文字鉴赏能力居然与曹雪芹的灵心慧性隔着一道万里长城，却与后四十回阡陌相通！这种“《红楼梦》现象”不由得不让人感叹人情物理的复杂曲折，大千世界的陆离光怪。让我们聆听一下这些“大师”们的言说：

我常说，《红楼梦》在思想见解上比不上《儒林外史》……《红楼梦》……在文学技术上比不上《海上花》(韩子云)，也比不上《儒林外史》——也可以说，还比不上《老残游记》。——胡适

高本作者才学经验，见识文章，皆与前作者相称。高本文学手眼甚高，有体贴入微，刻骨描绘文字，更有细写闺阁闲情的佳文，似与前八十回同出于一人手笔。——林语堂

原本《红楼梦》之恶劣，出人意想之外，真所谓闻所未闻，见所未见，不但说不上一个“好”字，而且说不上一个“通”字。……不过天下事无奇不有，竟有一个不学无术的没落纨裤，写了一部散漫松懈，毫无结构，并且尚未完成的小说，居然脍炙人口，传诵一时，让他享受一百五十余年的盛名。——苏雪林

将一部完整的《红楼梦》，硬劈成前八十回与后四十回，分别研究，以致永远在摸索、试探、猜测，我很欣幸可以说得上有丰富的小说创作经验，确信“绝无人可续红楼”，以一百二十回作为一个整体看待。——高阳

看了以上的大师级言说，你能说“百年误读《红楼梦》”不是一个让人难以相信却残酷地客观存在着的事实吗？我还没有提到蔡元培等索隐派诸家的各种陈说以及近来的“脂批本伪造”“竺香玉谋杀雍正帝”等新说呢。

为什么竟会是这样？

《红楼梦》第五回中警幻仙姑给贾宝玉做“鉴定”说，他是一个“天分中生成一段痴情之人”。“痴”或“正邪两赋”究竟是什么样一种气质性情呢？再换一种说法，大概就是所谓“箫心剑气”吧，也就是“诗人哲学家”一类人物吧。也许有人会质疑，“箫心”或与“痴”相通，“剑气”是否牵强呢？其实“箫心”与“剑气”是相反相成的，有“箫心”则必有“剑气”，贾宝玉也有“情极之毒”，正

同于柳湘莲挥鸳鸯剑先削发而后“作强梁”也。此所以贾宝玉有“三王号”，绛洞花王原直通混世魔王与遮天大王也。

我曾赋赠周汝昌先生一首绝句：“吟鞭一指傲三秋，重镇红坛大纛周。小卒过河发妄语：痴情方许说红楼。”要论说《红楼》，是要有一点“痴”，有一点“箫心剑气”的。

明白了这一点，百年来《红楼梦》接受美学的怪圈，也就捅破窗户纸一般透明了。上述的大师们虽然个个建功立业，彪炳史册，却实在都不是“正邪两赋之人”，质素中偏偏缺少了要进入《红楼梦》不能缺少的“痴”与“箫心剑气”。难怪曹雪芹早已预言性地写下“都云作者痴，谁解痴中味”的深深慨叹！（据俄罗斯圣彼得堡藏本《石头记》，“谁解其中味”作“谁解痴中味”。）

从1980年代初至今，我和曹雪芹、《红楼梦》的缘分，算来也结了二十年了。我撰写过四册考论《红楼梦》的著作：山西人民出版社初版、山西教育出版社增订版的《石头记探佚》，北岳文艺出版社出版的《被迷失的世界——红楼梦佚话》，山西古籍出版社出版的《新评新校红楼梦》，尚未找到付梓之处的《红楼梦诗词韵语讲论释义》。听我讲过《红楼梦》的学生，也可说是“弟子三千”了。

回顾二十年的红学因缘，我其实只是在反复地申说着一个简单的道理：探佚方知真红楼，痴情方许说红楼。这里奉献出的又一个集子，除了言说《红楼梦》的部分之外，尚有接近一半的篇幅是表面上无涉于《红楼梦》的内容。我说“表面上无涉于”，也就是说它们实质上“有涉于”，而且是千丝万缕地互相牵扯纠缠着的。有两个青年朋友读了《古瓶集》后对我说：“你研究《红楼梦》，和你写了这些诗有密切关系。”又有人对我说：“你论元曲的‘浪子·隐逸·斗士’，不也和‘正邪两赋’一脉相通吗？”仔细想一想，还真是“知音解味”之言，让我服膺。

那么，“关系”“相通”在何处呢？大概就是“痴”，就是“箫心剑气”吧。读者可以检验，“痴情方许说红楼”这把玉尺是否也可以衡量笔者的本质，“红楼”之外的文章和诗词于解读笔者对《红楼梦》的研究是不是存在一种内在的精神张力。

“两种《红楼梦》”的区别其实就是先锋文学、精英文学与通俗文学、大众文学的区别。先锋与精英总是少数，他们的情怀、襟抱、思想、境界不是人人能够轻易了解和共鸣的。通俗的东西却往往有着广大的市场。而生活的辩证法又十分有趣。比如上面提及的“大师”们似乎应该属于精英和先锋的行列，他们却表现出通俗的审美取向。而我遇到的一些“民间”人士，却一下子就与曹雪芹的高山流水梦遇神通。“痴”和“箫心剑气”也真是一种可遇而不可求的缘分呢。

因此，老实说我对“红学界”不抱太大希望。“红学界”可以在资料的整理和考据等方面做些基础性工作（这当然是必要的、重要的），但要与曹雪芹的心灵交流契合，要让《红楼梦》成为民族性的文化支柱，要让大观园成为新世纪中国人的一个精神家园，那只有走向民间。我因此提出“人间红学”的设想，从“探佚学”到“人间红学”，乃是一件需要许多人献身的创造性工作。编辑自己的集子，却想到这样一些话，是“题外”呢？还是“题内”呢？

我的阳台外面，长着一株柳树和一株杨树，都已经有几十年的生命史，大概要超过我的岁数了。春天新绿葱茏，有鸟儿飞来筑巢啁啾，秋天纷纷黄叶，鸟儿也飞走了。一元复始，情景交融，常让我想起陶渊明的《五柳先生传》和鲁迅先生的名句：“在我的后园，可以看见墙外有两株树，一株是枣树，还有一株也是枣树。”如今，我要告别我的杨树和柳树，到海边去听涛声浪语了。这本著作也成了我告别故乡的一个纪念。它的出版得到山西省出国留学基金的资助，是要特别表示谢意的。

1998 年 12 月 31 日于山西大学杨柳斋

（此乃山西教育出版社 2000 年 10 月出版《箫剑集》序言，书中除红学文章外，尚有研究元曲和其他古典小说的论文，以及古体诗集《古瓶集》。全书 382 千字，红学方面的内容占一半篇幅。）

箫剑轩里的红学书

按照明万历年间胡应麟《少室山房笔丛·经籍会通》的说法，典籍图书的收藏者可分为赏鉴家、好事家和雅尚家三类，奠定了藏书家分类的基础。清乾隆嘉庆年间的洪亮吉在《北江诗话》中，进一步提出"五分说"，即按照藏书主人的旨趣和成就特点，把图书收藏者分为考订家、校雠家、收藏家、赏鉴家、掠贩家五类。清末民初的叶德辉，在《书林清话》中再修订为著述家、校勘家、收藏家、赏鉴家、掠贩家。掠贩家是从好事家演变而来，不过商业牟利的目的更明确。校勘家包括了考订家和校雠家，是对古书版本流变等做校雠考订的专业人士。收藏家与赏鉴家比较接近，但也有差别，前者注重的是聚敛，后者的赏鉴则更是一种艺术行为。当然，这也都是一些大体的区分，其实收藏多了，则考订、校雠、赏鉴等方面也多少会有所染指，只是功夫有深有浅罢了。

笔者由于从事文史的研究与写作，买书，藏书，积累年月，也有图书近万册。但反躬自问，实在算不上藏书家，勉强凑合，只能算是著述家的藏书。当然，文人积习，未能免俗，也给存放书兼写作的房间起个雅号，名"箫剑轩"，门口悬挂一支箫一口剑，纯属自鸣风雅自娱自乐。

小书房而号轩，是感觉"轩"似比"斋"气势磅礴。而名"箫剑"，则因为从幼时即喜欢龚自珍"箫心剑气"的诗歌，"来何汹涌须挥剑，去尚缠绵可付箫"（《又忏心一首》），"一箫一剑平生意，负尽狂名十五年"（《漫感》），那种情调、意境，的确让人入迷、沉醉。当年在山西大学，体育系教授兼山西省武术协会主席陈盛甫老人，天天清晨在校园里义务教大家习拳练剑，除了太极拳、太极剑，还有老人自创的三十二掌、扬眉剑和鞭杆，一个动作一个动作教和练，跟着学了好几年，也算入了门。除了鞭杆没有坚持而已经忘却外，拳和剑三四十年习练未辍，自健身言，也练得行云流水自然浑成了。

2006至2008年在俄罗斯国立圣彼得堡大学任客座教授，从国内带去一支箫，拿一本教吹箫的书对着练，一来二去，竟也吹成调了。犬子出生起名，命以“剑箫”。2000年出版过一本学术著作，以“箫剑集”为书名，周汝昌先生曾题诗曰：“一箫一剑本书生，目射奇文纸不平。浪子幽人合斗士，元贤清哲共斯情。”因《箫剑集》中的一个主旨，阐述《红楼梦》中贾雨村所谓“正邪二气所赋之人”，与元曲的“浪子·隐逸·斗士”异曲同工。

引了周先生的大作，自然就该谈到“箫剑轩”里的红学藏书。书斋里共九个小一米宽两米多高的大书架，每个书架八层，每层里外双叠放书。红学方面的书，占了一个半书架。迄今为止，笔者写作了红学方面的著作上十种，这些书架上的红学藏书，自然都是撰述时常常查阅参考的资料。大多数红学书，都是自己购买的，于20世纪80年代初开始研究红学始，逐渐积累。一类是各种《石头记》抄本的影印本和整理本，从甲戌本到己卯本，从舒元炜序本到圣彼得堡藏本，从蒙古王府本到甲辰本，等等，都是比较早期的影印本，纸张质量并不太精良。

有些本子，是“淘”来的，比如庚辰本《脂砚斋重评石头记》，乃1975年人民文学出版社影印，那是“文革”时期“评红”的产物，印数本来少，到20世纪80年代以后，已经很难买到，是我从辽宁师范大学一位老教师手中借阅，然后就不还，而给了他200元人民币“回”了过来。再如《戚蓼生序本石头记》，是有一次山西大学图书馆处理图书，把多余的一套出售，但八册已经缺了两册，我买下来。后来又从辽宁师范大学中文系资料室尘封旧书堆中发现有一套，也不全，但有我少的那两本，就拿自己写的两本书交换了出来。周祜昌、周汝昌、周伦玲校订的十大册《石头记会真》，是刚一出版，就有红迷书商在网上兜售，而打折购买的。

整理的印本，如郑庆山《脂本汇校石头记》，蔡义江校注本《红楼梦》，黄霖校订附全部脂砚斋批语的《红楼梦》，冯其庸新订《八家评批红楼梦》，王蒙评点《红楼梦》先后三次修订重印本，等等，也都一出来就购藏。这几年研究生毕业，老师和学生要互相赠送纪念品，就指定学生买自己尚没有的书，如北京大学出版社 2011 年出版的刘勇强点评的《红楼梦》，就是学生送的。

有几个《红楼梦》本子，乃同道所赠。如因为给邓遂夫先生校注的《脂砚斋重评石头记庚辰校本》写了序，他除赠送校注本外，又送了一套北京图书馆出版社 1992 年出版的影印程甲本《红楼梦》。周汝昌先生汇校的《红楼梦》通行本，批点本《石头记》，都蒙周家赠送周老的亲笔签名本。

红学研究书籍，20 世纪 80、90 年代的书，比较重要的文本，大体都有。大部分是自己买的，也有一些别人送的。送的书有作者亲笔题签，从收藏来说，当然更有价值。其中最多的，是周汝昌先生签赠的书。从《恭王府与红楼梦》到《红楼梦与中华文化》，从《红楼艺术》到《红楼艺术的魅力》，从《红楼小讲》到《红楼夺目红》……其中几种我或写书评，或写序言，当然得来全不费工夫了。1998 年华艺出版社出了周汝昌红学书六种，同年在北京北普陀召开纪念周老从事红学五十年学术研讨会，这套书作为大会材料赠送参会者。许多人都拿着书让周老签名。我虽然也得到一套，但看着半盲的周老签名时费力的样子，心中不忍，所以我这一套却没有留下周老的墨宝。

学友赠书，我当然会回赠自己的著作，也有随意送学生或只是在会议上见过面的浅交之人。在孔夫子旧书网和淘宝网浏览，可以看到有我签名的书在拍卖，往往售价不菲。如有一本我送给霍松林老先生的 1992 年版《石头记探佚》，不仅有我的签名，还有霍先生的藏书章，因而要价惊人。可能是某人向霍先生借阅而未还，再辗转流传，最后就流到网上拍卖了。说到藏书章，有擅长篆刻的朋友也为我刻了两方相送，但自己却很少印到藏书上面。我的藏书，绝大多数是没有盖签章的。这说明，自己只是著述家藏书，买书藏书主要为阅读查用，没有真正藏书家那种收藏贵品、鉴赏品相甚至收集不同版本予以考订的热心、雅趣、闲情和品位。那是另外一种乐在其中，恐怕自己是没有福气享受了。

不过我也有两种“稀世珍本”。一种是“解放军报社”1975 年印刷的“内部刊物”《红楼梦资料》，这是“文革评红”的资料书，里面有马克思、恩格斯、列宁的语录文章，有毛泽东“关于红楼梦研究问题的信”，有鲁迅关于《红楼梦》

的论述，也有李希凡、蓝翎、洪广思、何其芳、蒋和森的文章，自然还有“曹雪芹生平史料选辑”等“资料”。大家可能说，“文革评红”的书册也不算稀罕，有什么可贵？我说此书“珍稀”，是因为在扉页一上有毛笔题写的周老咏红诗一首，并有周老签名盖章，而在封四又有“谷苇同志”“周汝昌”两行字。2011 年春我和一个朋友逛潘家园，看到地摊上这本书，我说周老题诗签名等都是模仿伪造，但朋友说是真的，于是高价买回来，寄给周家目验。那时周老还在，周家一看，果然是别人仿照周老笔迹写的题字，刻的假图章。我乃在封四题了几行字说明购书因缘，签名盖章，然后请周老公子周建临在封三写了鉴定字句，盖上了周老的章和周建临的章。扫兴的事就变成了一件有趣的事。

还有一种“珍稀”文本，是我自己的著作评点本《红楼梦》，2012 年三晋出版社印出。出版社先寄来一册样书，我翻开一看，扉页的作者，居然写的是明代罗贯中。我赶紧给出版社的负责人打电话告知，他们大吃一惊，说已经打包要寄给当当网出售。于是采取紧急措施，全部重新装订扉页。但寄给我那包样书，出版社相关人员却懒得再拆包，就原样发给了我，而我也就有幸有了几本从此只有我才有的“海内珍稀版本”之“明代罗贯中著”的《红楼梦》了。

2015 年 8 月 5 日

（2015 年 8 月 24 日《人民政协报》）

艺术精品·学术妙品·文化珍品
——十集京剧电视剧《曹雪芹》观后

壬申(1992)年秋风黄叶天的时节,有幸随明月而下扬州,参加第三次国际《红楼梦》研讨会。下榻西园宾馆,隔壁就是曹雪芹祖父刻布《全唐诗》的天宁禅寺。海内外红学界的硕彦名流,以文会友,陆续都到了。许多人是自 1986 年哈尔滨国际《红楼梦》研讨会后就再未谋面的。弹指六七年过去,旧雨重逢,只见每个人脸上都又添了"年轮"。握着那一双双更显苍劲的手,喜悦之中又微感几分惆怅。"正是江南好风景,落花时节又逢君。"真是又对景又恳切的好诗啊! 会友中又多了几张过去没有见过的新面孔,且慢慢接触、结识吧。

其中有一位就是京剧电视剧《曹雪芹》的首席编剧钟鸿女士。那天晚上,会议安排精美的"红楼宴"请红学家品尝。宴会正式开始前,我和同桌的"红友"们聊天。话题转到红学与影视,我情不自禁赞叹:"京剧电视剧《曹雪芹》真好!"同桌的吕启祥女士立刻指着坐在我对面的一位女士说:"那不就是编剧!"我才知道她就是钟鸿。大约四十岁到五十岁之间,看起来微微有些胖,很内向似的,让人想起曹公描写贾府二小姐的话:"肌肤微丰,合中身材,……温柔沉默,观之可亲。"和也是我们一桌贵州红学会大说大笑的梅玫女士恰成鲜明对照。听我无保留地推崇《曹雪芹》,钟鸿竟脸色泛红,露出不好意思的样子,只缓缓地说:"我们反复修改,搞了上十年呢。"语调很轻很柔。但看得出来,见自己的劳动成果获得赞赏,她显然十分激动。

我并无意当面奉承,但确实从内心觉得《曹雪芹》实在是难得的精品。对自己不赞同的东西,绝不违心地说好,但对自己真正赞赏的东西,那就一定不遗余力地捧场。前贤所谓"平生不解藏人善,到处逢人说项斯"我是身体力行的。其实，电视剧《曹雪芹》我并没有看全，原因是以前看过编写《曹雪芹》的剧目，很让人失望而且扫兴，所以这一次看见电视剧预告就掉以轻心。心想写曹雪芹谈何容易，肯定不是窠臼就是俗套，何况又是京剧，老调子还能唱出什么新花腔？因而就没有十分留心收看。后来偶然看了一集，不禁大吃一惊，原来竟如此阳春白雪！接着就不歇气天天看，直可惜误了前面好几集。这次遇到了编剧，我怎能不由衷地赞不绝口呢？因而离开扬州时我就和钟鸿女士和赵其昌先生约定：等看了全本，我一定写一篇剧评，让更多的红迷们分享我的心得和喜悦。

今年春，中央电视台终于重映《曹雪芹》了。星期五系里开例会，我请了假不去参加，整看了一下午；星期六又是半天；星期日去老丈人家，也是一集不拉，而且连同我 8 岁的儿子和退了休的老岳母也被吸引住，看得聚精会神。岳母还直抱怨我怎么不打电话告诉她，误了前面七集呢。

这一回是“细细赏鉴”，这“其中味”也该品出了几分。下面就把意见贡献出来。

首先，概括一下总体印象，下一个总断语：京剧电视剧《曹雪芹》奠基于深厚的学术研究成果，通过高超的艺术匠心，表现了辉煌的中华文化。这是一部融艺术、学术和文化为一体的高品位的艺术精品、学术妙品和文化珍品。

先说学术，次说艺术，最后说文化。

红学是显学，树大根深，枝丰叶茂。但随之而来的是典籍浩繁、意见纷纭。孔子死后儒分为八，佛陀死后小乘大乘部派不一，曹雪芹死后留下一部残稿《石头记》，红学流派也此起彼伏，龙跃凤鸣。但说到曹雪芹本人的传记材料，那又像神龙去后留下的一鳞半爪，实在少而又少。不过是敦诚、敦敏兄弟的几首诗和脂砚斋、畸笏叟的几条批语。而就是这么稀罕的材料，又被红学家们见仁见智，弄得恍惚迷离，莫衷一是。曹雪芹的籍贯是辽阳、铁岭还是丰润？曹雪芹的父亲是曹頫还是曹顒？曹雪芹的卒年是壬午除夕还是癸未除夕？脂砚斋究竟是曹雪芹的叔父、舅父还是表妹、继室？既要对浩如烟海的曹家历史和时代背景的材料排沙简金，又要对众说滔滔的红学家言抉择取舍，还要对吉光片羽的曹雪芹的“传记”和传闻及《红楼梦》原著略迹原情、巧借新裁，要写《曹雪芹》，没有“碰硬”的精神和“当半个红学家”的决心，是连想也不用想的。对红学的艰难复杂略知一二，才能够理解一部电视剧居然要写十二年，要小改三十次，大改三次。这不是因为编剧们“笨”，而是因为他们严肃、认真，有“精品意识”。

功夫不负苦心人，电视剧《曹雪芹》在融汇、化用红学的学术成果方面堪称独具只眼，令人叫绝。经过十年涵泳，编剧确实已经成为名符其实的“红学家”，而且是见解超卓的红学家。这一点也不过誉。时至今日，尚有不少专业红学研究者为后四十回续书所蔽，不能领会曹雪芹创作《石头记》的良苦用心，仍局限于“爱情婚姻悲剧”的旧眼光。电视剧《曹雪芹》在思想内涵方面无疑站在了红学研究的前沿。这是这部电视剧获得成功的一个最根本的原因。试举几个电视剧巧妙化用红学研究成果的例子。

脂砚斋是和曹雪芹创作《红楼梦》关系最密切的人物，他在《石头记》的抄本上写下了大量批语，还提出小说创作的修改意见。可是脂砚斋到底是曹雪芹的什么人？畸笏叟是脂砚斋的另一个化名呢还是另一个批书人？对此，红学界聚讼纷纭，至今没有定论。对这样一个红学难题，编剧的处理可谓恰到好处。将“脂砚”之名虚化为傅中堂托曹雪芹去江南寻找明朝才女薛素素用过的古砚台，又将协助曹雪芹构思创作抄写《石头记》的角色分派给曹雪芹的“小姐妹”婉莹和竹筠，这既暗合了曹雪芹在《石头记》中推崇女性的主导思想，又创造性地化用了红学研究的成果。同时，薛素素本万历年间名妓，曹雪芹为寻找她用过的“脂砚”却巧遇已沦落风尘的表妹竹筠，把她营救回乡。这又是多么巧妙的构思！“脂砚斋”被暗寓其中却不露痕迹，真是匠心独运。有人说竹筠为娼的设计落了俗套，殊不知这是借鉴了《好了歌解》中“择膏粱，谁承望流落在烟花巷？”（红学界认为是指贾巧姐后来遭际）这一句。一个情节构思中能涵纳这么多“红学”同时又不显山不露水，点化为艺术，真合了脂砚斋评点《石头记》的批语：一树千枝，一源万派。

《石头记》的创作来源于曹雪芹的“亲见亲闻”，在一定程度上就是曹雪芹的“家史”和“传记”。电视剧《曹雪芹》要创作《石头记》，必不可免要从《石头记》文本中寻找素材和“原型”。这个分寸可不好把握，弄不好就成了对《石头记》的注解甚至抄袭。编剧们真把《石头记》读通了，深获“假作真时真亦假”的创作奥秘。著名红学家周汝昌说《石头记》的整体构思是“玉钗云”，写贾宝玉和林黛玉、薛宝钗和史湘云三女角的悲欢离合，乃贾宝玉人生爱情经历的三部曲。《曹雪芹》里的婉莹、如倩、竹筠三位女主人公的设计正是根据这一红学研究。婉莹、如倩、竹筠确实分别体现了黛玉、宝钗、竹筠的精神风貌，但我们又绝不会把二者混淆。

这正是编剧的功力所在。因为婉莹、如倩、竹筠除了浓缩黛、钗、湘的形象风神之外，还巧妙地投射了十二钗中其他人物的影子。如婉莹出家为尼的设计概括了妙玉和贾惜春，竹筠沦落则吸取了佚稿研究对巧姐的推考。如倩产亡的情节则取自“旧时真本《红楼梦》”的传闻，她的性格中又有几分贾迎春的影子。此外如紫雨的形象集中了紫鹃、司棋等好几个丫鬟的特点，笃琴的形象包容了抱琴、鸳鸯和晴雯，玉官代表了龄官、芳官等小戏子，十三龄的形象则集蒋玉菡、柳湘莲等人物于一身。连那个请曹雪芹喝酒的老马倌王海也不是无来历的，《石头记》里有个马贩子王短腿，红学家考证是八十回后佚稿中与倪二、贾芸一起救助贾宝玉的义侠人物。至于对“秦可卿淫丧天香楼”和“贾元春归省”等一望而知的取资借鉴就更不必说了。

总之，《曹雪芹》里的每一个人物、每一个情节都不是一无倚傍的“虚构”，而融化了小说文本和红学研究。戴着镣铐跳舞而能跳得像敦煌壁画里的飞天，实在比天马行空的潇洒更让人肃然起敬和悠然神往。从一种角度看来，电视剧《曹雪芹》是一种别开生面的红学研究的“集粹”和升华，是一部学术的妙品。学术而能“妙”，学术幸甚，红学幸甚！妙哉妙哉！

如果你对红学所知甚少，看不出上述种种奥妙，也不必十分遗憾，因为从纯粹艺术角度品量，《曹雪芹》同样是一部不可多得的精品。上面已经说过，一方面《曹雪芹》里的许多人物与《石头记》中的人物有着千丝万缕的联系，另一方面，他们又绝不雷同，而是血肉丰满的“这一个”。三位女主角面目鲜明，婉莹温馨纯真而又执着脱俗，竹筠由天真活泼的少女成长为成熟而洒脱的少妇,如倩则是三从四德的淑女,虽然不理解曹雪芹的精神追求却是一个贤妻良母。前已言明,这三个形象有意折射黛玉、湘云和宝钗的艺术风貌。婉莹对曹雪芹的理解支持类似于宝玉 和黛玉的“知己”;如倩温良恭顺却对曹雪芹“不知心”影射宝玉“空对着山中高士晶莹雪,终不忘世外仙姝寂寞林”;竹筠的性格像史湘云的豪爽豁达,她与曹雪芹的关系喻示《石头记》佚稿中宝玉和湘云“数去更无君傲世,看来唯有我知音”。

这种构思布局的匠心在于一方面艺术地表现了曹雪芹的“经历”与“创作”之间的辩证关系,另一方面又能保持婉莹、如倩、竹筠不重复小说人物的特殊个性。要写《石头记》人物“原型”就写出了“原型”的特点,这种不即不离的创造让人叹为观止。其他次要人物的创造也无不把握住了“不即不离”的原则,这就成功地实现了剧本要表现的曹雪芹根据亲身经历写《石头记》的主题。在塑造曹雪芹这一中心人物方面,更显示出由于编剧对曹雪芹和《红楼梦》理解深刻,才能准确地把握和 再现曹雪芹的个性风神。尤其是以三改书名这一构思展示曹雪芹思想境界的变迁升华,既反映了《石头记》创作“披阅十载,增删五次”的艰苦过程,又深化了曹雪芹作为一个艺术形象的性格内涵,达到了历史真实与艺术真实的高度统一。剧本的结构和情节都刻意经营,而不露人工斧凿痕迹。这里的精妙之处仍然在 于红学研究成果与艺术创造的有机结合。如陈姥姥的儿子因牵连文字狱被杀、陈姥 姥自杀被救后与曹雪芹共同生活的情节纯属艺术虚构,却很符合雍正年间的政治文化背景及曹雪芹的反抗精神和人道主义胸怀,曹雪芹于医道有所擅长也有历史根 据。再接上高鹗续书篡改歪曲曹雪芹原著精神思想实质的情节,前后脉络贯通,境界开拓深远。

历史上真实的情节也许没有这么戏剧性,但历史真实的本质内涵却被发掘出来了。将曹雪芹的丧子之痛与书残之恨结合在一起,更是精彩之笔。璁儿已能为父亲抄书,却握着笔去了。而父亲的笔墨也终于和口吐的鲜血溶混在了一起。“字字看来皆是血”化成了感人的艺术形象。曹雪芹僵倒在茫茫雪地中而全剧戛然而止,这不仅照应了《石头记》“落了片白茫茫大地真干净”的主题,也不仅是表现了曹雪芹这位一代文豪的命运悲剧,更重要的是象征了中华文化的历史性遭际。曹雪芹创作《石头记》的伟大与不幸这一历史的悖谬与不幸被艺术地揭示出来。有一种意见认为《曹雪芹》在设计戏剧冲突方面只有一个高潮即婉莹出走,结尾未能形成高潮。这还是以一般的戏剧冲突来规范曹雪芹。曹雪芹创作《石头记》的审美追求是“追踪蹑迹,不敢稍加穿凿”,京剧《曹雪芹》不过分追求所谓“戏剧性”应该说更能表现历史的真实并接近《石头记》的审美风格。高鹗续书中写的“钗黛争婚,黛死钗嫁”不正因为违背了“追踪蹑迹”却制造人为的“戏剧性”而为明眼人所不取吗?

至于唱腔设计的恰当,唱词的雅俗合度,演员阵容的强大和表演的高明,背景选择安排的成功,乃至对京剧剧种的发扬光大等成就贡献,因已有专家作了评价分析,这里就不再辞费了。中华文化是伟大的文化,曹雪芹与《石头记》是中华文化崇高境界的卓越体现。中华文化又是悲剧性的文化,这一文化机制中的负面因素几乎扼杀了伟大的曹雪芹和他的《石头记》。只有揭示出这一复杂的历史文化矛盾情结,才算表现了本质,探得了骊珠。我原来之所以对写曹雪芹一类的尝试期望不高,就是因为深知这实在是一个太复杂、太艰深的问题,能从思想上梳理清楚已经相当不容易,更何况还要用“艺术形象”去再现、创造?《曹雪芹》居然做到了,用纯粹的民族化艺术形式——京剧,同时又是现代的电视剧,古今结合,中西结合,而且实现得相当成功,实在让人喜出望外。《曹雪芹》向我们展示了我们民族文化孕育的一位最伟大的宁馨儿的精神境界和文化水平,以及这位中华文化最杰出的代表者的不幸命运,从而启示我们怎样接过曹雪芹的精神火炬,怎样使中华民族的文化心灵之光薪火相传,更加辉煌灿烂。

剧本显示了中华文化的丰富、博大和深沉,同时,剧本本身又积淀了厚重的文化美。更兼以导演的精心设计,大胆创新,如乐队以民乐为主,又以西洋管弦乐队协奏,还加入了电声伴奏,从而使乐队表现力大增,音色丰满而富于变化,使传统的民族戏曲音乐文化获得了新生命。言兴朋等演员的表演富有浓郁的书卷气,落落大方,韵味醇厚,让观众领略到中华文化的优美。诸多因素凑泊,京剧电视剧《曹雪芹》堪称是一部弥足珍贵的艺术精品、学术妙品和文化珍品。

1993年2月23日

（中国广播电视学会电视戏曲研究会主办《电视戏曲》1993年1期）

哈尔滨国际《红楼梦》研讨会随笔

六月中旬，骄阳似火，但北疆名城哈尔滨却温凉如水，清爽宜人。松花江畔的友谊宾馆洋溢着一派热烈诚挚而又活泼和谐的气氛，来自祖国各省和中国香港、美国、日本、加拿大、澳大利亚、法国、新加坡、泰国等国家和地区的一百二十位代表欢聚一堂，研讨中国的古典文学名著《红楼梦》。1980年在美国的威斯康星大学举办了首届国际《红楼梦》研讨会，国内著名红学家周汝昌、冯其庸和陈毓罴应邀参加。这次是第二届国际《红楼梦》研讨会，在曹雪芹的故乡召开，使人感到格外兴奋和亲切。笔者有幸出席这样一个难得的盛会，作为红坛后学，耳闻目睹海内外学者的丰采清范，高论妙语，真如行山阴道上，美不胜收。这里采撷盛会上几点花絮，虽属管窥蠡测，也可以透露一点旖旎风光吧。

一、红坛硕儒东西周

社会心理崇拜名人，因为名人对人类作出了较大贡献，显示出或才能或性格的“力”。这次研讨会上也形成了一次小小的名人雅集，有创作长篇小说《曹雪芹》的名作家端木蕻良，有中国红学会会长冯其庸教授，有电影艺术家、电影《红楼梦》（正在摄制）的导演、编剧谢铁骊、谢逢松，有李希凡、蓝翎、蒋和森……海外来的则有日本著名汉学家伊藤漱平，美国纽约市立大学亚洲学系主任唐德刚教授，澳大利亚国立大学名誉教授柳存仁先生，新加坡知名诗人王润华、刘宝珍夫妇……这些文坛学界的名流哪一位没有一段传奇性的奋斗史，没有一些遗闻逸事供我撰文流布呢？我该介绍谁？这倒是一个难题……还是先介绍与红学关系最密切的“东周”和“西周”吧。

“东周”是国内著名红学家周汝昌先生。诚如他最近出版的新著《献芹集》扉页题词“借玉通灵存翰墨，为芹辛苦见平生”，周汝昌几乎把自己的一生都奉献给了研究曹雪芹和《红楼梦》，讲到专业红学家，恐怕也只有他了。他的力著《红楼梦新证》是红学史上里程碑式的作品，此外还有《曹雪芹小传》《石头记鉴真》《献芹集》《恭王府考》等红学专著。笔者与周先生的唱酬诗中有一句“重镇红坛大纛周”，是一点也不夸张的。周先生是典型的学者风范，讲话总是那么平易、生动而又富有感情色彩。

这次他向大会提交了一篇谈《红楼梦》结构的论文。据周先生研究，曹雪芹原著《红楼梦》共一百零八回，以第五十四回为分水岭。前半部写“盛”，后半部写“衰”，这种结构方式凝聚着中华民族偏爱“对称美”的审美心理积淀。听着周先生凝练的发言，坐在我旁边的泰国的张硕人博士感慨地说：“太精彩了！就可惜时间太短（研讨会上规定每人发言不得超过十五分钟，所有代表一视同仁），要是能听周先生的讲座就好了。”

周汝昌不仅是一位博大精深的学者，还是一位才情横溢的诗人和书法家，它挥毫题诗的“红楼”日历、绘画等在国内已经“普及”了。这次盛会又触动了他的诗兴，“接二连三，牵五挂四”（《红楼梦》第一回语），写了好几首诗，真是敲金戛玉，妙语如珠。这是其中的一首：

红域谁堪张一军？西畴东圃竞耕耘。
名篇已入十洲记，高会重传四海闻。
碧眼繙经颠拜石，黄车托史野夸芹。
新知旧学交逢处，尚拟陪随用力勤。

“尚拟陪随用力勤”，谦虚的语气后面，不正是“老骥伏枥，志在千里”的志意吗？

东周说罢说西周。“西周”是这次研讨会的两主席之一、美国威斯康星大学教授周策纵先生。五年前，全赖周教授呼吁倡导、联络组织，始克成首届国际《红楼梦》研讨会在美国召开。周教授表现出西方学者的风度，已是七十岁的著名学者，讲起话来却总是一只手扠腰，另一只手不停地做出丰富的姿势，走路是兴冲冲的，发言是坦率鲜明的，有时甚至是不留情面的。

周教授是一位杂家，也可以说是一位全才，他对古代思想史、文学史、文学理论批评史、医药史，尤其是针灸的早期使用，诗体和诗论，歌舞与戏剧的发生和演变，浪漫文学的发展，都有新的假设、新的研究、新的成果。周教授向大会提交了两篇论文，其中一篇《曹雪芹的胖瘦辨》很有趣味性。周教授对裕瑞《枣窗闲笔》中说曹雪芹“其人身胖，头广而色黑”的传统说法提出质疑，引用敦诚《鹪鹩庵杂志》中“四十萧然太瘦生”、明义《绿烟琐窗集》中“王孙瘦损骨嶙峋”等资料论证曹雪芹是“瘦”而不是“胖”，进而推断国内争论很大的“曹雪芹小像”可能是伪作。周教授的观点自然也还不是最后的结论，但他那种淡中见奇，简洁凝练的写作风格确实给人以深刻印象。

周教授也是一位诗人，20 世纪 30 年代，与在美国留学的一群华裔学子共组“白马文艺社”，当时侨居美国的胡适戏呼之为“海外第三个文艺中心”。我拿了笔记本请周教授留下墨宝，周教授立即振笔疾书：

一

一生百读红楼梦，借问如何趣益浓？
只为书中原有我，亲闻亲见更亲逢。

二

松花江畔论红楼，松想孤高花想幽。
不识雪芹真面目，且以诗酒梦庄周。

二、岂以洋人皮尺，量我黛玉“三围”

西方常搞“选美”活动，那是要用皮尺量竞选者的“三围”（胸围、腰围、臀围）的，只有恰好符合“标准数字”才行。环肥燕瘦，都不能入选。美国纽约市立大学的唐德刚教授以这个生动的比喻，开始了他的论文《海外读红楼》的发言。曹雪芹本汉家子而早入旗籍，他对汉族传统文化心悦诚服，广泛吸收而熔铸于他的伟著《红楼梦》中，唯独没有接受“缠足”这种汉文明陋俗。但他又不愿意直接对抗现实，故对《红楼梦》里的美人们很少写到她们的脚，黛玉、宝钗、湘云似乎都没有缠足，晴雯、芳官、鸳鸯似乎也不是“凤阳大脚”。这正是《红楼梦》作者发生了心理上的“文化冲突”而无法处理，唯有秉笔不书，马虎了事。

这种“文化冲突”不独满汉两族之间曾经发生，后世迄今日中西之间尤可注意。大陆“极左”而海外“极右”，这种“两极分化”的可悲在于死不交通，知己而不知彼。海内的“极左”者俱往矣，海外“极右”者也应该自知何择何从学习进步。“崇洋”“西化”并非坏事，但都是“过渡期间”的事，如一味“咬洋尾巴”而不放，非“洋”不可，则佛家所谓“着相”，革命家所谓“教条”，不足取矣。

唐教授论中西文化如何交融，呼吁更充分的学术交流。以上所引，仅其一斑，然亦可见其识高论切了。唐教授最后幽默地说：“《红楼梦》为我国最伟大的文学巨著，以西洋‘标竿’作测量之准绳，终不足取。设以洋人之皮尺，量我黛玉之‘三围’，而谬说林姑娘‘一围’及第，‘两围’落榜，我终为潇湘妃子不平也。”

唐教授异常潇洒开朗，一望而知是个爱交朋友的“性情中人”。我以后学晚辈，斗胆把一首步《红楼梦》白海棠诗韵的拙诗抄写给他，第二日唐教授就赐和一首。今将拙句与唐教授大作录下以志墨缘：

哈尔滨国际《红楼梦》研讨会步《红楼梦》白海棠诗韵

唐德刚教授斧正

梁归智

红楼昨夜启重门，窃得名花数十盆。

佚稿共伤今古恨，残编长系死生魂。

凤翔蓬岛谁能偶？龙起神州自有痕。

传与天涯邀众赏，松花江畔数晨昏。

勿草答 梁归智先生用原韵

唐德刚

芳园才越几重门，乍睹怡红白玉盆。
愧我忘情无块垒，羡君圆梦有诗魂。
酒香初别新陈味，文价时存落涨痕。
谬补貂裘成姥姥，思穷江畔月昏昏。

三、电脑红学与龙门红学

这次研讨会有两个新名词吸引了我：电脑红学与龙门红学。

电脑红学一望而知，是把电子计算机运用于《红楼梦》研究。五年前第一届国际《红楼梦》研讨会上，一位美国学者报告了他用电脑研究《红楼梦》的结果，从语言角度考察，《红楼梦》前八十回与后四十回出于同一手笔。这在当时国内学术界曾引起小小纷扰，我们国内的大多数学者是绝不承认前八十回与后四十回可能同出一手之说的。

前两年镇江科委与南京工学院协作，也把电脑运用于《红楼梦》研究，但没有涉及前八十回与后四十回的问题。这次研讨会上，镇江的电脑又来作了表演，同时又爆出一个冷门：深圳大学的刘丽川也到会提交了用电脑从语言角度研究《红楼梦》的论文，她的结论正好与美国人相反：前八十回与后四十回绝非一人手笔。

刘丽川的报告听来论据充分，很有说服力。但美国的周策纵教授申言美国的电脑研究有复杂的公式，所据是《红楼梦》里的下意识语言，绝不会出错。我听着不禁有如坠五里雾中之感，到底是中国人对还是美国人对？无可奈何之中，我一方面祈祷国内外的电脑技术都能进一步发展，作出更精确的研究，另一方面也禁不住想：电脑也许最终还是无法取代人脑，尤其在文学艺术领域……

香港报人梅挺秀先生在会上提出了“龙门红学”。这是为一般说来被红学界鄙弃的索隐猜谜式的红学研究正名。《红楼梦》是一部谜一般的小说，它确实包含着许多未解之谜，这就为有些读者发挥想象力提供了余地，海阔天空，无所羁勒，所得结论大抵离奇古怪、骇人听闻，往往与清朝的历史疑案扯在一起。梅先生说，尽管这不是一种科学的研究，但却是一种阅读欣赏的方式，既然《红楼梦》确实有谜可猜，那就得允许大家猜谜。这种“摆龙门阵”式的红学研究也有它的优点，那就是扩大《红楼梦》的影响，引起大众对《红楼梦》的浓厚兴趣。同时那些貌似荒唐的论说中也不乏个别有价值的见解，因而不妨就给它们另起一个名目：龙门红学。

我想，这倒是一个有意思的提法。《红楼梦》成为旷古奇书，那就难怪人们有各种不同的阅读和欣赏方式。龙门红学也自然应该有它的一席之地，倒也不必担心它喧宾夺主。后来文化部的王蒙同志到会致词，一直强调学术上的宽容与民主。对《红楼梦》，他更说了几句精彩的话。他说，《红楼梦》是中华民族优秀文化的结晶，是不朽之作，人们对它的兴趣实际上是对文学对历史的兴趣，也是对人类之谜的兴趣，表达了人们的一种求知欲望。《红楼梦》是历史之谜，民族之谜，文化之谜，宇宙人生之谜，人们在找到答案的同时，又会十倍二十倍地扩大这个谜，所以总不会研究完的。

从电脑红学到龙门红学，都是在既解答又扩大这个亘古之谜吧。

四、夫妇与姐弟

新加坡的王润华、刘宝珍夫妇风华正茂，听说是南洋一带颇有影响的新诗人。也许是一种诗人风度，也许是爱情的象征，他们夫妇是时时刻刻形影不离的。参加会议，总是坐同一条沙发，饭厅进餐，也是挨着坐在一起，走路是肩并着肩，不像已婚的夫妻，倒像初恋的情人。最让人叫绝的是在大会上宣讲论文，他们夫妇也是“双档”，双双走上主席台。他们的论文探讨《红楼梦》对中国现代文学的影响，认为从早期的鲁迅到三十年代成名的巴金和曹禺，直到当代的海外作家白先勇，都受到《红楼梦》的影响。丈夫宣讲论文主体，遇有引文，则由妻子念出。这种宣讲论文的方式，真是别树一帜，让人耳目一新。我后来想，王润华、刘宝珍夫妇是否有意以他们独特的行为象征贾宝玉和林黛玉的爱情而纪念曹雪芹呢?

那两个从北京自费来的霍氏姐弟是擅自“闯”入研讨会的。他们业余研红，卖力气到了十分，据说每日下班到午夜都泡进了《红楼梦》研究。这次花了四百元打印论文，千里迢迢跑到哈尔滨，本想一鸣惊人。我确实佩服他们的勇气和执着，同时又惊异于他们观点的异想天开。据他们说，宁国府就是故宫，每一道门都能对上号，而林黛玉的原型是雍正皇帝的妃子竺香玉，曹雪芹痛恨雍正抢走了他的爱人，与竺香玉合谋毒死了雍正！索隐入迷到了这个份儿，我真感到无话可说。他们付出了那么多劳动，清史掌故显然读得很熟，他们对自己的观点又是那么自信。我真想对他们说:如果他们转向研究清史，前途肯定要比研红光明。但我又深知他们肯定是听不进去的，因为他们自信在为真理而坚持奋斗。无论如何，这是奇特的两姐弟。

他们引我思索:人们一旦迷上什么东西，会产生怎样的结果呢？也许是可敬的，也许是可悯的，谁知道呢?《红楼梦》真是一个最奇特的谜语，一个最神秘的梦魇，还将有多少人为它废寝忘食，颠倒衣裳？“龙门红学”确实有它的现实土壤……

五、张硕人博士

泰国的张硕人博士是搞探佚学的，他的探佚学专著《红楼梦研究点滴》比笔者的《石头记探佚》仅仅晚出版两三个月。由于研究课题的接近，我与张博士多谈了两次。不过张博士似乎不太愿意多谈探佚学，因为他的观点和我相差很远，碍于情面又不愿意和我争论。我觉得他说史湘云的结局是当妓女性交过度而死、贾元春被皇帝打猎时故意射死等等推测有点过于离奇，似乎是受了泰国色情和暴力文化环境的影响之故，但张博士是长者，又是外宾，我也不好多说。

于是话题就转到别的方面。张硕人说因为他在国内的弟弟张士蕃得了癌症，他在 1961 年给中华人民共和国主席刘少奇写过一封信。张硕人说他的信是这样开头的:“尊敬的刘少奇主席,我知道您国务繁忙,不一定有耐心读完我的信。所以我要首先给您讲一个故事:美国南北战争时期,有一个七八岁的小姑娘要求面见林肯总统,不知怎样机缘巧合,她居然被带到了总统面前。林肯惊异地问:‘小妹妹,你找我有什么事?’小姑娘向林肯总统说:‘我向你要我的哥哥,我是哥哥带大的,我不能没有哥哥!’原来小姑娘的哥哥正服兵役,因站岗打盹被巡逻队发现而判了死刑。林肯被小姑娘的勇敢和诚挚感动,不仅签了赦死令,还让小姑娘的哥哥退役回家陪伴妹妹。刘少奇主席,现在我也像那个美国小姑娘要求林肯总统一样要求您:我向您要我的弟弟。……我向您要我的弟弟,只是请求您为我召开一个全国记者招待会,运用您国家元首的权威,动员全国的力量寻找治疗癌症的中草药偏方。万一我弟弟被治好了,我将和弟弟站到您身后照一张相。刘主席,这件事对你对我都是有利的,我弟弟是你的政府培养出来的一个优秀青年,我救我的弟弟,你救你的政府培养出的人才……还可以向世界证明中医中药的伟大……”

张硕人说刘少奇读完了他写的十七页信纸,并作了批示:交国家卫生总署即办。张硕人讲到这里,他的眼圈已经红了,而张博士的夫人已经在旁边痛哭流涕。张硕人感慨地说:“我真没有想到我的信真的起了作用,更没有想到共产党政府的国家元首会批示得这么快。如果是国民党政府,那是绝对不予理睬的。”后来虽然没有召开全国记者招待会,但中国政府派了医疗队抢救张士蕃,同时发出了要发掘中医中药的指示。张士蕃没有起死回生,但江苏省政府派人慰问了家属,并请他们转告张硕人:政府已经尽了最大的努力。讲到这里,张硕人夫妇已经涕泪交流,哽咽不能成语。

张硕人是个非常有趣的人。他在研讨会上发言说建议国内的红学家写红学著作要分成两种:用马列主义研究的,在国内发行,向海外发行的著作就不要提马列主义。另一方面,他又十分崇拜毛泽东,说毛泽东的诗词写得多好!古典文学的修养多高!他至今不相信“文化大革命”是毛泽东发动的,不相信刘少奇等人遭受迫害毛泽东是知道的。“这绝对不可能!绝对不可能!”张博士一个劲摇着头说。

我望着年近古稀而天真可爱的张博士,有一种说不出来的感觉。还是回到《红楼梦》吧，哈尔滨的研讨会结束了，但曹雪芹是说不完的，《红楼梦》也是研究不完的。

1986年6月25日

（本文部分章节发表于1986年8、9月份《太原日报》）

《庄子》与《红楼梦》之联系(提纲)

1.时代背景:庄子生于周、秦递嬗之战国,曹子生于封建烂熟之康、乾,乃“封建社会”一头一尾之人,所同者皆为旧新交替之“尴尬”时刻。

2.个人气质:庄、曹皆“诗人哲学家”类型,智慧皆极高,天赋皆极好,正邪二赋之人也。所异者庄生处贫困中,曹子曾历繁华也。由此而生:庄看得更“透”,曹则更“痛”,故而表现在文章上,庄似更旷,曹似更痴,但本质其实极近也。

3.庄、曹皆痛于文明之异化,而向往自然。但庄着眼于社会,曹则由家庭生发引申到社会,故曹子更多一份切己之情感。

4.庄、曹皆重“个性”“自由”,故皆有叛逆正统之思想,但曹比庄多了一、二千年历史负担,所感觉更沉重,故庄“哲学”成分多,曹“文学”成分重。

5.“情”在庄亦极重,但以“妻死鼓盆而歌”似旷形式表现,曹则为“情不情”也,但亦有“情极之毒”,正同庄也。庄外冷内热,曹则里外皆热也。

6.庄子“至人”即宝玉“情不情”也。冷、热二极其实相通也。

7.庄子“寓言、重言、卮言”于曹子写《红楼》用象征笔法乃至“草蛇灰线”皆有影响也。唯曹由“家”之切己感受,故更能“写实”也。

8.曹比庄更重美、更“青春”也,更人间也,故无庄“冷气”,此即“以情补天”。此与曹子受晚明至清初新时代思潮哺育有关。

9.庄、曹虽极“个性”,却非“个人主义”,此中华文化与西方文化之大异也。

10.庄、曹皆“泛神论”“无神论”,只以寓言、神话作“艺术、美学”,非有真正宗教信仰,此又中西之大异也。

(此乃应周汝昌先生要求所写,后周先生整合入其华艺出版社 1998 年 7 月修订新版《红楼梦新证》中。)

鲁迅《“绛洞花主”小引》一文的注释应该修改

鲁迅先生有一篇名为《“绛洞花主”小引》的杂文，其中文句经常被研究《红楼梦》的人所引用，是一篇颇具学术影响的文章。最近，邓遂夫先生与蔡义江先生围绕着贾宝玉的别号究竟应该是“绛洞花王”还是“绛洞花主”这一学术问题作了讨论。（邓文《宝玉是“绛洞花主”还是“绛洞花王”》发表于2000年1月21日《人民政协报·学术家园》及2000年5月11日《光明日报》，蔡文《贾宝玉还应该是“绛洞花主”》发表于2000年4月28日《人民政协报·学术家园》，邓文《“绛洞花主”确属后人妄改——兼答蔡义江先生》发表于《明清小说研究》2001年第2期。）

那么，《红楼梦》中的原文到底是“绛洞花主” 还是“绛洞花王”？《鲁迅全集》中的有关注释是否应该作相应的修改呢？这虽然是一字之差（一“点”之差），却涉及红学和鲁学这两大显学，涉及对曹雪芹的思想境界和鲁迅的学术素养的理解和评价，是一个不能忽略不计的大问题。下面谈一点个人的看法。

曹雪芹原著真笔到底是“绛洞花王”还是“绛洞花主”，关系两个层面的问题，一个是版本考证的问题，另一个是思想意义的问题。从版本考证的角度观照，我的看法，“花王”应该是曹雪芹原笔，“花主”乃是抄胥或印书人臆笔妄改。这从清末有正书局石印本《国初钞本原本红楼梦》（1973年人民文学出版社影印出版时改题《戚蓼生序本石头记》）中“主”字上面的那一点远而歪明系后笔所添看得至为明显。邓遂夫先生查验，戚宁本（南京图书馆藏抄本《石头记》）上是“王”而非“主”。戚宁本与有正本的底本当属兄弟本关系，由戚宁本可推知有正本的底本也应当是“王”而不是“主”。而舒序本（清乾隆舒元炜序本《红楼梦》）、列藏本（原列宁格勒今圣彼得堡东方学研究所藏《石头记》）都有许多保持了雪芹真笔的他例（具体论证从略），此二本俱作“花王”是不能等闲视之的。而作“花主”的甲辰本（1953年在山西发现的梦觉主人序本《红楼梦》）、梦稿本（清乾隆抄本百二十回《红楼梦稿》）却有多处由脂批本系统向程高本系统过渡的痕迹，反可证明“花主”是后笔所改。作“花主”的还有一个己卯本（清怡亲王府抄本《脂砚斋重评石头记》），但己卯本与庚辰本（北京大学藏七十八回抄本《脂砚斋重评石头记》）关系密切，如果说庚辰本抄自己卯本，为什么要将底本的“花主”改作“花王”呢？可见己卯本上的“主”字也极有可能是“王”字臆改。蔡先生也说“以己卯本说”，“‘主’字上的一点有点像后添”。这都是耐人寻味的现象。也就是说，如果庚辰本确是抄自己卯本，抄写时所依据的己卯本原是“王”而不是“主”，“主”字的那一点是后来才被添上去的。至于王府本（清蒙古王府藏抄本《石头记》）的“花玉”，我觉得“王”“玉”误写的解释比“主”字一点错置为“玉”的说法似乎更合理一些，把上面的点移到下面，这种“笔误”似不容易发生。

甲戌本（美国康奈尔大学图书馆原大兴刘铨福藏抄本《脂砚斋重评石头记》）脂批说混世魔王“占（与？）绛洞花王为对看”，点明正文乃“绛洞花王”，也说得很明白。再从“对看”是否就是“对子”这一角度考察。显然，不能把脂批中的“对看”“一对”等理解为严格意义上的“作对子看”，当然有对仗的意思，因为整部《红楼梦》的创作，曹雪芹原就有“大对称”“春秋两扇面”（周汝昌语）的构思。但具体到某一字句，更着重的显然是思想意义和文章章法上的关联，是广义的“对”而非狭义的“对子”。宽泛地说，“绛洞花王”与“混世魔王”也算对子，严格地说，“绛洞花主”与“混世魔王”也不能算工整的对子，“混世”与“绛洞”无论平仄声调还是词性组合都不“对”。

综上而观，无论从技术性考证还是从文义性理解，“花王”比“花主”的版本根据要更为扎实有力。我历来主张，版本的考证不能孤立进行，不能迷信从版本到版本的所谓“科学”考证，而必须与文章、文笔的合理性审度结合起来，与文心、文胆的艺术创造性结合起来，对《红楼梦》尤其如此。因为各脂批本都是传抄本，它们虽然接近曹雪芹的原稿，却又并非曹雪芹的手稿，其中存在许多复杂情况。

更关键的，是需要特别注意曹雪芹是一个极具独创性的作家，他行文遣词造句时常有“陌生化”特点，喜欢打破常规，出人意表。从这一角度考察，“绛洞花王”是远胜于“绛洞花主”的，作者赋予贾宝玉这个别号是有深刻的艺术作意的。这就是周汝昌先生在《红楼梦与中华文化》中已经指出的，贾宝玉有“三王号”：绛洞花王、混世魔王和遮天大王。这“三王号”是一个整体，是曹雪芹写出贾宝玉这样一位“古今不肖无双”叛逆者的隐喻性设计。以儒家思想为主导意识形态的中国传统社会历来标榜圣王、先王的思想权威性，尧、舜、禹、商汤王、周文王、周武王等被尊为上古圣王和先王，大成至圣先师孔子则被称为“素王”，即精神上的王，类似于古希腊所谓“哲学王”。曹雪芹赋予贾宝玉“三王号”，正是要树立一个与圣王、先王、素王分庭抗礼的“王”，一个思想和精神的异端。

蔡先生所谓绛洞花王有“妖气”的感觉其实还是从儒家正统文艺思想的立场出发的，而与曹雪芹的叛逆心灵却相远了。说“绛洞花王”像出自《西游记》，这种批评的视角倒有点歪打正着，因为“遮天大王”就是从“齐天大圣”来的。应该说曹雪芹笔下的贾宝玉确实与孙悟空有精神的血缘维系，他们都是“大闹天宫”的，只不过贾宝玉所闹的“天宫”更具有形而上意味罢了。“绛洞花主”则有明显的封建士大夫气息，程伟元、高鹗信从“花主”不足为怪，那本来更符合他们的思想倾向和审美趣味。王雪香自号“护花主人”其实也说明同样的问题，在我看来倒可反证曹雪芹绝不会用“绛洞花主”之俗笔。

从第三十七回海棠诗社各位诗人的雅号来说，贾宝玉为绛洞花王，林黛玉为潇湘妃子，薛宝钗为蘅芜君，王与妃“异性相吸”，王与君“同性相斥”，其暗喻宝玉“空对着山中高士晶莹雪，终不忘世外仙姝寂寞林”的情怀指向也是显豁的。同时，宝玉有两个“湘妃”，一个是潇湘妃子林黛玉，一个是“湘江水逝楚云飞”的史湘云，绛洞花王正等同于“圣王”大舜，作者将“花王”与“圣王”合二为一，偷天换日，暗度陈仓，其文心作意至为高妙。林黛玉的前身是“绛珠仙草”，史湘云的象征物是海棠（红香），而贾宝玉则来自“赤瑕宫”。这正是“绛（赤色）”字的“两歌二牍之妙”（语出戚蓼生《序》）和“千皴万染诸奇”（脂批），直接关系到贾宝玉与“玉、钗、云”的爱情婚姻三部曲。具体论证参见拙著《石头记探佚》(山西教育出版社 1992 年版)。第二十七回暗写贾宝玉生日,众女儿为“花神退位”而“饯行”,的确有微妙隐喻。周汝昌在其红学著作中有详尽的论证。第二回贾雨村说到“正邪两赋之人”时冷子兴有“成则王侯败则贼”的话,有的本子作“成则公侯败则贼”,是“王侯”还是“公侯”? 这又是一个与“花王”还是“花主”相似的版本认同问题,同样密切关系到《红楼梦》的思想宗旨和审美取向。

现在可以回到鲁迅先生的《“绛洞花主”小引》一文。在鲁迅撰写此文的时候,红学的发展还没有深入到今天的地步。上面论说的情况和道理鲁迅是不可能了解的。鲁迅也不是《红楼梦》研究的专家,他只是以一个思想家和杂文家的身份,拿《红楼梦》借题发挥,谈论他对人生的某种感悟而已。鲁迅依据当时的流传文本写作“绛洞花主”,这并不影响鲁迅的伟大。当然更不能因为鲁迅这么写了,就以之作为判断版本正误的依据,这应该是常识之内的事情。这与鲁迅的艺术感觉、思想深浅、学术素养等都毫无关系,而纯粹是一个“时代局限”问题。就鲁迅的个人气质、思想向度等方面观照,鲁迅倒是和曹雪芹以及曹雪芹笔下的贾宝玉息息相通的。那种思想的叛逆性、深刻性,气质的敏感性、悲剧性,艺术天才的原创性,对传统文化既能“入”又能“出”的全面素养,都是可以“对看”,并引发深长思的。这方面的论述,红学界和鲁学界都已经有不少研究成果发表了。

我编了两副不太工整的对子,可以作为本文的“点睛”之笔,写下来以供一粲:

上古圣王中古先王百代素王榜理学仁德
绛洞花王混世魔王遮天大王标情教意淫

抛砖引玉国魂在尊佚貂斥狗尾
叛道启蒙火炬传赖曹子接迅翁

《鲁迅全集》中《"绛洞花主"小引》一文的有关注释应该作相应的修改。本文或者可以作为修订时的参考吧。

（发表于《河南教育学院学报》2007 年第 3 期，题为《一'点'之差，两种境界——文献版本考证与思想艺术领悟交叉之一例》。）

俞平伯远去的身影

俞平伯的老友王伯祥不仅是位大学者，而且曾是九三学社中央一级的大首脑。王伯祥的公子王湜华先生是俞平伯“看着我长大”的，他以这样一种通家之好的世谊身份写俞平伯，当然就有其独特的视角和优势了。因此当他的大著《俞平伯的后半生》问世后，我就向他讨了一本，同时也请他赐阅我写的一篇《俞平伯其人与〈红楼梦〉研究》(《山西大学学报》2002 年第 2 期山西大学百年校庆专号)。

实打实说，文人都是很自恋的，对自己的作品大抵都自鸣得意，“拙作”“敝文”等说法不过是一种礼貌性的惺惺作态，绝对认不得真，其实哪一个作者在内心里不是觉得自己写出了“天下之至文”呢？比如，我就觉得自己写俞平伯的这篇论文不同凡响，所谓“搔到了痒处”。当然自己这么感觉，还希望向读者求证，以获得认同。所以不久我就迫不及待地给王湜华先生打电话，问他读“拙文”的感觉如何？王先生当然也说了一些很让我有点飘飘然的话，我正在一边作谦虚状一边品味欣悦，却料不到王先生忽然话锋一转，问我：“你为什么要说‘俞平伯其人’呢？”“有什么不妥吗？”我当真不明白他这么问是什么意思。“‘文革’中贴大字报，铺天盖地尽是‘请看某某某其人’‘某某某其人的庐山真面目’。”王先生的这个回答真让我莞尔，也让我感叹。“文革”对这些“过来人”的伤害是如此难以平复啊！像王先生这样住在“文革”风暴中心北京又是那样一个家庭背景的人，即使已经过去了三十年，还如此“废池乔木，犹厌言兵”呢。“其人”这个由文言转化来的中性词，一经“文革”的语言污染，也从此难以“出污泥而不染”了。

《俞平伯的后半生》开首第一章就是“难以忘怀的一九五四年”，从俞平伯受批判写起，一直到俞平伯过世的 1990 年之后。有意无意，其实是以俞平伯这一“个案”,展现了1949年以后到改革开放这一段特殊历史时期中国知识分子的命运。而由于作者与俞平伯两家特殊的家庭关系,以及作者自己的青年和中年经历都属于那个时代,所以格外具有了一种“典型”和“言外”的意思。

俞平伯以著《红楼梦研究》被选中而扮演了1949年以后意识形态整合运动一个重要角色,是历史的偶然性也是历史的必然性,是俞平伯的“不幸”也是“幸”。我读王先生的这本著作时,时时有这样一种感喟和体味。

俞平伯写《红楼梦辨》(后修订为《红楼梦研究》),偏巧是接着胡适的《红楼梦考证》,而胡适正是1949年以后新的意识形态挞伐清除的首要对象。胡适本人不在,俞平伯就成了“替罪羊”,这可以说是一种巧合。如果我们作这样一种假设:写第一本《红楼梦》研究著作的不是胡适而是鲁迅,那么俞平伯在1954年的命运可能就不大一样了。即使仍然有两个“小人物”发难批评,大概也只会是一场平常的学术争鸣而已。但从长远来看,仍然会有其“必然性”的一面。近日毛泽东的前秘书李锐说,毛在七大的讲话中曾有这样的话:“开国后,掌握政权后,我们的斗争对象就是民主人士了。”而当年罗稷南、赵丹、黄宗英出席毛的小型宴请,罗稷南问毛:“鲁迅反右时处境如何?”毛答:“要么他不说话,要么关在监狱里。”鲁迅其实早已有此预见,他曾对冯雪峰说:“你们胜利了,只怕要把我关起来吧。”

所以,即使俞平伯在1954年不遭遇批判,在后来的反右、“文革”中也是绝对难以幸免的。这样看,由于俞平伯在1954年就成了“死老虎”,所以他后来在一系列政治运动中相对来说倒比较“幸运”了。曾经是“革命文艺家”和鲁迅门徒的胡风成了“反革命集团”的首领被判刑入狱,“延安作家”冯雪峰、丁玲等被撤职流放,一直戴着“人民艺术家”桂冠的老舍和赵树理在“文革”中都被迫害致死,而俞平伯却一直还能在“古槐树下”的幽宅里论艺衡文吟风弄月,最不堪的遭遇也不过是在“文革”中被抄家批斗,到五七干校下放了一年多而已。而这是当年几乎每一个在大专院校和科研机关甚至中小学工作的中国知识分子乃至出身“黑五类”家庭的平民百姓都曾经遭遇经受过的。王先生在他的著作里对俞平伯所遭受的不公正待遇耿耿于怀,反复辩诬，可能是出于个人的关系比较接近以及“触类旁通”想起自己家的遭遇因而更容易动感情的缘故吧。当然从“传记”的角度，倒也把俞平伯后半生的行履勾勒了出来，而且不乏生动的细节。

《俞平伯的后半生》最耐人寻味之处，是作者把俞平伯家庭的伦理亲情和人际关系写了出来。我以为，这是本书最值得咀嚼的地方，能引发一些文化方面的思考。从俞平伯“哀念郑振铎”“感怀挚友”朱自清到受批判“交游寥落”时王伯祥看望俞平伯，从“喜得文孙”到“干校家书”到“喜得曾孙”，从“同在一地的《两地书》”到“重圆花烛”到“悼亡”，朋友之情，家人儿女祖孙之情，夫妻之情，无论顺境逆境，始终都那么温情脉脉，春风拂煦，富有浓郁的人情味。这里面流露出那么多儒家伦理文化的情韵美感，而且流露得那么自然，那么充分。如果我们想想当时的时代大背景，在极“左”思潮的蛊惑下，提倡“站稳立场”“划清界限”，“亲不亲，阶级分”成为一个时代家庭和人际关系的主流，连有关母爱的中学生作文题也受到“宣扬资产阶级人性论”的批判，那么俞平伯一家和他的朋友圈中所始终洋溢着的这种人性人情就让人感到难能可贵了。不管政治形势如何演变，家人和朋友之间总是相濡以沫，相互关爱、支持，很少人性异化的痕迹，这的确是十分有价值的历史现象。除了王湜华先生的著作，我又翻阅了孙玉蓉先生编著的《古槐树下的俞平伯》和《俞平伯年谱》，感到这个特点的确相当突出鲜明，很值得后人注意和反思。下面摘引几段有关情节以见一斑。

出于数十年交情，又深知平伯其为人的家父王伯祥，见到老友遭受如此不公正之打击，由衷地为他抱屈，更担心他是否会受不了而影响了身体。于是就在大家避之唯恐不及的当口，时值深秋，什刹海岸边的白杨树早已落尽，一地的枯叶，凉风拂来，在地上直打旋，比之长在树上的“萧萧愁杀人”，似更增添了一段肃杀之气。王伯祥按捺不住对老友的关切，独自登门去宽慰俞平伯，俞平伯深感，真正的友情在此时此刻有多么重要，她温暖人心，她排解孤寂，她给人以活下去的勇气……

为了谈得更畅适，亦为活动活动腿脚，到户外去呼吸呼吸新鲜空气，家父还约他同去赏菊，并到什刹海去散散步。两位老人，一已年逾花甲，一亦早过半百，信步在行将结冻的海子岸上，似乎话亦不多，似乎有很多话也不必一一说出，要的是无言的慰解，求的是避开尘嚣的喧闹。漫步之余，就近小酌于烤肉季。但求在神经高度紧张不适之余，偷得半日之清闲。……

不意此一寻常的交往，给平伯还真带来了欣慰与放松，回去之后不久，还欣然命笔，写了两首七绝赠王伯祥……（《后半生》49~50页）

他们三人（俞平伯、叶圣陶、王伯祥——引者注）三月十八日离京，再到扬州、高邮、宝应、淮安、淮阴等地。按原安排的路线，是在苏北还要走几个地方，最后到南通过江去苏州的，而且三人相约主要目的地是故乡苏州。但到了淮阴后，俞平伯却变卦了，非要径返南京而放弃苏州不去了。……

原来是，他憋在心里想抒发一下追念亡友朱自清的情思突然萌发，非要独自上南京鸡鸣寺，去追怀一下当年与朱同赴金陵秦淮的往事，而发之于韵语不可。旧体的赋，俞平伯也很少写。而这次他却写出了一篇感情至为缠绵的赋《重游鸡鸣寺感旧赋》。（《后半生》105~106页）

本来这次下放干校倒是并没有要求夫人一同去，而是夫人主动要跟着俞平伯一同下放的。

俞平伯夫妇伉俪之笃，也是堪称典范的。他俩不但从小青梅竹马，结婚后六十多年的共同生活中，据说是从没红过一回脸，更没吵过一回架。早年俞平伯留学英国，之所以匆匆返回，据挚友们的观察，重要原因之一，也是因为伉俪之情奉为拱璧之故。……

俞夫人要是不同去，留在女儿外孙身边，或者去天津儿子家住，在生活上都是不成问题的，而她毅然决然要跟随同去。要知道，许宝驯夫人比俞平伯还大四岁，那年俞平伯整七十，她则已七十四高龄了啊！她便拿出老大姊一定要照顾好小弟弟，一定要相依为命一辈子的精神来，以保证俞平伯下放远离了大城市过劳动生活时的基本条件。（《后半生》86~87页）

1970年7月，外孙韦柰当时也在北京东郊的农村劳动，去探望外公外婆也得请假批准后，才能有那么短短的几天。而这时俞平伯夫妇已在干校生活了半年多。那些一月连搬四次家，走泥泞道淋雨摔跤之类的事早已过去，正是在一丝不苟安心绩麻的时候。……

韦柰利用这可贵的七天，自然要尽全力，来为外公外婆做些切实有益的事，从拆洗被褥，到收拾屋子，陪同老人去赶集买菜……这些给老人带来的天伦之乐，比在北京好像要高出不知多少倍。傍晚收工后，外公还陪他坐在水塘旁聊天，聊叙阔别似乎并非主要，主要的倒是尽享世外桃源无与伦比的佳境。（《后半生》96~97 页）

我们祖孙三代就住在那间小茅屋中。我仔细观看了这个住处，房梁已有一处断裂，四壁土墙上有许多小孔，不能挡风。母亲用纸把下半截糊了，上面因够不着而没有糊。晚上躺在床上，通过小孔可以看到外面的月光。小屋没有窗户，只有一扇用秫秸编的门，白天关上门就很暗，只有从小孔透进一些光。我们在那和父母生活了半个月，有时去集市买些鱼虾为父母治餐。晚上室内点燃一盏小油灯，三代人围坐闲谈，笑语声喧，多么的高兴。我说这灯真好似“青灯如豆”，父亲还特为此做了一首诗。（俞润民《回忆我的父亲俞平伯》，《古槐树下的俞平伯》224 页）

引录的不少了，王先生的著作中还有许多信实的资料，如俞平伯的内弟许宝骙为《重圆花烛歌》写的长篇跋言，透露了不少俞平伯的生平琐事，而无论处境是否是泰，其情怀基本上都是冲和而亲切的。总之，俞平伯虽然曾遭遇厄运，却始终能从亲人朋友处得到感情的温馨抚慰，而没有经历过多少亲友背叛的感情伤害。也许他的助手王佩璋当年曾迫于形势有过和他“划清界限”的举动？

这与俞平伯的家庭和朋友圈是“民主党派”之上层，属于当时中国社会中一种相对特殊的社会阶层有关。一方面，他们算当时政治主流生活的“外围”，另一方面，却又属于“高层”（所谓“蛋肉干部”阶层）。同时，俞平伯的家庭和圈子浸淫着好几代数百年传统诗文礼乐文化的无形影响。这样一种社会层属，这样一种文化氛围，使他们能够比较容易地保持了从士大夫家庭传统中传承下来的儒家的道德理念和行为规范。说白了，也就是当时的“革命”所要连根铲除的“封建余孽”的思想文化在这里还得以留存和发展，还有“温床”。他们不是地、富、反、坏，没有承受“革命”的直接打击，但又不在“革命”队伍当中，而属于要予以“团结”的高级“资产阶级知识分子”，所以“革命”所伴有的"污秽和血"、残忍和暴力也就离他们较远。有一段"最高指示"曾是那个时代的人都会背诵的:"革命不是请客吃饭,不是做文章,不是绘画绣花,不能那样雅致,那样从容不迫,文质彬彬,那样温良恭俭让。革命是暴动,是一个阶级推翻一个阶级的暴烈的行动。"可是俞平伯的家庭和朋友圈由于其特殊的社会层属,却在一定程度上处在"革命"的缝隙中,因此能避免"暴烈的行动"所带来的人性和感情的异化扭曲,而还基本上维持其"做文章""绘画绣花"的"雅致"和"文质彬彬"。

读这几本有关俞平伯生平的传述,特别是俞平伯本人写给朋友的诗章,在干校时给儿孙写的家书,以至为相伴终生的老妻写的《重圆花烛歌》等,我们的确能感受到传统文化的伦理精神,感情力量,价值支持,它们以一种默默的执着呵护着正常的人性,为"革命"蛊惑所可能产生的人性异化提供了免疫力。

如果对照着读一下毛泽东秘书李锐的女儿写的《我有这样一个母亲》,甚至《青春之歌》的作者杨沫之子老鬼(马波)在《血色黄昏》和《铁与火》中对亲情友情被"革命"所异化的描写,对俞平伯亲友圈子人情人性未遭异化的温馨就会感觉更加深切。"革命队伍"中的人性扭曲与"革命队伍"外俞平伯家人和朋友的正常人性的确有一种鲜明的反差。俞平伯的学生吴小如有一段回忆特别发人深省:

1966年"文革"风暴已起,平老被留在文研所不许回家,我冒着风险第一次走进老君堂。在与师母短暂的谈话中,师母除了表示对老师的牵挂和焦虑外,更多的,也是她最气愤的,乃是说到有些为人子女者竟然在此千钧一发之际同父母划清界限,有人还亲手打了祖母的嘴巴。我这才从这位慈祥而热诚的老人身上感到她的明辨是非的凛然正气。我第二次去老君堂,平老已允许回家,拉着我悄悄进入里间,告诉我一些情况,并说:"怕你师母着急,这些我都没有对她说。"就在那一次,尽管平老已受尽折磨,却向我打听:"你知道知堂老人的消息吗?"我立即感到,老师确是一位笃于风谊的人而自愧弗如。我只好坦率地承认:"我有胆量冒风险来看您老人家,可是我确实没有更大的勇气去看知堂老人。"平老点点头,不再说话了。(吴小如《俞平伯先生和夫人》,《古槐树下的俞平伯》81~82页)

俞夫人的“气愤”，俞平伯的“笃于风谊”，吴小如的冒险探望，其实就是坚持传统儒家的伦理道德。我又想起吴宓先生在“文革”后期写信给中山大学工宣队询问老友陈寅恪生死下落的轶事。其实许多大革命家也是很讲人情的，比如宋庆龄与何香凝曾经向毛泽东替汪精卫的妻子陈璧君说情，并去狱中看望劝说陈璧君，只是由于陈璧君连一纸认错书的形式也不肯履行，才最终以“汉奸”而终老狱中。彭真也曾经去狱中看望因经受不住严刑拷打而背叛革命出卖同志被政府判刑关押的原共产党下级。

多年来我们一方面歌颂革命志士的坚贞不屈和不肯叛变的气节，另一方面却又以革命和组织的名义要求人们与一时不合潮流的亲友“划清界限”，把告密、背叛和出卖甚至污蔑诽谤当作“进步”和美德予以肯定和鼓励，从而导致了好几代人的天良汩没与人性扭曲。这种悖论的教育和宣传已经让整个民族和社会付出了沉重的代价，理想破灭，道德沦丧，价值虚无，失去了文化精神的支柱。在当今的商品社会中，更有多少败毁伦常和泯灭人性的堕落和犯罪发生！读一下俞平伯的传记，对中华传统儒家文化伦理的“剩余价值”和革命进程中的某些副产品作一下反思，也许不是没有益处的吧。

与此相关联，是传统诗词歌赋的写作在俞平伯人生中所起的作用。我读过《俞平伯旧体诗抄》，为了写论文，也通览过《俞平伯全集》。这次再读俞平伯的传记，对于传统诗词写作在人生中的生命支持之意义有了更深的体会。中华传统的诗礼乐文化其实对滋养人性以应付化解人生磨难有一种奇妙的作用。传统的读书人往往以诗词歌咏伴随人生的旅途，那其实已经远远超越了“文学创作”活动本身，而体现为这种文学活动对个体的人生意义。有意思的是，新体诗似乎没有传统诗词这样强烈的人生意义。许多新体诗人只是在其青年时期沉溺新体诗创作，中年以后即予以放弃，转而以传统诗词的形式相伴人生。从郭沫若到俞平伯，都是明显的例子，考虑到郭与俞不同的政治取向与人生经历，他们两人是特别有代表性的，说明传统诗词歌赋形式具有某种超越性的人生抚慰功能。也就是说，传统诗词歌赋从表现形式上就具有一种韧性、柔性的特点，特别适合抒写中年以后的人生情怀。不过，在郭沫若那里，诗词吟咏往往变成了交际应酬和政治表态的工具，在俞平伯这里，则是感情的宣泄和心灵的寄托。人生在郭老那里异化得太严重了，连创作诗词本身也被异化，不再能成为真实性灵的体现和慰藉。俞平伯要幸运得多，他的人生不像郭沫若那样被扭曲得厉害，这当然与前面所分析的俞平伯的特殊社会层属和遭遇有关。《俞平伯的后半生》这方面的记述很有"镜子"的作用，下面引几处以窥豹一斑。

这本《寒涧诗存》是在俞平伯以六十岁前之旧体诗作已手订为八卷的基础上，陆续收存六十以后之作的"续集"，谁知浩劫中，那自辑的《古槐书屋诗》手稿八卷，竟毁诸一旦，同时焚灭的东西当然至多，诗作中的长诗《寒夕风城行》亦同毁，今存者为残稿，是后来俞平伯自己追忆补记下来的。(80 页)

俞平伯是位典型的诗人，他不管遇上什么样的不顺遂，总能设法自我慰藉，有时似乎还必须发之于诗。好像一寓于吟咏，百虑顿可全消。1969 年 12 月 25 日冬至日，就在上述干校开会的那天，他竟作了首十分传神之五律。四年后的同一月同一天，他还将此诗修改一过，即题名曰《至日》，并加了段小引：

一九六九年岁在己酉，寄居包信小学西向一茅屋中。十二月廿五日晨九时，独往东岳集听报告，旷野茫茫，并不识路，闻人云一直往西可耳。天气阴冷，历数村落，近午方达，会罢即归，遇雨泥淖难行，幸假得一伞，中途又得人扶掖，勉及寓所已六时矣。曾纪以诗，顷为改写，瞬逾四载。一九七三年同月日。

……也只有俞平伯，才能写出诗来宽慰自己，诗云：

至日易曛黑，灯青望眼赊。
泥途云半舍，苞信一何遐。
已湿棉衣重，空将油伞遮。
风斜兼雨细，得伴始还家。

(90~91 页)

在干校过的那个端午节，俞平伯夫妇过得也是别有风味的，纯朴的农家为有这样两位稀客在他们家过节，也是倍感亲切的。由他的两首题为《端午节》的小诗，更可看出俞平伯感愧交并的怀抱：

晨兴才启户，艾叶拂人头。
知是天中近，邻居为我留。

清润端阳节，茅檐插艾新。
分尝初刈麦，惭荷对农民。

（95 页）

这年的二月十四日，俞平伯于灯下又作了两首诗，为能与老伴度过艰难，健康安然地返回京中，亦为合家都得欣逢盛世，而再次表述一己的欢快心情，诗云：

儿女归家笑语亲，兰茁玉树各生春。
漫云偕老非容易，幸得偕为盛代民。

（122 页）

好了，传统诗词歌咏在俞平伯的人生中其价值和意义不是跃然纸上了吗？《俞平伯的后半生》中，精彩的章节基本上都是与诗歌吟咏有关的，前引关于王伯祥、朱自清与俞平伯的友情中也离不开诗赋唱叹，特别是“《重圆花烛歌》题咏种种”一节，围绕着新加坡周颖南以俞平伯写的《重圆花烛歌》广求题咏一事，把传统诗词在人生中发挥的重要作用表现得淋漓尽致。俞平伯对昆曲的爱好那些章节也可以归到这一视野中，昆曲其实也就是诗，所谓诗词曲本来就是一体的。

相对而言，《俞平伯的后半生》对俞平伯的《红楼梦》研究等学术活动其价值意义则缺少较为深刻的抉发，而流于大段地摘录学术著作原文和缕述“文字贾祸”“赴港讲学”等表面过程。当然这和本书主要是一本生平传记而非一本学术传记有关。说到这里，引申一下，是否可以对中华文化三四千年的"诗国"传统有所反思呢？当代人日益物质化粗鄙化的人生追求和状态是不是对古老传统的一种背离呢？我们是不是在丢弃最珍贵的民族文化传统和生存方式呢？《俞平伯的后半生》在这一点上颇有启示意味。传统诗词的吟咏写作，不是附庸风雅的事，而是有关生命价值和生存质量的事，是使生活"诗化"从而获得"精神家园"的事。

其实只有懂得俞平伯本质上是位诗人，也才能对他的学术之特色、成就和得失有更切中肯綮的把握。《古槐树下的俞平伯》中一些回忆文章中往往不经意间能片语得要，画龙点睛。例如：

琐琐碎碎谈了不少，对于这位老师，如果我大胆，能不能说一两句总而言之的话呢？说，总是先想到"才"。自然，如车的两轮，如果有才而无学，还是不能在阳关大道上奔驰的。但我总是觉得，俞先生，放在古今的人群中，是其学可及，其才难及。怎见得？为了偷懒，想请俞先生现身说法，只举一篇，是30年代前期作的《牡丹亭赞》（收入上海古籍出版社1983年版《论诗词曲杂著》）。这篇怎么个好法，恕我这个不才弟子说不上来，但可以说说印象，是如同读《庄子》的有些篇，总感到绝妙而莫名其妙。

（张中行《俞平伯先生》，68页）

这惊奇被您一语道破了："不是熟读三百首才能作诗，熟读《论语》也能作诗。"当然，您一生读过的和看过的诗何止上万，可是这句明训像精练的盐卤，点破了我这不成材的豆腐，敢情读《论语》也能作诗啊，怪不得您的哲理诗简直就是诗化的《论语》《孟子》。我从此立志要融会贯通，不钻牛角。……您的作品没有一件不是本诸兴会，也没有一件不是针对现实的啊。

（徐家昌《一生坦荡荡——怀念俞平伯先生》，84~85页）

在古典文学方面，博不稀奇，稀奇的是见得深，因为他既有才，又能作，知道其中底蕴。这方面，有他的多种著作（旧版新版）为证……

深知俞先生是诗人气质。因为是诗人气质，所以喜欢作诗，尤其喜欢作词。不是像有些文人附庸风雅，无病呻吟地作，而是写走入诗境的心。……他讲诗词也是这样，不像现在许多人，站在外面赏析，而是走进去，谈个人感受。诗人通常还有个习惯，是把现实生活，"认作"戏，所以俞先生喜欢唱昆曲，恰好许夫人更精于此道，于是有时就来一两折《牡丹亭》，大概就如杜丽娘与柳梦梅，真入了梦境吧？这已经不是生活里有诗，而是生活变成诗了。……我的体会，研究《红楼梦》也是这样。他不是泛泛地研究小说，像孙楷第先生那样，有书必看，有闻必录。俞先生全力治《红楼梦》，不问《金瓶梅》，因为前者近于诗，后者近于柴米油盐。也是由于诗的浸润，也许是干扰？他在这梦中多看人生，因而看到空，而没有看到社会，以及进步与退步，等等。诗人，如苏东坡，不合时宜。俞先生也是这样，因不合时宜而受到批判。但诗人都是生性痴迷的，因而左批右批之后，他还认为，"曹雪芹未必比我进步多少。"俞先生也许胜利了。

（张中行《悼念俞平伯先生》，88 页）

这是对俞平伯治学特色比较到位的把握。其实，当今红学界的许多争论都可以归结到这个"诗"与"学"的关系问题上。当代红学虽然在资料的发现积累和西方思潮方法论的引进方面有不少进展，却缺失了俞平伯（还有周汝昌）治红学的"诗的向度"，因而引发了许多让人齿冷的纠纷。新一代的硕士、博士们在这一点上似乎也没有多少长进，真让人可叹也夫！

《俞平伯的后半生》中有一些涉及俞平伯俗生活的细节，也颇有可以玩味的意思，不仅是使俞平伯的形象更生动而已。如：

所以俞平伯文词虽美，而且幽默多趣，但要讲到一般基本的生活能力，可谓极差极差，所以如若要让他单独下放干校，去住集体宿舍，他肯定会出不少"洋相"。因此俞夫人坚决要随同俞平伯一同下放，甚至还是主动向所领导申请，一定要同走"五七道路"。（86 页）

他经常带宁宁下小馆，在住所附近的餐馆要上"溜肉片""炒猪肝"这类小菜，间或有一杯啤酒，与孩子共饮。（123 页）

俞平伯生活自理能力差，喜好大快朵颐的口腹享受，这当然都与他那个士大夫家庭的出身有关。叶圣陶的文孙当代作家叶兆言写有一篇名为《俞平伯》（《万象》2002 年第 11 期、《读者》2003 年第 2 期）的散文，写得更为有趣：

印象中的俞平伯先生是个老小孩。1970 年代初期，有一次我姑姑请吃烤鸭，地点在西单附近，是一家有名的老字号，正吃着，姑姑低头说，隔壁桌上的老先生，好像是俞平伯。我大伯母也在，看了一眼，点点头说当然是他。那时候还是“文化大革命”中，轰轰烈烈的暴风骤雨已过去，正处于相对平静时期。大家偷偷上馆子，朵颐大快，熟悉的人见面都不打招呼，因为吃喝毕竟有资产阶级的嫌疑。我当时半大不小，只知道这老头是毛主席亲自点过名的。或许面对面的缘故，印象最深的是圆圆的大脑袋，穿着旧衣服，看上去像个淘气的老和尚，胃口极好，不停地吃，津津有味。

“文化大革命”中最流行的一句话，是改造思想。江山易改，本性难移，人的世界观一旦形成，想再硬改造过来，可能性微乎其微。……我祖父老笑他一手好字，可是写完一封很漂亮的信，却怎么也叠不整齐，马马虎虎往信封里一塞完事。……老派人很讲究细节，偏偏俞不拘小节，俞家是江南名门，数世单传养尊处优，一向由佣人伺候，像叠信纸这种书童干的活从不往心上去。

俞平伯是我所见到的老人中，最有少爷脾气的一位。说到他，大家就觉得好笑，因为少爷脾气说白了还是孩子气。一个人终身都能保持住孩子气，是一件非常可喜可贺的事情。譬如遇到喜欢吃的菜，他似乎不太想到别人，一盘虾仁端上来，尝了一筷，觉得味道好，立刻端自己面前尽情享用。

俞平伯是个典型的才子。……俞平伯的看家本事，还是旧学根底。他的文言文炉火纯青，对唐诗宋词有独到的领悟能力。他的字和旧诗都是一流的，同龄人中间，达到同等高度的人并不多。在俞平伯所处的时代，旧学问以惊人的速度退化，结果他一身好本事，并没有得到真正的展开。不管怎么说，他还是幸运，针对 20 世纪的动乱，好歹也是善始善终，虽然不得志，却还算不上太“郁郁”，因为他一直活得比较天真。

看朱自清先生的日记，常可以看到俞平伯闹加薪。他们是好朋友，朱自清当了系主任，俞平伯要闹，当然是纠缠他。朱颇有帮不上忙的苦恼，在清华，没有洋文凭，照例要吃些亏。少爷脾气的人通常不太会过日子，公子哥儿都是花钱的主，用钱胜于挣钱。20 世纪的前五十年，中国的高级知识分子都阔绰过，差不多也都穷困过。这是为什么共产党得天下以后，大多数知识分子持赞成态度的重要原因。历史地看，虽然有五七年反右派，虽然有"文化大革命"，中国知识阶层的生活水准，大大高于人民群众，是一个不争的事实。俞平伯不止一次受到批判，最著名的《红楼梦研究》批判，还有"文化大革命"中下放干校，说到底还是公子落难的小插曲。他的生活待遇大多数情况下是好的，是一级研究员，是全国人大代表。

如果没有《红楼梦研究》批判，如果不是毛主席在运动中点他的名，俞平伯绝不会有那么大的世俗影响。败是这本书的批判，成也是这本书的批判。

这是很通达的对俞平伯的观照评判，没有王湜华先生笔下浓重的感情色彩。叶圣陶也是俞平伯通家世交的好友，叶的孙辈和王伯祥的子辈对俞平伯的描述对照着看是有意思的。王湜华先生与叶兆言先生毕竟要算两个时代的人，他们的视角、立场不能不受自己个人经历和切身感受的影响。

俞平伯的身影已经逐渐远去了，后世人对他的观感将"大同小异"。"同"的是俞平伯那些不会改变的遭遇、事实——已逐渐成为客观的史料；"异"的是不同时代的人结合自己所身处时代的氛围条件，面对这些史料时所发生的各具特色的感受。还是俞平伯在为自己平反的大会上发言时所说的那句话意味深长：回头一看，真有点儿像"旧时月色"了。

2003年3月19日

（《黄河》2003年第3期）

林黛玉谈诗讲错了吗?

《红楼梦》第四十八回“慕雅女雅集苦吟诗”中,羡慕雅文化的香菱拜林黛玉为师,学习作诗。林黛玉给香菱谈诗的创作启蒙时,说了这样一段话:“什么难事,也值得去学?不过是起承转合,当中承转是两副对子,平声的对仄声,虚的对实的,实的对虚的。若是果有了奇句,连平仄虚实不对都使得的。”

俞平伯于1954年1月1日至4月23日在香港《大公报》发表《读红楼梦随笔》,其中第二十七节是“林黛玉谈诗讲错了”。其中针对“虚的对实的,实的对虚的”一句说:“好像不错,实则大错特错。当真作律诗,把虚字对实字,实字对虚字,岂不要搞得一塌糊涂?难道林黛玉这样教香菱而《红楼梦》作者又这样教我们么?这是承上文‘平声对仄声’,句法顺下,因而致误。恕我不客气说,恐非抄者手民之误,实为作者的笔误。语曰:‘智者千虑必有一失。’此殆万虑中之一失也。”

从此,大家都接受俞平伯的意见,认为曹雪芹写作时笔误,把作律诗虚词对虚词、实词对实词的基本规则误写为“虚的对实的,实的对虚的”,是因为写作时受了上句“平声的对仄声”不自觉影响而致误。

但《红楼梦学刊》2010年第1辑刊出刘恒《关于“虚的对实的,实的对虚的”》,引用清初沈德潜《说诗晬语》中“中联以虚实对、流水对为上”之语,说《红楼梦》中林黛玉讲“虚的对实的,实的对虚的”不是曹雪芹笔误,而是写林黛玉讲诗“着意于意,而非词”。《明清小说研究》2010年第2期刊出夏薇《红楼梦林黛玉谈诗平议》,进一步深化刘恒的观点,认为曹雪芹写林黛玉说“虚的对实的,实的对虚的”,乃表示“所谓‘虚实对’是指将中联每一副对子的上句和下句作成一句虚一句实,而不是指中联的两副对子其一实其一虚”。

《红楼梦学刊》2015年第5辑又刊出李广柏《是把金针度与人——林黛玉说“虚的对实的，实的对虚的”》，更加旁征博引，详尽地论证：“俞先生把黛玉讲的‘虚的’‘实的’误读为虚字、实字，又对于古人视为上格的‘虚实对’作了误判。”“黛玉教香菱作诗，深入浅出地讲明了律诗的法则和艺术真谛，是把金针度与人。‘虚的对实的，实的对虚的’一句，没有错；这里不存在‘作者的笔误’。”

李先生又说：“黛玉教香菱‘虚的对实的，实的对虚的’这正是自释皎然至程杲、沈德潜等诗家所讲的‘虚实对’。我体会，黛玉的意思，是将对仗的上格教给香菱，有‘取法乎上’的意思。当时流行的教人学习对仗的书是《笠翁对韵》《声律启蒙》之类，什么‘天对地，雨对风，大陆对长空’，‘春对夏，秋对冬，暮鼓对晨钟’，‘两岸晓烟杨柳绿，一园春雨杏花红’，等等，分别按天文、地理、时令、草木、鸟兽等门类，呆板地匹配成对。薛雪《一瓢诗话》里说‘一落村学究对法，便不成诗。’黛玉撇开流俗的套路，直接教以‘虚的对实的，实的对虚的’，就是要香菱初学写诗就不要落入村学究对法的俗套。”

李先生更缕述“黛玉说的‘虚的’‘实的’，不能解读为虚字、实字”，结合古人说诗和文字学的一些历史情况，最后得出结论说：“曹雪芹头脑里的‘虚字’‘实字’的概念，同俞平伯先生及近世语法学家们讲的虚字、实字，又不是一回事。换句话说，俞平伯先生心里想的‘虚字’‘实字’同曹雪芹头脑里的‘虚字’、‘实字’大不相同。那俞先生‘以己之心’推想黛玉说的‘虚的’‘实的’是所谓虚字、实字，就更不可能符合曹雪芹的本意了。”

笔者当年读了刘恒和夏薇的文章，就基本上接受了这种观点，曾在三晋出版社2012年11月出版《新评新校红楼梦》的“代序”中说：“有一些增补修订，注意吸收红学研究新成果，如黛玉给香菱讲诗，其中说‘虚的对实的，实的对虚的’，过去认为是曹雪芹的笔误写错，现根据新世纪学人的研究，实未误，虚实乃讲句法技巧而非词性虚实。”

但最近细细玩味《红楼梦》文本，却发现可能还是俞平伯的意见是对的。

为什么这么说呢？理由如下：一是林黛玉教香菱作诗，是初级启蒙，讲的是入门的诗学知识，即平仄和虚实这些最基本的规则，那应该就是《笠翁对韵》和《声律启蒙》里的内容，而不可能是什么“是将对仗的上格教给香菱，有‘取法乎上’的意思”。

第二，林黛玉最后说的那句话就更明白了：“若是果有了奇句，连平仄虚实不对都使得的。”如果黛玉所说“虚的对实的，实的对虚的”其意思是“对仗的上格”和“取法乎上”，那怎么会说有了奇句，“平仄虚实不对都使得”呢？

第三，香菱听了黛玉的讲解，谈自己的学习体会说：“如今听你一说，原来这些格调规矩竟是末事，只要词句新奇为上。”这里说的“格调规矩”当然是指黛玉讲的作诗基本入门知识，既包括“平仄”也包括“虚实”，而说它们都是“末事”——不重要的东西，当然不会是更高境界的“对仗的上格”和“取法乎上”。

第四，林黛玉对香菱的回应也很清楚：“正是这个道理。词句究竟还是末事，第一立意要紧。若意趣真了，连词句不用修饰，自是好的，这叫作不以词害意。”文章条理先后次序井然：林黛玉首先给香菱讲平仄虚实的基本规则，然后再强调这些规则也不需要死守，而要“词句新奇为上”，再进一步，才说到“不以词害意”的更高境界。

综上所述，林黛玉一开始说的“平声对仄声，虚的对实的，实的对虚的”就是讲的作律诗的基本规则“平仄虚实”：平声对仄声，虚词对虚词，实词对实词。平仄虚实是规则，而“取法乎上”的虚实对是技巧，林黛玉对还未入门的香菱首先讲规则，而非技巧。只是由于曹雪芹下笔撰文时“承上文‘平声对仄声’，句法顺下，因而致误”，才出现“虚的对实的，实的对虚的”之笔误。俞平伯的分析是正确的。

另外，“红迷驿站”的红迷查出，明代屠隆订正的《缥缃对类大全》中有“虚对虚，实对实”“有无虚与实，死活兼重轻”，而民国佚名的《学对歌诀》就抄错了，成为“虚对实，实对虚”。这可以作为曹雪芹发生笔误的一个旁证。有的红迷对林黛玉说如果有奇句就可以突破平仄虚实规则表示疑惑：“平仄尚可偶有出入，但虚字对实字，得需要多么神奇的妙联才能如此呢？”

网上研究对仗的文章，列出有关古典对类理论的原始资料，主要有三本书，一是明代吴勉学《对类考注》，二是明代屠隆订正的《缥缃对类大全》，三是《对类》——此书与《缥缃对类大全》大同小异,可能是同时期的作品。《缥缃对类大全》与《对类考注》也差异不大,两书开头都有一篇相同的“习对发蒙格式”,其中说:“教之识字,便教读得分明。每字各有四声……平字用仄字对,仄字用平字对,平仄不失。又以虚实死活教之。盖字之有形体者谓实,字之无形体者谓虚;似有而无者为半虚,似无而有者为半实。实者皆是死字,惟虚字则有死有活。死,谓其自然而然者,如高、下、洪、纤之类是也。活,谓其使然而然者,如飞、潜、变、化之类是也。虚字对虚字,实字对实字,半虚半实者亦然。最是死字不可以对活字,活字不可以对死字。此而不审,则文理谬矣。”

《缥缃对类大全》以更大的篇幅列举了古代对偶句中的词汇,根据“天文”“地理”“数目”等门类分别排列,详细注明其虚实死活,并附有对联的实例作示范。可见,这正是明清时期对仗理论和实践的生动真实表现。曹雪芹对林黛玉教香菱学诗的描写,也包括这种“习对发蒙格式”的艺术化再现。黛玉对香菱首先启蒙的内容,正是“平声的对仄声,虚的对虚的,实的对实的”(笔误为“虚的对实的,实的对虚的”)这两大启蒙要点。

“虚的”和“实的”,正是“盖字之有形体者谓实,字之无形体者谓虚”,而要“虚字对虚字,实字对实字”。黛玉所谓“若是果有了奇句,连平仄虚实不对都使得的”,也无疑就是说的这些内容。这就可以解释那位红迷“虚字对实字,得需要多么神奇的妙联才能如此”的疑惑。所谓“实”,是“字之有形体者”如花草虫鱼;而“虚”,是“字之无形体者”如上下左右。为了“奇句”打破“虚的对虚的,实的对实的”之规则,成为“虚字对实字”,只是对仗词性不太严格,并不需要创作“多么神奇的妙联”。发生这种疑惑,还是把“虚的”当成现代语法中的虚词一类了。

2017年3月13日

明义咏红诗中的“红粉佳人”指谁？

富察明义，号我斋，满洲镶黄旗人，傅清之子，傅恒与乾隆皇帝孝贤皇后之侄，傅清是傅恒的二哥，而傅恒官至领班军机大臣加太子太保、保和殿大学士等大位。明义曾任乾隆上驷院侍卫，比曹雪芹年轻二十多岁。明义的胞兄明仁与曹雪芹的密友敦敏、敦诚是朋友，敦诚《寄大兄》一文曾将曹雪芹与明仁并题，称为“故人”。记载虽然零星，管中窥豹，可知明义也是曹雪芹朋友圈中人。

明义《绿烟琐窗集》中有《题红楼梦》七言绝句二十首，是研究《红楼梦》的重要资料。《题红楼梦》诗前小序明确说：“曹子雪芹出所撰《红楼梦》一部，备记风月繁华之盛。……惜其书未传，世鲜知者，余见其钞本焉。”这是明确曹雪芹乃《红楼梦》作者的铁证。而二十首题红诗所咏叹的内容，基本上都属于《红楼梦》前八十回的人物情节，只有最后三首（第十八、十九、二十）泛泛地说到八十回以后的“大结局”，由此可知，明义所读的“钞本”仍然是一个只有八十回的本子。

二十首咏红诗的排列次序，基本上符合前八十回小说情节发展的前后顺序。第十六首已经在咏叹晴雯之死：“生小金闺性自娇，可堪磨折几多宵。芙蓉吹断秋风狠，新诔空成何处招？”这是针对小说第七十七回“俏丫鬟抱屈夭风流”和第七十八回“痴公子杜撰芙蓉诔”的内容，已经是小说前八十回的结尾了。后面的第七十九、八十两回开始写迎春、香菱结局的故事，还没有写到高潮，而且学者认为并非曹雪芹亲笔，而是其亲友补撰。

引起争议的是明义的第十七首咏红诗：“锦衣公子茁兰芽，红粉佳人未破瓜。少小不妨同室榻，梦魂隔个帐儿纱。”这里面的“锦衣公子”当然指贾宝玉,但“红粉佳人”是说谁呢?由于最后一句说到“帐儿纱”,研究者们很自然地联想到小说第三回林黛玉初进贾府,贾母安排:“今将宝玉挪出来,同我在套间暖阁里,把你林姑娘暂安置碧纱厨里。”宝玉说:“好祖宗,我说在碧纱厨外的床上很妥当,何必又出来,闹的老祖宗不得安静。”贾母同意了,贾宝玉和林黛玉都住在碧纱厨,宝玉在厨外的床上,黛玉在厨里。因此,认为“少小不妨同室榻,梦魂隔个帐儿纱”就是指这个情节。

周汝昌《红楼梦新证》云:“或揣为指宝、黛幼时同室,只隔‘碧纱厨’事。疑实指‘绣鸳鸯梦兆绛芸轩’事。”“绣鸳鸯梦兆绛芸轩”是小说第三十六回中情节,宝玉挨打后在怡红院养伤,有一天中午,薛宝钗偶然去探望,而宝玉在床上睡着了,只有袭人坐在床边做针线活,并防着从纱窗眼里钻进来的小虫子别咬了宝玉。袭人有事要出去一会,就请宝钗暂时代劳,宝钗爱袭人留下的针线刺绣,就接着刺绣起来,“便不留心,一蹲身,刚刚的也坐在袭人方才坐的地方”。后来林黛玉隔着窗户看见,引发妒意。如果按照周汝昌的第二种理解,“红粉佳人未破瓜”中的“佳人”就是指薛宝钗了。

蔡义江《红楼梦诗词曲赋鉴赏》注解说:“写宝、黛幼小时同室榻相处事,所隔只有‘碧纱厨’(有木架的帐子,蒙以绿纱)而已(第三回)。”

我在《红楼梦诗词韵语新赏》中提出质疑,认为“红粉佳人”其实是指晴雯,但限于诗词鉴赏体例,说得过于简略。下面详细论证。

一是这首诗排在晴雯冤死一首之后,是组诗中有关前八十回情节的最后一首,从前后次序来说,不应该突然倒退回去歌咏第三回或者第三十六回的情节。

二是从这首诗的用典和内容看,诗中“红粉佳人”只能是指晴雯。“红粉佳人未破瓜”,破瓜是个典故,瓜字可以分剖成两个八字,所以女孩子十六岁被称为破瓜之年。比如晋代孙绰《情人碧玉歌》就有句:“碧玉破瓜时,郎为情颠倒。”宋代陆游《无题》有句:“碧玉当年未破瓜,学成歌舞入侯家。”而晴雯死时刚刚十六岁。第七十八回贾宝玉《芙蓉女儿诔》明确说“窃思女儿自临浊世,迄今凡十有六载”。其次,小说也写过晴雯与宝玉长时间同室而卧的情节。第七十七回写道:“袭人因王夫人看重了他了,越发自要尊重。凡背人之处，或夜晚之间，总不与宝玉狎昵，较先幼时反到疏远了。……故迩来夜间总不与宝玉同房。宝玉夜间常醒，又极胆小，每醒必唤人。因晴雯睡卧性警，且举动轻便，故夜晚一应茶水、起坐呼唤之任，皆悉委他一人。所以宝玉外床只是他睡。”

因似乎偶发其实包含着必然性的绣春囊事件，晴雯被王善保家的诬告，王夫人传见她时又勾起了不良记忆，晴雯遂被诬为“狐狸精”，在病中被驱逐出大观园。宝玉私自去看望她，在最后的诀别中，晴雯哭着说：“只是一件我死了不甘心的，我虽生的比别人略好些，并没有私情蜜意，勾引你怎样，如何一口咬定了我是个狐狸精！我大不服。今日既已耽了虚名，而且临死，不是我说一句后悔的话，早知如此，我当日也另有个道理。不料痴心傻意，只说大家横竖一处。不想平空里生出这一节话来，有冤无处诉。”后来，宝玉在《芙蓉女儿诔》中则回忆自己与晴雯在一起的岁月：“而玉得于衾枕栉沐之间，栖息宴游之夕，亲昵狎亵，仅五年八月有奇。”

我认为，有关晴雯的这些描写，就是明义诗所咏叹的内容：“锦衣公子茁兰芽，红粉佳人未破瓜。少小不妨同室榻，梦魂隔个帐儿纱。”破瓜一词，后来有引申意，即除了十六岁的本义外，又有了处女第一次与男子交接而破身的意思。显然，明义诗的前两句，除了说晴雯十六岁外，也包含了这种引申义。此处的“茁兰芽”，也是男性性器官勃起的文雅说法。这首诗的核心内容就是歌颂晴雯与宝玉虽然曾经长期同处一室，却始终保持着冰清玉洁的关系。而晴雯却被诬陷是“狐狸精”勾引宝玉，这是泼天的冤枉，曹雪芹后来又通过晴雯嫂子灯姑娘的话强调：“谁知你两个竟还是各不相扰，可知天下委屈事也不少。”晴雯的冤死是前八十回临近结尾时的最强音，曹雪芹浓墨重彩，艺术感染力超强，明义在写了“芙蓉吹断秋风狠，新诔空成何处招？”之后，余意未尽，再写一首为晴雯鸣冤。这与《芙蓉女儿诔》中的辩白感慨异曲同工：“其为质则金玉不足喻其贵，其为性则冰雪不足喻其洁……高标见嫉，闺帏恨比长沙；直烈遭危，巾帼惨于羽野。”

当然，“晴为黛影”，草蛇灰线，伏脉千里，晴雯的蒙冤而死其实也暗伏着未来佚稿中林黛玉有类似的情节。不过明义看到的只是八十回本，不知道后面的发展，他只是根据阅读前八十回的体验感受，根据《葬花吟》的“诗谶”知道林黛玉最后也是短寿而夭亡，所以紧接着写了下面一首：“伤心一首葬花词，似谶成真自不知。安得返魂香一缕，起卿沉痼续红丝。”从这首诗来看，明义显然不知道晴雯的冤死有隐伏林黛玉未来也有类似遭遇的作意，因而只是感叹黛玉短命，以为只要用返魂香让黛玉复活，就能与宝玉“续红丝”而结为连理。

最后两首诗更是笼统地感慨“大结局”：“莫问金姻与玉缘，聚如春梦散如烟。石归山下无灵气，总使能言亦枉然。”“馔玉炊金未几春，王孙瘦损骨嶙峋。青蛾红粉归何处？惭愧当年石季伦。”如果明义看到的是曹雪芹的“全本”，那一定会有更多具体情节和细节的咏唱，而不是仅仅发这种大而化之的一般性慨叹。比如第十八回贾元春归省时点了四出戏文，脂砚斋批语指出“所点之戏剧伏四事，乃通部书之大过节大关键”，而这“四事”是“《一捧雪》中伏贾家之败”“《长生殿》中伏元妃之死”“《邯郸梦》中伏甄宝玉送玉”“《牡丹亭》中伏黛玉之死”。明义如果真读到过这些“大过节大关键”的佚稿故事，怎么会不发之于吟咏呢？可见，明义组诗前序中所谓“惜其书未传，世鲜知者，余见其钞本焉”，只是一个八十回本，而不是“全本”。

结论：明义看到了曹雪芹《石头记》前八十回抄本而写下了二十首咏红绝句，主要是咏叹前八十回的内容情节，“红粉佳人未破瓜”是说晴雯与宝玉关系清白，为晴雯洗刷冤枉，而不是指第三回林黛玉刚进贾府时曾经与宝玉同在碧纱厨一内一外而住过一段时间，也不是指第三十六回宝玉午睡时薛宝钗曾经坐在宝玉床边的情节。“红粉佳人”是指晴雯。

2017 年 4 月 7 日

（贵州红楼梦研究学会主办《红楼》2017 年第 2 期）

觅瓦雕砖筑大观
——胡文彬先生红学研究之我见

除了周汝昌先生，胡文彬先生是我结识最早的一位红学界前辈。他送给我的红学著作也已经有好几本了。但由于多方面的原因，我对于胡先生的红学著作始终没有仔细研读，因而也就不敢妄加月旦评论。前几天，胡先生又寄来他的新著《冷眼看红楼》，而我也调动搬迁初定，可以锁住心猿意马做一点“安居乐业”的事情了。我把书架上胡先生的红学著作都找出来，摆在我面前的计有：

《红楼梦叙录》，吉林人民出版社 1980 年 6 月出版；

《红楼梦在国外》，中华书局 1993 年 11 月出版；

《红楼放眼录》，华艺出版社 1995 年 6 月出版；

《红楼梦探微》，华艺出版社 1997 年 8 月出版；

《酒香茶浓说红楼》，山西教育出版社 1998 年 4 月出版；

《梦香情痴读红楼》，山西教育出版社 1998 年 4 月出版；

《引君入梦话红楼》，山西教育出版社 1999 年 12 月出版；

《冷眼看红楼》，中国书店 2001 年 7 月出版。

此外还有与周雷合编的几种书：

《台湾红学论文选》，百花文艺出版社 1981 年 10 月出版；

《海外红学论集》，上海古籍出版社 1982 年 4 月出版；

《香港红学论文选》，百花文艺出版社 1982 年 6 月出版；

《红学世界》，北京出版社 1984 年 4 月出版；

另有《红楼梦大辞典》中的高鹗、程伟元部分，文化艺术出版社 1990 年 1 月出版。

还有好多种我没有买的书：

《红楼梦子弟书》，春风文艺出版社 1983 年 12 月出版；

《高鹗诗文集》（与周雷合编），百花文艺出版社 1984 年 9 月出版；

《红楼梦说唱集》，春风文艺出版社 1985 年 3 月出版；

《红学丛谭》（与周雷合著），山西人民出版社 1985 年 3 月出版；

《红边脞语》，辽宁人民出版社 1986 年 6 月出版；

《列藏本石头记管窥》，上海古籍出版社 1987 年 6 月出版；

《红边漫笔》，华艺出版社 1994 年 10 月出版；

《魂牵梦萦红楼情》，中国书店 2000 年 1 月出版；

《梦里梦外红楼缘》，中国书店 2000 年 1 月出版。

在《红楼放眼录》封三页预告的“最新红学著作”还有：

《红楼梦与清代文化》《红边思絮》《红边履痕》《红边影视》《红边书话》《红边往事》《程伟元与红楼梦》（选编）。

真可以说得上是著作等身，洋洋大观了。胡文彬先生的确是红学史上出版著作最多的一位红学家。看不到的书无法置评，仅就手头有的几种说一点个人的观感印象，也算还了胡先生的人情债吧。

胡先生的红学研究具有鲜明的个性特色，也许可以这样予以概括：历史学的立足点，活动家的宽眼界；关注红学文献的搜求集腋，萦情红坛友谊的人脉因缘；组织红学活动有专长，评论红楼万象有自见；豪放中不乏精明，理性下洋溢感情。

胡先生是学历史专业出身，因此他的红学研究特别能表现出历史学的立足点和视角。他很注意各种红学文献资料的搜求裒集，一点一滴，都不肯放过。这一特点贯穿在他所有的红学著作中。他既不乏宏观的视野，更重视微观的剔抉。而这二者其实是互为表里彼此关联的，没有微观的脚踏实地的工作，宏观视野当然也可能是空架子。《红楼梦叙录》是红坛上出现相当早的一部红学目录学专著，从抄本、印本、译本、续书、论著到资料辑览、报刊文章，乃至诗词、绘画和戏曲·电影·故事，大陆的，港台的，外文的，搜罗无遗，尽入彀中。这种目录学工作其实是不太容易做的，需要耐心，很花工夫，做了出来也并不显眼或轰动，但对红学研究的实际的推动作用却不小，研究者们写文章的时候往往要按图索骥，虽然不一定注明骥从何来。

胡先生的红学视野是既有经也有纬，纵与横互相交错。一方面，他对红学发展历史的纵线索时常回顾、梳理，不断地重新认识，提高境界。另一方面，他更注意红学发展的现状演变，注意发现新人新论，时作点评，他的目光不仅在大陆，更时时投向海外，两岸三地，大洋东西，同样关心留意。如《红楼放眼录》里既有“毛泽东与《红楼梦》”“《红楼梦》与清代戏曲”“《红楼梦》与清代评点派”等“研究篇”，也有“红学研究三十年回想”“目前红学研究中的若干问题”等“当代篇”，还有“近年来红学研究述论”“三十年来台湾红学研究印象”等“综述篇”，的确是放眼古今中外。

胡先生可以说是红学界的一只隼，居高临下，遨游巡视，只要哪儿出现了红学的踪迹，不管在山南还是在海北，是兔子还是狐狸，一概不予放过，一定疾飞而下，手到擒来。讲到掌握红学方方面面的动态静态，大大小小的资料信息，红学界恐怕是没有第二个人能和胡先生相比的。这只要把以上所列胡先生的众多著作翻览一下，就知予言不虚。即以《红楼梦在国外》为例，从日本、朝鲜到越南、泰国，到缅甸、新加坡，从俄苏到德国，从英国到法国，从西班牙到美国，《红楼梦》的流传、译介、影响，无不追流溯源，如数家珍。

胡先生治红学的这种特点，首先是他长期以来孜孜矻矻勤奋努力阅读翻检，排沙简金缁积铢累的成果。正如他在《红海披沙寻梦来》中夫子自道的：“嗜红成癖，每读书刊报纸，凡遇有关曹雪芹和《红楼梦》的点滴消息和史料，格外留神，或手抄笔录，或剪贴备查。年深日久，竟堆积尺厚，随时翻阅，其乐无穷。”（《梦香情痴读红楼》398页）不过，胡先生特别善于交朋友的个性，具有社会活动和组织能力的专擅，其实也是造成其独特学术个性的一个主要原因。

胡先生在中国红学会担任领导工作，参与筹备组织过多次红学讨论会，这当然是其先天的便利条件，但更关键的是，他也确实从主观上就注重人脉的建立，人气的培植。胡先生和许多文化学术名流甚至政界商界人物都有广泛的交往，早在青年时代就是京城各位红学大家的座上客。不过他更注意对

"小人物"和"新人"的扶持和结交。他能和无论什么年龄何种背景的人都打成一片,荤的素的都来,因此胜友如云,红友遍天下也就不奇怪了。胡先生是很够朋友的,他也因此得到朋友的帮助,得到许多别人所得不到的信息和机会。发现搜集资料不仅需要勤奋,还需要关系和门路,关系越多,信息和机会也就越多,这正是胡先生占优势的地方。只从《冷眼看红楼》中随便摘引几段,即可窥豹一斑。

1998 年 9 月至 10 月间,我随"红楼梦文化艺术展"赴台湾展出。工作余暇,曾与台湾大学程本研究专家徐仁存先生会面,并相互探讨程本形成问题,并托他购买台湾广文书局 1977 年 4 月印行的"红楼梦丛书"中《程乙本新镌全部绣像红楼梦》。由于此书印行已过 20 年,书局内已无存书。几经奔走,仁存先生之弟有为先生终于为我购到了一部,并亲自送到下榻的台北市第一饭店房间内。对徐氏兄弟的高情雅谊,我怀着万分感激,表示深深的谢忱。——239 页

庚辰仲夏,酷热中闲翻华中理工大学出版社 1998 年 11 月出版的中南、西南地区省、市图书馆《馆藏古籍稿本提要》,不意中发现其第 670 页(子部·小说类)著录《红楼玉屑》,然无内容"提要"。……于是打电话烦请在广州的朋友胡联浩先生代为检视。11 月 29 日得联浩先生挂号寄来"《红楼玉屑》简介"二纸,详细报告《红楼玉屑》版本面貌及诸内容,现将来信内容照录于次,以飨同道。——254 页

世间多奇缘。几年前,有朋友相访,先知他于"文革"期间得到一批珍贵的图书,其中有孙退谷的著作,另有一残本《黄凯钧杂记》。其中最可宝贵处记有曹雪芹早年游圆明园事。……为此我先后几次从城内到西郊去,在这位朋友家中除了看到不少名家字画外,还仔细翻阅了他在 60 年代所搜集的有关圆明园的材料及拍摄遗址周围的照片,件件可与《红楼梦》中所描写的景物、环境相印证。——274 页

十几年前，京城一位先生送我一帧“程伟元画扇”的照片，觉得很珍贵，想撰文加以介绍。后来看到一部专著中已作为“附录”介绍过了，并有一些文章加以引录，所以就放在信笺中，作为一份“情谊”珍藏起来。——291 页

胡先生勤于搜求翻检，又肯于思索，再加上广结善缘，他的“梦里梦外红楼缘”就格外丰富起来，因而其红学著作中也就多了一些别人很难注意到的孤本珍闻，稀见信息。我想，这是胡先生的红学著作特别显著的一个特色，掉一掉书袋，或者可谓之历史性品位吧。

这种历史性品位使胡先生的红学研究比较注意实在的考证，而不喜欢空阔的宏论。胡先生的文章具有细致平实的特点，一个问题，总是追根究底，考查得十分具体深入，所论虽“小”，却很实。以《冷眼看红楼》为例，其“脂批典释”，我们只看其小标题：“脂批引范石湖句”，“脂批引《景德传灯录》语”，“脂批中‘见’字读音与释义”，“脂批引《灵怪录》故事”，“脂批引《玉笑零音》句”，“脂批引《七修类稿》句”，“脂批引《三命通会》句”，“脂批引《赤水元珠》句”，“脂批引《三楚新录》句”……这些所引著作许多都是一般人闻所未闻的僻书，没有胡先生的抉微索隐，是很难知其所以然的。此外“书林漫步”“梦边鸿爪”“红楼艺苑”等，其所涉及，也有不少除了胡先生就未必有条件或有能力顾及斩获到的罕见文献和珍贵文物。

胡先生的这种治学方式具有独特的优点，为他人所不及。当然反过来说，也就有人认为识其小未识其大，有所不足。胡先生在最近给我的一封信函中说：“这些年，我只是写些小东西，难入大家之眼，这一点我是清楚的。最近开始考虑写点长文，但能否顺利完成不敢说，只能争取了。”不过我倒以为，每一个人都有其所长和所短，能将自己的优势发挥到极致，那就实现了自己，也就是不同凡响，不一定非要追求某一种舆论尺度的。

胡先生的文章的确一般都比较短小，但篇篇都很实在，我个人觉得，他的许多文章，特别是那些考察文本中某一句甚至某一字的源流影响的文字，以及那些对有关《红楼梦》的版本、文献和掌故的爬梳，是特别有价值的。因为这些工作最需要脚踏实地的功夫，需要一种苦苦搜寻的耐心和韧劲，还需要有在搜求所得之物上“雕龙”以发现价值创造价值的慧眼文心雅趣，这种

工作并不是人人都能做的。

除上引《冷眼看红楼》之外,《酒香茶浓说红楼》和《梦香情痴读红楼》中的许多篇章,也是如此。孤立地看,每一篇都是孤砖零瓦,散珠碎玉,似乎不很抢眼,但每一篇所谈论的问题都很实在,而这些短文集中到一起,便成蔚然大观,射人眼目。高楼广厦总是离不开具体的建筑材料的,无论是过去的砖瓦还是现在的马赛克什么的。当胡先生把建筑材料都搜集起来,并加以精雕细琢,再组织到一起,不就是构建起一个气象万千的大观园吗?由于胡先生视野广阔而又特别注意有关《红楼梦》文化背景的考索,小中见大,集腋成裘,因此他的红学研究具有了一种浓郁的文化性,这是另一个显著的特点。

在坚持自己的治学特色上,胡先生似乎有点经不住外界舆论的影响,有点把持不定了。1993 年写的《梦香情痴读红楼·后记》中还说:"《红楼梦》中有句话说得好:'大有大的难处。'写文章也是如此。有时我想,长文固可贵,短文价更高。在某种意义上说,一篇好的短文不见得比长文章好写,意义也不见得比长文差,鲁迅的许多杂文就很短,就是一个好例证。"2000 年写的《冷眼看红楼·后记》中则说:"还有不少关注我进步的朋友,他们常常劝我暂时放弃这些'小儿科'式的随笔写作,将更多的精力集中到写一二部具有高品位的学术专著,对自己的一孔之见做些'总结'。他们的关怀之情令我感动不已,于是决定把随笔写作暂告一段落,将精力转移到专书的写作方面来。"

如果也谬托知己的话,我倒愿意说一点和胡先生的那些朋友们意见不完全相同的话。寸有所长,尺有所短,这是"普遍性"的事,又何必"胶柱鼓瑟,矫揉造作"(《红楼梦》第五十一回林姑娘说宝姑娘的话)?胡先生的专擅既然是写短文,堪称一绝,有什么必要弃己之"短",追逐那种"长"文章或"专著"呢?我相信胡先生经过努力是一定能够写出长篇大著的,但其学术价值是不是就能够超过他的这些短文随笔集成的书呢?这些短文随笔结集,不已经是学术上的一个大观了吗?

胡先生其实写过长篇宏论的,《红学丛谭》里就有不少。在早年的文章里,胡先生是将曹雪芹原著和后四十回续书的思想差异区分得很清楚的,但后来胡先生改变了自己的学术观点,常写一些肯定高鹗和后四十回的话。在我看来,胡先生的这种悔其少作而"与时俱进"难免有点倒澡盆里的脏水连婴儿也一并倒掉的味道。当然胡先生此后特别注意后四十回的情况,对有关后四十回以及高鹗和程伟元的背景资料搜罗日丰,也是很有特色和价值的工作。但曹雪芹原著与续书,前八十回与后四十回,曹雪芹与高鹗(不管高鹗是后四十回的"作者"抑或是"修订加工者"),毕竟是存在思想文化境界和艺术审美境界根本性之巨大差异的。这是雅俗之别,气质之别。对高鹗与后四十回的肯定,应该在这个明确的大前提大背景之下把握分寸。胡先生后来又写过一些评述红学历史、现状和发展趋势的文章,似乎也不能如他的那些考索搜求的短文更让人耳目一新,击节叹赏。有了以上两点观照,我就觉得胡先生不一定非要勉强自己而"转向"了。

在红学研究中,胡先生通过自己的众多著述,已经构建起一座颇具特色的学术堂馆,也堪称辉煌了。在他已经出版的红学著作中,除了他特别专擅的文献的搜求考据之外,已经涉及红学的方方面面,而且不乏闪光之点。如对《红楼梦》的艺术,《冷眼看红楼》中"人物情态"那一章就颇有精彩的论述。他论王熙凤之"威",薛宝钗之"时",贾探春之"敏",贾母之"福"……都细致且不乏深刻之笔。将来的红学史中,不管是大史还是小史,是今人写史还是后人写史,胡先生的一席之地已经铁板钉钉,无人可以忽略了,而且那还将是并不窄狭的"一席"。因为胡先生不仅是一个著述宏富的研究者,还是一位在20世纪80、90年代起了重要作用的红学活动的组织者。胡先生这方面的贡献红学界所共知,我就不饶舌了。我只想强调,后人如果想把《红楼梦》把握得更深切准确一些,有些发宏论的著作或许不看也无妨,胡先生的一些著作却是不看就会有所遗憾,因为许多涉及《红楼梦》之具体的出典、文句、掌故,不看胡先生的著作就弄不到彻底的明白。胡先生的红学研究能够传世,能够"不朽",恐怕还就在那些短文之中。

有了这样的文化价值和历史位置,似乎也可以为之踌躇满志,俯仰自得,道一声不虚此生了。

2001年10月14日

(《红楼梦学刊》2002年第1辑)

红学文献学的内在理路
——《脂砚斋重评石头记甲戌校本》的启示

一个独立的学科得以成立，常是以文献学作为根基的。殷墟甲骨的出土，引出了甲骨学；敦煌卷子的问世，产生了敦煌学。红学，或曰《红楼梦》研究，也不例外。新红学能够取代旧红学成为20世纪红学的学术主潮，就是奠基于《脂砚斋重评石头记》抄本的发现。周汝昌先生所规范的红学四大分支曹学、《石头记》版本研究、脂批研究和探佚学，其前三支在主体上可以说都是地道的文献学，其中脂批研究又是从《石头记》版本学中衍生出来的。作者家世材料和版本的每一次新发现，无论真伪，都掀起红学讨论的热潮，此乃20世纪红学之真踪实迹，有目共睹者也。

换言之，红学文献学的研究构成了20世纪红学的本体。《红楼梦》的哲学和美学研究实有赖于文献学研究的实际进展程度。文献学未升堂，哲学美学的文本学断难入室。这可以说是红学的特殊性、个性，甚至可以说是红学得以独立门户而成为专门性"显学"的根据。但有趣的是，这一红学的特点也构成了红学的悖论。由于文献学研究具有相当程度的技术性的繁琐枯燥，与《红楼梦》的文本阅读虽然有内里的密切联系，却存在表面上的距离感，以及在文献研究中必然产生的或然性推论的学派纷争，还有《红楼梦》文本内容与时代背景之间错综迷离的交缠，即文本、文献与历史学的复杂叠合。

这种历史学与文学的"摺叠"构成了红学一个既恼人又引人的学术特色，诸多"索隐派"从清代到21世纪的今天，前仆后继，蔓生不绝，这里面也有其"合理性"与"荒谬性"的交织，需要探讨研究，不是一句"猜笨谜"就能了断的，等等。这就给一般仅从文艺性着眼"读小说"的读者大众，甚至一般的文艺评论家，造成了理解的墙障，产生某种陌生感和"门外"感，因此时而可闻对红学的非难之声，诸如“把曹雪芹的头发都数出来了”“《红楼梦》养活了多少红学家”一类。而红学界内部，偏擅文献学的往往在哲学美学素养方面有所不足，搞文学评论的又大多受20世纪意识形态和时风时潮的局限，于中华文化和文艺美学的本源真谛失却黄帝玄珠，这就严重影响了红学文献学研究本身的质量以及进一步向红学文本学的衔接过渡。这种红学界“内”与“外”的隔膜，以及红学界内部没完没了的“缠夹”，是一个亟待“沟通”解决的学术文化课题。

因此，把红学文献学的内在理路讲清楚，也就是梳理明白红学文献学和红学文本学的脉络肌理是至关重要的。

早在1981年，周汝昌先生就在《〈石头记探佚〉序》中这样说：“在红学上，研究曹雪芹的身世，是为了表出真正的作者、时代、背景；研究《石头记》版本，是为了恢复作品的文字，或者说‘文本’；而研究八十回后的情节，则是为了显示原著整体精神面貌的基本轮廓和脉络。而研究脂砚斋，对三方面都有极大的重要性。在关键意义上讲，只此四大支，够得上真正的红学。”①应该说，周先生的这一段话已经把红学文献学的内在理路画龙点睛地勾勒出来了。遗憾的是，长期以来一些人对这种理路扞格难入，执迷于“形式逻辑”，徒然增加了许多无谓的纷扰。

其实问题十分简单明白：文献学研究其终极目的是为了让曹雪芹其人其书的“本来面目”昭然于天下，即本质性地区分曹雪芹原著和程高篡续的两种文本的《红楼梦》，只有把这一步的工作踏踏实实地完成了，把这一目标真真确确地实现了，才可能真正开始红学文献学向红学文本学的“返璞归真”。“大过节、大关键”不是泛泛地抽象地谈论什么“不要脱离文本”，而是实实在在地区分曹高两种文本两种《红楼梦》。而要达此目的，就必须首先在那四个分支的红学文献学研究中取得丰富的实在的成果。红学文献学的进展程度制约着红学文本学的步履，在那四个分支没有取得决定性成果之前，真正的红学文本学就不能开始。这就是周先生说“在关键意义上讲，只此四大支，够得上真正的红学”其本意所在。

作者、时代、版本、脂批，最后都要落实到文本，这又是为什么探佚学成了四大分支研究中的“焦点”的理路所在。因为探佚学探讨的是曹雪芹完整的艺术构思，是原著的审美“全璧”，同时探佚本身也离不开版本、脂批、作者等问题的基础研究，所以探佚学正是从红学文献学向红学文本学过渡的“鹊桥”。我在《论“红学”四“学”——从“新红学”“探佚学”到“新国学”与“人间红学”》一文中对此有较深入的阐释。

由于红学文献学最终要归宿于文学艺术的文本学，它的核心对象是“文采风流第一书”的艺术神品《红楼梦》和“文采风流第一人”的诗人哲学家曹雪芹，这就形成了它的另一个特点，即要使红学文献学的研究达到较高水平，不仅需要科学性的爬梳考证和逻辑推理，而且需要具有思想家素质和艺术的感悟能力，需要逻辑思维、形象思维和灵感思维的高度有机结合。这是红学文献学与甲骨学、敦煌学不同的地方，也是红学文献学研究中常常引出葛藤纠纷的一个根本原因所在。也就是说，前面提到红学文献学的进展制约着红学文本学，反过来说对文本的艺术感知能力也影响着文献学研究的水平。这在胡适、俞平伯和周汝昌这三位红学界泰斗的身上就有生动的体现。胡适由于艺术气质较弱，文学感悟能力有限，因此也影响了他文献学研究的质量，如他以考证曹雪芹的家世和《石头记》版本起家，却得出结论说曹雪芹是一个“满洲新旧王孙与汉军纨绔子弟的文人”“《红楼梦》的见解与文学技术当然都不会高明到那儿去”[②]，认为程乙本是比脂批本更好的文本，都是大谬不然的。而俞平伯和周汝昌由于具有相当高的艺术气质和修养，对曹雪芹和《红楼梦》的把握就准确得多，其文献学考证的真理性程度也就比较高。

有了这些铺垫性论述，可以观照邓遂夫先生校订的《脂砚斋重评石头记》甲戌校本了。甲戌本《石头记》乃迄今为止发现的脂批本系统的抄本、印本中最重要的一个本子，因为它的文字水平最接近曹雪芹原著的“本真”，又有许多他本所无独领风骚的脂批。如此重要的本子，却长期以来只有少量的影印本在专家手中流传，这正是红学未能普及，未能“人间化”，因而出现红学“内”“外”理解墙障的一个表征。邓先生发大愿心，下大功力，将此本校订标点，并写了一篇立足于多年研究心得的长序，实在是践履实行“人间红学”的大手笔。我以为，邓先生的工作至少有以下几方面的价值和意义。

首先,《红楼梦》终于以曹雪芹写作的本真实相面对普通读者和受众了,这算是红学界还“人间”旧账的一大功德,虽然稍嫌迟了一点。邓先生在序言中说得激情洋溢，也十分中肯:“早就该让这把虽有残缺而仍不失其神奇的钥匙走出象牙之塔,直接为广大《红楼梦》读者所掌握了！也就是说,早就该把雪芹、脂砚一直渴盼广大读者见到的原汁原味的《脂砚斋重评石头记》稿本,按现存的条件择要校印出来让大家分享！而且,单是把合乎雪芹原意的小说正文塞给读者还不行,那样实比畸笏当年删削脂批来得更彻底;单是把尽可能搜罗到的脂批集中起来让读者‘会餐’也不行,那样所产生的朦胧与错觉，比起不同底本的脂批与各有差异的正文准确对位所产生的奇妙体验来,简直就像将一席各具风味的佳肴煮成一锅大杂烩似的倒胃口。”(当然,是否即畸笏删削了大量脂批,仍然可以讨论。)

其次,邓先生的长序是一篇经过覃思深研而锤打得相当结实的论文。他的一些具体观点,如《石头记》抄本的演变系统,脂砚与畸笏的身份、关系等,是否即终极的真理,自然仍可商榷。我个人的看法,也许邓先生所论,只是多种历史可能性之一种?但总的来看,邓先生的见解不失为颇有体系性的一家之言,在自己的逻辑理路中,是能够自圆其说的,其中的确有不少见功夫的“硬货”积淀和智慧的火花闪耀。

第三,邓先生对脂批的价值认定堪称金玉之论。他在序言中谈脂批与小说文本的“一体性”关系,说《红楼梦》是“一座罕见的文学迷宫”,指出:“脂批的种种特性,乃至脂批这一形态的产生,都与《红楼梦》的独特内容和它的独特表现手法分不开。换言之,脂批正是《红楼梦》的‘独特性’的必然产物。”并直言不讳地说:“有人曾简单化地将脂批与明清小说评点派的文字相提并论,甚至觉得它并不比后者高明。这是很不恰当的。事实上,由于脂批所具有的种种特性,不仅使它大大地超越了明清评点派而独树一帜,就是在整个中国文学批评史上恐怕也算得上一个特例。”这的确是深有所得的灼见真知。邓先生幽慧孤明,充分认知并彰显脂批的不凡价值,也就是将周先生所标举的“脂学”的意义发扬光大。“过去谁都赞叹《红楼梦》是一部‘奇书’,谁都觉得这部巨著气象恢宏,意境深远,奥妙无穷;却很少有人充分认识到:可以通过对脂批的深入研究，较为准确地揭示这部‘奇书’的诸多奥秘——包括作者真相，创作过程，素材来源，时代背景，表现手法，以及透过这些手法所传达的思想艺术内涵，等等。尤其最后两项，即通过脂批去揭示此书的独特表现手法和潜在的思想艺术内涵，我以为是脂评本研究的重中之重。”

邓先生标举的“重中之重”的“但书”特别富有启迪性，因为这实际上就是表明脂批研究之文献学与文本学的双重意义，红学文献学与红学文本学——乃金乌玉兔，日落月升，珠联璧合，一而二，二而一，可分又不可分，革命家所谓“辩证”，佛家所谓“中道”也。这多么有趣地印证了本文之主题：红学文献学与红学文本学之内在理路。当然这个中三昧，是应该得意而忘言的。

2001年8月1日

(2001年11月13日《人民政协报·学术家园》第146期；邓遂夫校订《脂砚斋重评石头记甲戌校本》，北京，作家出版社2000年12月第1版)

【注解】

① 周汝昌《〈石头记探佚〉序》，梁归智《〈石头记〉探佚》，1~4页，太原，山西人民出版社1983年5月出版

② 胡适1960年11月19日到1961年1月17日给苏雪林和高阳的四封信，《红楼梦研究资料汇编》之《胡适研究红楼梦文存》卷，76页，台北，天一出版社1970年出版

《红楼梦》的入世阅读之魅

——读《艺术世界的多重构织——红楼梦五论》有感

王毅教授是我的同事，他获得复旦大学文艺学博士学位后，一直在辽宁师范大学文学院任教，主讲文艺理论，且曾长期兼任学院主管科研的副院长。不过，王毅教授并不是一个十分热衷的学官，却是一位十分钟情且十分投入的翻译家，迄今为止，已经有英译汉著作六十多部出版，其中美国迈克尔·波伦著《植物的欲望》和美国图罗伯特·杰伊·利夫顿著《纳粹医生》等著作，经王毅教授信、达、雅的汉语翻译，享誉读书界，获得国家奖项。

王毅教授又写出了《艺术世界的多重构织——红楼梦五论》，希望我说几句话聊充序文。一位文艺理论家和翻译家如何阅读《红楼梦》？他读出了什么？有何艺术感悟？又有何理论总结？

“五论”是叙事篇、伦理篇、痴情篇、性别篇和语义篇，实际上包括了对小说思想内涵、人物形象和写作特色等方方面面的观照和解读。谈论《红楼梦》思想艺术的书文已经相当泛滥，因而你说我也说的套话比较多也不奇怪，但王毅教授的这本大著，却“惟陈言之务去”，绝无蹈袭或“化用”俗套常谈的痕迹，写出的全是自己的本真感受和见解。

这是有原因的。首先，王教授不是“红学界”中人，也非“红迷”，他其实就没有读过什么红学书籍，只是在写作此书之前，参阅了我借给他的几本书，包括俞平伯的《红楼心解》，周汝昌的《红楼小讲》《红楼梦与中华文化》和《红楼艺术的魅力》，蒋和森的《红楼梦论稿》，王蒙的《红楼启示录》和《不奴隶，毋宁死？》，刘再复的“红楼四书”等。对红学、曹学、脂批研究、版本学、探佚学，他略知一二而已。这样一种背景，对深入《红楼梦》文本，得失兼有，从

"得"一方面说，则是他自然而然有了对评红"套路"的"免疫力"。

其次，则在于王毅教授具有深厚的文艺理论功底，而且，不仅通晓西学，对中国传统文化、文学、艺术也有相当的修养。他写过评论电视剧《水浒传》的小品，还撰写过评述陶渊明、鉴赏唐宋诗词的书。他讲文艺理论课，包括中国古代文论，既富有激情，又诙谐幽默，很受学生欢迎；指导研究生作论文，则常选择用西方文艺理论阐释中国古典文本的角度。以这样的文化修为和历练投入《红楼梦》研读，其所见、所解、所会，自然是纯粹个性的阅读心得，而不染流行说法的尘埃。

《红楼梦》第五回有两副对联，一副是宁国府正房里的"世事洞明皆学问，人情练达即文章"，另一副是秦可卿卧室里的"嫩寒锁梦因春冷，芳气笼人是酒香"。贾宝玉对第一副对联深恶痛绝，对第二副则说"这里好"。这象征了俗性和诗性两种人生观两种价值向度的分驰，肯定诗性，而反逆俗性，自是全书的大旨。

王毅教授的著作，第一章第一节的标目"双重曹雪芹"，开宗明义就是"直击"这一点：

> 曹雪芹和他笔下的这个艺术世界，正是诗意与世俗、浪漫与写实、"灵"与"肉"之"对"，是这种对比和互补的丰满展开。

王教授紧贴《红楼梦》小说文本，举出一个又一个小说描写的情节实例，证明："前八十回的艺术质量和魅力，就在于它展示着合而为一的双重曹雪芹，他既对常人和非常之人有一种极感兴趣而切实的观察和讲述，又有一种精神性的理解和感慨；既能进去，也能出来；既是亲历，也是旁观；既是沉浸，也可揶揄。作为一位小说家，他毫无书呆子气，'文艺青年气'，以老到的叙说和扎实的细节，成就了'半部'追问天人、抒写人生、反思人性之作的质量与魅力。"

不过，纵览全书，王毅教授最有心得体会，论述也最透彻淋漓的方面，是"对常人和非常之人有一种极感兴趣而切实的观察和讲述"，即在肯定《红楼梦》"诗性"优先的前提下，特别知音于曹雪芹对"俗性"的深度体察和领悟，也就是对"世事洞明皆学问，人情练达即文章"全方位深视角的"高峰体验"，以及将其表现出来的绝世艺术特别有会心。

对于生活本身的翔实展开，对其兴味的赏玩，乃至于某种程度上的享受：各色人物、居家生活、房屋建筑、园林美景、节气时令、琴棋书画、男女恋情、市井场面、僧道寺院……构成了这部巨著的丰厚内容和升华基础，它远远不止是某种人生领悟的符号演绎，其“召唤结构”极有密度和宽度，如同细密织成的五色缎锦，由此而成为真文学——真正高质量的文学。

从这一基本点出发，王毅教授把其文艺理论的深厚素养，以及自己性情气质的本真，投入到对《红楼梦》文本的解读领悟之中，从广和深两个维度，剀切地讲述和分析了小说的各种情节、细节，发表了让人耳目一新而又不能不点头称是的见解。如果用以前的文艺理论术语，也可以说王毅教授对曹雪芹写《红楼梦》体现出“现实主义”深不可测的功力和成就深为折服，极有会心。

自广的一面来说，从叙事到伦理，从痴情到性别到语义；自深的一面来说，从“俯瞰与平视”的叙事视角，到“心理逻辑”的深入体贴，从“人际关系与身份意识”，到“性别与地位估量”，乃至“世俗情之真”“脱俗情之痴”和“青春的敏感与悲伤”等等，王毅教授都对《红楼梦》作出了新颖而又切实的观照。“都云作者痴，谁解其中味？”至少对生活和人性的理解方面，王毅教授堪称曹雪芹的后世知音。

如评说贾政：

贾政并无大的毛病，有的地方甚至也想尽量善解人意，比如此处对贾母的承欢。但是，他的根本问题就在于“无趣”，缺乏真正热爱生活、领略生活种种美妙而来的情趣，一张家长和官吏的人格面具戴的时间过长，已经摘不下来了，所以怎么努力也变不成有趣，一个无趣之人怎么做也无趣。红学研究，可写一篇《无趣的贾政》。因世事洞明而来的人之趣味，似乎也是曹雪芹看人的一个考量标准。

如看待元春省亲：

这段是真写得好。人间极度期待之事，反复准备之事，一旦成真，刹那间会出现这种静寂状态，仿佛准备本身已作为目的完成，仿佛全部精力已经在殚精竭虑的准备过程中耗尽。曹雪芹写到这个场面，想来不再是写小说中其他许多场面时的那种笑看或旁观的态度，而是身临其境、深受感动的投入心态，或许想起了当年的祖母辈？元春之语才会写得如此到位——真正是深情的家常语、女儿语。这是此时此刻的真心话，是过来人对比之后的感受，但此刻的真心吐露并不意味着在常态的层面上愿意放弃“富贵已极”。

如说黛玉和宝钗：

《红楼梦》中，对人的贬责往往没有太多潜藏的微妙内容，赞扬却大有内容。宝钗的亲和力之所以超过黛玉，在于她在某种意义是为他人活着——顾及他人的看法、顾及他人的感受，而黛玉是为自己活着——并不在乎他人的看法，也不太顾及他人的感受。在宝钗体现着曹雪芹的另一面思考和看重的价值：现实生活层面的务实和善良。大观园内部这个圈子里，姐妹们虽嘴上不直说，但心里有对比，行动上有倾向。

如论贾政帮助贾雨村复职：

曹雪芹不是小气度的道德论者，超越了仅以世俗道德标准论人的层次，比如对雨村、薛蟠等人的刻画，并不怎么在道德批判的层面上着笔，更关注他们在世态人情中如鱼入水的周旋。

贾政自然知道雨村的品质，但在帮助他复官上却是不遗余力。这并非碍于面子的不得已，而是视为很正常，在个人良心和为官操守上毫无心理障碍。只要对自己的眼，合自己的口味，在自己这个圈子里会得到“礼贤下士”的好名声，那么对江山社稷、黎民百姓是祸是福，就是很遥远的事，而且认真的话也是很迂阔的事。自己不做污卑之事，也忠于职守，但犯不上去讲职责之外的义务和责任，甚至对官场险恶的底线防范也疏忽了。

如理解“意淫”的贾宝玉：

在满足生理欲望极为容易的条件下超越欲望去欣赏异性，宝玉欣赏的是青春生命之美，这就基本与欲望无涉，而且欲望还会成为一种干扰。

宝玉的人缘，其实就是他超越了身份意识的人性和性灵，这是曹雪芹所珍爱的东西——尽管他未必喜欢和欣赏宝玉身上那种纨绔子弟的不以世事为务。

王毅教授用现代的西方文艺理论解析《红楼梦》的故事和人物，但绝无“掉书袋”的生搬硬套，而是如盐化水自在其中。他揭示《红楼梦》和曹雪芹的最深刻独到之处，是对曹雪芹写《红楼梦》能还原到生活现场，投身进去设身处地做现场人物，从而体察人物的心理，人与人在特定境遇中的关系、言语行为其真实和微妙，并那样恰如其分地表现出来的伟大艺术，有深度的理解和赞赏，知音和解味。

读王毅教授的著作，引发我对“两种《红楼梦》”深刻差异的一点觉悟，就是曹雪芹写《红楼梦》的一个根本特点，是深入地体会生活体会人，品味人际关系和人心，真实贴切到让人意识不到的程度。而程高本对前八十回的许多修改和后四十回的续书，恰恰违背了这一宗旨，而着力于表面的“戏剧性”“生动”或“文章”。因而，前八十回许多程高本的改文，似乎更“好看”了，仔细一琢磨，却违背了生活和人性的真实。

比如抄检大观园中晴雯的表现，曹雪芹只写她闯进来“豁啷一声将箱子掀开，两手提着底子，朝天往地下尽情一倒，将所有之物尽都倒出”，以表达对自己被诬陷的不满愤怒。程高本却加了一大段晴雯和王善保家的斗嘴对吵。孤立地欣赏“文章”，晴雯那一段针对王善保家的话写得也颇精彩，但一旦“还原到生活现场，投身进去设身处地做现场人物”，就会感觉这是不真实的。抄检团是管家少奶奶王熙凤领队的，晴雯那样奴隶身份的丫鬟，完全不可能发表那样尖锐的反抗言词。程高本对真实的生活场景和人际关系，显然没有本真投入感，而只是在隔膜地制造戏剧性的场面。

王毅教授在书中也举了我们讨论抄检大观园后尤氏到李纨房中洗脸那个情节的版本差异，“表明曹公精于人情世故的生活化存在”。程高本把服侍尤氏洗脸的小丫头改写成了李纨的丫头，就是没有大贵族家庭生活的真实经验，不知道尤氏出门是带着一群丫头婆子的，即使到了李纨那里，洗脸仍然是自己带来的丫头服侍，而不是李纨的丫头服侍。

最吊诡的是后四十回续书中“调包计”“黛死钗嫁”的故事。礼教仪式规矩极其讲究的国公府里居然上演荒诞可笑的“狸猫换太子”，贾宝玉娶亲不通知任何亲友，薛宝钗甘心受辱嫁给一个疯傻男孩还要冒名顶替，林黛玉病危而贾母等毫不关注顾惜，种种等等都绝对不可能是生活真实，纯粹是“编故事”，却因为营造了“戏剧性”场面并注入通俗的思想理念，而长期受到赞扬。这是一个令人深思的文学接受现象，也最能“反证”曹雪芹原著“写实”艺术精神的看似平凡却不可企及的深刻。

王毅教授是个热爱生活的人，是个能时时处处领略欣赏享受生活之美之乐之趣之逗之可笑可气因而也丰富好玩之五味七味的人，生活得达观且富有幽默感，他因此也格外能“解味”曹雪芹写《红楼梦》还原生活现场、体察人际关系和人物心理的伟大艺术，格外能与曹雪芹“高谈雄辩虱手扪”喜剧气质那一层面声息相通。我突出了这一点，并标目为“《红楼梦》的入世阅读之魅”，但这并不意味着王教授大著之价值仅限于此，它还能给我们更多的启示，比如诗心诗语等层面的感悟体会。

红学界有一些让人困惑的现象，对曹雪芹亲友乃至社会关系等的资料越搞越细，对众多版本的差别和演变越说越具体，各种《红楼梦》作者本事的索隐奇谈此起彼伏，“红学史”的诸般咸盐淡醋越说越津津有味，唯独对《红楼梦》文本的审美解读多为老调重弹或旧话新说，翻来覆去，无非阶级论、庸俗社会学、小资情调、西方的这个学那个思潮诸种套路的走马灯变换着上场。真正能深入小说本质，体会曹雪芹真性灵真思想真艺术的红学论著，其实凤毛麟角，寥若晨星。红学书多矣，论《红楼梦》思想艺术的书文夥矣海矣，但历史大浪淘沙，真能让后人垂青目者会有几本几篇？我斗胆预言，王毅教授的这本《艺术世界的多重构织——红楼梦五论》，一时半会，是不会被淘洗出局的。自称红学“槛外人”的王毅教授，也应该乐观其成而私心窃喜，由“美在《红楼》”进而享受“美在生活”（车尔尼雪夫斯基）的颠扑不破吧。

2017 年 7 月 13 日

《红楼梦》导读

中国古典文学的皇冠上有无数颗珍珠在闪光，最大最亮的那颗，是《红楼梦》。《红楼梦》是最伟大的中国古典小说，是与世界上任何一部文学作品相比都毫不逊色的杰作。对《红楼梦》的研究成了一种专门学问，叫红学，红学中还有许多具体的分支。《红楼梦》享有崇高的文学荣誉，首先因为它具有博大精深的思想内容。过去有一个说法，说《红楼梦》是中国封建社会的百科全书。作家王蒙进一步说："《红楼梦》是一部百科全书，而且不仅是封建社会的。几乎是，你的一切经历经验喜怒哀乐都能从《红楼梦》里找到解释，找到依托，也找到心心相印的共振。"红学家周汝昌说，《红楼梦》是中国文化的"一条主脉"，"我们中国人的思想、感情、性格、观念（宇宙、人生、道德、伦理……）、思维、感发、生活（衣、食、住、行）、言谈、行动、交际、礼数、文采、智慧……无一不可从这部书中找到最好的（忠实、生动、魅力、精彩）写照。这还不就是一把进入中华文化大门的钥匙吗？"《红楼梦》被认为是伟大的文化小说、哲理小说和人情小说。

《红楼梦》是"百科全书"，是中国文化的"主脉""总钥匙"。我们读了《红楼梦》，也就进入了博大精深的中国文化之中。中国传统的家庭伦理、人际关系、戏曲、诗词、绘画、书法、建筑、园林、民俗、工艺、庙会、佛教、道教……没有一样不曾在《红楼梦》中得到了惟妙惟肖的描写，当然这些描写又带着二百年前那个社会的印记。比如写贾宝玉和众姐妹们在大观园结社吟诗，也就是搞文学社团活动，海棠诗，菊花诗，螃蟹咏，柳絮词……把我们中国源远流长的诗国传统表现得生动极了，把古代少年男女的才华和感情写得美丽极了。又比如第二十三回写贾宝玉读《西厢记》、林黛玉听《牡丹亭》，中国戏曲文学的非凡魅力与少男少女的青春骚动互相映衬，大自然的春天，人的青春,文学艺术的感染,美丽中有一点哀伤,构成了一种优美的人生境界、诗情画意的境界。这其实也是中国诗词文化通过小说的再现。

《红楼梦》思想内容具有超前性和叛逆性,在清朝乾隆年间那样一个时代背景下,小说中表现的思想显得惊世骇俗。贾府的由荣盛而衰败,实质上反映了已经绵延两千多年的封建社会遇到了不可挽回的命运危机，也揭示出中国传统的以家族为本位的宗法文化所产生的矛盾和问题。贾府中各种尖锐复杂的斗争冲突,围绕着财产的管理权和继承权而展开。

另一方面,则是贾宝玉这样一个封建大家族所孕育出的“逆子”独特的精神追求，和现实发生不可调和的矛盾。作者称贾宝玉独特的思想性情为“意淫”。意淫是什么意思呢？就是贾宝玉对女孩子们那种无私的关心爱护,实际的精神内涵是呼唤一种平等的、充满爱心的人与人的关系,用今天的一句流行歌词表达,就是“让人间充满爱”。这在等级森严的封建时代是非常了不起的。这里面蕴涵着很深刻的哲理、对人生意义的反思和对历史及社会的反思。曹雪芹笔下的贾宝玉其实是个“诗人哲学家”。当然这一切都融化在具体的故事情节当中,体现在“人情”的生动描写当中,是不露痕迹的,是十分艺术化、审美化的。“文化”与“哲理”不是理论说教,而是在“人情”中自然而然地水乳交融着。

贾宝玉与林黛玉、薛宝钗的爱情婚姻悲剧,是后四十回续书完成的。这是一个由于家长为儿女包办婚姻而造成的悲剧，这种悲剧在封建时代是普遍存在的。因此续书所完成的宝玉、黛玉和宝钗的爱情婚姻悲剧鞭挞了包办婚姻制度,反映了青年男女争取恋爱自由的愿望,在历史上起过鼓舞青年人为自己的幸福而抗争奋斗的积极作用。同时,后四十回续书使前八十回的保存流传更容易。这些都是后四十回的功劳。不过,续书的写法并不符合曹雪芹的原意。《红楼梦》研究中有一个专门探讨原著《红楼梦》八十回后佚稿故事情节的学术分支,叫探佚学。1987 年上演的电视剧《红楼梦》就是吸取探佚学的研究成果而重新改编的。

探佚学认为曹雪芹原著写的宝玉和黛玉的爱情悲剧的基调是“眼泪还债”，就是第一回的神话背景故事所说的，林黛玉的前身绛珠仙草欠了贾宝玉的前身神瑛侍者的人情债，林黛玉要用眼泪偿还。林黛玉哭泣是“报恩”“还债”，因而不是为了自己的利益哭泣而是为了贾宝玉的利益哭泣，体现的是一种无私的爱、心心相印的互相理解。这就和后四十回续书写林黛玉误会宝玉变了心而焚稿断痴情的怨恨心态不一样。

这两种故事情节反映了两种不同的世界观人生观导向：“眼泪还债”歌颂“知音”和“爱”，让人感到人和生活都是美的，值得热爱的；焚稿断情却宣泄“误解”和“恨”，让人对人和生活绝望。大家如果对探佚学感兴趣，可以去看山西教育出版社出版的梁归智写的《石头记探佚》和华艺出版社出版的周汝昌写的《红楼梦的真故事》。总之，曹雪芹原著是奇人之书、精英文学，后四十回是常人之书，通俗文学的成分更多，二者无论在思想上还是在艺术上都有巨大的不同，但在各自的审美视野内，又都有自己的价值。

《红楼梦》的艺术有鲜明的民族性特色，只有懂得中华文化，才能懂得其艺术的神奇。比如，据专家研究，原著《红楼梦》的结构是每九回一个大段落，一共十二个大段落，全书共一百零八回，可惜八十回后的原稿没有传下来。第五十四回是全书的中点，前五十四回写兴盛，后五十四回写衰败，构成“春秋两扇面”的对称。

这种“对称美”是中国文化特别欣赏的，我们过年要贴对联，写律诗中间两联要对仗，建筑、送礼等都讲究成双成对，等等，都是这种审美观念的表现。而九、十二、三十六、七十二、一百零八，都是具有中国传统文化意味的数字，《周易》以九为最高的数字，农历一年十二个月，有十二生肖、二十四节气，《西游记》里的猪八戒三十六般变化，孙悟空七十二般变化，《水浒传》里有一百单八将，分三十六天罡和七十二地煞，和尚戴的佛珠共一百零八颗，五台山寺庙的台阶共一百零八级。

《红楼梦》第五回贾宝玉在太虚幻境梦见金陵十二钗的册子，正册、副册、又副册各十二名，一共三十六名，也与此息息相通。中国一些民俗节日元宵节、清明节、中秋节、重阳节等也都在《红楼梦》中被作为情节结构的组织元件，更不用说书中对中国传统文化包罗万象的描写了。所以，《红楼梦》的第一大艺术特色是它在各种层次上巧妙地体现了中华传统文化。

曹雪芹在《红楼梦》第一回和第二回就通过各种艺术手段揭示出他的创作思想、审美原则，其中最突出的是写实主义、创新精神和主张写真实的人。这些思想都在小说的具体写作中得到了卓越的实现。

我们读《红楼梦》，觉得那些场景、人物好像就在我们身边活生生地展现、活动着，这就是写实的功力效果。写实就是忠实于生活的真实，不搞“假、大、空”，不胡编乱造，不迎合已经成了习惯套路的审美惰性，或者叫不媚俗，这样也就达到了艺术创新的目的。鲁迅早就高度评价过《红楼梦》的这种艺术成就：“叙述皆存本真，闻见悉所亲历，正因写实，转成新鲜。”“自有《红楼梦》出来，传统的思想和写法都打破了。”这种写实和创新的艺术体现在写人上，就是要表现人物性格的层次性、复杂性，挖掘人物心理的深层次内容。第二回所谓“正邪二气所赋”的写人纲领就有这个意思，当然还要写具有叛逆色彩人物的意思。

《红楼梦》里的人物都是栩栩如生的，活灵活现的，好人不是绝对的好，坏人不是绝对的坏。林黛玉很可爱，但有时候太敏感，心眼太细；薛宝钗很会做人，但有点世故；贾宝玉充满叛逆的思想感情，但有时候也很会揣摩逢迎贾母和贾政的心思；王熙凤非常幽默风趣，但也十分厉害；赵姨娘虽然很讨厌，她受到压迫也让人同情，她对贾环的母爱也有感人的地方……总之，《红楼梦》里的人物都是有血有肉的活人，可感可见，可触可摸。

《红楼梦》在语言艺术方面的成就十分惊人。特别是人物语言的性格化，宝玉有宝玉的语言，黛玉有黛玉的语言，凤姐有凤姐的语言，贾母有贾母的语言，刘姥姥有刘姥姥的语言……让我们听到人物说话就知道这是谁。其次是语言的文化性与口语性有机结合。一方面，古典文化中的成语典故诗词戏曲等都被吸收采撷，使语言显得典雅玲珑；另一方面当时的口语方言俗语谚语等也活泼泼地显跃其中，一派真滋真味的生猛海鲜。比喻、白描、借代、仿词……各种各样的修辞方法都得到了恰如其分的应用。如第十六回凤姐向贾琏以自谦的方式自夸："'坐山观虎斗''借剑杀人''引风吹火''站干岸儿''推倒油瓶不扶'，都是全挂子的武艺。"一连用了五个俗语，使凤姐的幽默和"管家奶奶"们的厉害难缠跃然纸上。

曹雪芹写作的另一个艺术特色是用写诗的方法写小说。所以《红楼梦》既是写实的，又是写意的。不仅《葬花词》《芙蓉诔》等诗词歌赋诗意盎然，许多故事如黛玉葬花，宝钗扑蝶，湘云喝醉了酒睡在石头凳子上，身上落满了花瓣……都体现了诗的意境。诗的气质渗透在小说的许多情节、细节里，是《红楼梦》具有不朽魅力的一个重要原因。曹雪芹还用了许多谐音、谶语、影射等所谓"草蛇灰线，伏脉千里"的象征隐喻写法，那是更深层次的东西，就点到为止吧。

清代人当时就感叹过："开谈不说《红楼梦》，纵读诗书也枉然！"《红楼梦》是中华文化的无价瑰宝，凭这一点，做个中国人、懂得汉语，就是一件很幸运的事。你难道还会偷懒犹豫而不赶快去探索这座宝山吗？

精彩妙语：

满纸荒唐言，一把辛酸泪！都云作者痴，谁解其中味？

女儿是水作的骨肉，男人是泥作的骨肉。我见个女儿，我便清爽；见了男人，便觉浊臭逼人。

两弯似蹙非蹙罥烟眉，一双似泣非泣含露目。态生两靥之愁，娇袭一身之病。泪光点点，娇喘微微。闲静时如名花照水，行动处似弱柳扶风。心较比干多一窍，病如西子胜三分。

果见湘云卧于山石僻处一个石凳子上，业经香梦沉酣，四面芍药花飞了一身，满头满脸衣襟上皆是红香散乱，手中的扇子在地下，也半被落花埋了，一群蜂蝶闹穰穰的围着他，又用鲛帕包了一包芍药花瓣枕着。

（张文洁主编《中学生文学名著图说》，太原，书海出版社 2001 年 3 月出版）

读清孙温绘全本《红楼梦》识语

藏于旅顺博物馆清代孙温绘全本《红楼梦》于 2004 年被重新发现“问世传奇”，是一件饶有兴味的文坛、艺坛和红学界的文化盛事，也是文昌六星朗照辽宁省和旅顺、大连地区的一件精神文明建设的喜事，真可谓景星庆云，应时而现；祥麟威凤，兆瑞而来。

何以如此掉文？请着目：2004 年是《红楼梦》研究正式成为“红学”的整整一百年——1904 年王国维发表《红楼梦评论》竖立起第一个里程碑；2004 年又是曹雪芹仙逝 240 周年——无论以癸未说、甲申说甚至壬午说，皆可如是言之。从 2003 年到 2004 年，各种影视、出版媒介促成了一个持久不衰的红学热潮，追根溯源，当然还是曹雪芹和《红楼梦》本身之沉博绝丽、其所蕴含的伟大价值之体现，不过经历一百年红学研究阐释之曲折历程，现在是格外时来运转，风云际会了。孙温绘本于此时从历史的尘埃中脱颖而出，不正是看似偶然，其实必然吗？

《红楼梦》的不同凡响，当然可以从各种角度发明，其中一项，是它格外具有“雅俗共赏”的文化内容、艺术特征和精神品质，《红楼梦》诞生以来的流布史、影响史，就是“人间红学”的发生发展演变史。孙温绘本正是这一历史流程中一次未被磨灭的影响记录，它昭示我们：《红楼梦》是属于中国人民大众的，是属于整个中华民族的，曹雪芹是中华文化的宁馨儿，《红楼梦》是中华文明艺术精神普照到中华历史时空每一个角落里的不朽光辉。

现在是 21 世纪，从经济到政治到文化，时代正向着全球一体化的“世界大同”方向迅猛前行，这是大运数，大趋势。但也正因为如此，才愈彰显出独特民族文化精神支撑的重要。就像《圣经》是西方基督教文明的体现和象征一样，中华民族传统文化的精魂也需要一个“文本”来体现和象征，过去这个角色由孔子和《论语》担当，现在则轮到曹雪芹和《红楼梦》了。孙温绘本给这个大光环又增添了一道亮色，这是值得庆贺的。

现在是“读图”的时代，孙温绘本把历史上对《红楼梦》的“图解”又一次还原了冰山一角，将过去与现在对照联想，是很有意思的事情。它的美术、美学价值自有大方之家予以月旦点评，我非画师，不敢妄充解人，乱坠天花。让我有点浮想联翩的是，孙温只是一个普通的文人和画家，他从河北丰润来到辽宁，而如此钟情于《红楼梦》，竟将全本逐回彩绘，并且几乎有一种家庭性参与的意味，这里面似乎隐含了一种玄机，对于曹雪芹祖籍丰润说、辽阳说和铁岭说的学术争论又添了一个话题。不同的学术观点是可以争鸣的，不一定要急着定于一尊，有争论才有活力，也才能引起大家的兴趣，社会的关注，一切都确定了有时反而倒意味着沉寂和没落。

谨献小句，为孙温绘本《红楼梦》在我现在生活的地区沉璧重显于世并赴京都蜚英腾茂而助兴：

宝珠溺隐几流沙？盛世灵光焕彩霞。
多少神京佳士子，一时翘首醉芳华。

2004年8月3日于大连痴慧斋

红楼今已梦全球
——推介《五洲红楼》

人民东方出版传媒、东方出版社于 2013 年 12 月出版了《五洲红楼：曹雪芹逝世 250 周年海内外学者纪念文集》，主编者为周汝昌和杨先让。杨先让在 2013 年 1 月写的《后记》中说："2010 年 11 月 27 日，我由休斯敦回北京，前往红庙北里拜访红学泰斗周汝昌老先生。未料想他向我提出：能否联络海内外喜欢曹雪芹和《红楼梦》的学人，为曹公逝世 250 周年著文集一册。他愿示一文——我义不容辞答应老先生这一心愿。……遗憾的是去年 5 月 31 日周老 95 岁仙逝了，未能看到他这一愿望的实现……以我们这海内外小范围的文友合力，出一本纪念集子，以告慰曹公和周老在天之灵。"

杨先让先生是著名画家，历任人民出版社编辑和创作员、文化部研究室研究员、中央美术学院民间美术系主任、教授，并曾任中国美术家协会版画艺术委员会副主任、中国民间美术学会常务副会长，也曾经与周汝老比邻而居。

打开《五洲红楼》，第一篇是"两栖"于加拿大和中国的叶嘉莹教授的大作，第二篇的作者是居住在加拿大的原台湾著名诗人痖弦，第三和第四篇是李泽厚和刘再复、刘剑梅的两篇对话，他们也长居美国，此外还有美国的葛锐、周正光、王乃骥、李兆阳、张纯瑛、马瑞琦、叶蕾蕾，台湾的蒋勋，香港的古兆申，当然还有中国大陆的许多作者。

由不得感叹一声：红楼今已梦全球！

随着中国改革开放和全球一体化的进程，《红楼梦》也在一步一个脚印地走向世界，对它的解读自然也获得了全球视点。《五洲红楼》是一个小小的见证，其中的文章呈现百家争鸣的气象就是自然的了，绝非一家一派之言。

正如杨先让在《后记》中所说："我遵照周老嘱咐，由于都是解梦，各抒己见。因此文内相左者比比皆是，可谓丰富多彩。"比如，红学中最为纠结的前八十回和后四十回的评价问题，就既有坚持尊曹贬高的《从〈红楼梦〉到〈石头记〉：从"红学"到"石学"的转变》，也有认为一百二十回全是"曹雪芹手笔"的《以红解红的杂学例证：文学基因检验后四十回之真伪》和《俞平伯晚年红学研究中的自我否定》。

《五洲红楼》包容了索隐、考证、文学批评、文化分析、哲理探寻、文献辨析、文本翻译、红学人物等方方面面的内容。有霍国玲、霍纪平和紫军的"解梦派"，有乔福锦"师大本早于北大本"的版本考证，有"雕曹雪芹像的过程"，有"浅议长春宫壁画《红楼梦》"，有关于《废艺斋集稿》的访谈，有"《金启孮先生的〈红楼梦〉研究》"，有"《〈红楼梦〉英译史的几点思考》"……真可谓林林总总，包罗万象。最后一篇《述评曹雪芹卒年问题的分歧、争议和结论：唯"癸未说"正确，曹雪芹逝于 1764 年 2 月 1 日》则个性鲜明，与 2013 年举办的一些纪念曹雪芹活动主张"壬午说"立场不同。

不过，要论到这本文集的扛鼎之作，那还是要数叶嘉莹、痖弦、丁羲元的几篇文章，李泽厚与刘再复的对话，以及《曹雪芹"写人"的二纲八目与痴、常二谛、三象合一》。特别是痖弦和丁羲元两篇，前者为"从现代欧美文艺思潮一些发展走向印证《红楼梦》小说美学的预见性与前瞻性"，从"神话复兴""细节的艺术""水仙主义""作家是无性的"四个方面展开论述，可谓融会中西，打通古今，高屋建瓴，有"振衣千仞冈，濯足万里流"的气象。后者题为《妙玉：十二金钗第一人——妙玉探秘》，周汝昌先生特别写了一篇《丁羲元〈妙玉探秘〉读后》予以高度赞扬。周老说："丁先生此文至少有以下诸多优点：第一见解上是完全创新；第二论证上是充实完整；第三行文上清健峻拔；第四整篇文章有一种超逸脱俗的境界精神，贯穿笼罩其间，使得这种论文是有诗情画意的、令人欣赏的高级散文，而不同于那种常见的枯燥乏味的八股文章。"评价本身且不论，只读这些话，真让人感到亲切，周老的音容笑貌，如在目前。自从周老去后，已经很难读到这样亲切有味又切中肯綮的文论书评了。

《五洲红楼》的《绪言》是周汝老于2012年4月6日所写，距离他2012年5月31日驾鹤西归仅仅一个多月，而其文采风流依旧，真让人不得不感叹“千古文章未尽才”了！就让我们欣赏一下这篇美文，纪念曹雪芹，也怀念周汝老吧：

天与之长，地共其久。松立南山，浆酌北斗。千家祝嘏，万人奉酒。简牍有残，日月不朽。如或龙吟，也似狮吼。胸中丘壑，笔端锦绣。

云垂海立，雷鸣电走。聚脂粉英雄，对绿林豪薮。大旨谈情，微言讥丑。草蛇灰线，金组玉构。造化之精华，乾坤之灵秀。民族之骄傲，文苑之领袖。风流文采，谁其魁首。忧伤未已，高谈转轻。千红万艳，百家争鸣。各出所见，纷贡其明。汇为大观，漱其芳馨。结为兹编，互补亏盈。学术平等，无所重轻。以介芹寿，若拈花名。高烛红妆，美冠春明。

2014年1月1日

（此文乃应《五洲红楼》出版方之要求而撰写，然终未发表；周汝昌、杨先让主编《五洲红楼》，北京，东方出版社2014年1月出版）

红学的悖论与市场的悲哀
——致新版电视剧《红楼梦》编剧

自从新版电视剧《红楼梦》开始筹拍以来，各种不同意见时有发表，而争论的热点问题是新版对小说文本后四十回的取舍态度。前天，一位普通红迷给我电传来一个信息，全文转录于下：

新版《红楼梦》有四大变 强化宝黛钗爱情悲剧

2003年02月12日12:29 四川新闻网－成都日报

四川新闻网－成都日报02月12日讯：由于某种原因，原定于今年1月底完成的新版《红楼梦》电视剧本初稿，估计要到4月份才能杀青。编剧黄亚洲近日来到北京，再次和有关红学家进行探讨。

在接受记者采访时他透露，电视剧总共40集，比旧版多了4集，现在剧本分集提纲已经全部写完，分集剧本已经写了20集。和18年前的旧版相比，新版《红楼梦》将凸显四大变化：强化宝黛钗的爱情悲剧、正视书中的佛道色彩、增加后四十回的篇幅、完整勾勒重点人物命运。此外，记者获悉，这部电视剧将争取在年内开机。

爱情悲剧是切入点

黄亚洲介绍，强化宝黛钗的爱情悲剧，这将是新版《红楼梦》的切入点，“尽管原著中已经进行了大篇幅的描写，但是不同的切入点对情节的取舍是不同的”。黄亚洲透露，将通过明线和暗线进行铺垫，首先要把原著中有关的对白加以强化，原著中宝黛钗爱情的头绪比较多而且有些纷繁，剧本将对此进行梳理；其次，运用薛姨妈等暗线进行烘托。

相信观众的鉴别能力

由于认识的局限和当时的社会环境，旧版《红楼梦》对“太虚幻境”和“风月宝鉴”等进行了略写，观众也反映有些看不清楚。黄亚洲认为，当时对这些带佛道色彩的内容进行淡化处理可能是害怕观众看了之后会产生一些悲观厌世的思想，但是他觉得观众其实会有自己的鉴别能力，“而且，像疯和尚本身对情节就有推动作用，它还能够给观众提供一种独特的视觉感受”。

后四十回要充分表现

旧版《红楼梦》总共36集，原著后四十回内容在电视剧中所占的集数为6集。电视剧播出后，这样的处理招致不少争议。新版《红楼梦》将进行弥补，对于后四十回里的贾宝玉结婚时的“调包计”、林黛玉之死等将做比较完整和充分的交代。此外，对于旧版把贾宝玉改编成乞丐的处理，新版《红楼梦》将尊重原著，黄亚洲表示，贾宝玉出家披着大红毡子在雪地遥拜贾政，这本身就是一个很好的画面。

重点人物要有始有终

黄亚洲说，《红楼梦》原著中前前后后描写了100多个丫头的命运，电视剧里当然不能每一个都予以表现，但是对于其中的10多个主要丫头的命运要做完整的交代。在黄亚洲看来，《红楼梦》原著中很多事件都没有交代季节和时间，因此他在看书时的一个工作就是把事件发生的时间还原出来。（刘江华）

从这则报道，已经基本上可以看出新版电视剧《红楼梦》的轮廓面貌。作为一个涉足红学研究二十年的学人，感到有一些意见和想法应该贡献给编剧以作参考。

新版要把太虚幻境、风月宝鉴的故事作正面展现，这不会引起什么争论，经过二十多年的改革开放，整个民族的文化素质获得很大提高，已经不会有多少人还会从“封建迷信”这种幼稚的角度看问题，所以“相信观众的鉴别能力”可以说得更肯定一些，用不着有什么担心。但我以为当编剧说这句话的时候，却对“观众的鉴别能力”认识得不太清楚和深刻。

为什么这样说呢？这可以从编剧“爱情悲剧是切入点”和“后四十回要充分表现”这两个主导改编方针得到观照。我先不讲道理，而引两则信息以作对照。

第一则信息是“悼红轩”网站设置了“您认为新版电视剧红楼梦该如何处理八十回后的情节”网上调查栏目，截至 2003 年 2 月 15 日（癸未年元宵节），共有 102 人投票表态，其结果如下：15.7%按程高本后四十回；73.5%根据脂批和前八十回中线索另写剧本；10.8%只拍前八十回。从这个投票结果看，编剧的改编立场只与 15.7%的“观众”认同，却与 84.3%的“观众”对立。难怪已经有“观众”针对这种改编立场在网上批评：“为什么要这样啊？连调包计都拍？续书后四十回敢情全收啊？还不如不拍。”（悼红轩网站 2003/02/14 署名“辛”）“拍‘调包计’之类的东西简直是胡闹，对于八十回后的情节，我觉得新版应该在原版的基础上充实、发挥，而不是按高鹗的续书，否则新版很可能失败。”（悼红轩网站 2003/02/16 署名“胡勇”）

第二则信息是坚决反对后四十回的红学家周汝昌的红学著作《红楼小讲》，自从 2002 年 1 月由北京出版社作为“大家小书”系列之一出版后，一直名列该系列丛书销售量之首，最近又要重印。《红楼小讲》是一本面向普通读者讲释《红楼梦》思想文化艺术审美的“普及性”红学著作，因此它的受欢迎很能说明现在喜欢《红楼梦》之广大群众的“鉴别能力”。

新版电视剧《红楼梦》既然是面向广大的“红迷”群众，编剧怎么可以无视如此明确的“观众的鉴别能力”，而只以某一些“有关红学家”的意愿是从呢？您自己的“鉴别能力”何在呢？

上面是“摆事实”，下面再来“讲道理”。

从胡适、俞平伯揭橥的“新红学”开始，到20世纪末的红学研究主流，都是从各个层面和角度严格区分曹雪芹原著和程高续貂本“两种《红楼梦》”，这是“红学”作为一门严肃的学术之最主要的“焦点”和“要害”。红学家们已经出版过难以计数的著作论文，从曹学到版本学，从脂批研究到探佚学，从文化思想到艺术美学，都作了深刻彻底的分析阐释。正是由于红学家们的这些研究工作，才导致了全民对《红楼梦》的认识转向，导致了20世纪80年代电视剧《红楼梦》的改编拍摄路线。这也就是前面所列举的“观众的鉴别能力”之所由来和根据。“有关红学家”的意见也让人十分费解，一百年来的红学活动都围绕着严格区分“两种《红楼梦》”进行，却要拍摄一部混淆两种《红楼梦》的电视剧！那还出新校本《红楼梦》干什么？就让胡适推崇的程乙本《红楼梦》独行于天下不就行了？

概言之，曹雪芹原著《红楼梦》是一部蕴涵着深刻的形而上哲理，体现了全面的中华传统文化之精粹的艺术作品，在情节结构上是以贾家的“家族盛衰兴亡”为主调，以贾宝玉和众女儿的悲剧命运为主要表现对象，以贾宝玉和王熙凤为“双主角”的哲理大悲剧，人生大悲剧，命运大悲剧和美学大悲剧。它绝不是一部单纯的“反对包办婚姻”的“爱情悲剧”。

后四十回却倒退回曹雪芹在第一回就开宗明义坚决反对的“假拟出男女二人名姓，又必旁出一小人其间拨乱，亦如剧中之小丑然”的“千部共出一套”的“风月笔墨”。当然，后四十回曾经在青年男女争取婚姻自主方面起过它某些积极的历史作用，但已经到了21世纪的今天，还能够停留在如此浅薄的立足点上吗？新版电视剧编剧到底对红学的了解有多少？对曹雪芹原著与后四十回续书这“两种《红楼梦》”的本质差异是不是具有基本的分辨能力呢？甚至是不是读过《红楼小讲》呢？

曹雪芹原著与后四十回续书之“两种《红楼梦》”具有雅俗分途的思想文化境界和艺术审美境界，二者绝不能混淆而互相“补充”。把后四十回的“爱情悲剧”作为“切入点”，那就必然要歪曲曹雪芹的原意，要对前八十回作错误的理解。贾母将从一个具有丰厚传统文化内涵的“老太太”变质为一个简单化的自由爱情的“破坏者”，宝玉、凤姐、黛玉和宝钗都将从“正邪二气所赋之人”蜕变为“才子佳人等书”中的概念化形象，“慈姨妈”将变为“奸姨妈”……所谓“新版《红楼梦》将进行弥补，对于后四十回里的贾宝玉结婚时的‘调包计’、林黛玉之死等将做比较完整和充分的交代”“原著中宝黛钗爱情的头绪比较多而且有些纷繁，剧本将对此进行梳理；其次，运用薛姨妈等暗线进行烘托” 不已经向我们展现出这样一幅从曹雪芹的崇高美学倒退的庸俗化的影视画面吗？在这样一种对《红楼梦》“整体观”认识的格局下，所谓“对于其中的十多个主要丫头的命运要做完整的交代” 也是令人担心的，是不是要演鸳鸯“殉主自杀”？演紫鹃先痛骂宝玉再和袭人“双护玉”以阻止宝玉出家？演平儿终被贾琏“扶正”？演巧姐嫁了一个乡村的大财主？演香菱也成了薛蟠的“大太太”？……

关键词是“原著”，拍摄《红楼梦》要尊重原著，但这应该是指曹雪芹的原著，后四十回是“续书”而不是“原著”，这是首先应该分判清楚的。所谓“新版《红楼梦》将尊重原著”，却混淆了“原著”概念，将“原著”替换为“续书”，结果必然是歪曲了曹雪芹的“原著”。所谓“贾宝玉出家披着大红毡子在雪地遥拜贾政，这本身就是一个很好的画面”最明白不过地说明编剧对曹雪芹原著所体现的深微高远的中华文化的美学意境缺少真正理解，才会对续书中一种简单化的“色彩对比”如此欣赏。

拍摄《红楼梦》这样的电视剧投资大概不会少吧？如果巨额的投资就是这样一个结果，还是去改编《孔雀东南飞》或《梁祝》的好，那才是货真价实的“爱情悲剧”。这不是幽默，而是一个认真的建议。俗话说没有金刚钻，别揽瓷器活，何况曹雪芹的《红楼梦》是一件国宝级的“瓷器”，对它的影视改编涉及整个中华民族精神境界、文化素养、审美能力等重要层面的“导向”，涉及中华文化和美学所达到的水准“高度”，不是单纯的“拍一部电视剧”的问题，故不避“逆耳”，作此野芹之献。

2003年2月16日

一点感言

记得20世纪80年代初,随着否定"文革"和确定改革开放为基本国策的大形势,《红楼梦》研究也从意识形态的评论批判转向考证方面的研究探讨,而较早一波掀起全国性争论热潮的红学大辩论就是关于"曹雪芹小像"的真伪。1982年10月22日至29日,在上海师范学院召开的第三次全国红楼梦学术讨论会上,河南省博物馆副馆长韩绍诗向大会介绍了有关该馆藏品"曹雪芹小像"的调查报告,结论是小像不是画的曹雪芹,而且原藏主商丘的郝心佛已经承认作伪。

我当时虽然已经开始涉足红学研究,但对这些文物考证的问题是一窍不通的。只是由于宋谋瑒先生是这件公案中的一个重要角色,当时我也在山西工作,每遇到宋先生,就听到他滔滔雄辩,讲述种种"内幕",说河南省博物馆的调查报告不可信,画像就是画的曹雪芹。我也只是听听热闹而已。

1998年11月在北京北普陀曹雪芹祠庙召开的庆贺周汝昌先生从事红学五十年的学术讨论会上,又遇到了商丘的王长生先生,他在会上抖猛料,说亲自采访了郝心佛,郝其实是被迫作了伪证,曹雪芹小像原本真实……

如今,王长生先生将他写的一系列红学文章及相关史料都为一集,付梓出版,特别是把已经过世的宋谋瑒先生的长文《曹雪芹画像争鸣亲历记》收入,无疑为这一桩已经争论了二十多年的红学公案"立此存照",为更多关心这一问题的人提供了方便,也为红学研究积累了资料,是一件很有意义的事。

王先生在给我的信中说:"1970年我受太原煤矿工人'郝静远'冤狱株连,被打成'现行反革命',能活到今天,已是'多余'的了!80年代在武术界小有名气，曾在《武林》《中华武术》及山西《搏击》等刊物发表武术文章……1990年在《电影文学》上发表剧本《夜探少林寺》，获佳作奖……1992年敬请画家王树德为先父画像，他在无意中谈及郝心佛与《曹雪芹画像》构成奇冤事，惹起我的好奇。虽说‘太原郝静远’与‘商丘郝心佛’毫无任何牵连，但同姓‘郝’皆受冤，也许是‘命中注定’？要在‘郝’字上打场‘笔墨官司’？不久经武友、中国艺术研究院的刘峻骧介绍，遂与周汝昌、宋谋瑒二位先生有了联系。”这又是一段“人间红学”的奇缘了。

王先生希望我为他的大著写几句话。对“考证”本身，我是不能置喙的，但对王先生这样一位“人间红学”的典型代表，倒也应该表示热情。撇开“画像”本身的真假不说，从这件公案中各位有关人士的种种表现，也颇有一些值得对中国文化界作反思的地方。如只因为郭沫若表态说画像是伪，有的人就要“与中国科学院院长保持一致”，这是一种很不好的风气，当然也是一种特定历史文化环境的产物。谢泳先生曾将宋谋瑒的长文在《黄河》杂志发表，也主要是侧重文化反思的意思吧。王先生不是专业的研究者，但从他写的有关《红楼梦》文本内容的文章看，他对曹雪芹原著和后四十回续书的本质区别颇有识力，对否定脂批的说法予以批驳，这就十分难能可贵，印证了“人间红学”的气象。他有时候语气辛辣激烈，不够温柔敦厚，可能和他曾经的遭遇有关，也是“草根”的一个特点吧？

王先生在信中还说：“宋谋瑒教授是《曹雪芹画像》构成沉冤前期辩论的主将，功不可没！需着重地浓抹一笔。”这一点其实在宋先生的长文中已经得到充分体现，不须我画蛇添足了。不过，王先生对宋先生这一番生死不渝的友情，宋先生在天之灵有知，也该感叹唏嘘吧。

2005年5月31日于大连痴慧斋

90后的红楼梦魇
——《红楼见微》序

我并不认识詹健先生，但他上我的博客，发表见解，引起我的注意。后来他给我打电话，发来他的大稿《红楼见微》，希望我写一篇序，并援先例，说一如昔年周汝昌先生为《石头记探佚》赐序。

这是一个聪明而且有点狡猾的小伙子。他自报履历：1991年6月出生于安徽省安庆市太湖县，2010年毕业于安徽省太湖中学，现就读于华东交大理工学院。来自草根，90后，理工科在读大学一年级本科生，几乎就是个高中生，如此痴迷红楼，虽学殖尚待继续修为，但有见解，有才气，文笔有特点——古文句法与拆词、叠词、排比句等相糅合（个别处显造作生硬须改进），是真的读书种子。想成名，想找名家提携，可以理解。谁年轻的时候不是这样呢？

《红楼见微》中的确有闪光，有值得点评之处。只看题目，隐寓"见微知著"，就可知道他对《红楼梦》是真正"入境"了。从1904年王国维发表《红楼梦评论》算起，经过一百多年几代学人和无数红迷们的不断努力，特别是20世纪80年代以来一波接一波的红楼红与红学热，有关《红楼梦》的话题几乎已经被穷尽了。新一代的痴红迷红者，还有多少可用武之地呢？也见过几个"新秀"的作品，大多是或稗贩或变相重复已有的红学知识和成果，这自然也不能说毫无积极意义——至少对巩固《红楼梦》的经典地位和使红学更普及有益。但真能有所发明，有所发现，提出新知新解的，的确还比较少见。《红楼见微》则从文本细读入手，虽然也是站在前人研究成果的基础上，却时时提出一些前人所未涉及或涉及不深的观点、看法，且能够自圆其说。

比如，大姑娘贾元春和三姑娘贾探春的生日分别是正月初一和三月初三，文心微妙，这是笔者在《石头记探佚》中提出的。詹健君则进一步钩深索隐：探春生于三月三日，而探春正是行三，此“探”似可联系探花之“探”，殿试中探花排序第三；元春生于一月一日，而元春正是位首，此“元”似可关联状元之“元”，状元正是位列榜首。而且还引出了北京竹枝词“三月初三春正长，蟠桃宫里看烧香”，而西王母的生日恰恰也在三月三，以及《秦中岁时记》中“进士杏园初宴，谓之探花宴”等材料，再和《红楼梦》中探春的象征花卉乃杏花——日边红杏倚云栽等描写联系起来，使探春远嫁海外作王妃的探佚结局更加曲折有致。

我读这些论述时，曾冷静地思考，这到底是一种巧合呢，还是曹雪芹有意设计的呢？如果真是作家有意，那实在太巧夺天工了！如果只是一种巧合，则表明中国的文化和语言文字实在太有趣了。无论是哪一种可能性，都实在让人啧啧称奇，叹为观止。我连用了三个“实在”，读者当可领略其中感慨。

此外如说薛宝钗是“雪洞花王”，由宝玉悼念林四娘诗句“丁香结子芙蓉绦”引申出林黛玉的象征花卉除了芙蓉还有丁香，等等，都可见詹君对《红楼梦》文本体会之深细，对曹雪芹文心感悟之敏慧，联想之丰富活泼不拘一格，还真有点“通灵”的气象。

对《红楼见微》中的各种说法，我不是每一处都赞成。我以为，对汉字的谐音衍义，典故的发散引申，应该有一定限度，这方面的研究，必须兼顾其他，即对小说的思想艺术，对曹雪芹的灵感思维，做细心而又小心的全局考察和体会，而不可漫无边际，过于随兴随意。如从贾迎春的“迎”引申到太上感应篇的“应”之类，就有滥用谐音之嫌。任何事情都过犹不及。有些说法，是否即曹雪芹本意所有，还是一种“创造性误读”，也可见仁见智。不过，即使“误读”，因有“创造”，也让人感到灵慧闪烁而且趣味盎然。

“创造性误读”来自“悟性思维”。毫无疑问，詹健君深受周汝昌先生红学体系的影响（调侃的话，是“中了周汝昌的毒”），也是探佚学的信从者。但他没有从佚稿情节的猜想和臆测方面跑野马，而是感悟文本，对词语典故“咬文嚼字”，立足于探寻曹雪芹的思想境界之高超和艺术审美之微妙，这是他聪明和高明的地方。我反复强调过，对八十回后佚稿具体情节的过分想象，将变成一种准文学创作，而其实又并无多少创造性，且那将把探佚的“空筐结构”和“召唤结构”凿实填死，而又充满“或然性”，汗漫且笨拙。因此，我主张探佚，而不赞成写续书，在探佚中也不涉及过多情节细节推测，更反对说曹雪芹不是《红楼梦》的作者而从明清历史中胡乱索隐的一类乱弹。版本学、曹学、脂批研究、探佚学，是进入小说文本的必要前提，是为探寻理解曹雪芹的心灵和《红楼梦》的思想、艺术、文化而奠基的，红外学与红内学互为表里，不可割裂。曹雪芹原著和后四十回续书是“两种《红楼梦》”，它们各有各的价值，是精英文学和通俗文学的区别，二者不应该混为一谈。这就是我的红学基本立场，借此机会，再次表明一下。

张爱玲著有《红楼梦魇》，并仿杜牧之“十年一觉扬州梦，赢得青楼薄幸名”说“十年一觉迷考据，赢得红楼梦魇名”。显然，这里的“红楼梦魇”是自得自诩之词，是正面意义的。我以“90后的红楼梦魇”冠名序文，自然也是正面意义的。毕竟时代前进了，红学发展了，詹健君的这本书，篇幅不是太大，但云锦珠玑不少，比起张爱玲的《红楼梦魇》，那“梦魇”，要美丽多了，也耐读多了。

青年与“草根”们真有发明创造，前辈学人应该予以鼓励。我曾把70后的《论贾宝玉人生五阶段》收入拙著《禅在红楼第几层》，把80后的《从“终久”看〈乐中悲〉及湘云结局》与《话说“金麒麟”》附录入拙著《独上红楼》，以广其流布。当然，我也有自己的原则，不会说过头的赞词，不做违心的允诺。

詹健君也许还会继续问鼎红楼，也许会移情别恋于其他的学问与写作，毕竟还是“早晨八九点钟的太阳”，不管往哪儿照耀，都会光华灿烂。去日方长，努力吧！

2011年12月29日于大连轶人居

补记：詹健君大学毕业后走上了文献学、文字学的路子，浸淫典籍，阅读广泛，特别对俗字通假钻研深入，已经成长为一个颇有造诣的学人。而他的学术立场，也有了很大的变化，转而崇拜王利器先生，尊为“大神”，对周汝昌先生的红学研究则多有非议。他对于《红楼见微》，大概是“悔其少作”吧，我的这篇小序，可能也早就忘记了。但行走过的雪泥鸿爪，其实难以泯灭，回头看看，也还有趣吧。

2017年2月28日

红楼“新”得也缘痴
——写在《梦回人生》前边

卢祥云先生是辽宁省铁岭市的行政工作者，却对《红楼梦》十分痴迷，他不仅沉浸于文本中自得其乐，而且还写下了数十篇赏红评红文章，题为《梦回人生——红楼“新”得》。这本小书分“政治篇”“社会篇”“人生篇”“老年篇”“教育篇”“为人处事篇”，还有几篇学术味道浓郁的“附录”，如“《红楼梦》中的‘春祭’”“从《端木蕻良细说红楼梦》看端木先生对‘红学’研究的贡献”等。作为一个普通读者，可以说对《红楼梦》文本进入得相当深细了。

卢先生读红，是从小说文本生发出对实际人生阅历的体会，与当下形形色色的“世相”碰撞、比对，而有所感悟、思考。如“政治篇”中“戴权卖官”“惹是生非的‘秘书’不能用”，“社会篇”中“贾环仇恨、阴暗的病态心理应当警惕”，“人生篇”中“探春是一个自尊自强的好青年”，“老年篇”中“贾代儒这个老师白当”，“社会处事篇”中“尤氏其实很‘油’”等。

如此读红评红，正是我曾提出过的“人间红学”之一种体现，也与王蒙先生众多的谈红著作息息相通。应该说，这种样式的“红学”，是最常态最能为普通大众所感兴趣而作审美接受的。红学的世界海阔天空，五色七彩，各有其对应的接受群体，我们正不必强作轩轾，而应该让雅俗各得其位，各扬所长，让专家和一般读者各得其所，达到立体的多维的《红楼梦》解读。卢先生读《红楼梦》而得到快乐，写出感想心得且有所成，这又一次证明了曹雪芹的伟大，《红楼梦》的不朽。

卢先生希望我为他的大著写几句话，就说一点感想应命吧。诗曰：

红楼新得也缘痴，长梦悠悠总是诗。

铁岭地灵人自杰，祥云流转寸心知。

2012年10月2日于大连

石头记探佚与红楼梦续书
——写在《续石头记》前边

曹雪芹著《石头记》，仅流传下前八十回，约三十年后，出现了程伟元与高鹗编辑出版的后四十回续书《红楼梦》。故，从这部小说诞生开始，前八十回与后四十回之“两种《红楼梦》”的争议即如影随形而出现。或者说，“石学”与“红学”的冲突就开始纠缠不休。

在曹雪芹生前和去世后三十多年内，前八十回乃手抄本流行为主，而后四十回出来以后，则以雕版印刷行世，从此在相当长的历史时期内，后四十回“续貂”的一百二十回《红楼梦》是社会阅读接受的主流。由此衍生，对《红楼梦》“主题思想”与“艺术审美”的流行见解，是“宝黛钗爱情婚姻悲剧”或者“一个男人和两个女人的故事”为基调。

当然历史的真际是多元而复杂的。拙著《红楼疑案——红楼梦探佚琐话》（中华书局2008年出版）开宗明义第一章“两种版本系统，两种《红楼梦》”，即概论了《红楼梦》阅读中这一最核心的问题，特别缕述了十七项历史的记录与传闻，即在后四十回程高本续书出现的同时甚至稍前，社会上就流传有另外一种八十回后的续书，其情节故事与程高的后四十回大相径庭，却与前八十回抄本上面脂批（曹雪芹亲友脂砚斋等人的批语）透露的信息接近。比如贾探春的结局是“杏元和番”，即她是如《二度梅》中的陈杏元嫁到了番邦异族，也就是类似于王昭君和番的结局。又比如小说结尾是贾宝玉和史湘云结为夫妇。

可惜，这种类型的续书仅以手抄本的形式一度流传，今天已经看不到具体的文本了。而后来以印刷本形式出现的续书，则流传有绪。从清嘉庆元年有人读到逍遥子的《后红楼梦》开始，各种“补梦”“续梦”“圆梦”“幻梦”“翻梦”“复梦”等续书即次第出现，历经乾隆、嘉庆、道光、咸丰、同治、光绪各个朝代，络绎不绝，据研究者统计，已经接近一百种。这些续书的共同特点，是从程高续书黛死钗嫁故事以后续起，也就是基本上认同一百二十回为一个“整体”的观念。这些续书，与曾经流传而终于湮灭的接续前八十回的续书情节故事轮廓与思想倾向都大为不同。故，《红楼梦》续书，也有“两种续书”。

自从拙著《石头记探佚》（最新版为北京师范大学出版社2010年出版《红楼梦探佚》）开创的“探佚学”于20世纪80年代问世以来，红楼探佚遂日益大行于天下。同样如影随形，以“探佚”为指向的红楼续书，即以接续前八十回“草蛇灰线”伏笔伏脉为旨趣的续书也粉墨登场。从20世纪80年代张之的《红楼梦新补》，90年代周玉清的《红楼梦新续》开始，到21世纪刘心武的《续红楼梦》，温皓然的《红楼梦续》，顾文嫣的《红楼梦圆》等等，可能也已经上十种了。这些新续书，与清代嘉庆以来的红楼续书，构成了两种不同的续书系列，即续前八十回曹雪芹书与续后四十回程伟元高鹗书。两种续书，自然也体现对《红楼梦》“思想主题”和“艺术审美”不同的价值取向。这种现象，正是笔者反复强调《红楼梦》的阅读接受，必须严格区分“两种《红楼梦》”主张另一种形式的体现。

但我也在不同场合表示过，提倡探佚，而不太赞成续书，因为探佚是研究，给读者留下想象和参与的空间，启发读者更深入地感悟曹雪芹原著的奥秘，是“空筐结构”和“召唤结构”，而续书却把“空筐”填补充实，让“召唤”消失。由于续书作者与曹雪芹隔开了二三百年的时空距离，思想情愫，措语行文，都差异巨大，“对接”必然产生许多问题。

但读者再续作的冲动其实无法压抑，红楼新续书仍然如雨后春笋般滋生不绝。这当然体现了曹雪芹原著实在深邃无比，魅力无穷，诱惑无限，也验证了探佚学具有蓬勃活力。所以，我向来的态度，是对新的红楼续书不予置评，也婉言谢绝为这一类书写序写评。但幽微灵秀地，无可奈何天，大连老乡张枫林先生又推出了一本《续石头记》，而且希望我写几句话。“老乡见老乡，两眼泪汪汪”，我对张先生的续作提出了一些具体的修改意见，他再度润色，并在我建议下购买了《诗韵新编》等工具书，对诗词平仄格律等下了一番功夫，使他的作品更具有了可读性。

毕竟，有愿望有热情写红楼续书，而且写了出来，其间呕心沥血，甘苦自知，颇不容易，从社会影响来说，对于打破《红楼梦》就是写“宝黛钗爱情婚姻悲剧”或者“一个男人和两个女人的故事”那种解读格局，而弘扬曹雪芹原著的价值导向，也是有益的。张先生是一位已经退休的政府公务员，创作这本书使他的退休生活更加多姿多彩，乐趣盎然。向曹雪芹上一炷香吧！正是：

红楼探佚魅无穷，圆梦呕心情意衷。

金石滩头潮暗涌，回眸一笑亘长虹。

2015 年 11 月 18 日于大连

（著作未及出版而张先生去世）

高才绝艺写红楼
——高艺斌《红楼梦长卷》序

“高才绝艺写红楼”？大家可能一眼看出我这个题目的“一击两鸣”？我是说一位叫高艺斌的画家，花了 27 年的光阴，呕心沥血，孜孜不倦，画出了“红楼梦长卷”，长达 5000 米，画卷分两部分：第一部分是人物绣像，共 600 多幅，题款用行草，每幅钤印三方；第二部分乃《红楼梦》一百二十回经典场景的再现，使用真、草、隶、篆、行各种书体，题写书中诗词曲赋对联等，共钤印近三千方。“高才绝艺写红楼”就包括了画家的姓名和他做出的“绝活”。“写”当然不是文字书写，而是说绘画，我们的文化传统，本来就把绘画叫作“写生”“写意”。

作为中国传统文学艺术“皇冠上的宝石”，《红楼梦》可谓实至名归当之无愧的和璧隋珠。以《红楼梦》的内容作为绘画题材，几乎在一百二十回《红楼梦》行世的同时就已经出现了。比如东观阁刊本《新镌全部绣像红楼梦》、善因楼刊本《批评新奇绣像红楼梦》、金陵藤花榭刊本《绣像红楼梦》、双清仙馆刊本《新评绣像红楼梦全传》等，所谓“绣像”，就是小说文本带有人物插图的。专门的“图画”红楼，著名的有光绪五年刊本改琦绘画的《红楼梦图咏》，以及于 2004 年在旅顺博物馆重新发现的清代孙温绘全本《红楼梦》。当代人画《红楼》，刘旦宅、戴敦邦都是大家耳熟能详的大家。

我曾经撰文，论述“《红楼梦》走向世界与世界走向《红楼梦》”，阐明随着中国的改革开放与崛起，中国文化正对全世界发生越来越大的影响，而《红楼梦》正是中华文化最具有代表性的思想和艺术文本。与其他中华文化的传统文本如《论语》等相比，《红楼梦》更具有审美的魅力，更具有雅俗共赏的特点。《红楼梦》中蕴藏着无比丰富的文化内涵，更潜伏着无限神奇微妙的艺术奥秘，让世界了解《红楼梦》委实不是一件容易的事情。从这一点来说，丹青图绘红楼就更有了现实的意义，因为它超越了语言文字的民族和地域局限性，是“《红楼梦》走向世界与世界走向《红楼梦》”的一个有效途径，诚所谓“曲径通幽”之方便法门也。

高先生的“红楼梦长卷”，熔诗、书、画、印为一体，其画卷之长，所绘人物之众，场景之多与广，都达到了新的高度，而其笔法技艺，既吸收了西方绘画的某些技法，更深入继承了中国传统绘艺的精华。小写意，大内涵，堪称红楼梦绘画领域的一个新成就。

不过，高先生的“红楼梦长卷”，仍然是以一百二十回为“全本”绘画的。这与“两种《红楼梦》”（曹雪芹原著与后四十回续书）已经成为红学共识的现实未免有些脱节。如果高先生还有余力，能对“探佚”研究有所了解，再绘画一组以“探佚”为主题的红楼人物画，如贾探春海外做王妃，王熙凤遭难狱神庙，贾宝玉史湘云巧遇金麒麟等，则无疑将创造一个红楼绘画史上的奇迹。我开始研究《红楼梦》的第一篇论文就是《探春的结局——海外王妃》，发表于 1981 年第一期香港《抖擞》学刊，并从此开创了红学中的“探佚学”，日新月异，如今已经成为红学中最有影响的学派。

因此，我送给高先生一本我的著作《红楼探佚红》，并请他为我画一幅探春海外做王妃的画，作为这篇序文的“交换品”。虽然是开玩笑，却也有一点学术和艺术的用心，就是希望画红楼的艺术家们，也关注一下红学，从而能开拓出红楼绘画的新天地，新境界，也必然创造出新的市场增长点——还没有一个画家图绘过“探佚”内容的作品。不谦虚地说，这是一个红楼绘画的“金点子”，高先生不要等闲视之啊。

我向来“特立独行”，很少答应为别人的红学著作写序言，因为“人情活”和无聊的吹捧是我从来不屑为的。高先生的“红楼梦长卷”的确值得推崇，高先生又是大连的“老乡”，写几句心里话，聊表祝贺，也希望高先生更上层楼，攀登新的高峰。恭题小句：

文武全才号艺斌，红楼又见一家春。

大观园里情何限，绰约麒麟棠隐身。

2014 年 11 月 6 日于大连

寻春问腊到蓬莱
——写在《红楼梦中的细节透视》前边

“酒未开樽句未裁,寻春问腊到蓬莱。”这是《红楼梦》第五十回中贾宝玉访妙玉乞红梅后,在众姐妹们的调侃撺掇下,所写七言律诗中开头两句。我借用过来,赞誉李大博君的新著《红楼梦中的细节透视》。

近几年,由于网络时代微信群、公众号等传播方式的迅猛发展,红学也出现了许多新情况,所谓“草根红学”格外热闹。而其最集中的表现,是热衷于所谓《红楼梦》的作者“新说”,其中土默热的“洪昇说”,冒廉泉的“冒辟疆说”,王巧林的“顾景星说”,都出版了著作,土默热的书更衍为“系列”。此外未能出书但也在网络上不断宣传的还有多种说法,据统计,已经提出了一百多位《红楼梦》作者候选人。另外一个炒作热点,是号称八十回后《红楼梦》“古本”的“发现”,如所谓“癸酉本石头记后二十八回”和“法文版石头记后二十八回”的造势喧闹。

我们不难发现,所有这些炒作,都与一个基本情况有关,即《红楼梦》是“断臂维纳斯”,后四十回续貂前八十回,造成了“两种《红楼梦》”。而这些炒作者们,都显露出一个根本问题,就是对《红楼梦》文本本身其实兴趣不大,无论是否定曹雪芹而提出某个莫名其妙的候选人,还是推出文字拙劣的所谓“古本”,说白了,皆暴露其审美素质和能力的短板。

这两年,我在《周汝昌的诗性红学》《当艺术成为学术的张力》等文章中反复强调这样一些论点:

要严格区分曹雪芹原著和高鹗续书是两种《红楼梦》,曹雪芹原著是李贺李商隐的诗,高鹗续书是白居易元稹的诗。它们都是诗,都有审美价值,但是,李贺李商隐的诗和白居易元稹的诗是截然不同的。我们知道,敦诚和敦敏他们,都是以李贺比曹雪芹的。所谓“直追昌谷破篱樊”,“牛鬼遗文悲李贺”,“诗追李昌谷”。你说我们是理解李贺容易,还是理解白居易容易?

曹雪芹原著《红楼梦》是极品艺术,后四十回是通俗文学,能从较深层次欣赏和理解曹雪芹原著《红楼梦》,其实需要相当的素质和能力。有的人欠缺欣赏极品艺术的条件,所以分辨不出曹雪芹原著与后四十回续书的差别,没有艺术感觉,这是没有办法的事情。如果你只有欣赏白居易和元稹的脚力,那就只能停步于此,如果你不守本分,非要说李贺、李商隐压根不存在,或者白居易、元稹和李贺、李商隐没有任何区别,还要以“学术”的面目炫世,那就只能是伪学术。如果再进一步,为了让聚光灯照射到自己头上,而搞出一些花样来吸引社会传媒眼球,就更等而下之了。

说白了,真正“读懂”曹雪芹的文本,并不是一件容易的事情,需要有人引导。再说得俏皮一点,曹雪芹原著《红楼梦》是蓬莱仙境,凡俗之人要进入其中欣赏仙境妙境“寻春问腊”,得有一个引路的,一个具备超凡入圣资质的好“导游”给大家引路讲解。

李大博君,就是这样一位导游,他写出的《红楼梦中的细节透视》,就是带领大家进入“蓬莱仙境”,去“寻春问腊”,而揭示仙境之美妙奥妙玄妙的导游解说词。所以,李君的书,只说到第八十回为止,而不涉及后四十回续书。仙凡各异,凡间的风景,有兴趣的人就自己走进去自得其乐吧。

李君的书,正如其所标榜的,是对《红楼梦》的“细读”,更特别着重于“细节”的分析。两个“细”,层层剥茧,对前八十回一回一回逐回仔细讲解,带领读者一步步进入小说的堂奥,领悟其布局、结构、笔法、人物、语言……曹雪芹《红楼梦》的超前思想和天才艺术,遂从宏观到微观,一一清晰地呈现出来,让人叹为观止。他讲了“草蛇灰线,伏脉千里”的叙事策略,讲了“无中生有,不写之写”的写人技法,讲了第一回“三个故事构成的‘总钥匙’”,第二回“两个‘局外人’与两大主角”,第三回“黛玉进府始还债”,第四回“雨村断案引薛家”,第五回“太虚幻境内的‘大预言’”……直到第八十回“娇香菱与懦迎春的预定结局”,最后还有一节“余论:八十回后的‘大格局’”,对曹雪芹原著八十回后佚稿的思想情节走向作了要言不烦的介绍。

李大博君的这本书，吸取了红学界最精粹的研究成果，并有自己的心得领悟，文笔流畅，娓娓道来，对彰显曹雪芹《红楼梦》的深远内涵和卓越艺术做了一次非常好的普及工作。他在后记中说："在笔者看来，无论是基础性研究，还是拓展性研究，都必须以文本为核心指要，回归文本是红学研究中的根本定律。因此，本人依据曹雪芹所运用的草蛇灰线伏脉千里的创作原则，通过细节透视的方式对曹雪芹所创作的前八十回进行了全面梳理与解读，力图使拙著成为一本辅助广大读者正确阅读《红楼梦》的工具书。"旨哉斯言，这确是一本非常实用的"工具书"，是一条进入曹雪芹天才艺术的终南捷径！

李大博君曾是辽宁师范大学中文系的学生，听过我的课。岁月如行云流水，多年后读到他的研究成果，真好比看到了许久未睹的拢翠庵（曹雪芹原笔是"拢翠"而非"栊翠"，拢翠与怡红对仗）梅花怒放，而情不自禁吟诵出贾宝玉的佳句："入世冷挑红雪去，离尘香割紫云来。槎枒谁惜诗肩瘦，衣上犹沾佛院苔。"

2018 年 3 月 19 日于大连

一篇分析贾探春的好文章

中国社会科学院文学研究所主编的《红楼梦研究集刊》第六辑(上海古籍出版社 1981 年 11 月出版),发表有《关于探春理家》一文,作者是林文山先生。虽然已经过去了很长时间,仍然是一篇谈贾探春改革家政而敏慧兴利的好文章。

文章共有五个部分。第一部分讲了第五十五回是曹雪芹原著由盛转衰的节点,"从这里开始,变调了:他要写贾府如何一步步地走下坡路了",而"探春在这样关键的时刻登场表演了"。这是对《红楼梦》总体结构的真知,继承了俞平伯和周汝昌的卓见。第二部分分析贾探春接替凤姐理家一上任,就面临一件棘手的事情要处理:发付赵姨娘兄弟赵国基的安葬费。赵姨娘是探春的生母,但是由奴隶的家生之女而被纳妾的,文章分析了探春处理此事时"精细,还表现出强烈的自尊心",指出"探春其实是真诚的,并不是'矫作正直'。她公正得近乎严酷,却不像凤姐私心藏奸"。

文章第三部分是全文的重点,篇幅比较长,深入细致地分析了探春如何"在大观园里找寻一条增加收入的途径",提出并实行了大观园各种管理的责任承包制度,"给贾府每年增加了四百两银子的收入"。进一步分析"探春的做法,是对奴隶劳动的修正,它多多少少承认了老妈妈们有取得自己劳动所得的一部分,承认这一部分劳动力的自主权",指出"这个行动的意义,远远超过贾府增加四百两收入的所得,将会发生深远的影响。采取这一做法,对于一个贵族小姐来说并不简单"。由于实行责任承包制,自然产生了"见利忘义"等新的矛盾,而探春"早就料到了",采取了一些措施,把矛盾限制在较小的范围。

文章第四部分，分析由于贾母等离开贾府去皇陵随祭，凤姐又生病，贾府权威削弱而各种矛盾丛生的背景，指出这并不是探春理家搞改革导致的，反驳了某些偏颇的观点。并特别赞美了探春打了王善保家的一巴掌的精彩描写，指出探春“有了觉醒，痛苦而迷惘的觉醒”。第五部分，是一种理论上的总结，认为“曹雪芹是想补天的”，“在探春身上，曹雪芹寄托他‘补天’的希望，让她在理家中一显身手”。最后归结到曹雪芹是伟大的现实主义艺术家，贾探春是一个“如实描写”的“真的人物”。

林先生的文章写于1980年代，自然有那个时期的某些思想意识的影响，但总的看来，是一篇分析论述贾探春这个《红楼梦》中杰出人物的好文章，值得推荐。

2017年11月17日大连

说明：

此文之缘起，乃台湾福蜀涛先生，于2017年11月17日深夜发来微信，要求推荐一篇写贾探春改革兴利文章，并作千字推介，于11月19日台湾《中国时报》“星期论坛”发表。乃于17日零点前写就发去，福先生于18日上午撰写“编者按”：据报道，12年国教技术型高中（高职）及综合高中国文课纲的推荐选文，《红楼梦——贾探春敏慧兴利》有望入选。著有《石头记探佚》的红学大家梁归智，应编辑之邀推介其心目中更适合学生阅读选文，梁先生乃撰此文，可说是对课审大会的肯定。梁先生推介文章网址：

http://www.artx.cn/artx/wenxue/50893.htm

《红楼梦》与土地

友人翩然而来，对我说："红学专家，请你写一篇《红楼梦》与土地的文章。"我不觉哑然失笑，《红楼梦》真不愧是名副其实的"百科全书"，而人们对《红楼梦》崇拜也当真五体投地，不管什么，都要和《红楼梦》攀扯瓜葛。看来，《红楼梦》还得再升一格，曰"万宝全书"。

翻开《红楼梦》，果然写到了土地，还真不用生拉硬拽。写到土地的金贵——重要性，写到土地主宰着人的命运，家的盛衰，再推导一下，当然关涉到国的兴亡、历史的进退了。"接二连三，牵五挂四"（《红楼梦》第一回），自可悟出土地的厚重、土地的蕴涵，引发土地的沉思、土地的启示。

一、从大荒山到葫芦庙

《红楼梦》开首第一回，长镜头越推越远，一下子就推到了苍茫亘古的鸿蒙开辟"女娲补天之时"，伟大的工作结束，单单剩下一块无材入选的顽石弃在大荒山无稽崖青埂峰下，这就是那块"锻炼之后，灵性已通"后来成了贾宝玉落草时口里衔的通灵玉。大荒山无稽崖者荒唐无稽的想象之处也，然而再诞幻的想象，也仍然有山有崖——有土地。《淮南子·览冥训》："往古之时，四极废，九州裂，天不兼覆，地不周载……于是女娲炼五色石以补苍天，断鳌足以立四极。"天塌陷了，还是得大地上的石头来修补。看来土地实在比苍天更重要。而女娲既以石补天，又以土造人。《太平御览》引《风俗通》："女娲抟黄土作人。"没有黄土地，就没有我们这些黄皮肤的炎黄子孙，自然也就不会从这些芸芸众生中冒出一个拔尖儿的曹雪芹，写出《红楼梦》这部旷古奇书了。追根溯源不忘本，《红楼梦》原是黄土地孕育出的一株红喷喷的红高粱。

回到文本：补天不成的顽石正自怨自叹何以自己无材补天，来了一僧一道的两位仙家。仙家偏爱侃大山，“后便说到了红尘中荣华富贵”，石头受了诱惑，立刻向两位仙家提出“携带弟子得入红尘，在那富贵场中，温柔乡里受享几年”。二仙自己先看了黄色录像，还要作无意识（谁相信？）的宣传扩散，污染了单纯的石头，把柄已落在人手。所以明知“红尘中却有些乐事，但不能永远倚恃，况又有‘美中不足，好事多魔’八个字紧相连属……”也只能下水让步，答应石头“我们便携你去受享受享”。到哪里去“受享”？自然是去红尘。

红尘者，人间黄土地也。黄土说成红土，是说土地上有花柳，有繁华，有温柔，有富贵，有事业，有功名，有生活，有爱情。接下来笔锋一转，已到了“当日地陷东南，这东南一隅有处曰姑苏，有城曰阊门者，最是红尘中一二等富贵风流之地。这阊门外有个十里街，街内有个仁清巷，巷内有个古庙，因地方窄狭，人皆唤作葫芦庙”。红楼大舞台的幕布已经拉开，那既热闹又寂寞既悲凉又美丽你方唱罢我登场的梦之旅就要上演了。

从大荒山到葫芦庙，从女娲的黄土到贾宝玉的红尘。这是人的命运，也是土地的命运。是人的悲喜剧，也是土地的悲喜剧。人从黄土而来，终归黄土而去。就是一把火烧成灰，那灰也还是要入土的。土地是人的根，是情的根，是造成人的元素，土地具有原生性原创性。造人补天的女娲将顽石弃在“青埂（情根）峰”下等待机会，机会果然来了，顽石化为通灵玉随着神瑛侍者贾宝玉呱呱坠地了。最踏实的毕竟还是土地。

二、不该忽视土地——甄士隐“小荣枯”新解

第一回甄士隐家的小荣枯引伏着后面百回大书贾府的大荣枯，这是“红学”的 ABC 了。甄士隐每日观花修竹、酌酒吟诗，“倒是神仙一流人品”，后来竟落得贫病交攻，“露出那下世的光景来”，这里面当然包蕴着“乐极生悲、否极泰来”的大思考、大道理，是为引出《好了歌》和《好了歌解》，寄托“好就是了，了就是好”这一根本的人生、历史和命运的大哀痛。如果我们换一个角

度，“就事论事”的话，则不妨说甄士隐实在有点咎由自取，他的悲剧一半是由于他自己忽视土地的重要性而造成的。

甄士隐原本是一个大地主，“本地推为望族”。元宵节丢失了女儿，是极大的打击，但没有涉及经济损失。葫芦庙起火，殃及甄家，“烧成一片瓦砾场”，房产化为乌有。不过此时甄士隐仍然有退路，“且到田庄上去安身”，他还可以凭借田庄——土地来安身立命。如果甄士隐不是书呆气十足，从此在自己的土地上休养生息，未始不能重整家业，恢复元气。可是他却“将田庄都折变了”，去投奔他的岳丈。结果被他岳丈“半哄半赚”，遂“越觉穷了下去”。

甄士隐一败涂地的根本原因，是他轻视了土地的价值，真所谓一失足成千古恨。而甄士隐之所以要折变田庄，书中交待原因是“偏值近年水旱不收，鼠盗蜂起，无非抢田夺地，鼠窃狗偷，民不安生，因此官兵剿捕，难以安身”。最值得注目的是“无非抢田夺地”数字，小老百姓的“鼠盗”却比甄士隐智商高，懂得土地是财富之源。甄士隐啊甄士隐，既已有“官兵剿捕”，何以为“鼠窃狗偷”的小麻烦就放弃了土地这珍贵的聚宝盆呢？看来毕竟是读书读呆了。

仔细分析寻绎，土地竟是《红楼梦》里的“大过节、大关键”。甄士隐不卖地，就悟不了《好了歌》，哼不出《好了歌解》。而如果不是因为土地，刘姥姥竟也进不了荣国府。第六回刘姥姥要去荣国打抽丰，但苦于“侯门深似海”，先去找王夫人的陪房周瑞家的引荐。刘姥姥的女婿王狗儿说：“不妨，我教你老人家一个法子：你竟带了外孙子板儿，先去找陪房周瑞……这周瑞先时曾和我父亲交过一件事，我们极好的。”所谓“交过一件事”是说周瑞家欠了狗儿家的人情。后面交待：“周瑞家的听了，便已猜着几分来意。只因昔年他丈夫周瑞争买田地一事，其中多得狗儿之力，今见刘姥姥如此而来，心中难却其意。”根据探佚研究，八十回后曹雪芹原著佚稿中贾府败落，巧姐堕入烟花，成了妓女，多亏刘姥姥营救，才跳出火坑，嫁给了王板儿。这反映了“盛衰荣辱”大主题的一段重要故事其远因竟是“争买田地”，细细玩味一下，还真有几分意思。

脂砚斋批语提示，八十回后佚稿中贾家败落，贾宝玉穷得没有饭吃，“寒冬嗑酸齑,雪夜围破毡”,还是花袭人和他的丈夫蒋玉菡不忘旧,“供奉”养活宝玉宝钗两口子。蒋玉菡夫妇怎么竟有这么大的经济力量?原来蒋玉菡早已置买了土地。第三十三回忠顺王府的长史来贾家索要琪官(蒋玉菡),逼迫贾宝玉说出琪官的下落:“听得说他如今在东郊离城二十里有个什么紫檀堡,他在那里置了几亩田地房舍。”

甄士隐卖田地而潦倒,周瑞、蒋玉菡买田地而发迹。土地,土地,岂可忽哉?

三、滚滚红尘与茫茫白地

《红楼梦》所写主体贾家富贵荣华,已历百载,是所谓“百年望族”。贾家的有钱有势体现在各个方面,从日用排场、钟鸣鼎食到给刘姥姥吃鸽子蛋,方方面面,让人眼花缭乱。提纲挈领,透过现象看本质,贾家的泼天富贵还是离不开土地,靠土地负载,赖土地维持。

富贵的第一个标志是府第——房地产,除了建筑的峥嵘雄壮,就是占地面积辽阔广大。第二回冷子兴演说荣国府,贾雨村对冷子兴说:“去岁我到金陵地界,因欲游览六朝遗迹,那日进了石头城,从他老宅门前过。街东是宁国府,街西是荣国府,二宅相连,竟将大半条街占了。”这是说的南京“老宅”,后来贾政打宝玉,贾母生气,说:“我和你太太、宝玉立刻回南京去!”就是要回这所老宅。第三回林黛玉进京,又描写了北京的贾府:黛玉“自上了轿,进入城中,从纱窗向外瞧了一瞧,其街市之繁华,人烟之阜盛,自与别处不同。又行了半日,忽见街北蹲着两个大石狮子,三间兽头大门,门前列着十来个华冠丽服之人。正门之上有一匾,匾上大书‘敕造宁国府’五个大字。黛玉想道:这必是外祖之长房了。想着,又往西行,不多远,照样也是三间大门,方是荣国府了。”很显然,这与南京“老宅”是互相对应的,其规模只会比老宅大而不会比老宅小。老宅“将大半条街占了”,京城正宅可想而知。

这也是所谓“假作真时真亦假”。贾府的原型曹家是在南京作江宁织造,抄家后才去了北京。而抄家时,据隋赫德给雍正皇帝的奏折所报,曹家在江南的房产，“房屋并家人住房十三处，共计四百八十三间”。北京的房产，“住房二所，外城鲜鱼口空房一所”。无论小说中的贾府还是历史上的曹家，其房地产的占地面积都是很可观的。盖房占地，房地基侵蚀耕地是我国目前一个十分尖锐的问题。去年笔者下乡半年，对这个问题的严重性感受强烈。但曹雪芹写《红楼梦》的年代，由于人口问题不突出，连带土地问题也就不明显了。

《红楼梦》里有一个“天上人间诸景备”的大观园，成了中国园林美学的象征。怡红院、潇湘馆、蘅芜苑、稻香村……那卓绝的艺术描写真是勾魂摄魄，让人心向往之。这个大观园究竟占地多少？面积多大？第十六回描写：“从东边一带，借着东府里花园起，转至北边，一共丈量准了，三里半大，可以盖造省亲别院了。”贾府的花园就有“三里半大”，整个府第的规模可想而知。《红楼梦》里那么多旖旎风流、哀感顽艳的故事就是在这块土地上串演的。

在有限的地域内给人以无限的意境，这是中国园林美学的绝活。大观园由著名园冶专家“老明公山子野”筹划起造，自然是深得壶中玄奥、个中三昧了。第十七回贾政游园，“一路行来，或清堂茅舍，或堆石为垣，或编花为牖，或山下得幽尼佛寺，或林中藏女道丹房，或长廊曲洞，或方厦圆亭”，“穿花度柳，抚石依泉，过了荼蘼架，再入木香棚，越牡丹亭，度芍药圃，入蔷薇院，出芭蕉坞，盘旋曲折”，“真搜神夺巧之至”。大观园的美学也是使用土地的艺术，在局限的土地内创造突破局限的美，在土地日趋蹙迫紧张的今天，这种优良的传统对我们不无启示吧？

贾宝玉和金陵十二钗“咽不下玉粒金莼噎满喉”的享受，“女儿翠袖诗怀冷，公子金貂酒力轻”的风雅，人参汤、燕窝粥、玫瑰露、孔雀裘等吃穿，都是从哪里来的呢？最主要的经济来源是贾府的地租，是土地和在土地上劳作的庄户人提供了这一切。第五十三回乌进孝交租的故事生动地揭示了这一点。乌进孝是宁国府一处田庄黑山庄的庄头，也就是替宁国府经营田庄、剥削佃户的代理人。他交的地租包括大鹿、獐子、龙猪、野羊、野鸡、熊掌、海参、对虾、粳米、糯米、柴炭等应有尽有，还有白银二千五百两。可是宁国府的主人贾珍还说：“今年你这老货又来打擂台来了。”“这够作什么的！如今你们一共只剩了八九个庄子,今年倒有两处报了旱涝,你们又打擂台,真真是又教别过年了。”乌进孝说他的兄弟管理着荣国府的八处庄地。

荣宁二府的经济收入和日常开支主要依赖这些庄地，朝廷的俸禄赏赐是次要的。正如贾蓉对乌进孝所说:“……娘娘难道把皇上的库给了我们不成!他心里纵有这心,他也不能作主。岂有不赏之理,按时到节不过是些彩缎古董玩意儿。纵赏银子,不过一百两金子,才值一千两银子,够一年的什么?”土地是封建主义的主要经济支柱，因而也是像贾府这样的封建贵族地主的命脉。

第十三回作者借秦可卿魂魄之口，为封建家族的败落预为筹划:“趁今日富贵,将祖茔附近多置田庄房舍地亩,以备祭祀,供给之费皆出自此处,将家塾亦设于此。……便是有了罪,凡物可入官,这祭祀产业连官也不入的。便败落下来,子孙回家读书务农,也有个退步,祭祀又可永继。”子弟有地可种,有书可读,祖宗祭祀可以维持,封建家族就可绵延不绝,东山再起。这是非常典型的中国传统的宗法社会的理想。宗法农业社会的根基是土地，有了土地,就可“耕读”传家,也就有“光宗耀祖”的希望。曹家抄没时被查封的家产中有庄地八处(正与乌进孝兄弟管的荣府庄地数目相同),共十九顷零六十七亩。可能曹家没有预先筹置祭祀田产,所以曹雪芹在小说中写下了沉痛的一笔。

如果没有土地,再“鲜花着锦、烈火烹油之盛”的富贵也是“瞬息的繁华”,一旦“忽喇喇似大厦倾”,滚滚红尘就将成为过眼烟云,而终于“落了片白茫茫大地真干净”。曹雪芹站在历史的交界处,徘徊在北京香山实实在在的土地上,发出了深沉的叹息。

1992年9月19日

(《山西土地》1993年第1期)

慎终追远，凝聚国族
——《红楼梦》里过年的启示

中国人过年，从腊月开始，一直到正月十五过灯节，前后延续近两个月，时间长，活动多，忙碌，热闹，快乐。这在文学经典《红楼梦》里有非常艺术的描写，给我们以深长的启示。

《红楼梦》里正面写过年，主要有两次，第一次是第十八回，因为贾元春封了贵妃，而皇帝特许元宵节回家省亲。元春回来，游览，作诗，看戏，拜佛，而最动人的，是她终于得以和久别的家人团聚。

对过年和元宵节描写得更加具体的，是第五十三和五十四两回，“宁国府除夕祭宗祠，荣国府元宵开夜宴”，更加生动地体现了中国人过年的深刻意义：慎终追远，凝聚国族。

首先，贾家的族长贾珍命仆人们开了平常封锁的宗祠，打扫卫生，收拾供器，请神主，也就是郑重地请历代祖宗的魂灵回家过年。年三十，贾母为首等有诰封的，坐着轿子去皇宫行朝贺礼，然后全家老幼都集中到宁国府去祠堂朝拜祖宗。小说细致地描写了拜祖宗的仪式，贾母等女眷在祠堂门内，贾敬贾赦贾珍贾宝玉等男性在门外，向祖宗影像焚香，献帛，奠酒，庄严肃穆。第二天大年初一，五更天，贾母等又进宫向皇帝朝贺，并祝元春千秋。回来后再次去祠堂祭祀祖先。先朝国君，再拜祖宗，国与家，内外一体，通过年节的庆贺，期望增加向心力、凝聚力。

贾家有庄地，赶在年前，庄户要来交地租，专门描写了乌进孝交租，除了银子，还有各种山珍海味和柴炭粮米。而贾珍作为族长，取出其中的一部分，分给贾家的穷本家。贾珍还把一百五十多两碎金子铸造成二百二十个金锞子，还有许多银锞子，这些锞子的花样很多，有梅花式样的，有海棠式样的，有笔锭如意的——毛笔和银锭，谐音“必定如意”，送给家族亲友作压岁钱。贾家是功臣后代，皇帝要赏赐过年祭祖上供的银子，贾蓉代表宁荣二府领了回来，用黄布口袋装着，上面印着“皇恩永锡(赐)”四个大字，贾珍说：“上领皇上的恩，下则是托祖宗的福。”这些活动都含有“慎终追远，凝聚国族”的文化意义。

到了腊月二十九，宁荣二府都换了门神、对联、挂牌，新油了桃符，焕然一新。祖宗祠堂紧邻宁国府，所以宁府从大门、仪门、大厅等直到正堂，一路正门大开，两边阶上一色朱红大灯笼，点得两条金龙一般。拜完祖宗，因为贾母辈分最高，两府的人就都去荣国府给贾母行礼，贾母首先会见了几个老妯娌，然后才是贾敬贾赦等子侄来拜见祝福。“两府男妇小厮丫鬟亦按差役上中下行礼毕，散押岁钱、荷包、金银锞，摆上合欢宴来，男东女西归坐，献屠苏酒、合欢汤、吉祥果、如意糕……那晚各处佛堂灶王前焚香上供，院内设着天地纸马香供，大观园正门上也挑着大明角灯，两溜高照，各处皆有路灯。上下人等，皆打扮的花团锦簇，一夜人声嘈杂，语笑喧阗，爆竹起火，络绎不绝。”

到大年初一，全家族的人再次向贾母行礼，表达对长辈的尊重。下来七八天，亲友络绎不绝，喝酒唱戏。一直到正月十五，达到另一个高潮。

今天时代变迁了，新的节日活动更加丰富，但过年而追根溯源，团结国族和家庭的传统含义仍然深藏其中，值得我们回味。

2014 年 1 月 25 日

小灯谜，真趣味
——从《红楼梦》里的正月猜谜说起

《红楼梦》里多次写到猜谜语，元宵节猜灯谜，已经成了中华民族一项重要的文化娱乐活动，其中包含着高超的智慧和浓郁的诗情，也起娱乐身心，亲友之间沟通感情的健康作用。这种美好的传统延续至今，不断发展创新，蔚为大观。

第十八回贵妃娘娘贾元春元宵节回家省亲，其中众姐妹和贾宝玉作诗，其实隐喻着他们的性格和命运，是一种人生之谜。而到了第二十二回，更浓墨重彩地写了“制灯谜贾政悲谶语”。贾政看了贾家四姐妹写的七言绝句诗谜，产生了一种家族命运不祥的预感。

这些谜语当然都是曹雪芹代拟的，体现了非常高超的艺术技巧。比如贾元春写的“爆竹”诗谜：“能使妖魔胆尽摧，声如束帛气如雷。一声震得人方恐，回首相看已化灰。”就是用放爆竹（原始的鞭炮）暗示贾元春晋封贵妃，轰轰烈烈，最后却卷入朝廷政治斗争，死于非命，粉身碎骨。

再比如贾探春的“风筝”诗谜：“阶下儿童仰面时，清明妆点最堪宜。游丝一断浑无力，莫向东风怨别离。”用断线风筝隐喻贾探春将来类似王昭君和番远嫁的命运。这在 1987 版电视剧《红楼梦》里有精彩的演绎。

甚至连贾母这一回也作了一个灯谜：“猴子身轻站树梢——打一果名。”谜底是荔枝，谐音“离枝”，也就是“树倒猢狲散”的寓意，提示着八十回以后的情节：贾母一死，家族就分崩离析了。小说中还用这个情节渲染了传统的孝道：贾母这个谜语是让贾政猜的，而贾政虽然一下子就猜出了是荔枝，却“故意乱猜别的，罚了许多东西；然后方猜着，也得了贾母的东西”。而轮到贾政出灯谜让贾母猜时，贾政却立刻把谜底悄悄告诉了贾宝玉，让宝玉悄悄告诉贾母，贾母当然立刻猜对了。贾政立刻奉承："到底是老太太，一猜就是。"立刻献上丰富的彩礼。这种"善意的作弊"不是体现了浓浓的伦理亲情吗？

元宵节观灯、猜谜、舞龙灯、走旱船等，都是中华民族积淀了千百年的文化财富。娱乐之中蕴藏着丰厚的文化、深刻的哲理、浓郁的诗情、温馨的伦理亲情，让人回味无穷，在嬉戏娱乐之中促进家庭团结和社会和谐，同时起到益智和陶冶性情的作用。随着历史的发展和人民文化水平的普遍提高，各种节庆娱乐活动的文化含量更加多姿多彩了。比如我们的汉字，就有无穷无尽的魔力，可以孳生出许多饱含哲理和诗情的字谜。这里介绍几个，和大家一起过元宵节吧：

春：自有一日出头天。

也：我没有他有，天没有地有。

吉：一家十一口。

秋：一边红一边绿；一边喜风一边喜雨。

更：与人方便。

明：太阳西边下，月亮东边升。

我这里还弄了点小机巧，你悟出来了吗？几个字连起来，是：春也吉秋更明。祝大家马年"一竺"！

"一竺"？什么意思？这也是两个字谜：

一：人有他就变大。竺：见人就笑。

2014 年 2 月 11 日

（2014 年 2 月 14 日《经济日报》）

后记

“缀珠集锦绣”，是零散红学文章合为一集的意思，而其内容，基本上都是有关《红楼梦》思想和艺术的鉴赏与探讨。大体包括三部分：一是 2005 年 1 月山西古籍出版社出版《独上红楼》中有关论《红楼梦》文本之思想和艺术的三章（第五、第七、第八章），二是山西教育出版社 2000 年 10 月出版《箫剑集》中的十八篇文章，三是在各种报纸杂志发表的单篇论文、随笔和为红学友人写的书序书评等。

《独上红楼》中第一至第四章以及第九章，已经增补新内容，整合为《百年红学大 PK——红楼梦研究简史》一书。而《箫剑集》未来再版，将专收红学之外的古代文学研究文章。

另外，作一点说明：引文中的字、词用法，有时与现在的规范不太相同，皆遵照所引原文的写法和用法，幸请鉴察。

2017 年 3 月 5 日谨识